JOSÉ FRÈCHES

Die Händlerin

Die Seidenstraße

José Frèches

Die Händlerin

Roman

Aus dem Französischen
von Nathalie Lemmens

Die Seidenstraße

LIMES

Die Originalausgabe erschien 2003 unter dem Titel
»L'Impératrice de la Soie. Le Toit du Monde«
bei XO Éditions, Paris.

FSC
Mix
Produktgruppe aus vorbildlich
bewirtschafteten Wäldern und
anderen kontrollierten Herkünften

Zert.-Nr. SGS-COC-1940
www.fsc.org
© 1996 Forest Stewardship Council

Verlagsgruppe Random House FSC-DEU-0100
Das für dieses Buch verwendete FSC-zertifizierte Papier
München Super liefert Mochenwangen.

1. Auflage

Satz: Uhl + Massopust, Aalen
Druck und Bindung: GGP Media GmbH, Pößneck
Printed in Germany
ISBN 978-3-8090-2510-8

www.limes.de

Nicht wer tausendmal tausend Gegner in der Schlacht gefällt,
wer einzig nur sich selbst besiegt, der ist von allen der größte Held.

Buddha

Prolog

Kloster Samye, Tibet

Manakunda war fast am Ziel.

Sie fürchtete sich beinahe zu Tode, als ihre schlanken, zitternden Finger den schweren, spiralförmig gedrehten bronzenen Türgriff berührten, dessen Enden wie zwei Dämonenfratzen geformt waren.

Beim Anblick dieser Monster, die sie noch nie aus solcher Nähe gesehen hatte, war die junge Nonne vor Schreck fast ohnmächtig geworden.

In ihrer Angst merkte sie nicht einmal, wie ihr der Schweiß über die Stirn rann, als sie unbeholfen den Schlüssel an das Schloss heranführte.

Sie umklammerte den zarten Bronzeschaft, der in einer winzigen, aus vier kaum mehr als kichererbsengroßen menschlichen Schädeln zusammengesetzten Krone endete, so fest, dass auf ihren ansonsten elfenbeinweißen Fingern violette Adern hervortraten.

Falls das überhaupt der richtige Schlüssel war, dachte die schmächtige Nonne bei sich, während sie fieberhaft damit in dem großen Schloss herumstocherte. Würde sie es schaffen, in diese Schatzkammer einzudringen, ohne die Aufmerksamkeit der anderen Klosterbewohner zu erregen?

Denn wenn der diensthabende Novize im Morgengrauen und am späten Nachmittag die breiten Zedernholzflügel auf- oder zuschob, hallte stets ein gewaltiges Quietschen durch das Gewölbe des langen Korridors. Es war im ganzen Gebäude zu hören, sodass jeder in Samye wusste, wann die Tür zur Klosterbibliothek geöffnet und geschlossen wurde. Die Ziernägel auf dem Holz leuchteten wie die Augen der Roten Dakini, der entsetzlichen Göttin mit den riesigen Fangzähnen.

Obwohl sie sich jedes Mal zur Ordnung rief und sich sagte, dass es doch bloß eine Tür sei, drängte sich Manakunda dabei immer die Vorstellung auf, dieses beunruhigende Jaulen stamme von einem unbekannten Tier. Es lauerte im Dunkel der Bibliothek, zu der den Nonnen der Zutritt verboten war, und wartete nur darauf, sie mit einem Satz zu verschlingen.

Daher wechselte sie auch immer, wenn sie an der Tür mit den dämonischen Nägeln vorbeikam, hastig auf die andere Seite des Ganges und behalf sich, um diese unheilvolle Vision zu verscheuchen, mit einer etwas lächerlich anmutenden hilflosen Geste: Sie zupfte ihr Gewand zurecht, als wollte sie sich dadurch vor bösen Geistern schützen, zog den Gürtel enger und eilte rasch weiter, ohne sich noch einmal umzuschauen, bis sie wieder draußen an der frischen Luft war.

Normalerweise reichte das, um sie wieder zu beruhigen.

Doch nun war sie dabei, die unheimliche Pforte zu öffnen, hinter der sich vielleicht immer noch diese Kreatur verbarg.

War ihr Plan nicht vollkommen irrsinnig? War das nicht viel zu gefährlich für eine kaum sechzehnjährige Novizin, deren Aufgabe sich darauf beschränkte, den liturgischen Ornat des Klosters Samye aufzuräumen? Rannte sie womöglich in ihr Verderben?

Nur sie allein wusste, woher sie die Kraft nahm, die Klosterregeln zu brechen, indem sie versuchte, in das verbotene Allerheiligste einzudringen, obwohl sie nicht einmal sicher war, den passenden Schlüssel in der Hand zu halten!

In ihrer Hast hatte sie an diesem Morgen auf gut Glück den erstbesten Schlüssel aus dem Bund des fest schlafenden Lama sTod Gling gezogen, und damit setzte sie nun alles auf eine Karte!

Manakundas Herz klopfte noch schneller, als es ihr endlich gelang, ihn ins Schloss zu schieben. Doch er passte nicht. Der Schaft war viel zu kurz und drehte sich ohne Widerstand in einem riesigen Loch, in das sie ohne Weiteres zwei Finger hätte stecken können!

Warum hatte sie auch nicht den größten Schlüssel aus dem Bund genommen? Aber beim Anblick des dämonenköpfigen Griffs war sie ängstlich zurückgezuckt, und um nichts in der Welt hätte sie es gewagt, ihn anzufassen!

Der Schlüssel zur Büchersammlung von Samye, dem bestbewachten Ort im ganzen Kloster, musste einfach der größte und furchteinflößendste von allen sein, genau wie das dazugehörige Türschloss!

Die junge Manakunda war so enttäuscht und gleichzeitig ratlos, dass sie zwischen Zorn und einer seltsamen Erleichterung schwankte.

Vielleicht war es ja der Barmherzige Buddha, der sie daran hindern wollte, den unverzeihlichen Verstoß gegen die Klosterregeln zu begehen.

Das strikte Verbot, die Bibliothek zu betreten, gehörte neben zahlreichen anderen – wie etwa dem Genuss von Fleisch oder Alkohol, einem Klosterangehörigen des anderen Geschlechts in die Augen zu sehen oder auch nur sein Gewand zu berühren – zu der Reihe von Vorschriften, die der Ehrfurcht gebietende Ramahe sGampo, der Abt des Klosters Samye, den jungen Novizinnen jede Woche predigte.

Sehr schnell hatte Manakunda begriffen, dass dieses Verbot nur für Frauen galt, denn zu den Aufgaben der männlichen Novizen gehörte es unter anderem, die Tausende von Papier- und Seidenrollen zu sortieren, die den Ruhm des ältesten Klosters in Tibet begründet hatten. Eine solche Ungleichbehandlung hatte sie verwundert, ja schockiert. Aber was blieb einer blutjungen Nonne, deren Familie nur allzu glücklich gewesen war, sie dem Kloster übergeben zu können, um einen zusätzlichen Esser loszuwerden, anderes übrig, als zu schweigen und die Auflehnung, die diese Ungerechtigkeit in ihr weckte, für sich zu behalten?

Nun aber ärgerte sich Manakunda maßlos darüber, dass sie den Akt der Reue und der Reinigung nicht vollziehen konnte, von dem ebenjener Ramahe sGampo gesprochen hatte, als sie vor zwei Tagen mitten in einer Lehrstunde zur transzendentalen Meditation all ihren Mut zusammengenommen und ihn mit vor Angst bebender Stimme gefragt hatte: »Erhabener Meister sGampo, mein Name ist Manakunda. Und dies ist meine Frage: Welche Handlung vermag auch den größten Sünder reinzuwaschen?«

»Warum verspürt die junge Manakunda das Bedürfnis, mir eine solche Frage zu stellen?«, hatte das Oberhaupt dieser bedeutenden Gemeinschaft von dreitausend Mönchen und zweitausend Nonnen, die alle dem tantrischen Buddhismus folgten, wie er im Reich Bod – so lautete der chinesische Name Tibets – praktiziert wurde, mit seiner unnachahmlich sanften, festen, aus den Tiefen seines Brustkorbs aufsteigenden Stimme erwidert.

Ohne auf das belustigte Gemurmel der Versammelten zu achten, wiederholte sie lediglich mit jener Mischung aus Unverfrorenheit und Angst von Kindern, die um jeden Preis eine Antwort ihre Frage an diesen Abt, dessen Gesichtszüge sie, genau wie die anderen Novizen im zweiten Novizenjahr, noch nie deutlich gesehen hatte.

Erst jetzt, nachdem sie es gewagt hatte, sich dem Meister zu nähern, erahnte sie ihre Strenge. Sie erkannte das perfekte Oval, das sich im Gegenlicht vor der einzigen erleuchteten Wand des riesigen, ins Halbdunkel getauchten Raums abzeichnete, in dem die Novizen unter seiner Zucht die Geheimnisse der Sitzmeditation erlernten.

Die Antwort des weisen und erfahrenen alten Lama würde sie nicht so bald vergessen. Er hatte sie wie eine Selbstverständlichkeit klingen lassen, beinahe heiter sogar, zweifellos weil ihm ihre Frage so unwirklich und verblüffend erschienen war.

Was konnte eine sechzehnjährige Nonne, deren Verhalten bislang zu keinerlei Tadel Anlass gegeben hatte, denn schon von Sünde wissen? Ihr Eifer und ihre Sorgfalt beim Aufräumen der Opferschalen, beim Stärken und Glätten der Kämme der hohen Kopfbedeckungen, die die Bonzen während der Zeremonien trugen, und beim Servieren des mit Butter, Milch und Salz vermischten Tees an die Mönche, die die Zeremonien leiteten, riefen bereits allseits Bewunderung hervor.

Die Worte des Lama hatte sich tief in Manakundas Herz eingebrannt.

»Ein Sünder von deiner Art«, hatte er gesagt, » – und in Anbetracht deines Alters kann die Sünde nicht so schwerwiegend sein! – braucht lediglich die Umstände seines Fehlverhaltens an den Beginn eines Sutra* zu schreiben und dabei seiner Reue Ausdruck zu verleihen. Dann wird die unendliche Barmherzigkeit des Erleuchteten für alles andere Sorge tragen! Denn jeder Leser dieses Sutra wird sich, in dem unerlässlichen Mitgefühl, das er den anderen schuldet, für den Sünder verwenden, der diese Beichte abgelegt hat!«

»Dann darf der Sünder also seine Sühneworte an den Anfang gleich welcher Lehrrede schreiben?«, hatte sie ungläubig wiederholt, weil sie es kaum fassen konnte, dass die Methode von Meister Ramahe sGampo so einfach sein sollte.

Doch als sie im Halbdunkel sah, wie der große Meister unwillig das Gesicht verzog, war sie verstummt und hatte sich nichts von ihrer Erleichterung anmerken lassen.

Noch am gleichen Abend hatte sich Manakunda auf dem

* Sutra: Der Begriff stammt aus dem Sanskrit und bedeutet »Lehrrede«.

schmalen, brettharten Lager, das sie mit einer weiteren Novizin teilte, geschworen, diesen Akt der Sühne auszuführen.

In den knapp zwei Jahren, in denen sie nun schon als Novizin in Samye lebte, hatte sie genügend tibetische Schriftzeichen gelernt, um die wenigen Zeilen ihrer Beichte niederschreiben zu können.

Doch um sich von dem Makel reinzuwaschen, mit dem ihr Geist und ihr Körper beschmutzt waren, musste sie eine weitere, im Gegensatz dazu gewiss lässliche Sünde begehen, indem sie sich über das Verbot, die Bibliothek zu betreten, hinwegsetzte. Nur so konnte sie verhindern, dass sie wegen dieses Karmas* irgendwann womöglich als Maus in einem Dorf wiedergeboren wurde, in dem es von Katzen nur so wimmelte, oder als Insekt unter einem von Amseln bewohnten Baum. Trotz ihrer Jugend und ihrer Unerfahrenheit in geistlichen Dingen war Manakunda davon überzeugt, dass es diesen Preis wert war und ihre Sühne sehr viel schwerer wog als die Übertretung einer klösterlichen Regel.

Aber wie sollte sie jetzt in diesen Raum voller Bücher kommen, dessen Tür so hartnäckig verschlossen blieb?

Aufgewühlt und voller Abscheu musterte die junge Novizin den kleinen Schlüssel in ihrer Hand. Sie war außer sich vor Angst. Jede Hoffnung, die schreckliche Konsequenz ihres Karmas zu durchbrechen, war dahin.

Ihr Plan war gescheitert.

Wütend trat sie mit dem Fuß gegen die schweren Bretter und unterdrückte einen Schmerzensschrei, als ihr Zeh auf einen der entsetzlichen Nagelköpfe traf.

* Der Begriff »Karma« stammt aus dem Sanskrit und bedeutet »Tat«. Jede Tat hat einen positiven, negativen oder neutralen moralischen Wert und wird dementsprechend mit einer guten oder schlechten Wiedergeburt »belohnt«, sodass man im nächsten Leben dem Zustand eines Buddha entweder näher oder ferner ist als zuvor.

Plötzlich bemerkte sie, dass sich einer der Türflügel unter dem Aufprall bewegt hatte.

Fiebrig steckte sie eine Hand durch den Spalt, der sich zwischen den beiden Flügeln geöffnet hatte.

Die Tür war nicht abgeschlossen.

Das konnte nur ein wundervolles Geschenk des Erhabenen Buddha sein!

Der Weg in das Allerheiligste der Sutren stand offen! Jetzt würde sie sich von den Erinnerungen befreien können, die seit jenem unheilvollen Tag, an dem sich ihr Leben und vor allem ihr Körper mit einem Schlag verändert hatten, ihr ganzes Denken beherrschten und sie nicht mehr schlafen ließen.

So behutsam wie möglich schob sie den schweren Türflügel auf, damit die Angeln nicht so furchterregend quietschten. Und wie durch ein Wunder ertönte nicht der geringste Laut.

Da fühlte sich Manakunda von der mildtätigen Gnade Avalokiteshvaras beschützt, jenes Bodhisattvas und Schülers des Buddha, den die Gläubigen anflehten, weil er dafür bekannt war, dass er die einfachen Leute erhörte und ihnen als Mittler zum Erhabenen Buddha diente, solange sie ihn nur aufrichtig darum baten.

Der Weg war frei.

Jetzt musste sie nur noch in die Bibliothek hineingehen.

Der Gewölbesaal war durch das Mondlicht hell erleuchtet. Das junge Mädchen erkannte die drei langen Lese- und Schreibtische in der Mitte, an denen die Manuskripte von den Exegeten studiert und von den Kopisten abgeschrieben wurden. Ringsum stapelten sich Tausende von Schriftrollen mit den Lehrreden des Erleuchteten und ihren unzähligen Kommentaren.

In der Mitte des zweiten Tisches lag zwischen zwei seidenen Kissen eine Rolle, die größer war als alle anderen.

Manakunda fühlte sich von einer seltsamen Kraft zu ihr hingezogen.

Neben einem mit prächtiger roter Seide ausgekleideten Etui aus lackiertem Bambus lag das Manuskript zweifellos bereit, um von einem der neun Schreiber des Klosters entziffert zu werden. Tagein, tagaus saßen sie an den langen Tischen und übersetzten die in Sanskrit abgefassten Heiligen Schriften des Buddhismus, deren Originalmanuskripte aus Indien, der Heimat des Buddha, stammten, ins Tibetische oder Chinesische. Hinter ihnen standen Novizen und fächelten ihnen Luft zu, wenn die Hitze zu drückend wurde.

Sie wusste, dass sie sich beeilen musste, wenn sie nicht plötzlich einem der Mönche gegenüberstehen wollte, der auf seiner nächtlichen Runde durch den Korridor kam.

Dieses halb aufgerollte Sutra schien nach ihr zu rufen.

Auf diesem makellosen, elfenbeinglatten Papier würde sie ihre schicksalhafte Beichte niederschreiben, gleich neben dem freien Platz für die Vermerke der Schreiber.

Was für eine Erleichterung, das Ziel so dicht vor Augen zu haben!

Jetzt brauchte sie bloß noch mit dem in Tinte getauchten Pinsel, den sie in ihrem Ärmel versteckt hielt, die drei Zeilen niederzuschreiben. Dann hätte sie den Akt der Demut und der Reue, der von ihr verlangt wurde, vollzogen.

Anschließend könnte sie nach diesem einen Moment der Verfehlung wieder auf den rechten Weg der Barmherzigkeit des Buddha zurückkehren. Die Erinnerung daran ließ sie einfach nicht los. Jeden Moment konnte sie wieder hochkommen, als sei sie mit einem glühenden Eisen in ihren Körper eingebrannt worden.

So verspürte sie auch jetzt, als sie nach der großen Schriftrolle griff, um sie auf dem Tisch auszubreiten, wieder jenes Prickeln im Bauch, das sie jedes Mal überkam, wenn sie an das zurückdachte, was ihr zugestoßen war.

Denn sie hatte bemerkt, dass das Sutra jenem gewaltigen Pflock aus Muskeln und Fleisch glich, den der Mann aus seiner Hose befreit hatte, ehe er ihn in den schmalen Spalt gestoßen hatte, der sich unter einem leichten Flaum ganz oben zwischen ihren Schenkeln öffnete.

Niemals würde sie den Moment der Ekstase vergessen, als er in sie eindrang, nachdem er sie gestreichelt hatte, bis sie vor Lust beinahe verging. Dabei flüsterte er ihr ins Ohr, sie solle die göttliche Botschaft des Erleuchteten in sich aufnehmen.

Ihr Verlangen war so überwältigend gewesen, dass sie fast das Bewusstsein verloren hätte, und der Abscheu, den sie bis dahin für diesen Mann empfunden hatte, war wie weggeblasen.

Alles hatte mit diesem eigenartigen Prickeln in ihrem Unterleib begonnen, das sie auch nun wieder verspürte.

Es war inzwischen über zwei Monate her – genau fünfundsechzig fieberhaft gezählte Tage –, seit dieses bizarre Verschmelzen mit dem Körper jenes Mannes sie verändert hatte. Denn es hatte ihr nicht nur einen Ausblick auf die unendlichen Horizonte der Lust gewährt, sondern zugleich einen unerträglichen Selbsthass in ihr geweckt, weil sie gegen ihren Willen genommen worden war.

Vor jener nächtlichen Zeremonie hatte die junge Nonne noch nie das erigierte Glied eines Mannes gesehen.

Ängstlich hatte sie zum ersten Mal diese sanft geformte Waffe entdeckt, diesen Dolch, dessen abgerundete, glatte, rosige Spitze sich vor ihren Augen aufgerichtet hatte wie eine Naga-Kobra, die vor der Flöte ihres Beschwörers zu tanzen begann.

Vor Entsetzen hatte sie die Augen geschlossen, während ihr die weihrauchgeschwängerte Luft zu Kopf stieg und nach und nach jedes Gefühl für Zeit und Raum auslöschte.

Da hatte sie plötzlich gespürt, wie etwas Warmes über ihren Bauch strich.

Sie erkannte, dass es sich um den fleischernen Dolch handelte, den der Mann in seinen Händen hielt und den er nun wie einen Griffel benutzte.

Ja tatsächlich, der Stab aus Fleisch malte Schriftzeichen auf ihren Leib. Als sie sich auf ihren Verlauf konzentrierte, erkannte sie, dass der Mann das Sanskrit-Wort »bodhi« auf ihren Bauch schrieb.

Die Erleuchtung, das Erwachen!

Das Stadium, welches lediglich die Bodhisattvas erreichten, jene Schüler des Buddha, denen nur noch eine Stufe fehlte, ehe sie selbst zum Buddha wurden, vollständig erwacht und bereit, in das Nirwana einzugehen, wo alles Leiden ein Ende hatte!

Ja, »bodhi« war das wunderbare Wort, das der Dolch in feurigen Lettern in ihr Fleisch eingeschrieben hatte. Der Mann würde sie in einen Bodhisattva verwandeln! Was für ein unvorstellbares Geschenk für eine junge Nonne, eine außerordentliche Ehre und ein Glück, von dem sie nie zu träumen gewagt hätte.

Diese unsagbare Gnade musste die Belohnung für die guten Taten jener unzähligen Kreaturen sein, die ihr vorausgegangen waren. Und sie war nun diejenige, die ihre Auswirkungen genießen durfte.

Das lauwarme, sirupartige Gebräu, das der Mann – aber war er überhaupt ein Mann? – ihr einflößte, hatte ihr so sehr die Sinne verwirrt, dass sie in dem Augenblick, als der fleischige Stab im tiefsten Inneren ihres Leibs zu zerspringen schien, tatsächlich geglaubt hatte, es sei der Finger des Erhabenen Buddha, der sie mit Glück überschwemmte!

Sie hatte nicht gleich den Zusammenhang zwischen diesen Visionen und dem Trunk hergestellt, den der Mann ihr aufgezwungen hatte, indem er ihr ein Gefäß in Form eines halben menschlichen Schädels an die Lippen presste, der auf einer kleinen silbernen Schlange saß. Und sie hatte auch nicht verstanden, was der Mann, dessen vorquellende Augen erst im Morgengrauen zugefallen waren, mit ihr tat. Er schien eine Art Ritual zu vollziehen, indem er mit rauer Stimme seltsame Formeln und fremde Sanskrit-Namen vor sich hin sprach. Gleichzeitig bewegte er sich in ihrem Körper vor und zurück wie ein wildes Tier, bis er schließlich vor Erschöpfung auf ihr zusammenbrach.

Von heftiger Übelkeit geschüttelt, hatte sie sich aus seinen Armen befreit und war den steilen, steinigen Abhang hinabgelaufen, der den kleinen Stupa* vom Kloster trennte.

Dort, endlich allein, so klein im Angesicht der gewaltigen schneebedeckten Gipfel, hatte sich die arme Manakunda würgend übergeben.

Nachdem sie wieder halbwegs bei Sinnen war, brachte sie das letzte Wegstück hinter sich, das Samye von der Kultstätte trennte, in der sie vergewaltigt worden war.

Erst als sie das Tor des Klosters durchquerte, das seit dem frühen Morgen offen stand, um den Hungrigen und Armen Zuflucht zu gewähren, wurde ihr bewusst, dass sie missbraucht worden war. Das vermeintliche Geschenk war in Wirklichkeit nichts anderes als eine schändliche Beschmutzung durch einen Mann, der ihren Geist mit berauschenden Substanzen betäubt hatte, bevor er sich an ihr verging.

Doch es gab niemanden, dem sie dieses entsetzliche Erlebnis hätte anvertrauen können.

Im Kloster von Samye war man trotz der vielen anderen Menschen allein. An diesem Ort, wo jeder, vom alten, beinahe hundertjährigen Mönch bis hin zum jüngsten Novizen, der gerade aus seiner Familie gekommen war, nichts anderes tat, als zu beten, zu essen und zu schlafen, war es streng verboten, sich zu beklagen.

Worüber sollte man sich denn auch beklagen, wenn die Verleugnung der eigenen Person und das Auslöschen jegli-

* Stupa: buddhistisches Gedenkmonument

chen Begehrens als der einzige Weg zur Überwindung des körperlichen und geistigen Leidens gepredigt wurde? Wie alle anderen Novizinnen hatte auch die junge Nonne nie mit jemandem das Leid und die Ängste geteilt, die ein junges Mädchen erfüllten, das gezwungen wurde, als Nonne in einem Kloster zu leben, in dem es über sechs Monate im Jahr so kalt war, dass man das Eis in den Wasserbecken zerschlagen musste.

Wem hätte sie also etwas von dieser schrecklichen Prüfung erzählen können? Sie hatte solche Angst davor, aus dem Kloster ausgeschlossen und als Bettlerin auf die gefrorenen Straßen hinausgeschickt zu werden.

Der einzige mitfühlende Mensch in dieser Welt war der warmherzige Lama sTod Gling.

Er war nicht nur für den liturgischen Ornat und die Kultgegenstände des Klosters verantwortlich, sondern diente auch dem Ehrwürdigen Ramahe sGampo als Sekretär.

Sie hatte das Glück gehabt, dass man sie diesem Mönch mit dem verständnisvollen Blick und der sanften Stimme als Gehilfin zuwies.

Er war es, der ihr mit Geduld und Freundlichkeit beigebracht hatte, die liturgischen Geräte und den feierlichen Ornat in den wuchtigen Schränken im Nebenraum der großen Gebetshalle zu sortieren und aufzuräumen.

Ihre Beziehung war von Vertrautheit geprägt, und dennoch hätte sie niemals gewagt, ihm zu gestehen, was ihr zugestoßen war!

So hatte sie geschwiegen und es vorgezogen, sich zu Füßen der großen Holzstatue des barmherzigen Avalokiteshvara niederzuwerfen. Dieser Bodhisattva stand den Menschen am nächsten. Er reichte den Leidenden die Hand, und ihn konnte man um alles bitten; um Regen für die Weizenfelder oder um Hilfe für die Schafe beim Lammen. Nie musste man seinen Zorn fürchten.

Vor dieser eindrucksvollen Zedernholzstatue, deren mandelförmige Augen aus Lapislazuli mit den aus Silber ziselierten Wimpern sie trotz allem anzulächeln schienen, hatte sie sich winzig und schmutzig gefühlt. Sie schämte sich furchtbar für das plötzliche und trotz ihres anfänglichen Abscheus übermächtige Verlangen, das sie überkommen hatte. Sie hatte sich danach gesehnt, die frenetische Vereinigung dort auf dem nackten Boden des verräucherten Raums fortzuführen, umgeben von roten Wachskerzen, die der Mann um sie herum angezündet hatte. Dabei hatte er von einer »magischen« Handlung gesprochen, um jenen »vollkommenen kosmischen Kreis« zu formen, dessen »unaussprechliches Zentrum« ihre Köpfe und dessen »göttliche Strahlen« ihre Gliedmaßen bilden würden. Die Scham überkam sie jede Nacht aufs Neue, seit sie festgestellt hatte, dass sie nur an diesen fleischigen Pflock zurückzudenken brauchte, um wieder diese Lust zu verspüren, deren Wucht ihr den Boden unter den Füßen wegzureißen schien.

Die Verbindung, die sie zwischen dem heiligen Sutra und dem Instrument ihres sündigen Genusses hergestellt hatte, versetzte ihre Sinne selbst an diesem verbotenen Ort wieder in einen Rausch.

Beinahe wäre sie rücklings auf den Tisch gefallen, doch sie konnte sich gerade noch an einem Regal festhalten, woraufhin einige der wertvollen Schriften herabfielen und sich auf dem Boden entrollten.

Nachdem sie sie hastig und so leise wie möglich wieder aufgesammelt hatte, bemühte sie sich, wieder einen klaren Kopf zu bekommen.

Dann rollte sie sorgsam drei Handbreit des heiligen Sutra aus, um an der am wenigsten sichtbaren Stelle ihre Sühneworte niederzuschreiben.

Da sie in ihrem täglichen Unterricht die Grundlagen des Sanskrit lernte, konnte sie den Titel der Lehrschrift entziffern, die ihre Beichte aufnehmen sollte: Neben einer zarten Miniatur, auf der der Erhabene Maitreya, der Bodhisattva der Zukunft, prächtig geschmückt mit seiner Tiara und seinen Ohrgehängen, abgebildet war, stand in großen Buchstaben *Sutra über die Logik der Vollkommenen Leerheit*.

Gleich daneben erblickte sie einige Zeilen, die ihr wie Chinesisch erschienen, wahrscheinlich die Übersetzung des Titels. Doch sie konnte sie nicht lesen, da sie nie das Glück gehabt hatte, diese Sprache zu lernen, die, wie es hieß, über zehntausend Schriftzeichen umfasste!

Jetzt brauchte sie nur noch all ihren Mut zusammenzunehmen.

Äußerst konzentriert begann sie, wie eine alte Frau über die freie Fläche zwischen dem Titel des Werks und den ersten Sätzen des Textes gebeugt, sorgfältig ihre Beichte niederzuschreiben. Dabei achtete sie besonders darauf, den Namen des Mannes richtig wiederzugeben, dessen Muskelpflock ihr jene Beschmutzung zugefügt hatte, von der sie bald erlöst sein würde.

Und während sie schrieb, bemerkte sie voller Freude, wie ihr Herz allmählich zur Ruhe kam.

Die heimtückischen Wogen der Lust, die sie jedes Mal atemloser und schuldbewusster zurückließen, verflogen.

Ganz deutlich sah sie jetzt die Vollkommenheit dieser unergründlichen Leerheit vor sich, der großen, tröstlichen, heilsamen Leere, die im Titel dieses wunderbaren heiligen Buches erwähnt war, das ein Miniaturenmaler mit prachtvollen Figuren aus dem buddhistischen Pantheon verziert hatte.

Welch außergewöhnliches Geschenk der Allerheiligsten Vorhersehung! Der mitfühlende Bodhisattva hatte genau das Sutra in ihre Hände gelegt, das sie jetzt brauchte!

Nach den entsetzlichen Wochen, die hinter ihr lagen, hatte Manakunda das Gefühl, endlich aus ihrem Albtraum zu erwachen und wieder Gebieterin ihrer Sinne zu sein.

Nun würden die feurigen Zeichen, die der Mann auf ihren Leib geschrieben hatte, bestimmt verlöschen. Bald wäre die vermeintlich magische Zeremonie, die mit dieser schrecklichen Vergewaltigung einhergegangen war, nur noch eine böse Erinnerung.

Als Manakunda auf Zehenspitzen aus der Bibliothek von Samye schlich, ahnte sie nicht, dass diese Episode keineswegs abgeschlossen war.

Denn die arme kleine Nonne, die von ihren Eltern in das größte und ehrwürdigste aller buddhistischen Klöster in Tibet abgeschoben worden war, wusste nicht, dass sie bereits seit etwas mehr als zwei Monaten schwanger war.

1

Kaiserlicher Palast von Chang'an, China. 12. Dezember 655

Es war genau Mittag in der riesigen Halle der Audienzen und Festlichkeiten im kaiserlichen Palast von Chang'an, der Hauptstadt der chinesischen Tang-Dynastie.

Und in diesem Moment, als die dem Yang zugerechnete Sonne ihren höchsten Stand erreichte und ihr Licht den zum Ying gehörenden Innenhof überflutete, schlossen sich die tränenfeuchten Augen von Wu Zhao in stillem Frohlocken.

Die Standarten mit den Symbolen der vier Himmelsrichtungen, der Schwarzen Schildkröte für den Norden, dem Grünen Drachen für den Osten, dem Weißen Tiger für den Westen und dem Roten Vogel für den Süden, hatten sich beim Einzug des Kaisers aufgerichtet.

Die fünfte Richtung, die Mitte, der die Farbe Gelb zugeordnet war, brauchte keine Standarte, denn der Kaiser von China, der gleich hinter jener Frau den Saal betreten hatte, die nun seine offizielle Gemahlin werden sollte, war von Kopf bis Fuß in goldschimmernde Seide gekleidet.

Gelb war darüber hinaus auch die Farbe der Erde, über die der »Sohn des Himmels« gebot.

Endlich hatte Wu Zhao ihr Ziel erreicht.

Sie saß nun unmittelbar neben Kaiser Gaozong auf einem Thron, der nur ein kleines Stück niedriger war als der des Herrschers.

Dessen weites Seidengewand war prächtig bestickt mit den Zwölf Kaiserlichen Insignien: Der dreibeinige Rabe verkörperte die Sonne; der Hase, der das Pulver der Unsterblichkeit zermahlte, symbolisierte den Mond; die Scheibengirlande zeichnete ein Sternbild nach; die Berge, auf denen die Götter und die Weisen lebten, beschworen die Heimat der Unsterblichkeit herauf; der Drache, der Fasan und der Phönix, Sinnbilder der kaiserlichen Macht, standen für die Gewandtheit und die Unbeirrbarkeit des Herrschers. Hinzu kamen noch die Alge als Zeichen der Weisheit; die Flammen als Zeichen der Tugend; die Getreidekörner als Zeichen für die Nahrung der Menschen; die Axt als Zeichen der Autorität und nicht zu vergessen das geheimnisvolle Schriftzeichen Ya, dessen genaue Bedeutung niemand kannte, das aber auch niemand aus der Liste zu streichen gewagt hätte, da es noch aus der Zeit der legendären ersten Herrscher Chinas stammte.

Nachdem Gaozong Platz genommen hatte, gab er dem Protokollmeister mit einem schlichten Nicken zu verstehen, dass die Zeremonie beginnen könne.

»Ehre sei Wu Zhao, der neuen Gemahlin von Kaiser Gaozong!«, rief ein Herold, an dessen Gürtel ein gewaltiger Säbel hing, der Menge zu. Diese nahm den Ruf auf und wiederholte ihn wie aus einem Mund.

Um sich nicht anmerken zu lassen, wie aufgewühlt sie war, senkte Wu Zhao den Kopf, als der vollständig in rote Seide gekleidete kaiserliche Großkämmerer ihr die goldene Krone der Kaiserin aufsetzte.

Der Goldschmied hatte ihr die Form von ineinander verschlungenen Zweigen verliehen, auf denen Phönixe saßen. Die Schnäbel der Vögel waren mit Email überzogen und ihre Flügel mit Edelsteinen besetzt. Sie waren so zart geschmiedet, dass man den Eindruck gewinnen konnte, sie seien kurz davor, davonzufliegen.

»Verneigt Euch und ehrt Eure neue Gebieterin!«, rief der Herold wieder.

Daraufhin kniete der gesamte Hofstaat in einem seidigen Rascheln nieder, um jener Frau zu huldigen, die durch ihre Vermählung mit dem Kaiser von China zur neuen Herrscherin des Landes wurde.

In vorderster Reihe dieser Versammlung knieten alle Adligen und Mächtigen des Hofs von Chang'an.

In den Augen der meisten dieser reich mit Gold und Silber geschmückten Herzöge, Generäle und Markgrafen sowie der edlen Familien, die von Pagen begleitet wurden, welche die farbenfrohen Standarten mit ihrem Wappen trugen, kam die Thronbesteigung dieser Frau einem regelrechten Skandal gleich.

Die Adligen, die die Wahl des Kaisers guthießen, konnte man an den Fingern einer Hand abzählen.

All die anderen, die der neuen Kaiserin zulächelten und sich gegenseitig lautstark ihre Freude bekundeten, dachten sich ihr Teil. Wu Zhao durchschaute sie genau, und sie genoss die Demütigung, die sie all den aristokratischen Höflingen zufügte, indem sie sie zwang, sich vor ihr zu verneigen, während sie insgeheim diesen Tag verfluchten.

Gleich hinter den Adligen standen die hohen Beamten des Kaiserreichs, die leitenden Direktoren, obersten Kammerherren und Leiter der verschiedenen Sekretariate sowie weitere hochrangige Würdenträger der kaiserlichen Verwaltung. Man erkannte sie an ihren schwarzen, mit einem Hermelinkragen besetzten Roben und den vergoldeten Spangen, die sie auf der Brust trugen und deren Anzahl ihre Stellung innerhalb der Hierarchie der öffentlichen Ämter anzeigte.

An dritter Stelle folgten die Eunuchen, jene Vertreter eines dritten Geschlechts, die großen Einfluss auf die Staatsangelegenheiten ausübten. Obwohl sie niemals auf die offene

Bühne hinaustraten, bemühten sie sich, hinter den Kulissen die Fäden zu ziehen.

Auf ihren hohen, mit vergoldeten Sohlen versehenen Stelzenschuhen schwankten sie sacht hin und her und überragten die beiden ersten Reihen um eine gute Kopflänge, sodass Wu Zhao trotz der Entfernung belustigt ihr geschminktes Minenspiel beobachten konnte. Wu Zhao unterhielt recht gute Beziehungen zur Kaste dieser geschlechtslosen Männer, die genau wie sie aus bescheidenen Verhältnissen stammten. Oft waren sie für einige Bronzetael von ihren Eltern verkauft und dann in der Klinik der Eunuchen kastriert worden, ehe sie diese mit ihren »beiden Schätzen« in einem kleinen ledernen Beutel wieder verlassen hatten. Diesen Beutel mussten sie ihr Leben lang aufbewahren, um nach ihrem Tod aus Respekt vor ihren Ahnen »unversehrt« bestattet werden zu können.

Um unter der Tang-Dynastie zum Eunuchen zu werden, genügte es nicht, Eltern zu haben, die bereit waren, ihren Sohn an die Verwaltung zu verkaufen. Dieser musste zudem sowohl körperlich als auch psychisch die Operation überstehen, die ohne die geringste Betäubung durchgeführt wurde.

Darüber hinaus sollten die Bewerber nicht nur intelligent sein, sondern möglichst zu den klügsten Köpfen ihrer Zeit zählen.

Die Eunuchen wussten, dass das Überleben ihrer Kaste auf dem Spiel stand, und so wählten sie im Rahmen einer jährlichen Zulassungsprüfung nur die aufgewecktesten Jungen aus, denen danach eine gründliche Ausbildung in Sprache, Kalligraphie, Rechtsprechung und Steuerwesen erteilt wurde.

Der Einfluss der Eunuchen beruhte vor allem darauf, dass sie sich in den privatesten Bereichen des kaiserlichen Palasts bewegten. Wu Zhao wusste genau, dass man sich im Flechtwerk der höchsten Macht, zu dem sie nun endlich Zugang gefunden hatte, diese Gruppe lieber nicht zum Feind machte. Und sie war sich darüber im Klaren, dass sie Verbündete brauchte.

Schließlich war sie nur ins Allerheiligste des chinesischen Reichs vorgedrungen, indem sie ihren Fuß in den Spalt der kaiserlichen Schlafzimmertür geschoben hatte.

Mit List und Charme war die ehrgeizige junge Frau über das Bett des Kaisers an ihr Ziel gelangt. Doch auch ihre Klugheit und ihre unfehlbare Geistesgegenwart hatten zu ihrem Aufstieg beigetragen und nicht zuletzt ihr angeborenes Gespür für die herrschenden Machtverhältnisse.

Aber der Sieg war ihr nicht ohne Mühe zugefallen.

Erst einen Monat zuvor hatte Kaiser Gaozong endlich eingewilligt, den Erlass zu veröffentlichen, der für Wu Zhao von so großer Bedeutung war. Er enthob seine rechtmäßige Ehefrau, Kaiserin Wang, und die Erste Kaiserliche Konkubine, die auf den Namen Zauberhafte Blüte hörte, ihres Ranges und der damit verbundenen Privilegien, weil sie angeblich versucht haben sollten, den Kaiser zu vergiften.

Dank dieses hübschen Doppelschlags hatte die junge Frau mit dem engelsgleichen Gesicht, in dem über einer kleinen Stupsnase und vollen Lippen smaragdgrüne mandelförmige Augen leuchteten, doch noch über ein Schicksal triumphiert, das ihr bis dahin nicht gerade freundlich gesinnt gewesen war.

Sie war gerade noch einmal davongekommen!

Doch dafür hatte sie einen hohen Preis gezahlt.

Als zu ihren Füßen nun Hofdamen aus den edelsten Familien des Reichs die Falten und Bänder des gewaltigen, mit bunten Schmetterlingen bestickten Mantels ausrichteten, den man ihr um die Schultern gelegt hatte, zogen die aufwühlendsten Episoden ihres kurzen Lebens vor ihrem inneren Auge vorbei.

Fest hielt sie das silberne Zepter umklammert. Sie ließ sich nicht die geringste Erschütterung anmerken, als seine Enden sie an die Wirbel ihres vor zwei Jahren geborenen kleinen Mädchens erinnerten, dem sie mit eigenen Händen das Genick gebrochen hatte.

Nichts verabscheute sie mehr, als diese entsetzliche Tat noch einmal zu durchleben, dieses unausweichliche, unerlässliche Opfer, das sie ans Firmament der Macht katapultieren sollte.

Zu jener Zeit war sie eine einfache Konkubine fünften Ranges gewesen, kaum mehr als eine Sklavin, die der Kaiser hin und wieder zu sich bestellte, wenn es ihn danach gelüstete.

Im Jahr 653 hatte sie ihm einen Sohn namens Li Hong geboren, doch das hatte an ihrem Status nicht viel geändert.

Denn die ältere Zauberhafte Blüte, eine von Gaozongs liebsten Konkubinen, hatte dem Kaiser bereits zuvor einen Sohn geschenkt. Dem kleinen Li Zhong, war in der Zwischenzeit der Titel des Kronprinzen verliehen worden. Und Wu Zhao, die davon träumte, ihren eigenen Sohn zum Thronerben bestimmen zu lassen, war rasch zu dem Schluss gekommen, dass der einzige Platz, an dem sie selbst Einfluss auf die Thronfolge ausüben könnte, der von Kaiserin Wang war.

Sie hatte nur eine Chance: Entweder schaffte sie es, Kaiserin Wang aus dem Weg zu räumen, oder sie würde enden wie all die anderen alternden Konkubinen aus dem kaiserlichen Harem, zurückgezogen und verbittert, auf ewig verdammt zu ihrem Dasein als Luxussklavin.

Daher hatte sie monatelang vergeblich nach einem Weg gesucht, Gaozongs rechtmäßige Gemahlin, die aus einer adligen Familie stammte, aber leider unfruchtbar war, beim Kaiser in Verruf zu bringen.

Wu Zhaos zweites Kind war ein Mädchen und somit für

die Erbfolge bedeutungslos gewesen. Daher hatte sie beschlossen, es jener Staatsräson zu opfern, von der sie sich damals schon beseelt fühlte.

Sie hatte nicht lange gebraucht, um das Für und Wider abzuwägen, hatte sich sogar untersagt, das Neugeborene in den Arm zu nehmen, um nur ja keine Bindung an das Kind zu entwickeln.

Im Nachhinein war sie überrascht gewesen, mit welcher Entschlossenheit sie vorgegangen war, obwohl sie Kinder doch über alles liebte.

Bei der Erinnerung an diesen Mord, die genau in dem Moment wieder aufflammte, als sie endlich die Belohnung für ihre unvorstellbare Tat entgegennahm, spürte sie, dass die verborgene Wunde immer noch nicht verheilt war. Die Feuerkugel in ihrem Leib war ebenso ein Zeichen dafür wie die kleinen Schweißtröpfchen, die den samtenen Rand der kaiserlichen Krone feucht werden ließen.

Ihr innerer Aufruhr wurde stärker, doch vor all diesen Menschen, die sie hassten und natürlich nichts von alldem ahnten, blieb ihr nichts anderes übrig, als durchzuhalten. Wie immer redete sie sich ein, dass höhere Mächte sie zu alldem gedrängt hätten.

So eine Tat vollbrachte man nur, wenn man von seinem Schicksal gelenkt wurde. Wenn sie die Kraft dazu aufgebracht hatte, die ihr den Weg zur höchsten Macht geebnet hatte, dann nur, weil Er es so beschlossen hatte!

Siddharta Gautama, der Erhabene und Erwachte, den sie aus tiefstem Herzen verehrte!

Der Buddha, dessen Lehre sie zur offiziellen Religion im bevölkerungsreichsten Land der Erde machen wollte!

Mit ihrer kostbaren Tiara gekrönt, saß sie auf dem kaiserlichen Thron, vor dem sich die Oberhäupter der Klane und der adligen Familien mit finsteren Blicken verneigten. Während sich ihr Bauch vor Angst zusammenkrampfte, durchlebte sie den schrecklichen Kindsmord noch einmal in allen Einzelheiten.

Als Kaiserin Wang gekommen war, um sich nach der jungen Mutter zu erkundigen, hatte sie die Gelegenheit genutzt, um ihr Verbrechen zu begehen und gleich im Anschluss das heimtückische Gerücht zu verbreiten. Sie hörte immer noch das dumpfe Knacken der Halswirbel ihres Kindes. Immer noch spürte sie seinen kleinen warmen Körper in ihren Händen, bereits ausgerenkt und schlaff wie ein Lumpenbündel. Dann sah sie sich beim Aufschrei von Kaiser Gaozong zusammenzucken, nachdem dieser sich über die Wiege gebeugt und erkannt hatte, dass das Neugeborene tot war.

»Dein Kind bewegt sich nicht mehr! Holt schnell einen Arzt!«, hatte Gaozong gerufen.

»Mein kleines Mädchen ist tot! Welch furchtbares Unglück ist über mich hereingebrochen!«, hatte Wu Zhao in Gegenwart des von seiner grausigen Entdeckung immer noch benommenen Kaisers aufgeschrien, nachdem der herbeigerannte Arzt nur noch den Tod des Säuglings feststellen konnte.

Alles Weitere war ein Kinderspiel gewesen.

Sie musste lediglich behaupten, dass das Neugeborene noch bei bester Gesundheit gewesen sei, als sie es verlassen hatte, um sich frisieren zu lassen, und dass Kaiserin Wang die letzte Person gewesen sei, die das Zimmer betreten habe. Danach hatte es nicht lange gedauert, bis der Verdacht auf die Gemahlin des Kaisers gefallen war.

Alles sprach gegen sie: nicht nur ihre Unfruchtbarkeit, sondern vor allem auch die Eifersucht, mit der sie Zauberhafte Blüte stets verfolgt hatte. Da lag die Vermutung nahe, dass sie in Wu Zhao eine noch jüngere, noch schönere Rivalin sah, die bald an die Stelle der Ersten Konkubine treten würde.

Jetzt, nachdem Wu Zhao ihr Ziel erreicht hatte, verspürte

sie zum ersten Mal seit Monaten wieder einen gewissen Ekel vor sich selbst. Der Erhabene war offensichtlich nicht zimperlich in der Wahl seiner Mittel!

Denn mit dem Mord an ihrer kleinen Tochter war Wu Zhao noch nicht am Ende ihrer Leiden angelangt.

Natürlich hatte sich Kaiserin Wang nicht kampflos geschlagen gegeben. Unterstützt von ihren zahllosen Verbündeten am Hof, insbesondere den Mitgliedern ihrer Sippe, die höchste politische und administrative Ämter innehatten, war sie nicht müde geworden, ihre Unschuld zu beteuern. Wieder und wieder hatte sie versichert, dass sie nichts mit dem schrecklichen Mord an dem neugeborenen Kind dieser Konkubine zu tun hatte, der bereits ein teuflischer Ruch anhaftete.

Kaiser Gaozong, den es davor graute, Konflikte zu entscheiden, vor allem wenn sie zwischen den Frauen in seiner Umgebung schwelten, hatte sich davon erweichen lassen. Er weigerte sich, seine Gemahlin anzuklagen, und die Situation wurde für Wu Zhao, die Kaiserin Wang unablässig beschuldigte, zunehmend unerträglich.

Dabei waren die beiden Frauen nicht immer Rivalinnen gewesen.

Kaiserin Wang hatte sogar persönlich dafür gesorgt, dass Wu Zhao wieder in den kaiserlichen Harem aufgenommen wurde, aus dem diese nach dem Tod des großen Kaisers Taizong, zu dessen jüngsten Geliebten sie gehört hatte, für immer fortgeschickt worden war.

Damals war Wu Zhao nur widerstrebend in den innersten Kreis der Frauen des Kaisers zurückgekehrt. Denn in der Zwischenzeit hatte die junge Hofdame eine Offenbarung erlebt, die ihr ganzes Leben auf den Kopf stellen sollte.

Sie war von der Wahrheit des Buddha erleuchtet worden und zu einer glühenden Anhängerin seiner Lehre geworden.

Da sich der große Taizong gegen Ende seines Lebens zum

Buddhismus bekehrt hatte, waren nach seinem Tod am 10. Juli 649 alle kaiserlichen Konkubinen in das buddhistische Kloster Ganye gebracht worden, um dort ihr Leben als Nonnen zu beschließen.

Noch lange sollte sich Wu Zhao daran erinnern, welch heftige Erschütterung die Entdeckung dieser Religion in ihr ausgelöst hatte. Gemeinsam mit ihren weinenden Gefährtinnen war sie damals in dem schmucklosen, strengen Gebäude angekommen, das etwa einen Tagesmarsch von der Hauptstadt entfernt lag.

Ganye, wo fast zehntausend Mönche und Nonnen lebten, war eines der ehrwürdigsten buddhistischen Klöster des chinesischen Kaiserreichs.

Es war drei Jahrhunderte zuvor gegründet worden, als der Buddhismus dank zweisprachiger Mönche allmählich in China Fuß zu fassen begann. Diese von einem unerschütterlichen Glauben erfüllten Männer, manche von ihnen Inder, andere Han*, hatten es sich zur Aufgabe gemacht, mit außergewöhnlichem intellektuellem Geschick die in Sanskrit niedergeschriebenen Sutren des Erhabenen Buddha ins Chinesische zu übertragen.

Damit folgten sie dem Vorbild Kumarajivas, eines in Kaschmir und Kashgar ausgebildeten Mönchs aus Kucha**, der sich gegen Ende des vierten Jahrhunderts in Chang'an niedergelassen hatte.

Nachdem dieser heilige Mann gut hundert Sutren übersetzt hatte, war es ihm dank seiner Gelehrsamkeit und seiner unermesslichen Weisheit gelungen, die Dynastie der Späteren Qin*** von den Lehren der buddhistischen Religion

* »Han« ist der ursprüngliche Name der Chinesen.

** Kucha und Kashgar waren Oasenstädte auf dem nördlichen Teilstück der Seidenstraße.

*** Eine der Dynastien, die während der sogenannten Zeit der Nördlichen und Südlichen Dynastien (317–519) in China herrschten.

zu überzeugen, ehe er seine Tage in jenem illustren Kloster beschloss, in das Wu Zhao auf Anweisung der Behörden geschickt worden war.

Dort hatte die einst so betörende Hofdame ihren Kopf kahl scheren, ihn mit Asche einreiben und das Trauergewand aus grobem weißlichem Wollstoff anlegen müssen. Was für ein Einschnitt für eine Frau, die schon in frühester Jugend die lasziven Posen gelernt hatte, welche ihre intimsten Reize hervorhoben, diese Dämonin, die mit einer flüchtigen Berührung ihrer Zunge oder eines Fingers das Feuer des alternden Kaisers zu entfachen wusste.

Eine dicke Nonne mit mehr als nur spärlichem Bartwuchs hatte sie vor die Füße einer riesigen, vom Rauch der Wachskerzen geschwärzten steinernen Statue gestoßen, deren schönes, mitfühlend lächelndes Gesicht den Bodhisattva Avalokiteshvara darstellte. Ehe die Matrone sie in der Gebetshalle einschloss, hatte sie sie barsch angewiesen: »Und nun bete! Nach all dem Bösen, das du getan haben musst, brauchst du wohl noch eine ganze Weile, um dein schlechtes Karma auszugleichen.«

Nachdem Wu Zhao allein zurückgeblieben war, hatte das junge Mädchen bitterlich zu weinen begonnen.

Zu behaupten, dass der Tod des großen Kaisers Taizong ihr ganzes Leben verändert habe, wäre eine Untertreibung.

Die schöne Wu Zhao war von Taizong persönlich entdeckt worden, denn dieser war nicht nur ein große Stratege, sondern darüber hinaus auch bestens bewandert auf dem Gebiet verborgener weiblicher Reize, die er stets auf den ersten Blick erkannte.

Wu Zhao war die zweite Tochter eines niedrigen Beamten, der in einem unbedeutenden Amt für Steuerverwaltung arbeitete. Schon als sehr junges Mädchen hatten ihre Liebe zu Pferden und ihre Begabung fürs Reiten dazu geführt, dass sie in eine der Frauen-Polomannschaften aufgenommen wurde, die jedes Jahr am Tag des Frühlingsfests vor Taizong gebracht wurden, um ihn zu zerstreuen.

Als Anführerin ihrer Mannschaft war Wu Zhao auf einem kleinen Pferd mit glänzendem schwarzem Fell immer wieder an dem alten Mann vorbeigeritten.

Von so viel Anmut und Kühnheit bezaubert, hatte das Publikum bald nur noch Augen für sie gehabt.

Auch der alte Kaiser war von der provozierenden Schönheit dieser jungen Frau fasziniert gewesen, deren halb aufgehaktes Gewand ihre Reize kaum verhüllte, und so hatte er sie unverzüglich als »kaiserliche Konkubine fünften Ranges« in die Frauengemächer bringen lassen.

In der äußerst strikten Hierarchie des Harems war es die Aufgabe der Konkubinen fünften Ranges, der Kaiserin ihre ordnungsgemäß mit den Symbolen und Farben der jeweiligen Jahreszeit bestickten Handtücher und Bettlaken zu bringen, die der Leiter der Wäschekammer in Schränken aufbewahrte und mit Zitronengrasessenz besprengte, um die Stoffe vor Motten zu schützen.

Das war im Jahr 638. Danach hatte Wu Zhao rund elf Jahre damit zugebracht, sich in den kaiserlichen Frauengemächern von Chang'an zu langweilen.

Dank ihrer Beobachtungsgabe und ihrer Intelligenz hatte sie dort bald das Spiel der Macht durchschaut, jenes Theaterstück, in dem nur die Hauptrollen zählten, wenn man überleben wollte. Und in ihrem Fall bedeutete dies, vom Rang einer Konkubine in den einer Favoritin aufzusteigen.

Es hatte nicht lange gedauert, bis sie erkannte, dass es nur einen einzigen Weg gab, der Aussicht auf Erfolg versprach.

Die Konkubine musste die Aufmerksamkeit des Kaisers erregen und ihm nicht nur einmal, sondern vor allem auch ein zweites Mal gefallen. Sie musste dafür sorgen, dass er endlich geruhte, einen Blick auf sie zu werfen. Und dann galt es, alle Vorteile zu nutzen und ihn an den Haken zu nehmen wie einen Fisch, ehe er Gelegenheit hatte, sich wieder einer anderen zuzuwenden.

Das war die einzige Möglichkeit, aus ihrem Rang aufzusteigen und eine weitere Stufe auf der Leiter des Ansehens und der Ehren zu erklimmen: Und davon träumten all diese jungen Frauen, über die der Kaiser verfügte, wie es ihm gerade beliebte.

Jede Einzelne dieser wunderschönen verführerischen Hofdamen hätte alles darum gegeben, sich dem Herrscher nähern zu dürfen.

Denn im Grunde waren sie doch nur einfache Sklavinnen. Zwar mangelte es ihnen an nichts, aber die seidenen Stoffe, aus denen ihre Kleider genäht waren, gehörten ihnen genauso wenig wie die Juwelen, mit denen man ihre Stirn schmückte, wenn sie dem Herrscher zwischen zwei Audienzen in Fünfergruppen vorgeführt wurden, für den Fall, dass dieser den Wunsch verspürte, mit einer von ihnen die Nacht zu verbringen.

Die kaiserlichen Konkubinen wurden wie kostbare Gegenstände behandelt. Als seien sie wertvolle Perlen und Edelsteine, die man, nachdem sie in Gold oder Silber gefasst worden waren, behutsam auf seidene Kissen legte, um sie einem verwöhnten Sammler zu präsentieren.

Die Frauengemächer waren nichts anderes als ein luxuriöses Gefängnis, dem nur sehr wenige entkamen.

Während die meisten der jungen Mädchen es als Glück betrachteten, für den Harem des Kaisers ausgewählt worden zu sein, verfolgte die kleine Polospielerin andere Pläne. Sie hatte sich geschworen, alles daranzusetzen, dem Schicksal dieser Hofdamen zu entgehen, deren trübsinniges Leben sich darin erschöpfte, auf die eine Nacht zu warten, in der der Kaiser sie endlich einladen würde, sein Lager zu teilen. Dann mussten sie schwanger werden, um auch weiterhin die kaiserliche Gunst zu genießen. Und wenn sie tatsächlich schwanger waren, blieb ihnen nur zu hoffen, dass das Kind ein Junge wäre, denn sonst würde die junge Mutter, falls sie nicht über außergewöhnliche Vorzüge verfügte, gleich nach der Geburt unweigerlich wieder in die Anonymität zurücksinken.

Die junge Wu hatte eingesehen, dass sie sehr viel Glück brauchen würde, um vom alten Kaiser Taizong mehr zu erhalten als ein Augenzwinkern oder einen leichten Klaps auf den Hintern. Dies waren normalerweise die einzigen Zuwendungen, die der Greis ihr bereitwillig gewährte, wenn sie, die Brust vorgewölbt wie eine Tänzerin, an ihm vorbeistolzierte.

Daher hatte sie ein Auge auf den Kronprinzen Li Zhi geworfen, einen der zahlreichen Söhne des allmächtigen Monarchen, dessen Kräfte mit jedem Tag abnahmen.

Und das Glück war ihr hold gewesen.

Es war ihr gelungen, in den kleinen Kreis privilegierter Frauen aufzusteigen, die dem zukünftigen Kaiser Gaozong zur Hand gingen, wenn er sich, wie es die Etikette verlangte, vor jedem Besuch bei seinem Vater die Hände wusch.

Der unbestreitbare Charme der jungen Konkubine fünften Ranges, ihre funkelnden grünen Augen und die leise Unverfrorenheit, die sowohl ihre kleine Stupsnase als auch ihre bebenden Brustwarzen verrieten, welche er unter dem seidenen Stoff ihres weit ausgeschnittenen fließenden Gewands erahnte, hatten schließlich Li Zhis Begehren entflammt.

Klug hatte die schöne Wu stets die zahllosen verliebten Blicke ignoriert, mit denen der Kronprinz sie nach einer Weile bedachte. Nachdem Li Zhis protokollarische Besuche bislang eher selten gewesen waren, kam er von da an immer häufiger in den kaiserlichen Palast, um sich die Hände in dem kupfernen Becken zu waschen, das ihm die junge Frau so anmutig reichte.

Eines Tages hatte Li Zhi seine Hände zu stürmisch in die Schale auf Wu Zhaos Knien eingetaucht und die junge Konkubine nass gespritzt, doch auf die Entschuldigung des Kronprinzen hatte diese lediglich mit leiser, hell klingender Stimme erwidert: »Das macht doch nichts! Ich bin wie eine Pflanze, Wasser tut mir gut.«

»Möge ich dich eines Tages mit meinem innersten Tau benetzen können!«, hatte ihr Taizongs Sohn, völlig berauscht von dem Verlangen, sie in seinen Armen zu halten, ins Ohr geflüstert.

Leider hatte der plötzliche Tod des Kaisers dieser aufkeimenden Idylle ein Ende gemacht, und Wu Zhao war zusammen mit den anderen Frauen des Harems im den Nonnen vorbehaltenen Teil des Klosters von Ganye eingesperrt worden.

Deshalb war sie vor der steinernen Statue des mitfühlend auf sie herabschauenden Bodhisattva Avalokiteshvara vor Verzweiflung in Tränen ausgebrochen, nachdem die dicke, bärtige Nonne den Raum verlassen hatte.

Alle Hoffnungen, die sie, nachdem sie den Vater nicht erobern konnte, in eine Verführung des Sohnes gesetzt hatte, waren zerplatzt.

Aus dem allmählich aufscheinenden Licht fiel sie abrupt wieder zurück in tiefste Finsternis.

Vom Weinen erschöpft, war sie schließlich zu Füßen der vom Kerzenrauch geschwärzten Statue eingeschlafen.

Als jemand behutsam eine Hand auf ihren Kopf legte, war sie wieder aufgewacht. Sie hatte die Augen geöffnet und über sich ein faltiges Gesicht gesehen, dessen vom Alter gezeichnete Augen eine unendliche Güte ausstrahlten.

»Hast du gut geschlafen, kleine Schwester?«

Ohne zu wissen, ob sie noch träumte oder nicht, hatte sie sich aufgerichtet. Das faltige Gesicht gehörte einer uralten, blau gekleideten Nonne. Sie hielt eine Gebetskette in der Hand, deren Bernsteinperlen sie durch ihre Finger gleiten ließ.

Lächelnd sah die alte Frau ihre junge Mitschwester an, deren Kopf genauso kahl geschoren war wie ihr eigener.

»Dürfte ich den Namen dieser Statue erfahren?«, bat Wu Zhao, während sie sich aufsetzte.

Sie deutete auf die steinerne Gestalt, deren schützender Schatten sich wie ein riesiges Bananenblatt auf dem Boden des Tempels abzeichnete, in den die Sonnenstrahlen durch hohe Fenster hineinfielen.

»Sein indischer Name lautet Avalokiteshvara. Er ist ein Bodhisattva, der uns Menschen als Mittler zugänglich ist. Wir Chinesen nennen ihn Guanyin. In Indien wird er als Mann dargestellt, während er hier bei uns die Züge einer Frau trägt.«

»Ist sie eine hilfreiche Göttin? Ich habe bisher immer nur vom Erhabenen Buddha gehört!«

»Vergiss Guanyin nicht: Sie wird dir immer helfen, wenn du die rechten Worte und Gesten findest, sie darum zu bitten.«

Daraufhin hatte Wu Zhao erneut den Blick auf die Augen der steinernen Statue gerichtet. Obwohl geschwärzt, schienen sie sie gütig anzuschauen. Der schmale, zarte Mund in dem breiten Gesicht lächelte sie an. Der barmherzige Bodhisattva Guanyin schien ihr sogar freundliche Worte zuzuwispern.

Und mit einem Mal fühlte sich Wu Zhao wieder wie ein kleines Mädchen.

Verwirrt hatte sie ein unbeschreibliches Wohlgefühl empfunden. Ein innerer Frieden erfüllte sie, den eine Hofdame, deren einziges Streben darauf gerichtet war, die Aufmerksamkeit des Kaisers zu erringen, niemals kennen lernen konnte.

Dieses Verlöschen der lodernden Flammen in ihrem Herzen und ihrem Geist war der Beginn ihrer Bekehrung. Die alte Nonne half ihr beim Aufstehen, und Wu Zhao spürte, wie der Glanz aus den Augen von Avalokiteshvara-Guanyin ihren Körper durchströmte.

Sie war überzeugt, dass dieser Bodhisattva ihr bester Verbündeter werden konnte, wie ein uneigennütziger, schützender Vater, der ihr nur Gutes wünschte.

Zum ersten Mal, seit sie auf Befehl von Taizong in die kaiserlichen Frauengemächer gesperrt worden war, fühlte sie sich vollkommen ruhig und gelassen.

Vielleicht war doch noch nicht alles verloren!

War es nicht ein Glück, sich von nun an ganz dem Gebet, der Buße und den guten Taten widmen zu können, um dem unausweichlichen Kreislauf der Wiedergeburten und diesem irdischen Leben zu entfliehen, in dem die unstillbare Gier der Menschen nach materiellen Gütern sie ins Unglück stürzte wie ausgedürstete Tiere, die den Tümpel leer tranken und anschließend unter entsetzlichen Qualen verdursteten?

So hatte Wu Zhao nach dem Verlassen des Tempels, in dem eine ganze Nacht lang das schöne Lächeln des barmherzigen Bodhisattva über sie gewacht hatte, eine plötzliche Offenbarung. Auf dem Weg zurück in die kleine Zelle, die sie mit einer anderen ehemaligen Konkubine teilte, schoss die Erkenntnis wie ein Blitz durch ihren Geist: Sie war vom Licht des Erhabenen und seiner Heiligen Wahrheit erfüllt worden!

Wu Zhao war davon sogar so überzeugt, dass sie zur frommsten und eifrigsten Novizin des ganzen Klosters wurde.

In dem Bemühen, den Rat der alten Nonne zu befolgen, erschien die junge Konkubine fünften Ranges stets als Erste bei den Zeremonien, und sie war die Letzte, die den Tempel wieder verließ.

Manchmal saß sie stundenlang reglos im Lotossitz vor der Statue, vor der sie die Erleuchtung erlangt hatte. Dabei löste sich ihr Geist von ihrem Körper, und sie träumte, sie wäre genauso leicht wie eine Wolke. Sie sah sich über der Welt der Menschen schweben und nahm sich vor, diesen ihr ganzes

Mitgefühl zu schenken. In diesem Moment hätte sie nicht gezögert, genau wie der Erhabene Buddha in einem seiner früheren Leben, ihre wunderschönen smaragdgrünen Augen dem erstbesten Blinden zu schenken, dem sie begegnete, falls dieser arme Teufel sie darum gebeten hätte. Und sie zweifelte nicht daran, dass Gautama diese Augen beim Tod ihres Empfängers in Edelsteine verwandeln würde, welche die Familie des Verstorbenen verkaufen würde, um das ganze Geld den Bedürftigen zu geben!

Mit freudigem Herzen, den Kopf voll von erbaulichen Geschichten, als deren Heldin sie sich erträumte, und überglücklich, von der Gnade des Erhabenen auserwählt worden zu sein, wollte Wu Zhao auf dem Weg der Heiligkeit voranschreiten. Er würde sie ins Paradies des Nirwana führen, dorthin, wo für die Menschen endlich alles Leiden ein Ende hat, weil sie es geschafft haben, das Friedvolle Nichts zu erreichen, wo es keinerlei Begierden mehr gibt.

Da sie nicht mehr den geringsten Haarflaum auf ihrem Kopf duldete und häufig fastete, hatte Wu Zhao, die von den Nonnen bereits »die kleine Heilige« genannt wurde, ein androgynes Äußeres angenommen, das sie jünger erscheinen ließ und noch reizvoller machte als zuvor.

Doch nach einigen Monaten hatte dieses fromme Leben, das ihr so gut gefiel, plötzlich ein Ende.

Eines Morgens hatte sich der Barbier des Klosters geweigert, ihr den Kopf zu scheren.

»Ich habe Anweisung, deine Haare wieder wachsen zu lassen!«, hatte er geantwortet, als Wu Zhao ihn nach dem Grund dafür fragte. »Eine Anweisung von höchster Stelle!«, hatte er beunruhigt hinzugefügt, als sie Anstalten machte zu protestieren.

»Solche Anweisungen sind mir vollkommen gleichgültig. Ich bin Buddhistin, sonst nichts!«

Doch aller Widerspruch war vergebens gewesen. Der Barbier hatte nicht nachgegeben, und nach zwei Monaten bildete das kurze Haar der schönen Wu Zhao bereits wieder eine luftig leichte Kappe über ihrem engelsgleichen Gesicht.

»Ihr seht entzückend aus! Dieses kurze Haar steht Euch ganz wunderbar!«

Dieser Ausruf von Kaiserin Wang höchstselbst hatte die junge Nonne aus ihrer morgendlichen Meditation gerissen. Unangekündigt war die Herrscherin in Begleitung ihres Schreibers in ihre Zelle geplatzt.

»Mein liebes Kind, bereitet Euch darauf vor, wieder in den kaiserlichen Palast zurückzukehren«, hatte Kaiserin Wang, deren Jasminduft den winzigen Raum erfüllte, ihr mit einem honigsüßen Lächeln zugeflüstert.

»Aber meine Bestimmung liegt jetzt hier, im Licht des Erhabenen!«, hatte Wu Zhao protestiert.

»Soweit ich weiß, seid Ihr immer noch eine kaiserliche Konkubine! Und sei es auch nur fünften Ranges! Und in dieser Eigenschaft gehört Ihr immer noch dem Kaiser!«, hatte Kaiserin Wang gezischt. Ihre hasserfüllte Stimme klang mit einem Mal so schneidend wie die Klinge eines Säbels.

Dann hatte sie ihrem Schreiber, der in einer tiefen Verbeugung erstarrt dastand, ein Zeichen gegeben, woraufhin dieser ein aufgerolltes Stück Papier aus seinem weiten Ärmel gezogen hatte.

»Das hier ist der kaiserliche Erlass, durch den Eure Rückkehr in die Frauengemächer des Palasts verfügt wird. Ihr werdet heute Abend dort erwartet!«, hatte Kaiserin Wang erklärt.

Bestürzt und den Tränen nahe ballte Wu Zhao vor Wut die Fäuste. Auch sie hasste diese unwirsche Kaiserin, aus deren Blick der unermessliche Hochmut sprach, den ihr ihre aristokratische Herkunft verlieh.

Wu Zhao wusste noch nicht, dass die Kaiserin ihre Rückkehr nach Chang'an eingefädelt hatte, um sie als Gegengewicht zu dem wachsenden Einfluss zu benutzen, den Zauberhafte Blüte, ihre Rivalin und Erste Konkubine des Kaisers, auf Gaozong ausübte.

Deshalb hatte sie einige Wochen zuvor befohlen, Wu Zhao daran zu hindern, sich den Kopf zu rasieren.

So hatte Wu Zhao am 8. Februar 650, kurz vor der Feier ihres fünfundzwanzigsten Frühlings, auf kaiserlichen Befehl das Kloster verlassen, wo sie mit dem festen Willen gelebt hatte, den Rest ihrer Tage in tiefem Gebet zu verbringen.

Und bestrebt, Zauberhafte Blüte so schnell wie möglich aus dem Weg zu schaffen, hatte Kaiserin Wang dafür gesorgt, dass sich Wu Zhao noch am gleichen Abend im Bett jenes Mannes wiederfand, der nach dem Tod seines Vaters unter dem Namen Gaozong Kaiser von China geworden war.

»Man hatte mir schon berichtet, dass du mit deiner neuen Frisur wie eine junge Hindin aussiehst, Wu Zhao, aber du bist ja noch viel hinreißender, als ich es mir vorgestellt hatte!«, rief dieser, trunken vor Glück, während er seine Arme um ihre Taille schlang, kaum dass sie das Zimmer betreten hatte.

Zutiefst bestürzt über diese Wende in ihrem Leben, ließ sich Wu Zhao widerstrebend an die stark behaarte Brust jenes Mannes ziehen, dessen Hände sie so oft gewaschen hatte. Damals hatte sie, während sie sich in den Hüften wiegte, es so eingerichtet, dass er in der Mulde ihres Dekolletés die sanfte Rundung ihres Busens erkennen konnte. Und über genau diese kostbaren, jetzt endlich greifbaren Schätze strichen nun seine Hände, nachdem er sie auf sein Lager gelegt und mit hastigen Fingern ihr fließendes Gewand aufgehakt hatte.

Während er fieberhaft seine Lippen auf ihren Bauch presste, dachte Wu Zhao nach.

Es gab nur zwei Möglichkeiten: Sie konnte sich wehren oder seinen Ansturm über sich ergehen lassen. Doch um sich gegen die Umarmungen des Kaisers zur Wehr zu setzen, hätte sie kräftig genug sein müssen, ihm körperlich Widerstand zu leisten. Und falls es zum Kampf kommen sollte, waren die Waffen ungleich verteilt. Gaozong, dessen hastigen, rauen Atem sie heiß an ihrem Hals spürte, war nicht nur schwer, sondern auch stark.

Was konnte sie gegen einen solchen Koloss schon ausrichten?

War es nicht besser, sich vorzustellen, sie sei ein Zweig, der von der mächtigen Strömung eines Flusses mitgerissen wurde? Dieser Fluss trug sie ihrem Schicksal entgegen, und die so überraschenden – und teilweise so gegensätzlichen – Wendungen der letzten Zeit waren letztlich nur Ausdruck des Willens des Erhabenen?

Vielleicht war es ja überheblich von ihr gewesen, sich ihre Zukunft als schlichte, fromme Nonne auszumalen?

War der Wunsch, sich für den Rest ihres Lebens guten Taten zu widmen, die ihr Karma verbessern sollten, nicht Ausdruck maßlosen Hochmuts, der kaum den Erwartungen des Erhabenen entsprach?

Gelangte man wirklich zur Heiligkeit, indem man sich einfach so an den Ort begab, wo man sicher sein konnte, sein Ziel zu erreichen?

Führte dieser Weg nicht über verschlungenere Pfade? Näherte man sich nicht gerade dadurch der Vorstufe zur Erleuchtung, indem man seinen ehrgeizigen Zielen entsagte und die auferlegten Prüfungen hinnahm?

Während sich Gaozongs Jadestab in Wu Zhaos Smaragdgrotte vor- und zurückbewegte, rief sich die junge Frau die Lehren in Erinnerung, die sie während ihres Aufenthalts in Ganye gewonnen hatte.

Ohne Ausnahme drängten sie sie dazu, diese neue Prüfung in Gestalt des Mannes anzunehmen, der sich nach einem lang gezogenen Brüllen in sie ergossen hatte.

Ja, sie musste es hinnehmen!

Wurde der Mensch nicht gerade dadurch zum liebsten Werkzeug des Erhabenen, dass er sich vom reißenden Strom des Lebens davontragen ließ?

Sie hatte es sich gewiss nie ausgesucht, dort zu sein, wo sie war, weder jetzt noch in der Vergangenheit. Doch je länger sie darüber nachdachte, desto deutlicher erkannte sie eine Linie in allem, was sie seit jener Polo-Partie erlebt hatte.

Seit ihrer Geburt musste der Buddha unbemerkt ihre Schritte gelenkt haben.

Mit dieser Gewissheit hatte Wu Zhao, neben der Gaozong wie ein vollgefressenes Raubtier geräuschvoll schnarchte, beschlossen, dass sie von nun an alles daransetzen würde, ihre Träume zu verwirklichen.

Sie würde ihr Leben nicht als Nonne beschließen, da der Erhabene es so entschieden hatte.

Sie würde das werden, wovon sie als Kind geträumt hatte: die Kaiserin und – warum nicht? – später vielleicht sogar der Kaiser des Reichs der Mitte.

Auf diese Weise würde sie lediglich die Prophezeiung des blinden Wahrsagers erfüllen, den Taizong einst in den Palast geholt hatte. Dieser hatte vorausgesagt, dass eines Tages eine Frau mit dem Namen Wu über das chinesische Reich herrschen und den Titel »Kaiser« annehmen würde. Sie hatte diese Prophezeiung, über die sich damals alle lustig gemacht hatten, irgendwann wieder vergessen, obwohl viele sie ihr mit einem höhnischen Lächeln immer wieder vorgehalten hatten.

»Dieser Wahrsager ist ja ganz schön dreist! Eine Frau als Kaiser von China, und dann soll sie auch noch Wu heißen, damit kannst doch nur du gemeint sein!«, riefen sie, um sie zu verspotten und aus der Fassung zu bringen.

Doch nun, da sich alles klärte, würde sie ihren Sarkasmus Lügen strafen.

Kaiser von China, das war ihre Zukunft!

Sie war sich sicher, dass der Erhabene genau das von ihr erwartete.

Und war das nicht der beste Weg, um die Bevölkerung des Kaiserreichs dazu zu bringen, jene göttlichen Lehren zu befolgen, die der Buddha den Menschen erteilt hatte, ehe er diese Erde verließ, um ins Nirwana einzugehen?

Es war ja so offensichtlich!

Neben dem schlafenden Gaozong sah sie sich bereits als obersten Lenker ihres Volkes, der die Klöster förderte und im gesamten Reich den Bau von Pagoden anordnete. Sie würde Eintracht zwischen den verschiedenen Kasten schaffen und einen Waffenstillstand mit den anderen Religionen verkünden, deren Anhänger immer zahlreicher wurden: mit dem Daoismus, jener ursprünglichen Religion Chinas, die sich auf das Yin und das Yang gründete und deren Hang zu Alchemie und Unsterblichkeit sie faszinierte. Natürlich auch mit dem Konfuzianismus, dieser offiziellen Gesellschaftsmoral, die nur dem Namen nach eine Religion war und sie wegen des allzu großen Respekts, den ihre adligen und gelehrten Anhänger dem Erreichten bezeugten, weniger lockte. Aber es gab auch noch andere Religionen, die mit den Karawanen der Kaufleute aus Zentralasien gekommen waren: den Nestorianismus und den Manichäismus, seltsame Kulte aus dem Westen, von denen hinter vorgehaltener Hand immer häufiger geredet wurde. Und schließlich den Mazdaismus mit seinem Stifter Zarathustra, dessen von einem seltsamen Magier eröffnetes Heiligtum in Chang'an, wie man hörte, stets gut besucht war.

Nachdem der Buddhismus erst einmal als offizielle Religion eingesetzt worden war, könnte Wu Zhao auch endlich all diesen reichen, vor Arroganz und Hochmut platzenden Kaufleuten und den adligen Familien, die Tausende Hektar Ackerland von Sklaven bewirtschaften ließen, befehlen, den Armen gegenüber mildtätig zu sein.

Zu behaupten, dass Wu Zhao an diese erste Nacht mit Gaozong nicht gerade eine freudige Erinnerung bewahrt hätte, wäre noch untertrieben.

Als sei sein Jadestab eine Pflugschar, hatte sich Taizongs Sohn so rücksichtslos in ihren Leib gewühlt, dass ihre Haut völlig wund gescheuert war. Aus Furcht, seinen Zorn zu erregen, und getröstet von der Gewissheit, dass ihre Schritte vom Erhabenen Buddha gelenkt wurden, hatte sie ihn dennoch gewähren lassen und war sogar so weit gegangen, im entsprechenden Moment Vergnügen vorzutäuschen.

Danach waren Monate und Jahre vergangen, in denen sie den verrückten Traum, eines Tages den höchsten Platz im Kaiserreich einzunehmen, nie aufgegeben hatte. Und schließlich hatte sie Gaozong einen Sohn geboren, ihren geliebten Li Hong.

Doch leider musste sie erkennen, dass der Horizont durch Kaiserin Wang versperrt blieb.

Sie hatte keine andere Wahl, als die Kaiserin aus dem Weg zu schaffen. Da die subtilen Intrigen, die sie ersonnen hatte, alle fehlgeschlagen waren, musste sie radikalere Maßnahmen ins Auge fassen. Selbst auf die Gefahr hin, das Schicksal herauszufordern, wenn sie alles auf eine Karte setzte.

So hatte Wu Zhao beschlossen, ihr Neugeborenes zu töten und Kaiserin Wang des Mordes zu beschuldigen.

Doch auch damit wurde sie die verhasste Kaiserin nicht los.

Sie hatte sich schon mit dem Gedanken abgefunden, einen neuen, noch teuflischeren Plan zu schmieden, als die Mutter von Kaiserin Wang den unglaublichen Fehler beging, einen Hexer zu bitten, Zauberhafte Blüte, die ewige Rivalin ihrer Tochter, mit einem Fluch zu belegen.

Die Affäre, als deren eigentliche Anstifterin alle die Kaiserin selbst vermuteten, war rasch bekannt geworden und hatte sich zu einem öffentlichen Skandal ausgeweitet.

Trotz des Widerstands der hohen Beamten, die Kaiserin Wang immer noch treu ergeben waren, hatte sich Gaozong gezwungen gesehen, sich von ihr zu trennen. Als ausgleichende Gerechtigkeit hatten scheinheilige Berater, die insgeheim die in Ungnade gefallene Kaiserin unterstützten, dem Kaiser eingeflüstert, Zauberhafte Blüte ebenfalls zu verstoßen. Denn wenn er sich sowohl von seiner Gemahlin als auch von seiner Ersten Konkubine abwandte, deren langjährige Rivalität allseits bekannt war, konnte ihm niemand vorwerfen, eine von beiden zu bevorzugen.

Und so hatte man schließlich behauptet, die beiden Frauen hätten versucht, den Kaiser zu vergiften, ein Verbrechen, das mit der Todesstrafe geahndet werden konnte. Diese Anschuldigung war die Rechtsgrundlage für einen kaiserlichen Erlass, mit dem die beiden Frauen ihres jeweiligen Ranges enthoben wurden.

Kaum war die rote Tinte von Gaozongs gewaltigem Siegel unter dem Schriftstück getrocknet, als auch schon Ordnungshüter die zwei Frauen abgeholt und sie in eine Kammer ganz hinten in jenem Bereich des kaiserlichen Palasts gesperrt hatten, der den Eunuchen vorbehalten war.

Wu Zhao, die mit dieser doppelten Verstoßung nicht das Geringste zu tun hatte, war davon überzeugt, dass diese glückliche Fügung das Werk des Erhabenen war.

Nach einer Weile hatte der Herrscher schließlich beschlossen, sie zu seiner Ehefrau zu machen.

So wurde aus der einfachen kaiserlichen Konkubine fünften Ranges des verstorbenen Kaisers Taizong, die um ein Haar für den Rest ihres Lebens im Kloster Ganye eingesperrt geblieben wäre, durch die Heirat mit Kaiser Gaozong aus der Dynastie der Tang die Kaiserin des Reichs der Mitte.

In der Halle der Audienzen und Festlichkeiten brachte die unvergleichliche, strahlende Schönheit der neuen Herrscherin viele der heimlichen Proteste zum Schweigen.

Ein Mann jedoch blickte noch finsterer drein als alle anderen.

Obwohl er sich dem Aufstieg dieser Frau, die in seinen Augen nichts als eine billige Thronräuberin war, mit aller Macht entgegengestellt hatte, war er gescheitert.

Dabei mangelte es ihm weder an Einfluss noch an Ansehen.

Zhangsun Wuji, der oberste Befehlshaber der Armee, war der Onkel des Kaisers. Die Schwester von General Zhangsun hatte Kaiser Taizong den Großen geheiratet, und dieser hatte seinem Schwager bereitwillig militärische Feldzüge übertragen, welche der Offizier mit Bravour bestanden hatte. Diesen Erfolgen verdankte er seinen rasanten Aufstieg in der Befehlskette und zu guter Letzt sogar seine Ernennung zum Ersten Minister. Dieser strenge, den Traditionen verhaftete General, der großen Wert auf die Wahrung der Etikette legte, hatte bereits die Adoption des Sohnes von Zauberhafte Blüte durch Kaiserin Wang und die Ernennung des Jungen zum Kronprinzen missbilligt.

Um zu versuchen, diesen leicht Anstoß nehmenden Onkel zu besänftigen, hatte Wu Zhao Gaozong überredet, ihm mit ihr zusammen einen Besuch abzustatten.

»Welch ein Glück Ihr doch habt, über eine so hübsche Nachkommenschaft zu verfügen!«, hatte Wu Zhao angesichts der großen Kinderschar des Generals gesäuselt.

Und Gaozong, der zuvor seine Wachen angewiesen hatte, ein knappes Dutzend bis zum Rand mit kostbaren Seidenstoffen und Schmuck gefüllte Körbe vor dem Älteren abzustellen, hatte beteuert: »Lieber Onkel Zhang, wenn ich Wu Zhao zu meiner offiziellen Gemahlin nehme, dann nur, um es Euch mit Euren wunderschönen Kindern gleichzutun! Wenn Kaiserin Wang mir Erben geschenkt hätte, wäre sie ohne jeden Zweifel meine Gemahlin geblieben!«

»Mein Neffe, magst du auch noch so sehr der Kaiser von

China sein, dein Verhalten werde ich niemals gutheißen. Es widerspricht allen Regeln ehrenhafter Lebensführung, die im *Zhouli*, dem Ritenwerk deiner ehrwürdigen Ahnen aus, der kaiserlichen Dynastie der Zhou, niedergeschrieben sind!«, hatte der alte General trocken erwidert, ohne Wu Zhao auch nur eines Blickes zu würdigen.

Zutiefst gekränkt hatte diese mit ihrem zukünftigen Gemahl den Raum verlassen. Den unbeugsamen, starrsinnigen Onkel, von dem sie nun wusste, dass er ihr unversöhnlicher Feind war, ließ sie vor den von Geschenken überquellenden Körben einfach stehen. An diesem Tag war ihr klar geworden, dass es zwischen ihnen keinen Frieden geben konnte.

Ihr blieb nichts anderes übrig, als nach einer Möglichkeit zu suchen, ihn aus dem Weg zu räumen.

Er oder sie.

Doch vorerst genoss sie es, das wutverzerrte Gesicht des alten Zhang zu beobachten. Trotz seiner prächtigen, mit Orden behangenen und über und über mit Gold geschmückten Uniform des obersten Befehlshabers der kaiserlichen Truppen bot der General einen bemitleidenswerten Anblick. Er stand in scharfem Kontrast zu den nachdrücklich lächelnden Mienen der Tausenden von Höflingen, die sie von nun an mit einer Mischung aus Respekt und Furcht betrachteten, wie man sie einer Göttin entgegenbringen mochte.

Wie viele von ihnen freuten sich wirklich aufrichtig, und wie viele wurden von Eigennutz und Schwäche getrieben?

Wu Zhao ließ sich nicht täuschen.

Macht eroberte und behielt man nur durch Gewalt.

Von diesem Tag an durfte sie sich keinen Fehler mehr erlauben, denn in diesen Höhen konnte man sich seiner Stellung niemals sicher sein.

Dieser Frau, der ihre Herkunft nichts außer Willenskraft und Mut mit auf den Weg gegeben hatte, würde niemals etwas geschenkt und schon gar nichts verziehen werden.

Aber die künftigen Auseinandersetzungen machten der Kämpferin Wu Zhao keine Angst.

Die junge Kaiserin war dreißig Jahre alt, doch sie wirkte jünger als zwanzig, so sehr strahlte ihr Gesicht vor Freude darüber, endlich am Ziel zu sein.

2

Kloster des Einen Dharma*, Peshawar, Indien

»Buddhabadra ist zurück! Buddhabadra ist zurück!«

Das Gerücht schwoll an, bis schließlich von allen Seiten her freudige Rufe erschallten.

»Willkommen, Buddhabadra, Ehre sei dem Unschätzbaren! Ehre sei unserem Unschätzbaren Abt!«

Zufrieden musterte Dolch der ewigen Wahrheit, Buddhabadras oberster Gehilfe, die gelben Berge am Horizont, deren zerklüftete Gipfel sich vor dem blauen Himmel abzeichneten.

Er war erleichtert, weil er sich umsonst Sorgen gemacht hatte.

Sein Abt hatte tatsächlich Wort gehalten und kehrte rechtzeitig zurück.

Schließlich hatte er ihm ja auch vor seiner Abreise versichert, dass er alles daransetzen würde, pünktlich wieder da zu sein, um die »Kleine Wallfahrt« zu leiten.

Und diese sollte wie in jedem Jahr Anfang des kommenden Monats beginnen, also in genau vier Wochen.

Nun war also alles wieder in Ordnung.

Die freudigen Begrüßungsrufe breiteten sich in den dunklen Korridoren des Klosters vom Einen Dharma aus wie ein langer Gebetsteppich, der unter den nackten Füßen der

* *Dharma*: Sanskrit für Wahrheit.

Mönche ausgerollt wurde. Sie bereiteten dem Abt einen Empfang, der eines Gottes würdig gewesen wäre.

Es dauerte nicht lange, bis mehr als tausend von ihnen in orangefarbenen Roben aus ihren Zellen strömten. Gemeinsam eilten sie hinaus auf den Wehrgang, der die Wallmauern des befestigten Klosters krönte.

Von dort aus hatte man freie Sicht auf den Weg, der vom Pass am Rand des Bergkamms zum Kloster hinabführte.

Und tatsächlich glaubten sie alle, vor dem sich in der friedlichen Dämmerung rötlich färbenden Abendhimmel im Gegenlicht die Umrisse der beiden furchtlosen Männer zu erkennen, die schon längst wieder zurück sein sollten.

Voller Sorge erwarteten sie seit Tagen stündlich die Rückkehr ihres Unschätzbaren Abtes, der darüber hinaus nicht allein zu seiner Reise aufgebrochen war.

Zum ersten Mal hatte er eine lebende Kostbarkeit mitgenommen: den weißen Elefanten des Klosters, ein heiliges Tier von unvorstellbarem Wert.

Es war inzwischen einige Monate her, seit er sich gegen Ende des Sommers mit dem Elefanten und seinem Elefantenführer, dem Kornak, auf den Weg gemacht hatte. Sie begannen ihre Reise vor dem ersten Schnee, damit der Dickhäuter beim Vorwärtskommen nicht allzu sehr behindert wurde.

Der Kornak war ein schlichter Analphabet, der kaum ein Wort Sanskrit beherrschte. Er war eindeutig geschickter im Umgang mit Elefanten als darin, Lehrverse zu rezitieren oder die *mudras* zu entschlüsseln. Dabei handelte es sich um jene Gesten des Erhabenen, die ebenso präzise waren wie eine Sprache und von den Bildhauern an Tempelmauern oder Höhlenwänden verewigt wurden.

Um ins Schneeland zu kommen – mit diesem hübschen Namen bezeichneten die Inder Tibet –, musste man das Himalaya-Gebirge vollständig überqueren und dabei einen Bogen um seine höchsten Gipfel schlagen, deren eisige Wände so hoch hinaufragten, dass sie die Reisenden, die es wagten, in diese Regionen vorzudringen, unweigerlich an den Berg Meru erinnerten, den Schatzberg, den Weltenberg, der höher war als alles andere auf der Erde.

Dieser Weg war nicht nur lang, sondern auch beschwerlich.

Mehr als ein unerschrockener Reisender ließ ein Fingerglied oder seine Nase auf diesen Straßen, über die den ganzen Winter eisige Winde hinwegpeitschten. Rechts und links ging es so steil hinunter, dass man den Boden des Abgrunds nicht sehen konnte.

Um dort oben seine Haut zu retten, musste man mindestens das Verhalten eines Heiligen an den Tag legen.

Zahllose Geschichten rankten sich um Dämonen und heimtückische Geister, die die Wanderer in diesen Bergen angriffen. Es hieß, nur die absolute Frömmigkeit der Menschen, die sich im Namen ihres Glaubens in diese eisige Hölle wagten, könne sie dazu bringen, zurückzuweichen.

Verglichen mit ihnen waren die Schneeleoparden, die Bären oder auch die Wölfe, die diese unwirtliche Gegend bevölkerten, geradezu friedlich.

Niemand überquerte ohne Grund dieses gewaltige natürliche Hindernis, das zwei so unterschiedliche Welten wie China und Indien voneinander trennte.

Es wurde Zeit, dass Buddhabadra zurückkam!

Der ausklingende Frühling war kalt und der Sommer kurz in diesen Höhen.

Dann wäre das Wasser in den Ritualbecken des Klosters vom Einen Dharma morgens früh wieder gefroren und würde so den nahen Winter ankündigen.

Mit jedem Tag wäre dann die Heimreise des respektierten Abtes, den sie alle als ihren geistigen Vater betrachteten, schwieriger geworden.

Das war der Grund für die offenkundige Freude und Erleichterung dieser Männer, die wie Wachtposten von der Spitze ihrer Mauern zum Horizont hinüberspähten.

Obwohl sie alle unterschiedlich alt waren – einige Mönche zählten fast schon hundert Jahre, die jüngsten Novizen hingegen nicht einmal vierzehn –, sahen sie sich mit ihrem hageren Körper und ihrem sorgfältig geschorenen Haupt seltsam ähnlich. Ihre gefalteten Hände, über die sie sich beugten, zeugten von dem stummen Dank, den sie zu Ehren dieser lang ersehnten Rückkehr darbrachten.

Auch wenn viele Buddhabadra fürchteten, da er seinen Novizen nicht den kleinsten Fehler durchgehen ließ, bewunderten sie alle die Gelehrsamkeit und die Unbeirrbarkeit dieses kleinen, fast fünfzigjährigen Mannes. Sein Körper war mager, vom Fasten und den Kasteiungen ausgezehrt, über glühende Augen spannten sich kohlschwarze Brauen, und im linken Ohr trug er einen Ring aus gedrehtem Silber.

Buddhabadra, den die Gemeinschaft vor zwanzig Jahren zum Unschätzbaren Großen Abt gewählt hatte, war im Alter von zehn Jahren ins Kloster gekommen. Er stammte aus einer adligen gandharischen Familie, in der eine Form des Buddhismus praktiziert wurde, die sich als die »reinste« und »rechtgläubigste« verstand. Buddhabadra verkörperte perfekt das Bestreben seiner Sippe, die Tradition der ersten Schüler des Erhabenen unverfälscht zu bewahren.

Kaum hatte er sein neues Amt als Oberhaupt der buddhistischen Gemeinde von Gandhara übernommen, deren wichtigstes religiöses Zentrum das Kloster des Einen Dharma war, hatte er das Mindestalter für den Beginn des Noviziats auf dreizehn Jahre heraufgesetzt.

So bliebe er für alle Zeiten der jüngste Novize, den man je den Tausende von Seiten umfassenden buddhistischen Kanon gelehrt hatte. Dieser enthielt sämtliche Regeln und

Lehren des Erleuchteten versehen mit philosophischen, metaphysischen und moralischen Kommentaren, die seine Schüler in dem Moment zu verfassen begonnen hatten, als der Buddha gegen Ende des sechsten Jahrhunderts vor unserer Zeitrechnung sein irdisches Leben hinter sich gelassen hatte.

Außerdem kannte er alle Einzelheiten der Tausende von Jatakas, jener wunderbaren Erzählungen, die ausführlich die früheren Existenzen des Erhabenen schilderten. Der Buddha hatte in den verschiedensten Gestalten gelebt: als Bezähmer des Drachenkönigs Gopala, eines Riesen-Naga, wobei er das Abbild seines Schattens an der Wand einer Höhle zurückgelassen hatte; als Waldeinsiedler, der freiwillig unter den Pfeilen eines grausamen Königs fiel, um seine alten Eltern zu verteidigen; als Prinz Vishvantara, der einen weißen Elefanten besaß, der es regnen lassen konnte.

Als stolzer Buddhist konnte Buddhabadra den begeisterten Kindern stundenlang solche bezaubernden Geschichten erzählen, die den Erhabenen bekannter und vor allem beliebter machten.

Er war davon überzeugt, dass sein Kloster der oberste Hüter der reinen buddhistischen Lehre war. Sich selbst betrachtete er nicht nur als deren unverzichtbares Gedächtnis, sondern auch als den wichtigsten Garanten der Rechtgläubigkeit.

Aus diesem Grund fürchteten und respektierten ihn die Mönche, seine Schüler, die seine Autorität niemals in Frage stellten, auch wenn er nicht zögerte, ihnen Fastenzeiten und ausgedehntes Knien aufzuerlegen. Tief mussten sie sich vor den androgynen Gesichtern der Buddhas und Bodhisattvas verneigen, die die gräko-buddhistischen Bildhauer in den Stein gemeißelt hatten.

Das genaue Ziel seiner letzten Reise ins Schneeland hatte Buddhabadra ebenso geheim gehalten wie das der vorherigen. Nicht einmal seinem obersten Gehilfen hatte er es anvertraut.

Dolch der ewigen Wahrheit war ein außerordentlich respektierter Mönch, der nicht nur den gesamten buddhistischen Kanon beherrschte, sondern neben der persischen Sprache, die er in seiner Kindheit gelernt hatte, auch noch des Chinesischen und sogar des Tibetischen mächtig war.

Diese Kenntnisse ermöglichten es ihm, die zahlreichen Mönche zu empfangen, die auf Pilgerfahrt aus diesen beiden östlichen Ländern kamen, um die heiligsten Orte des Buddhismus zu besuchen. Dabei machten sie zwangsläufig auch in diesem Kloster Halt, das auf dem Weg nach Nordindien lag, wo der Erhabene gelebt hatte.

Darüber hinaus war Dolch der ewigen Wahrheit ein gehorsamer und loyaler Mönch.

Er hatte niemals gewagt, Buddhabadra gegenüber anzudeuten, dass ihn die Geheimniskrämerei verletzte, mit der dieser seine Reisen umgab. Gleichzeitig hatte er sich bemüht, das Verhalten seines Abtes nicht als einen kaum erklärlichen Mangel an Vertrauen ihm gegenüber anzusehen, sondern sich gesagt, dass es einen wichtigen Grund für Buddhabadras Verschwiegenheit geben müsse.

Wann immer die Novizen, die sich so etwas eher trauten als die alten Mönche, Buddhabadra fragten, in welche Gegend von Tibet er denn genau zu reisen gedenke, begnügte sich dieser mit der gleichen ausweichenden Antwort: »Ich reise auf das Dach der Welt. Und das ist ein ziemlich weiter Weg!«

Das Dach der Welt!

Buddhabadra verwendete mit Absicht diese Bezeichnung und nicht »das Schneeland«, als wollte er das Mysterium, das seine Reisen umgab, noch eigens betonen.

Diese Koketterie ihres Ehrwürdigen Abtes hatte die Angst der verwaisten Gemeinschaft umso größer werden lassen, als die Mönche feststellten, dass Buddhabadra nicht zum erwarteten Zeitpunkt zurückkehrte.

»Ist das Dach der Welt nicht eine Hölle? Es heißt doch, die schlimmste Hölle sei die der eisigen Kälte, oder nicht?«

Wie oft hatten nicht verängstigte, aufgelöste junge Novizen Dolch der ewigen Wahrheit diese Frage gestellt!

»Wir müssen Meister Buddhabadra vertrauen. Wenn er nicht von dort zurückkehren sollte, dann weil der Erhabene entschieden hat, ihn bei sich im Nirwana aufzunehmen!«, antwortete der oberste Gehilfe des Abtes jedes Mal mit unverzagter Miene.

»Was genau ist denn das Nirwana? Ist es ein Paradies, oder ist es das Nichts?«, fragten die gleichen Novizen weiter.

»Es ist das Stadium, in dem das Bewusstsein eines Heiligen im Frieden des Verlöschens aufgeht. Dadurch findet die tragische Abfolge der Wiedergeburten ein Ende, die jedes Lebewesen zwingt, zahllose Existenzen in den unterschiedlichsten Erscheinungsformen zu durchleiden. So kann es etwa bei einem schlechten Karma im Körper einer Ameise wiedergeboren werden, auf die gerade ein Kind urinieren will, oder in dem eines Wildschweins, das von Tigern zerrissen wird!«

»Wie wird man denn zu einem Heiligen?«

»Als Erstes muss man dazu ein guter Novize sein!«, erwiderte Dolch der ewigen Wahrheit, der häufig zu solch schlagfertigen Antworten neigte, mit einem Lachen.

In Wahrheit glaubte er nicht eine Sekunde daran, dass der Erhabene Buddha die Reise seines Abtes beenden würde. Dafür kannte er Buddhabadras Vorsicht und Klugheit zu gut. Seit Dolch der ewigen Wahrheit in den Diensten des Abtes stand, war dieser schon mehrmals zu seiner Reise aufgebrochen und jedes Mal am vereinbarten Tag zurückgekehrt.

Tatsächlich hatte Buddhabadra, einige Tage bevor er sich

damals erneut auf den Weg gemacht hatte, seinem Gehilfen gegenüber den Schleier ein wenig gelüftet.

»Ich werde die Interessen unseres Kleinen Fahrzeugs verteidigen. Auf dem Dach der Welt, in Tibet oder, wenn dir das lieber ist, im Schneeland, wie es hier genannt wird. Und glaube mir, in Anbetracht dessen, was ich vor kurzem erfahren habe, wird dies keine leichte Aufgabe sein, vor allem nicht, seit meine Freunde neue Forderungen stellen!«

»Welche Freunde meinst du, Unschätzbarer Abt?«

Als er darauf keine Antwort erhielt, hatte es Dolch der ewigen Wahrheit mit einer anderen Frage versucht.

»Warum musst du dazu so weit reisen? Und wer bedroht unsere Interessen? Sind es diese ›Freunde‹, von denen du gesprochen hast?«

»Was glaubst du denn?«, hatte Buddhabadra mit leisem Ärger erwidert.

»Handelt es sich etwa um das Große Fahrzeug?«

Kleines Fahrzeug oder Hinayana war die etwas herablassende Bezeichnung des chinesischen Buddhismus, des sogenannten Großen Fahrzeugs oder Mahayana, für den indischen Buddhismus.

Die chinesischen Anhänger des Mahayana betrachteten den ursprünglichen indischen Buddhismus als eine weniger edle und engstirnigere Richtung als ihre eigene.

Das Hinayana behielt unter Berufung auf die Worte des Erhabenen das ewige Heil allein Mönchen und Nonnen vor. Die chinesischen Anhänger des Mahayana hatten eine pragmatischere Position gewählt, die dem gewaltigen Anklang zugrunde lag, welchen ihre Religion bei der Bevölkerung fand. Nach unzähligen theologischen Kontroversen, die zu allen möglichen Auslegungen der Lehren des Buddha Anlass gegeben hatten, waren sie zu dem Schluss gelangt, dass auch Laien auf die Erlösung hoffen durften, sofern sie die moralischen Gebote des Erhabenen befolgten.

Und deshalb war ihr »Fahrzeug zur Erlangung der Erlösung« ihrer Überzeugung nach größer als das Hinayana, dessen Anhänger sich an die strenge Lehre des ursprünglichen Buddhismus hielten.

Die Rivalität zwischen diesen beiden Lehrpfaden war somit durchaus real, und Dolch der ewigen Wahrheit hatte ganz richtig erkannt, was sich hinter Buddhabadras rätselhaften Worten verbarg. Doch er hatte immer noch nicht die leiseste Ahnung, wohin Buddhabadra reisen wollte, um die Interessen des Kleinen Fahrzeugs zu verteidigen.

»Jetzt hast du mir schon zu viel verraten. Wenn ich wenigstens wüsste, wohin du gehst, könnte ich dir vielleicht helfen!«, erklärte er.

»Mein lieber Dolch der ewigen Wahrheit, es gibt Geheimnisse, die man nur mit seinesgleichen teilen darf. Darauf habe ich einen Eid geschworen. Es ist sinnlos, mich noch länger zu drängen! Ich kann dir nicht mehr sagen. Wenn ich diese weite Reise auf mich nehme, dann weil es triftige Gründe dafür gibt. Auch wenn es mich einige Überwindung kostet, denn ich finde die Aussicht auf steile Anstiege und eisige Nächte keineswegs erstrebenswert.«

Durch diese heftigen Worte aus der Fassung gebracht, hatte sich Dolch der ewigen Wahrheit demütig für seine Neugier entschuldigt. Und von diesem Moment an hatte er sich bis zu Buddhabadras Aufbruch jede weitere Frage verkniffen.

Er sagte sich, dass die Interessen des Kleinen Fahrzeugs mit denen des Klosters vom Einen Dharma und seiner Gemeinschaft zusammenfielen und dass somit niemand besser geeignet wäre, sie zu verteidigen, als sein Abt.

Außerdem wollte er ihm als disziplinierter Gehilfe beweisen, dass er seine Anweisungen beherzigte. Deshalb war er fest entschlossen, ihm nicht eine einzige indiskrete Frage zu stellen, wenn er wieder zurück war, was ja nun nicht mehr lange dauern konnte.

»Ehre sei Buddhabadra, dem Unschätzbaren Abt des Einen Dharma!«

Rings um Dolch der ewigen Wahrheit, der auf den Wehrgang geeilt war, um der Ankunft seines Abtes beizuwohnen, erschallten immer noch die Rufe der Mönche.

Sie hatten inzwischen ein regelrechtes Freudengeschrei zu Ehren dieses frommen, unerschrockenen Buddhisten angestimmt. Dieses Helden, der nicht gezögert hatte, den Ausläufern der höchsten Berge des Universums zu trotzen, die so hoch aufragten, dass sie bis an das Nirwana heranreichten!

Die im ockerfarbenen Licht der Abenddämmerung rötlich schimmernden Bergkämme, die über der indischen Stadt Peshawar aufragten, muteten wie die Schwingen eines gewaltigen Raubvogels an, der ihr darunter Schutz gewährte.

Das Kloster des Einen Dharma war einige Jahrhunderte zuvor etwas abseits dieser von Kaufleuten und Pilgern bevölkerten Stadt erbaut worden, um den berühmten Reliquienschrein des Kaisers Kanishka aufzunehmen und dieses Monument zu bewahren, das zu den heiligsten des indischen Buddhismus gehörte.

Zu Zeiten ihres größten Glanzes, als Hauptstadt des gräkobaktrischen Kushana-Reichs, zählte die königliche Stadt Peshawar nicht weniger als tausend Klöster.

Doch seit den furchtbaren Zerstörungen, die sie um das Jahr 530 durch die Hephthaliten, die sogenannten Weißen Hunnen, erlitten hatte, war sie nur noch ein Schatten ihrer selbst.

Von den Tausenden von Stupas, die sich einst an jeder Straßenecke erhoben, waren nur noch unförmige Haufen übrig, von denen die Kinder nach und nach die Steine fortnahmen, um mit ihren Schleudern auf Spatzen zu schießen.

An den Toren der Heiligtümer, die nicht dem Erdboden gleichgemacht worden waren, fand man noch vereinzelte gütig leuchtende Gesichter von Buddhas und Bodhisattvas. Sie waren von den gräko-buddhistischen Künstlern, die in

Peshawar eine ihrer berühmtesten Werkstätten unterhalten hatten, in den Stein gemeißelt worden.

Die meisten dieser engelsgleichen Antlitze, deren sanfte Umrisse nicht nur von der bewundernswerten Eleganz der griechischen Bildhauerkunst, sondern auch von der Spiritualität zeugten, die die Darstellung des Erleuchteten verlangten, waren von den Soldaten dieser heidnischen Völker skrupellos heruntergerissen oder mit Hammerschlägen zerstört worden.

Allein noch der eindrucksvolle, stolze Umriss des gewaltigen Klosters des Einen Dharma ragte aus den Verwüstungen heraus. Seine mächtigen, auf halber Höhe am Hang eines Hügels errichteten Mauern waren von so weit her zu sehen, dass die Pilger sich nur selten nach dem Weg erkundigen mussten, wenn sie dort ihren religiösen Pflichten nachkommen wollten.

Zur Zeit der Kushanas hatte das Hochheilige Kloster des Einen Dharma bis zu fünfzehntausend Mönche beherbergt.

Es war eine regelrechte Stadt mit Schulen, Bäckereien, Spielplätzen für die Novizen und Waschplätzen, an die das Quellwasser aus den Bergen geleitet wurde. Mit den sonnengetränkten Früchten aus den Obstgärten wurden riesige Tabletts mit Opfergaben zusammengestellt, die die Pilger in langen Prozessionen zu Füßen des kostbaren Reliquienschreins von Kanishka darbrachten.

Etwa um das Jahr 100 nach Christus hatte Kaiser Kanishka, der Herrscher über das große Kushana-Reich, das sich über einen Teil Nordindiens, Baktrien und das Tarimbecken erstreckte*, nach einem bemerkenswerten Erlebnis diesen Schrein errichten lassen.

* Dieses Gebiet umfasst heute den Norden Indiens, Pakistan, Afghanistan, Usbekistan und Tadschikistan sowie einen Teil der autonomen chinesischen Region Xinjiang.

Vom Gangestal bis hin zu den Gipfeln des Pamir erstreckte sich damals eine illustre Reihe von Fürstentümern, die die tapferen Reiter der Kushana-Herrscher nach und nach erobert und vereint hatten.

Während eines Jagdausflugs war der indo-skythische Kaiser Kanishka auf wundersame Weise von einem weißen Hasen zu einem jungen Hirten geführt worden, der seine Herde auf einer grünen Wiese weiden ließ.

»Du bist der König Kanishka!«, hatte der junge Mann dem verblüfften Herrscher entgegengerufen.

»Woher kennst du meinen Namen?«

»Ich habe nur die Prophezeiung des Erhabenen Buddha wiederholt: *Vierhundert Jahre nach meinem Tod wird ein König mit dem Namen Kanishka über dieses Gebiet herrschen*«, hatte der junge Hirte lächelnd geantwortet.

»Von diesem gesegneten Tag an werde ich die Lehren des Erhabenen befolgen!«, hatte der König erwidert und war unverzüglich von seinem Pferd gestiegen, um vor dem Hirtenjungen niederzuknien.

Zurück in Peshawar hatte er den Befehl erteilt, an der Stelle, an der er die Heilige Prophezeiung vernommen hatte, einen gewaltigen Stupa zu errichten. Dann hatte er beim berühmtesten Goldschmied der Gegend, dem Griechen Agesilas, jenen außerordentlichen Reliquienschrein in Auftrag gegeben, der von da an seinen Namen tragen sollte.

Den alten Schriften zufolge war nichts schön genug gewesen für diesen Schrein aus mit Silberintarsien verziertem Sandelholz. Auf seine Spitze hatte der Goldschmied die massivgoldene, mit Schmuck- und Edelsteinen besetzte Gedenkstatue des Erhabenen gesetzt.

Es hieß, der König habe dieser Darstellung des Heiligen zwei Diamanten von unvergleichlichem Glanz geschenkt, die als Augen eingesetzt worden seien.

Angeblich habe er diese beiden Zwillingssteine, die so

groß und so rein waren, dass die Sänger niemals aufgehört hatten, ihr Strahlen zu preisen, aus tausend anderen, während seiner Kriegszüge erbeuteten Edelsteinen ausgewählt. Im Epos des ruhmreichen Kanishka stand ausdrücklich erwähnt, dass er Agesilas diese Steine übergeben habe, weil sie an eine berühmte Episode aus einem der früheren Leben des Buddha erinnern sollten. Sie erzählte davon, wie er sich bereit erklärt hatte, seine Augen einem armen Blinden zu schenken, der dadurch das Augenlicht wiedererlangt hatte.

Nachdem die Statue fertig war, hatte der fromme Kaiser sie in über fünfzig Metern Höhe in eine Nische ganz oben an der Spitze eines Turms einmauern lassen, dessen einzelne Stockwerke durch in den Stein gemeißelte fliegende Apsaras voneinander abgesetzt waren. Diese geflügelten Geschöpfe sollten über den unermesslichen Schatz wachen, der nur über ein Gerüst zu erreichen war, sodass sich niemand seiner bemächtigen konnte.

Hinterher hatte der gleiche Kaiser Kanishka, jener vom leidenschaftlichen Glauben aller Neubekehrten beseelte buddhistische Herrscher, im Pandschab ein Konzil einberufen, das die Ausdehnung des Buddhismus zu den Oasen Zentralasiens hin fördern sollte, von wo aus er schließlich China erobert hatte.

Die Statue aus Gold und Diamanten hatte so mehrere Jahrhunderte von der Welt abgeschieden in dem riesigen Reliquienturm verbracht, bis sie von den Hunnen geraubt worden war.

Später war das, was von den Reliquien noch übrig geblieben war, sorgsam in einem pyramidenförmigen Kästchen eingeschlossen worden. Kein Mönch hätte je gewagt, es zu öffnen. Alle fünf Jahre wurde diese goldene Schatulle anlässlich der »Großen Wallfahrt«, zu der eine gewaltige Menschenmenge aus dem ganzen Norden Indiens zusammenströmte, um die Reliquien anzubeten, aus ihrer vermauerten Nische herausgeholt.

Denn der Reliquienturm des Kanishka war immer noch eines der glorreichsten Heiligtümer des Buddhismus.

Jeder der bedeutenden Kultorte dieser Religion sollte eine der heiligen Reliquien des Erhabenen besitzen. Und einer alten Überlieferung zufolge wurden im Kloster des Einen Dharma in Peshawar die Augen des Buddha aufbewahrt.

Der Ruhm dieses Ortes lockte Pilger aus China, Tibet, Kucha, Turfan und Sogdien an.

Diese furchtlosen Reisenden kamen meist über jene fruchtbaren Oasen, die aus einer einfachen Straße eine der wichtigsten Verbindungsrouten zwischen den Zivilisationen des Westens und Ostens gemacht hatten.

Diese Zwischenstationen in den lebensfeindlichen Wüsten trugen die Namen Kashgar, Yarkand, Khotan, Kucha, Turfan, Hami oder Dunhuang.

Doch auf den Pilgerstraßen, die von China an die heiligen Orte führten, wo der Buddha gelebt hatte, begegnete man nicht nur frommen Laien und buddhistischen Mönchen, die bereits in Zentralchina ihren Glauben verkündeten.

Eine kostbare Ware reiste auf diesen von glühend heißen oder eisig kalten Winden gepeitschten steinigen Straßen.

Sie hatte bereits die Aufmerksamkeit der Römer erregt, die bereit waren, ein ganzes Vermögen dafür zu zahlen. Die Karawanenführer, die mit dem Transport betraut waren, bewachten sie eifersüchtig. Denn die kleinen, in grauen Stoff eingeschlagenen Ballen, die sich auf dem Rücken von Kamelen und Pferden stapelten, wirkten zwar vollkommen unscheinbar, doch sie bargen ein sich unvergleichlich anfühlendes Gewebe in schillernden Farben, das die Frauen genüsslich mit Gold- und Silberfäden bestickten, sobald sie es in ihren Händen hielten.

Dieses Gewebe sollte der Straße ihren Namen geben: die Seidenstraße.

Elefanten gehalten hatte, war in Wirklichkeit nur ein großer, regloser Felsbrocken.

Es gab keinen Zweifel.

Der Kornak war allein.

Weder Buddhabadra noch der heilige weiße Elefant kehrten an diesem Tag aus dem Schneeland zurück.

3

Kloster der Dankbarkeit für erwiesene Kaiserliche Wohltaten, Luoyang, China

»Fünffache Gewissheit, kannst du mir noch einmal erklären, wer der Erhabene Buddha Gautama war. Du liest uns immer wieder seine Gebote vor, damit wir sie auswendig lernen, und es heißt, er sei ein freundlicher Mann gewesen, aber nach dem, was du uns gerade erzählt hast, verlangt er doch von den Novizen, auf alles Schöne zu verzichten!«

Der entzückende kleine Junge, der nach dem Ende des Unterrichts zur Glaubenslehre allein mit seinem Lehrmeister zurückgeblieben war, zählte gerade einmal fünf Jahre.

Ab diesem Alter konnten Eltern ihr Kind als Novizen in die Obhut einer Gemeinschaft des Großen Fahrzeugs geben.

Seine gleichaltrigen kleinen Kameraden, etwa zwanzig an der Zahl, machten sich währenddessen einen Spaß daraus, vom Pausenhof der buddhistischen Klosterschule aus kleine Kügelchen aus getrocknetem Lehm ins Klassenzimmer zu werfen.

»Nehmt euch bloß in Acht! Fünffache Gewissheit ist stark wie ein Tiger! Er wird euch einen Tritt in den Hintern versetzen!«, schrie der kleine Schüler plötzlich auf, nachdem eines der Kügelchen seinen geschorenen Kopf getroffen hatte.

Wie ein Schwarm Spatzen stoben die Kinder lachend auseinander, um sich hinter den Säulen der riesigen Galerie, die mit Bildern der erbaulichsten Episoden aus dem Leben des Buddha geschmückt war, zu verstecken.

Wer hätte beim Anblick ihres ausgelassenen, sorglosen Spiels und ihrer schelmischen Streiche vermutet, dass die begabtesten dieser Kinder dazu berufen waren, ein Meister des Dhyana* zu werden, jener in sitzendender Haltung ausgeführten Meditation, der die Chinesen den Namen Chan** gegeben hatten.

Vor einer glatten, leeren Mauer meditieren! Immer und immer wieder, am besten vor einer farblosen Wand ohne Vorsprung oder ein anderes störendes Element, das die Aufmerksamkeit auf sich ziehen könnte. Der Geist musste vollkommen leer sein, um jenes Stadium zu erreichen, in dem sich nicht einmal mehr der kleinste Gedanke regte. Wie eine Pflanze oder ein Kiesel sollte der Meditierende darauf warten, dass die Erleuchtung plötzlich über ihn hereinbrach.

Das war sehr viel wirkungsvoller als das eintönige Rezitieren von Sutren. Es war die unfehlbare Methode, um das Stadium des Erwachens zu erreichen, in dem man sich der Wahrheit bewusst wird. So wie einst der Buddha unter dem heiligen *Pipal*-Baum in der Nähe von Varanasi, nachdem er die Vier Stufen der Meditation durchlaufen hatte.

Um dieses Maß an Konzentration zu erreichen, bedurfte es langjähriger Übung, denn man musste lernen, jeden Gedanken, jede Empfindung aus seinem Geist zu tilgen. Das war anstrengend, vor allem für fröhliche Kinder, die lieber spielten, als Leere in sich zu schaffen, so wie diese etwas unaufmerksame, hin und wieder sogar zu Lachkrämpfen neigende Klasse, der sich Fünffache Gewissheit nach dem Ende der Pause nun wieder gegenübersah.

* Dhyana: Sanskrit für Meditation

** Das chinesische Wort ist von dem Sanskritwort »Dhyana«, Meditation, abgeleitet. Die entsprechende Bezeichnung im Japanischen lautet »Zen«.

Wie jeder Lehrer saß der junge Mönch auf einem Podest hinter einem Schreibtisch.

Er war über ein Manuskript mit tibetischen Schriftzeichen gebeugt, deren Bedeutung sich ihm nur unter größten Mühen erschloss. Das laute Lachen seiner Schüler, die sich über einen Maikäfer amüsierten, den einer von ihnen an einer Schnur fliegen ließ, nahm er gar nicht wahr.

Dabei schwebten sie in ständiger Gefahr, den mit seiner Zuchtrute bewaffneten Studienmeister herbeizurufen. Denn mit der Disziplin spaßte man nicht im Noviziat des Klosters der Dankbarkeit für Erwiesene Kaiserliche Wohltaten in Luoyang.

Die majestätische, auf bewaldeten Hügeln erbaute Stadt lag drei Tagesreisen östlich von Chang'an, der zentralen Hauptstadt der Tang, an einem Kanal, der die beiden Metropolen miteinander verband. Im Lauf der Jahrhunderte hatte sie sich zum wichtigsten Zentrum der Ausbildung von Chan-Meistern entwickelt.

Diese weisen Männer konnten ganze Tage und Nächte reglos im Lotossitz verharren und darüber meditieren, wie der Buddha das Rad der Lehre in Bewegung gesetzt hatte. Sie sollten zur Speerspitze jener Armee von Predigern werden, die seit langem schon gegen das daoistische und konfuzianische China anstürmten, das rasch unter der gewaltigen, aus Indien und Zentralasien herübergeschwappten Welle religiöser Inbrunst begraben worden war.

Als das Kind auf seine Frage immer noch keine Antwort erhielt, ging es mit einem strahlenden, zahnlosen Lächeln im Gesicht auf seinen Meister zu. Es zupfte ihn am safranfarbenen Ärmel seiner Robe und fragte noch einmal: »War der Buddha ein netter Mensch?«

Da endlich hob Fünffache Gewissheit den Kopf von der Schriftrolle, und sofort verstummte der Lärm. Man hörte nur noch den Maikäfer, der brummend durch die Luft flog.

Fünffache Gewissheit hatte ein schönes, hageres Gesicht, in dem große schwarze, kaum geschlitzte Augen funkelten.

Nachdem er im gleichen Alter ins Kloster gekommen war wie der kleine Junge vor ihm, hatte er schon bald die Aufmerksamkeit von Abt Vollendete Leere auf sich gezogen.

Vor zwei Jahren schließlich – damals war er gerade zwanzig – war er zum Mönch geweiht worden und hatte den Namen Fünffache Gewissheit angenommen. Dieser bedeutete, dass er sich niemals der Fünf Schweren Vergehen, nämlich Vatermord, Muttermord, dem Mord an einem *Arhat**, der Verletzung des Körpers eines Buddhas oder der Spaltung einer klösterlichen Gemeinschaft, schuldig machen würde. Jene Unglücklichen, die sie mit Absicht begingen, waren dazu verdammt, in der Hölle wiedergeboren zu werden.

Fünffache Gewissheit besaß den athletischen, geschmeidigen Körper jener Mönche, die Wert darauf legten, neben ihrer geistigen Stärke auch ihre körperliche Kraft zu erhalten. Als Schüler der Kampfkunst war er in der Lage, mit einem Handkantenschlag ein dickes Holzbrett zu zerschlagen oder nur mit Hilfe seiner Arme eine stählerne Schwertklinge zu verbiegen. Mit einer einfachen Bewegung konnte er einen auf den ersten Blick viel stärkeren Gegner zu Boden werfen. Er beherrschte jenen lähmenden Schrei, der einen mit Dolch oder Lanze bewaffneten Angreifer sofort zum Stehen brachte, als hätte ihn ein Schlag in den Bauch getroffen. Und er war so gelenkig, dass er im Lotossitz mühelos die Beine um seinen Nacken schlingen konnte, sodass sie aussahen wie die Henkel eines Korbs.

Seine körperlichen und geistigen Fähigkeiten machten Fünffache Gewissheit zu einem von allen Novizen bewunderten Vorbild. All die kleinen Jungen träumten davon, selbst

* *Arhat*: Dieser Begriff aus dem Sanskrit bedeutet »verdient, ehrwürdig«, und der Buddhismus bezeichnet damit einen »heiligen Mann«.

einmal die drei kampferprobten Gegner durch die Luft wirbeln zu lassen, die Fünffache Gewissheit bei seinen Vorführungen mit drei blitzschnellen, präzisen Bewegungen gleichzeitig außer Gefecht setzen konnte.

»Der Buddha war sehr viel mehr als nur ein netter Mensch, er war ein wahrhaft heiliger Mann! Ein großer Arhat! Ein vorbildlicher Meister des Dhyana, so wie du einer werden wirst, mein Kleiner, wenn du hart dafür arbeitest«, erklärte er mit einem Lächeln.

»War er genauso stark wie du, wenn du fünf übereinandergelegte Ziegelsteine mit dem Ellbogen zerschlägst?«

»Noch viel stärker! Die Kraft und die Ausstrahlung des Erhabenen Gautama Buddha lagen in seinem Kopf. Verglichen mit ihm sind wir nichts als Ameisen, die danach trachten, Elefanten zu werden! Ich versichere dir, es liegt noch ein weiter Weg vor uns allen – mich eingeschlossen –, bis wir auch nur seinen Knöchel erreichen«, entgegnete er, was bei seinem ausgelassenen Publikum erneut Gelächter hervorrief.

Keiner vermochte den kleinen Schülern, die noch nicht lesen und schreiben konnten, mit Hilfe bildreicher Formulierungen die komplexe und manchmal schwer zugängliche Lehre des buddhistischen Kanons so spielerisch nahezubringen wie Fünffache Gewissheit.

Denn diese Lehre war den kleinen Kindern nur schwer zu vermitteln.

So besagte sie etwa, dass diese Welt von *duhkha*, dem Leiden, beherrscht wurde und dass in ihr alles vergänglich und ohne *atman* war.

Das Wort *atman* stammte aus dem Sanskrit und bedeutete »Selbst«. Mit diesem Begriff wurde jegliche Form der Individualität bezeichnet, die der Buddha sowohl Lebewesen als auch Dingen absprach.

Um den Pfad der Erlösung zu erreichen, das heißt, den ewigen Kreislauf der Wiedergeburten zu durchbrechen und endgültig die Welt des Leidens zu verlassen, musste sich der Mensch der vom Buddha gelehrten Moral unterwerfen.

Nur indem der Gläubige gutes Karma praktizierte, jene absichtsvollen Handlungen, deren positive Auswirkungen den Menschen der Erlösung näher brachten, kam er auf dem Weg des Heils voran.

Und wehe denjenigen, die diese Moral nicht achteten: Ihnen drohten die fürchterlichsten Strafen!

Wenn Fünffache Gewissheit den Kleinen die Höllen beschrieb, die die Sünder und Widerspenstigen erwarteten, rief er damit unweigerlich Tränen und ängstliche Aufschreie hervor.

Den Verdammten, die schwere Sünden begangen hatten, wurden entsetzliche Qualen auferlegt: Manche von ihnen wurden vor schwere Karren gespannt und mussten über glühende Kohlen gehen. Andere wurden gezwungen, sich kopfüber in einen Kessel mit kochender Bronze oder in einen Fluss aus Feuer zu stürzen, wo sie wie große Fleischstücke gebraten wurden. Wieder andere, »Hungergeister« genannt, gingen auf der Erde und in den Zwischenräumen zwischen den Welten um, gequält von Hunger und Durst, da ihr Mund so klein war wie ein Nadelöhr, weshalb sie sich bloß von winzigen Bröckchen Unrat ernähren konnten. Es gab nicht weniger als acht heiße und acht kalte Höllen, von denen jede darüber hinaus von zwei weiteren kleinen Höllen eingerahmt war.

Eine der entsetzlichsten heißen Höllen war diejenige, in der sich die Verdammten gegenseitig mit metallenen Zangen das Fleisch ausrissen; in einer anderen waren es stählerne Elefanten, die auf ihren Opfern herumtrampelten.

In einer der kalten Höllen platzte das Fleisch der Verurteilten auf, sodass ihr ganzer Körper mit Wunden bedeckt war, während in einer anderen die Lippen der Büßer erfroren und sich mit klaffenden Rissen überzogen, die ihnen das Essen unmöglich machten.

Aber die schlimmste von allen war die Hölle des eisernen Kessels: Es dauerte nicht weniger als dreißig Jahre, ehe man seinen Grund erreicht hatte. Und das, was einen dort unten erwartete, war noch so viel schlimmer als alles andere, dass es einfach unaussprechlich war. Es gab keine einzige Beschreibung davon.

Doch zum Glück für die Gläubigen, und vor allem für das junge Publikum von Fünffache Gewissheit, gab es da noch die Erzählungen aus dem Leben des Erhabenen und aus seinen Tausenden von früheren Existenzen: wunderschöne Geschichten, von denen sie nie genug bekommen konnten.

»Aber wenn er so stark und strahlend war, warum ist er dann gestorben?«

»Er ist nicht gestorben. Der Tathagata, ›der zur Wahrheit Gegangene‹, hat in einem Salbaumwäldchen nicht weit vom Haus des Schmieds Chunda entfernt sein letztes Mahl eingenommen. Dort ist er unter einem Baum eingeschlafen und in das vollständige Erlöschen und den großen Frieden des Nirwana eingegangen«, antwortete Fünffache Gewissheit dem hartnäckigen kleinen Jungen ein wenig gereizt.

»War Chunda, der Schmied, denn genauso nett wie der Erhabene Buddha? Ein Schmied macht doch Schwerter! Wie kann jemand, der Schwerter herstellt, denn nett sein?«

Fünffache Gewissheit verdrehte ob dieser so ungebührlichen Frage die Augen zum Himmel. In diesem Moment steckte plötzlich ein trotz des regelmäßigen Fastens, das ihnen auferlegt wurde, erstaunlich wohlbeleibter junger Mönch den Kopf durch die Klassentür.

»Unser Ehrwürdiger Abt will dich unverzüglich sprechen, Fünffache Gewissheit!«

»Jetzt sofort?«

»Ich komme gerade aus seinem Arbeitszimmer. Vollendete Leere pflegt nicht zu scherzen«, erwiderte der junge Mönch mit einem Hauch von Angst in der Stimme.

Fünffache Gewissheit verspürte einen Stich im Herzen.

Er schluckte und rollte das auf Tibetisch verfasste Sutra auf, das er flach auf seinem Schreibtisch ausgebreitet hatte.

Es geschah nur sehr selten, dass ein Lehrer so überstürzt mitten aus dem Unterricht zu Meister Vollendete Leere gerufen wurde.

Dafür musste es einen ernsten Grund geben.

Nachdem er die Klasse in der Obhut des dicklichen Mönchs zurückgelassen hatte, eilte Fünffache Gewissheit, ohne eine Sekunde zu verlieren, zum Arbeitszimmer des Abtes vom Kloster der Dankbarkeit für Erwiesene Kaiserliche Wohltaten.

Dazu musste er fast die gesamte Klosteranlage durchqueren. Der Weg führte durch Galerien, die auf ihrer ganzen Länge mit Bildern der verschiedenen Höllen und Paradiese ausgemalt waren, und weiter über drei kiesbedeckte Höfe, wo sich die Mönche in den Kampfkünsten übten. Schließlich erreichte er die Hauptpagode und ging über die hölzerne Treppe hinauf in den dritten Stock. Von dort aus hatte man einen freien Blick über Luoyang und das azurblaue Meer seiner elegant geschwungenen Dächer.

In einer winzigen, lediglich mit einem einfachen Tisch und einem Schemel ausgestatteten Zelle gleich neben dem Gebetsraum der Chan-Meister lenkte der Abt Vollendete Leere die Geschicke seines Klosters.

Durch sein etwas hochmütiges, erhabenes Auftreten und seinen strengen, ungerührten Blick beeindruckte Meister Vollendete Leere unweigerlich die wenigen Menschen, die Gelegenheit hatten, ihm zu begegnen.

Besonders sein Gesicht schüchterte die Besucher ein.

Es war so mager, dass es an einen Totenschädel erinnerte. Riesige abstehende Ohren rahmten dieses knochige Antlitz ein, dessen Haut so dünn und durchscheinend war wie Pergament.

Alles an Vollendete Leere zeugte von Askese und seinem unerschütterlichen Glauben, als sei sein ganzer Körper eine lebende Hymne zu Ehren der Wahrheit des Buddha: die mageren Arme, die aus den groben braunen Stoffärmeln hervorschauten, oder die langen, wie Rebstöcke anmutenden knotigen Hände, die unablässig die hundertacht Perlen der *mala* durch die Finger gleiten ließen. Mit dieser aus dicken Bernsteinkugeln bestehenden Gebetskette zählten die Gläubigen die Mantras ab, jene rituellen Formeln, die sie Tausende Mal am Tag wiederholten.

Aber vor allem bestach der Abt durch seine Zurückhaltung, seine sparsamen Gesten und die Distanz, die er zwischen sich und die Dinge legte. Es schien, als gehörte er nur noch zur Hälfte in diese Welt, ganz auf sein Ziel ausgerichtet, dem Buddhismus zum Sieg zu verhelfen und mit seiner Hilfe die Menschen von ihrem leidvollen Dasein zu erlösen.

Die Zeit schien keine Macht über das unangefochtene Oberhaupt des chinesischen Großen Fahrzeugs zu haben. Sein asketischer Lebenswandel hatte ihn vor allen Krankheiten und Gebrechen bewahrt, die die Menschen ab einem gewissen Alter plagten.

Eine Handvoll Klebreis pro Tag, ein wenig Trockenobst und dazu grüner Tee genügten, um seinen Körper bei bester Gesundheit zu erhalten. Alle, die ihn als jungen Abt gekannt hatten, schworen, dass er sich seit damals nicht verändert habe.

Dabei leitete Vollendete Leere bereits seit über vierzig Jahren diese Gemeinschaft von zehntausend Mönchen und Nonnen. Noch unter der Herrschaft der Sui-Dynastie war er zu ihrem Oberhaupt bestimmt worden. Die Sui waren chinesischstämmige Herrscher, die die teilweise von Barbaren beherrschten Königreiche unterworfen und vereint hatten, ehe sie im Jahre 618 von den Tang abgelöst wurden.

In dieser Eigenschaft war er einer der wesentlichen Akteure bei der Verbreitung des Buddhismus und mitverantwortlich für den gewaltigen Anklang, den die Lehren des Buddha insbesondere beim einfachen Volk fanden. Durch sein Bemühen, als eine vollwertige, eigenständige und in ihren Bewegungen ungehinderte Institution aufzutreten, hatte der dank der ununterbrochenen Flut von Landspenden sagenhaft reiche chinesische Buddhismus schließlich ein gewisses Misstrauen bei der politischen Obrigkeit geweckt. Vollendete Leere wusste, welches Schicksal allen neuen Machtfaktoren drohte, die autoritären Herrschaftsformen ins Gehege kamen. Deshalb unterhielt er vielschichtige Beziehungen zum Hof von Chang'an, wo der mächtige Klan der Konfuzianer sich bemühte, den wachsenden Einfluss dieser konkurrierenden Glaubensrichtung in Schranken zu halten.

»Komm herein, Fünffache Gewissheit, ich muss mit dir reden!«, erklang die raue Stimme des Ehrwürdigen Abtes, nachdem sein Besucher an die Tür des dunklen Raums geklopft hatte, wo Vollendete Leere den größten Teil seiner Tage damit verbrachte, zu meditieren und Kommentare zu den Lehrreden des Buddha zu verfassen.

Fünffache Gewissheit kniete vor dem Asketen nieder und küsste respektvoll sein Handgelenk.

»Ich bin Euer ergebenster Diener!«

Es war immer das Gleiche, wenn er mit Meister Vollendete Leere allein war: Der ansonsten so gelassene junge Mönch verlor vollkommen die Fassung.

Tatsächlich konnte der Ehrwürdige Abt die jüngsten Mitglieder seiner Gemeinschaft durchaus einschüchtern. Sie waren nicht weit davon entfernt, in ihm ein göttliches Wesen zu sehen, eine Art Bodhisattva oder zumindest einen Arhat, auch wenn sie nicht glaubten, dass er bereits durch die Luft fliegen oder übers Wasser gehen konnte.

»Wie kommst du auf dem Pfad der Wahrheit voran?«

Mit dieser Frage begann Vollendete Leere jedes Gespräch

mit seinen Schülern, um sich ein Bild von ihren spirituellen Fortschritten zu machen.

Nicht umsonst betrachteten alle chinesischen Mönche ihn als den Hüter der wahren Lehre und den wichtigsten Garanten für die Reinheit des Chan-Buddhismus, einer Schule des Mahayana oder Großen Fahrzeugs.

Durch seine genaue Kenntnis der Lehrreden des Buddha und seine dialektische Fähigkeit, ihre spirituellen Grundlagen herauszufiltern, gehörte er zu den Männern, die die Entwicklung des Buddhismus hin zu einer Religion mit universellem Anspruch vorangetrieben hatten.

Die Dankbarkeit und den Respekt, die man ihm entgegenbrachte, verdankte Vollendete Leere seiner Arbeit und der ebenso schwierigen wie notwendigen Aufgabe, der er sich widmete, seit er zum Abt bestimmt worden war: die gesamte buddhistische Lehre zu sammeln, zu ordnen, zu kommentieren und in einer Art Enzyklopädie zusammenzufassen, die für die zukünftigen Generationen bestimmt war.

»Ich arbeite alle Tage zwischen meinen Unterrichtsstunden, um die tiefe Bedeutung der Lehrreden über die Vollkommenheit der Weisheit zu erfassen. Aber ich würde lügen, wenn ich behauptete, dass ich all ihre Feinheiten verstehe«, antwortete der junge Mönch demütig.

Der spirituelle Gehalt der fünfundzwanzigtausend Verse des berühmten Sutra über die Vollkommenheit der Weisheit – des *Prajnaparamita-Sutra,* wie sein Titel auf Sanskrit lautete – bildete die Brücke zwischen dem indischen und dem chinesischen Buddhismus.

»Das ist ein sehr komplexer Text voller versteckter Bedeutungen. Und genau aus diesem Grund habe ich immer gewollt, dass meine tapfersten Soldaten des Geistes, zu denen auch du zählst, ihn in- und auswendig kennen.«

»Ich tue alles, um meinen Geist ebenso zu stärken wie meinen Körper.«

»Wir werden deine moralische und spirituelle Kraft brauchen! Früher oder später wird das Große Fahrzeug die beiden anderen Lehrpfade endlich hinter sich lassen«, murmelte Vollendete Leere wie im Selbstgespräch.

Seit dem Erlöschen des Erhabenen und den ersten Anfängen seiner Religion waren fast tausend Jahre vergangen. Zahlreiche unerwartete Wendungen hatten den Buddhismus nach und nach in ein buntes Gefüge unterschiedlicher Glaubensformen und -praktiken verwandelt, aus dem drei große Strömungen herausragten, die sich einen erbitterten Konkurrenzkampf lieferten.

Auf der einen Seite gab es die indische Schule des Kleinen Fahrzeugs, die großen Wert auf die strikte Befolgung der Rituale legte und im Wesentlichen Mönchen und Nonnen vorbehalten war. Auf der anderen Seite stand die moralische, philosophische und spirituelle Richtung des chinesischen Großen Fahrzeugs. Abgesehen davon, dass ihre Anhänger den gleichen Buddha verehrten, standen sich diese beiden Lehrmeinungen in fast allen Punkten unversöhnlich gegenüber. Es war weniger eine formelle Spaltung gewesen als eine mehrere Jahrhunderte andauernde Folge von theologischen Neuinterpretationen und Anpassungen an fremde kulturelle Gegebenheiten, wie etwa im chinesischen Reich, wo sich das Leben deutlich von dem in Indien unterschied.

»Ihr spracht von zwei anderen Lehrpfaden, Meister Vollendete Leere. Aber außer unserem Mahayana kenne ich nur noch das Hinayana!«, bemerkte Fünffache Gewissheit schüchtern.

»Habe ich dir noch nie von der magischen, esoterischen Ausrichtung erzählt?«, erwiderte Vollendete Leere mit gespielter Verwunderung, denn er wusste genau, dass er seinem Schüler gegenüber noch nie ein Wort über diese dritte Form des Buddhismus verloren hatte, über die man lediglich in Andeutungen sprach.

»Ich kann mich nicht daran erinnern!«

»Es handelt sich um den Buddhismus im Reich Bod. Den Lamaismus. Und du wirst bald Gelegenheit haben, dir dein eigenes Urteil darüber zu bilden.«

Zwischen dem ursprünglichen indischen Buddhismus, wie er im Kloster des Einen Dharma in Peshawar praktiziert wurde, und dem chinesischen Buddhismus, dessen bedeutendstes Zentrum das Kloster der Dankbarkeit für Erwiesene Kaiserliche Wohltaten in Luoyang war, gab es noch einen dritten Zweig, der ursprünglich ebenfalls aus Indien stammte: den tibetischen Lamaismus.

Dieser dritten großen Strömung waren weder Magie noch Geheimnisse fremd, was den schwierigen Zugang zu dieser Religion erklärte. Man musste schon selbst nach Bod reisen, um neben dem traditionellen buddhistischen Pantheon fratzengesichtige gehörnte Gottheiten mit schauderhaften, aus ihren Mäulern ragenden Eckzähnen, Girlanden aus Totenschädeln und Beinhäuser zu entdecken, die in scharfem Kontrast zu den friedvollen Darstellungen der indischen Bildhauer und chinesischen Maler standen.

Die Anhänger des Lamaismus pflegten geheimnisvolle, bizarre Praktiken, die nur Eingeweihten bekannt waren und die kaum etwas mit den indischen und chinesischen Riten gemein hatten.

»Ich soll zum Dach der Welt reisen?«, fragte Fünffache Gewissheit verblüfft.

»Der Frieden zwischen den drei Lehrpfaden des Buddha steht auf dem Spiel«, entgegnete Vollendete Leere geheimnisvoll.

Schon seit langem versuchten die drei Strömungen, den anderen gegenüber an Boden zu gewinnen. Denn war nicht jeder Mensch, der sich sicher war, das Richtige zu glauben, gleichzeitig versucht, seine Überzeugungen auch anderen aufzuzwingen?

Doch der Buddha verurteilte Gewalt und den Gebrauch von Waffen, und er lehrte auch, dass der Zweck niemals die Mittel heiligte.

Deshalb fügten sich die Buddhisten diesem Gebot, das zu respektieren den Anhängern anderer Religionen – vor allem denen der monotheistischen, auch wenn diese Nächstenliebe predigten – ausgesprochen schwerfiel.

Über Jahrhunderte hinweg war in diesem friedlichen Krieg alles erlaubt gewesen, solange es keine Gewalt beinhaltete.

Die Kämpfe wurden in zahlreichen Schriften und erbitterten philosophischen Wortgefechten ausgetragen, wobei die Auseinandersetzungen über die rechte Lehre manchmal das Ausmaß von Titanenkämpfen annahmen. So warfen sich die Gegner einen Satz aus einer auf Sanskrit niedergeschriebenen Lehrrede an den Kopf, der ungenau ins Pali übersetzt worden sei, oder eine von einem chinesischen Mönch verfasste kurze Textanmerkung, welche die Bedeutung des entsprechenden Begriffs auf Sanskrit angeblich verfälschte. Vor allem die indischen Anhänger des Hinayana, die als Hüter des ursprünglichen Buddhismus stärker in der Defensive waren, warfen den Übersetzern aus Kucha, Turfan oder Zentralchina vor, den Sinn mancher Reden des Erhabenen zu verzerren.

Seit einiger Zeit jedoch herrschte zwischen diesen drei Strömungen eine Art spiritueller Waffenstillstand.

Alle drei verzichteten darauf, schlecht über die anderen zu reden, sie herabzusetzen oder gar auf dem Territorium des Nachbarn zu wildern.

Es schien beinahe so, als bestehe zwischen den geistigen Führern dieser Strömungen ein Nichtangriffspakt, der sie in friedlicher Eintracht miteinander leben ließ.

»Dann ist also der Frieden zwischen den drei Lehrpfaden bedroht? Aber warum greift der Buddha nicht ein?«, rief Fünffache Gewissheit naiv.

»Was redest du so leichtfertig daher? Unser Lager ist das des Mahayana! Glücklicherweise hat es sich in den letzten vierhundert Jahren nur positiv entwickelt, aber wir müssen hoffen, dass es für die nächsten vierhundert auch so bleibt. Wir verteidigen die richtigen Werte, Fünffache Gewissheit!«, erwiderte Vollendete Leere mit zorniger Stimme.

Zu behaupten, dass die gewaltige Arbeit des Sammelns, Übersetzens und Auslegens, der das Oberhaupt des chinesischen Buddhismus sein gesamtes Leben widmete, allmählich Früchte trug, wäre eine Untertreibung.

Seit das Große Fahrzeug im Kaiserreich Einzug gehalten hatte, war sein Einfluss beständig gewachsen.

Die neu bekehrten Mönche waren sogar nach Norden in das koreanische Königreich Silla gezogen. Dort hatten sie das Kunststück vollbracht, die königliche Familie – eine Dynastie blutrünstiger Krieger – für diese Religion zu begeistern, die Frieden und Mitgefühl predigte! Andere Prediger hatten bereits das Chinesische Meer überquert, um in Japan die Lehre von Meditation und dem Streben nach Leere zu verbreiten, den beiden Pfeilern des Zen-Buddhismus, die der japanischen Mentalität so wunderbar entsprachen.

Dank der Beharrlichkeit von Mönchen und Theologen wie Vollendete Leere war das Große Fahrzeug im Begriff, seine Rivalen langsam, aber sicher fast überall zu verdrängen. Das Kleine Fahrzeug begann unter dem Druck der traditionellen indischen Kulte mit ihrer äußerst eindrucksvollen Schar gütiger oder zornvoller Gottheiten wie Indra, Shiva, Vishnu oder Brahma sogar in Indien an Boden zu verlieren. Zusätzlich wurde es durch den eroberungsfreudigen Islam bedrängt, dessen erste Angriffe bald spürbar werden und im Norden Indiens die letzten Reste des ursprünglichen Buddhismus weiter dezimieren sollten.

»Verzeiht mir. Das war eine ungeschickte Formulierung. Ich habe nur eine Familie, die des Großen Fahrzeugs!«, stammelte der junge Mönch, der erkannte, dass ihm ein Schnitzer unterlaufen war.

»Ach, mein lieber Fünffache Gewissheit, du wirst dich nie ändern. Jedes Mal, wenn du meinen Arbeitsraum betrittst, wirkst du völlig verschüchtert! Man könnte fast glauben, mein untadeliger Gehilfe erwarte eine Zurechtweisung!«, rief der Asket belustigt, ehe er ihm freundschaftlich auf die Schulter klopfte, als wollte er ihm endlich seine Befangenheit nehmen.

»Es ist wahr, dass ich mir, verglichen mit Euch, mein Meister, immer wie ein armseliges Insekt vorkomme!«

»Wo du gerade davon sprichst, du wirst diese Insekteneier mitnehmen«, knüpfte Vollendete Leere an seine früheren Worte an und zeigte ihm eine kleine, mit winzigen dunklen Körnern gefüllte Schachtel.

»Insekteneier? So etwas habe ich noch nie gesehen!«

»Aus gutem Grund. Das hier sind Eier des Seidenspinners, jenes Schmetterlings, zu dem die Seidenraupen heranwachsen! Man findet sie nur in den staatlichen Zuchten. Der Handel damit ist streng verboten, da die Seide, wie du weißt, einem Monopol unterliegt. Und das hier ist ein junger Maulbeerbaum!«

Er deutete auf ein kleines Bäumchen, nicht viel mehr als ein Stock, das in einem großen, mit Erde gefüllten Kübel stand.

»Beabsichtigt unser Kloster etwa, die Seide für seine Banner in Zukunft selbst zu weben?«, fragte der junge Mönch angesichts der Vertraulichkeit, mit der Vollendete Leere ihn behandelte, bereits etwas unbefangener.

»Nein. Aber vielleicht ein anderes. Hier, nimm eines dieser Eier! In meiner Familie galten in Tee aufgelöste Seidenraupeneier als hervorragendes Stärkungsmittel. Und das wirst du womöglich brauchen«, sagte er geheimnisvoll.

»Ich bin Euer ergebenster Diener. Befehlt, und ich gehorche!«

»Deine Bescheidenheit und deine Weisheit ehren dich. Aber ich habe dich heute zu mir gerufen, weil ich an deine zahlreichen Qualitäten glaube. Denn das, worum ich dich bitten werde, ist keine leichte Aufgabe!«, erklärte Meister Vollendete Leere. Er war plötzlich ernst geworden und begann auf und ab zu gehen. Dabei rollte er unentwegt die Perlen seiner Gebetskette zwischen den Fingern.

»Ich bin bereit, Euch zu dienen, so gut ich kann, auch wenn das bedeutet, ins Reich Bod zu gehen!«

Fünffache Gewissheit, der sich auf einen Wink von Vollendete Leere hin gesetzt hatte, musterte seinen Abt gespannt.

Er sah die vollkommen glatten, elfenbeinfarbenen Wangenknochen des Asketen, die wie von Flusswasser polierte Kiesel anmuteten, und seine unendlich sanften Augen, aus denen jene unergründliche Bestimmtheit und die gewaltige Kraft strahlten, von denen Vollendete Leere erfüllt zu sein schien.

»Ich will dich um einen großen Gefallen bitten, mein lieber Fünffache Gewissheit«, sagte der Abt bedächtig.

»Was ist es? Sagt es mir nur!«, antwortete Fünffache Gewissheit, während in seiner Stimme inzwischen sogar leiser Stolz mitschwang.

»Die Aufgabe, die ich dir anvertraue, erfordert sowohl deine körperlichen als auch deine geistigen Fähigkeiten. Sie verlangt Diskretion, aber auch Mut.«

Der Asket wanderte nun schneller hin und her.

»Seit meiner Rückkehr aus Samye habe ich viel nachgedacht«, erklärte der Meister des Dhyana seinem Schüler mit leiser Verlegenheit.

»Das überrascht mich nicht, Ehrwürdiger Meister. Ihr verbringt jeden Tag mehrere Stunden im Lotossitz und meditiert über die lieblichen Worte des Erhabenen!«

»Darum geht es nicht! Es geht um etwas, nun ja, viel Ärgerlicheres.«

Fünffache Gewissheit musterte seinen Meister aufmerksam. Noch nie hatte er ihn so beunruhigt erlebt.

»Die Wahrheit ist, dass ich das Vertrauen verloren habe«, fuhr dieser mit dumpfer Stimme fort.

»Das Vertrauen in wen, Ehrwürdiger Meister? Sprecht Ihr von einem Menschen, dem Ihr während Eurer letzten Reise nach Bod begegnet seid?«, erkundigte sich Fünffache Gewissheit schüchtern.

Vollendete Leere antwortete nicht. Er wollte offensichtlich nicht mehr verraten.

»Lass uns zum Wesentlichen kommen. Du wirst nach Samye reisen und das Exemplar des *Sutra über die Logik der Vollkommenen Leerheit* holen, das ich dort zurückgelassen habe.«

Fünffache Gewissheit wagte nicht, den Ehrwürdigen Abt zu fragen, warum er diese wertvolle Schriftrolle nicht selbst mitgebracht hatte, als er vor sechs Monaten mit düsterer Miene von seiner Reise zurückgekehrt war.

Wie gewohnt hatte Vollendete Leere trotz seines voranschreitenden Alters nur den großen schwarzen Hengst Sturmwind mitgenommen, als er aufgebrochen war, um, wie er seiner Gemeinschaft geheimnisvoll andeutete, an der »wichtigen, alle fünf Jahre stattfindenden Zusammenkunft« teilzunehmen, die »die Eintracht zwischen den Lehrpfaden wahren soll«.

Genau wie die anderen jungen Mönche empfand Fünffache Gewissheit großen Respekt vor der Autorität des Oberhaupts seines Klosters. Nie wäre es einem von ihnen in den Sinn gekommen, mehr über diese Reisen ins Schneeland herausfinden zu wollen, die der Abt aus Luoyang alle fünf Jahre unternahm. Die älteren Mönche schienen den Grund dafür zu kennen, auch wenn sie sich weigerten, ihr Wissen preiszugeben.

Während seiner letzten Reise hatte niemand im Kloster laut darüber spekuliert, warum Vollendete Leere wohl dieses mit prächtigen Miniaturen verzierte Exemplar des *Sutra über die Logik der Vollkommenen Leerheit* mitgenommen hatte, dessen Tinte gerade erst getrocknet war.

Schließlich war es doch nur natürlich, dass der Verfasser eines Werks darüber nach Belieben verfügte, auch wenn es sich dabei um ein Buch handelte, dessen Fertigstellung den Kopisten und den Miniaturenmaler zwei volle Jahre emsiger Arbeit gekostet hatten.

Denn für Vollendete Leere war dieses Buch nicht weniger als sein Lebenswerk und in gewisser Weise auch sein spirituelles Vermächtnis.

Er hatte das *Sutra über die Logik der Vollkommenen Leerheit* nach Jahren des Sammelns, des Studierens und des Reflektierens geschrieben. Seine Grundlage waren Tausende in Sanskrit verfasste Originaltexte aus der Klosterbibliothek von Dunhuang, die die Anhänger des Mahayana zur Aufbewahrungsstätte ihrer religiösen Schriften auserkoren hatten. In diesem Sutra hatte er alle Argumente zusammengetragen, die die Überlegenheit eines auf der Meditation über die Leerheit beruhenden Weges zur Erleuchtung stützten. Diese Argumente machten seiner Ansicht nach aus dem Großen Fahrzeug die Religion, die den Geist der Lehre des Erhabenen am treuesten umsetzte.

»Ist dieses das einzige Exemplar Eures Kompendiums, Meister?«, fragte Fünffache Gewissheit zögerlich, da er sich ein Bild davon machen wollte, wie bedeutend die Aufgabe war, die sein Abt ihm übertragen wollte.

»Zu Beginn hatte ich nur ein Exemplar geschrieben, aber schon bald wollten Hunderte von Bibliothekaren aus den wichtigsten Mahayana-Klöstern in ganz China mein Werk in ihrer Sammlung haben. Angesichts dieser Nachfrage habe ich eingewilligt, drei Kopien anfertigen zu lassen. Mehr nicht, denn die Entscheidung, ein Sutra abschreiben zu lassen, sollte von denjenigen, die das Wort des Erhabenen zu den Menschen tragen, selbst getroffen werden. Das ist viel wirkungsvoller! Das Wichtigste ist, die Originalversion an einem sicheren Ort aufzubewahren.«

»Und wo befindet sich das Original Eures Sutra, Meister Vollendete Leere?«

»In Dunhuang. An einem sorgfältig geheim gehaltenen Ort.«

»Auf der Seidenstraße?«, rief der junge Mönch überrascht.

»Ganz genau. Ich habe Ruhende Mitte, den Ehrwürdigen Abt vom Kloster des Heils und des Mitgefühls, gebeten, es in seiner Handschriftenkammer zu verstecken.«

»Aber warum habt Ihr es denn so weit von hier entfernt versteckt, Meister Vollendete Leere? Und dann ausgerechnet in einer Oase an der Seidenstraße?«, fragte Fünffache Gewissheit, der sich um einen respektvollen Klang in seiner Stimme bemühte.

»Aus Sicherheitsgründen! Die wertvollsten Handschriften der Bibliothek dieses Wüstenklosters werden in einem Geheimversteck in einem unzugänglichen Steilhang aufbewahrt. Glaube mir, um diesen Ort zu finden, muss man erst einmal wissen, dass er überhaupt existiert, und außerdem über beträchtliche Kletterkünste verfügen! Ich zum Beispiel bin inzwischen zu alt, um mich noch einmal auf die Strickleiter zu wagen, über die man zu dem Versteck gelangt! Das Original ist dort in Sicherheit, sodass die kommenden Generationen eines Tages ihren Nutzen daraus ziehen können«, rief Vollendete Leere in einem leicht herrischen Ton, den Fünffache Gewissheit bei ihm nicht gewohnt war.

»Die Oase Dunhuang ist berühmt für ihre Steilhänge. Es heißt, sie ragten über der Stadt auf wie ein riesiger Balkon. Ist es wahr, dass die Mönche dort Tausende von Höhlen in den Fels gegraben und sie mit Malereien und Skulpturen ausgeschmückt haben?«

»Ja, das stimmt, Dunhuang ist ein wahres Wunder! Deshalb

spricht man ja auch von den ›tausend Höhlen mit den zehntausend Buddhas‹!«, murmelte Vollendete Leere lächelnd.

»Ihr habt drei Kopien erwähnt.«

»Die beiden ersten befinden sich in den Händen heiliger Männer, die den Weg des Heils verkünden. Der eine lebt im Süden Chinas, im Land der Affen, und der andere auf den japanischen Inseln, wo die Heilige Wahrheit schon sehr bald den Menschen offenbart werden wird. Der heilige Mann braucht es nur noch in die dortige Sprache übersetzen zu lassen. Auf diese Weise werden wir die Bevölkerung dieses riesigen, von Fischern und Kriegern bewohnten Archipels zum Großen Fahrzeug bekehren.«

»Dann soll ich also die dritte Kopie aus dem Reich Bod zurückholen, Meister Vollendete Leere?«

»Ganz genau. Ich habe sie dem Kloster von Samye zur Aufbewahrung überlassen. Aber wenn ich es mir recht überlege, nun ja, das war wohl nicht sehr klug von mir. Ich muss diese dritte Kopie so schnell wie möglich wieder zurückbekommen.«

»Befindet sie sich dort etwa in feindlichen Händen?«

»Noch nicht, zumindest hoffe ich das!«, antwortete der alte Mönch, in dessen Stimme leise Angst mitschwang.

Das Exemplar des *Sutra über die Logik der Vollkommenen Leerheit*, welches Vollendete Leere nach Samye mitgenommen hatte, war mit Sicherheit das prachtvollste von allen vieren.

Es bestand aus einer langen Rolle blütenweißen, auf Seide aufgeleimten Reispapiers, die man Stück für Stück abrollte, um die eng beschrieben Spalten zu lesen. Vollendete Leere hatte seine Worte einem Kalligraphen diktiert, der auf die *lishu*-Schrift, die sogenannte Kanzleischrift, spezialisiert war. Die kaiserliche Verwaltung verwendete sie für ihre offiziellen Dokumente, und auch Nichtgelehrte konnten sie leicht entziffern. Um zu verhindern, dass dieses empfindliche Schriftstück auf seiner langen und gefährlichen Reise durch Kratzer oder Flecken beschädigt würde, hatte er den Schreiner des Klosters beauftragt, aus einem ausgehöhlten Stück alten Bambus ein längliches Kästchen zu fertigen, dessen Inneres mit Seide ausgepolstert worden war.

»Und wie soll ich die Heilige Schriftrolle im Kloster von Samye finden, Ehrwürdiger Meister?«

»Bei meiner Abreise hat man sie in die Klosterbibliothek gebracht! Und dort befindet sie sich auch immer noch, zumindest wage ich das zu hoffen.«

»Aber wie kann ich sie zwischen all den anderen Büchern erkennen?«

»Ihr Bambusetui fällt sofort auf. Wie du weißt, werden solche Rollen im Allgemeinen in kleinen Kästchen oder seidenen Hüllen aufbewahrt. Ich habe das Innere des Etuis mit roter Seide auskleiden lassen. Sie ist von außerordentlicher Qualität und über und über mit Phönixen bestickt.«

»Kaiserliche Seide!«, entfuhr es Fünffache Gewissheit, der wusste, dass Phönixstickereien einzig und allein dem Kaiser von China vorbehalten waren.

»Sie stammt aus einem Ballen, den Kaiser Taizong der Große in seiner unvergleichlichen Großzügigkeit dem Kloster kurz vor seinem Tod zum Geschenk gemacht hat. Das Äußere der Schatulle ist lackiert. Kein anderes Etui ist so gestaltet! Du wirst es unter tausend anderen erkennen. Danach brauchst du dich nur noch zu vergewissern, dass sich das Sutra auch darin befindet«, murmelte Vollendete Leere, der aus seiner Besorgnis nicht länger einen Hehl machte.

Im Kopf von Fünffache Gewissheit überschlugen sich die Fragen.

Welcher zwingende Grund trieb Vollendete Leere dazu, ihn um diesen Dienst zu bitten? Was – oder wen – meinte er, wenn er von seinem verlorenen Vertrauen sprach? Was war geschehen, dass er seine Meinung geändert hatte? Und was genau war seine Absicht gewesen, als er allein ins ferne Bod gereist war, im Gepäck das letzte verfügbare Exemplar seines spirituellen Vermächtnisses?

Geschmeichelt über das Vertrauen, das sein Meister ihm entgegenbrachte, aber gleichzeitig auch ein wenig besorgt angesichts so vieler Rätsel, fragte sich Fünffache Gewissheit, ob ein junger Mönch, der sein Kloster noch so gut wie nie verlassen hatte, überhaupt fähig war, eine so heikle Aufgabe zu erfüllen.

Samye! Wie oft hatte er nicht schon von diesem mythischen Kloster gehört, das einige Tagesmärsche von Lhasa entfernt lag, der Hauptstadt eines Königreichs, über das alle möglichen seltsamen Geschichten in Umlauf waren. So sollten die Menschen dort etwa im Winter den ganzen Tag über ein eigenartiges Gebräu trinken: heißen schwarzen Tee, der mit ranziger Yakbutter versetzt war!

Und von Luoyang nach Lhasa zu kommen war keine Kleinigkeit.

Erst musste man auf der Seidenstraße mehrere Tausend Li* nach Westen ziehen und dann auf Höhe der für ihre Jade berühmten Oase Hetian nach Süden abschwenken und geradewegs auf das Himalaya-Massiv zuhalten, in das die immer kurvenreichere und steilere Straße eintauchte.

Dort begann ein so schwieriger Weg, dass er geradezu wie eine Initiationsreise anmutete. Man wanderte an reißenden Flüssen und Strömen entlang, durchquerte wüstenartige Hochebenen, über denen feindselige Geier kreisten, erklomm unzählige Berge und überquerte hin und wieder schäumende Gebirgsbäche auf Hängebrücken, die jeden Augenblick zu reißen drohten.

Vor allem aber musste man sich damit abfinden, tagelang mit sich allein zu sein und nicht einer Menschenseele zu begegnen.

* Ein Li entspricht ungefähr 576 Metern.

Vollendete Leere war bereits fünfmal in das Reich Bod gereist und kannte daher die Gefahren und Überraschungen, die der Weg bereithielt.

Die Dauer dieser eigentümlichen Wallfahrt hing von den Witterungsverhältnissen ab, je nach dem, wie hoch der Schnee lag. Es war nicht nur eine Reise im Raum, sondern auch eine Reise durch die Zeit. Er hatte stets den Eindruck, in ein mythisches Zeitalter zurückzukehren, je weiter er sich von China entfernte.

Bei seiner letzten Reise war das Gefühl der Fremdheit noch stärker gewesen.

Verglichen mit dem schmucken Luoyang erschien ihm das kosmopolitische Chang'an gleich vom ersten Tag an noch maßloser als sonst.

In dieser riesigen, von Reichtümern überquellenden Stadt mischten sich alle Völker der bekannten Welt. Sie hatte sich zum größten Handelszentrum des Planeten entwickelt. Tausende von Händlern und Käufern aus allen Teilen der Erde trafen hier friedlich aufeinander, und das Gewirr aus den vielen merkwürdigen Sprachen hatte etwas Exotisches.

Die Pracht der Straßen und Läden wetteiferte mit der der öffentlichen Gebäude, die den Menschen die Macht der kaiserlichen Verwaltung vor Augen führen sollten.

Doch was Vollendete Leere immer wieder in Erstaunen versetzte, wenn er in der chinesischen Hauptstadt eintraf, war das außerordentliche Zusammenspiel der Gerüche, die dort die Luft erfüllten.

In Chang'an waren die olfaktorischen Eindrücke sehr viel intensiver als anderswo. Alle möglichen Gerüche vermischten sich miteinander, vom fauligen Gestank, der aus den Vierteln der Gerber hervordrang, über die zarten, schmeichelnden Düfte der Blumen- und Pflanzenmärkte bis hin zu den betörenden Aromen der unzähligen Parfümeure.

Bei seinem letzten Aufenthalt hatte sich Vollendete Leere

der Gedanke aufgedrängt, dass man dort allein mit der Nase die Geographie der ganzen Welt erspüren konnte!

Alles Erlesene und Prächtige in Chang'an war von einer Wolke aus Weihrauch und duftenden Räucherstoffen umhüllt. Nicht nur die buddhistischen, konfuzianischen und daoistischen Tempel verwendeten sie, auch die Kurtisanen parfümierten ihren Körper damit vor der Liebe, genau wie die Gelehrten, bevor sie einen ihrer Standesgenossen empfingen. Die Ärzte ließen ihren Rauch unter der Nase der Kranken aufsteigen, zum einen als Heilmittel, vor allem aber, um die bösen Geister zu vertreiben. Und die Kaufleute besprengten damit freigebig ihre Waren, um sie verlockender erscheinen zu lassen.

Vollendete Leere nutzte diesen Besuch, um beim Lieferanten des Klosters der Dankbarkeit für Erwiesene Kaiserliche Wohltaten feinstes Räucherwerk auszuwählen, das er im darauffolgenden Jahr bestellen wollte, da das Kloster große Mengen davon verbrauchte.

Für die Herstellung dieser Räucherstoffe wurden chinesische Pflanzen wie Zimt, Kampfer, Zitronengras, Narde, Terpentinpistazie und Gardenie verwendet. Andere pflanzliche Aromen stammten aus Arabien, Moschus aus Tibet, Sogdien und Gansu, und *Onycha*, der nach Meer riechende Schalendeckel einer Muschel, wurde an den Küsten des Chinesischen Meeres gefischt. Pottwalambra, einer der teuersten Stoffe überhaupt, den man auch mit dem hübschen Namen »Drachenspeichel« bezeichnete, wurde von indischen Fischern gewonnen und per Schiff nach Zentralchina transportiert.

Als er das letzte Mal die unvergleichliche, duftende Hauptstadt verlassen hatte, um sich auf den Weg nach Lanzhou zu machen, das sich an den steilen Hängen eines engen Tals entlang des Gelben Flusses hinaufzog, hatte Vollendete Leere die Veränderung fast körperlich gespürt. Er tauschte nicht nur unerhörten Luxus gegen strengste Nüchternheit, sondern kehrte auch in eine Art Mittelalter zurück, nachdem er die Wonnen eines modernen Zeitalters gekostet hatte.

Über dem schmalen Streifen, auf dem die Karawanen dahinzogen, hingen nur noch die Gerüche der Schaf- und Ziegenherden und das scharfe Aroma der wenigen harzigen Pflanzen, die auf dem ausgedörrten Boden wuchsen und mit deren Zweigen man die Lagerfeuer entfachte.

Auch der Weihrauchduft, der in Chang'an und Luoyang wegen der vielen Pagoden überall in der Luft lag, war wie weggeblasen. Vollendete Leere würde ihm erst wieder in den buddhistischen Heiligtümern begegnen. Wie die Perlen einer Gebetskette reihten sie sich entlang der Seidenstraße auf, denn über diese Straße war auch der Buddhismus nach Zentralchina vorgedrungen.

Je weiter man kam, desto weiter schoben sich Wüstenstreifen in die Weidegebiete vor, während das Klima immer größeren Schwankungen unterworfen war, eisig kalt im Winter und glühend heiß im Sommer.

Ein gutes Stück hinter Lanzhou öffnete sich der berühmte »Hexi-Korridor«, der im Osten durch das Wushaoling-Gebirge und im Westen durch die Wüste Gobi begrenzt wurde. Auf zweitausend Li entrollte die Karawanenstraße dort ihr schmales Band aus festgetretenem Sand, auf jene Kette von Oasen zu, deren erste den Namen Dunhuang trug.

Diesmal war der Hengst Sturmwind, von seinem Herrn entsprechend angetrieben, noch schneller galoppiert als sonst, und so waren sie zwei Tage früher als üblich in Dunhuang eingetroffen.

Sobald Vollendete Leere die kleine Stadt, deren geschäftige Märkte die ganze Nacht hindurch geöffnet blieben, erreicht hatte, war er unverzüglich zum Kloster des Heils und des Mitgefühls geeilt, um seinem Freund Ruhende Mitte einen Besuch abzustatten.

Das Kloster lag etwa zehn Li vom Zentrum entfernt. Es war in den Steilhang gegraben, der die Stadt von der Wüste trennte, und unbestritten das größte der dreiunddreißig Höhlenklöster dieser Oase.

Der Abt vom Kloster der Dankbarkeit für Erwiesene Kaiserliche Wohltaten konnte es kaum erwarten, sich bei seinem Kollegen zu vergewissern, dass das Exemplar des *Sutra über die Logik der Vollkommenen Leerheit* noch immer wohlverwahrt auf seinem Regal in der »Höhle der Bücher« lag.

»Sei ganz unbesorgt. Ich habe den Eingang zur Höhle mit Strohlehm vermauern lassen. Nicht einmal der gewiefteste Herumtreiber würde ahnen, dass sich dahinter ein Versteck verbirgt!«, hatte Ruhende Mitte erwidert, als Vollendete Leere ihn nach seinem spirituellen Vermächtnis gefragt hatte, das er ihm einige Jahre zuvor anvertraut hatte.

»Ich hoffe sehr, dass ich keinen Fehler gemacht habe, als ich dein Kloster zum Hüter des Originalexemplars bestimmte. Vergiss nicht, dass ich zwischen sechs Klöstern geschwankt habe!«

»Wir können ja zusammen hingehen, dann kannst du dich selbst davon überzeugen«, hatte Ruhende Mitte vorgeschlagen.

Daraufhin hatte er Vollendete Leere an den Fuß des Steilhangs geführt, in den das Versteck gegraben worden war. Er ließ ihn die schmale Strickleiter hinaufsteigen, die von oben herabhing und über die man auf einen felsigen Vorsprung gelangte. Dort befand sich der Eingang zum Bücherversteck des Klosters.

Beruhigt hatte der alte Asket festgestellt, dass sein Freund die Wahrheit sagte: Vor sich sah er nichts als blanken Fels.

Ausführlich hatte Ruhende Mitte ihm geschildert, wie die Wand aus getrockneten Lehmziegeln mit Mörtel gemauert und dann mit einem steinfarbenen Putz überzogen worden war, dem die Arbeiter mit Hilfe kleiner Spachtel den Anschein von Fels gegeben hatten. Der Mörtel und der Putz, denen die Maurer Kalk beigemischt hatten, wurde hart wie Stein und widerstanden sowohl den heftigen Winden als auch den sintflutartigen Regenfällen, die so häufig über diese Region hinwegfegten.

»Aber wie kann ich mir denn sicher sein, dass mein Sutra tatsächlich immer noch da drinnen ist, wenn alles zugemauert wurde?«, hatte Vollendete Leere etwas hektisch wissen wollen.

»Das ist ganz einfach, sieh her!«

Es kostete Ruhende Mitte lediglich ein paar Hammerschläge, bis sich ein Loch auftat, durch das ein Mann bequem hineinschlüpfen konnte.

Nachdem Vollendete Leere sich davon überzeugt hatte, dass das Originalexemplar des *Sutra über die Logik der Vollkommenen Leerheit* in seinem schlichten hölzernen Kästchen immer noch an seinem Platz lag, hatte er sich, ohne noch eine weitere Minute zu verlieren, beruhigt wieder auf den Weg gemacht.

»Wo willst du denn so eilig hin?«, hatte Ruhende Mitte enttäuscht gefragt.

»Ins Reich Bod!«

»Ist etwa wieder der Zeitpunkt der alle fünf Jahre stattfindenden Zusammenkunft gekommen, welche die Eintracht wahren soll?«, hatte Ruhende Mitte angedeutet.

»Ganz genau! Fünf Jahre gehen so schnell vorbei!«, hatte der Verfasser des kostbaren Sutra lediglich geantwortet, ehe er seinen Kollegen umarmte und genauso schnell, wie er gekommen war, auch wieder weiterritt.

Hinter Dunhuang trennten sich die beiden Hauptrouten der Seidenstraße.

Um die Ausläufer des tibetischen Bergmassivs zu erreichen, würde er das südliche Teilstück benutzen, das am Südrand der Taklamakan-Wüste entlangführte. In dieser Wüste wurden die Reisenden, die sich dort hineinwagten, häufig von furchterregenden Sandstürmen überrascht, und nur wenige kehrten lebend daraus zurück.

Auch Vollendete Leere hatte dieser tückischen Wüste trotzen müssen, deren sanfte, regelmäßig geformte Hügel sich zu beiden Seiten der Piste endlos weit erstreckten, sodass auch der erfahrenste Reisende schließlich jegliche Orientierung verlor. Ihre glühend heißen Winde konnten einen Menschen innerhalb von zwei Stunden austrocknen, so viel Zeit blieb ihm, um eine Wasserstelle zu suchen. Dann folgte das entsetzliche Verdursten, dem Halluzinationen vorausgingen, die dem Sterbenden vorgaukelten, er bade in einem See, während er in Wahrheit von der unvorstellbaren Kraft des Windes mit einem sandigen Grab zugedeckt wurde.

In der Nähe der Oasenstadt Hetian, einer der jadereichsten Regionen der Erde, musste man die Seidenstraße verlassen und geradewegs nach Süden weiterziehen.

Dort erwartete den Reisenden eine andere, noch ursprünglichere Welt.

Eine Welt aus tiefen Tälern, in denen reißende Bergbäche diesen gigantischen natürlichen Trichter hinabstürzten, der tausend Li weiter im Norden das Tarimbecken bildete. Ein unwirkliches Universum, das über schmale, von schwindelerregenden Schluchten gesäumte Pfade an den ersten Gletscherseen mit ihrer spiegelglatten, azurblauen Oberfläche vorbei schließlich auf die Hochebenen der Himalaya-Vorgebirge führte.

Und am anderen Ende dieser gewaltigen natürlichen Terrassen ragten, von ewigem Eis gekrönt, die ersten Gipfel des Dachs der Welt auf.

Vollendete Leere war bei ihrem Anblick jedes Mal aufs Neue ergriffen. Seine Empfindung ähnelte jener am Ende einer Meditation.

Fast erinnerte es ihn an die Erleuchtung!

Nachdem man die Hochebenen erreicht hatte, lag die unvergleichliche tibetische Bergwelt vor einem.

So weit das Auge reichte, ließen Hirten auf den fetten Wiesen friedlich ihre Yaks, ihre Hausrinder und ihre Dzos weiden, die aus einer Kreuzung der beiden ersten Rassen hervorgegangen waren. Kein wildes Tier scheuchte dort jemals ihre Herden auf.

Hier und da standen Stupas, kleine weiße Flecken inmitten der sattgrünen Hänge, auf deren Dächern die so hübsch anzuschauenden bunten Banner im Wind flatterten.

Nur die Rufe der Murmeltiere und die Pfiffe der Raubvögel, die unvermittelt wie Geschosse auf diese Nager mit ihrem seidigen Fell herabstießen, durchbrachen die Stille über diesen Weiten, in denen sich der Mensch so winzig klein fühlte.

Die Erhabenheit der Landschaft, ihre Unendlichkeit und auch die Einsamkeit, der man sich mit einem Mal ausgesetzt sah, verwandelten nach und nach den Blick, mit dem man die Natur betrachtete: Nach einer Weile konnte man nicht mehr umhin, sie sich von gütigen Geistern und rachsüchtigen Dämonen bevölkert vorzustellen. Bald erkannte man in der überraschenden Gestalt eines Felsens den Abdruck der Hand eines Bodhisattva, der während einer seiner unzähligen Existenzen hierhergekommen war, um sich zu besinnen. Bald erblickte man im majestätisch dahingleitenden Adler die Reinkarnation eines Lebewesens, dessen Karma nicht schlecht gewesen war, da es als Jäger wiedergeboren worden war und nicht als Beute.

Je höher Vollendete Leere bei seiner letzten Reise gekommen war, kurzatmig neben Sturmwind hergehend, um das Tier nicht unnötig zu ermüden, desto stärker hatte er das eigenartige Gefühl verspürt, dass ihn seine Beine immer näher zum Erhabenen Buddha hintrügen.

Für einen glühenden Buddhisten wie ihn, einen großen Meister der ungegenständlichen Meditation, war die Durchquerung Tibets ein weiterer Beweis für die Richtigkeit seiner Philosophie und seines Lebensinhalts.

Man musste schon vom Schlag des Abtes des Klosters der Dankbarkeit für Erwiesene Kaiserliche Wohltaten sein, um nicht von Mutlosigkeit überwältigt zu werden. Denn obwohl die Gipfel so nah wirkten, fast schon in Reichweite zu sein schienen, waren sie in Wirklichkeit noch so weit entfernt! Es galt Pass um Pass zu überwinden, Täler zu durchqueren, auf die noch immer weitere Täler folgten, ehe man endlich am Fuß des schneebedeckten Berges ankam, auf den man schon seit endlosen Tagen zukletterte!

Doch auch nach all den kräftezehrenden Märschen war man noch nicht am Ende seiner Leiden angelangt. Ringsum reichten die Gipfel und Felswände, die zu betrachten man niemals müde wurde, beinahe an den Himmel heran.

Das Ziel lag nun nur noch wenige Schritte entfernt, gleich hinter diesem schneebedeckten Gipfel, der in der Ferne noch ein wenig höher aufragte als die anderen, doch da man unmöglich über ihn hinwegsteigen konnte, musste man ihn umrunden.

Und im Reich Bod dauerte die Umrundung des kleinsten Berges Wochen.

So war die Freude des Reisenden hart erkämpft, wenn er hinter dem letzten Höhenpass plötzlich wie große Juwelen auf ihrem Kissen aus smaragdgrünem Samt die mit prächtigem Blattgold verzierten, wie umgestülpte Glocken anmutenden Dächer des Klosters von Samye vor sich sah.

Als Vollendete Leere in Sichtweite des Klosters ankam, durchströmte ihn große Erleichterung. Die bevorstehende Zusammenkunft war von so großer Bedeutung, dass es einer Katastrophe gleichgekommen wäre, wenn er nicht daran hätte teilnehmen können.

Und so war das, was nach seiner Ankunft in Samye geschehen war, umso enttäuschender gewesen.

Der weite Weg, all die Gefahren, denen er getrotzt hatte, und das beinahe umsonst.

Daher war Vollendete Leere, der selbst körperlich nicht mehr in der Lage war, sich noch einmal auf eine so weite Reise zu machen, zu dem Schluss gekommen, dass der junge Mönch Fünffache Gewissheit über alle notwendigen Fähigkeiten verfügte, um nun seinerseits diese Leistung zu vollbringen.

Er war sich sicher, dass Fünffache Gewissheit, der nicht nur athletisch, sondern darüber hinaus auch ein hervorragender Reiter war, für den Weg nicht länger brauchen würde als er selbst.

»Du wirst Samye bald erreichen. Und in ein paar Monaten bist du dann wieder bei uns!«, erklärte er seinem jungen Schüler.

»Ich brauche lediglich eine gute Landkarte, damit ich mich nicht verirre, Meister Vollendete Leere. Ich kenne die Seidenstraße bisher nur dem Namen nach.«

»Nimm dieses Schriftstück: Das ist eine Wegbeschreibung, auf der alle Städte, Dörfer, Oasen und die wichtigsten Wegkreuzungen eingezeichnet sind. Du brauchst ihr nur genau zu folgen«, entgegnete der alte Asket und reichte ihm ein Buch, dessen ziehharmonikaartig gefaltete Blätter zwischen zwei hölzernen Brettchen geschützt waren.

Dann läutete er ein bronzenes Glöckchen, dessen Griff die Form eines Bambusrohrs hatte.

Im gleichen Augenblick steckte der Mönch Erste der vier Sonnen, die die Welt Erleuchten den Kopf durch die Tür.

»Mach Sturmwind für Fünffache Gewissheit bereit«, wies der Abt ihn an.

»Sehr wohl«, antwortete der Mönch mit einer respektvollen Verbeugung.

»Dieses Pferd hat den Weg nach Bod bereits dreimal zurückgelegt. Es ist schnell wie der Wind und hat selbst auf den kurvenreichsten Pfaden einen sicheren Tritt! Ich war schon immer davon überzeugt, dass sich in diesem Tier das Karma eines großen Entdeckers reinkarniert hat«, bemerkte Vollendete Leere fröhlich.

»Ich danke Euch für Sturmwind, Meister Vollendete Leere. Ich versichere Euch, dass ich mein Bestes geben werde!«, entgegnete Fünffache Gewissheit leise.

»Das weiß ich! Ich vertraue dir. Aber nimm dich bloß vor den Frauen in Acht. Du bist ein hübscher Junge.«

»Meister, ich habe Keuschheit gelobt!«, protestierte Fünffache Gewissheit.

»Ich wollte dich doch nur ein wenig necken!«, scherzte Vollendete Leere.

Fünffache Gewissheit musste lachen.

Es war das erste Mal, dass er aus dem Mund von Vollendete Leere einen Scherz hörte. Er betrachtete dies als einen nicht zu unterschätzenden Beweis für das Vertrauen des Abtes, mindestens genauso bedeutend wie die Tatsache, dass er ihm Sturmwind mitgab.

»Pass gut auf den Hengst auf«, ermahnte ihn Vollendete Leere, als habe er seine Gedanken gelesen.

»Seid unbesorgt, ich werde mich um ihn kümmern, als wäre er einer meiner Verwandten!«

Dieses Pferd, dessen Fell glänzte, als sei es mit Öl eingerieben, und das von den Stallmönchen sorgsam gehegt und gepflegt wurde, hatte Kaiser Taizong persönlich der Klostergemeinschaft geschenkt. Anlass war einer seiner unzähligen Siege über die als Barbaren bezeichneten Völker gewesen, die ihre Zelte an den Grenzen des chinesischen Kaiserreichs aufschlugen und die Taizong nach und nach dem chinesischen Reich einverleibte, je weiter er seinen Einfluss nach Zentralasien ausdehnte.

Sturmwind war das Reittier des Ehrwürdigen Abtes, und dieser überließ es niemandem sonst, mit dem Hengst auszureiten und ihn durch die Hügel rings um das Kloster galoppieren zulassen.

Auf dem Rücken dieses ungestümen, starken Pferdes würde es auch dem jungen Mönch, der noch nie aus Zentralchina herausgekommen war, zweifellos gelingen, das Reich Bod zu erreichen. Und dort würde er diese ganz eigene Welt entdecken, über die so viele Legenden in Umlauf waren.

»Deine Erfahrung in der Kampfkunst wird dir sicherlich von Nutzen sein«, fügte Vollendete Leere hinzu, der aufgestanden war und nun wieder in der engen Zelle auf und ab ging.

Diese Bemerkung riss den jungen Mönch aus der Benommenheit, in die ihn seine ausschweifende Fantasie hatte abgleiten lassen.

Die Mission, auf die sein Abt ihn schickte, würde offensichtlich kein Spaziergang werden.

»Falls man sich in Samye weigern sollte, mir die Schriftrolle auszuhändigen?«, fragte Fünffache Gewissheit zögernd.

»Du sagst es! Andererseits bin ich mir gar nicht so sicher, ob du sie überhaupt um die Erlaubnis bitten sollst, sie wieder mitzunehmen.«

»Ehrwürdiger Meister, ich versichere Euch, dass ich alles tun werde, um sie in meinen Besitz zu bringen, und müsste ich dafür auch zehn Mönche gleichzeitig zu Boden werfen.«

»Ich verlasse mich auf dich. Ich muss dieses Sutra um jeden Preis wiederbekommen!«, schloss der große Meister des Dhyana ernst.

Die Augen von Fünffache Gewissheit funkelten kämpferisch.

Er war fest entschlossen, alles einzusetzen, notfalls auch Gewalt und List, um den Auftrag seines Ehrwürdigen Abtes zu erfüllen.

Angesichts dieser aufrichtigen Begeisterung hielt der alte Meister in seinem Auf und Ab inne. Nur die Geschwindigkeit, mit der er die Bernsteinperlen seiner Mala durch die Finger gleiten ließ, verriet, wie aufgewühlt er war.

Die Lage war ernst.

Beinahe hätte er die Hände von Fünffache Gewissheit in die seinen genommen und sie mit aller Kraft gedrückt.

Einen Moment lang war er sogar versucht, seinem Schüler etwas mehr über den wahren Grund zu verraten, aus dem er ihn bat, dieses Sutra nach Luoyang zurückzuholen.

Aber es erschien ihm viel zu gefährlich, irgendjemandem, und sei es auch Fünffache Gewissheit, die ganze Wahrheit zu enthüllen. Vor allem für den Betreffenden selbst.

Es war besser, dass dieser einen klaren Kopf behielt, um seine Mission zu erfüllen. Er sollte auf seinen Schultern nicht die schwere Last der Verantwortung spüren, die der Ehrwürdige Abt ihm aufgeladen hatte.

Das war bestimmt das Sicherste für seinen Schüler. Zumindest redete Vollendete Leere sich das ein!

Denn wenn er Fünffache Gewissheit wirklich hätte schützen wollen, dann hätte er ihm von einer vierten religiösen Strömung erzählt, einer Schule, die sehr viel geheimnisvoller und verschlungener war als der Lamaismus, das Mahayana und das Hinayana, von denen er bisher gesprochen hatte.

Es war eine seltsame Religion, über die man nur in Andeutungen redete.

Ihre Rituale, die wegen ihrer erotischen und sexuellen Natur Gegenstand von allerlei Fantasien waren, umfassten die Vereinigung der Körper und den Beischlaf unter ihren Anhängern.

Diese Religion, deren Name von dem Sanskrit-Wort *tantra* abgeleitet war, das »Ausdehnung« oder »Geisteskette« bedeutete, hatte zum Ziel, die spirituellen und körperlichen Energien des Menschen zu beherrschen, ein unerschöpflicher Quell, wenn es dem Gläubigen gelang, sie zu vereinen.

Und so pflegte der Tantrismus, dem aus Sicht moralischer

Betrachter etwas Dämonisches anhaftete, ausgiebig die irdischen Freuden, statt sie zu verdammen. Vor allem die sexuelle Erregung, die es seinen Anhängern ermöglichte, einen Bewusstseinszustand zu erreichen, der an das Stadium des Erwachens heranreichte, so wie es Buddha selbst erlebt hatte.

Und immer noch darauf bedacht, so wenig wie möglich preiszugeben, hatte Vollendete Leere sich auch gehütet, Fünffache Gewissheit von diesem seltsamen Anhänger des Tantrismus zu erzählen, der am Ursprung all der ärgerlichen Verwicklungen stand, derentwegen er ihn nun um diesen Gefallen bat.

Obwohl er einer der größten Exegeten seiner Zeit und das Oberhaupt des chinesischen Buddhismus war, misstraute der Abt vom Kloster der Dankbarkeit für Erwiesene Kaiserliche Wohltaten anderen Menschen genauso wie alle Mächtigen.

Er hatte nicht verstanden, dass die wahre Weisheit denjenigen vorbehalten blieb, die anderen ihr Vertrauen schenkten.

4

Dunhuang, Oase an der Seidenstraße

»Umara, wo steckst du denn, Liebes? Ich habe dir schon hundertmal gesagt, dass du nach Hause kommen sollst, wenn es dunkel wird!«

Dabei war der Nachmittag gerade erst angebrochen, und die strahlende Spätsommersonne erfüllte die Gassen und Obstgärten der Oase mit ihrem Licht.

»Umara, komm jetzt bitte sofort her! Wenn du nicht gleich antwortest, muss ich es deinem Vater sagen!«

Die Stimme klang schrill, und ihre Angst war deutlich herauszuhören. Seit fast einer Stunde schon schrie sie sich heiser und rief immer wieder den gleichen Namen.

Doch das junge Mädchen, das auf diesen Namen hörte, stellte sich taub.

Je älter Umara wurde, desto lästiger wurde ihr die gluckenhafte Aufsicht ihrer stets besorgten Kinderfrau, deren Leibesfülle an ein Weinfass erinnerte.

Kaum verschwand sie aus Goleas Blickfeld, machte sich diese laut rufend auf die Suche nach ihr.

Normalerweise reagierte das gehorsame Mädchen auch sofort auf ihre drängenden Rufe, um sie nicht über Gebühr zu ängstigen, doch heute hatte Umara beschlossen, stumm zu bleiben.

Sie befand sich auf der anderen Seite des Gartens, kurz vor der dicken Lehmmauer, die den Obstgarten des Bischofssitzes umschloss. Feigen- und Pfirsichbäume, die in flache, in den Sand eingegrabene Schalen gepflanzt worden waren, um eine effiziente Bewässerung zu ermöglichen, wuchsen dort in makellosen Reihen.

Umara zögerte, ihrer Kinderfrau zu antworten, weil sie nicht allein war.

Sie hatte eine interessante Bekanntschaft gemacht.

Und für ein dermaßen von der Welt abgeschottetes junges Mädchen, das gewohnt war, ganz allein in diesem riesigen Park zu spielen, war diese unerwartete Begegnung es durchaus wert, sich ausnahmsweise einmal nicht den Ängsten ihrer allgegenwärtigen Kinderfrau zu beugen. Normalerweise verbrachte sie ihre Tage mit dem Erlernen des syrischen und des Sanskrit-Alphabets sowie damit, die dreitausend chinesischen Schriftzeichen zu üben, die man brauchte, um in dieser Sprache zurechtzukommen.

Doch vor wenigen Minuten hatte das junge Mädchen, als es hinter seinem Ball hergerannt war, auf einem Baum einen jungen Burschen überrascht.

Er biss gerade herzhaft in einen der duftenden Pfirsiche, die so rund und rosig leuchteten wie die Bäckchen eines Neugeborenen im Winter und der ganze Stolz des Gärtners ihres Vaters waren.

»Was machst du denn da, du kleiner Halunke?«, hatte Umara dem Dieb zugerufen.

Er war so dreckig, dass sie unter der Schmutzschicht kaum sein Gesicht erkennen konnte. Nur sein lächelnder Mund mit den weißen, safttriefenden Zähnen leuchtete daraus hervor. Die glatten Haare des Jungen waren von grauem Sandstaub bedeckt, und seine zerfetzten Kleider waren nicht viel mehr als Lumpen.

Es musste eines jener verlassenen Kinder sein, die auf der Suche nach einer Schale Reis oder einem Weizenfladen durch die engen Gassen von Dunhuang streiften. Häufig sah man sie vor den Eingängen der dreiunddreißig buddhistischen Klöster der Oase, wo ihre Eltern vergeblich versucht hatten, für sie einen Platz als Novizen zu finden, und abgewiesen worden waren, weil immer viel mehr Kinder gebracht wurden, als Plätze zur Verfügung standen.

»Wie heißt du denn? Ich bin Umara!«, fragte das junge Mädchen, denn das strahlende Lächeln des Jungen, der inzwischen am Kern seines Pfirsichs saugte, hatte in ihr den Wusch geweckt, sich mit ihm zu unterhalten.

»Ich habe keinen richtigen Namen. In der Oase nennt man mich meist nur Staubnebel!«

»Staubnebel, das ist ja ein hübscher *xiaoming**!«

»Ja, hübsch ist er schon, aber lange nicht so hübsch wie du! Wie alt bist du?«

Das Kompliment hatte so freundlich und natürlich geklungen, dass die Wangen des jungen Mädchens vor Freude rosig angelaufen waren.

»Ich werde bald siebzehn! Und du?«

»Ich bin letztes Jahr dreizehn geworden. Du bist sehr schön! Und du sprichst ausgezeichnet Chinesisch, Umara«, fügte der junge Bursche unbefangen hinzu.

Ja, es stimmte, Umara war schön!

Viel schöner als alle Mädchen, denen Staubnebel bisher begegnet war.

Dabei gab es viele Mädchen auf dieser langen Seidenstraße. Mädchen aller Rassen und in jeder Größe, zierliche und kräftige, dunkelhäutige mit ebenholzschwarzem Haar und rothaarige mit flammendem Schopf, gelbhäutige mit geschlitzten Augen und hellhäutige mit himmelblauen Augen. Dämoninnen und Engel. Und die meisten von ihnen sah

* Der *xiaoming* oder »Kleine Name« wird von den Chinesen benutzt, um einen Menschen über seinen eigentlichen Familiennamen hinaus zu charakterisieren.

man auf den Märkten, wo sie entweder von ihren Familien an reiche Händler verkauft oder von Kriegsherren versteigert wurden, die sie gefangen genommen hatten und sie nun zu Geld machten, um sich ein Leben in Saus und Braus zu finanzieren.

Doch mehr noch als das perfekt gezeichnete Gesicht mit der hellen, glatten Haut, den vollen karminroten Lippen und dem ungewöhnlich lockigen, glänzend schwarzen Haar, das der Wolle seltener Lämmer glich, beeindruckten Staubnebel Umaras Augen.

Denn das linke war blau wie das Wasser eines Sees und strahlte eine große Sanftmut aus, während das rechte, dessen braune Iris von goldenen Strahlen durchzogen war, die von ihrer Pupille ausgingen, vor Ungestüm, ja Leidenschaft sprühte.

Es war das erste Mal, dass Staubnebel zwei verschiedenfarbige Augen im gleichen Gesicht sah, und dieser Anblick brachte ihn völlig aus der Fassung.

Er wollte ihr gerade ein Kompliment machen, als er durch schrille Rufe unterbrochen wurde, die vom anderen Ende des Gartens zu ihnen herüberschallten.

»Umara! Umara! Ich habe gesagt, du sollst sofort aus deinem Versteck kommen! Dein Chinesischlehrer wird gleich da sein, und du kommst zu spät!«

Es war Golea, die immer näher kam.

Umara konnte ihre breite Gestalt am Ende der langen Reihe von Obstbäumen erkennen.

»Jetzt weißt du wenigstens, warum ich Chinesisch spreche! Mein Vater wünscht, dass ich die hiesigen Sprachen lerne. Nicht nur Chinesisch, sondern auch Sanskrit.«

Der Junge stieß einen bewundernden Pfiff aus.

»Chinesisch ist meine Muttersprache. Aber Sanskrit! Das ist doch vollkommen unverständlich, oder nicht?«, fragte er leise.

»Beeil dich, mein kleiner Staubnebel, du musst jetzt nach

Hause gehen. Sonst werden sie die Hunde hinter dir herhetzen!«, warnte sie.

»Aber ich habe doch gar kein Zuhause!«, protestierte das Kind.

Umara wusste nicht, was sie auf die desillusionierte Feststellung des Jungen erwidern sollte, dessen Augen unter dem staubverkrusteten grauen Haar mit einem Mal todtraurig dreinblickten.

»Komm morgen um die gleiche Zeit wieder her. Dann können wir zusammen Ball spielen!«, flüsterte sie ihm zu, ehe sie hastig davonlief.

»Umara, du hast mir den Schreck meines Lebens eingejagt. Ich dachte, du wärst von Räubern entführt worden. Ich sah mich schon deinem Vater die entsetzliche Neuigkeit beibringen! Noch ein wenig später, und der Chinesischlehrer hätte auf dich warten müssen. Dann wäre er zu deinem Vater gegangen und hätte sich über dich beklagt.«

Die Vorwürfe der verzweifelten Kinderfrau reihten sich zusammenhanglos aneinander und zeugten von der Angst, in die ihre erfolglose Suche sie gestürzt hatte.

»Ich bin doch nicht mehr fünf Jahre alt! Wenn ich mit Papa ausreite und vor ihm losgaloppiere, lässt er mich auch gewähren. Ich habe auf einem Baum gespielt, mehr nicht!«, murrte Umara und setzte sich gegen die gewaltige Frau zur Wehr, die sie so fest in ihre Arme schloss, dass sie zu ersticken drohte.

»Mach dir keine Sorgen, ich werde deinem Vater nichts verraten!«

»Davor habe ich keine Angst! Ich bin alt genug, um meinen eigenen Willen zu haben!«

»Umara, ein junges Mädchen hat die Pflicht, seinen Vater zu respektieren!«

Und der Vater dieses wunderschönen jungen Mädchens mit den verschiedenfarbigen Augen, das bereits fließend

Chinesisch, Syrisch und Sanskrit sprach und so sicher auf dem Pferderücken saß wie ein erfahrener Reiter, war nicht irgendjemand!

Zunächst einmal war er ein Mann, der seine Tochter über alles liebte und wollte, dass ihr eine sowohl in geistiger als auch in moralischer und körperlicher Hinsicht umfassende Ausbildung zuteilwurde.

Vor allem aber war er Bischof Addai Aggai, der geistige Führer einer winzigen christlichen Gemeinde, welche die bemerkenswerte Unverfrorenheit besessen hatte, sich einige Jahre zuvor so fern ihrer Ursprünge in dieser Oase niederzulassen: der nestorianischen Kirche von Dunhuang.

Durch welchen Zufall – oder besser, durch welches Wunder! – waren Vertreter dieser nichtorthodoxen christlichen Ostkirche bloß Tausende Kilometer von ihrer Heimat entfernt vor die Tore des Reichs der Mitte gelangt?

Die nestorianische Kirche war etwas mehr als zwei Jahrhunderte zuvor von Nestorius, dem Patriarchen von Konstantinopel, gegründet worden. Dieser hatte, auf die Evangelien gestützt, Jesus die von der Römischen Kirche gelehrte doppelte Natur als Mensch und Gott abgesprochen. Für Nestorius konnte die Jungfrau Maria, die, wie in den Schriften ausdrücklich vermerkt, lediglich eine Frau war, auf keinen Fall einen Gott geboren haben. Und somit beharrte er auch darauf, Maria »Mutter Christi« zu nennen und nicht »Mutter Gottes«.

Nach langen, erbittert geführten Kontroversen war die nestorianische Auffassung im Jahre 431 schließlich offiziell durch das Konzil von Ephesus verdammt und als Häresie verurteilt worden.

Damit hatten die Nestorianer die Auseinandersetzung endgültig verloren.

Der nestorianischen Gemeinde, die sich auch weiterhin als christlich bezeichnete, war nichts anderes übrig geblieben, als vor der Verfolgung nach Mesopotamien in das persische

Sassanidenreich zu fliehen, wo sie von den jüdischen Kolonien freundlich aufgenommen wurden.

Ihre Liturgiesprache war Syrisch, ein besonders schwer zu erlernender Zweig des Aramäischen, der Sprache Jesu.

Aber trotz seines Aufschwungs wurde der Nestorianismus nie von den Sassaniden als Staatsreligion anerkannt.

Die beiden beherrschenden religiösen Strömungen in Persien waren der Manichäismus und der Zoroastrismus. Diese zweite Religion, deren Priester Magier waren, die der Autorität des Obersten Magiers, des sogenannten Mobad der Mobads, unterstanden, hielt den Einfluss der Nestorianer erfolgreich in Grenzen.

Diese hatten erkannt, dass es sinnvoller war, Persien zu verlassen und sich weiter nach Zentralasien hin zu orientieren. Dort lebten schon fast alle Religionen der Welt friedlich nebeneinander, und die lokalen Herrscher übten sich in Unkenntnis religiöser Feinheiten in Toleranz.

So hatten sich die Nestorianer gegen Ende des fünften Jahrhunderts in Baktrien niedergelassen und waren über die Seidenstraße schließlich nach und nach bis kurz vor die Grenzen Chinas vorgedrungen.

Auf diesem langen Marsch, auf dem sie die Wahrheit, die sie erfüllte, mit anderen teilen wollten, diesem friedlichen Kreuzzug, von dem sie ganz genau wussten, dass er Jahrhunderte andauern würde, sollte Dunhuang der wichtigste und letzte Vorposten der Nestorianer auf dem Weg nach Zentralchina sein.

Bischof Addai Aggai unterstand der direkten Autorität des Katholikos, des Bischofs von Nisibis, einer kleinen persischen Stadt, in der die nestorianische Kirche ihren Sitz errichtet hatte.

Vom Katholikos ausgesandt, in dieser unter chinesischem Protektorat stehenden Oase ein Kloster zu gründen, hatte er seine Aufgabe aufs Vortrefflichste erfüllt.

Nur wenige Monate nach seiner Ankunft in Dunhuang waren die Fundamente des Klosters gelegt, und die ersten chinesischen Mönche legten ihr Gelübde auf der Baustelle ab, deren Mauern gerade erst aus der Erde wuchsen. So zählte die nestorianische Gemeinde bereits einige Mitglieder, noch bevor sie über eine fertige Kirche verfügte.

Der findige Bischof hatte als neue Mitglieder die Arbeiter auf der Kirchenbaustelle gewonnen, denen die rasche und vollständige Entlohnung alle Skrupel raubte, ihren ursprünglichen Glauben aufzugeben.

Bald schon hatte die Mundpropaganda eingesetzt, und die Silbermünzen, die Addai Aggai Morgen für Morgen auf die Steine klirren ließ, lockten täglich mehr Neubekehrte an.

Bischof Addai Aggai, der mit einer großen Begabung für Sprachen gesegnet war – ein Talent, das er an seine Tochter vererbt hatte –, hatte begonnen, zusätzlich zum Syrischen und Parthischen, die er perfekt beherrschte, auch noch Chinesisch und Sanskrit zu lernen.

Und so kannte er die großen Sprachen der beiden äußersten Enden der Seidenstraße, jener beeindruckenden kulturellen, sozialen, religiösen und wirtschaftlichen Verbindungsschnur zwischen Völkern unterschiedlichster Rassen und Religionen.

Der Bischof legte großen Wert darauf, den neuen Gläubigen, die zum größten Teil aus der Region stammten und Chinesisch sprachen, zumindest einige Grundkenntnisse des Syrischen beizubringen. So konnten sie ihm immerhin während der Gottesdienste die sakramentalen Formeln nachsprechen.

Das genügte, um den Zeremonien seiner kleinen Gemeinde eine ansteckende Inbrunst zu verleihen. Addai Aggai veranstaltete ausgedehnte Rituale, in deren Verlauf der Eine Gott und Christus, sein menschlicher Sohn und Mittler zwischen

Gott und den Menschen, verehrt wurden. Danach tischte der Bischof, wohl wissend, dass dies ein weiterer Schritt war, neue Mitglieder zu gewinnen, seinen Schäfchen ungesäuertes, mit gegrilltem Kräuterlamm gefülltes Brot auf, das diese mit Genuss verschlangen.

So zählte das Kloster bereits über dreihundert Mönche, als Bischof Addai Aggai wenige Tage nach Umaras Geburt plötzlich Witwer wurde, da seine Frau die Strapazen der Niederkunft nicht überlebt hatte.

Daraufhin hatte er das Neugeborene in die Obhut der Kinderfrau Golea gegeben, die gemeinsam mit dem Paar aus Persien gekommen war, und ihr die Erziehung des kleinen Mädchens anvertraut. Golea war ebenso breit wie hoch. Sie war so dick, dass die Lausbuben von Dunhuang sie »den Berg« nannten, wenn sie sie durch die schmalen Kaufmannsgassen des Viertels gehen sahen, in dem die nestorianische Kirche stand.

Und nicht wenige Menschen in dieser Region, in der die Trockenheit immer wieder zu Hungersnöten führte, schrieben dieser gewaltigen Matrone, deren hängende Brüste auf eigentümliche Weise zwei Kamelhöckern glichen, übernatürliche Kräfte zu. Manche behaupteten, »den Berg« zu berühren, verleihe Stärke, andere schworen, dass sie es regnen lassen könne. Denn in Dunhuang gab es nur sehr wenige dicke Menschen. Alle waren gewohnt, sich mit Mahlzeiten zu begnügen, die gerade ausreichten, um in der Wüste Gobi zu überleben.

Lediglich ein paar sogdische Kaufleute oder iranische Karawanenführer stachen aus der Menge der Hirten und Bauern hervor, die ihre Schafe auf den Märkten verkauften und deren Magerkeit einen ebenso mitleiderregenden Anblick bot wie die der buddhistischen Mönche, die fromm ihr Essen zusammenbettelten.

Der nestorianische Bischof war untröstlich über den Tod

seiner Frau und außerdem viel zu sehr von den Angelegenheiten seiner Kirche in Anspruch genommen, um noch einmal zu heiraten.

Daher war seine einzige Tochter für Addai Aggai das Kostbarste auf der ganzen Welt.

Und aus diesem Grund neigte ihre Kinderfrau auch immer noch dazu, sie trotz ihrer fast siebzehn Jahre als das kleine Waisenkind zu betrachten, das ihr Vater ihr feierlich anvertraut hatte. Er hatte sie schwören lassen, dass sie sich wie um ihre eigene Tochter um sie kümmern und sie hüten würde wie ihren Augapfel.

Mit ihrer unvergleichlichen, betörenden Schönheit war Umara, zum größten Glück des Bischofs, bereits das Ebenbild ihrer Mutter.

Doch so viel Anmut und Charme machten sie gleichzeitig zu einem idealen Ziel für all diejenigen, die Addai Aggai möglicherweise übel gesinnt waren.

Was seine geliebte Tochter betraf, war der Bischof ständig auf der Hut. Häufig wachte er nachts schwer atmend auf und stürmte in ihr Zimmer, um sich zu vergewissern, dass sie immer noch schlafend in ihrem Bett lag: Er hatte geträumt, ein bewaffneter Trupp sei in die nestorianische Kirche eingedrungen und habe sie entführt.

Denn die Nestorianer hatten sich in den Oasen entlang der Seidenstraße, wo sie Kirchen gegründet hatten, nicht nur Freunde gemacht. Neben bedeutender finanzieller Unterstützung aus Nisibis verfügten sie auch über goldenes und silbernes liturgisches Gerät und Messgewänder aus kostbaren bestickten Stoffen. Das konnte jeder sehen, der an einem ihrer Gottesdienste teilnahm.

Und auf der Seidenstraße weckte alles Glitzernde Begehrlichkeiten.

Unzählige Räuber, Betrüger und Taugenichtse trieben sich auf der Suche nach schnellem Geld auf dieser staubigen Piste herum. Und als erfahrene Erpresser zogen sie es vor, jemanden zu entführen und danach ein Lösegeld zu verlangen, statt das größere Wagnis einzugehen und sich direkt an der Kasse eines wohlhabenden Kaufmanns zu vergreifen oder seine Karawane zu plündern, vor allem wenn diese von einer bewaffneten Eskorte begleitet wurde.

In den meisten Fällen endeten solche riskanten Unternehmen für die Räuber in einem Blutbad, denn die reichen Kaufleute heuerten für teures Geld Söldner an oder unterhielten manchmal sogar regelrechte private Armeen, um ihr Hab und Gut und ihre kostbare Fracht zu schützen.

Doch abgesehen von der Prachtentfaltung des nestorianischen Kultes hatte Addai Aggai noch einen anderen, sehr viel gewichtigeren Grund, um das Leben seiner geliebten Tochter zu fürchten, einen Grund, von dem er ihr jedoch um nichts in der Welt erzählt hätte, aus Angst, sie zu erschrecken oder gar in Gefahr zu bringen.

Keinen Tag vergaß der nestorianische Bischof, welch gewaltiges Risiko er mit seinem Tun einging, nicht nur für sich selbst, sondern vor allem für Umara und nicht zuletzt für die gesamte Gemeinde, für die er die Verantwortung trug. Denn seine heimlichen Aktivitäten waren zwar äußerst lukrativ, aber sollten sie durch einen unglücklichen Zufall jemals der kaiserlichen Verwaltung bekannt werden, drohten ihm entsetzliche Strafen.

Von diesen Aktivitäten hatte er beispielsweise Ruhende Mitte, dem Oberhaupt der buddhistischen Gemeinde von Dunhuang, niemals etwas erzählt. Die beiden pflegten ein gutes nachbarschaftliches Verhältnis und trafen sich einmal im Monat. Dann besprachen sie ihre jeweiligen Vorgehensweisen und legten mögliche Unstimmigkeiten bei, die zwischen zwei Kirchen, die sowohl philosophisch als auch rituell weit auseinanderlagen, jederzeit aufkommen konnten.

Doch sosehr er sich manchmal, wenn die Angst zu groß

wurde, auch wünschte, diese Aktivitäten einfach einzustellen, das war vollkommen unmöglich.

Seine kleine Gemeinschaft wäre ruiniert.

Denn schon seit langem traf in Dunhuang kein Geld mehr aus Nisibis ein.

Kaum war das Klostergebäude fertig gewesen, hatte der Sitz der nestorianischen Kirche sämtliche Geldsendungen eingestellt.

Also hatte er allein zurechtkommen und Fantasie beweisen müssen, um den Wegfall der kirchlichen Gelder auszugleichen.

Addai Aggai wusste genau, dass ohne finanzielle Mittel unweigerlich auch der stete Strom der Neubekehrten versiegen würde. Der weitere Vormarsch der Nestorianer nach Zentralchina würde ins Stocken geraten. Zu guter Letzt würde ihm nichts anderes übrig bleiben, als den nestorianischen Vorposten in Dunhuang aufzugeben und kläglich in den Schoß seiner Kirche nach Persien zurückzukehren.

Seine Mission wäre gescheitert.

Er sagte sich oft genug, dass er ein viel zu großes Risiko einging und wahnsinnig gewesen sein musste, sich auf ein solches Abenteuer einzulassen. Aber im Leben eines Mannes ergaben sich manchmal zwingende Notwendigkeiten.

Diese heimlichen Aktivitäten, die für das nestorianische Kloster rasch überlebensnotwendig geworden waren, zwangen Addai Aggai zu einer Haltung, die weit über das normale Maß an Misstrauen hinausging.

Mehr als alles andere fürchtete er, einer seiner Mönche könnte das Geheimnis für ein paar Silbermünzen bei den chinesischen Behörden ausplaudern, woraufhin deren Zorn über ihn hereinbrechen würde. Zwar hatte er nur wenige, sorgfältig ausgewählte Männer eingeweiht, doch man konnte sich seiner Sache ja nie sicher sein.

Deswegen vergewisserte er sich mehrmals am Tag bei der

armen Golea, ob mit seiner heißgeliebten Tochter auch alles in bester Ordnung war.

Umara, die als behütetes Einzelkind seit ihrer frühesten Kindheit abgeschieden von allen anderen Menschen lebte, litt sehr unter dieser Einsamkeit. Gleichzeitig lastete die offenkundige Angst ihres Vaters immer schwerer auf ihren zarten, jungen Schultern.

»War jemand bei dir? Es schien mir, als hörte ich dich reden. Du weißt doch, dass dein Vater dir jeden Kontakt mit Fremden verboten hat!«, argwöhnte die Kinderfrau besorgt, als sie nach ihrer Hand griff.

Um diese Tageszeit verströmte der Obstgarten rings um sie herum seinen intensivsten Duft.

»Wo hast du denn hier jemanden gesehen oder gehört? In diesen Garten kommt doch nie jemand!«

Das Herz des jungen Mädchens raste.

Es war das erste Mal, dass Umara ihre Amme anlog.

Wie oft hatte man ihr nicht gesagt, die Lüge sei eine der schlimmsten Sünden dieser Welt. Und nun war sie ihr erlegen!

Sie hatte es einfach getan, ohne zu zögern oder auch nur einmal nachzudenken.

Niemals, wirklich niemals hätte sie den kleinen Jungen mit dem staubgrauen Haar und dem gewinnenden Lächeln verraten, dessen Geständnis, dass er nicht einmal wusste, wo er schlafen sollte, ihr das Herz zerrissen hatte.

Vor allem aber konnte sie es kaum erwarten, diesen netten Pfirsichdieb wiederzusehen, denn er würde gewiss einen ausgezeichneten, unterhaltsamen Gefährten beim Ballspiel abgeben.

Am nächsten Tag saß der kleine Junge zur vereinbarten Zeit auf dem gleichen Pfirsichbaumast wie am Vortag.

»Hallo Staubnebel! Du bist ja pünktlich!«

Umara war überglücklich, dass er Wort gehalten hatte.

»Hallo Umara. Ich hoffe, deine Kinderfrau hat dich gestern nicht allzu sehr ausgeschimpft!«

»Mein Vater hat ständig Angst, dass mir etwas zustoßen könnte!«, antwortete sie lediglich.

»Bei mir ist das einfacher, ich habe nie Eltern gehabt«, murmelte ihr neuer Spielkamerad traurig.

»Sind deine Eltern tot?«

»Sie haben mich im Stich gelassen. Aber ich habe gelernt, mich alleine durchzuschlagen. Auf den Märkten von Dunhuang findet man genug zu essen. Man braucht bloß den Händlern ein wenig zur Hand zu gehen und ihnen zu helfen, wenn sie ihren Stand aufräumen, oder darauf aufzupassen, wenn sie kurz fortmüssen, um sich zu erleichtern!«

»Ich habe ja gleich gewusst, dass du ein pfiffiger kleiner Kerl bist!«

»Was willst du spielen, Umara?«

Ein fröhliches Lächeln erstrahlte auf Staubnebels rundem Gesicht, das vor lauter Schmutz noch eine Spur dunkler wirkte als am Vortag. Seine funkelnden schwarzen Augen und die leicht stumpfe Nase mit den weiten Nasenlöchern verrieten deutlich die asiatische Herkunft des Jungen.

Wortlos zog Umara ihren kleinen runden, mit Lumpen ausgestopften Lederball aus der Tasche und warf ihn mit aller Kraft so hoch sie konnte in den Himmel. Der Ball flog weit über die Lehmmauer hinaus, und schon kurz darauf standen sie beide auf der anderen Seite, nachdem der kleine Junge dem Mädchen mit einer Räuberleiter hinübergeholfen hatte.

Zum ersten Mal war Umara heimlich über die Mauer des Obstgartens gestiegen und fand sich plötzlich ohne die Erlaubnis ihres Vaters außerhalb des Bischofssitzes wieder.

Ein herrliches Gefühl überkam sie. Es war eine zarte Mischung aus Befriedigung und Angst, die sich in überschäumende Euphorie wandelte, bevor sie zu jenem unvergleichlichen Genuss wurde, den die Übertretung eines Verbots einem sonst stets folgsamen Menschen bescherte, wenn er endlich einmal wagte, ungehorsam zu sein.

»Ich bin noch nie über die Mauer geklettert!«, rief sie.

»Ich hoffe, du bekommst deswegen keinen Ärger!«, murmelte Staubnebel besorgt.

Statt einer Antwort rannte sie davon, eine breite Straße entlang, die in den Norden der Stadt führte. Laut lachend lief sie, so schnell sie konnte, wie ein junges Tier, das immer in einem Käfig eingesperrt gewesen war und mit einem Mal den Rausch der Freiheit entdeckte.

Staubnebel fand Gefallen an diesem Spiel und rannte ihr nach, quer durch die Märkte, die sich über die Straße breiteten.

Sie waren so ausgelassen und fröhlich, dass die verblüfften Händler sie nicht einmal ausschimpften, sondern sie unbehelligt zwischen den Ständen herumlaufen ließen. Dort gab es Mandeln, Jade, das grüne Pulver von schwefelsaurem Natron, aus Purpurschnecken gewonnene rote Wimperntusche, Indigoblau und duftende Narzissen, die zu jenen Glück verheißenden Blumen werden sollten, die man sich in China gegenseitig zum Neujahrsfest schenkte. Die kostbaren, aus dem Westen stammenden Güter waren so teuer, dass man sie nur mit Goldmünzen oder Seidenballen bezahlen konnte.

Hier und dort lagen kleine Weihrauch- und Myrrhehäufchen in kupfernen Schalen und erfüllten die Umgebung mit ihrem Duft. Um auch nur eine Prise davon zu erstehen, hätte man dem Kaufmann mindestens zwei hübsche kleine lebende Lämmer geben müssen.

Fast hätten sie einen Händler umgerissen, der aus Persien stammenden Asbest feilbot, dessen verwobene Fasern die Bewunderung der Schaulustigen erregten.

»Von welchem Tier stammt deine Wolle?«, fragten sie angesichts dieses einzigartigen Materials, das sich so seltsam anfühlte.

»Das sind gesponnene Salamanderhaare! Wenn du dir daraus ein Gewand schneiderst, kannst du unbehelligt durch jede Flammenwand gehen!«, erklärte der Perser in einwandfreiem Chinesisch.

Unzählige Male hätten sie beinahe Pyramiden aus Wassermelonen, Pfirsichen und Weintrauben, aber auch aus Kürbissen, Mangold oder Gurken umgeworfen, die auf dem Boden aufgestapelt waren und um die herum sich die Menge drängte. Die ersten Flüche schallten hinter diesen beiden närrischen Kindern her, die immer noch zwischen den Ständen hindurchjagten, laut prustend wie Straßenlümmel, bis sie Schluckauf bekamen.

Die Freiheit schien Umara Flügel zu verleihen.

Obwohl Staubnebel sich in den Gassen und auf den kleinen Plätzen von Dunhuang auskannte, fiel es ihm schwer, sie einzuholen, so schnell eilte sie voran.

Am Ende der Straße, die von niedrigen, sich eng aneinanderschmiegenden Häusern gesäumt war, aus denen Kindergeschrei und der Geruch von Essen drangen, stürmten sie mitten in eine Ziegenherde, die die ganze Breite des Weges versperrte. Die von riesigen Hunden mit rötlich gelbem Fell zusammengehaltenen Tiere meckerten ängstlich.

»Sei vorsichtig, Umara! Du musst über sie hinwegspringen, wenn du nicht hinfallen willst«, rief der Junge ausgelassen.

Umringt von kleinen Ziegen, machte er es ihr vor. Umara, die in solchen Dingen nicht so geübt war wie er, beendete ihren Lauf auf allen vieren, eingeschlossen von der panischen Herde.

Er eilte zu ihr und half ihr beim Aufstehen. Zwischen zwei Ziegen eingeklemmt, die an ihr herumleckten, bog sie sich vor Lachen.

»Hast du dir wehgetan?«, fragte er.

Ohne ihm auch nur zu antworten, sprang sie mit einem Satz auf und rannte erneut davon.

»Fang mich doch!«, rief sie, als sie schon weit voraus war.

In ihrem wilden Spiel bemerkten sie gar nicht, wie sie durch die letzten Vororte der Stadt hinaus auf eine kleine ausgedörrte, steinige Ebene gelangten, immer weiter, bis sie schließlich den Fuß eines Steilhangs erreichten, vor dem sie atemlos keuchend stehen blieben.

»Jetzt habe ich dich doch noch eingeholt!«, rief Staubnebel und hauchte einen flüchtigen Kuss auf Umaras Hand.

»Wenn ich eine Eidechse wäre, hättest du mich nicht eingefangen, dann wäre ich nämlich schon längst dort hinaufgeklettert!«

Sie deutete auf die felsige Wand, deren etwas zurückliegende Spitze von unten nicht zu sehen war.

»Ich bin zwar keine Eidechse, aber ich glaube, für dieses Problem gibt es eine Lösung!«

Dicht über ihren Köpfen baumelte eine Strickleiter, über die man auf eine Art Plattform gelangte. Wenn man ein paar Schritte zurückging, erkannte man das geschnitzte Holzgeländer.

»Sieh nur diese ganzen Skulpturen! Hinter einem so schönen Balkon verbirgt sich bestimmt ein Schatz! Wetten, dass du genauso schnell hochklettern kannst wie ich!«, fügte der Junge hinzu, während seine kleinen schmutzigen Hände bereits die unterste Sprosse umfassten.

Geschmeidig wie eine Katze hangelte er sich an der Strickleiter empor und war in Windeseile oben.

»Siehst du, es ist ganz einfach. Komm, ich helfe dir«

Staubnebel streckte Umara seine Hand entgegen und zog sie ebenfalls hoch.

Hinter der hölzernen Balustrade, die sie mühelos überwanden, lag eine nicht weniger als vier Fuß breite felsige Plattform. Sie bildete an der Wand des Steilhangs entlang einen natürlichen Balkon von etwa zwanzig Fuß Länge. Seltsamerweise öffneten sich weder Tür noch Fenster in der Mauer. Es schien, als habe der Balkon keine andere Funktion, als dem Besucher zu ermöglichen, auf die gewellten Sanddünen der Wüste hinabzuschauen, die sich vor dem Betrachter erstreckten, so weit das Auge reichte.

Ein paar Steine lagen verstreut auf diesem wie eine Terrasse anmutenden Vorsprung herum, umgeben von grauem Staub, der an Mörtel erinnerte.

»Ich habe die Wüste noch nie aus dieser Höhe gesehen! So viele Dünen! Wie schön das aussieht!«, rief Umara begeistert.

»Von dort komme ich her. Ich bin in Turfan geboren, aber man hat mir erzählt, dass meine Eltern Chinesen gewesen seien. Turfan ist eine andere Oase. Noch größer als Dunhuang. Sie liegt im Westen, mehr als einen Monat Fußmarsch von hier entfernt. Seit ich meine Eltern verloren habe, gehören die Dünen zu meinem Alltag«, sagte der Junge, der mit einem Mal nachdenklich geworden war.

»Staubnebel aus Turfan.«

»Man hat mich in die Obhut eines Jadeschnitzers gegeben, aber ich bin weggelaufen, als ich sechs Jahre alt war. Er hat mich oft geschlagen.«

»Dann kannst du Jade schnitzen!«

»Ich habe zugesehen, wie er sie auf dem Schleifstein polierte. Es ist sehr mühselig, den Stein der Unsterblichkeit zu bearbeiten!«

»Mein Vater sagt immer, nur der Eine Gott sei unsterblich!«

»Es ist schön, mit dir hier zu sein!«

Er lächelte.

»Wie kann man als kleiner, sechsjähriger Junge, der von seiner Adoptivfamilie ausgerissen ist, allein leben?«

»Man überlebt! Im Winter schläft man in den Ställen, beim

Vieh. Wenn man morgens aufwacht, ist man schweißgebadet, so warm ist es dort! Und im Sommer braucht man sich nur unter einen Baum zu legen und unter dem Sternenzelt einzuschlafen«, antwortete der Junge fröhlich.

Umara dachte bei sich, dass Staubnebel trotz seines schmächtigen Äußeren vom Schlag eines echten Kriegers war.

»Ich sehe schon, es brauchte Tausende von Dünen, um die Lebensfreude und den Schwung des tapferen Staubnebel zu ersticken!«

Was für ein hübsches Kompliment.

Genauso hübsch wie die karminroten Lippen des Mädchens, das es ihm gemacht hatte. Nur zu gerne hätte er diesen Mund geküsst, so wie er es bei den etwas älteren Burschen und den jungen Mädchen in den Straßen oder auf den Märkten von Dunhuang beobachtet hatte.

»Gut. Und was machen wir jetzt hier oben auf diesem Balkon? Wo ist denn nun der Schatz, von dem du gesprochen hast?«, fragte Umara heiter, um ihren neuen Freund ein wenig zu necken.

»Hab nur Geduld, ich bin mir sicher, dass wir nicht umsonst hier heraufgeklettert sind.«

»Der einzige Schatz, den ich hier sehe, ist ein flacher Felsvorsprung mit ein paar Steinen darauf«, scherzte sie.

»Die Steine und der Mörtel auf dem Boden sind ein Zeichen dafür, dass hier jemand eine Mauer gebaut hat, um dahinter einen Eingang zu verstecken.«

Umara sah verblüfft zu, wie Staubnebel die Felswand der Terrasse von oben nach unten und von rechts nach links auf ihrer gesamten Fläche mit dem gekrümmten Zeigefinger abklopfte, als sei sie eine riesige Tür, deren Festigkeit er prüfen wollte.

»Ich habs, Umara, hier an dieser Stelle ist der Fels künstlich. Gleich dahinter muss ein Versteck sein!«, rief er plötzlich mit triumphierender Stimme.

»Wie kommst du denn darauf?«, fragte das junge Mädchen verdutzt.

»An dieser Stelle besteht die Wand nicht aus Stein, sondern aus getrocknetem, bemaltem Lehm, der bloß wie Fels aussehen soll. Hör her!«, antwortete der Junge und klopfte behutsam mit dem Finger gegen die Wand.

Seine leichten Schläge hallten tatsächlich wie auf einer Trommel.

»Ich kenne mich damit aus. Oft genug habe ich mich von Äpfeln aus dem Vorrat eines Bauern ernährt, der so im Winter den Zugang zu seinem Felskeller vermauert! Wenn eine Strohlehmwand irgendwo hohl klingt, dann ist dieser Teil dünn wie ein Brett. Die Steine auf dem Boden und die Mörtelreste sind der Beweis: Vor nicht allzu langer Zeit sind hier Maurer gewesen und haben genau an dieser Stelle eine Öffnung zugemauert!«, fügte er hinzu, während er weit ausholte.

Mit einem kräftigen Fußtritt stieß er dicht über dem Boden der Terrasse ein Stück aus dem falschen Fels.

Statt des künstlichen Steins öffnete sich dort nun ein kleines Loch.

»Ich bin überwältigt!«, sagte Umara und klatschte vor Freude in die Hände.

Nachdem Staubnebel das Loch so weit vergrößert hatte, dass sie sich hindurchzwängen konnten – ein Kinderspiel, so dünn war die Strohlehmschicht an dieser Stelle –, schlüpfte er ins Innere der Höhle. Umara, die vor Neugier glühte, folgte ihm rasch.

»Unglaublich! Das sieht ja aus wie eine Bibliothek!«, rief der Junge verblüfft.

»Du hast recht, wie seltsam!«, murmelte Umara, die direkt hinter ihm stand.

Der Anblick verschlug ihnen den Atem. In dem halbdunklen Raum, der lediglich von dem Sonnenlicht erhellt wurde, das durch die Öffnung hereinfiel, lagen unzählige vergilbte Schriftrollen übereinander und bildeten eine undurchdringliche Wand.

Es gab dicke und dünne, lange und kürzere Schriftrollen, dicht gedrängt wie Reisigbündel in einem Lagerraum.

Nur mit Mühe konnte Staubnebel ein paar davon herausziehen. Draußen auf der Terrasse breiteten die beiden sie auf dem Boden aus.

Im Sonnenlicht sahen sie, dass drei der vier Rollen weiß waren wie Elfenbein und die vierte, etwas abgenutztere, gelblich wie altes Horn.

»Das sind Handschriften!«, rief Umara, deren Vater sie die in syrischer Sprache abgefassten Schriften auswendig lernen und kommentieren ließ, welche die drei Kopistenmönche des Bischofssitzes ins Chinesische übersetzten, damit sich die Lehre des Nestorius weiter verbreitete.

»Wir haben ein geheimes Archiv entdeckt! Ist das nicht ein schöner Schatz, Umara?«, fragte der junge Chinese, der bereits ein weiteres Bündel Handschriften herausgeholt hatte.

Manche waren mit seidenen Bändern zusammengebunden, andere, die mit prächtigen Malereien geschmückt waren, lagen in schützenden Bambuszylindern, damit sie keinen Schaden nahmen.

Die beiden wussten kaum noch, wo ihnen der Kopf stand.

Umara hatte ein prächtiges bemaltes Banner aufgerollt, auf dem die weißen Gewänder einer weiblichen Gottheit elegante Voluten vor einem mit drei goldgefassten Wolken geschmückten karminroten Grund bildeten.

»Das sind eindeutig heilige buddhistische Schriften. Mein Vater hat mir einmal so etwas gezeigt«, erklärte das junge Mädchen.

»Was glaubst du, wem sie gehören?«

»Ich habe nicht die geringste Ahnung! Vielleicht ist das die geheime Bibliothek des Höhlenklosters, das nicht weit von hier entfernt in der Wüste liegt. Es heißt Kloster des Heils und des Mitgefühls; mein Vater kennt seinen Abt. Er hat mir einmal erzählt, dass die meisten buddhistischen Klöster entlang der Seidenstraße ein Versteck für ihre Schätze besitzen, um sie vor Räubern zu schützen.«

»Aber hier gibt es nur seltene Bücher! Ich habe keinen einzigen Gold- oder Silberschmuck gesehen!«

»Hast du noch nie gehört, dass die göttlichen Worte des Heiligen Buddha für einen Buddhisten das Kostbarste auf der ganzen Welt sind?«, murmelte Umara, die mit einem Mal nachdenklich geworden war.

»Das stimmt! Im Haus meines Jadeschnitzers gab es eine kleine Buddhastatue, die in einer Wandnische in seinem Zimmer stand und vor der Tag und Nacht eine kleine Öllampe brannte.«

Umara legte die reich verzierte Schriftrolle behutsam wieder zurück in ihre Schatulle.

»Ich habe noch nie so etwas Schönes gesehen; aber ich glaube, es wird Zeit, nach Hause zu gehen. Meine Amme und mein Vater fragen sich sicher schon, wo ich bin!«

Die Sonne hatte den Zenit längst überschritten. Sie mussten so schnell wie möglich nach Dunhuang zurück. Umara war sich darüber im Klaren, dass sie ihren Vater und ihre Amme in unerträgliche Ängste gestürzt haben musste.

Es war schon fast drei Stunden her, seit sie zusammen mit Staubnebel über die Mauer des Bischofssitzes geklettert war.

Staubnebel schlüpfte noch einmal in das Bücherversteck, um die Kostbarkeiten wieder zurückzulegen. Danach fiel sein Blick auf einen der großen Steinbrocken, die auf der Terrasse herumlagen, und er rollte ihn an den Fuß der künstlichen Mauer, um die Öffnung, durch die sie in das Versteck gelangt waren, zu verschließen.

Vor der Mauer des Obstgartens trennten sie sich. Nach der

eiligen Rückkehr waren beide völlig außer Atem. Die Luft war immer noch vom Duft der Pfirsichbäume erfüllt.

»Dank dir habe ich endlich Dunhuang und die weite Wüste kennen gelernt«, sagte Umara und griff nach der Hand des Jungen.

»Hat dir unser Ausflug gefallen?«

»Vor allem deine Gesellschaft hat mir gefallen, Staubnebel!«, erwiderte sie und schlug den Blick nieder.

Die dunklen Augen im schmutzigen Gesicht des Jungen blitzten vor Freude.

»Und jetzt schwöre mir, dass du niemandem etwas von dem Versteck mit den buddhistischen Handschriften erzählen wirst«, fügte sie hinzu.

»Das soll unser großes Geheimnis bleiben. Ich schwöre es, Umara! Im Leben wie im Tod«, rief er enthusiastisch.

Daraufhin hauchten Umaras feuchte, warme Lippen einen flüchtigen Kuss auf seinen Mund.

Wie schön und sanft sich das anfühlte!

Zum ersten Mal verspürte der Junge, der noch nichts von den Freuden des Fleisches wusste, ein seltsames Kribbeln zwischen den Beinen, während sich sein Geschlecht langsam versteifte.

Widerwillig half er ihr, über die Mauer des Obstgartens zu steigen, hinter der sie schließlich verschwand.

Kleinlaut trat das junge Mädchen vor seinen Vater.

Mit tränenüberströmtem Gesicht fiel die dicke Golea vor ihr auf die Knie und begann ihren ganzen Körper abzutasten, überglücklich, dass sie heil und gesund wieder zurück war.

»Wo bist du gewesen, Umara?«, dröhnte Addai Aggai streng.

»Ich bin hinter meinem Ball hergelaufen. Er war auf die andere Seite der Mauer gefallen, und ich bin hinübergeklettert, um ihn zu holen. Ich bin kein Säugling mehr. Ich glaube, ich weiß, wie ich mich zu benehmen habe! Du solltest mich nicht länger wie ein Kind behandeln«, stammelte sie mit entschlossener Miene.

Addai Aggai ließ seinem Zorn freien Lauf. Sein Gesicht war so bleich wie seine blütenweiße Wolltunika, auf deren Vorderseite das nestorianische Kreuz aufgestickt war, eingerahmt von den Buchstaben Alpha und Omega des syrischen Alphabets.

»Weißt du nicht, wie gefährlich es für dich ist, einfach so das Gelände des Bischofssitzes zu verlassen, ohne dass ich etwas davon weiß?«, brüllte er und packte sie grob am Arm.

»Was soll denn daran so gefährlich sein! Ich bin doch kein kleines Mädchen mehr!«, gab sie zurück und entwand ihm ihren Arm, auf dem sich der rote Abdruck seiner Finger abzeichnete.

Umara fühlte sich unabhängiger als zuvor, fast schon rebellisch. In Gesellschaft von Staubnebel hatte sie den unvergleichlichen Geschmack der Freiheit gekostet und erkannt, dass sie sich nicht in die große Gefahr begeben hatte, mit der man ihr immer gedroht hatte, als sie zum ersten Mal aus ihrem goldenen Käfig entflohen war.

»Du hast mir wehgetan!«, schleuderte sie ihm entgegen.

»Umara, wenn dein Vater sich solche Sorgen um dich macht, dann hat er gewiss gute Gründe dafür! So etwas darfst du nie wieder tun!«, stöhnte Golea.

»Was für Gründe denn?«, fragte Umara gereizt und mit Tränen in den Augen.

Doch als ihr die immer noch von den vergangenen Stunden gezeichnete Kinderfrau antworten wollte, befahl ihr Addai Aggai mit einer herrischen Geste zu schweigen.

Um nichts in der Welt hätte er seiner geliebten Tochter von den heimlichen Umtrieben erzählt, derentwegen er so um ihre Sicherheit besorgt war.

Der nestorianische Bischof trat einen Schritt auf seine Tochter zu und legte sanft seine Hand auf ihre Stirn, ehe er sie an sich zog und leise murmelte: »Möge der Eine Gott dich schützen, meine geliebte Tochter. Möge Christus, der vorbildliche Mensch, der Sohn Mariens, dir als Beispiel dienen!«

So eng an ihn gedrückt, spürte Umara, wie sie wieder zu dem kleinen Mädchen wurde, das zu sein sie in Wirklichkeit nie aufgehört hatte.

»Wenn du wüsstest, wie sehr ich dich liebe, mein Kleines! Du darfst nie wieder einfach so weglaufen! Ich wäre vor Sorge um dich beinahe gestorben!«, flüsterte der Bischof. Seine Erleichterung war ebenso groß wie die Angst, die er durchlitten hatte.

Umara antwortete nicht.

Sie hielt ihre schönen Augen geschlossen, vergrub die Nase in den Gold- und Silberfäden des nestorianischen Kreuzes und genoss die Wärme seines Körpers. Sie träumte bereits wieder von den endlos weiten Sanddünen, von deren Anblick sie gar nicht genug bekommen hatte, als sie vom Balkon vor dem Bücherversteck an der Seite von Staubnebel darauf hinabgeschaut hatte.

Was lag hinter der Wüste?

Andere Oasen und andere Welten, andere Obstgärten, sicher noch viel größer als der ihre, aus dem sie, wenn es nach ihrem Vater ging, um keinen Preis ausbrechen sollte!

Sie dachte an all die Bücher, die dort im Dunkeln gelagert worden waren und darauf warteten, gelesen zu werden. Was bedeuteten diese mit Malereien geschmückten buddhistischen Schriften? Welche Geschichten erzählten sie? Welche Landschaften beschrieben sie? Welche neuen Horizonte öffneten sie den Menschen, die das Glück hatten, sich über sie beugen zu dürfen?

Bestimmt enthielten sie wundersame Legenden über Welten, die noch weiter entfernt lagen und noch herrlicher waren als die Oasen jenseits der Wüste!

Man brauchte doch nur ihre zarten, kostbaren Kalligraphien und ihre prächtigen Malereien zu betrachten: Sie sprachen für sich!

Diese Höhle würde ihr geheimer Rückzugsort werden!

Als ihr Vater sie sanft von sich schob, um hinauszugehen und den Gottesdienst zu zelebrieren, stellte sie zufrieden fest, dass es ihr gar nicht schwergefallen war, ihm nichts von dieser märchenhaften Höhle voller Manuskripte zu erzählen, die der kleine Staubnebel sie unverhofft hatte entdecken lassen.

Sie war nicht mehr das fügsame kleine Mädchen, das seinem Vater und seiner Kinderfrau aufs Wort gehorchte. Sie war herangewachsen und sehnte sich wie jedes junge Mädchen in ihrem Alter danach, ihr eigenes Leben zu führen.

Diese Entdeckung würde ihr Geheimnis bleiben.

Um nichts in der Welt hätte sie jemandem davon erzählt, nicht einmal ihrem Vater, auch wenn sie ihn von ganzem Herzen liebte.

5

Kaiserlicher Palast von Chang'an, China. 8. Januar 656

Die Unterredung mit Vollendete Leere war für Kaiserin Wu Zhao von größter Bedeutung, auch wenn sie ihr äußerst ungelegen kam.

Seit sie an diesem Morgen aufgewacht war, litt sie unter jenen fürchterlichen Kopfschmerzen, die sie mindestens einmal in der Woche befielen und manchmal sogar so stark wurden, dass sie sich übergeben musste.

Eine wahre Feuerzwinge presste dann ihre Schläfen zusammen, sodass sie vor Schmerz laut aufschrie. Ein solcher Anfall konnte mehrere Tage andauern. Ihr blieb dann nichts anderes übrig, als reglos wie eine Statue in absoluter Dunkelheit auf ihrem Bett zu liegen, bis sie sich in ihrem Delirium schließlich fragte, ob sie überhaupt noch lebte oder bereits gestorben war oder ob man sie gar, viel schlimmer noch, lebendig begraben hatte.

Und an jenem Morgen wich das Gefühl, ihr Kopf würde gleich platzen, auch trotz der Schale heißen Acht-Kostbarkeiten-Tees nicht, der die Schmerzen meist ein wenig linderte.

Seit ihrer Kindheit litt Kaiserin Wu Zhao an Migräne, und die stürmischen Liebesnächte waren ihrem Zustand nicht gerade zuträglich.

»Stummer Krieger, bring dieses Insekt irgendwohin, wo ich es nicht mehr hören kann. Ich habe das Gefühl, es zersägt mir das Gehirn!«, verlangte sie, die Augen vor Schmerz halb geschlossen.

Der Diener gehorchte und hängte den kleinen Käfig rasch außen an die Tür, die zum Ziergarten vor dem Zimmer der Kaiserin führte.

Seit sie zu Gaozongs offizieller Gemahlin geworden war, ging Wu Zhao keinen Schritt mehr ohne ihre Grille.

Das Insekt saß in einem kleinen kugelförmigen Käfig aus geflochtenen Bambuslamellen, den ihr persönlicher Diener stets mit sich herumtrug.

Dieser eindrucksvolle Mann, auf dessen ansonsten vollständig kahl geschorenem Schädel ein Pferdeschwanz spross, war ein fast zwei Meter großer Turko-Mongole, dessen ausgeprägte Muskulatur sich unter der knapp sitzenden Tunika abzeichnete.

Er gehörte zu jenem Volk, dessen blutrünstige Krieger dicht an dicht vor den Grenzen des Reiches standen und mit allen Mitteln versuchten, die Große Mauer zu überwinden. Bei einem dieser immer wieder aufflammenden Konflikte war er gefangen genommen worden, und ein chinesischer Oberst hatt ihm die Zunge herausgeschnitten.

Wu Zhao war auf Stummer Krieger aufmerksam geworden, als Gaozong sie eines Tages mitgenommen hatte, um die Kriegsbeute in Augenschein zu nehmen, die die Armee des Westens nach Chang'an zurückgebracht hatte.

Die in hartem Kampf errungenen Schätze war im zentralen Hof der Kaserne ausgebreitet worden. Der Kaiser durfte als Erster aus den aufgehäuften Waffen, den mit Gold- und Silbermünzen gefüllten Krügen und den auf hochflorigen Wollteppichen und wertvollen Seidenteppichen ausgelegten Kostbarkeiten wählen. An einer gewaltigen Bronzetrommel, aus der man nach dem Einschmelzen Zehntausende Pfeilspitzen schmieden konnte, stand ein mit schweren Ketten gefesselter Riese. Sein kahl geschorenes Haupt wurde von einem Pferdeschwanz gekrönt, und seine gezwirbelten, geölten Schnurrbartenden hingen wie zwei Schlangen herab, bereit, jeden zu beißen, der sich ihnen näherte.

»Möchtest du dir ein Schmuckstück oder eine kostbare Tiara aussuchen?«, hatte der Kaiser Wu Zhao gefragt und ihr flüchtig über die Taille gestrichen.

»Das Einzige, was mich interessiert, ist er!«, hatte sie geantwortet und dabei auf den Turko-Mongolen gedeutet, der den Kaiser um mindestens drei Haupteslängen überragte.

»Aber Majestät, dieses Monster hat mit drei Säbelhieben neun unserer Soldaten niedergemetzelt!«, hatte der oberste Kommandant der Westlichen Armee entsetzt protestiert. »Wir hätten ihn töten können, aber seine Stärke ist faszinierend. Um ihn zu bestrafen, haben wir ihm die Zunge herausgeschnitten. Wenigstens hat er jetzt mit seinen unablässigen Beschimpfungen aufgehört. Aber er ist immer noch ungemein gefährlich. Seht Euch nur seine Muskeln an. Darum haben wir ihn auch an die Trommel gekettet. Er ist so gefährlich, dass ich zögere, ihn überhaupt am Leben zu lassen! Abgesehen davon rate ich niemandem, sich allein in seine Nähe zu wagen!«, hatte der Kommandant noch geflüstert.

Er deutete auf die gewaltigen Arme des turko-mongolischen Riesen. Sie waren über und über mit Tätowierungen und Narben bedeckt und ragten dick wie Baumstämme aus den bauschigen Ärmeln der Tunika hervor, die er unter einem kurzen, weit ausgeschnittenen stählernen Kettenhemd trug.

Wu Zhao hatte ihrem Gemahl lediglich mit ihrem sehnsüchtigsten Blick tief in die Augen geschaut und ihn mit jenem anzüglichen Schmollmund bedacht, bei dem sie ihre Zungenspitze zwischen ihren Lippen hervorschauen ließ, was bei Gaozong stets gewisse, höchst lebendige Erinnerungen wachrief.

Dieser Trick, den sie immer einsetzte, um bei ihm ihren Willen durchzusetzen, zeigte auch diesmal die gewünschte Wirkung: Sie hatte gewonnen.

Kaum hatte Gaozong die Spitze jenes erst in der Nacht zuvor so geschickt eingesetzten Werkzeugs gesehen, als er auch schon spürte, wie sich sein Geschlecht unter seinen seidenen Unterkleidern versteifte und sich aufrichtete wie eine Naga-Schlange.

In dem vielsagenden Zwinkern, das sie ihm zuwarf, hatte er den Beweis dafür zu erkennen geglaubt, dass Wu sich ihm erkenntlich zeigen würde, sollte er damit einverstanden sein, dass sie diesen Riesen in ihre Dienste nahm.

»Heute sei der Wunsch der Kaiserin Befehl! Der Mann ohne Zunge gehört ihr!«, wies er ohne zu zögern und mit fester Stimme den in einer tiefen Verbeugung erstarrten obersten General der Westlichen Armee an.

So war Stummer Krieger in den Dienst von Wu Zhao getreten und dadurch dem finsteren Schicksal entronnen, das die Offiziere ihm zugedacht hatten.

Von diesem Moment an wich er nicht mehr von der Seite seiner Herrin.

Sehr schnell waren Wu Zhao die Vorteile bewusst geworden, die sie aus der Anwesenheit dieses Mannes ziehen konnte, vor dem sich niemand in Acht nahm, da alle glaubten, ohne Zunge sei er nicht in der Lage, seiner Herrin zu berichten, was über sie getuschelt wurde.

Wu Zhao hatte ihm die Grundzüge des gesprochenen Chinesisch beigebracht und eine eigene, auf Gesten und Lauten beruhende Sprache erfunden, die es ihnen ermöglichte, miteinander zu kommunizieren. Nach einer mehrere Monate dauernden seltsamen Lehrzeit konnten die Kaiserin und der Turko-Mongole einander verstehen. Von da an verständigten sie sich in ihrer verschlüsselten Sprache, die keinem Dritten zugänglich war und ihnen absolute Vertraulichkeit sicherte.

Und da Stummer Krieger nicht taub war, ließ Wu Zhao es sich nicht nehmen, ihren potentiellen Feinden hin und wieder eine Falle zu stellen. Dazu brauchte sie sie lediglich mit dem zungenlosen Riesen allein zu lassen, und auf diese Weise war ihr so manches streng gehütete Geheimnis zugeflogen, welches sie stets zu ihrem Vorteil zu nutzen wusste.

Wu Zhao hatte unzählige Feinde am Hof von Chang'an, vor allem in den Kreisen der Adligen und der großen Familien, die ihr vorwarfen, Kaiserin Wang, die aus ihren Reihen stammte, mit Hilfe einer Intrige aus dem Weg geräumt zu haben. Dank Stummer Krieger kannte sie sie alle und wusste genau, was hinter ihrem Rücken geredet wurde.

An diesem Morgen hatte Wu Zhao Stummer Krieger angewiesen, die Grille nach draußen zu bringen, weil das fortwährende schneidende Zirpen des Insekts sie zusammen mit der schmerzhaften Migräne an den entsetzlichen Albtraum erinnerte, der sie von Zeit zu Zeit nachts heimsuchte, seit sie zur Kaiserin von China gekrönt worden war.

Die Szene war immer die gleiche.

Wu Zhao, die nach allem, was sie getan hatte, um ihre Rivalin auszuschalten, wegen ihres schlechten Karmas als winzige Maus wiedergeboren worden war, wurde von einem riesigen Kater gejagt, dessen Augen sie auf eigentümliche Weise an die der früheren Kaiserin erinnerten. Jedes Mal, wenn sich die spitzen Krallen des Katers gerade in ihren kleinen, fleischigen Körper bohren wollten, schreckte Wu Zhao schweißüberströmt und mit einem Entsetzensschrei auf den Lippen hoch.

Wenn dieser Albtraum in jenen Nächten auftrat, in denen Gaozong ihr Lager teilte, und dieser, von ihrem angsterfüllten Schrei geweckt, fragte, was denn geschehen sei, weigerte sie sich hartnäckig, ihm davon zu erzählen. Stummer Krieger war der Einzige, dem sie sich anvertraut hatte.

Dieser schreckliche Traum plagte sie ununterbrochen, seit

sie vor einer Woche von Stummer Krieger erfahren hatte, dass sich Kaiserin Wang immer noch im kaiserlichen Palast befand und zusammen mit der Konkubine Zauberhafte Blüte nur wenige Schritte von ihr entfernt eingesperrt war. Die beiden Frauen waren also trotz ihrer Verurteilung immer noch in ihrer Nähe. Sie hatte das unangenehme Gefühl, dass man sie verspottete, und war darüber ausgesprochen verärgert.

Trotzdem zögerte sie, Gaozong auf diesen unerträglichen Zustand anzusprechen, da sie nicht wusste, ob nicht sogar er selbst die Anweisung dazu erteilt hatte.

Besser als jeder andere kannte sie den zaudernden Charakter ihres Gemahls, der es verabscheute, in Konflikten zu entscheiden. Daher fiel es ihm auch ungeheuer schwer, die Verstoßung seiner ersten Gemahlin und seiner früheren Favoritin zu akzeptieren.

Da sie den Gedanken nicht ertrug, in ihren Träumen noch länger von einer Katze verfolgt zu werden, hatte sie beschlossen, diesem unseligen Zusammenleben ein Ende zu machen. Solange diese Frauen sie, nur zwei Schritte von ihrem Gemach entfernt, verhöhnten, würde diese verfluchte Katze sie nachts heimsuchen.

Doch zunächst wollte sie den größten Experten auf dem Gebiet des buddhistischen Karmas zu Rate ziehen, Meister Vollendete Leere, den Ehrwürdigen Abt des Klosters der Dankbarkeit für Erwiesene Kaiserliche Wohltaten, den sie eilends aus Luoyang hatte herkommen lassen.

Sie erhoffte sich vom Oberhaupt des chinesischen Großen Fahrzeugs eine Einschätzung der Auswirkungen auf ihr Karma, falls sie ihre Rivalin endgültig unschädlich machen sollte.

Als Wu Zhao den kleinen Empfangsraum in jenem Teil des kaiserlichen Palasts betrat, der »das Große Innere« genannt wurde und zu dem nur ausgewählte Besucher Zugang hatten, litt sie unter so furchtbaren Kopfschmerzen, dass ihre Augen gerötet waren, als hätte sie zuvor bittere Tränen geweint.

Bei ihrem Eintreffen erhob sich der Abt, der an einem niedrigen Tisch gesessen hatte, auf dem die vier Schätze des Eleganten Zeitvertreibs lagen: eine Laute, zusammengebundene Kalligraphierollen, einige Bücher mit den dazugehörigen Pinseln und ein Schachbrett. Er trug ein Gewand aus grobem grauem Wollstoff, dessen breite Falten, die an der Taille durch einen schwarzen Ledergürtel gehalten wurden, wie bei einer Toga weit herabfielen.

»Schon längst ist Euer Ruf als großer Kenner der Lehre des Mahayana über die Grenzen von Luoyang hinausgedrungen. Aus diesem Grund habe ich mir erlaubt, Euch zu bitten, mich aufzusuchen, denn ich habe mit Euch über eine schwierige Frage zu reden!«, begrüßte die Kaiserin Vollendete Leere freundlich.

»Wenn es mir möglich ist, Euch zu helfen, werde ich dies gerne tun«, entgegnete der alte Mönch, dessen großgewachsene, hagere Gestalt sich vor einem der Fenster abzeichnete. Er blickte auf ein marmornes Wasserbecken hinab, in dem riesige, mit schwarzen und weißen Flecken gesprenkelte Karpfen ihre Kreise zogen.

»Es handelt sich um mein Karma!«

Vollendete Leere drehte sich um.

»Das Große Fahrzeug ist der Verbündete des chinesischen Kaiserreichs. Daher ist meine Anwesenheit hier selbstverständlich! Aber ich weiß nicht, ob ich in der Lage sein werde, all Eure Fragen zu beantworten, Majestät, vor allem, wenn diese sich auf das Karma beziehen!«, erklärte der Meister, dessen ausgezehrtes Gesicht und sorgfältig geschorenes Haupt sie nun deutlicher sehen konnte.

Der gleichgültige Ton, in dem Vollendete Leere diese Worte gesprochen hatte, verfehlte seine Wirkung auf Wu Zhao nicht. Mit zugeschnürter Kehle rang sie sich dazu durch, die Frage zu stellen, die ihr auf der Zunge brannte.

»Meister Vollendete Leere, was geschieht mit dem Karma eines Menschen, der gezwungen ist, im Namen des höchsten Ziels Böses zu tun?«

Der Meister des Großen Fahrzeugs musterte die Kaiserin aufmerksam und wartete einen Augenblick, bevor er antwortete.

»Dem Chan-Buddhismus sind scheinbare Widersprüche nicht fremd. Die Wege zur Erleuchtung sind manchmal verschlungen. Ich habe einen alten Mönch gekannt, der nicht zögerte, zu behaupten, dass es notwendig sei, ›sich endgültig vom Buddha zu befreien‹, um die Erleuchtung zu erlangen!«

»Eure Formulierung beruhigt mich!«, entgegnete die Kaiserin halbherzig.

Der große Meister räusperte sich, während er sie immer noch mit seinem stechenden Blick beobachtete. Mit ihren schönen, zumindest scheinbar unschuldigen Augen wirkte sie immer noch wie ein sehr junges Mädchen.

Stille hatte sich auf den kleinen Empfangsraum herabgesenkt, nur durchbrochen vom Geräusch der Gebetsperlen, die der große Meister des Dhyana durch seine Finger gleiten ließ.

Das war seine Art, »die Wahrheit aus dem Mund seines Gegenübers« zu locken, wie er es ausdrückte: Er ließ ihn mit sich allein und wartete, bis die Stille so ohrenbetäubend laut wurde, dass er seine Zurückhaltung aufgab.

Bei Wu Zhao brauchte er nicht lange zu warten.

»Ich strebe nach der Erleuchtung!«, rief sie mit einem Mal hektisch.

Ungerührt sah Vollendete Leere sie an.

»Ich habe immer noch nicht meine Wahl getroffen zwischen denjenigen, die die ›plötzliche‹ Erleuchtung lehren, und den anderen, die zu besonderen Übungen raten, um den Geist ›stufenweise‹ dorthin zu führen!«, fügte sie zögernd hinzu, als wollte sie die Stille ausfüllen.

Die Kaiserin spielte auf den berühmten Streit zwischen den beiden Schulen an, die im Grunde zwei einander entgegengesetzte Formen religiöser Praxis darstellten.

Die spontane Schule gründete sich auf die ungegenständliche Meditation, deren höchstes Ziel es war, im Kopf des Meditierenden Leere zu schaffen, um in ihm den »plötzlichen« Funken auszulösen, der ihm mit einem Mal den Weg zur Erkenntnis öffnen würde, so, als sei vor seinen Augen ein Schleier zerrissen. Die andere Schule verfocht ähnliche Methoden, wie sie die indischen Yogis praktizierten, nämlich exakte Übungen und Körperhaltungen sowie streng vorgeschriebene Rituale. Dieses Verhalten war in den Augen der Vertreter dieser Schule der einzige Weg, den menschlichen Geist mit Hilfe beständiger Übung und somit »stufenweise« in den Zustand der Erleuchtung zu führen.

»Die Erleuchtung kommt immer plötzlich wie der Sturm auf dem Meer, in dem Augenblick, in dem man sie nicht erwartet; sie scheint aus dem Nichts zu kommen. Mein hervorragender Kollege, der Mönch Huineng, hat eine sehr schöne Lehrschrift über dieses Thema verfasst!«, erwiderte der Abt aus Luoyang leicht gereizt. Er verstand nicht, worauf Wu Zhao hinauswollte.

»Um welche Lehrschrift handelt es sich?«

»Um das große *Plattform-Sutra*. Huineng enthüllt darin die vier Edlen Pforten, die den Geist öffnen.«

»Das ist ja unglaublich! Es wäre herrlich, wenn mir jemand dieses Sutra vorlesen könnte!«

Die Unterhaltung schweifte immer weiter ab, und die Kaiserin wich ihrem eigentlichen Anliegen aus.

»Huineng hat sich dabei von meinen eigenen Lehrschriften inspirieren lassen«, fügte der Meister des Mahayana hinzu, der nicht bloß aus Koketterie, sondern auch aus Vorsicht nicht mehr dazu sagen wollte.

»Was muss man tun, um diese Vier Pforten zu öffnen, hochverehrter Meister?«, fragte sie höchst interessiert.

»Man muss Leere in seinem Kopf schaffen. Es dauert mindestens zwanzig Jahre, den ganzen Unrat loszuwerden, der den menschlichen Geist verstopft!«, antwortete er mit leiser Stimme, als redete er mit sich selbst.

Es enttäuschte ihn, dass die Kaiserin von China so wenig über die »spontane Schule« wusste, deren bedeutendste Lehrstätte das Kloster der Dankbarkeit für Erwiesene Kaiserliche Wohltaten war.

Es zeigte deutlich – und er schwor sich, dem in Zukunft abzuhelfen! –, dass die grundlegenden Ansichten, die er in seinem *Sutra über die Logik der Vollkommenen Leerheit* vertrat, weitere Verbreitung erfahren mussten!

Wu Zhao selbst hatte trotz ihrer klangvollen buddhistischen Glaubensbekenntnisse offensichtlich nie auch nur eine Spalte daraus gelesen.

»Ich stehe kurz davor, im Namen einer gerechten Sache eine Tat zu begehen, welche die Moral verurteilt! Ist das gut?«, rief sie und nahm mit einem Mal den Beginn ihres Gesprächs wieder auf.

»Um was für eine Tat handelt es sich denn?«, fragte der Ehrwürdige Abt noch direkter zurück, um sie dazu zu bringen, endlich auszusprechen, was sie im Sinn hatte.

Doch das hätte Kaiserin Wu Zhao ihm um nichts in der Welt verraten.

Wie hätte sie ihm auch gestehen können, dass sie vorhatte, Stummer Krieger anzuweisen, Kaiserin Wang und Zauberhafte Blüte zu ermorden, in der Hoffnung, sich auf diese Weise von dem Albtraum zu befreien, der ihr immer wieder schreckliche Migräneanfälle bescherte.

»Sagen wir, eine Tat, zu der ich durch ein Anliegen gezwungen wäre, das wir beide gemeinsam haben!«, stammelte sie.

»Dürfte ich erfahren, worum es sich bei diesem gemeinsamen Anliegen handeln soll? Ihr herrscht über ein großes Reich, während ich nur ein bescheidener Lenker des Geistes bin!«, sagte er leise.

»Ich habe mich vielleicht nicht klar ausgedrückt. Nun, es handelt sich um ein Anliegen von besonderer Art! Um eine Angelegenheit, die nicht nur die Zukunft Eurer Kaiserin betrifft, sondern auch die der Millionen von Gläubigen, die Eurer Obhut unterliegen!«

Gereizt bemerkte Vollendete Leere, wie die Kaiserin immer weiter um den heißen Brei herumredete.

»Es handelt sich also um etwas von größter Bedeutung«, brummte er.

»Auch für Euer Fahrzeug, dem ich weiterhin und unter allen Umständen bedingungslos angehören werde.«

»Es ist ein großes Glück, dass die Kaiserin von China ihren Glauben an die Edle Wahrheit des Buddha nicht unter ihrem seidenen Taschentuch verbirgt.«

»Aber dazu darf das Karma der Kaiserin keinen Schaden durch jene Tat nehmen, die sie Euch gegenüber gerade erwähnt hat!«

»Wenn ich recht verstehe, wünscht Ihr also, dass ich für Euch als eine Art Mittler auftrete?«

»Ihr habt verstanden«, entgegnete sie nur.

»Ihr wisst aber auch, dass jeder für seine Taten selbst verantwortlich ist!«

»Ich möchte nur sicher sein, dem Pfad der Wahrheit zu folgen!«, rief Wu Zhao, plötzlich den Tränen nahe.

»Wenn Ihr der Ansicht seid, dass Euer höchstes Ziel legitim ist und dem Weg der Wahrheit entspricht, dann wird das, was Ihr tun wollt und was zu dieser positiven Auswirkung führen wird, unweigerlich als ein gutes Karma betrachtet werden! Das zumindest lehrt uns das Gesetz der Reifung der Taten!«, verkündete der Meister des Dhyana mit leicht verkniffener Miene.

Bei diesen Worten stieß Wu Zhao einen gewaltigen Seufzer der Erleichterung aus.

Damit hatte Vollendete Leere genau den Satz gesagt, den sie hören wollte.

Im Licht ihrer göttlichen Mission wurde die endgültige Ausschaltung ihrer Rivalin, die, solange sie noch am Leben war, jederzeit die Gunst des Kaisers zurückgewinnen konnte, zur selbstverständlichsten Sache der Welt!

Denn so wollte es die Reifung der Taten: Am Ursprung eines jeden Karmas stand eine Absicht; und jedes Karma trug seine Konsequenzen in sich.

So würde der Mord an Kaiserin Wang nur noch dem Namen nach ein Verbrechen sein, denn letztlich würde er der Edlen Wahrheit des Buddha zum Sieg verhelfen, so einfach war das!

Hocherfreut verspürte Wu Zhao nun ein gewisses Bedauern darüber, dass sie den Meister des Großen Fahrzeugs von so weit hatte herkommen lassen, um ihm eine Frage zu stellen, deren Antwort so klar auf der Hand lag. Luoyang, die Hauptstadt des Ostens, lag immerhin etwa achthundert Li von Chang'an entfernt!

Vollendete Leere hingegen fragte sich immer noch, warum Gaozongs Gemahlin ihn so überstürzt zu sich bestellt hatte.

Es war ihm nicht gelungen, irgendeine »Wahrheit« aus ihr herauszulocken, im Gegenteil.

»Ich würde Eurem Kloster gerne eine Spende zukommen lassen! Zumindest habt Ihr Euch dann nicht umsonst herbemüht. Verlangt, was Ihr wollt, und es soll Euch gehören!«, sagte sie zu Vollendete Leere, als wollte sie wiedergutmachen, dass sie ihn unnötig nach Chang'an gerufen hatte.

Die Tang-Dynastie verteilte regelmäßig Opfergaben an die

buddhistischen Gemeinschaften, und diese sicherten ihr im Gegenzug ihre Unterstützung zu.

Trotz des erbitterten Widerstands der Konfuzianer gegen den Buddhismus und sein klösterliches System hatten die Meister des Großen Fahrzeugs genau erkannt, welchen Vorteil sie aus einem Bündnis mit der weltlichen Macht des Kaiserreichs ziehen konnten.

Vergeblich hatten die Konfuzianer darum gekämpft, ihrem unaufhaltsamen Machtzuwachs in der chinesischen Gesellschaft Einhalt zu gebieten.

Es hätte nicht viel gefehlt, und im Jahre 626 wäre auf Betreiben eines gewissen Fu Yi, eines hartnäckigen Konfuzianers, ein Erlass des Kaisers Li Yuan veröffentlicht worden, mit dem die hunderttausend Mönche und Nonnen in den großen chinesischen Klöstern des Mahayana zur Heirat verpflichtet worden wären. Aber die buddhistische Geistlichkeit, die bereits fest in den höchsten Sphären des Reichs verankert war, hatte es geschafft, diese Intrige zu vereiteln.

Denn zur spirituellen Ausstrahlung des Großen Fahrzeugs gesellte sich, dank der finanziellen Zuwendungen seiner immer zahlreicheren Anhänger, die wirtschaftliche Macht seiner Klöster.

Die Buddhisten, von denen die kaiserliche Verwaltung in zunehmendem Maße abhängig war, standen so kurz davor, die herrschenden Machtverhältnisse zu ihren Gunsten umzukehren, dass am Hof bereits befürchtet wurde, sie könnten sich womöglich das Recht herausnehmen, die einzige Macht, die ihnen noch fehlte, nämlich die weltliche, auch noch an sich zu reißen.

In diesem vielschichtigen Verhältnis zwischen dem chinesischen Kaiserreich und dem Buddhismus ließen sich die Mönche ihre Treue zur kaiserlichen Herrschaft teuer bezahlen. So gewährte die Tang-Dynastie den Klöstern immer gewaltigere finanzielle Mittel in Form von Grundübertragungen oder sonstigen Spenden.

»Das ist ein sehr freundliches Angebot. Tatsächlich mangelt es uns an Seide für unsere Prozessionsfahnen. Es ist meinen Mönchen nicht gelungen, auf den Märkten von Luoyang auch nur den kleinsten Ballen aufzutreiben!«, antwortete der Ehrwürdige Abt lächelnd, erleichtert darüber, wieder zu einem unverfänglicheren Thema zurückzukehren.

»Sie soll Euch nächsten Monat geliefert werden! Das ist ein feierliches Versprechen der Kaiserin von China«, versicherte sie, ehe sie sich von ihrem Besucher verabschiedete.

Auf dem Weg zurück in ihre Gemächer schwor sie sich, dass sie von Kaiser Gaozong dreimal so viel Seide erhalten würde, wie Vollendete Leere benötigte.

Dem Lächeln des alten Mönchs nach zu urteilen, war diese Opfergabe der richtige Weg, um sich die Unterstützung des Oberhaupts des Großen Fahrzeugs zu sichern, die ihr zweifellos zu gegebener Zeit von großem Nutzen sein würde.

Kaum war sie wieder in ihrem Zimmer, befahl sie Stummer Krieger mit knappen Worten, in die Kammer zu gehen, in der ihre beiden früheren Rivalinnen gefangen gehalten wurden, und diese mit der rosafarbenen Seidenschlinge zu erdrosseln, die sie ihm hinhielt.

Er nickte, als hätte sie ihn mit einer alltäglichen Besorgung beauftragt.

»Und nachdem du das erledigt hast, will ich nicht eine einzige Katze mehr in diesem Palast sehen, auch nicht in den Bereichen, die der Regierung zur Verfügung stehen oder für öffentliche Audienzen zugänglich sind. Nicht eine einzige mehr, Stummer Krieger, hast du mich verstanden!«, ordnete sie nervös an, als er gerade hinausgehen wollte, um sein schreckliches Werk auszuführen.

Sie wollte sicher sein, Kaiserin Wang endgültig ausgeschaltet zu haben, falls diese als Hauskatze wiedergeboren werden sollte und sie selbst als eine Maus.

Da imitierte Stummer Krieger breit lächelnd, sodass seine makellosen Zähne sichtbar wurden, jene Geste, durch die er mit einem raschen Schlag den Kopf eines Tieres von seinem Körper trennte.

Erleichtert sah Wu Zhao ihm nach.

Zumindest hatte sie in ihm einen Diener ohne Skrupel, gehorsam und ihr so treu ergeben wie ein bissiger Hund seinem Herrn.

Gedankenversunken legte sie sich auf ihr riesiges Bett. Ihre Kopfschmerzen verschwanden nicht, im Gegenteil, sie wurden immer noch stärker.

Nach einer Weile hielt sie es nicht mehr aus. Sie stand auf, nahm den Lotossitz ein und starrte auf die leere Wand vor ihr.

Den Blick auf dieses Nichts gerichtet, das sie vor ihrem geistigen Auge heraufzubeschwören suchte, versenkte sie sich in das Gebet an den Erhabenen.

Es war das erste Mal, dass sie sich auf diese Weise an ihn wandte.

Sie bat ihn, in seinem grenzenlosen Mitgefühl den Grund zu berücksichtigen, der sie zu dieser Tat getrieben hatte.

Entweder sie oder Kaiserin Wang, das musste der Erhabene doch einsehen!

Und was sollte ohne sie im Reich der Mitte, wo der Daoismus und der Konfuzianismus über so viel Unterstützung verfügten, aus dem Buddhismus werden?

Dieser Schwachkopf Gaozong würde ganz gewiss nicht einschreiten, um das Große Fahrzeug vor den unaufhörlichen Angriffen der Konfuzianer in Schutz zu nehmen.

Sie handelte zum Wohl der Lehre des Erhabenen Buddha, und deshalb flehte sie inständig, er möge über ihr Verbrechen hinwegsehen und nur ihre Motive berücksichtigen.

Als sie auf ihre Hände hinabsah, als wollte sie sich vergewissern, dass sie nicht mit Blut befleckt waren, fühlte sie sich nicht ängstlich, sondern im Gegenteil zuversichtlich und ruhig.

Denn wenn Vollendete Leere erkannt hatte, wie begründet diese Tat war, warum sollte es dann beim Erhabenen anders sein?

Mit geschlossenen Augen gab sich Wu Zhao genüsslich dieser Selbstüberzeugung hin, als würde sie vom Strom eines mächtigen Flusses auf ihr Schicksal zugetragen. Sich im Traum vom tosenden Wasser mitreißen zu lassen brachte ihren Geist zur Ruhe.

Das war ihre Art, in sich Leere zu schaffen.

Sie saß immer noch in dieser meditativen Haltung, als der Kaiser an jenem Abend von lüsternen Gedanken getrieben in ihr Gemach kam, wie sie es ihm ausdrücklich erlaubt hatte.

»Eure Majestät, Ihr müsst mir hundert Ballen Seide besorgen«, begrüßte sie ihn kokett mit einem strahlenden Lächeln und wiegenden Hüften, noch bevor er ein Wort sagen oder auch nur über ihre Schulter streicheln konnte.

Gaozongs freudige Miene verfinsterte sich.

»Das ist eine gewaltige Menge! Ihr wisst doch, dass es im ganzen Reich kaum noch Seide gibt. Die Nachfrage ist so groß, dass unsere Vorräte aufgebraucht sind. Der Seidenminister hat mir gerade erst wieder einen alarmierenden Bericht dazu übermittelt!«, rief er, verärgert darüber, dass sie ihm nicht schneller ihre Schenkel öffnete.

»Ich verstehe nicht, wie es uns an Seide mangeln kann. Auf Tausenden von Bauernhöfen werden Seidenspinner gezüchtet, deren Kokons man lediglich abzuwickeln braucht, um einen Faden zu erhalten, dessen Länge beinahe ausreicht, um die Entfernung zwischen Sommer- und Winterpalast zu überbrücken«, murmelte sie, während sie mit einem Finger über seine Lippen strich.

»Meine Liebe, ruft doch selbst den Seidenminister zu Euch, dann werdet Ihr ja sehen, dass ich nicht übertreibe!«, antwortete Gaozong, der nur noch Augen für ihre Brüste hatte, die sie aus ihrem aufgehakten Oberteil hatte hüpfen lassen.

»... wo doch Tausende und Abertausende von Frauen eine Daunendecke besitzen, unter die man die Eier der Raupen bloß zu legen braucht, damit schon wieder die nächsten schlüpfen!«, fügte sie hinzu und schob dabei eine Hand in seine Hose, woraufhin er sich zu winden begann wie ein kleiner Wurm im Schnabel eines Vogels.

»Ich sehe, Ihr habt Eure Lektion gelernt!«, stieß er zwischen den Zähnen hervor, doch sie wusste nicht, ob er von der Seidenraupenzucht sprach oder von dem Unterfangen, dem sich ihre geschickte Hand gerade widmete.

»... wo doch unsere riesigen Maulbeerbaumwälder nur darauf warten, mit ihren Blättern die winzigen Larven zu ernähren, die zu Raupen heranwachsen und dann mit ihrem Speichel einen Kokon spinnen!«

Bei dem Wort Speichel blickte Gaozong zum Himmel auf, und seine Miene verriet deutlich, woran er gerade dachte.

Wenn sein Jadestab seinen Nektar in sie ergoss, sprach er immer scherzhaft davon, dass er sie mit seinem »Drachenspeichel« überfluten werde.

»Versprecht mir, dass Ihr mir die Seide geben werdet!«

Doch der Kaiser antwortete nicht, sondern vergrub seine Nase im Busen seiner Gemahlin, die ihn wie immer gewähren ließ, obwohl ihre Gedanken abschweiften.

»Wie eigenartig, ich spüre gar keinen Tau an deiner Knospe!«, gurrte er, nachdem er ihre Oberschenkel massiert und sich dabei immer weiter seinem eigentlichen Ziel genähert hatte.

Gaozong duzte seine Gemahlinnen und Konkubinen nur, wenn er mit ihnen verkehrte.

»Keine Sorge, Majestät! Ich schlafe seit ein paar Wochen

nicht so gut, das ist alles«, flüsterte sie dicht an seinem Ohr, während sie ihre Beine weit spreizte.

Er bemerkte nicht die leise Angst in Wu Zhaos schönen grünen Augen, die sie nach dem Befehl, den sie Stummer Krieger erteilt hatte, nicht unterdrücken konnte.

»Du willst mir doch wohl nicht erzählen, dass diese Seidengeschichte dich davon abhält, meine Aufwartung zu empfangen! Ich versichere dir, dass ich alles tun werde, um sie dir zu beschaffen«, flüsterte der Kaiser, dessen Stimme zunehmend abgehackt klang.

Frauen waren doch alle gleich: Gedankenlos wie Libellen, hatten sie kaum eine Vorstellung von wirtschaftlichen Gegebenheiten oder gar den Zwängen, die diese mit sich brachten.

Aber Gaozong, der sich mit Feuereifer in Wu Zhaos Leib vor- und zurückbewegte wie der Kolben an einem Schmiedeofen, ahnte nicht, wie schwer es sein würde, ihre Bitte zu erfüllen.

Kaum hatte er seinen Jadestab in Wu Zhaos Innere Pforte eingeführt, als er auch schon die ersten Wogen der Lust in seinem Unterleib anschwellen und sich durch seinen Körper fortsetzen spürte, während jenes Kribbeln über seinen Bauch lief, welches der endgültigen Explosion vorausging.

Dann würde der lustvolle Aufschrei des Kaisers durch die dicken Wände des Schlafzimmers seiner Gemahlin dringen und in den Gängen des inneren Palasts widerhallen.

Und so würden alle wissen, dass Gaozong Befriedigung gefunden hatte und dass Wu Zhao sie ihm wieder einmal hatte schenken können.

»Was willst du überhaupt mit dieser ganzen Seide«, flüsterte er am Rand der Ekstase und mit vor Erregung stockender Stimme.

»Ich möchte das Kloster von Luoyang belohnen. Man hat mir gesagt, dass der Erhabene Buddha dort am aufrichtigsten verehrt wird. Es heißt, der dortige Abt, Meister Vollendete Leere, kenne alle Sutras des Großen Fahrzeugs auswendig!«

»Deine Frömmigkeit amüsiert mich! Vergiss nicht, meine kleine Wu, dass du keine Nonne mehr bist, sondern die Kaiserin von China«, scherzte der Kaiser zwischen zwei lustvollen Seufzern.

»Dürft Ihr etwa an den vergangenen Existenzen des Erhabenen und den Wohltaten, die er seinen Anhängern erweist, zweifeln, nur weil Ihr der Herrscher seid?«, versetzte sie herausfordernd.

Gaozongs Antwort darauf war ein lang gezogenes Röcheln.

Unwillkürlich empfand sie eine gewisse Verachtung für diesen dickbäuchigen Mann, der eng an sie gedrängt zusammengesackt war. Seinen Kopf hatte er in der seidigen Wolke der blütenweißen Laken ihres Bettes vergraben. Sie spürte, dass es nicht mehr lange dauern würde, bis er sie anwidern würde mit seiner ständigen Gier nach ihr, die sich bis zur Vulgarität steigerte, und vor allem durch seine absolute Gleichgültigkeit dem gegenüber, wer sie wirklich war.

Worum sollte sie ihn diesmal bitten, um ihn für sein Verhalten bezahlen zu lassen?

Sollte sie die hundert Ballen Seide sofort verlangen?

Er würde alles daransetzen, dass der Seidenminister sie für ihn auftrieb.

Nein, sie musste sich etwas anderes einfallen lassen.

Sie durfte die Anspannung niemals lockern. Nur dadurch konnte sie ihn beherrschen, ihn unterwerfen und diesen unwürdigen Mann, der ein so großes Reich regierte, schließlich dazu bringen, alles zu tun, was sie von ihm verlangte.

Der Tod ihrer beiden Rivalinnen war die beste Gelegenheit, den Druck zu erhöhen und einen weiteren Schritt auf die höchste Macht zuzugehen.

War dies nicht der ideale Moment, um Gaozong zu bitten, anstelle von Li Zhong, dem Sohn ihrer verhassten Rivalin Zauberhafte Blüte, ihren gemeinsamen Sohn Li Hong zum Kronprinzen zu ernennen? Auf diese Weise würde sie das erste Kapitel ihrer Geschichte abschließen, jenes Kapitel, das mit der Auslöschung der beiden Frauen endete, die ihr bislang so hartnäckig den Weg versperrt hatten?

Während sie dieses letzte Ränkespiel zugunsten ihres Sohnes schmiedete, konnte sie nicht umhin, einen gewissen Abscheu vor sich selbst zu empfinden.

Wie weit würde sie noch gehen müssen, um ihr Ziel zu erreichen?

Wurde sie nicht gegen ihren Willen zu den niederträchtigsten Taten getrieben, die sie womöglich in die Hölle der nichtswürdigsten, der verachtenswertesten und vor allem der gefährlichsten Wiedergeburten führen würden, von denen aus es nahezu unmöglich wurde, das Nirwana zu erreichen? Würde sie etwa als Larve oder Insekt wiedergeboren werden, auf die alle Nagetiere Jagd machten, oder als Bisamratte, an denen sich die Königskobra so gerne gütlich tat?

Den Blick auf die Zimmerdecke gerichtet, genervt vom Anblick des weit geöffneten Munds des schnarchenden Gaozong, der ihn wie einen großen, nach Futter suchenden Karpfen aussehen ließ, spürte Wu Zhao, wie eine unbezwingbare Traurigkeit von ihr Besitz ergriff.

Wurde dieser von steil abfallenden Hängen gesäumte Weg, auf den ihr maßloser Ehrgeiz, ihr irrationaler Glaube und ihr Verfolgungswahn sie geführt hatten, nicht zu gefährlich?

Um sich Mut zu machen, rief sie sich die Prophezeiung in Erinnerung, die der blinde Wahrsager dem großen Kaiser Taizong gemacht hatte und der zufolge eines Tages eine Frau in China herrschen sollte, deren Name mit Wu anfing.

So beruhigte sie sich schließlich, indem sie sich einredete, dass sie doch auf dem richtigen Weg sein müsse, wenn der Prophet von Taizong dem Großen es schon genau so angekündigt hatte. Nachdem sie einen weiteren keuchenden Angriff ihres jämmerlichen Gemahls abgewehrt hatte, der im Halbschlaf erneut über sie herzufallen versuchte, schlief sie schließlich vor Erschöpfung ein.

Am darauffolgenden Tag erreichte Wu Zhao das Gerücht, man habe in der kleinen Kammer, in der Kaiserin Wang und Zauberhafte Blüte eingesperrt gewesen waren, in einem Meer von geronnenem Blut die kalten Leichen der beiden Frauen gefunden.

Da schloss sie einfach nur die Augen. Ihr Plan war aufgegangen. Stummer Krieger war ein ausgesprochen fähiger Diener.

Als Gaozong mit düsterer Miene zu ihr kam, um ihr die Neuigkeit zu überbringen, brach sie in Tränen aus und rang verzweifelt die Hände.

Wu Zhao war eine hervorragende Schauspielerin.

Sie fürchte um ihr eigenes Leben, ächzte sie – »ermordet, hier im Palast, o mein geliebter Gaozong!« Nirgendwo sei man sich seines Lebens sicher, nicht einmal hinter diesen Mauern.

Bestürzt über den Zustand seiner Gemahlin, bemühte sich der Kaiser, die Fassungslose zu trösten, indem er ihr unverzüglich ein herrliches Jadegeschmeide schenkte, das er aus der kaiserlichen Schatzkammer holen ließ.

»Gefällt Euch der Schmuck nicht?«, fragte er, als er feststellte, dass sich ihre bekümmerte Miene nicht aufhellte.

»Was soll ich denn mit einem Geschmeide aus Jade?«

»Dann sagt mir, was Ihr stattdessen haben wollt, meine Teure?«

»Ich wünsche mir so sehr, dass unser kleiner Li Hong Euer Kronprinz wird!«, stieß sie zwischen zwei Schluchzern hervor, wobei sie sich mit Bedacht eng an ihn schmiegte.

Und ohne auch nur einen Moment darüber nachzudenken, willigte er ein, ihr diesen Wunsch zu erfüllen.

Daraufhin warf sie sich auf ihren Gemahl, um seinen Gürtel zu öffnen und ihm das zu gewähren, wonach es ihn verlangte, auch wenn er sie unter den gegebenen Umständen nicht darum zu bitten wagte.

Als er wieder fort war, stieg sie in ihren Palankin und verließ den Palast, um zu hören, was in der Stadt geredet wurde. Ganz Chang'an zitterte vor Entsetzen bei der Nachricht von dem schrecklichen Mord innerhalb der Palastmauern. Es wurde behauptet, der Mörder habe den beiden Frauen auch noch die Nase und die Füße abgeschnitten.

Nach der Rückkehr in ihr Zimmer, wo sie sich mit den Ellbogen auf der Fensterbrüstung abstützte und dem Zirpen ihrer Grille lauschte, das ihr diesmal keine Migräne bereitete, dachte Wu Zhao bei sich, dass Stummer Krieger wohl doch ein wenig übertrieben hatte.

Was hatte der zungenlose Riese sich bloß dabei gedacht?

Sie konnte sich nicht daran erinnern, ihn angewiesen zu haben, seine beiden Opfer so zu verstümmeln!

Sie hätte ihm befehlen sollen, sich auf die seidene Schlinge zu beschränken!

6

Kloster Samye, Tibet

Fünffache Gewissheit näherte sich dem Ziel.

Der Pass, von dem Vollendete Leere ihm erzählt hatte, war bereits in Sicht.

Er konnte sogar schon die dunklen Umrisse der Zwillingsstupas erkennen, die sich vor dem Himmel abzeichneten und dem Reisenden das Ende der langen Wanderung verkündeten.

Zu dieser späten Stunde, in der die Dunkelheit ihn einzuhüllen begann, sah Fünffache Gewissheit zwar nicht mehr viel, aber er hörte die Gebetsfahnen, die im starken Wind flatterten.

Sie verrieten ihm, dass das Kloster nicht mehr fern sein konnte.

Normalerweise fand man entlang der Wege nur *rlung-rta,* die sogenannten »Windpferde«.

Diese über und über mit Mantras und mit Hilfe von Schablonen aufgemalten astrologischen Zeichen bedeckten bunten, rechteckigen Fähnchen waren wie Girlanden an Schnüren aufgehängt. So konnten die Winde die Segnungen ihrer Inschriften in alle Himmelsrichtungen verbreiten.

In der Nähe von Stupas oder bedeutenderen Tempeln jedoch traf man auf die majestätischen, eindrucksvollen *darchok,* lange, an Masten befestigte Banner, die über und über mit Versen aus dem *Sutra der Spitze des Siegesbanners* bedeckt waren.

Ihrer wachsenden Zahl nach zu urteilen, würde es nicht

mehr lange dauern, bis der schrecklich steile, gewundene Weg, auf dem die Steine im Licht des hinter einem gezackten Bergkamm hervorgekommenen Mondes schimmerten, Fünffache Gewissheit ans Ziel seiner Reise führte.

Mit ein wenig Glück würde er das Kloster Samye sogar noch erreichen, bevor das Nachtgestirn wieder sank.

Er war inzwischen auf dem Pass angelangt, von dem aus sich dem Wanderer ein freier Ausblick auf das ehrwürdigste Kloster in ganz Tibet bot.

Zu beiden Seiten des Weges reckten die beiden kleinen Stupas, die den Übergang über den Pass zu bewachen schienen, ihr »Juwel der Spitze« in den Himmel. Hinter dieser Bezeichnung verbarg sich jener merkwürdige steinerne Knopf auf ihrer Spitze, der die Erfüllung aller Wünsche der Gläubigen symbolisierte.

Rings um die Zwillingsstupas auf der Passhöhe von Samye waren jene kleinen Hügel aus mit Kalk geweißten Steinen aufgeschichtet, die die kriegerischen Gottheiten der Berge versinnbildlichten. Um sie zu besänftigen, hatten die Pilger ganze Yak- und Steinbockköpfe daraufgehäuft, die der Wind mit der Zeit mumifiziert hatte.

Fünffache Gewissheit verspürte nicht die geringste Furcht, als er an diesen tierischen Leichenbergen vorbeikam, denn seine Gedanken waren mit ganz anderen Dingen beschäftigt. Er versuchte einen Plan zu entwickeln, wie er das Sutra seines Meisters nach Luoyang zurückbringen könnte.

Nachdem er die Stupas hinter sich gelassen und einen großen Felsbrocken umrundet hatte, erblickte er schließlich im kühlen Licht des Mondes das bleiche Schimmern der goldenen Klosterdächer.

Wie vielen Gefahren hatte er auf dem Weg von Luoyang hierher getrotzt! All die Schluchten, die er umgehen musste, die steilen Abhänge, die er hinauf- und hinuntergeklettert war, die Sturzbäche, die er überquert hatte, und die Steinschläge, denen er gerade noch hatte ausweichen können. Von all dem hatte Meister Vollendete Leere ihm nichts erzählt. Er wollte ihn sicherlich nicht unnötig ängstigen!

Ihm war kein einziges der Seidenraupeneier mehr geblieben, die Vollendete Leere ihm mitgegeben hatte, um sie in warmem Wasser zu kochen und so einen kräftigenden Absud zu gewinnen. Drei Tage zuvor hatte er den letzten Tropfen dieses Gebräus getrunken, das ihm neuen Mut schenkte, wenn die Erschöpfung ihn zu überwältigen drohte.

So kurz vor dem Ziel wurde dem jungen Mönch mit einem Mal bewusst, welch unglaubliche Leistung er vollbracht hatte.

Es war lange her, seit er das Kloster der Dankbarkeit für Erwiesene Kaiserliche Wohltaten verlassen hatte, und einen Großteil der Zeit hatte er in vollkommener Einsamkeit zugebracht.

Nur einigen tibetischen Hirten war er begegnet, seit er die Hochebenen erreicht hatte. Und die hatten vor ihm die Flucht ergriffen.

In einer solchen Höhe, in der Gerste und Buchweizen schon lange nicht mehr wuchsen, waren die einzigen sichtbaren Lebewesen die Yaks, Dzos und Wildpferde, meist Kiangs, auch tibetische Halbesel genannt, über denen, für alle Fälle, Adler und Geier ihre Kreise zogen.

Von den zahllosen Murmeltieren, die das Fingerkraut fraßen, die einzige essbare Pflanze, die auf diesen grasbewachsenen Hängen gedieh und deren mehlige Wurzeln er auf Anraten von Vollendete Leere püriert und gegessen hatte, hörte man nur die Pfiffe: Sobald sie die Gegenwart eines Menschen spürten, flitzten sie zurück in ihren schützenden Bau.

Doch alle Mönche des Großen Fahrzeugs hielten sich an das Verbot, das Fleisch eines Tieres zu essen, das durch ihre Hand getötet worden war. Und so hatte Fünffache Gewissheit trotz des Hungers, der ihn oft genug quälte, darauf verzichtet, auch nur eines von ihnen zu fangen und zu braten, wie er es bei den Hirten beobachtet hatte.

Am meisten begeisterten ihn die majestätischen Berge mit ihren schwindelerregenden Gipfeln, wo den Tibetern zufolge die »weiße Löwin mit der türkisfarbenen Mähne« lebte, die als Symbol auf ihren Bannern prangte. Aber auch wie sich die Landschaft hinter einer Wegbiegung von einem Tal zum andern schlagartig verändern konnte, kaum dass man auch nur ein paar Schritte gewandert war.

So gelangte man unversehens von üppigem Pflanzenwuchs in ausgedörrte Regionen, von einem vollkommen klaren, blauen Himmel in die undurchdringliche Feuchtigkeit eines feindseligen Nebels.

In diesen Höhen jagten die Wolken wie rasende Schlitten über den Himmel und hüllten den Wanderer ohne Vorwarnung in Dunkelheit und Regen. Im einen Moment stöhnte er noch in der Hitze, im nächsten zitterte er vor Kälte.

Fünffache Gewissheit hatte noch nie erlebt, dass so unterschiedliche Welten so dicht beieinanderlagen.

Kein Wunder, dass der Mensch sich dort alleine fühlte, wie einer jener Eremitenmönche, die ihr ganzes Leben meditierend in einsamen Berghütten verbrachten, so weit von der wirklichen Welt entfernt, dass die Menschen sie mit der Zeit vergaßen.

Die Durchquerung Tibets glich einer Initiationsreise, von der niemand unbeschadet zurückkehrte.

Zum Glück war Sturmwind seinem Ruf gerecht geworden.

Der unermüdliche, tapfere Hengst, dessen Hufe eigens für die steilen Hänge geschaffen zu sein schienen, war Fünffache Gewissheit ein unersetzlicher Weggefährte gewesen.

Auf seinem glänzenden Rücken war er den Oberlauf des Gelben Flusses, des Huanghe, hinaufgeritten, hatte den großen Kokonor-See umrundet und dann die »Nördliche Ebene« durchquert, eine endlose steinige Fläche, übersät von Salzseen und fetten Weiden, an denen sich die Yakherden gütlich taten.

Um von dort aus ins Tal des Yarlung zu kommen, hatte er noch unzählige weitere Pässe erklimmen müssen. Doch schließlich hatte er jenen letzten Übergang erreicht, von dem aus er nun entzückt die Pracht der goldenen Dächer von Samye entdeckte, deren First mit dem gewaltigen vergoldeten Rad des Dharma geschmückt war, das die Lehre des Buddha symbolisierte.

Von zwei einander gegenüberstehenden Gazellen getragen, ragte es genau in der Mitte des Dachgrates des Hauptgebäudes auf.

Seine acht Speichen versinnbildlichten die acht Glieder des Edlen Pfades: rechte Anschauung und rechte Gesinnung; rechtes Reden und rechtes Bemühen; rechter Lebenserwerb und rechte Achtsamkeit; rechtes Sichversenken und rechtes Handeln. Die beiden Gazellen, die das Edle Rad festhielten, als wollten sie es daran hindern, sich zu drehen, erinnerten die Gläubigen und die Besucher des Klosters an den Gazellenhain in der Nähe von Benares, in dem der Erhabene seine erste Lehrrede über die Vier Edlen Wahrheiten gehalten hatte: die Wahrheit über das Leiden, über den Ursprung des Leidens, über das Ende des Leidens und schließlich über den Weg zur Erlösung.

Die Pracht von Samye, dem heiligsten aller buddhistischen Klöster im Reich Bod, zeugte von dem unermesslichen Glaubenseifer, den die Lehre des Buddha in einem Land geweckt hatte, dessen ursprüngliche Religion der Bön war. Diese tibetische Religion wurde »Religion der Menschen« genannt, im Gegensatz zum Buddhismus, den man als »Religion der Götter« bezeichnete. Dieser urtümliche, dem Schamanismus verwandte Kult hatte kaum etwas mit den Geboten des Mitgefühls, der Toleranz und der Buße gemein, die der Buddhismus vorschrieb.

Den Anhängern des Bön, den sogenannten Bönpo, zufolge war die Welt aus dem Ur-Ei geschaffen worden, dessen äußere Schale den weißen Felsen der »Götter von oben« hervorbrachte und dessen Eiweiß sich in den Weißen See der weiblichen Seemuschel verwandelte, während aus dem Eigelb die achtzehn Eier schlüpften, die am Ursprung der Erschaffung aller Lebewesen standen.

Das ursprüngliche tibetische Pantheon war von bizarren Göttern bevölkert, die die Natur und den Boden des Landes beseelten.

Es gab Gottheiten mit dem Kopf eines Rinds, eines Steinbocks oder eines Schafs und noch viel furchteinflößendere, wie den Gott mit dem gehörnten Dämonenkopf etwa, dessen Maul Flammen spie.

Mit diesen vielfältigen Gottheiten konnte man in Trance kommunizieren. In diesen Zustand versetzte man sich durch Tänze, die bis zu zwei Tage andauerten. Sie brachten die Gläubigen, die ihre Lippen mit dem Blut geopferter Tiere benetzt hatten, an den Rand des Wahnsinns wenn nicht gar der völligen Erschöpfung.

Doch der aus Indien stammende tantrische Buddhismus, der ebenfalls nicht mit Blut, Ekstasen oder gar Trancezuständen geizte, hatte diese wilden, grausamen Praktiken, bei denen auch Menschenopfer nicht ausgeschlossen waren, nach und nach verdrängt.

Diese Form des Buddhismus, die auf die Gebräuche der alten indischen Religionen zurückgriff, beruhte auf der unauflöslichen Einheit zwischen dem Priester und der Gottheit. Jener versuchte die Gottheit zu »zähmen«, indem er die drei großen Rituale des Wassers, des Feuers und des Geistes ausführte.

Auf die buddhistische Religion übertragen, hatte der Tantrismus zu einer beispiellosen Mischung geführt, deren geistiger Hintergrund in dem berühmten *Lotos-Sutra* niedergeschrieben war, welches die großen Klöster Tibets sorgsam aufbewahrten.

Anfangs vom Großen Fahrzeug als eine Sekte abweichender – manchmal sogar frevelhafter – Adepten betrachtet, hatte der tantrische Buddhismus in der alten tibetischen Religion einen unverhofften Verbündeten gefunden, der es ihm ermöglicht hatte, innerhalb weniger Jahrhunderte in diesem Teil der Welt zum bevorzugten Gefährten des Mahayana zu werden.

Doch Fünffache Gewissheit, der von Vollendete Leere erfahren hatte, dass Samye eines der größten Heiligtümer des tibetischen Buddhismus war, wusste auch, dass sein Abt ihn nicht hergeschickt hatte, um zu beten, sondern um eine kostbare Handschrift an sich zu bringen.

Es war also besser, diesen Ort, wo man ihn nicht unbedingt mit offenen Armen empfangen würde, unerkannt zu betreten.

Daher hatte er beschlossen, sich noch bis zum nächsten Morgen zu gedulden.

Dann würde er sich unter die Menge der Gläubigen mischen, die sich bestimmt vor dem Eingangstor drängen würde, die Arme voller Opfergaben wie Obst, Dickmilch, Lotosblüten, Räucherstäbchen oder, bei den Reicheren, kostbare Stoffe und sogar Geldmünzen. Denn in jedem Kloster musste man, um den Zeremonien beiwohnen zu dürfen und den Segen der Mönche zu erhalten, ein Geschenk mitbringen, welches dazu diente, das Überleben der Gemeinschaft zu sichern.

Trotzdem wollte er sich ein wenig in der Nähe des Klosters umschauen, um am nächsten Morgen so wenig Zeit wie möglich zu verlieren.

Wenige Schritte vor der Klostermauer sprang der junge Mönch vom Pferd, um zu Fuß weiterzuschleichen.

Nachdem er Sturmwind an einen Baumstamm gebunden hatte, stieg er vorsichtig den schmalen Weg hinab, der zu einer Pforte führte.

Eingefasst von einem Rahmen, auf dem eine Ansammlung steinerner Monster und furchteinflößender Figuren wimmelte, deren ineinander verschlungene Körper und Schwänze ein undurchdringliches Laubwerk bildeten, erhob sich ein eindrucksvolles Tor. Auf seinen beiden mit Ziernägeln beschlagenen Flügeln prangten Dämonenfratzen, deren Augen böse funkelten und aus deren Mündern so spitze Zähne ragten, dass niemand es gewagt hätte, die Hand daran zu halten, aus Angst, von ihnen gebissen zu werden.

Fünffache Gewissheit brauchte bloß noch den Arm auszustrecken, um einen der hölzernen Torflügel anzufassen und erleichtert festzustellen, dass er nicht träumte. Er war tatsächlich am Ziel. Plötzlich bemerkte er verblüfft, dass die eindrucksvolle Pforte mit den blutrünstigen Dämonen halb offen stand.

Vorsichtig berührte er sie mit den Fingerspitzen, als eine Grabesstimme ihn zusammenzucken ließ.

»Willkommen in Samye! Wie lautet dein Name?«

Etwas lauerte gleich hinter dem Tor im Halbdunkel. Ein unsichtbarer Mund hatte zu ihm gesprochen. Dem jungen Mönch gefror das Blut in den Adern. Nachdem er sich vergewissert hatte, dass es keine der Fratzen war, die ihn auf diese Weise begrüßt hatte, erkannte er dicht hinter der Tür den Umriss eines Mannes. Er stand halb hinter einer Säule verborgen, sodass er sein Gesicht im Gegenlicht nicht erkennen konnte.

Dem Schatten nach zu urteilen, der sich vor den Füßen des Unbekannten auf dem Boden abzeichnete, trug dieser einen breitkrempigen Horpa-Hut, genau wie einige der Hirten, denen er auf seinem Weg begegnet war.

Die seltsame Erscheinung erinnerte ihn an jene mehr oder

weniger bösartigen Dämonen, die im Reich Bod umgingen und von denen ihm die kleinen, aus dem chinesisch-tibetischen Grenzgebiet stammenden Novizen im Kloster der Dankbarkeit für Erwiesene Kaiserliche Wohltaten erzählten, nachdem sie Vertrauen zu ihm gefasst hatten.

Wenn man ihren Worten glauben konnte, war dieses so ferne, geheimnisvolle Land ein abgeschiedenes, grausames Reich, wo teilweise immer noch Menschenopfer dargebracht wurden. Die Region wurde von allen möglichen Geistern heimgesucht, und es war gefährlich, sich ohne den Schutz des Buddha dort zu bewegen.

Damals hatte er diesen albernen Geschichten keine große Beachtung geschenkt, aber nun, da er einem Wesen gegenüberstand, das allem Anschein nach solch eine unheilvolle Erscheinung war, kamen ihm die Worte der Novizen vom Rand des Daches der Welt wieder in den Sinn: Im Herzen dieser unzugänglichen Täler und dieser Gebirge, die so hoch aufragten, dass man kaum ihre Gipfel erkennen konnte, zögerte man nicht, die nutzlos gewordenen Alten zu opfern; um den Göttern zu gefallen, überzog man die Gesichter der Toten mit Gold; Könige wurden mit fünf oder sechs Freunden begraben, die man »gemeinsame Schicksale« nannte, und diese wurden dabei nicht nach ihrer Meinung gefragt, denn sie hatten dem König Treue geschworen, »im Leben wie im Tod«.

Fünffache Gewissheit, der sich bis zu diesem Moment auf seiner Reise noch kein einziges Mal gefürchtet hatte, spürte, wie Angst in ihm aufstieg. Eigentlich hätte er schon früher darauf kommen müssen, dass dieses Reich Bod kein Ort für zart besaitete Gemüter war.

Er wusste das doch alles! Warum hatte er sich bloß so nah an diese verfluchte Eingangspforte herangeschlichen?

Ihm blieb keine Zeit für weitere Selbstvorwürfe, denn die Gestalt war bereits aus dem Schatten hervorgetreten und ein paar Schritte auf ihn zugekommen.

Als Fünffache Gewissheit sah, wie sie langsam ihren Hut abzog und darunter der kahl geschorene Kopf eines Mönchs sichtbar wurde, stieß er einen erleichterten Seufzer aus.

Es war kein Dämon!

»Willkommen! Wie lautet dein Name?«

Der Unbekannte hatte seine Frage wiederholt. Seine Stimme klang sanft, und sein Tonfall war eher freundlich.

»Ich bin der Tripitaka Fünffache Gewissheit!«, antwortete der junge Mönch, ohne nachzudenken, doch im gleichen Moment bereute er auch schon, einem Wildfremden seine Identität enthüllt zu haben. Es war leichtsinnig, so viel preiszugeben, bloß weil sein Gegenüber weder ein Teufel noch ein Gespenst und nicht einmal eine jener kriegerischen Gottheiten war, die sich in den Haufen aus weißen Steinen verbargen, welche die Tibeter am Übergang von Passhöhen errichteten und die sie *btsan-mkhar*, »Kriegerschlösser«, nannten.

Fünffache Gewissheit hatte sogar den Begriff »Tripitaka« oder »Dreifacher Korb« benutzt, mit dem sich die Mönche des Großen Fahrzeugs gerne bezeichneten, wenn sie mit Anhängern anderer buddhistischer Strömungen zusammentrafen.

Kein Wunder also, dass er sich maßlos über seine unbedachte Auskunft ärgerte.

Während er noch seinen dummen Impuls verfluchte, wurde ihm bewusst, dass der Unbekannte ihn geschickterweise auf Chinesisch angesprochen hatte, was zu seiner Überrumplung beigetragen hatte.

In welche Falle war er da getappt? Hatte er sich etwa zu früh gefreut? Die Erleichterung, die er beim Anblick des Klosters verspürt hatte, wich erneuter Sorge.

»Aus welchem Kloster kommst du? Ich wette, du stammst aus einem der großen chinesischen Klöster, in denen man Tausenden von Mönchen die Lehre des Großen Fahrzeugs predigt: aus Chang'an vielleicht, oder eher aus Luoyang«, sagte der Mönch und deutete lächelnd auf das Brustreliquiar, das die Mönche des Mahayana zu tragen pflegten.

Als Fünffache Gewissheit den Blick senkte, bemerkte er, dass das winzige silberne Amulett, das einen in Meditationshaltung sitzenden Bodhisattva darstellte, aus seinem Hemd geglitten war und an einer schmalen Kette über seiner Brust hing.

Der junge Mönch verzog das Gesicht.

Bei einem so scharfsichtigen Gegenüber würde es nicht leicht werden, heimlich das Sutra von Vollendete Leere an sich zu nehmen.

Er richtete seinen Blick erneut auf den Unbekannten und bemerkte, dass dieser einen seltsam geformten Gegenstand in der Hand hielt, der an zwei miteinander verbundene Adlerklauen erinnerte.

»Hab keine Angst. Das ist mein *vajra-dorje*, mein Diamantzepter. Hier nennen wir ihn den ›Herrn der Steine‹, weil er die Unzerstörbarkeit und die Erleuchtung symbolisiert. Wenn du ihn fest in der Hand hältst, hilft er dir, Eingang in die Meditation zu finden.«

Dann verschwand der Unbekannte unvermittelt und kehrte mit einer Fackel zurück.

»Ich habe keine Angst! Wenn ich recht verstehe, seid Ihr ein Mönch, genau wie ich«, stammelte Fünffache Gewissheit, der nun nach der Gebetskette des Unbekannten schielte, in deren Kristallperlen jeweils ein Totenschädel eingraviert war.

»Das hast du richtig erkannt. Ich heiße sTod Gling, und ich bin ein Lama. Es sieht aber schon so aus, als würdest du dich fürchten!«

»Es ist nur … dies alles wirkt nicht besonders einladend!«, entgegnete Fünffache Gewissheit verlegen und deutete auf das Diamantzepter und die Gebetskette.

Er wollte diesen Lama nicht mit dem Geständnis beleidigen, dass er ihn beinahe für einen Dämon gehalten hatte.

»Darüber musst du dich nicht wundern. Unsere Kultgegenstände erscheinen auf den ersten Blick furchterregend, aber unsere Zeremonien sind friedlich! Du brauchst auch keine Angst zu haben, wenn du unsere rituellen Hackmesser, die *kartrika*, siehst, die wir benutzen, um die Lingas der bösen Geister zu zerhacken! Genauso wenig wie vor dem rituellen Dreizack, dem *trisula*, oder dem Ritualschwert *khadga*.«

»Aber es handelt sich dabei doch trotzdem um scharfe und spitze Instrumente, oder nicht?«, wandte der Gehilfe von Vollendete Leere ein, dem immer unbehaglicher zumute wurde.

»Die Waffen unseres Kultes sind symbolisch. Sie dienen dazu, das Böse zu zerhacken und die unheilvollen Geister abzuschneiden. Soweit ich weiß, bist du weder das eine noch das andere! Aber du hast mir immer noch nicht gesagt, aus welchem Kloster du stammst!«

»Du hast eben den Namen Luoyang erwähnt. Das war richtig geraten!«, stammelte Fünffache Gewissheit.

»Ich würde sogar behaupten, es handelt sich um das Kloster der Dankbarkeit für Erwiesene Kaiserliche Wohltaten!«, fügte der Mönch, dessen Gesicht nun endlich im Mondlicht sichtbar wurde, zufrieden hinzu.

Fünffache Gewissheit zuckte zusammen. Woher wusste dieser Mönch mit seinen schrecklichen Gerätschaften das bloß alles?

Er versuchte sich seine Verunsicherung nicht anmerken zu lassen, indem er den kleineren Lama herausfordernd anstarrte.

Doch der Mönch wirkte nicht böse. Seine klugen, sanften Augen blickten sogar ein wenig freundschaftlich.

»Wie hast du das alles erraten?«, fragt Fünffache Gewissheit, unfähig, auch nur eine einzige seiner Vermutungen abzustreiten.

»Ich besitze eine gute Intuition, das ist alles!«

Nach dieser lakonischen Antwort bedeutete der Mönch Fünffache Gewissheit, in den riesigen Hof zu treten, zu dem sich die Eingangspforte hin öffnete.

Er war von Ziegelmauern umschlossen, an denen sich eindrucksvolle Flachreliefs entlangzogen, welche die acht Glückssymbole darstellten: das rechtsgedrehte Muschelhorn als Symbol für den Klang des Dharma; das Siegesbanner, das für den Sieg des Dharma über die Mächte des Bösen stand; der Schirm, der alle Lebewesen schützte; die goldenen Fische als Zeichen für die Freiheit von der Angst, im Ozean des Leidens zu ertrinken; das Goldene Rad der Lehre des Buddha; der endlose Knoten als Sinnbild für die Vereinigung von Weisheit und Mitgefühl; die Lotospflanze, die an die Befreiung des Körpers und des Geistes erinnerte; und schließlich die mit allem Guten und Schönen gefüllte Schatzvase.

»Ich weiß sogar, warum du hierhergekommen bist. Ich bin der Gehilfe unseres Verehrten Abtes Ramahe sGampo!«, fügte er hinzu und legte dabei eine Hand auf die rechte Schulter von Fünffache Gewissheit, um ihm die Richtung zu weisen, in die sie gehen mussten.

Der Abgesandte von Vollendete Leere war so verblüfft, dass er das Gefühl hatte, ihm werde der Boden unter den Füßen weggerissen, und die Glückssymbole, deren acht Umrisse ihm inzwischen wie Masken erschienen, schienen hämisch zu lachen, als er an ihnen vorbeiging.

Woher sollte dieser Teufel von einem Lama mit seinem vollkommen unaussprechlichen Namen den Grund für seine Anwesenheit in Samye kennen?

Es war tatsächlich der Mühe wert, zu versuchen, unerkannt ins Kloster zu kommen, wenn er dort in Empfang genommen wurde, als sei er erwartet oder gar verraten worden!

Zunehmend verdattert verlor sich Fünffache Gewissheit in Spekulationen.

Wer hatte bloß diesen tibetischen Mönch über seine Reise informiert?

Zumindest hatte ihn der mitfühlende Blick des Lama ein wenig beruhigt, als dieser ihn an der Klosterpforte in Empfang genommen hatte!

Aber seine Freundlichkeit konnte auch nur gespielt sein, um ihn in Sicherheit zu wiegen.

Oder war er vielleicht gar die Reinkarnation eines bösen Geistes?

Welche Falle hatte man ihm da gestellt? Hatte Vollendete Leere ihm wirklich alles über seine Mission und ihren Hintergrund gesagt? Das war doch verrückt! Der junge Mönch konnte sich nicht vorstellen, dass sein Ehrwürdiger Abt ihn wissentlich in eine Falle hätte laufen lassen, und noch weniger, dass er den Abt von Samye über seine Ankunft in Kenntnis gesetzt hätte. Das wäre doch absolut unvereinbar mit dem, was er ihm aufgetragen hatte.

Der arme Fünffache Gewissheit, der von immer größeren Zweifeln geplagt wurde, musterte voller Furcht den schlanken Dolch am Gürtel des Lama. Über seinem Griff prangten drei entsetzliche, an den Hinterköpfen zusammengefügte Gesichter.

Der junge Mönch wusste nicht, dass jeder Lama einen *phurbu* genannten Ritualdolch bei sich trug, der dazu diente, die bösen Geister zu erdolchen, die den Gläubigen an der Erleuchtung hinderten. Diese Geister wurden durch Lingas symbolisiert, aus vergänglichen Materialien gefertigte Puppen, deren Zerstörung die Erlösung und Reinigung der »besessenen Wesen« bedeutete.

Am anderen Ende des Hofes führte Lama sTod Gling ihn durch eine riesige Tür, die von Drachenstatuen flankiert war. Ihre Mäuler hielten kupferne Ringe, an denen Gebetsmühlen befestigt waren. Danach geleitete er ihn durch ein Gewirr von engen Fluren mit vom Kerzenrauch geschwärzten

Wänden, in denen der betäubende Duft von Weihrauch und der undefinierbare Geruch geschlossener Räume in der Luft hingen.

Trotz der gewaltigen Mauern konnte der junge Mönch das gedämpfte Murmeln des Sprechgesangs hören, das aus den Gebetsräumen hervordrang, wo die Sutras rezitiert wurden. Hin und wieder erhob sich der gongähnliche Klang einer Trommel über den Strom der heiligen Formeln, von denen Fünffache Gewissheit nicht ein einziges Wort verstand, so leise und dumpf klangen die Stimmen zu ihm herüber. Beinahe wie Stimmen aus dem Jenseits, dachte er und erschauerte wie ein Kind, das ins Dunkel gestoßen wurde.

Dem Gehilfen von Vollendete Leere war angst und bange, als der Lama am Ende eines schmalen Ganges schließlich einen kleinen, fettigen Wandbehang aus plissierter Baumwolle von unbestimmbarer Farbe zur Seite zog.

Dahinter lag ein winziger Raum mit einem einfachen Bett.

Fünffache Gewissheit wurde beinahe übel, als sein Blick auf die sanduhrförmige *damaru*-Trommel fiel, die auf dem kleinen Tisch am Kopfende des Bettes thronte. *Damarus* bestanden aus zwei menschlichen Schädelhälften, die am Scheitel zusammengefügt und mit zwei Fellen bespannt wurden. Die kostbarsten von ihnen waren aus einem halben Jungenschädel und einem halben Mädchenschädel gefertigt. Die Vereinigung der männlichen und der weiblichen Kopfhälfte symbolisierte die Vollkommenheit dieser Instrumente. Man verwendete sie bei geheimen Ritualen, um die Rezitation von Texten des Chöd zu begleiten, jener ursprünglich indischen Meditationstechnik, die auch das »Zerschneiden« genannt wurde und die die Bindung an das »Ich« zertrennen sollte.

»Hier hast du etwas zum Schlafen!«, sagte der Lama und warf ihm eine Decke zu.

Noch ehe Fünffache Gewissheit Lama sTod Gling nach

diesem furchterregenden Instrument fragen konnte, war er schon hinter dem Vorhang verschwunden.

Der junge Mönch war allein in der Zelle.

Plötzlich fiel ihm Sturmwind wieder ein, der immer noch an dem Baumstamm festgebunden war.

Was würde aus dem besten Hengst des Klosters der Dankbarkeit für Erwiesene Kaiserliche Wohltaten werden?

Es war der reinste Wahnsinn, ihn mitten in der Nacht dort draußen allein zu lassen!

Seit er den leichtfertigen Entschluss gefasst hatte, die Umgebung des Klosters zu erkunden, unterliefen Fünffache Gewissheit reihenweise Schnitzer. Nicht genug damit, dass es diesem Lama ein Leichtes gewesen war, ihm seine Identität zu entlocken, nun hatte er auch noch sein Pferd draußen vergessen!

Sollte er hinausgehen, um das Tier aus der Eiseskälte zu holen? Das war undenkbar! Der Lama hatte auf ihrem Weg von der Pforte hierher in diese kleine Zelle mindestens drei Türen hinter ihnen abgeschlossen.

Er fühlte sich gefangen, und er war wütend, weil er diesem sTod Gling sicher schon zu viel verraten hatte, um noch hoffen zu können, irgendwie ans Ziel zu kommen.

Wie sollte er das bloß Vollendete Leere erklären? Sein Abt würde es nur bereuen können, einem solchen Schwachkopf vertraut zu haben, wenn er unverrichteter Dinge zu ihm zurückkehrte und womöglich auch noch gezwungen war, ihm zu gestehen, dass er Sturmwind verloren hatte?

Die finstersten Gedanken jagten ihm durch den Kopf. Er war so niedergeschlagen und erschöpft, dass er sich schließlich auf das Bett warf und einschlief. Doch sein Schlaf war von bedrückenden Träumen erfüllt. Er sah sich als eine Libelle, die eine grüne Natter erst hypnotisierte und anschließend verschlingen wollte.

Im Traum saß er auf einem Seerosenblatt und versuchte

gerade vergeblich davonzufliegen, um dem Reptil zu entkommen, als er plötzlich abrupt hochschreckte, weil er eine Berührung an der Schulter spürte.

Doch es war keine Natter, sondern die Hand von Lama sTod Gling, der ihn mit sanftem Blick anschaute.

»Ich hatte einen entsetzlichen Albtraum! Ich war eine Libelle und wäre fast von einer Schlange verschluckt worden!«, stammelte der junge Mönch, während er sich aufrichtete.

Er sah zu dem schmalen Fenster hinaus. Es war immer noch stockfinster.

»Das sieht man! Du bist schweißgebadet. Aber jetzt musst du aufstehen. Du hast fast drei Stunden geschlafen, das ist immerhin etwas!«, bemerkte der Lama.

»Beginnen die Zeremonien hier so früh?«

»Ich will dich nicht zu einer Zeremonie mitnehmen. Wir beide müssen etwas besprechen«, erwiderte der tibetische Mönch geheimnisvoll.

Fünffache Gewissheit war nicht sehr wohl zumute.

Er spürte sogar, dass sein sonst so gefestigter Geist zu wanken begann.

Von nun an musste er auf das Schlimmste gefasst sein: Vielleicht würde er plötzlich die Hüter der vier Himmelsrichtungen auftauchen sehen, die auch die Vier Götterkönige Lokapala genannt wurden. Bis an die Zähne bewaffnet, standen sie an den vier Ecken des Berges Meru. Er hatte ihre fürchterlichen Gestalten mehrmals auf den Malereien in den Fluren und Galerien erkannt, durch die sie gegangen waren. In Anbetracht der Umstände war er davon überzeugt, dass sie nicht zögern würden, aus den Bildern herabzusteigen und sich auf ihn zu stürzen, um ihn in ein Verlies zu werfen und zu versuchen, ihn durch Folter zum Reden zu bringen.

»Lass uns an einen Ort gehen, wo uns niemand hören kann. Ich habe dir einen Vorschlag zu machen«, fügte Lama sTod Gling hinzu und bedeutete ihm mitzukommen.

Ein Gewirr von Fluren und Treppen führte sie in einen mit feinem Kies bedeckten Hof, dann in einen zweiten mit gestampftem Lehmboden, bevor sie schließlich zu einem Gebetssaal kamen, dessen prachtvoller Schmuck Fünffache Gewissheit einen begeisterten Seufzer entlockte, nachdem der Lama eine große kupferne Öllampe angezündet hatte.

Am Ende dieses Saals, auf dessen Boden Gebetskissen aus gold- und silberbestickter Seide lagen, stand ein gewaltiger Thron auf einem Podest, das wie eine Theaterbühne anmutete.

Er war teilweise mit einem Seidenbrokat bedeckt, den ein doppelter Diamant oder *vajra* zierte, das Sinnbild der Unzerstörbarkeit, über das die Svastika, das Symbol der Ewigkeit, gestickt worden war.

In das dunkle Holz der Rückenlehne, die aus den Falten des Brokatstoffs herausragte wie ein kräftiger Baumstamm aus dem Boden, waren reliefartig die sechs *paramitas* oder Vollkommenheiten eingeschnitzt, nach denen jeder Gläubige streben sollte. Sie waren in Gestalt von Tieren dargestellt: Der mythische Vogel Garuda symbolisierte die Freigebigkeit *dhana,* Naga, der Geist des Wassers, die Sittlichkeit *sila,* das Seeungeheuer Nakara die Geduld *kshanti,* der Gnomenzwerg die Tatkraft *virya,* der Löwe die Weisheit *prajna* und der Elefant die Meditation *dhyana.*

»Wer sitzt auf diesem Stuhl?«, fragte Fünffache Gewissheit, überwältigt von all der Pracht.

»Als einer der drei obersten Führer des heiligen Lehrpfads des tibetischen Buddhismus ist unser Verehrter Abt Ramahe sGampo der Einzige, dem das Recht gebührt, auf diesem Thron Platz zu nehmen.«

Fünffache Gewissheit riss vor Verblüffung die Augen auf.

Die große Gebetshalle des Klosters Samye war viel kostbarer ausgeschmückt als diejenigen, in denen er in Luoyang seine Sutren rezitierte.

»Aber ich habe dich nicht hierhergebracht, um dich mit diesen goldenen Verzierungen zu beeindrucken.«

Die Stimme des Lama klang mit einem Mal ernster und beinahe drängend.

»Um die Wahrheit zu sagen, ich möchte dir einen Handel vorschlagen«, sagte er zu Fünffache Gewissheit und hielt ihm die offene Hand entgegen.

Auf seiner Handfläche sah der junge Mönch einen kleinen Bronzeschlüssel, der im Licht der Öllampe, die der Lama in der anderen Hand hielt, funkelte.

Am Ende des Griffs erkannte er einen Dämonenkopf, und zwar genau den, der vor einiger Zeit die junge Nonne Manakunda in Angst und Schrecken versetzt hatte.

»Das ist der Schlüssel zur Bibliothek dieses Klosters. Das *Sutra über die Logik der Vollkommenen Leerheit* liegt auf dem ersten Tisch, ganz in der Nähe der Eingangstür.«

Fünffache Gewissheit war sprachlos.

»Warum hilfst du mir?«, stammelte er mit zugeschnürter Kehle.

»Ich kann mir denken, dass Vollendete Leere dich hergeschickt hat, um es zurückzuholen!«, antwortete der Lama einsilbig.

Fünffache Gewissheit, der zunehmend blasser wurde, fragte sich, wie es diesem sTod Gling bloß gelang, so leicht in den Herzen der anderen zu lesen.

Der Lama bedeutete ihm, näher zu kommen.

»Du darfst es holen. Ich fordere lediglich eine Gegenleistung von dir!«

»Welche?«

»Du sollst ein Paket mitnehmen, das ich dir geben werde!«

»Was befindet sich in diesem Paket?«

»Sein Inhalt ist ebenso kostbar wie das Sutra deines Meisters«, erwiderte der Lama geheimnisvoll. Sein Gesicht war dicht am Ohr des jungen Mönchs, als habe er ihm das schrecklichste Geheimnis anvertraut.

Nun war es Lama sTod Gling, bei dem eine gewisse Angst spürbar wurde. Fünffache Gewissheit erkannte sie vor allem an der Hast, mit der er ihm diesen Vorschlag gemacht hatte. Er sprach abrupt und in einem Atemzug, als habe es ihn unvorstellbare Überwindung gekostet, ihm einen solchen Tausch anzubieten, und doch sei ihm nichts anderes übrig geblieben.

»Um welches kostbare Gut handelt es sich denn? Ich hoffe, du verlangst nichts Verbotenes von mir«, murmelte Fünffache Gewissheit mit zitternder Stimme.

»Das kann ich dir nicht sagen. Du darfst das Paket öffnen, sobald du das Kloster verlassen hast! Es ist nichts Gefährliches darin.«

»Du musst mir schon mehr darüber verraten!«, stöhnte der junge Mönch.

»Frag nicht weiter, es ist sinnlos. Die Entscheidung liegt bei dir! Aber du musst sie sofort treffen. Wenn du ablehnst, wirst du mit leeren Händen nach Luoyang zurückkehren.«

Die Stimme des Lama klang bestimmt. Seine starre Miene zeugte von seiner unerschütterlichen Entschlossenheit.

Daraufhin nahm Fünffache Gewissheit ohne ein weiteres Wort den Bronzeschlüssel aus sTod Glings Hand.

»Ich war mir sicher, dass du einwilligen würdest. Glaub mir, Fünffache Gewissheit, du machst kein schlechtes Geschäft. Zum einen wirst du deinen Auftrag auf vorbildliche Weise erfüllen, und zum anderen vollbringst du, indem du mir diesen Gefallen tust, eine gute Tat, die ganz ohne Zweifel dein Karma verbessern wird.«

Als sie vor der schweren, mit einem großen Schloss gesicherten Tür der Bibliothek ankamen und Fünffache Gewissheit sie mühelos mit seinem dämonenköpfigen Schlüssel öffnete, fragte ihn der Lama: »Aber jetzt würde ich gerne wissen, was du getan hättest, um hier hereinzukommen, wenn ich dir nicht den Schlüssel gegeben hätte. Diese Bibliothek ist so sicher verschlossen wie eine Schatzkammer.«

Der junge Mönch, dessen Geistesgegenwart allmählich zurückkehrte, entgegnete schlagfertig: »Du wirst mir sicher erlauben, meine Geheimnisse ebenfalls für mich zu behalten!«

Die Antwort war ihm einfach so herausgerutscht, und sie war fast schon eine Lüge.

Denn in Wirklichkeit hatte er nicht die geringste Ahnung, wie er ohne den Schlüssel des Lama an das Sutra hätte kommen sollen.

Er nahm sich fest vor, mit seinem Dhyana-Meister darüber zu reden, sobald er wieder die Gelegenheit dazu hatte.

Vollendete Leere musste wahrhaft zwingende Gründe gehabt haben, um ihn derart unvorbereitet auf eine so heikle Mission zu schicken! Es sei denn, er war der Ansicht, Fünffache Gewissheit verfüge über die nötigen geistigen und körperlichen Fähigkeiten, um in eine verschlossene Bibliothek einzudringen, sich dort eines der kostbarsten Bücher zu bemächtigen, ohne überhaupt zu wissen, wo sich dieses inmitten Tausender anderer Schriftrollen befand, und schließlich dieses Kloster genauso verstohlen wieder zu verlassen, wie er es betreten hatte!

»Es liegt da vorne auf dem Tisch. Du kannst es nehmen!«, sagte der Lama und deutete auf ein Etui aus lackiertem Bambus.

Fünffache Gewissheit öffnete es, um zu prüfen, ob es auch wirklich mit roter Seide ausgeschlagen war. Nachdem er die Handschrift ein paar Zoll ausgerollt und sich vergewissert hatte, dass es sich tatsächlich um das Werk seines Hochehrwürdigen Abtes handelte, entfuhr ihm unwillkürlich ein erleichterter Seufzer.

Er würde nicht mit leeren Händen nach Luoyang zurückkehren, und Vollendete Leere würde stolz auf seinen Gehilfen sein.

»Folge mir! Jetzt, wo du das Sutra hast, bleibt mir nur noch, dir das Paket zu geben, von dem ich gesprochen habe. Du wirst sehen, es ist nicht schwer.«

»Das ist ja immerhin etwas!«, entgegnete der junge Mönch scherzhaft.

»Zumindest noch nicht«, fügte der Lama geheimnisvoll hinzu.

Nachdem er für ein paar Augenblicke verschwunden war, kam er mit einem Korb in der Hand zurück, der mit einem Tuch bedeckt war. Es trug das Wappen des Klosters.

Als er Fünffache Gewissheit den Henkelkorb reichte, griff dieser danach, als fürchte er sich vor gar nichts mehr.

Es war einer jener Weidenkörbe, die man mit Lebensmitteln füllte und dann an einem Balken aufhängte, um die Vorräte zu lagern. Tatsächlich war er nicht sehr schwer.

Was wohl darin sein mochte?

Der junge Mönch richtete seinen Blick erneut auf den Lama.

In seinen dunklen, tief in den Höhlen liegenden Asketenaugen entdeckte er keine Spur mehr von Angst oder Ungeduld, sondern nur noch jene Sanftheit und das Mitgefühl, die ihm bereits ein paar Stunden zuvor aufgefallen waren, als der Lama ihn an der Pforte des Klosters empfangen hatte.

Da erinnerte er sich an einen Satz, den Meister Vollendete Leere seinen jungen Novizen immer wieder predigte.

Er umfasste nur wenige Worte, und der große Meister hatte ihn jenem Text vorangestellt hatte, den Fünffache Gewissheit nun zusammengerollt an sein Herz drückte:

Stellt euch das Mitgefühl und die Zärtlichkeit vor, mit denen der Erhabene Buddha die Menschen betrachtete, und tut es ihm gleich; dann könnt auch ihr eines Tages zum Buddha werden!

Jetzt war sich Fünffache Gewissheit sicher: Lama sTod Gling war ein guter Mensch. Wenn er es ihm erlaubt hatte, die Bibliothek mit dem kostbaren *Sutra über die Logik der Voll-*

kommenen Leerheit zu verlassen, so war dies ein Zeichen für die große Bedeutung, die er dem Gefallen beimaß, um den er ihn im Gegenzug gebeten hatte.

Der junge Mönch verspürte das Gefühl, mit einer wichtigen Mission betraut zu sein, auch wenn er noch nicht ahnen konnte, wohin ihn diese führen sollte. Mit der linken Hand hielt er das längliche Etui und mit der rechten den Korb umklammert, unter dessen Abdeckung er nicht einen Blick geworfen hatte.

Gerade als er sich anschickte, unter dem Torvorbau des Klosters hindurchzugehen, bedeutete ihm der Lama, noch kurz zu warten.

Als er wieder zurückkam, hielt er zur Verblüffung von Fünffache Gewissheit einen riesigen gelben Hund an einer Leine, der so groß war wie ein kleines Kalb und dessen geöffnetes Maul beeindruckende Fangzähne erahnen ließ.

»Glaubst du, dass ich ein solches Tier brauchen werde?«, fragte Fünffache Gewissheit zutiefst verwundert.

»Lapika ist eine Wachhündin. Sie ist darauf dressiert, die Yakherden zu hüten. Und sie kennt keine Furcht. Weder vor Wölfen noch vor Bären noch vor Schneeleoparden.«

»Aber sie …«

»Glaub mir, sie wird dir von Nutzen sein. Nicht wahr, Lapika!«, sagte Lama sTod Gling und streichelte die schwanzwedelnde Hündin.

»Vielen Dank! Meinen unendlichen Dank, mitfühlender Lama! Mit Lapika an meiner Seite wird meine Heimreise sehr viel leichter sein! Möge der Erhabene Buddha dich segnen!«

Während der Gehilfe von Vollendete Leere sich unter zahlreichen Verbeugungen bei Lama sTod Gling bedankte und sich von ihm verabschiedete, fragte er sich, warum dieser ihm neben dem Vorratskorb auch noch diese riesige gelbe Hündin mitgegeben hatte.

Auf dem Weg nach Samye hatte es ihm an nichts gemangelt.

Schließlich bot die Natur einem genügsamen Buddhisten, der es gewohnt war, sich von Wurzeln zu ernähren, selbst in großen Höhen einen reichhaltigen Speiseschrank.

Und warum sollte der Rückweg anders sein als die Hinreise? Warum sollte es mehr Bären, Schneeleoparden und Wölfe auf dem Weg von Samye nach Luoyang geben als umgekehrt?

»Möge der Buddha auch dir seinen Segen schenken. Du wirst sein schützendes Licht brauchen! Aber ich bin zuversichtlich. Ich zweifle nicht daran, dass du wohlbehalten heimkehren wirst!«, murmelte sTod Gling mit so leiser Stimme, dass Fünffache Gewissheit ihn kaum verstand.

Als Lama sTod Gling das schwere Tor des Klosters hinter ihm schloss, ahnte Fünffache Gewissheit noch nicht, wie viele Überraschungen der weitere Verlauf seiner Reise für ihn bereithalten sollte.

Er war noch nicht am Ende seiner Mühen angelangt!

7

Turfan, Oase an der Seidenstraße

»O Selige Söhne der Rechten, erhebt euch, um dem Allerheiligsten Propheten Mani zu danken!«

Bei diesen Worten verstummte mit einem Schlag das Orchester aus Harfen, Lauten, Zithern und Flöten.

Hort der Seelenruhe stand in der Mitte des Querhauses vor dem »Tisch der Gesegneten«. Der ovale Marmoraltar quoll über vor Tellern mit Weizenpfannkuchen, Bechern und Wein. Als Oberhaupt der manichäischen Kirche von Turfan hatte er die Gläubigen aufgefordert, sich um eine gewaltige brennende Wachskerze zu versammeln, die von einem seiner Diener mit Namen Speer des Lichts angezündet worden war.

Die fromme, in blütenweiße Gewänder gekleidete Gemeinschaft schickte sich an, das Sakrament des rituellen Mahls zu feiern, welches allein den Erwählten vorbehalten war.

Da sie nur den Status eines Hörers innehatten und als solche nicht am Göttlichen Mahl der Erwählten teilnehmen durften, entließ Hort der Seelenruhe die drei Männer, die die Tabletts mit den Opfergaben vor dem Altar abgestellt hatten.

Die Eier, Hülsenfrüchte, Orangen und Datteln, die sie hereingebracht hatten, bedeuteten mindestens anderthalb Monate Entbehrung für die Familien, die sie gespendet hatten, aber trotzdem blieb ihnen der Zugang zum Allerheiligsten der Zeremonie verwehrt.

Denn in der manichäischen Kirche galten nur die Geweihten als vollwertige Mitglieder. Und diese waren in zwei Gruppen aufgeteilt.

An der Spitze der Pyramide standen die Erwählten, die auch die Heiligen genannt wurden. Unter den Erwählten folgten die sogenannten Hörer, wie etwa der junge Speer des Lichts. Sie fungierten gewissermaßen als ihre Gehilfen und waren dazu berufen, zu gegebener Zeit selbst in den engen Kreis der Erwählten aufgenommen zu werden.

Stets in weiße Gewänder gekleidet und von der Welt abgeschieden, hatten diese eingewilligt, ihr Leben jener seltsamen Religion zu weihen, die um das Jahr 250 nach Christus von dem Babylonier Mani gegründet worden war.

Dessen Auftrag gehorchend, lebten die Erwählten nach dem Gebot der Drei Siegel: dem Siegel des Mundes, indem sie weder Fleisch noch Blut, weder Wein noch irgendein anderes vergorenes Getränk zu sich nahmen, mit Ausnahme derer, die während der Zeremonien gereicht wurden; dem Siegel der Hand, was bedeutete, dass sie keine Handlung ausführten, die dem »Kreuz des Lichts« schaden könnte; und schließlich dem Siegel des Schoßes, indem sie sich jeglicher sexueller Beziehung enthielten und vor allem dem Wunsch nach Fortpflanzung entsagten.

Es gab mehrere Ränge von Erwählten innerhalb der Kirche des Lichts, wie die manichäische Kirche auch genannt wurde.

Aus den drei höchsten Rängen stammten die Mitglieder der Geistlichkeit: Priester, Bischöfe und Lehrer, deren höchstes Oberhaupt, der »Archegos«, dem alle anderen unterstellt waren, seinen Sitz in Babylon hatte, wo einst der Prophet Mani gelebt hatte.

Genau wie Jesus Christus war auch Mani nach einem Leben der Predigt und zahllosen Offenbarungen, die er seinen Anhängern übermittelt hatte, unter entsetzlichen Qualen gestorben.

Schon im Alter von vier Jahren war ihm in einem Tempel in Ktesiphon die erste Offenbarung zuteilgeworden, und als Erwachsener hatte er erreicht, dass seine junge Religion im iranischen Reich frei gepredigt werden durfte.

Doch angesichts des Erfolgs seiner Lehren und der religiösen Inbrunst der Massen, die ihm von da an folgten, hatte die Obrigkeit diesen Propheten, den sie immer aufrührerischerer Reden beschuldigte, schließlich verhaften und in einem Scheinprozess zum Tode verurteilen lassen. Zu diesem Zeitpunkt war Mani sechzig Jahre alt, und seine Religion hatte sich bereits im gesamten Partherreich verbreitet.

Seine Passion hatte sechsundzwanzig Tage gedauert, dann war er im Gefängnis, den Körper in schwere Ketten gelegt, an Entkräftung gestorben. Anschließend war er enthauptet und sein verstümmelter Körper am Tor der Stadt Belapat in Susiana zur Schau gestellt worden. Treue Anhänger hatten voller Ehrfurcht aufgehoben, was von diesem ersten Märtyrer seiner eigenen Religion erhalten geblieben war.

Danach war Mani in den Augen seiner Anhänger zum wahren »Siegel der Propheten« geworden. Dem Mann, welchem die unendliche Ehre zuteilgeworden war, die Reihe zu beschließen, zu der so bedeutende Persönlichkeiten wie Adam, Zarathustra, Buddha und Jesus zählten.

In der Hierarchie dieser Religion, die der Überzeugung war, als einzige die umfassende Wahrheit zu kennen, und daher nicht zögerte, mit einer gewissen Großzügigkeit alle anderen mit einzubeziehen, war der begehrteste Grad der eines Vollkommenen, eines Mitglieds der Gemeinschaft der von der irdischen Welt gelösten Erwählten. All jene, die nicht den Status eines Vollkommenen erlangten, wurden als »Schwache« bezeichnet.

Der Manichäismus beruhte auf dem Dualismus von Gut und Böse, von Licht und Finsternis, von Norden (dem Guten) und Süden (dem Bösen).

Das Böse materialisierte sich in der irdischen Welt, wo alle Übel der Menschheit vom schrecklichen »Fürsten der Finsternis« herrührten. Wenn die menschliche Seele sich von Gott löste, um auf die Erde hinabzufallen, vermischte sie sich unweigerlich mit dem Bösen. Nur Gott, der »Erlöste Erlöser«, konnte sie wieder zum Guten zurückführen. Und um Gott zu begegnen, mussten die Menschen sein Ursprüngliches Licht empfangen. So war es dem Propheten Mani offenbart worden, ehe er seine Gewissheiten in einem sieben Bücher umfassenden Kanon niederschrieb, von denen *Das Buch der Giganten* und die *Briefe* die bekanntesten waren.

Als sich Hort der Seelenruhe an diesem Tag anschickte, das Brot zu brechen und den Wein unter den Erwählten zu verteilen, fiel es ihm schwer, sich auf den kleinen, mit Weizenpfannkuchen gefüllten Teller und den prächtigen, mit Edelsteinen verzierten Kelch zu konzentrieren, die ihm der junge Hörer Speer des Lichts gereicht hatte. Diesem war es ausnahmsweise gestattet worden, an der Zeremonie teilzunehmen.

Seine Miene war noch düsterer, als er den rubinroten Wein in die auf dem Altar stehenden Becher goss, sie segnete und die übrigen Erwählten einlud, sich um ihn zu sammeln und die Becher an ihre Lippen zu führen.

Der Vollkommene Lehrer war besorgt, ja geradezu entsetzt über die Nachrichten, die er kurz vor Beginn des Gottesdienstes erhalten hatte. Mechanisch zelebrierte er das Ritual, wobei er sich bemühte, sich nichts von seiner Erregung anmerken zu lassen.

Welch furchtbarer Schicksalsschlag, dachte er bei sich, während er den Versammelten den aus dem Stoßzahn eines Elefanten geschnitzten Reliquienschrein präsentierte, der ein winziges Hautstück vom linken Zeigefinger Manis enthielt.

Daraufhin warfen sich alle Vollkommenen gleichzeitig zu Boden, um die heilige Reliquie anzubeten, und riefen dabei hundert Mal Manis Namen, bis das Echo dieser Klagen unter dem riesigen Gewölbe des Heiligtums verhallte.

Hort der Seelenruhe war so durcheinander, dass er völlig vergessen hatte, selbst niederzuknien, was ihm verblüffte Seitenblicke von einigen seiner Brüder eintrug.

Zurück in der Sakristei traf er auf einen anderen seiner Gehilfen, einen jungen Sogdier, noch ein halbes Kind, mit dunklem Gesicht und lockigem schwarzem Haar, der ihn arglos fragte, ob etwas nicht in Ordnung sei.

»Ach, mein armer Ormul, es ist furchtbar! Speer des Lichts und ich, wir raufen uns die Haare! Diese Epidemie, die die Seidenraupenzucht befallen hat, ist eine wahre Katastrophe. Ich weiß wirklich nicht, was ich dem Abgesandten von Bischof Addai Aggai sagen soll. Er wartet schon seit einer ganzen Weile in meinem Arbeitszimmer!«

Das durch die langen Fastenperioden, die Hort der Seelenruhe sich auferlegte, ohnehin bereits sehr fahle Gesicht des Großen Vollkommenen wirkte noch bleicher und eingefallener als sonst. Die Manichäer nannten dieses Fasten das »Ersticken des Löwen«, da dieses Tier ihrer Überzeugung nach im Inneren des Körpers schlummerte und sie es durch den Verzicht auf Nahrung »bezähmen« mussten.

Durch sein häufiges »Bezähmen des Löwen« erinnerte Hort der Seelenruhe an einen ausgetrockneten Baum, seine Füße an die Wurzeln und seine Hände an die Spitzen der abgestorbenen Äste.

Sein Gesicht spiegelte in reinster Vollendung die Spiritualität und den Mystizismus wider, von denen er durchdrungen war. Aus knochigen Höhlen heraus durchbohrte sein flammender Blick alle Augen, die es wagten, sich zu den seinen zu erheben.

Im kommenden Jahr würde es zehn Jahre her sein, seit Hort der Seelenruhe den Grundstein seiner manichäischen Kirche in Turfan hatte legen lassen.

Ihre Dynamik und ihr Wohlstand waren auf Anhieb erkennbar, sobald man die architektonische Pracht des Gebäudes erblickte, das der kleinen Gemeinschaft der Erwählten nicht nur als Kultstätte, sondern auch als Bischofssitz diente.

Der Bau bestand vollständig aus dem roten Sandstein der Flammenden Berge, die viele Reisende für eine Feuerwand hielten, weil sie die Hitze der Sonnenstrahlen so stark reflektierten. Der Grundriss bildete ein regelmäßiges Achteck, und die Form erinnerte an einen umgestülpten Kelch, dessen aufstrebende Wände von riesigen Rundfenstern durchbrochen waren, durch die das Tageslicht hereinfiel.

Genau in der Mitte des Gebäudes stützte sich ein Rippengewölbe wie ein Sonnenschirm auf einen eleganten Kranz in sich gedrehter Säulen aus Porphyrgestein.

Unter dieser prächtigen, hauchzarten Kuppel zelebrierte der Große Vollkommene Hort der Seelenruhe den Kult der Kirche des Lichts.

Rings um das Achteck verbanden Kreuzgänge und Kolonnaden einzelne Pavillons miteinander, die den Vollkommenen als Schlafsaal, Studiersaal oder Speisesaal dienten.

Inmitten eines kleinen, sorgfältig gepflegten Rosengartens stand dicht an der gewundenen Mauer, die die manichäische Gemeinde vom Rest der Stadt trennte, ein elegantes Wohnhaus aus rosafarbenen Ziegeln. Sein Torvorbau war mit einem Fries geschmückt, auf dem der sogenannte »Fünf-Löwen-Tanz« dargestellt war, den man weiter westlich in der am Rand des Tarimbeckens gelegenen Oase Kucha tanzte.

Genau wie diese, mit der sie im Übrigen wichtige Handelsbeziehungen unterhielt, war die Oase von Turfan bereits ein bedeutender Durchgangsort auf der Seidenstraße, als die Manichäer unter der Führung von Hort der Seelenruhe dort eingetroffen waren.

Im Jahr 626 hatte der König der Oase, der damals den Titel

»Yabgu« trug, einen mit mehr als »zehntausend Edelsteinen« verzierten goldenen Gürtel an den Hof der Tang-Kaiser nach Chang'an gesandt.

Im darauffolgenden Jahr war es eine wunderschöne Gebetsmatte aus geflochtenem Elfenbein gewesen, die der Yabgu als Treuegeschenk an den Kaiser der Mitte schickte. Es hieß, der Handwerker, der sie hergestellt hatte, habe über drei Jahre gebraucht, um die drei Elefantenstoßzähne, die dafür nötig gewesen seien, in hauchzarte Streifen zu schneiden, die noch dünner waren als Binsen.

Die Oase von Turfan, die auch die »Funkelnde Perle der Wüste« genannt wurde, lag fast neunhundert Li nordwestlich von Dunhuang auf dem nördlichen Teilabschnitt der Seidenstraße und stand immer noch unter chinesischem Protektorat.

Die Bewohner der Oase widmeten sich hauptsächlich dem Handel mit Baumwolle, Alaun und Salz. Nur wenige der zahllosen Kaufleute boten an ihren Marktständen im Westen gefertigte Gegenstände aus Glas an, welche die Chinesen »liuli« nannten und die sie ausschließlich – und zu horrenden Preisen – im Austausch gegen kostbare Seide abgaben.

In der Kette der Oasen, über die man wie durch das Spektrum eines Regenbogens von den westlichen Zivilisationen zu denen des Ostens gelangte, hatte Turfan seinen Beinamen tatsächlich verdient.

Die Perle der Wüste war mehr als nur eine simple Zwischenstation auf der Handelsroute. Sie war auch berühmt für ihren »Mondsee«. So hieß ein zwei Tagesmärsche von der Stadt entfernt gelegenes kleines Meer aus brackigem Wasser, dessen Salzkruste die Reisenden faszinierte. Seine Ufer wirkten wie von Eis überzogen, obwohl im Sommer eine drückende Hitze herrschte.

Dem erschöpften Reisenden, der nach den sandigen Weiten, in denen sich die Dünen endlos aneinanderreihten, endlich in Turfan anlangte, bot die Oase sowohl für die Augen als auch für den Gaumen einen wahren Genuss.

Obwohl die Stadt mitten in der Wüste lag, hatten die reichen Kaufleute und buddhistischen Mönche dort immer über die nötigen Mittel verfügt, um prächtige Gebäude zu errichten, die von ihrer wirtschaftlichen oder spirituellen Bedeutung künden sollten und Turfan in ein wahres Freilichtmuseum religiöser Architektur verwandelt hatten.

Und hinter all dieser in Stein und Ziegel ausdrückten Größe, bald nüchtern und geometrisch, bald mit kunstvoll gestaltetem Stuck überzogen, brauchte sich das rötliche Achteck der Kirche des Lichts wahrlich nicht zu verstecken, wenn die Sonne seine Steine aufheizte und sie wie glühende Kohlen leuchten ließ.

Im Kaufmannsviertel hingegen zögerten die angesehenen Familien nicht, vor den Toren ihrer Häuser seidene und hochflorige Wollteppiche auszulegen, deren Farbenpracht an Schmuckgarnituren aus bunten Edelsteinen erinnerte.

Vor den buddhistischen Klöstern mit ihren großen und kleinen Pagoden stapelten sich in silbernen, wie Lotosblüten geformten Gefäßen als Opfergaben dargebrachte Blumen und Früchte.

In den Straßen dieser vom Handel und den Reisenden belebten Stadt hörte man Sogdisch, Tocharisch, Tibetisch, Sanskrit und natürlich Chinesisch.

Zu Füßen der riesigen Palmenhaine gediehen üppige Weinberge und Obstgärten, deren Ruhm sogar bis an den Hof der Tang gedrungen war. Ihre Bewässerung hatte den örtlichen Machthabern lange große Probleme bereitet, bis sie schließlich unterirdische Bewässerungskanäle, die sogenannten *Kareze*, gebaut hatten. Das Schmelzwasser der Hunderte von Li entfernten Gletscher wurde aufgefangen und dann durch die von Sklaven gegrabenen Kanäle in die Oase geleitet. Dank dieser harten Arbeit war es den Einwohnern von

Turfan gelungen, der Wüste jeden Tag ein Stück mehr Land abzuringen und in einen Garten zu verwandeln.

Daher konnten auch zu Beginn eines jeden Herbstes die ersten Trauben einer festen, kernlosen, »Stuteneuter« genannten Rebe von einer Karawane sicher an den Hof der Tang gebracht werden. Diese Weintrauben, golden wie Bernstein und süß wie Honignugat, naschte die neue Kaiserin Wu Zhao für ihr Leben gern.

Aber Turfan erzeugte nicht nur Obst und Gemüse.

Die Perle der Wüste exportierte auch eine noch viel kostbarere, verbotene Ware.

Doch das wusste keiner ihrer Einwohner, abgesehen von einigen Vollkommenen der Kirche des Mani und dem jungen Hörer Speer des Lichts.

Diese Ware war das Produkt einer winzigen, gerade einmal fadendicken schwarzen Raupe. Innerhalb eines Monats verzehntausendfachte diese ihr Gewicht und nahm eine eher graue Farbe an. Wenn sie danach auf kleine Strohhäufchen gelegt und reichlich mit Maulbeerblättern gefüttert wurde, konnte sie ihre vier aufeinanderfolgenden Häutungen beginnen. Dadurch wurde sie zu jener wunderbaren spinnenden Raupe, deren Drüsen einen von Sericin, dem sogenannten Seidenbast, umhüllten Faden absonderten, aus dem sie ihren Kokon herstellte. Und wenn dieser endlich fertig war, verwandelte sich die Raupe in eine Puppe. Danach gab es zwei Möglichkeiten: Entweder hatte die Puppe genug Zeit, um ein weiteres Sekret abzusondern, das den Seidenbast aufweichte. Dann konnte sie als Schmetterling aus dem Kokon schlüpfen und sich unverzüglich mit einem Artgenossen paaren, der Seidenfaden aber zerriss und wurde damit unbrauchbar. Oder die Puppe starb durch heißes Wasser noch in ihrem Kokon und ließ so ihren herrlichen Faden, der über einen Kilometer lang werden konnte, unbeschädigt.

Den Seidenfaden konnte es nur geben, wenn die Puppe

geopfert wurde. Man ließ lediglich eine gewisse Anzahl von Puppen am Leben, um den Fortbestand der Zucht zu sichern.

Nach langen Monaten tastender Versuche war es Hort der Seelenruhe dank seiner Beharrlichkeit gelungen, Seidenfäden von unvergleichlicher Qualität abhaspeln zu lassen.

Diese haarfeinen Fäden, so weiß wie das Eis, aus dem das Wasser der *karez*-Kanäle strömte, und heller als ein Mondstrahl, waren für den Vollkommenen Lehrer der Kirche des Lichts zur Grundlage seines heiligen Krieges geworden.

Die Idee zu einer Seidenraupenzucht und einer geheimen Seidenproduktion war entstanden, als ihm aufgefallen war, welch astronomische Summen die chinesische Seidenverwaltung von den Kaufleuten verlangte, wenn sie dieses Gewebe erwerben wollten, das ebenso teuer war wie Gold, Smaragde und Diamanten.

Bereits der römische Historiker Plinius hatte geschrieben, dass man Seide erntete, indem man »den grauen Blattflor der Bäume mit Wasser besprengt und abkämmt«. Der Philosoph Seneca hatte es sich nicht nehmen lassen, diesen außergewöhnlichen Stoff zu preisen, als er über die durchscheinenden »gläsernen Togen« und die duftigen seidenen Kleider in Verzückung geriet, die manche unermesslich reichen Frauen trugen, »bei denen man nicht reinen Gewissens schwören könnte«, so notierte er, »dass sie nicht nackt waren!«

Seit beinahe acht Jahrhunderten war die Seide nun schon Gegenstand dieser überschäumenden Begeisterung und eines unvorstellbar lukrativen Handels entlang jener Straße, der sie schließlich sogar ihren Namen gegeben hatte.

Hort der Seelenruhe lebte schon seit über acht Jahren in Turfan, als er darauf gekommen war, wie er die Kirche des Lichts an diesem gewaltigen Strom der Reichtümer teilhaben lassen könnte.

Er begann allmählich das Ausmaß der finanziellen Mittel zu ermessen, die er für solche Gebäude benötigte, wie sie den Ambitionen seiner Kirche entsprachen. Und die Unterstützung, die der babylonische Hauptsitz ihm einmal im Jahr zukommen ließ, reichte gerade aus, um die Erwählten zu ernähren.

Er musste sich also etwas anderes einfallen lassen.

Eine heimliche Seidenproduktion würde der Kirche des Lichts mit Sicherheit ermöglichen, einen Tempel zu errichten, der den anderen Religionen, die in Turfan praktiziert wurden, die Macht des Manichäismus vor Augen führen würde.

Auf der Seidenstraße lieferten sich die verschiedenen Glaubensrichtungen und Religionen einen erbitterten Wettstreit. Um zu gewinnen, musste man nicht nur stärker sein als die anderen, sondern diese Stärke auch demonstrieren. Und so lag in diesem Glaubenskampf stets diejenige Religion vorne, die über das meiste Geld verfügte, um den Neubekehrten die größte wirtschaftliche Sicherheit zu bieten und vor allem ihre Macht prunkvoll zu entfalten, indem sie die prächtigsten Bauwerke für den Kult ihrer Götter errichten ließ.

Daher bedeutete die illegal gewonnene Seide für die Kirche des Lichts seit zwei Jahren ein wahres Geschenk des Himmels, das es ihr erlaubt hatte, jenes großartige Bauwerk aus rotem Stein zu errichten, das allseits Bewunderung hervorrief.

Um sich mit der Kunst der Seidenspinnerzucht und dem Abhaspeln ihrer Kokons vertraut zu machen, hatte Hort der Seelenruhe Speer des Lichts in geheimer Mission nach Chang'an gesandt, wo er die Arbeitsweise der kaiserlichen Manufakturen auskundschaften sollte.

Das einnehmende Äußere dieses jungen Hörers mit seinen strahlend blauen Augen und dem zu einem Knoten geschlungenen, seidig glänzenden schwarzen Haar wurde, hätte man diese beiden mit dem gleichen Maß messen können, von seiner Intelligenz noch übertroffen.

Speer des Lichts stammte ursprünglich aus Kucha. Seine Familie hatte sich vor zwei Generationen zum Manichäismus bekehrt. Er sprach ein knappes Dutzend zentralasiatischer Dialekte und beherrschte wie die meisten seiner Landsleute aus dem kleinen Königreich auch einige durchaus passable Brocken Sanskrit, Chinesisch und Tibetisch.

Dieser junge Mann schreckte nicht vor weiten Reisen zurück, und wenn sich die Gelegenheit dazu ergab, diente er dem Großen Vollkommenen als Übersetzer.

Deshalb hatte er sich auch nicht lange geziert, als Hort der Seelenruhe ihn nach Zentralchina geschickt hatte.

Dort war es dem gewandten Hörer, der schon bald gut genug Chinesisch sprach, gelungen, sich in den Tempel des Unendlichen Fadens einzuschleichen, die größte der kaiserlichen Seidenmanufakturen in der Hauptstadt der Tang. Dann hatte der junge Mann im Dienste der edlen Sache eine hübsche Arbeiterin verführt, die auf den bezaubernden Namen Jademond hörte und in leidenschaftlicher Liebe zu ihm entbrannt war. Nach ein paar stürmischen Nächten in seinen Armen hatte sie ihm alles verraten, was Hort der Seelenruhe wissen wollte: wie der Kokon in kochendes Wasser getaucht werden musste, um die Puppe abzutöten, und dann per Hand aussortiert und in achtzig Grad heißem Wasser weich gekocht wurde, damit man den Faden abwickeln konnte, ohne ihn zu zerreißen.

Dank ihr hatte der junge Speer des Lichts bei seiner Rückkehr nach Turfan in seinem Beutel nicht nur zwei Kokons und drei gefräßige, an drei kleinen Maulbeerbaumsetzlingen festgebundene Raupen der Gattung »Bombyx mori« mitgebracht, sondern vor allem auch einen Vorrat an Eiern, deren Transport keinerlei Risiko darstellte, da sie sich noch in ihrer zehn Monate währenden Ruhephase befanden.

Und dazu das unverzichtbare Wissen um die Herstellung der Seide, jenes Stoffes, der kostbarer war als Gold, da er so viel seltener war als das gelbe Metall. Kostbarer noch als Gewürze, die man lediglich wie so viele andere aromatische Pflanzen anzubauen oder in der freien Natur zu sammeln brauchte!

Die Seide war von einem umso größeren Mysterium umgeben, als sie nur schwer zu gewinnen war. Wer hätte geglaubt, dass simple Larven in der Lage wären, sich in begabte, fingerfertige Arbeiterinnen zu verwandeln und einen Faden von so unglaublicher Länge zu erzeugen?

Vor allem aber war die Seide ein so zartes, so schillerndes Gewebe, dass man in ihrer Heimat Zentralchina behauptete, es sei der mythische Gelbe Kaiser selbst gewesen, der, nachdem er vor Tausenden von Jahren die Schrift und die Mathematik, aber auch die Medizin und die Essstäbchen erfunden hatte, seinem Volk das Wissen um die Kunst der Seidenherstellung geschenkt habe.

Dieser Stoff brachte die Frauen um den Verstand.

Man erzählte sich unzählige Geschichten über wunderschöne sogdische und baktrische Prinzessinnen, die bereit seien, im Austausch gegen einen Ballen jenes kostbaren Gewebes den Annäherungsversuchen nach Ziegenbock stinkender, struppiger chinesischer Kaufleute nachzugeben. Oder über ebenso gierige wie skrupellose persische Königinnen, die nicht davor zurückschreckten, eine ihrer Töchter in ein verfeindetes Königreich zu geben, um ein wenig Seide in ihren Besitz zu bringen.

Doch Speer des Lichts hatte nicht nur das Rezept und die Zutaten für dieses besondere Gericht nach Turfan mitgebracht.

Seine Gedanken waren angefüllt mit einer köstlichen, unvergänglichen Erinnerung, von der er niemandem erzählen durfte, schon gar nicht Hort der Seelenruhe.

Es war ein so intimes Geheimnis, dass er es unmöglich mit einem anderen Anhänger der Kirche des Lichts teilen konnte. Denn er war ein Hörer, dazu berufen, eines Tages ein Vollkommener zu werden, und dieser Status verpflichtete ihn dazu, keusch zu bleiben und niemals, nicht einmal im Vorübergehen, die Haut einer Frau zu berühren.

Aus diesem Grund hatte er sich auch gehütet, Hort der Seelenruhe von Jademond zu erzählen, als der Vollkommene ihn gefragt hatte, wie es ihm gelungen sei, sich die Kokons, die Eier und die Maulbeerbaumsetzlinge zu beschaffen.

»Ich hatte einfach Glück! Mani hat mich beschützt. Das Gute war zur Stelle; das Böse war nicht da!«, hatte er lediglich geantwortet.

»Da du diese Mission so erfolgreich hinter dich gebracht hast, übertrage ich dir auch die Verantwortung für den weiteren Fortgang unseres Unternehmens. Möge der Große Mani dich in seinem Göttlichen Licht bewahren!«, hatte Hort der Seelenruhe gerufen, nachdem Speer des Lichts ihm über seinen Aufenthalt in der Hauptstadt der Tang-Dynastie Bericht erstattet und ihm ausführlich alle Schritte vom Ei bis hin zur Puppe erklärt hatte.

»In Chang'an ist das Abhaspeln der Kokons ausschließlich Frauen vorbehalten. Die Chinesen behaupten, man müsse von Yin-Natur sein, um diese Arbeit zu verrichten. Wie soll ich das bewerkstelligen?«, hatte Speer des Lichts sein geistiges Oberhaupt schließlich mit leiser Verlegenheit gefragt.

Denn abgesehen vom Haupttheiligtum war Frauen der Aufenthalt innerhalb der Mauern der Kirche des Lichts streng verboten, und Speer des Lichts hoffte, dass dies vielleicht eine Möglichkeit sein könnte, die schöne Chinesin, die er zurückgelassen hatte, nach Turfan zu holen.

»Sind die Hände eines Vollkommenen nicht ebenso gut wie die einer Frau? Ich werde dir drei Vollkommene zuweisen, die mein ganzes Vertrauen genießen. Sie werden diese

Aufgabe zu unserer vollsten Zufriedenheit erfüllen!«, hatte der Vollkommene Lehrer mit strenger Miene erwidert.

Schuldbewusst hatte der enttäuschte Speer des Lichts den Kopf hängen lassen.

Hort der Seelenruhe war kein Mann, der sich leicht manipulieren ließ, schon gar nicht, wenn es sich um eine so wichtige Angelegenheit wie die Zukunft seiner Kirche handelte.

Er hatte ausgiebig das Für und Wider abgewogen und zu guter Letzt beschlossen, dass die Manichäer in Turfan sich auf die Erzeugung der Kokons und das Abwickeln der Seidenfäden beschränken würden. Das Weben des Stoffs sollten andere übernehmen, die sich damit besser auskannten.

Denn das Weben erforderte besondere technische Vorrichtungen, Webstühle, Färberbecken und Trockenflächen. All dies brauchte Platz, und man konnte die Ausrüstung unmöglich heimlich in den nur einen Steinwurf von ihrem Heiligtum entfernt gelegenen Gewächshäusern der Kirche des Lichts unterbringen, wo er die Seidenraupenzucht einrichten wollte.

Er musste also unbedingt einen vertrauenswürdigen Partner finden, der das Weben und Färben der fertigen Ware übernehmen und diese anschließend in den Handel bringen sollte.

Nachdem der erste Teil seines Plans dank der Findigkeit von Speer des Lichts so leicht aufgegangen war, hatte sich der zweite Schritt als weitaus heikler erwiesen.

Denn der Partner, den er suchte, musste ebenso vertrauenswürdig wie verschwiegen sein, und so jemand war schwer zu finden.

Zunächst musste er auf technischem Gebiet bewandert sein, damit die Qualität der Stoffe ebenso hoch war wie die des Fadens. Dann müsste er auch zuverlässig sein. Spielte er ein doppeltes Spiel, könnte die heimliche Produktion auffliegen, und damit wäre die gesamte Existenz der Kirche des Lichts in Turfan gefährdet.

Hort der Seelenruhe musste also äußerst vorsichtig zu Werke gehen.

Nachdem er lange hin und her überlegt hatte, war der Vollkommene Lehrer zu dem Schluss gekommen, einen Komplizen zu suchen, für den das Weben und Verkaufen der Seide von ebenso entscheidender Bedeutung wäre wie für ihn: Für beide musste es eine Frage des Überlebens sein, sodass ihr Schicksal unauflöslich miteinander verbunden wäre.

Doch das setzte voraus, dass sich dieser Partner in einer Lage befand, die mit der der Kirche des Lichts vergleichbar war: in einer feindlichen Umgebung um sein Überleben ringend und in den schwierigen Kampf der religiösen Missionierung verstrickt.

War es da nicht das Beste, den Blick nach Osten zu wenden, zu jenen Kirchen, denen es bereits gelungen war, in den Oasen Hami oder Dunhuang Fuß zu fassen?

Dies hätte zweifellos den Vorteil, dass man von dort aus die Ware leichter nach China vertreiben könnte, zurück an den Ursprungsort des Seidenhandels und mitten hinein ins Herz ihres wichtigsten Marktes.

Dort angekommen, brauchte man nur noch dafür zu sorgen, dass die illegalen Ballen mit dem offiziellen Siegel der Seidenbehörde versehen würden. Daraufhin könnte die Ware über die Seidenstraße wieder auf den umgekehrten Weg gebracht werden, diesmal mit dem kostbaren Geleitbrief versehen, der ihre heimliche Herkunft endgültig verschleiern würde.

Nachdem Hort der Seelenruhe ausgiebige Erkundigungen eingezogen hatte, war er zu der Überzeugung gelangt, dass Addai Aggai, der nestorianische Bischof von Dunhuang, sein idealer Partner wäre.

Natürlich versagte sich der Manichäer durch einen Pakt

mit dem Nestorianer von vornherein jeden offenen Wettbewerb mit der syrischen Kirche. Deren Vormarsch nach China ging zu jener Zeit ein wenig kraftvoller vonstatten als der seines eigenen Glaubens, und der Hauptsitz der Kirche in Babylon hatte den dringenden Wunsch geäußert, dass Hort der Seelenruhe beim Rennen in Richtung China ihre nestorianische Rivalin, die die buddhistischen Mönche, wenig vertraut mit diesen »westlichen« Religionen, häufig sogar mit der manichäischen Kirche verwechselten, auf der Ziellinie abfangen solle.

Aber er hatte keine andere Wahl.

In Babylon hatte man kaum eine Vorstellung von den wahren Bedürfnissen der Streiter an der Front, die mehr oder weniger sich selbst überlassen wurden.

Und so hatte er seine geistigen Führer nicht einmal um ihre Meinung gebeten, sondern auf eigene Verantwortung Kontakt zu Addai Aggai aufgenommen.

Denn war es nicht ohnehin besser, einvernehmlich miteinander umzugehen, sich nicht gegenseitig unnötig Konkurrenz zu machen und dabei nur wichtige Kräfte zu vergeuden, sondern sich zu unterstützen? Bis zu jenem Tag, an dem die Manichäer endlich mächtig genug wären, um den kaiserlichen Behörden die offizielle Erlaubnis abzuringen, in ihrer zentralen Hauptstadt Chang'an oder der östlichen Hauptstadt Luoyang eine Kirche zu gründen? Danach würde jeder von ihnen wieder seine eigenen Interessen verfolgen können.

Zunächst hatte Addai Aggai Hort der Seelenruhe misstrauisch gemustert, als dieser nach Dunhuang gereist war, um ihm ein Bündnis vorzuschlagen.

»Dass ich den ersten Schritt gemacht habe, beweist doch meine Aufrichtigkeit! Verglichen mit dem Meer des Buddhismus, sind wir in dieser Region nichts als kleine Seen!«, hatte Hort der Seelenruhe argumentiert.

»Wenn ich Euch recht verstehe, schlagt Ihr mir also vor, ein Stück des Weges gemeinsam zu gehen«, hatte der Nestorianer nachdenklich erwidert.

»Es wäre für unsere beiden Kirchen nur von Vorteil, und unsere Glaubensgrundsätze würden dabei in keiner Weise angetastet! Mit dem Erlös der Seide werden wir beide mehrere wertvolle Jahre gewinnen.«

»Und wie könnten die Bedingungen einer solchen Zusammenarbeit aussehen?«

Nach diesen Worten war Hort der Seelenruhe klar, dass er gewonnen hatte.

»Ich schlage vor, wir sollten alles ganz genau aufteilen, sowohl die Kosten als auch die Gewinne!«, hatte er hastig geantwortet.

Und seit dieser Pakt zwischen den beiden Kirchen besiegelt worden war, hatten ihre Führer niemals Grund gehabt, diese Entscheidung zu bedauern.

Denn die Manichäer und die Nestorianer ergänzten sich aufs Vortrefflichste.

Die illegal gewebte Seide war von so guter Qualität, dass sie, auch in Anbetracht der herrschenden Knappheit, ohne Schwierigkeiten in den chinesischen Markt eingeschleust werden konnte. Sie traf, in Ballen von grobem Baumwollstoff versteckt, in Chang'an ein, wo sie dank der Mundpropaganda und nicht zuletzt dank den Verlockungen des Geldes sehr schnell ihren Weg in die Regale der Kaufleute des Seidenviertels fand. Das Geld floss in Strömen, und ein Teil davon kehrte zur größten Zufriedenheit von Addai Aggai und Hort der Seelenruhe nach Dunhuang und Turfan zurück.

Daher war es nur zu verständlich, dass die Epidemie, die die Seidenspinnerlarven dezimierte, den beiden zeitweiligen Verbündeten äußerst ungelegen kam.

Schon seit zwei Monaten war in Turfan kein einziger Zoll Faden mehr gewonnen worden. Und auch Addai Aggais Vorräte waren ohne diesen Nachschub fast aufgebraucht. Bald würden sie keine Seide mehr liefern können. Ihr gesamtes Vertriebsnetz drohte zusammenzubrechen, ganz zu schweigen von der Gefahr, dass dadurch die ganze Sache auffliegen könnte.

»Hol mir Speer des Lichts. Ich möchte unbedingt, dass er bei meiner Unterredung mit dem Abgesandten von Addai Aggai dabei ist«, wies Hort der Seelenruhe Ormul an, nachdem dieser die Sakristei aufgeräumt hatte.

Der Vollkommene Lehrer war ausgesprochen nervös und besorgt, als er sein Arbeitszimmer betrat, wo der junge Hörer Speer des Lichts zusammen mit dem Nestorianer auf ihn wartete. Um sich die Zeit zu vertreiben, prüften die beiden Männer aufmerksam die Stärke eines blütenweißen Seidenfadens, der auf einer Spule aufgerollt war, die Speer des Lichts gerade aus der Werkstatt geholt hatte.

»Diakonos, wie geht es meinem verehrten Kollegen, dem nestorianischen Bischof Addai Aggai?«, rief Hort der Seelenruhe in gespielt fröhlichem Ton.

Mit jener Eleganz, die alle seine Gesten begleitete, hatte er kurz die Handgelenke des Angesprochenen berührt. Der kleine Mann mit sonnengegerbter Haut, auf dessen vom Sandstaub gelblich verfärbten Umhang das nestorianische Kreuz prangte, hatte zum Zeichen der Ehrerbietung und des Respekts vor ihm das Knie gebeugt.

»Dem Herrn sei Dank, Addai Aggai erfreut sich bester Gesundheit. Er sendet Euch seine herzlichsten Grüße und wünscht der Kirche des Lichts gutes Gedeihen. Aber er macht sich Sorgen. Und der Grund für seine Besorgnis wird Euch kaum überraschen!«, kam Diakonos ohne Umschweife zur Sache.

»Speer des Lichts ist mein Zeuge: Zu meinem größten Kummer muss ich dir berichten, dass eine ebenso plötzliche wie zerstörerische Epidemie unsere lieben Seidenraupen befallen hat. Die Insekten trocknen aus und verfärben sich schwarz, statt zu den schönen weißlichen Raupen heranzuwachsen, die den kostbaren Stoff absondern, den wir so dringend brauchen. Seit zwei Wochen konnte kein einziger Kokon mehr abgehaspelt werden!«, flüsterte der Vollkommene Lehrer.

Seine vermeintliche Fröhlichkeit war verflogen, und er machte nicht einmal mehr den Versuch, seine Bestürzung vor Diakonos zu verbergen.

»Wir haben uns schon gedacht, dass etwas Ärgerliches vorgefallen sein musste! Aber mit einer solchen Katastrophe hätten wir nie gerechnet!«, entgegnete Diakonos entgeistert.

»Der letzte Seidenspinner ist heute Morgen gestorben, und ich habe keine Puppen mehr, die zu paarungsbereiten Schmetterlingen heranwachsen könnten!«, fügte Speer des Lichts mit gesenktem Kopf und zitternder Stimme hinzu.

Der junge Mann aus Kucha wagte es nicht einmal, Hort der Seelenruhe dabei in die Augen zu sehen.

»Das ist ja eine entsetzliche Nachricht! Und ich dachte, wir hätten wenigstens noch ein paar Kokons für die Zucht aufbewahren können!«, ächzte der Große Vollkommene.

»Ich musste leider feststellen, dass die letzten Puppen dieser verheerenden Epidemie auch nicht besser widerstanden haben als alle anderen!«, entgegnete Speer des Lichts leise.

»Soll das heißen, dass sich unsere ganzen Bemühungen in Luft auflösen und im großen Kaiserreich der Tang bald nicht ein einziges Stück Seide mehr zu finden sein wird, das in Turfan gewonnen und in Dunhuang gewebt wurde?«, fragte Diakonos pathetisch, während in seinem Ton gleichzeitig Verzweiflung und Theatralik mitschwangen.

»Ich fürchte, ohne Raupen müssen wir mindestens zehn Monate warten, ehe wir wieder neuen Faden gewinnen können. So lange dauert es, bis wir uns vergewissert haben, dass die ruhenden Eier noch gesund sind. Das können wir erst feststellen, wenn die Raupen schlüpfen, nachdem wir sie in einem entsprechenden Ofen ein wenig angewärmt haben«, stöhnte Hort der Seelenruhe.

»Vollkommener Lehrer, seit heute Morgen ist es nicht einmal mehr eine Frage der Eier!«

»Was willst du denn damit sagen?«, rief Hort der Seelenruhe fast außer sich vor Sorge.

»Die Wahrheit ist, dass... Nun ja, in der ganzen Zucht gibt es nicht ein einziges lebendes Insekt mehr. Die Larven sind hart wie Bohnenhülsen, die Raupen bewegen sich nicht mehr, und die Eier sehen aus wie schwarze Sandkörner, während sie normalerweise gleich nach dem Legen von Gelb zu Grau wechseln und diese Farbe während ihrer gesamten Ruhephase beibehalten!«, erklärte der Hörer mit tonloser Stimme.

»Wenn ich dich recht verstehe, sind also auch die Eier abgestorben!«, wisperte Diakonos entgeistert.

Hort der Seelenruhe, der gewöhnlich sehr sparsam mit Gesten war und oft so starr wirkte wie die Statuen auf den Flachreliefs aus Stuck, die seine Kirche schmückten, war vollkommen aufgelöst. Er rang die Hände wie ein junger Hörer, dem versehentlich die vierzigtägige Fastenzeit auferlegt wurde, die nur erfahrenen Erwählten vorbehalten war.

»Bischof Addai Aggai hat mit erheblichen Einkünften zum Ende des Jahres gerechnet! Mit unseren momentanen Vorräten können wir noch drei Monate durchhalten, länger nicht! Und das reicht nicht aus, um einen nestorianischen Vorposten einzurichten!«, flüsterte Diakonos.

»Einen Vorposten der nestorianischen Kirche! Ich sehe schon, Addai Aggai verliert keine Zeit! Und wo möchte sich dein ungeduldiger Bischof niederlassen?«, fragte Hort der Seelenruhe, pikiert über das unfreiwillige Geständnis des nestorianischen Abgesandten.

»Kurz vor dem Jadetor.«

Jiayuguan, das Jadetor, lag östlich von Dunhuang an der Straße nach Chang'an und galt, wie sein Name bereits verkündete, als das offizielle »Tor« zum chinesischen Kaiserreich.

Dank seiner idealen Lage an der Großen Mauer diente Jiayuguan seit der Han-Dynastie* als offizieller Grenzposten des Reichs der Mitte. Menschen, Religionen, Ideen, Seide, Glaswaren, kostbare Teppiche und Gewürze mussten auf ihrem Weg über die Seidenstraße unweigerlich hier vorbei.

Es war eine befestigte Stadt, von zinnenbewehrten Mauern umschlossen und von hohen Wachtürmen flankiert. Dem scharfen Auge der Späher, die Tag und Nacht dort oben postiert waren, entging nichts.

Die Festung versperrte den Durchgang durch den Hexi-Korridor, der sich an dieser Stelle deutlich verengte. Heerscharen von Zöllnern waren dort stationiert und durchsuchten aufmerksam die Karawanen, die, in welche Richtung sie auch reisten, einen Wegzoll entrichten mussten.

Wenn man das Jadetor umgehen wollte, wie es aus naheliegenden Gründen für die Männer der Fall war, die die illegale Seide von Hort der Seelenruhe und Addai Aggai nach China brachten, war man gezwungen, bereits weit vor dem Tor nach Norden auszuweichen und an den schwärzlichen Ausläufern der Mazong-Berge entlangzuziehen. Deren Hänge aus bläulich schimmerndem Schiefer waren bei Regen so glatt, dass man warten musste, bis die Sonne wieder schien, um seinen Weg fortsetzen zu können, ohne sich das Genick zu brechen.

Nach gut zwei Tagen auf einem steinigen Hirtenpfad traf man schließlich auf ein anderes Teilstück der Großen Mauer. An dieser Stelle war sie bloß noch eine niedrige, gerade ein-

* 206 v. Chr. – 220 n. Chr.

mal mannshohe Stampflehmmauer, in deren Flanke Fugen eingeritzt worden waren, um den Anschein zu erwecken, sie bestünde aus massivem Stein.

Die Grenzmauer war in dieser Wüstenregion im Grunde vollkommen nutzlos. Sie trennte nur Steine und Sand, hatte somit eher symbolischen Wert, und Schaf- und Ziegenherden weideten auf beiden Seiten des Walls friedlich vor sich hin.

Doch nicht nur die Hirten, die nicht davor zurückschreckten, notfalls über die Mauer zu klettern, wussten, dass dieser Umweg von Schmugglern aller Art genutzt wurde. Auch unzählige Räuber, die ihre Gier dazu verleitete, den gefährlichen, vom Wind aus der Wüste Gobi herbeigewehten Dämonen zu trotzen, die angeblich dort umgingen, trieben ihr Unwesen in diesen feindseligen Bergen und hielten nach heimlichen Warentransporten Ausschau.

Daher war der kleine Trupp der Nestorianer, der die Seide nach Zentralchina brachte, auch immer bis an die Zähne bewaffnet.

Wenn man die Mauer aus falschen Steinen erreichte, was bedeutete, dass man es geschafft hatte, das Jadetor zu umgehen, stieß man einen ersten erleichterten Seufzer aus.

Doch noch war nichts gewonnen.

Es dauerte noch drei weitere Tage, und während dieser Zeit galt es, sorgsam den Patrouillen der chinesischen Ordnungshüter aus dem Weg zu gehen, die die Schmuggler jagten, ehe man schließlich wieder auf die Seidenstraße stieß und sich dort in den ununterbrochenen Strom der Karawanen einreihen konnte, die immer zahlreicher wurden, je näher man der Hauptstadt kam.

Abgesehen von der Tatsache, dass der Nestorianismus dadurch noch ein wenig näher an das chinesische Machtzentrum heranrückte, ging Addai Aggai zu Recht davon aus, dass die Gründung einer nestorianischen Niederlassung kurz vor dem Grenzposten auf der Seidenstraße dazu beitragen würde, den Boten diese gefährlichen Expeditionen zu erleichtern.

»Kurz vor dem Jadetor«, wiederholte Hort der Seelenruhe nachdenklich, ehe er hinzufügte: »Kein schlechter Plan.«

»Ihr seht also, dass unter diesen Umständen die Epidemie für uns genauso ungelegen kommt wie für Euch!«, stöhnte Diakonos.

»Unglücklicherweise habe ich auch keine Lösung für unser Problem zur Hand!«, schloss der Vollkommene, dessen Miene sich immer mehr verfinsterte.

Wenn dieser lukrative Handel nicht unverzüglich wieder aufgenommen wurde, bedeutete das für beide Kirchen verlorene Jahre.

Der Strom neuer Mitglieder würde abreißen, und sie würden in ihrem religiösen Kreuzzug nicht weiter vorrücken können. Ganz zu schweigen davon, dass sich sowohl Hort der Seelenruhe als auch Addai Aggai vor ihren Kirchenoberen würden rechtfertigen müssen, wenn sie ihnen verkündeten, dass ihre Mission gescheitert war.

Der illegale Handel mit Seide blieb die unverzichtbare Grundlage all ihrer Bauwerke und Träume.

»Richte Addai Aggai aus, dass ich mich im Namen des Propheten Mani persönlich verpflichte, alles Menschenmögliche zu tun, um einen Ausweg aus dieser katastrophalen Lage zu finden!«, bat Hort der Seelenruhe den Gesandten des nestorianischen Bischofs mit leiser Stimme. »Ach, beinahe hätte ich es vergessen!«, fügte er hinzu. »Ich habe den üblichen Messwein für deinen Bischof vorbereiten lassen.«

Er deutete auf ein kleines Fässchen aus glänzendem Holz, dessen Deckel mit Wachs versiegelt worden war.

»Speer des Lichts«, sagte er, »hilfst du Diakonos bitte beim Tragen, es ist recht schwer.«

Als der junge Hörer in das Arbeitszimmer des Vollkommenen Lehrers zurückkehrte, wanderte dieser nervös im

Raum auf und ab und biss dabei auf der Gänsefeder herum, die ihm als Schreibgerät diente.

»Ich sehe nur eine Lösung, mein lieber Speer des Lichts! Du musst noch einmal nach Chang'an zurückkehren und dort eine Handvoll Kokons und Larven besorgen. Was sagst du dazu?«

»Das ist überhaupt kein Problem! Wenn man den Weg schon einmal zurückgelegt hat, ist es ganz einfach! Und ich weiß auch genau, wo ich das, was wir brauchen, leicht auftreiben kann«, antwortete der junge Mann aus Kucha begeistert.

Als Hort der Seelenruhe das strahlende Gesicht von Speer des Lichts sah, beglückwünschte er sich dazu, über einen so mutigen, tatkräftigen Hörer zu verfügen, den dieser gefährliche Auftrag nicht nur nicht zu schrecken schien, sondern ganz im Gegenteil sogar mit ansteckender Freude erfüllte.

»Wann soll ich aufbrechen? Wäre es nicht das Beste, wenn ich mich bald auf den Weg machte?«

»So schnell wie möglich.«

»Dann bin ich morgen bereit!«

»Du wirst diese Gelegenheit nutzen und dich diskret nach den genauen Umständen erkundigen, unter denen unsere nestorianischen Freunde dort unsere Seide in den Markt einschleusen. Ich versuche schon seit langem, das herauszufinden!«, fügte Hort der Seelenruhe ein wenig misstrauisch hinzu.

»Ihr scheint zu zweifeln. Was genau befürchtet Ihr denn? Dass die Nestorianer die Ware auf eigene Rechnung verkaufen?«

»Chang'an ist so weit weg!«

»Also hat Addai Aggai Euch nie erklärt, wie er die Ware in Umlauf bringt?«

Da winkte der Vollkommene den jungen Hörer näher zu sich heran, als wollte er ihm ein schreckliches Geheimnis anvertrauen.

»Ich habe in Chang'an ein Überwachungsnetz aufgebaut.«

»Auf das nur Ihr allein Zugriff habt?«

»Natürlich!«

»So wenig Vertrauen habt Ihr zu Addai Aggai.«

»Jemandem zu vertrauen darf einen nie davon abhalten, auf der Hut zu sein! Wir Manichäer wissen schließlich nur zu gut, dass sich Gut und Böse allerorten einen erbitterten Kampf liefern!«

»Befürchtet Ihr etwa, er könnte Euch hintergehen?«

»Möglich ist alles. Allein der finanzielle Einsatz ist beträchtlich. Deshalb habe ich nach einigen Monaten beschlossen, sicherzustellen, dass wir bei der Abrechnung des Gewinns nicht von unserem Partner getäuscht werden!«

»Und dann habt Ihr Euren eigenen Mann nach Chang'an geschickt.«

»Sagen wir, das ist unsere einzige Möglichkeit, uns zu vergewissern, dass auch alles seine Ordnung hat! Außerdem ist es ein guter Weg, zu kontrollieren, ob Addai Aggais Vertriebsnetz nicht von chinesischen Spitzeln unterwandert wurde! Wenn das der Fall wäre, würde ich meinen nestorianischen Kollegen natürlich unverzüglich informieren.«

»Wenn er ein falsches Spiel spielte, hätte man Euch also schon längst gewarnt!«

»Normalerweise erstattet mir der Verantwortliche dreimal pro Jahr Bericht. Aber diesmal ist es schon über einen Monat her, seit ich von ihm hätte hören sollen!«

»Und das macht Euch Sorgen.«

»Es sieht ihm gar nicht ähnlich«, entgegnete Hort der Seelenruhe nachdenklich, und seine Angst war ihm inzwischen deutlich anzumerken.

»Ihr wünscht also, dass ich mich auch nach diesem Verbindungsmann erkundige?«

»Du wirst dabei sehr vorsichtig zu Werke gehen müssen. Ich fürchte, die Behörden könnten diesen Jungen als Lockvogel missbrauchen. Ich möchte auf keinen Fall, dass du ihnen auch noch in die Falle gehst. Das wäre eine Katastrophe!«

»Wie heißt er denn?«

»Es ist besser, wenn du das nicht weißt!«

»Und wie soll ich ihn dann erkennen?«

Da zog Hort der Seelenruhe einen roten Seidenfaden aus der Tasche und band ihm diesen um das linke Handgelenk.

»Das ist das Erkennungszeichen unserer Organisation in Chang'an. Wenn du von niemandem angesprochen wirst, hat unser Netz höchstwahrscheinlich Schaden genommen.«

»Das sieht ja aus wie ein Glücksbringer!«, rief der junge Mann aus Kucha arglos.

»Nur das Licht Manis des Großen Propheten schenkt uns das Glück!«, versetzte Hort der Seelenruhe, in dessen Gegenwart man über gewisse Themen nicht scherzen durfte, gereizt.

»Ihr könnt Euch auf mich verlassen«, versuchte Speer des Lichts seinen Fehler hastig wiedergutzumachen. »Ich werde ganz besonders vorsichtig sein!«

»Man kann nie misstrauisch genug sein, Speer des Lichts! Und vergiss nicht, dass ein Manichäer nur einem anderen Manichäer vertrauen darf. Ich werde Mani jeden Tag anflehen, dass er dich schützen möge!«, schloss Hort der Seelenruhe und breitete die Arme aus.

Für den jungen Hörer, der dieser stummen Aufforderung folgte und sich ihm überschwänglich an die Brust warf, war der lang ersehnte Glückstag endlich gekommen.

Schon seit Monaten suchte er nach einer Möglichkeit, Turfan zu verlassen, um zu seiner jungen Geliebten zurückzukehren, die er zwei Jahre zuvor im Tempel des Unendlichen Fadens zurückgelassen hatte.

Mehr schlecht als recht hatte er versucht, der Erinnerung an die geschickte Zunge der jungen Arbeiterin zu widerstehen, wie sie über seinen Bauch und sein Geschlecht leckte.

Doch nichts hatte geholfen, weder die Fastenzeiten noch die Übungskämpfe gegen andere, ebenso kampflustige Hörer. Vergeblich waren die langen Stunden, die er, flach auf den kalten Fliesen im Heiligtum der Kirche des Lichts liegend, damit zugebracht hatte, Mani anzuflehen, ihn von der Sehnsucht zu befreien, die unablässig seinen Körper heimsuchte: Das Mal, das sie hinterlassen hatte, schien unauslöschlich zu sein.

Je mehr Zeit verging, desto schmerzlicher vermisste er ihre raffinierten Liebkosungen und desto mehr schwächten ihn die schlaflosen Nächte, in denen er sich vorstellte, sie würde zu ihm auf sein schmales Lager kommen, wo er sich nach ihr verzehrte.

Ohne sie würde er zugrunde gehen.

Jademond!

Dabei hatte er alles getan, um den Namen dieses jungen Mädchens zu vergessen. Jademond, die nach Pfefferminz und Orangenblüte duftete, mit denen sie ihr sorgfältig enthaartes Geschlecht parfümierte. Die in der Liebe gelenkig war wie eine Akrobatin und immer lustvollere und überraschendere Stellungen einnahm, welche in Ekstasen mündeten, deren Intensität sich von Mal zu Mal steigerte. Jenes Mädchen, dessen geschickte Finger am frühen Morgen nur leicht über seinen Bauch zu streichen brauchten, um seine Sinne erneut zu wecken, obwohl sie sich die ganze Nacht hindurch geliebt hatten.

Er hielt es nicht mehr aus, noch länger von ihr getrennt zu sein.

Er war eine Pflanze, die bald sterben würde, weil sie nicht gegossen wurde.

Und dieser Durst hatte ihm dabei geholfen, Stück für Stück seine Angst davor zu überwinden, die Regeln zu brechen, die die Kirche des Lichts ihren Hörern auferlegte.

Vor ein paar Monaten war er an den Punkt gelangt, von

dem es kein Zurück mehr gab. Während er unter der Rippenkuppel des gewaltigen achteckigen Heiligtums zu Mani flehte, war ihm plötzlich bewusst geworden, dass das Leben kurz war. Und nichts konnte die eigentümlichen Empfindungen ersetzen, die ihm die körperliche Lust bescherte, wenn sie zum Höhepunkt gelangte und zwei Menschen miteinander verschmolzen. Er verstand nicht mehr, warum die Manichäer der Liebe mit solchem Misstrauen begegneten.

Niemals hatte er sich so wohlgefühlt, so friedvoll und glücklich, wie in den Armen von Jademond, nach ihrem Liebesspiel, bei dem jeder dem anderen das Beste von sich schenkte!

Und so hatte Speer des Lichts den achteckigen Bau verlassen und war in das Gewächshaus gegangen, wo er lediglich die Seidenspinnerlarven nacheinander ganz dicht neben eine Lampe zu legen brauchte, damit sie austrockneten und hart wurden wie Bohnen.

Innerhalb weniger Wochen hatte er sie auf diese Weise nach und nach zerstört.

Hinter der geheimnisvollen Epidemie steckte also nichts anderes als das ruchlose, reiflich überlegte Tun des jungen Mannes. Und jetzt hatte er sein Ziel erreicht, denn er durfte zu der Frau zurück, ohne die er nicht leben konnte und die – daran zweifelte er nicht eine Sekunde – in Chang'an auf ihn wartete.

Am nächsten Morgen verließ Speer des Lichts selbstsicher und in Gedanken ganz auf die Zukunft ausgerichtet Turfan und ritt in vollem Galopp seinem Schicksal entgegen. Den seltsamen Zwischenfall kurz nach seinem Gespräch mit Hort der Seelenruhe hatte er ganz vergessen.

Es war vor dem Gewächshaus der Maulbeerbäume gewesen, das er aufgesucht hatte, um seine Abreise vorzubereiten.

Als er wieder herauskam, war er versehentlich mit einem

Unbekannten zusammengeprallt, der daraufhin zu Boden gefallen war und sich eine Verletzung an der Augenbraue zugezogen hatte. Speer des Lichts hatte ihn ins Gewächshaus geführt, um die stark blutende Wunde auszuwaschen.

Mit seinem ausgemergelten Gesicht, seiner dunklen Haut und dem silbernen Ring im linken Ohr sah der Mann aus wie ein indischer Asket.

Und tatsächlich: Er hieß Buddhabadra, war Inder und kam aus Peshawar. Speer des Lichts, der in Gedanken schon bei seinem Wiedersehen mit Jademond war, hatte ihm nur mit halbem Ohr zugehört.

Dann hatte Buddhabadra, der offensichtlich sehr geschickt darin war, andere zum Reden zu bringen, den Hörer nach diesem seltsamen Gewächshaus gefragt. Speer des Lichts hatte ihm arglos und um sich für den Zusammenstoß zu entschuldigen, ohne zu zögern alles erklärt. Die Aufzucht der Insekten, wie man sie ihre Kokons spinnen ließ, ehe man sie ihn siedendes Wasser tauchte, und so weiter. Am Ende seiner Ausführungen sagte der Fremde jenen rätselhaften Satz, den Speer des Lichts überhaupt nicht beachtet hatte, weil er gerade an Jademonds schlanke Beine dachte: »In ein paar Wochen komme ich wieder. Wenn deine Insekten wieder gesund sind. Und dann wirst du unsere heutige Begegnung nicht bedauern. Aber nur, wenn du niemandem etwas davon erzählst!«

Natürlich hatte er niemandem etwas davon erzählt.

Aber weniger, um dem Wunsch dieses Mannes zu entsprechen, sondern weil ihm die zufällige Begegnung vollkommen entfallen war.

8

In den Bergen des Schneelands

»Und das da ist ein kleiner Affe, oder?«

Der Mann, der Fünffache Gewissheit diese Frage gestellt hatte, sprach ein ausgesprochen schlechtes Chinesisch, aber er konnte sich doch so weit verständlich machen, dass der junge Mönch die Augen zum Himmel verdrehte.

Als er diesen merkwürdigen Kerl kurz zuvor mitten auf dem Weg gesehen hatte, wusste Fünffache Gewissheit gleich, dass er einen *ma-ni-pa* vor sich hatte. Erst zerbrach er einen dicken Ast auf seiner Brust, dann verbog er einen Stock über seinem Bauch, der so straff gespannt war wie das Fell einer Trommel, und schließlich machte er einen Spagat, wobei er sich auf den Griffen von zwei in den Boden gerammten Dolchen abstützte, all dies offensichtlich, um ihn zu beeindrucken.

Die *ma-ni-pas*, so hatte es ihm Vollendete Leere erklärt, waren Mönche, deren Aufgabe darin bestand, die Straßen entlangzuwandern und das berühmte Mantra des mitfühlenden Bodhisattva Avalokiteshvara zu rezitieren: *Om! Mani padme hum,* was bedeutete »Om! Das Juwel in der Lotosblüte!« Diese rituelle Formel verfügte über so heilsame Kräfte, dass sie bereits in den Upanishaden, jenen heiligen, um 700 vor Christus verfassten Schriften, als »Stängel, auf dem alle Blätter aufgespießt waren«, bezeichnet wurde.

Und so wanderten die *ma-ni-pas* von Dorf zu Dorf und rezitierten ununterbrochen ihre heilige Formel, was ihnen die Dankbarkeit der Bevölkerung in Form von kleinen Opfergaben einbrachte, welche ihnen ein auskömmliches Leben sicherten.

Das »Juwel in der Lotosblüte« versinnbildlichte die vier grenzenlosen Empfindungen des Avalokiteshvara, jenes Bodhisattva, der als Mittler zwischen den Menschen und dem Buddha fungierte: die Liebe, das Mitgefühl, die Freude und die Ausgeglichenheit.

Aus diesem Grund entrollten viele *ma-ni-pas*, wenn sie sich in den Straßen aufstellten, um das heilige Mantra zu rezitieren, Gemälde, auf denen die Gottheit abgebildet war. Sie war mit vier Armen dargestellt, hatte die Beine in der *vajra*-Haltung gekreuzt, in der sich Mitgefühl und Leere ausdrückten, und trug das Fell einer Hirschkuh um die Schultern, als Erinnerung an jenes gutmütige Tier, dessen Gesellschaft der Buddha so geliebt hatte.

Auf den Märkten und Straßen Tibets gab es unzählige *ma-ni-pas*, die heimlich von den Klöstern dafür bezahlt wurden, dass sie überall die Strafen schilderten, die sie angeblich in der Hölle durchlitten hatten, ehe sie lebend wieder daraus hervorgekommen waren. Dadurch sollte den Menschen vor Augen geführt werden, dass es in ihrem eigenen Interesse war, sich zum Buddhismus zu bekehren, wenn sie nicht ein schreckliches Schicksal erleiden wollten.

Manche beschrieben mit unvorstellbarer Genauigkeit, sodass sich die Augen ihrer Zuhörer vor Schreck weiteten, das Äußere der bald furchteinflößenden, bald hilfreichen Gottheiten, denen man während des *bardo* begegnen konnte, jener heiklen Phase zwischen dem Tod und dem Beginn des nächsten Lebens.

Und es war auch diese Zeit des *bardo*, in der man am stärksten des Mitgefühls und der Hilfe des Avalokiteshvara bedurfte.

Denn in dieser Zwischenzeit wurde der Tote zu einem höchst fragilen Wesen, das sowohl den unvergleichlichen göttlichen Status erlangen als auch in den entsetzlichen Flammen der Hölle wiedergeboren werden konnte. Dabei oblag es den Verwandten und Freunden jener Seele, die sich auf der Suche nach einer neuen Bleibe befand, Gebete und Opfergaben darzubringen und besondere Rituale durchzuführen, die der tibetische Tantrismus zu großen Teilen aus dem indischen Shiva-Kult und dem Yoga übernommen hatte, um das Rad der Welt dazu zu bringen, auf einem günstigen Feld anzuhalten.

Glücklicherweise waren die *ma-ni-pas* da und passten auf!

Um das Ausmaß ihrer übernatürlichen Kräfte zu demonstrieren, führten sie mit Vorliebe Übungen aus, bei denen sie außergewöhnliche körperliche Stärke bewiesen oder große Schmerzen ertrugen und die aus dem indischen Yoga hervorgegangen waren, so wie es diese schmutzige Gestalt mit dem struppigen Haar vor den verblüfften Augen von Fünffache Gewissheit gerade getan hatte.

Der *ma-ni-pa*, auf den der junge Mönch hinter einer Biegung des schmalen, von strahlend weißen Gletschern und unergründlichen Schluchten gesäumten Weges gestoßen war, hatte unterdessen ein weiteres Kunststück vollbracht.

Denn während er Fünffache Gewissheit begrüßte, hatte er sich, ohne sein strahlendes Lächeln zu verlieren, eine lange Eisennadel durch die Wangen gestoßen.

»*Ma-ni-pa*?«, hatte Fünffache Gewissheit den Mann gefragt, während dieser den dünnen Stab, der sein Gesicht von Wange zu Wange durchbohrte, herauszog, als sei nichts gewesen.

Trotz des roten Bands, das um seine Stirn gebunden war, verschmolzen die langen, wirren Haare des *ma-ni-pa* mit dem fettigen Yak-Fell, das seine Schultern bedeckte. Und seine Hosen hatten sich so sehr mit Schlamm vollgesogen, dass sie wie hohe Stiefel anmuteten.

In diesem unentwirrbaren Durcheinander von Haaren, Staub und Schmutz blitzten katzenhafte, jadegrün leuchtende Augen, die ein wenig von dem katastrophalen Anblick seines Mundes mit den schwarz verfärbten, durch übermäßigen Genuss von Süßholzstangen verfaulten Zähnen ablenkten.

Der Mann hatte unbestreitbar etwas Gewitztes an sich.

»*Om!* Du sagst es, ich bin ein *ma-ni-pa*! *Om! Mani padme hum!*«, hatte er bestätigt.

Dann hatte er sich dem Korb genähert, den Lama sTod Gling Fünffache Gewissheit anvertraut hatte und den dieser an Sturmwinds Kruppe gebunden hatte.

In diesem Moment hatte sich Lapika, die riesige gelbe Hündin, mit wütendem Gebell und gefletschten Zähnen auf ihn gestürzt. Doch der *ma-ni-pa* fuhr lediglich über dem weit aufgerissenen Maul des Tieres einmal mit der Hand durch die Luft, und schon hatte die Hündin aufgejault, als hätte man ihr einen Stockhieb auf die Schnauze verpasst. Mit eingezogenem Schwanz legte sie sich vor die Hufe des Hengstes.

»Ich weiß, wie man sich einen Hund vom Leib hält!«, war der einzige Kommentar des *ma-ni-pa*, ehe er sich über den Weidenkorb beugte und sofort wieder zurückschreckte.

Und dann hatte er Fünffache Gewissheit nach dem kleinen Affen gefragt, den er in dem Korb gesehen hatte.

»Nein, das ist kein Affe! Das ist ein kleines Mädchen. Und das neben ihm ist ein kleiner Junge. Keines von beiden ist ein Tier!«, hatte der junge Abgesandte von Vollendete Leere hastig erwidert.

Der *ma-ni-pa* war der erste Mensch, dem Fünffache Gewissheit begegnete, seit er zwei Tage zuvor das Kloster Samye verlassen hatte.

Bis dahin war er in seiner Hast, Vollendete Leere sein kostbares Sutra zurückzubringen, so schnell wie möglich vorwärtsgeeilt und hatte sich und seinem Hengst von Sonnenaufgang bis Sonnenuntergang keine Ruhe gegönnt.

Er machte nur Halt, um die beiden vor Hunger schreienden Säuglinge an die Zitzen der gelben Hündin anzulegen, die sie vom ersten Tag an so liebevoll behandelte, als wären es ihre eigenen Welpen.

Das plötzliche Auftauchen des katzenäugigen *ma-ni-pa* hatte in Fünffache Gewissheit die Erinnerung an das Erstaunen, um nicht zu sagen die Bestürzung wieder aufleben lassen, die ihn angesichts der ihm anvertrauten Geschöpfe befallen hatte.

Genau wie der Wandermönch hatte er im ersten Moment geglaubt, Lama sTod Gling hätte ihm ein Kind und einen Affen übergeben.

Kaum hatte Fünffache Gewissheit, den Korb im einen und das Sutra unter dem anderen Arm, mit Lapika die Pforte des Klosters durchschritten, war er auf den Baum zugestürzt, an dem er sein Pferd zurückgelassen hatte.

Sturmwind war noch da und hielt, friedlich angebunden, die Stellung.

Unermessliche Freude durchströmte Fünffache Gewissheit, vermischt mit der Erleichterung darüber, nicht aus reiner Gedankenlosigkeit den kostbaren Besitz des Klosters der Dankbarkeit für Erwiesene Kaiserliche Wohltaten verloren zu haben.

Aber auch das Pferd bewegte den Kopf auf und ab und wieherte, als freute es sich ebenso wie sein junger Herr. Die Anwesenheit von Lapika an der Seite des Mönchs schien den schreckhaften Hengst nicht im Mindesten zu stören. Er hatte nicht einmal gezuckt, als die Hündin auf ihn zugelaufen war, um ihn zu beschnüffeln.

Als Fünffache Gewissheit bei seinem Pferd angekommen war, hatte er den Weidenkorb zweifellos ein wenig brüsk auf den Boden gestellt, um Sturmwinds Hals zu streicheln.

Denn plötzlich hatte der junge Mönch ein Wimmern gehört, das ihn zusammenfahren ließ.

Zunächst hatte er geglaubt, ein Tier lauere in der Dunkelheit, um sich gleich auf ihn zu stürzen.

Wachsam war er einmal um das nervöse Pferd herumgegangen, das mit einem Mal die Ohren angelegt hatte. Lapika hingegen hatte nicht ein einziges Mal geknurrt.

Es gab keinen Zweifel: Das Weinen kam tatsächlich aus dem Weidenkorb, den der Lama ihm mitgegeben hatte.

Fünffache Gewissheit war fast verrückt vor Angst, und seine Hand hatte gezittert wie ein Ahornblatt im Herbstwind, als er mit größter Vorsicht, bereits ahnend, was er darin vorfinden würde, das leichte Seidentuch über dem Korb angehoben hatte.

Zwei kleine, vom Hals bis zu den Füßen eingewickelte Kinder lagen nebeneinander auf einer Decke und brüllten.

Vor Schreck wäre Fünffache Gewissheit beinahe gegen eines von Sturmwinds Vorderbeinen gestolpert.

Das also hatte Lama sTod Gling ihm anvertraut: zwei Säuglinge, die höchstens ein paar Tage alt zu sein schienen!

Der junge Mönch, der noch nie in seinem Leben die Haut eines Neugeborenen berührt hatte, fühlte sich nicht gerade dazu berufen, Kinder zu hüten, vor allem nicht, wenn sie noch so klein waren.

Völlig entgeistert musterte er den Korb und dessen strampelnden Inhalt.

Unterdessen hatte Lapika die Verwirrung ihres neuen Herrn, der ihre Leine losgelassen hatte, genutzt, war auf den Korb zugestürzt und hatte begonnen, die beiden Kinder zu beruhigen, indem sie mit der Zunge über ihre kleinen Nasen leckte. Die beiden Kleinen mussten sie wiedererkannt haben, denn wie durch ein Wunder verstummte ihr Weinen.

Als sich Fünffache Gewissheit von seiner Fassungslosigkeit erholt hatte, begriff er, warum der Mönch so nachdrücklich darauf bestanden hatte, dass er die riesige Hündin mitnahm: Die beiden Säuglinge kannten sie bereits.

Eine gute Viertelstunde lang hatte Fünffache Gewissheit wie betäubt und reglos wie eine Statue neben dem Korb gesessen und über die neue Situation nachgedacht.

Sicher, er hatte bekommen, was er für Vollendete Leere holen sollte; aber als Dreingabe hatte er zwei Säuglinge geerbt, mit denen er nicht das Geringste anzufangen wusste.

Sein erster Gedanke war gewesen, sie zum Kloster zurückzubringen und vor dem Torvorbau abzulegen.

Unwillkürlich hatte er sich umgedreht, um nachzusehen, ob die Klosterpforte noch offen stand.

Doch sie war fest verschlossen.

Würde er den Mut haben, die beiden Kinder draußen am Fuß der Klostermauer zurückzulassen, wo sie womöglich von streunenden Hunden zerfleischt würden?

Bei dieser Aussicht verzog der junge Mönch angewidert das Gesicht. Wie hätte er diese Säuglinge, die ihm nichts getan hatten und für das, was ihm widerfuhr, nicht die geringste Verantwortung trugen, einfach aussetzen können?

Er machte sich fast schon Vorwürfe, dass er eine solche Möglichkeit, die dem Mitgefühl, zu dem jeder Buddhist allen anderen Lebewesen gegenüber verpflichtet war, so sehr widersprach, überhaupt in Betracht gezogen hatte.

Lama sTod Gling musste einen zwingenden Grund gehabt haben, ihm diese winzigen Geschöpfe anzuvertrauen. Und die gelbe Hündin, so viel war jetzt sicher, hatte er ihm mitgegeben, um die Kleinen zu säugen!

So verspürte Fünffache Gewissheit, der schließlich zu der Überzeugung gelangte, dass ihm nichts anderes übrig blieb, als die beiden Kinder mitzunehmen, bereits das eigenartige Gefühl, er sei zum Hüter eines seltenen Schatzes auserkoren. Vielleicht hatte ihn ja Lama sTod Gling mit einer besonderen Mission betraut.

Er erriet, dass auch der Lama keine andere Wahl gehabt hatte und dass der Platz dieser beiden Kinder aus ihm unbekannten Gründen ganz sicher nicht im Kloster von Samye war.

Woher kamen sie? Wer mochten ihre Eltern sein? Wie waren sie in ein Kloster gelangt, in dem die Nonnen und Mönche ein Keuschheitsgelübde abgelegt hatten und alle sexuellen Kontakte zwischen ihnen so streng verboten waren, dass eine Verfehlung zum Ausschluss aus der klösterlichen Gemeinschaft führen konnte? Warum hatte Lama sTod Gling sie gerade ihm anvertraut, wo er ihn doch erst seit ein paar Stunden kannte? Und wie hatte er erraten, dass er nach Samye gekommen war, um das Sutra zu holen, das Vollendete Leere dort zurückgelassen hatte?

Unzählige Fragen und Vermutungen schwirrten dem jungen Mönch durch den Kopf.

Dank Lapika waren die beiden Säuglinge wieder eingeschlafen, und Fünffache Gewissheit sah sich ganz allein vor einem gewaltigen, unlösbaren Rätsel.

Doch sein Entschluss stand fest: Er würde mit dem Sutra und den beiden Neugeborenen als Dreingabe nach Luoyang zurückkehren. Dort sollte der Ehrwürdige Vollendete Leere über das Schicksal dieser Kleinen befinden, die sicher ebenfalls dazu berufen waren, ins Kloster einzutreten.

Denn in seiner Arglosigkeit glaubte er, dass es bestimmt keine Verletzung der Regel des Erhabenen darstellen würde, das Alter, ab dem man sein Noviziat beginnen konnte, in diesem Fall ausnahmsweise herabzusenken.

Noch war er aufgrund seiner jungen Jahre und seines Charakters ein unverbesserlicher Optimist, und so war er davon überzeugt, dass letztlich doch alles zum Besten stand.

Daher brauchte er nur noch den Korb mit den Kindern auf Sturmwinds Rücken festzuschnüren und das Etui mit dem Sutra an den Sattel des Hengstes zu binden, ehe er sich leise davonmachte.

Der Abgesandte von Vollendete Leere war so tief in Gedanken versunken, dass er in entgegengesetzter Richtung über den von zwei Stupas bewachten Pass gewandert war, ohne die »Windpferde« zu bemerken, obwohl sie im stürmischen Wind viel lauter flatterten als am Vorabend.

Nachdem er eine Stunde lang rasch vorangekommen war, hatte das Weinen im Korb lauter als zuvor wieder eingesetzt.

Die Kinder mussten hungrig sein.

Dicht an seine Beine gedrängt, winselte die große gelbe Hündin.

Er betastete ihre prall mit Milch gefüllten Zitzen, nahm den Korb vom Rücken des Pferdes und stellte ihn vorsichtig auf den Boden.

Dann hatte er die beiden Kinder unbeholfen und voller Angst, ihnen wehzutun, aus ihren Windeln gewickelt und sie behutsam gegen den Bauch der auf dem Boden ausgestreckten Hündin gelegt. Diese hatte ihn gewähren lassen und sogar leise, zufriedene Geräusche von sich gegeben, als sich die winzigen Münder gierig um ihre Zitzen schlossen.

Da es stockfinster war, hatte Fünffache Gewissheit zunächst an den beiden Säuglingen nichts Ungewöhnliches bemerkt, während er dieses rührende Schauspiel beobachtete.

Erst als er die satten Kinder von der Hündin fortgenommen hatte, erkannte er, dass es sich um einen Jungen und ein Mädchen handelte. Gleichzeitig entdeckte er mit Entsetzen das furchtbare Mal, das eine ganze Gesichtshälfte des kleinen Mädchens entstellte.

Auf der einen Seite des Nasenrückens besaß sie ein entzückendes, vollkommen glattes, helles Antlitz, doch auf der anderen Seite war die Haut ein einziger großer, mit leichtem Haarflaum bedeckter roter Fleck, der an der Spitze des Kinns anfing und bis an den Haaransatz reichte.

Wenn man ihr Profil von seiner normalen Seite betrachtete, sah man ein hübsches kleines Mädchen, doch von der haarigen Seite aus gesehen, war dieses Gesicht so ungewöhnlich, dass es wie eine unbekannte Affenart anmutete.

Der Körper des kleinen Mädchens hingegen war ebenso rundlich, rosig und faltig wie bei allen Neugeborenen und wies, genau wie der ihres Bruders, keinerlei Absonderlichkeiten auf.

Ihm waren zwei Kinder zugefallen, und eines davon war eine Missgeburt!

Es war so kalt, dass Fünffache Gewissheit die beiden Kleinen hastig wieder zudeckte, ohne dieses Phänomen, das ihm regelrecht den Atem verschlagen hatte, noch länger in Augenschein zu nehmen.

Nachdem die erste Überraschung verflogen war, wurde dem jungen Mönch zu seiner Verwunderung bewusst, dass er beim Anblick dieses kleinen, gleichzeitig so fremdartigen wie schönen Gesichts keinerlei Abscheu empfunden hatte. Mit seiner eigentümlichen Besonderheit glich es den zweifarbigen rot-weißen Masken, die manche Gaukler an Feiertagen beim Straßentheater in Luoyang trugen.

Die Züge des kleinen Mädchens waren von solch erlesener Zartheit, dass sie selbst durch diese wild wuchernde Behaarung, unter der die Haut sowohl die Struktur als auch die Farbe einer reifen Himbeere hatte, nicht beeinträchtigt wurden.

Es wäre noch untertrieben, zu behaupten, dass das kleine Mädchen trotz seines Mals ausgesprochen reizvoll war.

Ihre entzückende Stupsnase überwölbte einen perfekt gezeichneten Mund, während ihre fröhlichen kugelrunden Augen Fünffache Gewissheit geradewegs angeschaut hatten, als dieser sie auf den Arm genommen hatte, um sie wieder warm in den Korb zu betten.

Fünffache Gewissheit hatte sich geschworen, die Kinder heil und gesund nach Luoyang zu bringen.

Als er seinen Blick auf den beiden Kleinen ruhen ließ, die

nun wie zwei Murmeltiere in ihrem Bau eng aneinandergeschmiegt dalagen, verspürte er fast ein wenig elterlichen Stolz.

Gleichzeitig war ihm bewusst geworden, dass der Rückweg mit diesem zusätzlichen Ballast länger dauern würde.

Denn um den Hunger der beiden unersättlichen Säuglinge zu stillen, musste er ungefähr alle vier Stunden Rast machen.

Und das tat er nun auch vor den Augen des *ma-ni-pa*, da die beiden Kinder wieder zu brüllen begonnen hatten.

»*Om!* Die Hündin ist die ›Nene‹ der Himmlischen Zwillinge!«, murmelte dieser, wie gebannt von dem Anblick der riesigen, auf dem Boden liegenden Hündin, an die Fünffache Gewissheit die beiden Kleinen angelegt hatte.

In Tibet war »Nene« die Bezeichnung für die Schwester des Vaters, die dazu verpflichtet war, sich um die Kinder ihres Bruders zu kümmern, falls deren Mutter verhindert war.

Nachdem die Zwillinge getrunken hatten, löste Fünffache Gewissheit sie von den Zitzen ihrer rötlich gelben »Tante«, die nun ausgiebig die Füße des Wandermönchs leckte.

Das hielt Fünffache Gewissheit für ein gutes Zeichen. Sicher hatte Lapika gespürt, dass der Mann friedliche Absichten hegte.

»Diese beiden sind mindestens Halbgötter, wenn nicht sogar mehr! Du hast großes Glück, einen solchen Schatz dein Eigen zu nennen!«, sagte der *ma-ni-pa*.

»Ich habe gerade schon gehört, dass du sie als Himmlische Zwillinge bezeichnet hast. Wie kommst du darauf?«, fragte der junge Mönch verwundert. Er hatte Sturmwind losgebunden, damit der Hengst von dem stacheligen Gras fressen konnte, das in einem schmalen Streifen auf der anderen Seite des Weges wuchs.

Der Wandermönch verdrehte die Augen zum Himmel. »Ich sehe, du scheinst die Ursprünge des tibetischen Volkes nicht sonderlich gut zu kennen!«, rief er.

»Na, dann erkläre sie mir doch!«, erwiderte Fünffache Gewissheit gereizt.

Auch wenn er über einige Grundkenntnisse der tibetischen Sprache verfügte, sodass er sich ohne Mühe mit diesem Wandermönch unterhalten konnte, wusste er noch lange nichts über die Legenden dieses Volkes.

Der *ma-ni-pa* bedeutete ihm, sich neben ihn auf eine kleine felsige Erhebung zu setzen, von wo aus sie schneebedeckte Pyramiden sehen konnten, die so steil aufragten, dass sie bis in den Himmel zu reichen schienen.

Und dort, vor diesen heiligen Bergen, die das Dach der Welt stützten, erzählte er ihm die Geschichte der ersten Menschen im Reich Bod. Seine Gesten und Mimik sagten dabei viel über seine tiefen Überzeugungen und über den Respekt aus, den ihm diese Legende einflößte.

»Unser Urahn ging aus der Verbindung eines Affen und einer Felsdämonin hervor. Dies geschah in den Wäldern des fernen Südens, dort, wo die Bäume so dicht stehen, dass niemals ein Sonnenstrahl hindurchdringt. Ihre Kinder hatten ein rotes, behaartes Gesicht, genau wie dieses kleine Mädchen! Von Mitleid erfasst, verwandelte der Bodhisattva Avalokiteshvara sie in Männer und Frauen von normalem Äußeren und schenkte diesen Geschöpfen, die im Sommer vor Hunger und Durst und im Winter vor Kälte starben, die sogenannten ›fünf Körner‹: Senf, Buchweizen, Sesam, Reis und Erbsen. Und so wurden die Generationen geboren, von denen wir alle im Lande Bod abstammen!«

Dann warf er sich zu Boden und verneigte sich dreimal vor den Kindern, wobei er die Hände vor seiner Stirn zusammenlegte.

»Deinen Worten zufolge wären diese Kinder also die Reinkarnation jenes ursprünglichen Paares?«, fragte Fünffache Gewissheit verwirrt.

»Genau! Sogar ganz genau! Mit der einzigen Ausnahme,

dass diesmal das kleine Mädchen aussieht wie ein Affe und der kleine Junge wie ein Mensch! Das ist der Beweis dafür, dass sich das Rad der Lehre dreht! Das ist sehr gut! Diese Kinder können nur die Reinkarnation unserer halbgöttlichen Urahnen sein!«, antwortete der Wandermönch beinahe triumphierend und lächelte dabei so breit, dass alle seine abgenutzten, schwarzen Zähne sichtbar wurden.

Fünffache Gewissheit, dessen Verblüffung immer größer wurde, begann, im Geiste nach einem heiligen Text des Großen Fahrzeugs zu suchen, an den er sich halten könnte, um diese unglaubliche Besonderheit im Gesicht des kleinen Mädchens zu erklären.

Während sein Blick auf den Berggipfeln ruhte, deren strahlendes Weiß ihn an das Nirwana denken ließ, erinnerte er sich mit einem Mal an die Geschichte des kleinen Affen. Dieser hatte während der Regierungszeit des Dichterkönigs Harsha, einige Jahre vor der Geburt des Buddha, an einem heiligen Ort namens Prayaga so lange wie ein Asket gefastet, bis er am Ufer des Ganges verhungert war.

Die erbauliche Geschichte dieses Affen wurde von allen Mönchen des Großen Fahrzeugs erzählt, die von ihrer Pilgerreise auf den Spuren des Buddha zurückkehrten: Der liebenswerte Affe hatte sich wie ein äußerst frommer Gläubiger verhalten. Der Erinnerung an ihn war ein eigenartiger Kult gewidmet, der die Aufmerksamkeit aller Reisenden weckte, die durch Prayaga kamen: Die Menschen, die sich dorthin begaben, um die Seele des Affen zu verehren, mussten sich mit einem Fuß und einem Arm auf riesigen, ins Flussbett gepflanzten Stangen abstützen und dann ihren Körper waagrecht ausstrecken wie eine Fahne an ihrem Mast. Dabei verfolgten sie mit starrem Blick vom Morgengrauen bis zur Abenddämmerung den Lauf der Sonne über den Himmel.

Das kleine Mädchen hätte sicherlich auch die Reinkarnation dieses asketischen Affen sein können, dessen Verhalten die Ankunft des Buddha auf Erden verheißen hatte.

Doch dann kam Fünffache Gewissheit eine andere Geschichte in den Sinn, nämlich die des kleinen roten Affen, der dem Buddha nicht weit von Mathura entfernt eine Schale mit wildem Honig angeboten hatte. Voller Freude darüber, dass der Erhabene seine Opfergabe angenommen hatte, hatte das Tier einen so ausgelassenen Luftsprung vollführt, dass es mit dem Kopf auf einen Stein aufgeschlagen und gestorben war. Von Mitleid erfasst, hatte der Erhabene dafür gesorgt, dass der großzügige Affe unverzüglich im Körper eines Heiligen wiedergeboren wurde, und hatte so diesen schrecklichen Unfall in ein glückliches Ereignis gewendet.

Darüber hinaus gab es aber noch zahlreiche andere Momente in den unzähligen Vorleben des Erhabenen, in denen Affen eine Rolle gespielt hatten. Einmal hatten sie ihm beispielsweise seine Bettelschale gestohlen und sie, bis zum Rand mit Honig gefüllt, wieder zurückgebracht.

Je länger Fünffache Gewissheit auf dem Felsen neben dem Wandermönch saß und sich diese in den Heiligen Schriften festgehaltenen Anekdoten in Erinnerung rief, desto größer wurde seine Verwirrung angesichts der beiden Säuglinge. Sie waren wieder eingeschlafen, satt und die kleinen Gesichtchen in die Decke ihres Korbs gekuschelt. Davor lag Lapika, um deutlich zu machen, dass ja niemand auf den Gedanken kommen sollte, sich an den beiden Kleinen zu vergreifen.

»Ich muss jetzt weiter. Der Weg ist noch lang!«, sagte Fünffache Gewissheit schließlich.

»*Om!* Wo willst du denn hin? Vergiss nicht, dass du mit den Himmlischen Zwillingen eine Reinkarnation der beiden Urahnen dieses Landes mit dir führst! *Om! Mani padme hum!*«, rief der *ma-ni-pa* und fiel auf die Knie, als der junge Mönch den Weidenkorb an Sturmwinds Kruppe festschnürte.

»Ich muss diese Kinder nach Zentralchina mitnehmen.

Aber du brauchst dir keine Sorgen zu machen, ich werde sie hüten wie meinen Augapfel!«, erwiderte Fünffache Gewissheit, der sich bemühte, die kleine Wiege so fest wie möglich zu verzurren.

»Die Straßen sind gefährlich! Sehr gefährlich sogar! Es wimmelt nur so von Räubern und Entführern. Die schlimmsten von ihnen schneiden ihren Opfern die Finger ab und machen daraus Ketten, die sie sich um den Hals hängen!«, fügte der Wandermönch zitternd und mit vor Angst hervorquellenden Augen hinzu.

Fünffache Gewissheit verstand nicht, worauf sein Gegenüber anspielte. Von diesen Wegelagerern und ihren sogenannten »heiligen Girlanden« hatte ihm Vollendete Leere nie etwas erzählt.

»Bist du sicher, dass du diese Räuber nicht mit den indischen Asketen verwechselst, die splitternackt umherwandern – man sagt, sie wandeln im Gewand des Himmels! – und die Kränze aus menschlichen Schädeln um den Hals tragen? Sie verehren einen Gott, der zum Besten wie zum Schlimmsten fähig ist und den sie Shiva nennen!«, entgegnete Fünffache Gewissheit.

»Von deinen nackten Indern habe ich noch nie gehört! Glaub mir, den Leuten, von denen ich rede, sollte man lieber nicht begegnen, wenn man ganz allein über die Straßen von Bod zieht!«

»Keine Sorge, ich übe mich seit vielen Jahren in den Kampfkünsten.«

»Sei einfach vorsichtig, das ist alles. Diese beiden kleinen Halbgötter verdienen es nicht, auf einem Sklavenmarkt verkauft zu werden!«

»Hast du denn nicht ein Mantra oder einen Talisman für mich, der mir so eine unangenehme Begegnung ersparen könnte?«

Die Miene des *ma-ni-pa* hellte sich auf.

»Kennst du den Unterschied zwischen den zwei Wahrheiten?«, fragte er den jungen Mönch, der sich anschickte weiterzuziehen.

Fünffache Gewissheit schüttelte den Kopf.

»Es gibt die eine, die wir die Absolute Wahrheit nennen: Sie ist den Initiierten vorbehalten, welche in der Lage sind, die ›Tiefe Lehre‹ zu praktizieren. Und dann gibt es die Relative Wahrheit: Sie ist allen anderen zugänglich. In welchem Bereich der Wahrheit befindest du dich?«, rief der *ma-ni-pa*, mit einem Mal ein wenig misstrauisch.

Sturmwind war bereit zum Aufbruch und hatte zu wiehern begonnen, sodass Fünffache Gewissheit seine Zügel straff halten musste, um ihn zu beruhigen.

»Ich habe nie gelernt, eure ›Tiefe Lehre‹ zu praktizieren. Von euren Kulthandlungen weiß ich nur das Wenige, was mir mein Lehrer darüber erzählt hat. Ich würde nicht einmal ein Viertel der Gottheiten an den Wänden eurer Gebetssäle erkennen. Diese ganzen Dämonen lassen einen glauben, man würde durch die Hölle wandern!«, sagte Fünffache Gewissheit, den das stürmische Drängen des Hengstes verlegen machte.

Obwohl er es sorgsam vermied, den Namen des Klosters zu nennen, spielte er darauf an, was er in Samye gesehen hatte, als Lama sTod Gling ihn durch das Gewirr der Gänge zu seiner Zelle geführt hatte.

Die fratzengesichtigen Statuen, die Kränze aus menschlichen Schädeln um den Hals trugen. Die Vielzahl ihrer Arme und Beine ließ sie wie Sonnen erscheinen, und aus ihren entsetzlichen Mäulern spien Flammen. Oder die Lokapala, die »Vier Hüter der Weltenrichtungen«, mit ihren furchteinflößenden, grausamen Gesichtern, auf die er nur einen verängstigten Blick hatte werfen können, während er dem Lama durch die Gänge und Gebetssäle des Klosters folgte.

»Unsere Rituale sind verwirrend, aber richtig! Sie bringen uns der Wahrheit näher«, erwiderte der Wandermönch knapp.

»Ich bin nur ein sehr bescheidener Anhänger des Dhyana, jenes Zweigs der buddhistischen Religion, den wir in China ›Chan‹ nennen und der auf der Ungegenständlichen Meditation beruht«, setzte Fünffache Gewissheit erneut an, als wollte er sich dafür entschuldigen, zu weit gegangen zu sein.

»Wenn das so ist, bist du natürlich nicht fähig, die Absolute Wahrheit zu erlangen«, entgegnete der *ma-ni-pa* daraufhin scherzend.

»Wir Anhänger des Großen Fahrzeugs begnügen uns mit dem Streben nach der Leere!«, erwiderte Fünffache Gewissheit ein wenig verärgert, ehe er hinzufügte: »Ich würde diese Unterhaltung mit dir zu gerne noch fortsetzen, aber die Zeit drängt. Ich muss weiter!«

»Dann bleibt mir nur noch, dir und den Himmlischen Zwillingen die beste Reise zu wünschen! Auch mich ruft die Pflicht. Ich habe selbst eine Mission zu erfüllen!«, rief der *ma-ni-pa*, ehe er vor den Augen des verblüfften Fünffache Gewissheit eine seltsame Pirouette drehte und davonrannte, als sei er vor etwas auf der Flucht.

Der Abgesandte von Vollendete Leere sah ihm nach, wobei er die gelbe Hündin, die vorübergehend die Bewachung des Weidenkorbs aufgegeben hatte, zurückhielt. Sie hatte sich in eine regelrechte Furie verwandelt und wäre nur zu gerne hinter diesem nun schon weit entfernten unförmigen, strubbeligen Punkt hergejagt, der wie ein monströser Yak-Mensch über und über mit Fell bedeckt war.

Doch unvermittelt blieb der Mann stehen und drehte sich noch einmal um. Trotz der Entfernung hörte Fünffache Gewissheit klar und deutlich, was er ihm zurief: »Pass gut auf die Himmlischen Zwillinge auf! Sie werden die Absolute

Wahrheit erlangen! Und nimm dich vor Räubern in Acht! *Om! Mani padme hum!*«

»Danke für den Rat! Falls man uns angreifen sollte, wüsste ich mich schon zu verteidigen! Auf Wiedersehen, *ma-ni-pa*!«, brüllte Fünffache Gewissheit, der die Hände wie einen Trichter um den Mund gelegt hatte, um seine Stimme zu verstärken.

Kaum hatte er seinen Satz beendet, als er verblüfft bemerkte, dass der *ma-ni-pa* nicht weiterlief, sondern stattdessen eilig zu ihm zurückrannte.

Plötzlich bekam er Angst.

Schließlich hatte diese wunderliche Gestalt ein ausgesprochen seltsames Verhalten an den Tag gelegt. Warum stürmte der Wandermönch jetzt wieder in rasendem Tempo auf ihn zu? Hatte er es auf die Kinder abgesehen? Von welcher Mission hatte er gesprochen, kurz bevor er davongelaufen war?

Für alle Fälle kontrollierte er, ob die doppelten Knoten des Seils, mit dem er den Weidenkorb an den Sattel gebunden hatte, auch festsaßen. Dann tastete er nach seinem Gürtel, um sich zu vergewissern, dass sein Dolch immer noch in den Falten seines Gewands verborgen war.

Der Wandermönch war schon wieder ganz nah herangekommen. Er konnte bereits den säuerlichen Geruch seines fettigen Yakfells riechen.

Doch erleichtert bemerkte Fünffache Gewissheit, die Hand am Gürtel, bereit, die schlanke Klinge hervorschnellen zu lassen, dass der *ma-ni-pa* ihn immer noch genauso strahlend zahnlos anlächelte wie zuvor.

»Ich habe vergessen, dir einen nützlichen Rat für den Rest deiner Reise zu geben: Warum stellst du diese Kinder nicht unter den göttlichen Schutz der ›Kostbarkeit‹? Sie verfügt über unvergleichliche Kräfte!«

»Bist du zurückgekommen, um mir das zu sagen? Was ist denn diese ›Kostbarkeit‹?«

»*Om! Mani padme hum!* Lebe wohl! Vergiss nicht, den Schutz der ›Kostbarkeit‹ zu erflehen, und du wirst nicht enttäuscht werden.«

Der Wandermönch entfernte sich und brüllte dabei seine rituelle Formel in die Bergwelt hinaus. Bald war er nur noch ein winziger schwarzer Punkt, der von dem steinernen Chaos verschluckt wurde, und allmählich verklang das unendlich oft zurückgeworfene Echo seiner Beschwörungen in den endlosen Weiten der strahlend weißen Berge, deren Gipfel in den Himmel aufragten.

9

In den Bergen des Schneelands

Gelobt sei der Göttliche Erhabene! Endlich hatte er ihn erhört! Er war auf dem richtigen Weg!

Das waren die Dankgebete, die Buddhabadra an den Erhabenen Buddha richtete, der sich schließlich doch noch zu erkennen gegeben und ihm die lang ersehnte Hilfe gewährt hatte.

Es wurde auch Zeit, denn sein linker Knöchel schmerzte so stark, dass er kaum noch vorankam.

Und deshalb hätte Buddhabadra diesen grob behauenen aufrecht stehenden Wegstein, in den ein Pfeil und der Name von Samye eingeritzt worden waren, am liebsten umarmt.

Schon seit Wochen irrte der Abt vom Kloster des Einen Dharma in Peshawar in den Bergen umher, ohne dass es ihm bisher gelungen wäre, den Weg zum ehrwürdigsten Kloster des Schneelands wiederzufinden.

Das Auftauchen des Wegweisers an dieser Kreuzung, an der nicht weniger als drei Pfade zusammenliefen, bedeutete das Ende einer unglaublichen, beinahe drei Monate andauernden Wanderung, bei der er um ein Haar sein Leben verloren hätte.

Dieser Irrweg hatte kurz nach seinem Aufbruch in Samye begonnen, als er gezwungen gewesen war, seinen weißen Elefanten im Schneesturm zurückzulassen. Zuvor hatte er den Kornak unter dem Vorwand, er solle einen Platz für den Elefanten reservieren und dann auf ihn warten, in die nächste Herberge vorausgeschickt.

Und von diesem Moment an war nichts mehr so verlaufen, wie er es geplant hatte!

Trotzdem dachte Buddhabadra, während er den Blick zufrieden auf dem rettenden Wegweiser ruhen ließ, dass er die zahllosen Umwege nicht im Mindesten zu bedauern brauchte.

Mit dem nötigen Abstand war er inzwischen fest davon überzeugt, dass er sich trotz aller Widrigkeiten großen Ärger erspart hatte, nachdem jetzt nach einer Phase der Stabilität und des Friedens eine neue Ära der Rivalität zwischen den einzelnen Lehrpfaden des Buddhismus einsetzte.

Und wer hätte gedacht, dass diese unglaubliche Verkettung von Umständen nötig gewesen war, damit Buddhabadra erkannte, wie unsinnig der ungleiche Handel gewesen war, den Vollendete Leere, der Abt vom Kloster der Dankbarkeit für Erwiesene Kaiserliche Wohltaten, ihm durch gutes Zureden und diplomatisches Geschick aufgeschwatzt hatte!

Einige Monate zuvor hatte er in Peshawar eine niederschmetternde Entdeckung gemacht, welche nicht nur eine Katastrophe für die Glaubwürdigkeit seines Klosters bedeutete, sondern auch seine eigenen Gewissheiten erschüttert hatte. Sie ließ ihn an allem zweifeln, schließlich sogar an der irdischen Existenz des Buddha selbst. Und seither reihten sich immer schlimmere Wendungen aneinander wie die Perlen einer unheilvollen Gebetskette.

Was ihm der kleine Mann, den er damals im Zentrum von Peshawar aufgesucht hatte, mit Hilfe einer eindrucksvollen Demonstration erklärt hatte, zog so dramatische Folgen nach sich, dass er nicht den Mut aufgebracht hatte, mit irgendjemandem darüber zu reden. Nicht einmal mit seinem obersten Gehilfen Dolch der ewigen Wahrheit.

Doch das Verblüffendste an der ganzen Sache war seine Ahnung. Sie hatte ihn überhaupt erst dazu bewogen, diesen Mann, von dem man ihm versichert hatte, er sei einer der Besten seines Fachs, um eine Einschätzung zu bitten. Als habe er bereits gespürt, dass irgendetwas nicht in Ordnung war, und sich darüber Gewissheit verschaffen wollen.

Aber mit diesem Besuch hatte er eine Katastrophe heraufbeschworen.

Drei Tage und drei Nächte hatte Buddhabadra, vor Angst wie gelähmt, das Problem hin und her gewälzt, ehe er sich schließlich den Tatsachen gestellt hatte: Es blieb ihm nichts anderes übrig, als sich genauso zu verhalten wie zuvor. Denn niemand im Kloster des Einen Dharma durfte etwas von dieser Neuigkeit erfahren, ansonsten würde die ganze Gemeinschaft in einen zerstörerischen Strudel hinabgerissen werden.

Und so hatte er sich tiefbetrübt und voller Scham darüber, die anderen anzulügen, gezwungen gesehen, nach Samye aufzubrechen, als sei nichts geschehen, und den weißen Elefanten auf die Reise mitzunehmen.

Um sich weitere Schwierigkeiten zu ersparen, falls Ramahe sGampo und Vollendete Leere wider Erwarten hinter sein Geheimnis kommen sollten, hatte er sogar die Heilige Wimper des Buddha mitgenommen. Sie lag sicher verschlossen in einem kleinen Herz aus Sandelholz, in dem auch jener Gegenstand lag, den die beiden Äbte von ihm zu sehen verlangten.

In seiner Kopflosigkeit hatte er während der Vorbereitung seiner Reise gedacht, dass diese winzige Wimper, die man in ihrem duftenden Reliquienschrein erst eine ganze Weile suchen musste, ihm vielleicht als Ersatz dienen könnte, falls die Wahrheit ans Licht kommen sollte.

Er machte sich immer noch leise Vorwürfe, dass er sein Kloster ohne die Reliquie zurückgelassen hatte, die für die schon in wenigen Tagen beginnende Kleine Wallfahrt benötigt wurde.

Doch davon überzeugt, dass sein getreuer Dolch der ewigen Wahrheit klug und gewandt genug war, um die Klostergemeinschaft aus dieser Notlage zu befreien, hatte er nicht einen Augenblick gezögert.

Denn die gesamte Zukunft des Klosters des Einen Dharma stand auf dem Spiel!

Und die weiteren Episoden dieser schrecklichen Geschichte, die ein so tragisches Ende nehmen könnte, hatten all seine Befürchtungen bestätigt.

Denn im Grunde war zunächst alles, was danach folgte, schiefgegangen. Angefangen mit der missglückten Zusammenkunft in Samye, wo nur er, Vollendete Leere und Ramahe sGampo erschienen waren, während sie doch eigentlich zu viert hätten sein sollen!

Die Abwesenheit dieses lachenden Vierten, des Einzigen, der in dieser Angelegenheit nicht gleichzeitig Richter und Beteiligter, sondern lediglich Zeuge und Garant war, hatte das bereits seit fünf Jahren geplante Treffen scheitern lassen.

Verzweifelt hatte Buddhabadra erkannt, dass die Reise nach Samye sinnlos gewesen war. Vergeblich hatte er tausend Gefahren getrotzt und unzählige Pässe überwunden, war monatelang durch schwere Schneestürme und Eis über die unsicheren Straßen von Bod gewandert.

Als er und Vollendete Leere am Ende des fehlgeschlagenen Konklaves bei einer Schale Tee auf einer Bank in einem der riesigen Höfe saßen, hatten sich ihre zu Beginn unverbindlichen Plaudereien rasch wichtigeren Themen zugewandt.

»Ich suche nach einer Möglichkeit, dem Kloster des Einen Dharma zusätzliche finanzielle Mittel zu erschließen!«, hatte Buddhabadra dem Abt des Großen Fahrzeugs naiv – zumindest war er inzwischen dieser Ansicht – gestanden.

»Genügen die Gaben der Pilger euch etwa nicht? Es heißt doch, zu euren Wallfahrten strömten Tausende von Gläubigen?«

»Die Zahl unserer Mönche wächst immer weiter an, und diese Einkünfte reichen inzwischen gerade noch für unser Überleben. In Indien bekommen wir nicht die geringsten Zuwendungen von den Herrschern!«

»In China ist es der Handel mit Seide, der es den Mächtigen ermöglicht, uns gegenüber ein wenig Großzügigkeit walten zu lassen. Aber leider in sehr viel geringerem Ausmaß, als du wahrscheinlich vermutest.«

»Es heißt, Seide sei das kostbarste Handelsgut überhaupt.«

»Vor allem ist sie die Ware, auf die die kaiserliche Verwaltung die höchsten Steuern erhebt!«

Da war Buddhabadra mitten auf dem Hof, wo sich gerade junge Novizen in einer Reihe aufstellten, um zum Gebet zu gehen, ein Gedanke gekommen, der all seine Probleme lösen könnte.

Und immer noch ebenso vertrauensselig hatte er sich beeilt, Vollendete Leere von seiner Idee zu erzählen: »Wenn wir einen Weg finden könnten, in Peshawar Seide herzustellen, wären wir all unsere Sorgen los!«

»Um Seidenfaden zu gewinnen, braucht man lediglich Raupen, Maulbeerbäume und einen geschickten Arbeiter. Glaub mir, es ist sehr viel einfacher, als es den Anschein hat!«

»Und wo kann man sich das alles beschaffen?«

»Das chinesische Gesetz bestraft jeden, der heimlich mit Seide oder den Bestandteilen handelt, die zu ihrer Fertigung erforderlich sind, mit dem Tod! Der Verkauf von Maulbeerbaumsetzlingen und Seidenraupen wird durch eine eigene Abteilung der Seidenbehörde strengstens überwacht.«

»Wärst du in der Lage, mir diese Dinge trotzdem zu beschaffen?«

Bei dieser so unvermittelt formulierten Bitte zuckte Vollendete Leere so stark zusammen, dass der Abt aus Peshawar fürchtete, ihn schockiert zu haben.

»Du musst mich für reichlich unverschämt halten!«, hatte

er hastig hinzugefügt, nachdem ihm dämmerte, dass er vielleicht zu weit gegangen war.

Zu seiner großen Überraschung war sein Gegenüber nicht im Mindesten empört, sondern entgegnete geistesgegenwärtig: »Jedes Geschäft hat seinen Preis. Was wäre deine Gegenleistung?«

»Mach mir einen Vorschlag!«

»Du verlangst nicht weniger von mir, als die Gesetze meines Landes zu brechen und eine Tat zu begehen, die das Mahayana in größte Bedrängnis bringen würde, sollten die Behörden davon erfahren. Du kannst dir sicher denken, worum ich dich im Gegenzug bitten werde!«, hatte Vollendete Leere mit immer noch ungerührter Miene erwidert.

Es war ein Wunder! Zum Ausklang dieser trübseligen Zusammenkunft, die zu Ende war, kaum dass sie überhaupt begonnen hatte, schlug Vollendete Leere ihm tatsächlich von sich aus einen Tausch vor, der ihn mit einem Schlag von all seinen Sorgen erlösen würde!

»Ich weiß genau, was du im Sinn hast. Und es trifft sich gut, denn dieser Gegenstand befindet sich hier! Ich bin bereit, ihn dir zu überlassen, wenn du mir die Eier und die Setzlinge besorgst«, hatte Buddhabadra mit zitternder Stimme entgegnet. Gleichzeitig schämte er sich angesichts all dieser Unwahrheiten und Schwindeleien.

Falls Vollendete Leere ihm auf die Schliche kommen sollte, würde er ihn mit Fug und Recht für einen ganz gewöhnlichen Lügner und Betrüger halten.

Doch die Scham konnte Buddhabadra nicht von seinem Entschluss abhalten, denn die Zukunft seiner Gemeinschaft stand auf dem Spiel.

Und seit er herausgefunden hatte, dass der Abt vom Kloster der Dankbarkeit für Erwiesene Kaiserliche Wohltaten in Luoyang ihn seinerseits getäuscht hatte, verspürte er ihm gegenüber auch nicht mehr das geringste schlechte Gewissen.

Denn das bewies nur, dass von nun an jeder wieder ausschließlich zum Wohl seines eigenen Fahrzeugs handeln würde und in ihrem Kampf genau wie früher alle Schläge erlaubt waren.

Doch als er damals neben seinem Kollegen des Mahayana auf einer steinernen Bank im Haupthof des Klosters von Samye saß, ahnte Buddhabadra nicht, dass Vollendete Leere ihn in diesem Ausmaß manipulierte. Und so hatte er sich ihm unwillkürlich an die Brust geworfen, um ihn zu umarmen und seiner Freude freien Lauf zu lassen.

Ein letztes Mal war die Scham beinahe übermächtig geworden.

»Und wenn ich dir stattdessen die Heilige Wimper anbieten würde? Sie ist leicht zu transportieren, fällt nicht auf, eine ganz dezente Reliquie«, hatte er gesagt und sich bemüht, seine Stimme dabei so unbeschwert wie möglich klingen zu lassen.

»Dezent sicherlich. Aber, wie soll ich sagen, so banal! Viele Klöster besitzen eine Heilige Wimper des Erhabenen!«, hatte Vollendete Leere erwidert.

Buddhabadra hatte immer noch gezögert, denn es gelang ihm nicht, seine Skrupel einfach so beiseitezuschieben.

»Es reicht, wenn du mir den bewussten Gegenstand in drei Monaten nach Luoyang bringst! Dann hast du genügend Zeit, um in Ruhe darüber nachzudenken.«

»Und was ist, wenn ich nicht Wort halte?«, hatte Buddhabadra, überrascht und von diesem großzügigen Angebot ein wenig aus der Fassung gebracht, gestammelt.

»Ich bin bereit, mein *Sutra über die Logik der Vollkommenen Leerheit* hier zu hinterlegen. Wenn ich dir zur Auflage mache, es mitzubringen, bleibt dir gar nichts anderes übrig, als nach Luoyang zu kommen!«, hatte Vollendete Leere vorgeschlagen.

So bedrängt, hatte der Abt aus Peshawar seine Bedenken

zurückgestellt, und die beiden Mönche hatten ihr Abkommen mit einem Handschlag besiegelt.

»Ich vertraue dir. Drei Monate sind eine ausgezeichnete Frist. Dann habe ich dir einen knappen Monat voraus und kann alles besorgen, was ich dir versprochen habe. Ich sage gleich Ramahe sGampo Bescheid!«, hatte der offensichtlich überglückliche Vertreter des Mahayana hinzugefügt.

»Jetzt sind wir vereint wie nie zuvor!«, hatte Buddhabadra gerufen.

Seidenraupeneier und Maulbeerbaumsetzlinge!

Das war es, was Vollendete Leere ihm versprochen hatte, im Austausch gegen den Gegenstand in der kleinen, herzförmigen Sandelholzschatulle, die sich trotz aller Missgeschicke immer noch in seiner Tasche befand.

Doch nach all den unerwarteten Wendungen der letzten Wochen wusste er nun, warum Vollendete Leere ihn so gedrängt hatte.

Während er glaubte, ihn zu täuschen, wäre er um ein Haar selbst betrogen worden!

Tatsächlich hatte Buddhabadra nach diesem unverhofften Handel nur noch seinem einfältigen Kornak, der zu nichts anderem taugte, als Elefanten zu hätscheln, einzureden brauchen, dass ihre Aufgabe beendet sei und sie nach Peshawar zurückkehren würden.

Obwohl er diese traurige Episode in seiner Erinnerung schon unzählige Male durchlebt hatte, wurde ihm immer noch das Herz schwer, wenn er daran zurückdachte. Denn kurz darauf hatte er den weißen Elefanten an der Abzweigung der Straße nach Kashgar zurücklassen müssen, nachdem er den Kornak unter dem Vorwand, sie in der Herberge anzukündigen, vorausgeschickt hatte.

Das Tier litt unter furchtbaren Schrunden an den Füßen. Es kam nur noch mühsam voran und hätte ihm bei dem, was er vorhatte, nicht folgen können.

Davon überzeugt, dass das Wohl seiner gesamten Klostergemeinschaft gefährdet war, hatte er den heiligen Elefanten, den er so sehr liebte, schließlich zu Tode betrübt mitten in einem Schneesturm seinem Schicksal überlassen.

»Sag dem Herbergswirt, dass der Elefant unbedingt im Stall untergebracht werden muss. Besteh darauf! Wenn ich nicht innerhalb von zwei Tagen nachkomme, hat mich der Sturm aufgehalten. Dann bezahlst du die Unterbringung des weißen Elefanten im Voraus und machst dich auf den Rückweg nach Peshawar. Deine Ankunft wird meine Brüder beruhigen, denn sie warten schon auf mich und machen sich sicher fürchterliche Sorgen. Sag ihnen, dass ich mich nur ein wenig verspätet habe«, hatte er den Kornak angewiesen, vom eisigen Wind gepeitscht, an jener Kreuzung, wo der Weg nach Samye auf die Straße der Pamir-Pässe traf.

Er wusste, dass er seine Brüder in Gram und Sorge stürzen würde, wenn die Mönche nach der Rückkehr des Kornak feststellten, dass er nicht nachkam; trotzdem war er davon überzeugt, die einzig richtige Entscheidung getroffen zu haben.

Und so hatte Buddhabadra, obwohl es ihm das Herz zerriss, dieses herrliche Tier, ohne sich noch einmal umzusehen, auf dem verschneiten Berg zurückgelassen, der bald zu seinem Grab werden sollte.

Er hatte sich geschworen, gleich nach seiner Rückkehr die notwendigen Treibjagden in den nordindischen Wäldern zu veranlassen, um dort einen neuen ausgewachsenen weißen Elefanten zu fangen, ebenso beeindruckend und kräftig wie dieses arme Tier, das er wider Willen zum Tode verurteilt hatte.

Danach hatte er in der nächsten Herberge anhalten müssen, um vor dem Sturm, der seine Wucht verdoppelt hatte, Schutz zu suchen.

Im Warmen war er zu dem Schluss gekommen, dass es das Beste wäre, nach Samye zurückzukehren, um dort das Ende des Winters abzuwarten.

Ohne die hinderliche Gegenwart des kaum an verschneite Abhänge gewöhnten Elefanten würde er innerhalb von acht Tagen wieder im Kloster des Ehrwürdigen Ramahe sGampo sein.

Und sobald das Wetter wieder besser wurde, brauchte er sich nur noch auf den Weg nach Luoyang zu machen, im Gepäck das kostbare Sutra von Vollendete Leere.

Damals hatte er den verabredeten Austausch kaum erwarten können!

Er malte sich bereits aus, wie er die Tonschale mit der Pflanze in Händen hielt, deren glänzende Blätter, auf hölzernen Rosten ausgelegt, in Peshawar jene Raupen ernähren würden, die aus den Eiern geschlüpft wären, die er von Vollendete Leere erhalten sollte. Im Gegenzug würde er das Sandelholzherz abgeben, und dieses schmerzhafte Kapitel wäre endlich beendet.

Trotz der bedauerlichen Aussetzung des heiligen Elefanten hätte alles zum Besten gestanden, wäre dann nicht dieser widerwärtige Schneesturm aufgekommen, der in heftigen Böen ganze Ladungen Schnee durch die Luft wirbelte, sodass ein Wanderer, der sich unbedacht dort hinauswagte, bald jede Orientierung verlor.

Und damit hatte der ganze Ärger erst richtig begonnen. In dem Glauben, der Sturm habe sich gelegt, hatte Buddhabadra die Herberge verlassen und sich wieder auf den Weg durch die Berge gemacht. Er konnte es kaum erwarten, nach Samye zurückzukehren.

Doch er sollte am eigenen Leib erfahren, dass man in einem Schneesturm, wenn Sonne und Berge unsichtbar waren, so orientierungslos wurde, dass man durchaus Norden und Süden verwechseln konnte.

Denn genau das war dem unglücklichen Buddhabadra passiert.

Er hatte nicht nur die Straße nach Samye verpasst, sondern auch noch die südliche Route der Seidenstraße verlassen und war statt nach Süden, in Richtung Tibet und Samye, geradewegs nach Norden gezogen, auf Kucha zu.

Halb betäubt vor Müdigkeit und von dem unaufhörlich fallenden Schnee, hatte er nach der Orientierung auch noch jedes Gefühl für die Zeit verloren. So hatte er sich, ohne es zu bemerken, Schritt für Schritt vom Himalaya-Massiv entfernt, um schließlich auf halber Strecke zwischen Hetian und dem südlichen Tarim-Becken herauszukommen, umgeben von einer eisigen Kälte, gegen die er vergeblich angekämpft hatte.

Nach acht Tagen des Herumirrens, in denen er immer noch glaubte, dass er irgendwann auf den Wegweiser nach Samye stoßen müsste, war ihm schließlich die Wegzehrung ausgegangen. Seine bleischweren Beine trugen ihn kaum noch, und er war so erschöpft, dass er nicht einmal mehr das Brennen des eisigen Winds auf seinem von der Kapuze umhüllten Gesicht spürte.

Und so war er schließlich im Schnee zusammengebrochen.

Doch in seinem Unglück war ein Wunder geschehen, das den Beginn einer Zeit markierte, in der ihm das Glück nun endlich wieder hold war.

Denn hätte ihn nicht diese wandernde Theatertruppe aufgelesen, die ihn halb erfroren gleich neben einer verlassenen Hütte entdeckt hatte, wäre sein Weg zweifellos dort unter der dichten Schneeschicht zu Ende gewesen, die sich bereits über seinen Körper ausbreitete.

Als er in eine nach Yak stinkende Decke gewickelt wieder aufwachte, glaubte er im ersten Moment, er sei als ein anderer Mensch wiedergeboren worden. Eine Frau mit gewitztem Blick bemühte sich, ihm eine Schale mit heißer Suppe einzuflößen.

»Wo bin ich?«, hatte er leise gemurmelt, nachdem er mit Mühe die Schale voll Suppe ausgetrunken hatte.

Die Fremde schien kein Sanskrit zu sprechen. Sie hatte ihn lediglich angelächelt und ihm mit Gesten zu erklären versucht, wie er gerettet worden war. Nach einer Weile hatte er verstanden, was ihm zugestoßen war. Und als sie ihm einen Spiegel aus polierter Bronze vorgehalten hatte, war ihm beim Anblick seiner mageren, von der Kälte verbrannten Wangen und der bläulichen Verfärbung an seiner erfrorenen Nasenspitze bewusst geworden, dass er gerade noch einmal mit dem Schrecken davon gekommen war.

Dann war ein älterer Mann an sein Lager getreten, der sich als Leiter der Schauspieltruppe erweisen sollte.

Immer noch benommen, verstand Buddhabadra kein Wort von dem, was er sagte. Nur sein hochrotes, vor Lachen strahlendes Gesicht und die Art und Weise, wie er den ganzen Körper des Abtes aus Peshawar abtastete und ihm auf die Wangen klopfte, zeugten von seiner Freude darüber, dass der beinahe Erfrorene allmählich wieder zu sich kam.

Trotz seiner bleiernen Müdigkeit hatte er, nachdem sie ihn allein, gelassen hatten, als Erstes gleich nachgesehen, ob sich die herzförmige Schatulle noch in seinem Reisebündel befand, das jemand neben seinem Lager auf den Boden gestellt hatte.

Glücklicherweise war sie noch da. Es hätte ihm gerade noch gefehlt, dass ihm das kleine Sandelholzherz gestohlen worden wäre!

Offensichtlich waren diese wandernden Schauspieler ehrliche Menschen, die es nicht für nötig gehalten hatten, seine Sachen zu durchwühlen.

Von diesem Moment an kannte Buddhabadra nur noch ein Ziel: so schnell wie möglich nach Samye zurückzukehren. Doch es hatte nicht lange gedauert, bis er merkte, dass die Schauspieltruppe geradewegs nach Norden zog, in die Oase

Turfan. Dort führte sie jedes Jahr zu Beginn des Frühlings vor dem Herrscher eines winzigen Königreichs im Umland der »Funkelnden Perle der Seidenstraße« ihr Stück auf.

Er war zu erschöpft, um sich von seinen neuen Weggefährten zu trennen, die ihn immer noch zuvorkommend und aufmerksam umsorgten und ganz offensichtlich große Zuneigung zu ihm gefasst hatten.

Anderthalb Monate lang teilte Buddhabadra das Leben der Schausteller, die die Herzen der Menschen in den Dörfern mit ihren Marionetten, ihrem Schattentheater und anderen Gauklerkünsten erwärmten. Ihr Lohn waren Lebensmittel und ein warmer Schlafplatz in einem Winkel der Scheune.

Doch in Turfan hatten die Gewissensbisse, die den Abt vom Kloster des Einen Dharma unausgesetzt quälten, ihn schließlich dazu gebracht, sich von der Theatertruppe zu verabschieden.

Während er allmählich wieder zu Kräften kam, hatte er sich unablässig die möglichen Folgen seiner Verspätung vor Augen gehalten.

In zwei, drei Wochen würde Vollendete Leere im Kloster der Dankbarkeit für Erwiesene Kaiserliche Wohltaten in Luoyang anfangen, auf ihn zu warten.

Und voller Angst malte er sich aus, welche Konsequenzen sein Fortbleiben, ganz abgesehen von der Enttäuschung und der Sorge des chinesischen Abtes, für ihren Tauschhandel haben könnte.

Wie jeder Pakt beruhte auch dieser unweigerlich auf gegenseitigem Vertrauen.

Was würde daraus werden, wenn Vollendete Leere zu der Überzeugung gelangte, dass Buddhabadra sein Wort gebrochen hatte?

Es war höchste Zeit zu entscheiden, was er nun tun sollte, um seinen Teil der Vereinbarung doch noch einzuhalten.

Die Frage ließ sich ganz einfach zusammenfassen: Sollte er

einen Umweg über Samye machen, um Vollendete Leere das kostbare Sutra mitzubringen, oder wäre es besser, die Gelegenheit zu nutzen, dass er sich bereits in Turfan befand, und von dort aus gleich nach Luoyang zu reisen?

Man hatte ihm erklärt, dass es zu Fuß zwanzig Tage dauerte, die Oase Hami zu erreichen, und, wenn man sich beeilte, von dort aus noch einmal zehn bis zur Oase der Tausend Höhlen. Von Turfan aus musste er also gut zwei Monate rechnen, um nach Luoyang zu kommen.

Aber wenn er nach Samye zurückkehren und dann den Weg über das südliche Teilstück der Seidenstraße nehmen wollte, müsste er fast die doppelte Zeit einplanen.

Er würde Monate zu spät kommen! Das war zweifellos zu viel für Vollendete Leere, der genug Zeit haben würde, sein Wort wieder zurückzunehmen.

Buddhabadra hatte das Gefühl, vor einer unlösbaren Aufgabe zu stehen.

Keine der beiden Möglichkeiten war befriedigend, denn in beiden Fällen würde er in den Augen von Vollendete Leere als ein Mensch dastehen, der nicht in der Lage war, seine Verpflichtungen einzuhalten.

Auch wenn er sich immer wieder sagte, dass für den Abt aus Luoyang der Inhalt der herzförmigen Schatulle das Wichtigste war, konnte er sich nicht vorstellen, ihm ohne das wertvolle Sutra unter die Augen zu treten, das ihm so sehr am Herzen lag!

Der argwöhnische Vollendete Leere würde unweigerlich eine Erklärung verlangen.

Buddhabadra sah sich also gezwungen, eilends nach Samye zurückzukehren und dann so schnell wie möglich nach Luoyang weiterzureisen, während er den Erhabenen anflehte, dass Vollendete Leere sich das Ganze nicht doch noch anders überlegte!

Die Aussicht auf eine so lange Wanderung lockte ihn nicht

im Geringsten. Vor allem nicht nach seinen letzten Erfahrungen, auch wenn sich der Winter allmählich dem Ende zuneigte und den Schnee in den Bergen in Schlamm und Sturzbäche verwandelte.

Aber er hatte keine andere Wahl.

Nachdem Buddhabadra so lange von der rettenden Seide geträumt hatte, selbst als er so schwach gewesen war, dass er sich, im rumpelnden Karren der Theatertruppe hin- und hergeworfen, kaum rühren konnte, mochte er sich einfach nicht mehr vorstellen, ohne die Seidenraupen und die Maulbeerbäume dazustehen.

Mit der Seide hätte er alles Nötige in der Hand, um das Kloster des Einen Dharma, dessen Reichtum in Zukunft dem eines großen Königreichs gleichkommen würde, in jenes Zentrum zu verwandeln, das dem Kleinen Fahrzeug wieder zu alter Größe verhelfen würde. Sie würde es ihm ermöglichen, Tausende predigende Mönche auf die Straßen Indiens zu schicken, um jenen Boden wieder zurückzuerobern, den seine Lehren tagtäglich gegen die wiedererstarkende alte indische Religion verlor.

Er stand immer noch vor dem Wegweiser, als handelte es sich um das Abbild einer Gottheit. Der Abt vom Kloster des Einen Dharma konnte an nichts anderes mehr denken als an das Glück, das ihm nach so vielen unseligen Erlebnissen endlich wieder lachte.

Denn er hatte sich nicht ewig das Gehirn zu zermartern brauchen, ob er über Samye reisen sollte oder nicht. Der Zufall, das Glück, vielleicht sogar der Erhabene selbst, hatte an seiner statt entschieden.

Wie wäre er sonst in Turfan ausgerechnet auf den Leiter dieser heimlichen Seidenraupenzucht gestoßen?

Noch lange würde er sich daran erinnern, wie verblüfft er gewesen war, als er mit diesem hübschen jungen Mann ins Gespräch gekommen war, der beim Verlassen einer Lagerhalle mit ihm zusammengeprallt war. Er war gestürzt und hatte sich eine Augenbraue aufgeschlagen.

Der ungeschickte junge Mann hatte sich tausendmal entschuldigt und ihn dann aufgefordert, mit ihm in die Lagerhalle zu kommen, damit er einen Umschlag auf seine stark blutende Wunde legen könne.

»Hier sieht es ja aus wie in einem Gewächshaus!«, hatte Buddhabadra bemerkt.

»Das ist eine Seidenraupenzucht«, hatte der junge Mann lächelnd geantwortet. Er sprach gut genug Sanskrit, um sich dem Ehrwürdigen Abt vom Kloster des Einen Dharma verständlich zu machen.

»Ich dachte, die Chinesen hätten ein Monopol auf die Herstellung von Seide!«, war Buddhabadra unwillkürlich entfahren.

»In Turfan findet man alles!«, hatte der junge Mann erwidert.

»Und wie heißt du?«

»Mein Name ist Speer des Lichts. Aber leider sind meine Insekten sehr krank!«

Innerhalb weniger Augenblicke hatte Speer des Lichts Buddhabadra genug erzählt, um diesen davon zu überzeugen, dass sein Pakt mit Vollendete Leere für ihn ein ausgesprochen schlechtes Geschäft gewesen wäre. Er fragte sich sogar, ob der Abt vom Kloster der Dankbarkeit für Erwiesene Kaiserliche Wohltaten nicht einfach nur versucht hatte, ihn zum Narren zu halten, als er so nachdrücklich darauf beharrte, dass Seide nur in Zentralchina hergestellt wurde.

Es war also wirklich nicht der Mühe wert, nach China zu reisen und dort das nötige Zubehör für die Seidenproduktion zu besorgen, wenn er hier lediglich diesen netten Speer des Lichts aufzusuchen brauchte, wenn dessen Seidenraupen wieder gesund waren!

Genau das hatte er auch eilig dem jungen Mann vorgeschlagen, der zu seiner großen Freude nicht nein gesagt hatte.

Buddhabadra zweifelte nicht daran, dass er ihm ein paar Eier und Maulbeerbaumsetzlinge verkaufen würde.

Nachdem er die ganze Halle mit der Seidenraupenzucht verlassen hatte, war die ganze Anspannung von ihm abgefallen. Um seine Ungeschicktheit wiedergutzumachen, hatte ihm der junge Mann, dessen Lächeln so gut zu seinem hübschen Namen passte, alles ausführlich gezeigt.

Wenn er sich nicht im Weg geirrt hätte und nach Turfan gekommen wäre, wo ihn ein Wunder genau vor die Füße von Speer des Lichts geführt hatte, wäre er bis ans Ende der Welt gereist, um das zu holen, was er hier vor Ort bekommen konnte!

Allmählich war in ihm der Gedanke aufgekeimt, dass der Abt aus Luoyang ihn womöglich hintergehen wollte.

Denn in diesem so unscheinbaren Gewächshaus gab es genug Raupen und Maulbeerbäume, um Unmengen kostbarer Seide herzustellen.

Die Sonne schien auf Hunderte von Tontöpfen mit Maulbeerbäumen, deren Blätter abgepflückt und auf hölzerne Gitter gelegt wurden, wo die Seidenraupen sie fressen konnten.

Ein Teil der Halle diente der Lagerung der Kokons, die in langen Reihen nebeneinander auf Regalen lagen. In einem Nebenraum standen große Kessel auf riesigen bronzenen Dreifüßen, unter denen, kleinen Aschehäufchen nach zu urteilen, offenbar Feuer angezündet wurden.

Speer des Lichts hatte ihm bereitwillig erklärt, wie man die Kokons darin abbrühte, ehe der Faden abgehaspelt wurde.

In kürzester Zeit hatte Buddhabadra so alle Stadien dieses komplizierten Prozesses kennengelernt, der vom Ei zum Seidenfaden führte, welcher danach nur noch gewebt zu werden brauchte. Und er hatte erkannt, dass das Kleine Fahrzeug das Große von nun an nicht mehr brauchte.

Seide! Vor allem das Geld, das die Seide einbrachte!

Das war die Rettung für seinen dahinschwindenden Lehrpfad.

Der Unschätzbare Abt aus Peshawar jubilierte innerlich.

Denn nun konnte er sich endlich aus den Zwängen jener Abkommen befreien, die letztlich für ihn selbst und seine Gemeinschaft mehr Nach- als Vorteile mit sich brachten!

Die Demütigungen, die das Große Fahrzeug trotz des vermeintlichen Friedensabkommens seit so vielen Jahren dem Kleinen zufügte, indem es sich geschickt die Unterstützung der Reichen und Mächtigen sicherte, konnte er kaum noch zählen.

Indem das Mahayana die strengen Lehren des Erhabenen lockerte und, entgegen dem, was der Buddha selbst gepredigt hatte, den Weg des Heils für Laien öffnete, statt ihn ausschließlich den Mönchen vorzubehalten, hatte es dem Hinayana unablässig Steine in den Weg gelegt.

Doch jetzt war Buddhabadra endlich frei und würde sie für all die Jahre heimlichen Betrugs teuer bezahlen lassen.

War es nicht höchste Zeit, nach Jahren der Unterwerfung und des Schweigens endlich gegen die Anhänger des Mahayana aufzubegehren, die den ursprünglichen Buddhismus zu Grabe trugen?

Aber um dieses ehrgeizige Ziel zu verwirklichen, musste er sich der gleichen wirtschaftlichen und religiösen Methoden bedienen, die auch den rasanten Aufstieg des Mahayana in China ermöglicht hatten. Diesem hatten sich inzwischen sogar die Tang-Kaiser in einem solchen Ausmaß gebeugt, dass es hieß, das Große Fahrzeug sei zu ihrer offiziellen Religion geworden.

Seine weite Verbreitung verdankte das Große Fahrzeug all den Büchern und Texten, die es unablässig in zahllosen Exemplaren abschreiben und im ganzen Kaiserreich verteilen ließ.

Deshalb hatte Buddhabadra beschlossen, nach Samye zurückzukehren und das *Sutra über die Logik der Vollkommenen Leerheit* an sich zu bringen. Da Vollendete Leere Ramahe sGampo angewiesen hatte, es ihm auszuhändigen, würde das kein Problem darstellen.

Gleich nach seiner Ankunft in Peshawar wollte er es dann ins Sanskrit übersetzen und dabei die zweifelhaftesten Passagen umschreiben lassen, um es anschließend unter seinem Namen in ganz Indien zu verbreiten, wodurch er zu einem namhaften Philosophen werden würde.

Buddhabadra kostete bereits im Voraus seine Rückkehr nach Peshawar aus. Er würde als siegreicher Held empfangen werden, im Gepäck alle Waffen, die dem Kleinen Fahrzeug bislang gefehlt hatten, um jenen Glanz wiederzuerlangen, den der unaufhaltsame Anstieg des Großen Fahrzeugs ihm geraubt hatte: zum einen dank der Seide die nötigen finanziellen Mittel, und zum anderen eine geschmeidigere, den Belangen der Laien gegenüber aufgeschlossenere Lehre in Gestalt des großen Werks von Vollendete Leere.

So war die unbändige Freude verständlich, die er nun angesichts dieses Markierungssteins verspürte, der ihm bewies, dass er auf dem richtigen Weg war.

Der Inschrift zufolge, die im unteren Teil des Steins eingraviert war, lag Samye »für einen guten Wanderer« nur noch wenige Tagesmärsche entfernt.

Es herrschte erneut dichtes Schneetreiben, während die Sonne mit einem Mal hinter den weißen Bergkämmen verschwunden war. Bald würde die Temperatur um etwa fünfzehn Grad fallen, was selbst dem zähesten menschlichen Körper verzweifelte Anstrengungen abverlangen würde, um in dieser Kälte überhaupt zu überleben.

Da bemerkte Buddhabadra plötzlich auf halber Höhe des Berghangs, gleich über dem Weg, in den er eingebogen war, ein Loch, das wie der Eingang zu einer Höhle aussah.

Er beschloss zu rasten und, wenn die Höhle leer war, sich dort bis zum frühen Morgen in seine Yakfelldecke einzuwickeln, um seinem schmerzenden Knöchel ein wenig Ruhe zu gönnen.

Behutsam wagte er sich in die Höhle vor, um sicherzugehen, dass nicht vor ihm schon ein wildes Tier darin Schutz gesucht hatte. Pilzgeruch hing in der Luft, und die Mauern waren feucht. Das verriet ihm, dass er hier nicht frieren würde.

Erschöpft von seinem langen Wandertag und glücklich darüber, nun so dicht vor dem Ziel zu sein, schlief Buddhabadra rasch ein.

Als er am nächsten Morgen aufwachte, tat sein Knöchel so weh, dass er um ein Haar aufgeschrien hätte, als er vergeblich versuchte aufzustehen.

Die Sonne stand bereits hoch am Himmel, und es fiel genug Licht ins Innere der Höhle, dass er dicht neben sich eine vertraute Gestalt erblickte, die ihn spöttisch ansah.

Verblüfft erkannte Buddhabadra den Mann, der bei ihrer Zusammenkunft in Samye gefehlt hatte.

»Verrückte Wolke! Was machst du hier? Wir haben auf dich gewartet! Wo warst du?«, fragte er wütend.

Der Name des Mannes passte zu seiner Erscheinung, die allen, die ihm zum ersten Mal begegneten, ein wenig Angst einflößte.

Man war unweigerlich überrascht von den riesigen bronzenen Ohrringen, die seine Ohrläppchen so unmäßig in die Länge zogen, dass sein ausgezehrtes, knochiges Gesicht mit dem kahl geschorenen Schädel einer Vase mit zwei Henkeln glich.

Dieser Mann, den man unter Tausenden wiedererkannt hätte, strahlte eine unterdrückte, beinahe mit Händen zu greifende Wildheit und Energie aus.

»Es war kalt da draußen. Ich habe heute Nacht hier Unterschlupf gefunden, genau wie du!«

»Ich habe dich gefragt, warum du am verabredeten Tag nicht aufgetaucht bist!«, brüllte der Abt aus Peshawar los.

»Ach ja! Das Konklave! Nun ja, ich muss mich wohl verirrt haben. Oder besser gesagt, ja, genau, ich … ich habe mich verirrt! Als ich es bemerkte, war es schon zu spät. Ich bin in Samye eingetroffen, als du und Vollendete Leere gerade fort wart. Aber das Mandala habe ich immer noch bei mir!«, stammelte Verrückte Wolke verlegen.

Er hatte ein quadratisches Stück schwarzer, rot gesäumter Seide aus der Tasche gezogen, dessen eine Seite mit prächtigen Zeichnungen verziert war, und schwenkte es vor Buddhabadras Nase.

»Wir haben drei Tage auf dich gewartet! Danach waren wir gezwungen, uns wieder auf den Heimweg zu machen. Das war das erste Mal seit drei Jahrzehnten, dass ich so etwas erlebe! Du hast unser Konzil sabotiert!«, erwiderte dieser schroff.

»Es tut mir leid. Wenn ihr euch noch ein wenig geduldet hättet, hätte die Versammlung stattfinden können!«, protestierte Verrückte Wolke. Er starrte ins Leere, als sei er in Wirklichkeit ganz woanders.

»Wir hatten auch noch anderes zu tun! Ist dir eigentlich klar, dass du unseren Pakt gebrochen hast, Verrückte Wolke? Wir haben dir vertraut!«, stieß der Abt vom Kloster des Einen Dharma in Peshawar hervor. Er konnte seine Wut kaum noch im Zaum halten.

Verrückte Wolke, der immer noch in sich zusammengesunken an der Felswand saß, wirkte angesichts der scharfen Zurechtweisung etwas hilflos.

Zweifellos fühlte er sich schuldig, warum sonst hätte er dort hocken sollen wie ein geprügelter Hund, während er sonst nie zurücksteckte, wenn es darum ging, die Stimme oder gar die Hand gegen die zu erheben, die sich ihm widersetzten?

Hastig nahm er eine dunkle Pille aus seinem winzigen Pillendöschen und schluckte sie. Die Wirkung ließ nicht lange auf sich warten.

»Sag, Buddhabadra, was machst du eigentlich hier auf der Straße nach Samye? Hast du mir nicht gerade erklärt, dass du zusammen mit Vollendete Leere von dort aufgebrochen bist?«, fragte er plötzlich argwöhnisch, als hätte er beschlossen, nun selbst zum Angriff überzugehen.

Jetzt war es Buddhabadra, der in Verlegenheit geriet. Betreten strich er über die langfellige Decke, mit der seine Beine bedeckt waren.

»Ich habe eine Handschrift vergessen! Aber ich fürchte, ich schaffe es gar nicht mehr dort hinauf, mein Knöchel tut so weh!«, stöhnte er.

»Von welcher Handschrift redest du? Du brichst auf, du kommst zurück! Das ergibt doch überhaupt keinen Sinn. Hältst du mich etwa für einen Trottel?«, brüllte Verrückte Wolke, den seine Pille sichtlich aggressiv werden ließ.

In seinen blutunterlaufenen Augen glomm ein beunruhigendes Leuchten, und in seinem Mundwinkel hing ein schmaler Speichelfaden.

»Na ja, Verrückte Wolke«, entgegnete Buddhabadra halbherzig, »du musst wissen, dass Vollendete Leere versucht hat, uns zu hintergehen.«

»Das überrascht mich nicht. Mit seinen Spitzfindigkeiten führt dieser Mönch die ganze Welt hinters Licht.«

Ein wenig beruhigt, da Verrückte Wolke ihm trotz seines seltsamen Verhaltens in dieser Hinsicht beipflichtete, fragte Buddhabadra ihn ganz direkt: »Welchem Lehrpfad stehst du eigentlich am nächsten?«

»Zuerst dem Kleinen Fahrzeug und dann dem tibetischen Lamaismus!«

»Und was ist mit dem Mahayana?«

»Sehr viel weniger! Bei ihnen haben die Rituale ihren ganzen Wert verloren! Für sie reicht eine anständige Meditation, damit ist alles erledigt! Und dann ihre erstaunliche Faszination für die Leerheit! Das ist nicht gerade das, was ich unter einer korrekten religiösen Praxis verstehe.«

Diese unverblümte Antwort brachte den Abt aus Peshawar dazu, sich ihm noch weiter zu offenbaren.

»Was würdest du von einem Bündnis zwischen uns beiden halten? Vollendete Leere und Ramahe sGampo brauchen niemanden«, platzte er heraus.

»Das wäre sinnvoll! Was genau schlägst du vor, Buddhabadra?«

»Nun, in Wahrheit bin ich auf dem Weg nach Samye, um das *Sutra über die Logik der Vollkommenen Leerheit* zu holen, das Vollendete Leere dort zurückgelassen hat. Nur meine Verletzung hat mich aufgehalten.«

»Du glaubst also nicht mehr an die Konzile?«

»Auf jede Waffenruhe folgt irgendwann wieder Krieg!«, rief Buddhabadra stolz, ehe er erneut vor Schmerz das Gesicht verzog.

»Aber wird Ramahe sGampo nicht misstrauisch werden, wenn du nach Samye zurückkommst und das Manuskript von Vollendete Leere verlangst? Ich hatte immer den Eindruck, dass die beiden gemeinsame Sache machen!«

»Ramahe sGampo weiß, dass ich das Sutra abholen soll.«

»Ich verstehe.«

»Und ich sage dir, er wartet auch darauf, dass du ihm das Mandala zurückgibst, das er dir zur Aufbewahrung anvertraut hat. Vielleicht könntest du zwei Fliegen mit einer Klappe schlagen: ihm sein Eigentum zurückbringen und gleichzeitig für mich das Sutra von Vollendete Leere holen«, fügte Buddhabadra hinzu. Seine Stimme klang mit einem Mal drängender, und er deutete auf das rotgesäumte Seidentuch, das Verrückte Wolke zusammengefaltet und auf sein Reisebündel gelegt hatte.

»Darauf kann er lange warten! Ich werde es ihm niemals zurückgeben. Was mir gehört, wird auch mein bleiben! Ich werde auf gar keinen Fall zum Kloster hinaufsteigen!«, stieß Verrückte Wolke hervor, ehe er wieder eine seiner Pillen schluckte.

Nach dieser harschen Antwort versuchte Buddhabadra noch einmal aufzustehen: »Na gut! Dann muss ich jetzt gehen!«

Doch kaum hatte er sich behutsam aufgerichtet, entfuhr ihm ein erneuter Schrei.

»Hier, nimm eine davon, das lindert die Schmerzen!«, schlug Verrückte Wolke vor und hielt ihm eine seiner kleinen schwarzen Pillen hin. Buddhabadra ließ sich nicht lange bitten und schluckte sie.

Sie hatte einen bitteren Geschmack, bei dem sich sein ganzer Mund zusammenzog, doch gleichzeitig verspürte er ein seltsames Wohlgefühl.

Die Wirkung der Pille zeigte sich sofort. Innerhalb weniger Augenblicke fühlte er sich sogar diesem Menschen verbunden, dem er bis dahin stets misstraut hatte.

»Wenn wir das Große Fahrzeug schwächen wollen, müssen wir zuerst seine bedeutendsten Schriften aus dem Verkehr ziehen, die in ihren Übersetzungen seine Verbreitung fördern. Und das Sutra von Vollendete Leere ist eines davon, so einfach ist das! Wenn ich es erst einmal in der Hand habe, werde ich es verbrennen! Ich bin ganz offen zu dir, Verrückte Wolke! Ich bedaure nur, dass mein Knöchel mich womöglich daran hindern wird, Samye zu erreichen!«, artikulierte er mühsam, während er immer wieder schlucken musste.

Unter dem Einfluss der Droge war Buddhabadra bereit, Verrückte Wolke alles zu verraten, wenn dieser ihn danach gefragt hätte!

Aber Verrückte Wolke hatte daran offensichtlich nicht das geringste Interesse.

»Gib die Hoffnung nicht auf, Buddhabadra. Da hinten auf dem Weg kommt jemand. Mit ein wenig Glück und ein paar Münzen werden wir diesen Kerl bestimmt dazu bringen, uns zu helfen!«, versicherte Verrückte Wolke, der sein spöttisches Lächeln wiedergefunden hatte.

Der Abt aus Peshawar hingegen schwebte wie auf einer Wolke, und auch sein Knöchel tat kaum noch weh. Abwechselnd betrachtete er die rosa angehauchten Wände der Höhle, deren Decke sich mit einem Mal blau verfärbt hatte, und das Gesicht von Verrückte Wolke, aus dem alle beängstigenden Züge und die ganzen Ticks verschwunden waren.

Armer Buddhabadra. Er war bereits nicht mehr ganz bei Sinnen und bemerkte nicht, dass er sich in Teufels Küche gebracht hatte!

10

Kaiserlicher Palast von Chang'an, China. 1. April 656

»Majestät, es ist entsetzlich! Nicht genug damit, dass es uns an Seide mangelt, ich habe auch den Verdacht, dass gewisse Personen diese Situation ausnutzen, um hinter Eurem erhabenen Rücken einen lukrativen illegalen Handel damit zu treiben!«, ächzte der Seidenminister Tugend des Äußeren.

Leichenblass und vor Angst zitternd stand er in einer tiefen Verbeugung vor Kaiser Gaozong.

Die rechte Augenbraue des Kaisers hob sich unmerklich.

Für alle das wohlbekannte Zeichen, dass er Näheres darüber zu erfahren wünschte.

Also räusperte sich der Seidenminister, schluckte dreimal, und während sich seine Kehle noch fester zusammenschnürte als das Hanfseil, mit dem man die Füße von Gefangenen zu fesseln pflegte, trat er unbeholfen ein paar Schritte auf den Herrscher zu. Der Kaiser von China saß in einem Sessel aus Ebenholz, vor den ein Diener einen randvoll mit Pistazien und Sonnenblumenkernen gefüllten Dreifuß gestellt hatte, und wartete auf die heikle Erklärung, warum der Minister ihn so dringend um eine Audienz gebeten hatte.

»N … nun! Ähh, Eure Mmm … Majestät …«

»Rasch! Zur Sache, mein guter Tugend des Äußeren, zur Sache! Mach schon! Ich habe eingewilligt, dich zu empfangen, weil man mir versichert hat, dass dein Anliegen es wert sei, gehört zu werden, aber ich warne dich, ich habe nicht die Absicht, meine Zeit zu verschwenden!«, versetzte der Kaiser, nachdem er sich eine Pistazie in den Mund gesteckt hatte.

Sein rechter Fuß klopfte bereits rhythmisch gegen den unteren Teil seines Sessels, ein Zeichen für seine wachsende Ungeduld.

Tugend des Äußeren wollte sich gerade zum wiederholten Male räuspern und dann allen Mut zusammennehmen, um die Erklärung abzugeben, die er zuvor auswendig gelernt hatte, als plötzlich der liebliche Duft von Orangenblüten in das kaiserliche Arbeitszimmer wehte und die angespannte Atmosphäre lockerte, während gleichzeitig das schneidende Zirpen einer Grille hörbar wurde.

»Ihr hier, meine Schöne? So früh am Morgen! Was für eine Überraschung und Freude!«, rief Gaozong aufgekratzt.

Gefolgt von Stummer Krieger, der den winzigen Bambuskäfig mit ihrer Grille in der Hand hielt, hatte Wu Zhao unverhofft den Arbeitsraum ihres Gemahls betreten.

Ein paar Schritte hinter ihnen kam eine Amme, die den von Kopf bis Fuß in rote Seide gewickelten schlafenden Li Hong auf dem Arm trug, jenes Kind, das die Kaiserin Gaozong drei Jahre zuvor geboren hatte, als sie noch seine Konkubine war.

»Störe ich Euch, mein lieber Gemahl?«, fragte sie und nahm dabei eine Haltung ein, die ihre ganze Schönheit zur Geltung brachte.

»Nicht im Geringsten!«

»Ich werde auch nicht lange bleiben. Ich hatte Li Hong versprochen, ihn in die Stadt zum Vogelmarkt mitzunehmen, und als wir vor Eurem Arbeitszimmer vorbeikamen, wollte ich Euch nur kurz begrüßen.«

»Tugend des Äußeren und ich haben uns gerade über Seide unterhalten, ein Thema, das Euch ja sehr am Herzen liegt, meine Liebe. Ihr habt einen äußerst passenden Zeitpunkt gewählt, um zu uns zu stoßen. Vielleicht könnt Ihr uns ja mit Eurem Sachverstand zur Seite stehen!«, scherzte der Kaiser, ehe er ihr bedeutete, auf dem Diwan Platz zu nehmen, der seinem Schreibtisch gegenüberstand.

»Die Seide bildet den größten Reichtum des Kaiserreichs. Es ist dieses himmlische Gewebe, für das China jenseits der Berge und Meere gerühmt wird!«, entgegnete sie höflich, den Blick bescheiden niedergeschlagen.

»Es ist nur so, dass … Majestät, die Lage ist ausgesprochen ernst. Ich bin mir sicher, dass im Reich mit gefälschter Seide gehandelt wird!«, stieß der Minister schließlich hervor, ehe er auf den kleinen Stuhl sackte, den der Kaiser immer vor sich hinstellen ließ, um das Mienenspiel seiner Gesprächspartner besser beobachten zu können.

In seinen vor Angst verkrampften Fingern hielt der schweißgebadete Tugend des Äußeren ein Stück Seide, das er vor dem Herrscher kaum aufzufalten wagte und welches dieser bis dahin noch gar nicht bemerkt hatte.

»Willst du damit etwa behaupten, dass jemand einen Weg gefunden hätte, Seide zu weben, ohne auf die hübsche Raupe zurückzugreifen, die sich von den Blättern des Maulbeerbaums ernährt?«, erwiderte Gaozong belustigt und zwinkerte seiner Gemahlin verschwörerisch zu.

Er empfand für seinen Minister, diese zitternde, schwitzende Kreatur, die vollkommen lächerliche Reden führte, nichts als Verachtung.

»Nein, das nicht, Majestät. Ich habe mich schlecht ausgedrückt. Wir sind davon überzeugt, dass es irgendwo eine illegale Manufaktur geben muss, in der Seide hergestellt wird!«, brachte dieser zwischen zwei Ächzern heraus.

Kaum zu glauben, dachte Gaozong bei sich, aber dieser arme Tugend des Äußeren ist ja noch dämlicher, als es den Anschein hat!

»Das ist unmöglich!«, versetzte er. »Die Seidenbehörde

verfügt über ein Monopol, das in regelmäßigen Abständen durch einen neuen Erlass öffentlich bekannt gemacht wird, sodass jeder Bürger es weiß. Ich habe erst letzten Monat mein Siegel darauf angebracht! Alle unsere Seidenmanufakturen werden überwacht. Also wirklich, Tugend des Äußeren, du solltest dich schämen, den Kaiser von China mit solchen Albernheiten zu behelligen! Du hast Glück, dass die Kaiserin hier ist, sonst würde ich dich mit Stockhieben aus dem Raum jagen lassen!«

Er wollte seinen Kämmerer gerade anweisen, diesen Schwachkopf hinauszuführen, als Wu Zhao das Wort ergriff. Zuvor hatte sie der Amme, in deren Armen das Kind aufgewacht war, mit einem Wink zu verstehen gegeben, dass sie sich zurückziehen könne.

»Majestät, dieser Minister scheint über einige Hinweise zu verfügen, die seine Behauptungen stützen!«, sagte sie leise zu ihrem Gemahl und deutete mit einem Blick auf das zusammengefaltete Stück Seide, an dem Tugend des Äußeren unablässig herumfingerte.

Sie wirkte gleichzeitig besorgt und aufmerksam.

»Majestät, zu meinem größten Bedauern muss ich Euch tatsächlich mitteilen, dass das kaiserliche Monopol gebrochen wurde. Hier ist der Beweis!«, flüsterte der Minister daraufhin.

Respektvoll legte Tugend des Äußeren das Stück Seide, das sich in der Luft entfaltete wie eine duftige Wolke, vor den Kaiser hin.

Der karminrote Stoff glänzte wie die Glasur auf Celadon-Geschirr, als er auf den Schreibtisch des Kaisers von China herabsank, dessen Platte aus *huanghuali*-Holz, der sogenannten »gelben Birnbaumblüte«, mit Einlegearbeiten aus purpurnem *zitan*, Indischem Sandelholz, verziert war.

»Das, Majestät, haben wir erst kürzlich beschlagnahmt! Dieser Stoff trägt weder eine Identifizierungsnummer noch das Prüfsiegel der Seidenbehörde! Es ist entsetzlich!«, fügte er, beinahe stöhnend, hinzu.

Wütend griff der Kaiser nach dem karminroten Stoff und hielt ihn sich neugierig unter die Nase, als wollte er daran riechen.

Es war kein Zweifel möglich. Dies war tatsächlich Seide. Und sogar von der schönsten Art: ein in Wellen schillernder Moiré, rot wie die untergehende Sonne, kaum wahrnehmbar mit stilisierten Phönixen aus gedrehten Goldfäden bestickt, die noch feiner waren als ein menschliches Haar.

»Dieser Stoff ist herrlich! Er kann mit den Erzeugnissen der Manufaktur vom Tempel des Unendlichen Fadens mithalten«, entfuhr es Wu Zhao.

»Das ist es ja, was mir solche Sorgen bereitet! Das alles ist einfach entsetzlich! Eine regelrechte Katastrophe!«, murmelte Tugend des Äußeren, der immer bleicher wurde und darauf wartete, dass Gaozongs Zorn wie ein Unwetter über ihn hereinbrach.

»›Das ist entsetzlich! Das ist entsetzlich!‹ Ist das alles, was du dazu zu sagen hast? Verrate mir lieber, wie du an dieses Stück Seide gekommen bist!«, verlangte der Kaiser kühl.

»Einer unserer Inspektoren hat es auf seiner Kontrollrunde bei einem Händler im Stadtzentrum beschlagnahmt. Wir überprüfen doch in regelmäßigen Abständen die Seidenhändler, und in Anbetracht der herrschenden Knappheit hat das ungebrochen rege Treiben in seinem winzigen Laden unseren Verdacht geweckt. Als meine Männer den Händler zur Herkunft dieses Musters ohne offizielles Siegel befragt haben, hat er sich in Widersprüche verstrickt.«

»Wie heißt dieser Mann? Wie lautet der Name seines Ladens? Gibt es dort etwa noch mehr illegale Seide?«, brüllte Gaozong außer sich.

»Meine Männer haben das erste Stück, das sie dort gefunden haben, beschlagnahmt. Ich hatte keine Zeit mehr, mich nach seinem Namen und seiner Adresse zu erkundigen, ehe ich zu Euch kam. Ich weiß lediglich, dass sein Laden in der Straße der Nachtvögel im Seidenhändlerviertel liegt. Aber wenn Ihr es wünscht, kann ich gleich nach meiner Rückkehr in mein Büro seine genaue Adresse besorgen und sie Euch zukommen lassen, Majestät.«

»Handelt es sich um einen chinesischen Händler oder um einen Fremden?«

»Laut meinen Männern trägt er einen chinesischen Namen, Majestät. Es handelt sich um einen Landsmann! Das Ganze ist wirklich entsetzlich!«, stammelte Tugend des Äußeren, der sich bittere Vorwürfe machte, weil er sich vor Gaozong nicht besser im Griff hatte.

Nicht nur, dass er unfähig war, ihn anzulügen oder die Tatsachen zumindest so darzustellen, dass er in ein besseres Licht gerückt wurde. Stattdessen verschlimmerte er seine Lage sogar noch, indem er, je länger er über diese bedauerliche Angelegenheit berichtete, die Mängel in der Organisation seiner Behörde offenlegte.

Inzwischen bereute er seine törichte Ehrlichkeit, die höchstens dem loyalen, unauffälligen Beamten angemessen war, der er gewesen war, bevor man ihn zum Minister ernannt hatte.

»Wie denkt denn Kaiserin Wu Zhao über diese beklagenswerte Sache?«, wollte Kaiser Gaozong, mit einem Mal wieder ruhiger, wissen und drehte sich zu seiner Gemahlin um.

»Majestät, diese Geschichte ist kaum zu glauben. Man sollte doch annehmen, dass die Ordnungshüter dieses Landes wenigstens in der Lage wären, dafür zu sorgen, dass die Gesetze befolgt werden. Und soweit ich informiert bin, hat das Seidenmonopol Gesetzesrang!«, rief Wu Zhao.

»Meine Gemahlin hat recht! Es wäre mehr als schlimm, wenn sich dieser illegale Seidenhandel ausweiten würde. Es würde den Anschein erwecken, als hätten wir die Kontrolle verloren!«, erzürnte sich der Herrscher, der mit den Fingern der rechten Hand inzwischen nervös auf der glänzenden Platte seines langen Schreibtischs herumtrommelte.

»Gleich nachdem man mir dieses verdächtige Stück Seide gebracht hat, habe ich um diese Audienz bei Euch ersucht, Majestät! Niemandem in meiner Behörde kann vorgeworfen werden, er habe versucht, die Angelegenheit zu vertuschen«, stammelte Tugend des Äußeren, der den Kaiser zumindest von seiner Loyalität überzeugen wollte.

»Meine Untergebenen haben sich gehütet, mir zu verraten, worüber du mir Bericht erstatten wolltest!«, schimpfte Gaozong wutentbrannt.

»Das ist immer so! Niemand drängt sich vor, um schlechte Nachrichten zu überbringen«, wandte die Kaiserin ein, woraufhin Tugend des Äußeren ihr einen dankbaren Blick zuwarf.

»Es muss unverzüglich eine Untersuchung eingeleitet werden! Ich will alles über diese Sache erfahren, und zwar schnell!«, donnerte der Kaiser von China und ließ seine geballte Faust mit voller Wucht auf die Tischplatte krachen.

»Wenn Ihr es wünscht, könnte ich mich darum kümmern, Majestät. Diese Angelegenheit scheint mir von höchster Wichtigkeit zu sein«, schlug Wu Zhao zur Verblüffung des Seidenministers vor.

Mit einem strahlenden, beruhigenden Lächeln sah sie ihren Gemahl an.

Sie war auf Gaozong zugetreten und hatte dabei darauf geachtet, trotz der Anwesenheit des Ministers ebenso beiläufig wie schamlos über seinen perfekt geflochtenen und geölten Zopf zu streichen. Genau an der Stelle, wo dieser aus der leicht rauen Kopfhaut austrat, die das Heer der kaiserlichen Barbiere jeden Morgen sorgfältig rasierte.

Der Seidenminister hatte alle Mühe, die Wirkung zu verbergen, die dieser absurde Vorschlag der Kaiserin auf ihn hatte, vor allem da Gaozong diesen wider Erwarten gutzuheißen schien, als sei er das Normalste von der Welt.

Noch nie hatte eine kaiserliche Gemahlin es gewagt, sich in so heikle Angelegenheiten wie die Verwaltung des Reichs oder die Organisation seiner Polizeibehörden einzumischen.

Normalerweise oblag es den etwa hundert Beamten des Kaiserlichen Zensorats, solche Untersuchungsberichte zu erstellen. Sie wurden sorgfältig ausgewählt und konnten auch nur durch den Kaiser persönlich, dem sie einen besonderen Treueeid geschworen hatten, wieder entlassen werden.

Das Zensorat, das unmittelbar dem Kaiser unterstand, wurde seit ewigen Zeiten von dem empfindlichen Präfekten Li Jingye geleitet, einem der gefürchtetsten Beamten des ganzen Reichs.

Tugend des Äußeren konnte sich lebhaft vorstellen, wie verbittert der Großzensor sein würde, wenn er von diesem unglaublichen Vorfall erfuhr.

»Solch eine delikate Angelegenheit verlangt nach einer eingehenden Untersuchung. Die Glaubwürdigkeit der gesamten kaiserlichen Verwaltung steht auf dem Spiel! Und ich verfüge, dass diese Untersuchung von der Kaiserin persönlich geleitet wird«, verkündete der Kaiser, wobei er seinem Minister direkt in die Augen sah.

»Majestät, ich danke Euch von ganzem Herzen für das Vertrauen, das Ihr mir damit beweist. Wenn es sein muss, werde ich Himmel und Erde in Bewegung setzen, um Licht in diese merkwürdigen Vorgänge zu bringen!«, rief Wu Zhao, die nach der Seide gegriffen und sie sich ausgesprochen effektvoll um die Schultern drapiert hatte.

»Tugend des Äußeren, weise die Kanzlei an, den Erlass vorzubereiten, mit dem ich diese Untersuchung Kaiserin Wu Zhao übertrage.«

»Zu Befehl, mein Verehrter Herrscher! Ich werde mich sofort darum kümmern!«, murmelte der Seidenminister am

Boden zerstört, ehe er, der Etikette gehorchend, rückwärts das Arbeitszimmer des Kaisers verließ.

Er war so durcheinander, dass er gleich, nachdem er draußen angelangt war, zum Kaiserlichen Zensorat eilte.

Die Behörde des Präfekten Li nahm den gesamten ersten Stock des Westtors des kaiserlichen Palasts von Chang'an ein, jenes Gebäudes, in dem der Kaiser auch außerhalb der offiziellen Audienzen Besucher empfangen konnte, die keinen Zugang zu den privaten Bereichen des Palasts hatten.

Während Tugend des Äußeren die zahllosen gepflasterten Höfe durchquerte, die durch monumentale Treppen miteinander verbunden waren, welche flammenspeiende Drachenhäupter aus weißem Marmor säumten, versuchte er, seine Angst in den Griff zu bekommen.

Er war so tief in Gedanken versunken, dass er um ein Haar im äußeren Hof der Halle der Ewigen Harmonie einen der vier Tonkrüge umgerissen hätte, die die vier Himmelsrichtungen versinnbildlichten. Hundertjährige Mandarinenbäume wuchsen darin, die von drei Gärtnern in prächtigen Uniformen gehegt wurden.

»Herr Minister, gebt doch bitte ein wenig Acht, wo Ihr Eure Füße hinsetzt! Dieser Baum ist ein nationales Gut!«, rief einer von ihnen, der gerade noch rechtzeitig herbeigestürzt war, um eine Katastrophe zu verhindern.

Wenn dieser kümmerliche Strauch, der kaum höher war als eine Zwergpfingstrose und dessen Früchte die Größe von Katzenaugen hatten – übrigens eines der berühmtesten Beutestücke des Ururgroßvaters von Kaiser Gaozong aus den südlichen Provinzen, die er seinem Reich einverleibt hatte –, auch nur leicht beschädigt worden wäre, hätte Tugend des Äußeren ohne jeden Zweifel seine Füße eingebüßt.

»Entschuldigt, ich bin in Eile! Außerdem habe ich den Krug doch kaum berührt!«, rief Tugend des Äußeren und machte sich von ihm los.

Man musste zwölf Gebäude durchqueren, um vom inneren Palast zum Westtor zu kommen, von wo aus man den Lärm der riesigen Stadt hören konnte, in deren Straßen die dicht gedrängte Menge die Sänftenträger kaum vorwärtskommen ließ, was diese zu wüsten Beschimpfungen verleitete. Vor den beiden prächtigsten Bauten, dem Palast der Himmlischen Reinheit Qianquing und dem Palast der Irdischen Ruhe Kunning, waren Tag und Nacht bewaffnete Männer postiert, welche über die kostbaren Gegenstände und Möbel in den Sälen wachten, in denen der Kaiser von China die Ehrbezeugungen der Gesandtschaften jener Länder, Völker und Städte empfing, die den Schutz der ruhmreichen Tang-Dynastie suchten.

Endlich erreichte Tugend des Äußeren keuchend die beiden bauchigen bronzenen Räuchergefäße, die das Portal des eindrucksvollen Torbaus einrahmten. Neben seiner Funktion als Fengxian-Tempel, der dem Ahnenkult der kaiserlichen Familie diente, bildete das achteckige Gebäude auch den monumentalen Eingang zu dem an diesem Hof gelegenen Palast, den die Einwohner von Chang'an respektvoll das »Große und Ehrwürdige Tor des Westens« nannten. Der Minister wurde von den Wachtposten zurückgehalten, die ihn daran hindern wollten, in den ersten Stock zu gehen, wo sich der Sitz des Kaiserlichen Zensorats befand.

»Präfekt Li Jingye hat strikte Anweisung erteilt, dass niemand ohne ausdrückliche Erlaubnis in den ersten Stock hinaufdarf!«, rief der Wächter, der ihn mit beiden Armen umklammert hatte, als er sich anschickte, die Treppe hinaufzustürmen.

»Aber ich bin der Seidenminister! Seit wann braucht denn ein Mitglied der Regierung eine besondere Erlaubnis, um zum Großzensor vorgelassen zu werden?«, brüllte er empört und wehrte sich gegen den festen Griff.

»Meine Aufgabe ist es, dafür zu sorgen, dass die Regeln

befolgt werden! Abgesehen davon bin ich nicht befugt, Euch zu antworten. So lauten nun einmal die Befehle von Präfekt Li!«, erwiderte der Scherge und winkte einige seiner Gefährten zu Hilfe.

»Was hat dieser Lärm zu bedeuten?«, dröhnte plötzlich eine zornige Stimme vom eleganten Marmorbalkon im ersten Stock des Gebäudes herab, der dessen architektonische Pracht noch unterstrich.

Die Eindruck gebietende Gestalt des von Kopf bis Fuß in schwarzen Seidenmoiré gekleideten Präfekten und Kaiserlichen Großzensors Li war hinter der durchbrochenen Brüstung erschienen. Sofort nahmen die Wachleute verängstigt Haltung an.

Mit der Autorität des Präfekten Li war offensichtlich nicht zu spaßen.

»Tugend des Äußeren! Was machst du denn hier? Du hast Glück, dass ich überhaupt da bin! Normalerweise wäre ich heute auf meiner Runde durch die Provinz!«, rief er, ehe er mit lauter Stimme hinzufügte: »Lasst den Seidenminister heraufkommen!«

Wie jedes Mal, wenn er diesen Raum betrat, fühlte sich Tugend des Äußeren eingeschüchtert.

Das lange, bis zum Hals zugeknöpfte Gewand des Präfekten, zu dem er lediglich im Winter einen Zobelkragen trug und das ansonsten ohne all die blitzenden, unnötigen Insignien auskam, die die anderen hohen Beamten seines Ranges so liebten, war das genaue Abbild seines Charakters: streng und unerbittlich.

Er war unmittelbar dem Kaiser unterstellt und nur diesem verpflichtet. Seine Aufgabe war die Untersuchung und Aufklärung aller Unregelmäßigkeiten im Reich der Tang. Als Leiter des Zensorats war er der hohe Beamte, der von seinen Standesgenossen am meisten gefürchtet wurde.

Als Tugend des Äußeren das Büro betrat, spielte der Großzensor wie üblich mit dem wie eine doppelte durchbrochene Kugel geformten Elfenbeinknauf seines Bambusgehstocks, den er nie aus der Hand legte.

Mit tonloser Stimme berichtete ihm der Minister in knappen Worten von seiner Unterredung mit Gaozong, bei der auch Kaiserin Wu Zhao zugegen gewesen war.

»Was du da sagst, ist einfach unglaublich! Bist du dir ganz sicher, dass sich der Kaiser nicht bloß einen Scherz erlaubt hat? Eine so wichtige Untersuchung diesem dahergelaufenen Weibsstück zu übertragen ist doch unerhört!«, flüsterte der Präfekt.

»Leider nicht! Unser Kaiser kann seiner neuen Gemahlin keinen Wunsch mehr abschlagen! Ich war vollkommen verblüfft. Er hat mich sogar angewiesen, die Kanzlei den entsprechenden Erlass vorbereiten zu lassen.«

»Diese Entscheidung ist ein Skandal! Eine unerträgliche Beleidigung, nicht nur für das Zensorat, das eigentlich für eine solche Ermittlung zuständig wäre, sondern für die gesamte kaiserliche Verwaltung! Soweit ich weiß, ist Kaiserin Wu keine Beamtin! Mit welchem Recht könnte sie eine Untersuchung in die Wege leiten und beaufsichtigen?«, schrie der Großzensor und trommelte wütend mit seinem Stock gegen seine Handfläche.

»Ich teile deine Empörung, aber was können wir schon dagegen ausrichten? Der Kaiser ist schließlich unser oberster Dienstherr. Er verfügt über die einzelnen Behörden, wie es ihm beliebt! Und in dieser Angelegenheit fühle ich mich mindestens ebenso zur Seite gedrängt wie du!«, stöhnte der Seidenminister unbehaglich.

»Ich kann deine Befürchtungen verstehen. Abgesehen davon habe ich persönlich mir in dieser Sache nichts vorzuwerfen! Ganz im Gegenteil! Und du hast auch nur deine Pflicht getan, als du den Kaiser darüber in Kenntnis gesetzt hast«, fügte der Präfekt hinzu.

»Du wirkst nicht gerade überrascht über die Existenz dieses Schwarzmarkts«, bemerkte Tugend des Äußeren. Seine Kehle war wie zugeschnürt, als er den Großzensor mit verschreckter Miene ansah.

»Das siehst du richtig. Du weißt doch, dass ich über ein ganzes Netz von Informanten verfüge. In meiner Stellung wird man gewissermaßen dafür bezahlt, alles zu wissen«, erklärte dieser mit einem geheimnisvollen Lächeln.

»Und ich tue an der Spitze meines Ministeriums, was ich kann! Alle Ein- und Ausgänge der Rohstoffe werden sorgfältig kontrolliert. Ich lasse täglich Überprüfungen in den kaiserlichen Manufakturen durchführen. Das Ganze ist einfach entsetzlich!«, stöhnte der Minister.

»Nun, das werden wir ja sehen, wenn das Zensorat die Vorgänge in deiner Behörde genauer unter die Lupe genommen hat.«

»Dieses ganze Misstrauen ist irgendwann noch mein Untergang. Wenn der Leiter des Zensorats mir so wenig vertraut, ist es um mich geschehen!«, murmelte der arme Tugend des Äußeren, der immer apathischer wurde.

»Verbünde dich mit mir, und es wird keine Untersuchung durch das Zensorat geben.«

»Genügt meine Anwesenheit hier etwa nicht, um Euch meiner Hochachtung zu versichern?«, rief Tugend des Äußeren, der vor lauter Erregung in die Höflichkeitsform verfiel.

»Das gefällt mir schon besser. Du musst wissen, dass ich dich brauche. Allein werde ich das Reich niemals vor dem Abgrund bewahren können, in den Gaozong uns unter dem unheilvollen Einfluss von Wu Zhao noch alle reißen wird. Bei Konfuzius steht geschrieben: ›Wer nicht langfristig denkt, wird kurzfristig scheitern.‹«

»Wäre es ungehörig von mir, Euch nach den Namen der Männer zu fragen, auf die Ihr zählt, um das Reich der Mitte vor dem Absturz zu retten?«

Wie es sich für einen Konfuzianer geziemte, stand Tugend des Äußeren inzwischen stramm vor diesem reizbaren Präfekten. Seine Hände hatte er tief in seine verschränkten Ärmel geschoben, und er war darauf bedacht, in seine Haltung so viel Respekt wie möglich zu legen.

»Wohlmeinende Menschen nennen uns ›die alte Garde‹! Anfangs waren wir nur wenige, unter anderem der frühere Erste Minister General Zhang, die sich über den Aufstieg der Thronräuberin empörten. Aber jeder Tag beschert uns Verstärkung. Wie dich! Nur gemeinsam kann man im Leben große Dinge verwirklichen«, erwiderte Präfekt Li zynisch.

»Ihr könnt Euch auf meinen Eifer, meine Ergebenheit und natürlich meine absolute Diskretion verlassen!«, flüsterte der Seidenminister.

Er versuchte um jeden Preis einer Untersuchung durch das Zensorat zu entgehen. Nicht nur, dass ein solcher Schritt in den Augen seiner Standesgenossen eine unglaubliche Schande bedeuten würde. Er hätte auch unweigerlich seiner weiteren Laufbahn als Minister den Todesstoß versetzt.

Und da er davon überzeugt war, dass diese durch das Bekanntwerden des illegalen Seidenhandels ohnehin gefährdet war, glaubte er, kaum noch etwas zu verlieren zu haben, wenn er sich dem Kaiserlichen Großzensor anschloss, der aus seiner Feindschaft zu Wu Zhao nicht länger ein Geheimnis machte.

»Wir werden wohl oder übel einen Weg finden müssen, um diese Kreatur, die unser Kaiser zur Frau genommen hat, daran zu hindern, noch mehr Unheil anzurichten!«, stieß der Präfekt hervor und versetzte den weißen Marmorfliesen mit seinem Stock einen kräftigen Stoß.

Sein breites, kantiges Gesicht, dessen dichte, buschige Augenbrauen über den schmalen Augenschlitzen seine strenge Erscheinung noch unterstrichen, war mittlerweile so starr wie das einer Bronzestatue und strahlte erbitterten Hass aus.

Dieser Mann war ein überzeugter Konfuzianer, und er hasste die Buddhisten, denen er vorwarf, öffentliche Gelder zu veruntreuen, indem sie Opfergaben vom Kaiser erbaten. Er hatte Gaozong gegenüber nie einen Hehl aus seiner Ablehnung gemacht, als dieser Kaiserin Wang verstieß und sie durch »diese dahergelaufene Abenteurerin« ersetzte, für die er nichts als Verachtung empfand.

Mehrmals hatte der Kaiser Präfekt Li zu sich bestellt und ihn zu besänftigen versucht. Er wollte es sich nicht mit einem der bedeutendsten Männer seiner Regierung verscherzen, einem Verfechter der konfuzianischen Lehre, die auf Treue und der Wahrung der althergebrachten Ordnung beruhte. Immerhin waren das jene Prinzipien, auf die trotz allem immer noch die ganze Pyramide der sozialen Beziehungen im Reich der Mitte aufgebaut war.

Doch er hatte sich dabei so ungeschickt angestellt, dass diese Versuche genau das Gegenteil bewirkt und Lis Abneigung gegen diese Frau noch verstärkt hatten, deren größter Fehler in seinen Augen jener bedauerliche Hang zum Großen Fahrzeug war, dem sie unablässig ihr Wohlwollen bekundete.

»Bis dahin bleibt mir keine andere Wahl, als zu tun, was Gaozong mir aufgetragen hat, nämlich zur Kanzlei zu gehen und den Erlass aufsetzen zu lassen, mit dem Seine Majestät Wu Zhao damit beauftragt, die Untersuchung über den illegalen Handel mit Seide im Kaiserreich zu leiten. Wenn ich nicht gehorche, werde ich bald keine Füße mehr haben, mit denen ich überhaupt noch irgendwohin gehen könnte«, murmelte Tugend des Äußeren schüchtern.

»Und keine Nase, um damit zu atmen! Es wird höchste Zeit, dass ich meine Freunde darüber in Kenntnis setze, was sich in diesem Land zusammenbraut. Ansonsten läuft das ganze Reich Gefahr, seine Seele zu verlieren. Wenn Kaiser Taizong der Große sehen könnte, wie gewisse Personen sein

Werk in den Untergang reißen, würde er sich in seinem Grab umdrehen!«, knurrte der Leiter des Zensorats zornig.

»Aber sind wir denn nicht verpflichtet, unserem höchsten Dienstherrn zu gehorchen? Was ist mit dem konfuzianischen Treueeid, den wir dem Kaiser leisten, wenn wir unser Amt antreten?«, wandte der Minister zaghaft ein.

»Ich pfeife darauf! Wir sind nur so lange verpflichtet, ihm treu zu dienen, bis sich herausstellt, dass er den Verstand verliert! Und vertrau meiner Erfahrung und meinem Urteil: Bei Gaozong ist das der Fall! Wenn der Großzensor nicht da wäre, um den Fortbestand des Reichs zu sichern, bliebe bald nichts mehr von dem glorreichen Bauwerk übrig, das mit dem Blut jener Soldaten errichtet wurde, die der Große Taizong zum Sieg zu führen wusste! Sein unwürdiger Nachfolger wäre doch sogar imstande, das Fell des Löwen zu versteigern, den der Fürst von Samarkand einst seinem Vater als Geschenk sandte, wenn diese Frau ihn darum bitten würde!«

»Einen lebenden Löwen?«, fragte Tugend des Äußeren verblüfft.

»Bestimmt keinen aus Papier! Ich kann mich noch gut an das Brüllen des Tieres erinnern, dessen Käfig Kaiser Taizong im Hof des Friedens und der Stille zu Füßen der Trommelglocke aufstellen ließ. Man konnte sein Knurren im Umkreis von mehreren Li hören. Du kannst mir glauben, dass das einfache Volk vor ihm erzitterte! Alle hatten Angst, von dem Raubtier zerrissen zu werden, wenn sie ein Gesetz übertraten. Und wenn du meine Meinung hören willst, in jener Zeit wurden die Gesetze des Kaiserreichs etwas besser befolgt als heute! Damals war der erhabene Kaiser von China noch von anderem Schlag!«, versetzte der strenge Präfekt und ließ erneut die Fliesen unter der mit Eisen beschlagenen Spitze seines Gehstocks hallen.

»Wann ist der Löwe aus Samarkand denn gestorben?«

»Kurz nach dem Tod von Taizong dem Großen. Irgendwelche Schwachköpfe haben ihm vergiftete Fleischbällchen zugeworfen! Und an diesem Tag habe ich begriffen, dass Gaozong nicht aus dem gleichen Holz geschnitzt ist wie sein ruhmreicher Vater!«

Fassungslos über die umstürzlerischen Worte des Präfekten Li und die Leichtigkeit, mit der er trotz seiner Skrupel eingewilligt hatte, sich ihm anzuschließen, verließ der Seidenminister den prächtigen achteckigen Pavillon des Westlichen Tors. Dabei bemerkte er nicht die im Schatten der Säulenreihe verborgene Gestalt, die ihn beobachtete.

Er war verfolgt worden.

Man konnte wahrlich nicht behaupten, dass im kaiserlichen Palast von Chang'an Vertrauen herrschte.

11

Kloster Samye, Tibet

»Hätte das Kloster die Güte, mich innerhalb seiner Mauern übernachten zu lassen? Es ist so kalt hier draußen!«

»Wer ist da? Wer klopft an die Tür? Ich öffne nur denen, die auch ihren Namen nennen!«

Mit Ausnahme seines Abtes, des Ehrwürdigen Ramahe sGampo, war Lama sTod Gling der einzige Mönch, der den Schlüssel zur Eingangspforte des Klosters Samye besaß.

Und der Wunsch, den der *ma-ni-pa* gerade geäußert hatte, war nichts weiter als ein plumper Vorwand.

Von Kopf bis Fuß in sein Yakfell gehüllt, konnte der Wandermönch dank der Wärme seines eigenen Atems viel niedrigere Temperaturen überstehen als die, die der wolkenlose Abendhimmel, an dem bereits die ersten Sterne zu schimmern begannen, für die kommende Nacht verhieß.

Er war nicht auf einer einfachen Pilgerreise zum heiligen Kloster, wie er sie ein, zwei Mal pro Jahr unternahm, wenn ihn seine ziellosen Wanderungen auf den Straßen Tibets in die Nähe dieses verehrungswürdigen Ortes führten.

»Ein Schneesturm zieht herauf: Ich habe Euch um Gastfreundschaft gebeten! Wenn ich hier draußen bleibe, habe ich mich bis morgen früh womöglich in eine Bronzestatue verwandelt. Ich bin nur ein harmloser, armer *ma-ni-pa*!«

Obwohl der wie ein Säugling in eine gefütterte Tunika eingewickelte Lama sTod Gling sich den Hals vor dem vergitterten kleinen Fenster verrenkte, konnte er kein Gesicht zu dieser eher schrillen Stimme erkennen, die auch vor Scherzen nicht zurückschreckte. Der kalte Nordwind, der auf seinen Wangen brannte, peitschte in schneidenden Böen heran und verhieß eine eisige Nacht.

Die Stimme klang seltsam, fast so, als käme sie aus dem Jenseits. Sie drang aus einem Mauerwinkel des Torvorbaus heraus, wo sich die Gestalt hinter einer Zwischenwand verbergen musste.

Und wenn das eine Falle war?

Der sonst so gelassene Lama sTod Gling bemerkte verstimmt, wie allmählich Angst in ihm aufstieg.

Normalerweise fürchtete er sich nicht vor Dämonen.

Weder vor denen des buddhistischen Tantrismus, die die Höllen bevölkerten, noch vor den sehr viel unheilvolleren Dämonen des Bön. Doch auch wenn er nicht an die sogenannte »Religion der Menschen« glaubte, verspürte er keine große Lust, plötzlich aus der Dunkelheit eines jener drachenmäuligen Wesen auftauchen zu sehen, die ein Kind mit einem Happen verschlingen konnten.

Nur ein einziger Dämon machte Lama sTod Gling Angst.

Es war weder der gefährlichste von allen noch der furchteinflößendste. Auch nicht derjenige mit der längsten heraushängenden Zunge, den hervorquellendsten Augen oder den spitzesten Zähnen. Es war der Dämon des »Vogels, der Junge gebiert«, der kleine Fledermausdämon.

Seit seiner frühesten Kindheit, als er auf Geheiß seiner Eltern im Stall übernachten musste, um die Yakherde zu bewachen, und dort voller Entsetzen Hunderte Fledermäuse über seinem Kopf hatte kreisen sehen, graute es Lama sTod Gling vor diesen Tieren.

In seiner kindlichen Fantasie hatte er seine eigene Geschichte für die fliegenden Säugetiere erfunden: Unter der täuschenden Hülle ihres seidigen Pelzes waren sie die Reinkarnation eines außerordentlich bösen Dämons, der nicht zögerte, das Blut schlafender Kinder zu trinken.

Und trotz der langen Jahre, in denen er im tantrischen Buddhismus unterwiesen worden war, glaubte der Lama immer noch felsenfest an diesen reinkarnierten Dämon. Deshalb war der hohle Klang dieser Grabesstimme, gepaart mit ihrem makabren Humor, für ihn auch ein untrügliches Zeichen dafür, dass sich dort tatsächlich jener kleine Dämon im Winkel des Torvorbaus verborgen hielt. Lama sTod Gling war überzeugt, dass er nur darauf lauerte, ihm auf die Schultern zu springen und seine scharfen Reißzähne in seinen Halsansatz zu schlagen, um ihm das Blut auszusaugen, wie es die Wiesel mit Hühnern zu tun pflegten.

In seinen Taschen suchte er nach einem der kleinen trockenen Kuchen, mit denen bei exorzistischen Ritualen die Statuen von Dämonen beworfen wurden.

Unglücklicherweise musste er den letzten davon wohl aufgegessen haben, ohne es zu bemerken, denn seine fiebrig tastenden Finger trafen nur noch auf ein paar Krümel in seiner Gürteltasche.

Und so fühlte er sich ganz besonders wehrlos, als er sich schließlich als letzten Ausweg an den Fledermausdämon wandte, der im Schatten des Torvorbaus auf ihn wartete.

»Wenn du dich nicht zeigst, mache ich auch nicht auf!«, rief er mit zitternder Stimme. »Dein Pech, wenn man dich morgen mit abgefrorener Nase und erfrorenen Fingern findet.«

»Und wenn ich Euch sage, dass mein Weg vor vier Tagen den eines Diebs gekreuzt hat, der dem Kloster von Samye einen seiner kostbarsten Schätze geraubt haben muss!«

»Ich verstehe nicht«, entgegnete Lama sTod Gling tonlos, während er allmählich dachte, dass dieser Dämon nun doch zu weit ging.

»Zwei Kinder, von denen das eine aussah wie ein Affe. Kommt Euch das nicht bekannt vor? Der Korb trug nicht nur das Zeichen Eures Klosters, sondern hatte auch die typische Form einer geöffneten Lotosblüte, genau wie die Opferkörbe, in denen die Gaben der großzügigsten Spender gesammelt werden. Sie sind nummeriert, damit sich die Lebensmittel nicht in Luft auflösen, ehe sie den Tempel erreichen. Der Korb, den ich meine, trug die Nummer siebzehn, wenn mich meine Erinnerung nicht trügt.«

»Ich habe keine Ahnung, wovon du sprichst!«, stammelte der Lama. Er hatte das Gefühl, als würden ihm die Beine unter dem Körper weggezogen.

»Und wenn Ihr mir nicht aufmacht, bin ich wohl gezwungen, anderswo zu erzählen, was ich gesehen habe. Vielleicht in einer Reiterherberge, wo diese Neuigkeit weder auf taube noch auf verständnisvolle Ohren fallen wird. Dieser Mönch des Großen Fahrzeugs, der die beiden Säuglinge mit sich führte, wirkte zwar athletisch, aber was wird er schon gegen fünf oder sechs schwer bewaffnete Räuber ausrichten können, die ihm an der nächstbesten Wegbiegung auflauern und ohne Vorwarnung über ihn herfallen?«

Ein Fledermausdämon konnte kaum so durchdachte, präzise Sätze formulieren.

Da draußen stand tatsächlich ein Mann, der Fünffache Gewissheit begegnet war.

Und der Unbekannte wusste offensichtlich zu viel. Er würde seine Drohung sicher in die Tat umsetzen, falls er ihm den Einlass verweigern sollte.

Daher öffnete Lama sTod Gling erleichtert und zugleich voller Sorge das schwere Tor, und der Mann trat aus dem Mauerwinkel hervor.

»Ich möchte mit dem Ehrwürdigen Abt dieses Klosters reden«, fuhr der *ma-ni-pa* fort.

Er roch so stark nach Ziegenbock, dass Lama sTod Gling unwillkürlich vor diesem abscheulichen Gestank zurückwich und um ein Haar rückwärts gegen die steinerne Torstufe gestolpert wäre.

»Um diese Zeit schläft der Ehrwürdige Ramahe sGampo den Schlaf des Gerechten. Kurz vor Sonnenaufgang wird er sich in den Tempel begeben. Ich habe Anweisung, ihn nicht zu wecken, es sei denn, es geschieht etwas Außergewöhnliches! Ein *ma-ni-pa* wie du sollte doch die Regeln eines großen Klosters kennen!«

»Ich bestehe darauf, den Ehrwürdigen Ramahe sGampo unverzüglich zu sprechen! Ich versichere dir, ich kann sehr laut schreien, und ich habe keine Angst davor, hier einen Aufruhr zu veranstalten!«

Der *ma-ni-pa* ließ seinen Worten Taten folgen und schlug dreimal mit aller Kraft dröhnend auf die große Gebetstrommel, die direkt vor ihm im ersten Hof des Klosters stand.

»Soll ich weitermachen?«, fragte er Lama sTod Gling. Mit einer simplen Handbewegung hatte er dessen Unterarm gepackt und hielt ihn fest, wodurch es dem Mönch unmöglich wurde, ihm den gekrümmten Schlegel zu entreißen, mit dem er die hängende Trommel schlug.

Als der *ma-ni-pa* seinen Griff nicht lockerte, ging der Lama mit schmerzverzerrtem Gesicht in die Knie.

»Ich beherrsche die Kunst der Arm- und Beingriffe, die dem schnellsten Angreifer Einhalt gebieten und jeden Gegner lähmen!«, flüsterte der *ma-ni-pa* dem Lama ins Ohr, wobei diesem ein Schwall übel riechender Speicheltröpfchen ins Gesicht flog.

»Lama sTod Gling, braucht Ihr Hilfe?«, ertönte da plötzlich eine tiefe Stimme, die aus dem Dunkel im hinteren Teil des Hofs hervordrang.

Unversehens ragte der Ehrwürdige Abt Ramahe sGampo auf dem windgepeitschten Hof, in dem die Schneeflocken wie kleine Kugeln unstet über den Kies huschten, vor den beiden verdutzten Männern auf.

Das Oberhaupt des Klosters Samye trug ein langes, von einem safranfarbenen Gürtel gehaltenes pflaumenblaues Gewand, welches die Erhabenheit seiner steifen, eleganten und trotz seines vorgerückten Alters erstaunlich jung wirkenden Gestalt betonte.

Ramahe sGampos Größe übertraf das gewöhnliche Maß. Er musste sich bücken, um durch die Türen von Samye zu gehen, und in den verwinkelten, langen Fluren des riesigen Klosters munkelte man hinter vorgehaltener Hand – denn Ramahe sGampo hasste es, wenn man dieses Thema in seiner Gegenwart anschnitt –, dies sei ein untrügliches Zeichen für die Göttlichkeit, die den Geist des Ehrwürdigen Abtes erfülle. Doch was jeden verblüffte, der zum ersten Mal das Gesicht des hohen geistlichen Würdenträgers erblickte, waren seine beinahe phosphoreszierenden Augen. Sie schienen sein Gegenüber anzuschauen, obwohl sie es nicht sahen, denn sie hatten weder Pupille noch Iris und waren so weiß wie Yakmilch.

Ramahe sGampo war von Geburt an blind.

Daher ruhte seine Hand stets auf der Schulter eines Kindes, wenn er sich irgendwohin begab.

Dieses Kind trug ein Gewand in der gleichen Farbe wie das des Abtes und verschmolz so sehr mit dem Umriss seines Herrn, dass der *ma-ni-pa* es gar nicht gesehen hatte. Erst als das Kind nieste, bemerkte der Wandermönch seinen kleinen Kopf mit dem zerzausten Haar zwischen den Falten des Gewands des Ehrwürdigen Meisters. Vor Schreck zuckte er so heftig zusammen, dass sein Arm gegen die Trommel schlug, deren Klang erneut über den Hof hallte.

»*Om!* Ehrwürdiger Meister, würdet Ihr mir gestatten, den Saum Eures Gewands zu küssen? Es wäre mir eine unvorstellbare Ehre. Der Ruhm Eurer Weisheit und Heiligkeit ist längst über die Mauern Eures Klosters hinausgedrungen! *Om! Mani padme hum!*«, bat er Ramahe sGampo in unterwürfigem Ton, nachdem er hastig eine Hand an die Trommel gelegt hatte, um ihr schwingendes Fell zum Verstummen zu bringen.

»Der Mann vor mir kann nur ein *ma-ni-pa* sein! Und ein Trommel spielender *ma-ni-pa* obendrein!«, entgegnete der Ehrwürdige Abt.

»Woher wisst Ihr das?«, entfuhr es dem Wandermönch.

»›*Om! Mani padme hum!*‹ Schon an diesem Satz erkennt man einen wandernden Mönch. Und der Geruch verrät mir, dass er einen Mantel aus Yakfell tragen muss«, sagte der Abt leise, als wäre er in der Lage, sein Gegenüber von Kopf bis Fuß zu mustern. »Mein Kind, kannst du uns wieder hineinführen? Hier draußen friert es«, fuhr die sanfte Stimme von Ramahe sGampo fort.

Kurz darauf versammelten sich die drei Männer behaglich um eine Kohlenpfanne in der Zelle des Ehrwürdigen Abtes. Das Kind servierte jedem von ihnen eine Schale Tee, in den Lama sTod Gling vorsorglich eine kleine Schöpfkelle voll Yakbutter gegossen hatte.

Auf der anderen Seite des Raums stand auf einem niedrigen Tisch die »Glück verheißende Opfergabe«, die jeder Lama der Gottheit seiner Wahl darbringen durfte. Hier bestand sie aus Weizen, dessen Ähren und Stängel geschmückt worden waren, zwei Krügen und zwei randvoll mit Bier gefüllten Schalen, um die der Schaum einen lustigen Kranz bildete. Das Ganze war auf einem silbernen Tablett angeordnet, das auf einem gefleckten Schneeleopardenfell stand.

»Ich bin auf dem Weg hierher einem chinesischen Mönch begegnet, der sich vor einigen Tagen in Eurem Kloster aufgehalten haben muss!«, sagte der *ma-ni-pa* als Einleitung.

Auf diese Weise wollte er die Unterhaltung in Gang bringen, denn er wusste nicht genau, wie er auf jenes kostbare Sutra zu sprechen kommen sollte, das zu holen ihn die beiden Männer gebeten hatten, denen er unterwegs begegnet war. Er konnte ja nicht ahnen, dass er damit geradewegs ins Fettnäpfchen trat und Lama sTod Gling in eine unmögliche Lage brachte.

Dessen Herz raste. Nicht eine Sekunde lang hatte er damit gerechnet, jemals mit einer solchen Situation konfrontiert zu werden.

Das unerwartete Eintreffen dieses *ma-ni-pa*, der es so eilig hatte, von seiner zufälligen Begegnung mit Fünffache Gewissheit zu berichteten, warf all seine Pläne über den Haufen.

Bis dahin hatte er dem Ehrwürdigen Abt noch nicht erzählt, dass er gezwungen gewesen war, die beiden Säuglinge, die er nicht länger unbemerkt im Kloster lassen konnte, in die Obhut des jungen Mönchs zu geben.

Er kannte die Klugheit und den Scharfsinn von Ramahe sGampo gut genug, um rasch zu dem Schluss zu kommen, dass es das Einfachste wäre, ihm gleich alles zu gestehen. Und so nahm er allen Mut zusammen und sprang ins kalte Wasser.

»Verehrter Meister, zunächst müsst Ihr wissen, dass der Abgesandte von Vollendete Leere, der Tripitaka Fünffache Gewissheit, aus Samye nicht nur das *Sutra über die Logik der Vollkommenen Leerheit* mitgenommen hat, das der Meister des Dhyana aus Luoyang uns zur Aufbewahrung überlassen hatte!«, flüsterte er Ramahe sGampo ins Ohr.

»Woher weißt du überhaupt, dass er das Sutra hier gelassen hat?«, fragte der Abt verwundert.

»Ich stand hinter Euch, mein Ehrwürdiger Meister, als er es Euch sagte«, erklärte der Lama immer noch flüsternd, während er den alten Mann ein Stück zur Seite führte, um zu verhindern, dass der *ma-ni-pa* ihr Gespräch belauschte.

Außerdem stank dieser so erbärmlich, dass es besser war, ihn in einem gewissen Abstand zu halten, wenn man durch seine Ausdünstungen nicht allzu sehr belästigt werden wollte.

»Was hat er denn noch mitgenommen? Ich dachte, der Abgesandte von Vollendete Leere habe lediglich das Sutra seines Meisters abgeholt!«

Um schon im Voraus seine Vergebung dafür zu erflehen,

dass er ihm verschwiegen hatte, was er ihm nun zu beichten gezwungen war, griff der Lama nach der riesigen flachen Hand des Ehrwürdigen Meisters und legte sie sich auf den Kopf.

»Verehrter Meister, ich habe dem Abgesandten von Vollendete Leere kleine Zwillinge anvertraut. Einen Jungen und ein Mädchen. Ich habe es nach bestem Wissen und Gewissen getan. Als eine der vom Erhabenen Buddha gebotenen guten Taten, die zu einem positiven Karma führen! Ich hatte keine andere Wahl. Ich musste es tun, zum Wohl der Kinder. Das Einzige, was ich aus tiefstem Herzen bereue, ist, dass ich es Euch nicht schon früher gesagt habe! Wenn sich die Gelegenheit dazu ergeben hätte, hätte ich es ohne zu zögern getan, das schwöre ich bei der Edlen Wahrheit des Erhabenen.«

»Sprichst du etwa von kleinen Kindern?«, murmelte die tiefe Stimme von Ramahe sGampo.

»Ja! Genau davon spreche ich! Von zwei Säuglingen, mein Ehrwürdiger Meister! Von kaum ein paar Tage alten Säuglingen!«

»Aber soweit ich weiß, gibt es kein einziges Kleinkind hier in Samye! Alle Mönche und Nonnen befolgen gewissenhaft die Gebote des Erhabenen und leben keusch und rein!«

»Alle bis auf eine, mein Ehrwürdiger Abt!«, wisperte der Lama.

In der Zwischenzeit stillte der *ma-ni-pa* seinen Hunger und schlug sich den Bauch mit Maisfladen voll, auf die die hilfreiche Hand eines Novizen lackschwarzen Honig geträufelt hatte. Dieser troff aus seinen Mundwinkeln, während das Kind, auf dessen Schulter sich der blinde Abt gestützt hatte, seine Schale immer wieder aufs Neue mit Buttertee füllte.

»Was soll das heißen, alle bis auf eine?«, dröhnte die Stimme von Ramahe sGampo.

»Nun ja, Verehrter Meister, es handelt sich um eine Novizin, die arme kleine Manakunda! Aber Ihr dürft sie nicht verurteilen. Dem Körper dieser jungen Nonne wurde durch das Geschlecht eines Mannes Gewalt angetan.«

»Manakunda? Gewalt angetan in Samye? Lama sTod Gling, ich hoffe, du bist dir über die Tragweite deiner Worte im Klaren!«

»Diese junge Novizin, die mit dem Aufräumen des liturgischen Ornats betraut war, wurde schwanger. Die arme Kleine ist einer Vergewaltigung zum Opfer gefallen!«

Nachdem der *ma-ni-pa* alle Maispfannkuchen vertilgt hatte, war er zu ihnen herübergekommen.

»Bring diesen Wandermönch in die Küche und versorge ihn mit warmer Suppe!«, wies der Abt daraufhin den Novizen an.

Beileibe noch nicht satt, ließ sich der *ma-ni-pa* nicht lange bitten und folgte dem jungen Mönch, sodass die beiden Männer allein zurückblieben.

»Jetzt haben wir die nötige Ruhe, um über eine so heikle Angelegenheit zu reden. Nun verstehe ich auch, warum diese junge Frau mich gebeten hat, ihr ein Sühneritual zu beschreiben!«, fügte der blinde Abt nachdenklich hinzu.

»Ein Sühneritual, mein Ehrwürdiger Meister?«, fragte Lama sTod Gling verblüfft.

»Ganz genau! Doch in Anbetracht dessen, was du mir gerade berichtet hast, war der Rat, den ich ihr damals erteilt habe, dem Ausmaß ihres Problems nicht angemessen. Eine solche Schuld zu sühnen wird dem armen Mädchen schwerfallen. Bring sie morgen früh bei Sonnenaufgang zu mir, dann wird mir nichts anderes übrig bleiben, als sie aus unserer Gemeinschaft auszuschließen!«

»Es ist nur so, mein Ehrwürdiger Meister, dass die arme Manakunda bei der Geburt der Zwillinge verstorben ist, und genau aus diesem Grund war ich gezwungen, die Kinder in die Obhut des Tripitaka Fünffache Gewissheit zu geben!«

Ramahe sGampo wirkte völlig verblüfft und sogar ein wenig benommen von den Geschehnissen, die der Lama ihm enthüllte.

»Aber das ist ja entsetzlich! Warum hast du mir denn nichts gesagt? Wir hätten eine Hebamme herkommen lassen können oder einen unserer Mönche, die mit ihren Massagen und Salben Wunden und Verrenkungen zu heilen wissen! Wo ist bloß dein Mitgefühl geblieben, das jeder Buddhist seinem Nächsten schuldet, und sei er auch der größte Sünder dieser Welt?«

Der blinde Abt von Samye wirkte zutiefst betrübt. Als Lama sTod Gling erkannte, dass er fähig war, über die strengen Regeln der Mönchsgemeinschaft hinwegzusehen und in dieser schmerzlichen Situation Menschlichkeit und Toleranz zu beweisen, bereute er bitterlich, sich ihm nicht schon früher geöffnet zu haben.

»Ich habe getan, was ich konnte, mein Ehrwürdiger Meister, und zwar im Namen ebenjenes Mitgefühls, das ich Manakunda zu schulden glaubte. Die junge Frau war halb tot vor Scham. Ich hatte sie in dem Schafstall kurz vor der Passhöhe untergebracht, dort hat sie Zuflucht gefunden. Sie wollte auf keinen Fall, dass irgendjemand hier erfuhr, dass sie schwanger war.«

»Du wusstest also davon?«

»Ich war der Einzige, dem sie es anvertraut hatte. Mir waren ihre Blässe und ihr beschwerlicher Gang aufgefallen, und als ich sie ein paar Tage vor der Niederkunft nach dem Grund dafür fragte, warf sie sich bitterlich weinend in meine Arme. Doch sie wollte mir nicht sagen, was mit ihr war. Erst als ich nicht mehr lockerließ, gestand sie mir alles. Aber sie hätte mir überhaupt nicht mehr viel zu erklären brauchen! Als sie sich an mich drückte, hatte ich bemerkt, dass ihr gewaltiger Bauch fest war wie ein Kürbis, danach wusste ich Bescheid. Ich habe ihr daraufhin angeboten, sie in dieser Schäferhütte unterzubringen, damit sie fernab der Gemeinschaft in aller Ruhe ihr Kind zur Welt bringen könne. Zehn Tage später bekam sie einen kleinen Jungen und ein kleines Mädchen.«

»Du hast richtig gehandelt, sTod Gling. An deiner Stelle hätte ich genau das Gleiche getan, mit dem einzigen Unterschied, dass ich alles meinem Abt erzählt hätte.«

»Am Tag der Geburt ließ sie mich, kurz bevor sie das Bewusstsein verlor, schwören, das Kind in gute Hände zu geben, falls ihr etwas zustoßen sollte. Vor allem sollte ich niemals einem der Mönche etwas von ihrem Unglück erzählen. Die arme Kleine war halb tot vor Angst bei dem Gedanken, jemand in Samye könne erfahren, dass sie eines unserer Heiligen Verbote übertreten hatte. Sie wollte diese Gegend verlassen und so weit wie möglich von hier fortgehen. Sie sagte, sie wolle nach China, um dort ein neues Leben anzufangen.«

»Nach Zentralchina?«

»Um genau zu sein, nach Luoyang! Sie hat mir diese Stadt als einen Ort voller Reichtümer und Wunder beschrieben! Ich habe mich immer gefragt, warum sie die ganze Zeit von Luoyang sprach. Zweifellos hat sie die Erzählungen von Reisenden gehört, die diese Gegend besucht hatten.«

»Tatsächlich ist Luoyang ein heiliger Ort, an dem das Große Fahrzeug über ein Kloster verfügt, welches größer ist als manche Stadt!«

»Das weiß ich bereits, mein Ehrwürdiger Abt: das Kloster der Dankbarkeit für Erwiesene Kaiserliche Wohltaten, und Meister Vollendete Leere ist sein Abt.«

»Aber das ist doch sicher nicht der Grund, warum du beschlossen hast, die Kinder seinem Abgesandten anzuvertrauen.«

»Ich hatte keine andere Wahl. Die Zeit drängte. Das unerwartete Eintreffen von Fünffache Gewissheit war eine Gelegenheit, und ich beschloss, sie zu nutzen. Dieser Mönch strahlte Güte und Klugheit aus. Vom ersten Moment an flößte sein Blick mir Vertrauen ein! Ich war der Ansicht, das sei der beste Weg, mein Wort zu halten.«

»Es tut mir leid, dass ich diesen Fünffache Gewissheit nicht begrüßt habe, als er hier war. Er hat also das Sutra mitgenommen und die beiden Kinder als Dreingabe noch dazu?«

»Ja, so ungefähr war es. Ich habe ihn vor die Wahl gestellt: Er durfte das Sutra mitnehmen, aber nur unter der Bedingung, dass er sich auch noch eines Weidenkorbs annahm, in den ich die beiden Säuglinge gelegt hatte.«

»Wie dreist von dir! Dieses kostbare Sutra gehört Vollendete Leere, der es uns zur Aufbewahrung überlassen hatte! Da Buddhabadra nicht zurückgekehrt war, um es abzuholen, hatte Fünffache Gewissheit jedes Recht, ohne die geringste Gegenleistung seine Herausgabe zu verlangen. Er hätte mich lediglich aufzusuchen brauchen. Nachdem ich ihm einige Fragen über die Lehre des Großen Fahrzeugs gestellt hätte, um mich zu vergewissern, dass er tatsächlich von Vollendete Leere geschickt worden war, hätte ich ihm ohne das geringste Zögern die Tür unserer Bibliothek geöffnet!«

»Darin kann ich Euch nur zustimmen, mein Ehrwürdiger Abt!«

»Wenn das so ist, warum hast du mich dann nicht über seine Ankunft informiert?«

»Euer Erstaunen ist berechtigt. Und Ihr hättet auch allen Grund, zornig auf mich zu sein, mein Ehrwürdiger Meister, wären da nicht diese Kinder. Euer ergebener Diener hatte keine andere Wahl: Er musste um jeden Preis eine Lösung finden! Ich habe eine entsetzliche Woche damit verbracht, zwischen dem Kloster und diesem Schafstall hin- und herzueilen, wo es für die Kleinen allmählich zu kalt wurde!«

»Waren sie etwa krank?«

»Nicht direkt. Aber ich würde lügen, wenn ich behaupten würde, dass sie nicht ein äußerst sonderbares Paar bildeten!«

»Was willst du denn damit sagen?«, fragte der Abt verwundert.

»Nun, bei der Geburt kam ein erstes Kind zur Welt, das ich in einem Tuch auffing. Es war wunderschön. Seine kleinen Augen waren bereits geöffnet, und es lächelte herzallerliebst. Ich dachte, damit wäre alles erledigt, doch kaum hatte ich das Kleine saubergewischt, als ein Weinen vom Leib der Mutter herüberklang und ich erkannte, dass noch ein zweiter Säugling geboren war! Nachdem ich auch dieses zweite Kind gesäubert und gewickelt hatte, beugte ich mich über das mitleiderregend bleiche Gesicht von Manakunda. Doch mir wurde klar, dass sie aufgehört hatte zu atmen.«

»Ja, ich habe schon verstanden, dass du nach dem Tod dieser armen Sünderin die Zwillinge so schnell wie möglich in gute Hände geben wolltest.«

»Aber das ist nicht alles, mein Ehrwürdiger Meister!«

Die Stimme von Lama sTod Gling klang mit einem Mal drängender.

»Was gab es denn noch?«

»Während das erste Kind, der Junge, vollkommen normal aussah, war das halbe Gesicht des Mädchens behaart wie das eines kleinen Affen!«

»So etwas habe ich ja noch nie gehört!«

»Ich hätte vor Überraschung beinahe laut aufgeschrien. Ich war sofort davon überzeugt, zwei göttliche Reinkarnationen vor mir zu sehen, mein Verehrter Meister! Daraufhin fiel ich vor den beiden Kindern auf die Knie und verbeugte mich so tief wie möglich.«

»An welche Gottheiten dachtest du?«, wollte der blinde alte Abt wissen, und seine hastig hervorgestoßene Frage zeugte von seinem inneren Aufruhr.

»An die beiden Urahnen aller Menschen im Reich Bod,

den Mitfühlenden Bodhisattva Avalokiteshvara und die Dämonin Tara! Mir war sofort klar, dass das halb menschliche, halb tierische Gesicht des kleinen Mädchens ein untrüglicher Beweis dafür sein musste«, flüsterte der Lama, dessen Züge sich vor Aufregung gerötet hatten.

»Bist du dir ganz sicher, dass es sich nicht um eine gewöhnliche Missbildung handelte, wie sie die Natur den Menschen hin und wieder auferlegt, in meinem Fall etwa die Blindheit?«

»Ich will mir die Hand abhacken lassen, wenn Manakunda nicht zwei göttliche Wesen zur Welt brachte, mein Ehrwürdiger Abt!«, protestierte Lama sTod Gling.

»Aber du weißt doch genau, dass die Dämonin Tara nicht zu unseren Göttern gehört! Tara ist eine Kreatur der ›Religion der Menschen‹, des Bön, welche all diejenigen praktizieren, die nie das Glück hatten, den Unterweisungen eines Lama zu lauschen!«, fügte der Abt hinzu, der noch nicht ganz von dieser etwas konfusen Geschichte überzeugt war.

»Ihr scheint an meinen Worten zu zweifeln, das bekümmert mich! Wie erklärt Ihr denn, dass eines dieser beiden Kinder ein halbes Affengesicht hat? Ich schwöre Euch, Hochehrwürdiger Ramahe sGampo: Trotz seiner ausgesprochen fein geschnittenen Züge war das halbe Antlitz dieses kleinen Mädchens das einer jungen Äffin!«, beharrrte der Lama, der sich nicht von seiner Überzeugung abbringen ließ, mit leicht erhobener Stimme.

»Ganz sicher! Dieser Lama sagt die Wahrheit, darauf gebe ich Euch mein Wort! Die eine Hälfte des Gesichts dieses kleinen Mädchens gleicht dem eines Waldaffen. Ich habe es mit eigenen Augen gesehen! *Om!*«, rief der Wandermönch triumphierend.

Nachdem er auf leisen Sohlen mit dem Novizen aus der Küche zurückgekommen war, hatte er den letzten Wortschwall von Lama sTod Gling gehört.

Er hielt einen neuen Teller voller Kuchen mit schwarzem Honig in den Händen und leckte sich hingebungsvoll schmatzend die glänzenden Finger ab.

Gleich hinter ihm stand der junge Novize. Er hielt eine der Bierschalen aus dem »Glück verheißenden Opfer« in der Hand, auf die sich der *ma-ni-pa* begehrlich stürzte, nachdem er gierig seine Pfannkuchen verschlungen hatte.

Diese Unterbrechung hatte Lama sTod Gling Gelegenheit gegeben, sich wieder zu sammeln.

Jetzt, wo er Ramahe sGampo alles gebeichtet hatte, konnte er diesem geschwätzigen Wandermönch endlich das Mundwerk stopfen.

»Dieser Mönch ist Fünffache Gewissheit auf dem Weg durch die Berge begegnet. Und nun droht er, Räubern von dem heiligen Trupp zu erzählen!«, verriet er Ramahe sGampo und bohrte dabei seinen Blick fest in die Augen des *ma-ni-pa*.

»Was für ein schändliches Vorhaben! Wer so etwas täte, würde ohne irgendeinen Zweifel als eine jener Raupen wiedergeboren werden, auf die die Spatzen so eifrig Jagd machen, dass sie nicht länger als eine Stunde auf dem Blatt eines Baumes überleben!«, verkündete die tiefe Stimme von Ramahe sGampo streng.

»Aber … aber das stimmt nicht! Wenn ich kämpfen müsste, um diesen Mönch und die göttlichen Kinder zu verteidigen, dann würde ich es tun, und zwar mit allen Kräften!«, stammelte der Wandermönch mit zitternder Stimme, als habe ihn die Warnung des Abtes geradezu niedergeschmettert.

Mit einem Schlag schien das Bier, das er hastig hinuntergestürzt hatte, nicht mehr durch seine Kehle rinnen zu wollen, denn er hatte Schluckauf bekommen.

Die weißen Augen des Ehrwürdigen Abtes von Samye schienen dem Wandermönch eine regelrechte Strafpredigt zu halten. Nachdem er sein Gesicht so dicht an das des *ma-ni-pa* herangebracht hatte, dass sich ihre Nasen berührten, versetzte Ramahe sGampo mit bedächtiger Stimme: »Nun gut, *ma-ni-pa*, ich werde dich beim Wort nehmen!«

»Hochgeachteter und Verehrter Meister, ich werde jede Eurer Anweisungen befolgen, als sei sie ein Befehl meines eigenen Vaters!«

»Du wirst hinter diesem Mönch und den beiden Säuglingen hereilen. Und wenn du sie eingeholt hast, wirst du alles tun, um ihnen zu helfen und sie heil nach Luoyang zu begleiten. Dort angekommen, suchst du Vollendete Leere, den Abt des großen Mahayana-Klosters der Dankbarkeit für Erwiesene Kaiserliche Wohltaten, auf. Und nachdem du ihm die Grüße von Ramahe sGampo überbracht hast, wirst du ihm meinen baldigen Besuch ankündigen!«, befahl der blinde Abt mit donnernder Stimme.

»Ihr wollt nach Luoyang reisen?«, rief Lama sTod Gling verblüfft.

Es war das erste Mal, dass sein Abt eine solche Absicht erwähnte.

Wegen seiner Blindheit verließ er das Kloster kaum, und die seltenen Reisen, die er sich zugestand, führten niemals über die Grenzen von Bod hinaus.

»Wenn ich Eurer heiligen Weisung folge, werde ich doch dadurch sicher ein Karma erlangen, das mich dem Paradies ein Stück näher bringt?«, deutete der *ma-ni-pa* in verschwörerischem Ton an.

»Ohne jeden Zweifel. Dein Tun wird genauso wirkungsvoll sein, als würdest du mehrere Jahre damit verbringen, Gebetsmühlen kreisen zu lassen, oder ganze Jahrhunderte auf den Straßen Tibets deine Possen treiben!«

Über den galligen Humor des blinden Abtes hinaus verfehlte sein ernster, strenger Ton nicht seine Wirkung auf den *ma-ni-pa*. Ganz sicher würde er die versprochenen Wohltaten ernten, wenn er dem Befehl des alten Mönchs mit den weißen Augen Folge leistete.

»Wirklich? Ich werde endlich Eingang in das Paradies der Bodhisattvas finden?«, wagte er nachzufragen, wozu er sich diesmal an Lama sTod Gling wandte.

»Glaubst du etwa, der Ehrwürdige Abt von Samye sei fähig zu lügen?«, rief der Lama entrüstet.

»Tu, was ich dir aufgetragen habe, und glaube mir, mein *ma-ni-pa,* du wirst dafür belohnt werden!«, fügte Ramahe sGampo hinzu.

Er hatte diesen letzten Satz in jenem unendlich sanften Ton gesprochen, der ihn noch überzeugender machte, auch wenn es sich in Wahrheit um eine Anweisung handelte, die keinen Widerspruch duldete.

Auch der *ma-ni-pa* hatte sich davon nicht täuschen lassen und sich dem Ehrwürdigen Abt zu Füßen geworfen, um als Zeichen der Treue und Unterwerfung den Saum seines Gewands zu küssen.

»Ehrwürdiger Meister, ich werde alles tun, ohne auch nur einen Zoll von meinem Weg abzuweichen!«

Ramahe sGampo hatte den herumstreunenden Mönch ganz offensichtlich gezähmt.

»Es ist Zeit, schlafen zu gehen. Die Nacht ist noch nicht zu Ende! Bring diesen Mönch in den Schlafsaal. Es wird sicherlich eiskalt werden. Heute unter freiem Himmel zu nächtigen wäre der reinste Wahnsinn«, fügte der Abt von Samye gähnend hinzu.

»Komm mit!«, forderte Lama sTod Gling den Wandermönch auf.

Dann führte er ihn in einen riesigen, überhitzten Raum, in dem es nach Ziegenbock stank, und ließ ihn sich auf einem schmalen Lager einrichten.

Obwohl es im Schlafsaal stockfinster war, verrieten laute Schnarchgeräusche, dass sich noch weitere Reisende hier aufhielten, denen das Kloster von Samye in jener Nacht Gastfreundschaft gewährt hatte.

»Das ist der Saal für die Pilger. Heute Abend ist er fast leer, wir erwarten den nächsten Schub für morgen. Also wirst du ungestört schlafen können! Ich wünsche dir eine gute Nacht!«

»Ehe du gehst, sollst du wissen, dass ich ursprünglich hergekommen bin, um ein kostbares Manuskript mit dem Titel *Sutra über die Logik der Vollkommenen Leerheit* zu holen!«, gestand der *ma-ni-pa* schüchtern.

Noch ganz unter dem Eindruck der Strafpredigt des blinden Abtes stehend, hatte er mit der glühenden Überzeugung aller Neubekehrten ein für alle Mal beschlossen, nie wieder zu lügen.

»Dieses Sutra befindet sich schon seit einer geraumen Weile nicht mehr hier. Wenn du deswegen hergekommen bist, hast du dich umsonst bemüht!«, erwiderte sTod Gling, ehe er die Tür hinter sich zuschlug.

Was sollte der *ma-ni-pa* bloß den beiden Männern sagen, die ihn nach Samye geschickt hatten, nachdem sie ihm diese hohe Belohnung versprochen hatten, von der sich bereits ein Viertel in seinem Beutel befand?

Denn in Wahrheit war er nur hier, weil ihm diese beiden Männer den Auftrag dazu erteilt hatten, und vor allem der eine von ihnen sah aus, als sei mit ihm nicht zu spaßen.

Würden sie ihm glauben, wenn er mit Unschuldsmiene zu ihnen zurückkehrte, um ihnen auszurichten, dass das wertvolle Sutra längst fort war?

Und sollte er dem Lama diese entschieden vorgebrachte Behauptung überhaupt glauben?

Er bereute, dass er sich nicht in eine Apsara verwandeln konnte, eine jener engelsgleichen Gestalten, die, wie es hieß, durch die Luft fliegen und die dicksten Steinmauern durchdringen konnten!

Nur eine fliegende Apsara wäre in dieser Nacht in der Lage gewesen, in die Bibliothek des Klosters einzudringen, um nachzusehen, ob sich dieses *Sutra über die Logik der Vollkommenen Leerheit* noch dort befand oder nicht.

Seine eigenen Kräfte waren ihm in dieser Situation leider keine große Hilfe.

Wie gerne hätte er sich aus der misslichen Lage befreit, in die er sich ärgerlicherweise selbst gebracht hatte!

Die bis zur Klappe mit glühenden Kohlen gefüllten Öfen hatten den Raum in ein Schwitzbad verwandelt. Dicke Schweißtropfen rannen dem *ma-ni-pa* über den Körper, während er, umringt von schnarchenden Schläfern, denen sein Schicksal vollkommen gleichgültig war, spürte, wie dumpfe Sorge von ihm Besitz ergriff.

Ihm blieb nur noch die Hoffnung, dass er erschöpft genug war, um einzuschlafen, sodass die Nacht ihm guten Rat bescheren konnte.

Während er nach einer Weile in den Schlaf hinüberglitt, ahnte er, dass es Ärger geben würde, sollte er unverrichteter Dinge zu den beiden Männern zurückkehren.

Und so war er nicht überrascht, seinen eigenen Schrei zu hören, als er mitten in der Nacht schweißgebadet aus einem Albtraum hochschreckte. Er hatte geträumt, der brutalere seiner beiden Auftraggeber wolle ihm ein blitzendes Messer in den Bauch zu rammen, nachdem er ihn zuvor bereits mit der Peitsche gezüchtigt hatte.

»Ruhe! Hier kann ja kein Mensch schlafen!«

Seine Schreie mussten die anderen aufgeweckt haben.

Da er befürchtete, man könne ihn bestohlen haben, tastete er unwillkürlich nach seinem Beutel.

Die Silbermünzen der beiden Männer waren noch da. Noch nie hatte er so viele davon besessen. Es waren sicher genug, um sich eine ganze Woche lang morgens, mittags und abends in einer guten Herberge den Bauch vollzuschlagen.

Deswegen steckte er nun in dieser Zwickmühle, aus der er

keinen anderen Ausweg sah, als gar nicht mehr zu ihnen zurückzukehren.

Aber was würden die beiden Männer von ihm denken, wenn sie feststellten, dass er sie betrogen hatte?

Und vor allem, wie würde der unbeherrschtere von beiden reagieren, der mit dem beängstigenden Blick, der unversehens am Eingang einer Höhle im Berghang aufgetaucht war und nach ihm gerufen hatte?

»Hier in der Höhle liegt ein Mann, der sich am Bein verletzt hat. Ein mitfühlender *ma-ni-pa* wie du hat die Macht, Schmerzen zu lindern. Du sollst es nicht bereuen, wenn du uns hilfst! *Om!*«, hatte der seltsame Fremde in holprigem Tibetisch gerufen.

Der *ma-ni-pa* hatte seinen Argwohn unterdrückt und war auf die Höhle zugegangen.

Drinnen lag ein Mann unter einer Decke aus Yakfell. Sein rot angelaufener, geschwollener Knöchel verriet eine Verrenkung, über die er ein paar Mal mit den Händen strich.

»Es ist schon viel besser, danke!«, hatte der erschöpft wirkende Mann leise gemurmelt.

Ganz allmählich hatten ihn die beiden Unbekannten, die sich ihm als die Oberhäupter zweier buddhistischer Strömungen vorstellten, in ein Gespräch verwickelt.

Der Verletzte hieß Buddhabadra und behauptete, als Abt des Klosters vom Einen Dharma in der indischen Stadt Peshawar sei er der rechtmäßige geistige Führer des buddhistischen Lehrpfads des Kleinen Fahrzeugs; der andere hingegen hatte sich in hochtrabenden Worten geheimnisvoll als »Verrückte Wolke, Garant des Friedens zwischen den Lehrpfaden« bezeichnet.

Das selbstsichere Auftreten der beiden Männer hatte den Wandermönch so sehr eingeschüchtert, dass er nicht zu fragen gewagt hatte, was sie dann überhaupt in diesem Felsspalt mitten im Himalaya-Massiv zu suchen hatten.

Die Verlockung des Geldes hatte ihn jedoch endgültig überzeugt, den vollkommen unerwarteten Vorschlag von Verrückte Wolke anzunehmen.

Denn schon sehr bald hatte der Mann namens Buddhabadra, der normaler und umgänglicher wirkte als sein Gefährte, vor den Augen des verdutzten *ma-ni-pa* eine Handvoll Silbermünzen aufblitzen lassen.

Es waren so viele!

Zumindest viel mehr, als ein armer *ma-ni-pa* je in seinem Leben gesehen hatte!

Als Gegenleistung für diese Münzen verlangten sie im Grunde gar nicht so viel von ihm: Er brauchte nur nach Samye zu gehen und dort ein Sutra mit dem seltsamen Namen *Sutra über die Logik der Vollkommenen Leerheit* zu holen.

In Samye angekommen, sollte er den Mönchen lediglich erklären, dass Buddhabadra ihn geschickt habe, und schon würde man ihm das Sutra aushändigen. Das zumindest hatte Verrückte Wolke ihm versichert.

Obwohl dieser eigenartige Vorschlag viel zu schön klang, um wahr zu sein, hatte er nicht gezögert, ihn anzunehmen, denn er würde ihn zu einem reichen Mann machen.

Doch inzwischen hatte er das Gefühl, die Münzen, mit denen er unablässig herumspielte, seien glühend heiß und würden ihm die Finger verbrennen.

Wie naiv er doch gewesen war!

Er bereute bitterlich, aus reiner Geldgier gehandelt zu haben wie ein gewöhnlicher fahrender Händler. So etwas war eines *ma-ni-pa* vollkommen unwürdig. Er ganz allein war schuld daran, dass er nun in dieser Falle saß.

Doch da sah er in der Dunkelheit des von üblen Ausdünstungen erfüllten Raums plötzlich das von einem Lichtkranz umgebene Gesicht des Erhabenen Buddha aufscheinen.

»Was soll ich tun, Verehrter Gautama?«, flehte er.

Das Gesicht des Erwachten sah ihn mit einem sanften, gütigen Lächeln an.

Er wiederholte seine Frage.

Die Augen des Buddha betrachteten ihn immer noch mit dem gleichen Mitgefühl, aber sein Mund, mit dem er den Menschen die Wahrheit verkündet hatte, blieb fest verschlossen.

Da kam dem *ma-ni-pa* der Befehl von Ramahe sGampo in den Sinn.

Die Wahl zwischen dem unbefleckten Karma, zu dem ihm der blinde Abt den Weg gewiesen hatte, und der Aussicht, unverrichteter Dinge zu den beiden Männern zurückzukehren, war schnell getroffen!

Es war ihm gleich, dass ihn seine Auftraggeber für einen Verräter und Betrüger halten und, vor allem der eine, dessen Augen wie die eines blutrünstigen Irren wirkten, alle möglichen Strafen und böse Zauber auf ihn herabbeschwören würden.

Denn zum Glück wachte der Erhabene Buddha über ihn.

Er hatte dafür gesorgt, dass er den göttlichen Zwillingen begegnet war, denen er gleich morgen nacheilen würde, um sich in ihren Dienst zu stellen.

Und in dem Bewusstsein, dass sich in dieser Nacht sein ganzes Leben verändert hatte, schlief er endlich erschöpft ein.

12

Tempel des Unendlichen Fadens, Seidenmanufaktur in Chang'an, China

Kaum hatte Jademond das jugendliche, wie stets lächelnde Gesicht ihres geliebten Speer des Lichts gesehen, da hatte sie sich vor lauter Überraschung und Glück nicht mehr zurückhalten können. Trotz der finsteren Blicke der Werkstattaufseherin war sie auf ihn zugerannt und warf sich ihm in die Arme.

Die größte kaiserliche Seidenmanufaktur von Chang'an, der sogenannte Tempel des Unendlichen Fadens, war in einem sehr weitläufigen Gebäude untergebracht. Falls irgendein Neugieriger gewagt hätte – denn so etwas war nicht gerade ratsam –, es einmal zu umrunden, würde er dafür über zwei Stunden brauchen.

Die Manufaktur lag ein Stück abseits der Hauptstadt und zählte fast zehntausend Arbeiter, die meisten von ihnen Frauen.

Denn nur die schlanken, gelenkigen Finger weiblicher Hände waren für die Herstellung dieses kostbaren Gewebes geschickt genug. Sie allein konnten den hauchdünnen Seidenfaden, der durch das Abhaspeln der Kokons gewonnen wurde, in herrliche Stoffe verwandeln. Die eleganten Damen der westlichen Reiche waren seit jeher ganz versessen auf die schillernden Farben und den außerordentlichen Glanz, der die Seide zu jener unbezahlbaren Ware machte, von der man zu Zeiten Alexanders des Großen berichtet hatte, sie werde von den »Serern« gefertigt, jenem Volk, dessen Name sowohl auf Latein als auch auf Griechisch »Seide« bedeutete.

Weil dieses Gewebe so kostbar war, gehörte der Tempel des Unendlichen Fadens, abgesehen von Gaozongs kaiserlichem Palast, zu einem der am schärfsten bewachten öffentlichen Gebäude der Hauptstadt.

Nur ein einziges Tor führte hinein, und dort kontrollierten bewaffnete Wärter die Gesichter der Arbeiterinnen und prüften aufmerksam alle Waren, die hinein- oder herausgetragen wurden. Dann brachten sie eine Plakette darauf an, die vorschriftsmäßig mit einer laufenden Nummer versehen war, welche einige Kanzleischreiber dritten Ranges in langen Verzeichnissen festhielten. Auf diese Weise kannte die kaiserliche Seidenbehörde bis aufs Stück genau die Anzahl der Pakete mit Seidenkokons, die an einem bestimmten Tag in die Manufaktur gebracht worden waren, wie auch die der fertigen Stoffballen, die das Gebäude verließen, um verkauft zu werden.

Auch im Innern der Manufaktur wurden alle Etappen der Seidenherstellung genauestens kontrolliert.

Trotzdem war es Speer des Lichts ohne große Mühe gelungen, in dieses Allerheiligste der Seide vorzudringen.

»Speer des Lichts! Wie schön, dich nach so langer Zeit einmal wiederzusehen!«

Der junge Manichäer hatte lediglich den Beamten aufzusuchen brauchen, der mit der Überwachung der Verzeichnisse beauftragt war. Dieser hatte ihn mit offenen Armen empfangen und die drei Wächter, die ihm den Weg versperrten, mit einem Blick angewiesen, ihn in den Tempel des Unendlichen Fadens einzulassen.

Diese unvorstellbare Manufaktur war in riesige Hallen aufgeteilt, die alle einem bestimmten Arbeitsgang gewidmet waren. Jademond arbeitete in der Färberei, wo die Arbeiterinnen die zu einem Strang zusammengefassten Seidenfäden an einem langen Haken in gewaltige, in den Boden gegrabene Becken tauchten, die mit schimmernden Flüssigkeiten – goldgelb, zinnoberrot, türkisblau, smaragdgrün, blütenweiß und rabenschwarz – gefüllt waren.

Auf einem Regal an der rückwärtigen Wand der Werkstatt standen säuberlich aufgereiht die Tonkrüge mit den Pigmenten, die für die Farben verwendet wurden: Holzkohle für das Schwarz, Bleiweiß für das Weiß, Azurit oder Indigo für das Blau, Malachit für das Grün, Ocker und Auripigment für das Gelb und natürlich Zinnober für das Rot, das man, um größeren Eindruck zu machen, auch »Blut des Gibbonaffen *xingxing*« nannte.

Um diese tiefrote Farbe zusätzlich zu beleben, fügte man entweder das sogenannte »Purpurerz« oder »Drachenblut« hinzu, einen Stoff, der in Wahrheit von einem auf Bäumen lebenden Insekt namens *lac* abgesondert wurde, oder den aus kostbaren Mittelmeerschnecken gewonnenen Purpur, der in winzigen Mengen und zu horrenden Preisen über die Seidenstraße nach China gebracht wurde.

Auf dem mit Steinplatten ausgelegten Boden des Färbersaals leuchteten unzählige bunte Farbspritzer, die von den Seidensträngen tropften, wenn diese in die Trockenhalle gebracht wurden.

Es hatte nicht lange gedauert, bis Speer des Lichts Jademond ausfindig gemacht hatte.

Sie hatte sich in den zwei Jahren, seit er sie verlassen hatte, kein bisschen verändert.

Immer noch genauso schön und anmutig wie früher, tauchte sie gerade einen Strang Seide in ein mit Zinnober gefülltes Becken, als sie ihn entdeckte und auf ihn zustürzte.

»Ich dachte, ich würde dich nie wiedersehen!«, flüsterte sie atemlos, die Lippen dicht am Ohr von Speer des Lichts, der bereits jetzt, nachdem sie nur flüchtig über die Haut an seinem Nacken gestrichen hatte, den gleichen inneren Aufruhr verspürte wie zwei Jahre zuvor, wenn sie sich an ihn schmiegte, nachdem sie sich geliebt hatten.

»Du musst mich verflucht haben! Ich habe mich dir gegenüber wie ein mieser Schuft verhalten!«

»Du hast dich nicht einmal von mir verabschiedet, bevor du fortgegangen bist!«

»Ich hatte keine andere Wahl. Wenn du wüsstest, wie weh mir das getan hat! Aber wenn ich dich nicht so sehr lieben würde, wäre ich doch nicht zurückgekommen«, sagte er und unterdrückte ein Schluchzen.

»Hier können wir nicht miteinander reden!«, antwortete sie und deutete auf die Aufseherin, die mit strengem Blick zu ihnen hinübersah. Jademond hatte sie einfach ignoriert, als sie zu ihrem Geliebten gelaufen war, um sich an ihn zu schmiegen.

»Ich konnte es kaum erwarten, dich wiederzusehen, deshalb bin ich gleich hergekommen, statt heute Abend am Ausgang auf dich zu warten.«

»Die ganze Zeit über ist mir jedes Mal ein Schauer über den Rücken gelaufen, wenn ich an deine Hände auf meinem Hintern zurückdachte!«, murmelte sie mit jener überraschenden Offenheit und Ungezwungenheit, mit der sie immer von solchen Dingen sprach.

»Wie oft habe ich nicht geträumt, ich läge in deinen Armen, und wenn ich aufwachte, war mein Glied so hart, dass es wehtat! Wenn du wüsstest, wie sehr ich mich danach sehne, mit dir allein zu sein!«

»Du wirst dir etwas einfallen lassen müssen, damit ich dir verzeihe.«

»Ich will alles tun, um dein Herz aufs Neue zu erobern!«

»Wenn ich dich so reden höre, wird mein Rosental schon ganz nervös!«, sagte sie erschauernd.

Weit davon entfernt, die Beleidigte zu spielen, wirkte die hübsche kleine Arbeiterin ganz im Gegenteil überglücklich über das wundersame Wiederauftauchen ihres Geliebten, den sie zwei Jahre zuvor alle Berührungen, Stellungen und Worte gelehrt hatte, die die Körper unweigerlich auf den gemeinsamen Gipfel der Lust trugen.

Jademond schien geradezu für die körperliche Liebe geschaffen zu sein, und es hatte nicht lange gedauert, bis sie Speer des Lichts in diese Kunst eingeweiht hatte.

Was sie am meisten liebte, war, die Woge der Lust in sich aufsteigen zu spüren bis zu jenem unbeschreiblichen Moment, in dem der Tau tief drinnen in ihrer goldenen Höhle zu sprudeln begann.

Und auch Speer des Lichts, der unter dem dünnen Kleid die aufgerichteten Brustwarzen der jungen Frau erkennen konnte, dachte unwillkürlich an ihre Liebesspiele zurück, an denen er solchen Gefallen gefunden hatte, dass seine Rückkehr nach Turfan ihm beinahe das Herz zerrissen hatte.

Er hatte sich einreden müssen, dass ihm für seinen Ungehorsam das Feuer der großen Hölle drohte, wenn er weiterhin ihre unbeschwerte Liebe genoss. Nur so konnte er sich schweren Herzens dazu durchringen, Chang'an mit der kostbaren Ware, derentwegen er hergekommen war, zu verlassen.

Wenn er in diesem Moment nur auf seine Sinne gehört hätte, wäre er ohne jeden Zweifel bei dieser Frau geblieben, deren Körper so wunderbar und rückhaltlos auf all die Berührungen reagierte, die sie ihm beigebracht hatte.

Dieses intime Wissen um den menschlichen Körper verdankte Jademond ihrem Stand und ihrer Vergangenheit.

Sie war kaum zwanzig Jahre zuvor als Tochter armer Eltern in einem kleinen Dorf im Norden Chinas zur Welt gekommen. Es lag in einem Gebiet, das erst kurz davor von den Tang erobert worden war, und schon bald darauf hatten die neuen Herren die gesamte Bevölkerung des Landstrichs als Kriegsbeute nach Chang'an verschleppt.

Da sie geschickte Hände hatte, war sie im Alter von zwölf

Jahren ihrer Familie entrissen und in den Tempel des Unendlichen Fadens geschickt worden.

Sie war nur durch die Schule des Lebens gegangen, der besten, wenn man unversehrt daraus hervorging, aber auch der härtesten.

Die beinahe durchsichtigen Hemdchen, die die Arbeiterinnen wegen der Hitze in den Werkstätten trugen, in denen die Kokons abgekocht wurden, konnten Jademonds herrliche Rundungen kaum verbergen. So hatten die Arbeiter der Manufaktur rasch ein Auge auf sie geworfen.

Als Objekt ihrer Begierde hatte sie schnell erkannt, was einem Mädchen blühte, das ihre Zudringlichkeiten abwehrte, aber weder Vater noch Mutter hatte, die es beschützten.

Um zu überleben, war ihr nichts anderes übrig geblieben, als die Flucht nach vorn anzutreten und um jeden Preis die Angenehmsten zu verführen, damit die Groberen ihr nicht mehr schaden konnten.

So war sie im Laufe der Zeit zu einer wahren Meisterin der Liebe geworden, von der jeder wusste, dass mit ihr nicht gut Kirschen essen war, wenn man es wagte, ihr gegenüber nicht den nötigen Respekt zu zeigen.

Speer des Lichts war ihr damals gleich aufgefallen, als sie am Ausgang des Tempels des Unendlichen Fadens in der Menge der Männer, die jeden Tag mit begehrlichen Blicken auf die Arbeiterinnen warteten, sein Gesicht gesehen hatte.

Seine Unschuld und seine Klugheit, die auf sie so viel anziehender wirkten als die lüsternen, andeutungsvollen Blicke der anderen, hatten sie bezaubert.

Der junge Hörer war unberührt wie ein Engel und frei von jeglichen Hintergedanken, als sie in der Schlafnische ihres kleinen Zimmers zum ersten Mal zärtlich nach seinem Jadestab gegriffen und ihn ausgiebig mit ihrer Zunge liebkost hatte.

Mangels eigener Erfahrungen hatte sich Speer des Lichts

nach diesem köstlichen Vorgeschmack von der jungen Frau leiten lassen.

Im Handumdrehen hatte sie ihn verführt und an sich gefesselt.

Gleich beim ersten Mal hatte sie ihn die Reize ihrer »drei erlesenen Öffnungen«, des Mundes, der vergoldeten Höhle und der hinteren Pforte, kosten lassen, was bei ihrem Geliebten lustvolle Zuckungen hervorgerufen hatte, die sich noch weiter gesteigert hatten, nachdem er ihr auf die drei verschiedenen Arten seine Aufwartung gemacht hatte.

Als er Chang'an verließ, um nach Turfan zurückzukehren, war dem jungen Mann aus Kucha kein Kapitel aus der umfangreichen Enzyklopädie der körperlichern Freuden mehr fremd. Jademond hatte ihn sämtliche Geheimnisse gelehrt und dabei seine Sinne so sehr erregt, dass er in der Lage war, sie eine ganze Nacht hindurch zu lieben.

Und deshalb war es ihm nach seiner Rückkehr so unvorstellbar schwergefallen, auf den Körper seiner Geliebten, ihre sanften Rundungen, ihre verborgenen feuchten, warmen Winkel und ihre herrlichen Öffnungen zu verzichten.

Wie jeder Hörer, der dazu berufen war, eines Tages ein Vollkommener zu werden, war er verpflichtet, sich dem Gebot bedingungsloser Keuschheit zu unterwerfen.

Nachdem er so viele Monate der Liebe beraubt gewesen war, sog Speer des Lichts nun voller Genuss und nicht ohne eine gewisse Fiebrigkeit den Geruch von Jademonds nach Gewürzen duftendem Haar ein.

Wie wundervoll war doch die Aussicht, bald das Fasten der Sinne zu brechen, zu dem ihn sein Status als Hörer seit so langer Zeit verpflichtete!

Er spürte bereits, wie er in Jademonds Armen auflebte und zu einem anderen Mann wurde.

Das war er, der wahre Speer des Lichts, eng an den Körper dieser jungen Chinesin geschmiegt, die er fest umschlungen hielt. Er wisperte zärtliche Worte in ihr Ohr, ohne auf das anzügliche Zwinkern der Arbeiterinnen zu achten, die sich unter den immer ärgerlicheren Blicken der Vorarbeiterin weiter dem Färben der Seidenstränge widmeten.

»Wenn du wüsstest, wie sehr ich mich nach dir sehne! Allein dich jetzt zu sehen, lässt die Spitze meines Jadestabs kribbeln!«, flüsterte er der jungen Frau zu, ehe er sie in eine Ecke des Saals führte und gierig seine Zunge an die ihre drängte.

»Die Zeit ist mir so lang geworden, seit du mich verlassen hast. Man könnte fast glauben, dass du mich gar nicht richtig geliebt hast!«

»Nicht doch, meine kleine Jademond, ich werde dir erklären, warum ich so überstürzt abreisen musste, um die Seidenkokons nach Turfan zu bringen!«, stöhnte Speer des Lichts.

»Du hättest mich mitnehmen können! Wir hätten uns dort weitergeliebt! Zwei Jahre sind so lang. Was wäre, wenn ich dich in der Zwischenzeit vergessen hätte?«, protestierte sie.

»Das wäre vollkommen unmöglich gewesen. Ich habe dir doch erzählt, dass ich in Turfan wie ein Mönch lebe. Die Gebote meiner Kirche verbieten es mir, eine Frau auch nur anzusehen, geschweige denn, sie zu berühren!«, entfuhr es Speer des Lichts.

»Und was will ein Mönch, der das Keuschheitsgelübde abgelegt hat, dann hier?«, fragte sie, und ihre Augen verdunkelten sich.

»Ich bin noch nicht zum Vollkommenen geweiht worden. Noch kann ich jederzeit in den Laienstand zurückkehren. Du hast mir so sehr gefehlt, dass ich nicht eher geruht habe, bis ich eine Möglichkeit gefunden habe, zu dir zurückzukommen!«

»Das glaube ich nicht! Da muss noch etwas anderes mit im Spiel sein!«

»Junge Dame, es wird Zeit, an dein Becken zurückzukehren!«, erklang die barsche Stimme der Aufseherin.

»Ich werde am Ausgang auf dich warten, meine Geliebte. Ich kann es kaum erwarten, das Bett mit dir zu teilen«, flüsterte Speer des Lichts ihr ins Ohr.

»Woher will mein fremder Mönch denn wissen, dass ich nach all der Zeit noch frei bin?«, fragte die junge Frau halb ernst, halb im Scherz.

»Es gibt nichts Beredteres als deine Brustknospen, mein kleiner Mond. Ich kenne sie in- und auswendig. Und ich habe sie wie zwei kleine Steine unter meinen Fingern gespürt. Das lässt mich hoffen, dass sie vielleicht bald wieder mir gehören werden, wenn ich es schaffe, deine Vergebung zu erlangen!«, erwiderte er und hielt dabei dem drohenden Blick der Vorarbeiterin stand, die offensichtlich der Meinung war, ihr Geplänkel habe nun wirklich lange genug gedauert.

Abends traf er die hübsche Jademond auf der Freitreppe des Tempels des Unendlichen Fadens wieder. Sie wartete in der langen Reihe der Arbeiter, denen die Wärter die Taschen abklopften und die Tragekörbe öffneten, um sich zu vergewissern, dass sie auch nicht das kleinste Stück Seidenfaden mit hinausnahmen.

Zwei Männer machten ihr bereits eifrig den Hof.

»Ich sehe schon, du hast immer noch genauso viel Erfolg wie früher!«, stellte der junge Mann fest, der nie eine andere Geliebte gehabt hatte als sie.

»Jeden Abend ist es das Gleiche. Alle Jungen aus der Manufaktur laufen mir hinterher!«

»Du bist ja auch noch verführerischer als früher!«

»Ich weiß schon, wie ich mir die vom Leib halte, die mir nicht gefallen! Die Älteren wagen es gar nicht mehr, mir zu nahe zu kommen! Wenn ich beschlossen hätte, ein Freudenhaus zu eröffnen, wäre ich jetzt eine reiche Frau«, scherzte sie.

»Das wäre aber schade für mich! Ich habe ein großes Risiko auf mich genommen, um zu dir zurückzukommen!«

»Das sagen Männer immer, wenn sie wollen, dass eine Frau ihnen verzeiht.«

»Ich habe die gesamte Seidenraupenzucht meiner Kirche zerstört. Deshalb wurde ich wieder hierhergeschickt, um die gleichen Dinge zu besorgen wie vor zwei Jahren.«

»Willst du damit sagen, dass du diesmal schon wieder ohne ein Wort des Abschieds fortgehen und mich allein lassen wirst? Wenn du das vorhast, solltest du es mir lieber gleich sagen, dann trennen wir beide uns hier und jetzt!«, erklärte sie schroff.

»Ich schwöre dir, das wird nicht passieren. Diesmal nehme ich dich mit!«

»Und was ist, wenn ich mich weigere?«

»Ich liebe dich! Jetzt, wo ich wieder bei dir bin, erkenne ich erst, wie leichtfertig und unsinnig mein Verhalten war.«

Die junge Frau antwortete nicht.

Rings um sie herum hatte sich die Straße geleert. Kein einziger Arbeiter stand mehr vor dem Portal der Manufaktur.

»Was soll ich denn in der Wüste? Ich habe nicht die geringste Lust, mein Leben als Nonne zu beschließen!«

»In der Kirche des Lichts gibt es keine Nonnen und schon gar keine Priesterinnen.«

»Na dann erst recht! Ich fühle mich wirklich nicht zur Dienerin eines Priesters berufen!«

»Wir werden heiraten, Jademond. Du sollst meine Frau sein!«

»Lass uns später darüber reden, ja?«, erwiderte sie nachdenklich.

»Und wohin bringst du mich jetzt?«, fragte er daraufhin so unbeschwert wie möglich und legte zärtlich einen Arm um ihre Taille.

»Ich wohne in einem Zimmer über dem Laden eines Seidenhändlers namens Leuchtendes Rot in der Straße der Nachtvögel im Seidenhändlerviertel. Die Wohnungen in

Chang'an sind sehr teuer, und er hat mir das Zimmer gegeben, weil ich kleinere Arbeiten für ihn erledige. Jeden Abend räume ich seinen Laden auf. Ich falte die Seidenstoffe wieder sorgfältig zusammen und stapele sie in die Regale.«

»Eine einfache Möglichkeit, sein Einkommen aufzubessern!«

»Dabei braucht er das Geld gar nicht. Anfangs, als er mir das Zimmer vermietet hat, war das noch anders, aber seit einiger Zeit gehen seine Geschäfte sehr gut. Deshalb hat er bei mir auch einen hübschen Parkettboden verlegen lassen. Du wirst sehen, das Zimmer ist klein, aber sehr gemütlich.«

»Ich werde dir folgen, wohin du willst, meine Geliebte!«

»Aber du musst mir versprechen, dass du mich nie wieder allein lassen wirst.«

»Das schwöre ich im Namen Manis, des Propheten!«, rief er und streckte den Arm nach ihr aus, woraufhin sie näher herankam und sich an ihn schmiegte.

Die Pflastersteine in den belebten Gassen des Kaufmannsviertels von Chang'an waren immer noch wie damals: Ohne Unterlass blank gerieben von den Füßen der Passanten und Kaufleute, die sich bis spät in die Nacht hinein dort drängten, glänzten sie wie Seide. Hand in Hand erreichten die beiden Liebenden die Läden, deren Auslagen von Papierlampions taghell beleuchtet waren.

Unfassbare Freude durchströmte Speer des Lichts, als er wieder in die einzigartige Atmosphäre dieser überfüllten Straßen eintauchte. Sie erstrahlten im sanften Licht der *caideng*, jener bunten Lampions, die mit Pagoden, Landschaften, Drachen oder sogar Fingerzitronen verziert waren, deren Beiname »Buddhas Hand« oder *foshougan* ihrer vielfingrigen Gestalt geschuldet war, die einer zum Empfang von Münzen ausgestreckten Hand glich.

Zu jener Zeit übertraf die Hauptstadt der Tang alle anderen großen Städte der Erde an Pracht.

Auch was den Umfang des Handels betraf, der dort getrieben wurde, war sie allen anderen weit voraus.

Denn in Chang'an konnte man so gut wie alles kaufen und verkaufen.

Nur wenige Jahrzehnte hatte es gedauert, bis diese Stadt zum Schaufenster all dessen geworden war, was auf der gesamten Welt an Kostbarem und Erlesenem gefertigt wurde.

Speer des Lichts bemerkte, dass nach den zwei Jahren, in denen er nicht dort gewesen war, alles noch reicher und prächtiger wirkte.

Das Geld floss in Chang'an wie das Wasser der Bergbäche während der Schneeschmelze.

Vor seinen verblüfften Augen wurden chinesische, tibetische, indische, sogdische und sogar persische Münzen gegen Elfenbein, Weihrauch, Bernstein, Smaragde, Rubine und vor allem Seide eingetauscht, deren Knappheit die kleinen, von Stoffen überquellenden Läden noch nicht erreicht zu haben schien.

Sie kamen an kaum vorstellbaren Ständen vorbei, an denen zahllose exotische Waren verkauft wurden.

Ein fürstlich auftretender Kaufmann bot in seinem Laden die kostbarsten Waren der ganzen Welt feil. In seinen Auslagen herrschte ein wildes Durcheinander, in dem nur er sich zurechtfand. So gab es Hornplatten aus dem Panzer von Meeresschildkröten, große Tonkrüge voll Traubenwein, Rhinozeroshörner, die Stoßzähne und die Haut von Elefanten aus Champa*. Sogar Reißzähne von Leoparden und Tigern und die Felle von Murmeltieren aus dem Himalaya, von weißen Tigern aus Sibirien und von Eisbären konnte man kaufen, die mindestens ihr Gewicht in Gold wert waren.

Mit dem nötigen Geld hätte Speer des Lichts hier alle Arten von Gewürzen und aromatischen Substanzen erstehen

* Altes Königreich auf dem Gebiet des heutigen Vietnam.

können, indischen Weihrauch etwa, in seiner Heimat *gandha* genannt, den man Geschenken an Fürsten und Adlige beilegte und dessen Wohlgeruch die Gebetssäle der Klöster erfüllte.

Es gab Aloeholz, das unter dem Namen *agaru* aus Malaysia eingeführt wurde und dessen Duft im Augenblick äußerst beliebt war, und nicht zu vergessen Kampfer, woraus Salben gegen Schmerzen und Rheumaanfälle hergestellt wurde.

Ein Stück weiter fing die schwärmerische Nase des jungen Mannes den Geruch von Benzoeharz auf, dann den von Myrrhe, Storax, Knoblauchpulver, Jasmin- und Patschuliöl, mit dem Jademond gerne ihren Bauch einrieb, aber auch den Duft von Rosenessenz und das eigentümlichere, seltenere Aroma von Pottwal-Ambra, die man ausgiebig in Alkohol ziehen ließ.

»In meiner Kirche sind Gebete die einzigen erlaubten Heilmittel!«, scherzte der junge Manichäer, als sie an einem langen Tisch vorbeikamen, auf dem der Händler seine kleinen Schälchen mit Theriakpulver, Kardamom, Gelbwurzel, Johannisbrot, getrockneten Biberhoden, Ginsengwurzeln und in schmale Streifen geschnittenen Haifischflossen aufgestellt hatte.

In der Mitte der Auslage stand ein kleines Fläschchen mit einer gelblichen Flüssigkeit, auf dem ein Schild mit der Aufschrift »Pythongalle« prangte. In lauten Worten pries der Marktschreier die unzähligen Verdienste dieser raren, fast unbezahlbaren Substanz, bei deren Anblick eine kleine Schar von Männern reiferen Alters, die sichtlich darauf bedacht waren, ihre Manneskraft zu steigern, vor Begeisterung regelrecht außer sich geriet.

Alle Heilmittel, die es gab, fand man in den auf Medizin und Alchemie spezialisierten Läden, die ein ganzes Viertel von Chang'an einnahmen.

Jetzt zog die Straße der Juweliere und Edelsteinschleifer

vor den Augen von Speer des Lichts und Jademond vorbei. Sie waren geblendet vom Glanz der auf riesigen Bronzetabletts ausgelegten Steine, vor denen sich die Verkäufer mit ihren kleinen Waagen zu schaffen machten.

»Meine Jade ist die härteste! Meine Jade ist die reinste! Meine Jade wird Euch zehntausend Jahre Glück bescheren! Diese Diamanten sind so rein wie das Qi!«, erschallten Rufe von überallher.

»Tretet näher und versucht meine Jadefrüchte! Sie kommen geradewegs von den Bäumen auf den Inseln der Unsterblichen!«, rief ein zahnloser alter Mann.

»Von solchen Inseln habe ich noch nie gehört!«, gestand Speer des Lichts.

»Es heißt, sie würden auf dem Ozean treiben, festgeschnürt auf dem Rücken von drei riesigen Schildkröten. Auf diesen himmlischen Inseln tragen die Bäume Früchte aus Jade, und man braucht nur einmal hineinzubeißen, um zehntausend Jahre länger zu leben!«, erklärte ihm die junge Frau.

»Wirst du mich irgendwann dorthin mitnehmen?«

»Wenn du es verdienst, warum nicht? Aber das muss ich noch abwarten!«, scherzte sie.

»Das sind Kristalle von Eisenerz und Mondstein!«, lockte ein anderer Kaufmann und deutete stolz auf seine Lapislazuliblöcke und Opale. Sie mussten nur noch geschliffen werden, um die kostbaren Halsketten und Spangen zu schmücken, um die sich die Damen des Hofes rissen.

»Wenn dieser Bergkristall in die Sonne gelegt wird, entzündet er alles, was man darunterhält! Ich habe es schon mit eigenen Augen gesehen«, sagte Jademond zu Speer des Lichts, als dieser einen nach außen gewölbten Kristallblock in der Hand wog, der zur Linse geschliffen worden war.

»Er kommt aus Kaschmir! Dem Indien des Buddha Shakyamuni! Dort nennt man ihn *agnimani*, das bedeutet ›Feuerjuwel‹!«, fügte der Verkäufer hinzu, dessen dunkle Haut und schmale, gebogene Nase von seiner indischen Herkunft zeugten.

»Ich habe das Gefühl, hier gibt es mittlerweile noch mehr seltene Kostbarkeiten als bei meinem ersten Besuch!«, stellte Speer des Lichts fest.

»In Chang'an braucht man nur Geld, dann ist alles möglich! Sowohl das Gute als auch das Schlechte«, murmelte die junge Arbeiterin, die mit einem Mal wieder ernster geworden war.

Endlich hatten sie die Straße der Nachtvögel erreicht.

Rings um sie herum ergossen sich im Licht der *caideng* auf den Verkaufstischen und im Innern der Läden Fluten von bunten Seidenstoffen, ein Gewirr aus schweren, goldbraunen Schnüren, durcheinandergewühlte Moirés und kreuz und quer angeordnete schillernde Faillen.

»Ist das schön! Du hast Glück, dass du hier wohnen kannst!«

»Und das ist noch nicht einmal alles. Wenn nicht gerade eine solche Knappheit herrschte, könntest du hier noch zehnmal mehr sehen!«

»Von welcher Knappheit redest du, Jademond?«

Sie lachte auf.

»Man sieht, dass du keine Ahnung hast, was hier los ist! Ganz Chang'an redet darüber, dass es kaum noch Seide gibt!«

»Herrscht in China tatsächlich ein solcher Mangel daran?«

»Es heißt, in den westlichen Reichen sei die Nachfrage so groß, dass die Produktion der kaiserlichen Manufakturen kaum ausreicht! Der Direktor des Tempels des Unendlichen Fadens hat unseren Vorarbeitern das Problem kurz erläutert. Es geht wohl auch darum, unser Arbeitstempo zu steigern, zumindest wird das in der Manufaktur behauptet!«

Speer des Lichts, dessen Erregung immer größer wurde, je

näher sie Jademonds Zimmer kamen, betrachtete aufgekratzt ihre kleinen, strahlend weißen Zähne, die in ihrem Gesicht aufblitzten, als sie lachte.

Bald würde seine Zunge über diese zarte Perlenkette streichen.

Als sie vor einem Laden ankamen, dessen schmiedeeisernes Schild einen Seidenfalter zeigte, bedeutete sie ihm, ihr ins Innere zu folgen.

»Der Seidenhändler kleidet sich in seine eigenen Stoffmuster! Tu einfach so, als würdest du nichts bemerken, er ist sehr empfindlich! Er ist mein Vermieter und darüber hinaus noch ziemlich misstrauisch«, flüsterte Jademond Speer des Lichts ins Ohr, als sie den Verkaufsraum betraten.

»Hatte Jademond einen angenehmen Tag?«, fragte ein kleiner, dicklicher, auffällig ausstaffierter Mann, der hinter der Ladentheke hervorgekommen war.

Er trug ein seidenes Gewand, das aus einer Vielzahl kleiner, aneinandergenähter quadratischer Stoffmuster bestand. So konnten die Kunden mit einem einzigen Blick die ganze Vielfalt und Fülle seines Angebots ermessen.

Speer des Lichts bemerkte, dass das tiefrote, kürbisrunde Gesicht des Mannes mit einem Schlag erbleichte, als er sah, dass seine Mieterin nicht allein war.

»Dürfte ich den Namen dieses jungen Mannes erfahren?«

Die Stimme des feisten Händlers klang seltsam schrill.

»Äh … Das ist ein entfernter Cousin von mir, der gerade erst vom Land gekommen ist. Er wusste nicht, wo er in Chang'an schlafen sollte. Ich will ihn nur für ein, zwei Nächte in meinem Zimmer übernachten lassen, länger nicht! Sein Name ist Ochsenauge«, antwortete die junge Chinesin unverfroren.

»Guten Tag, Ochsenauge! Willkommen im Seidenfalter! Aus welcher Provinz stammst du? Was machen deine Eltern?«

»Äh … Ich komme aus dem Westen! Ja!«, stammelte Speer des Lichts.

»Seine Eltern sind Schafzüchter in Gansu. Dort ist er auch geboren!«, fügte Jademond hastig hinzu.

»Komisch, dass sie ihn Ochsenauge genannt haben, wenn sie Schafe züchten!«, entgegnete der Seidenhändler und musterte den jungen Hörer mit wachsendem Argwohn.

»Sein Großvater besaß eine Rinderherde! Das ist der Grund!«, erwiderte Jademond, die hoffte, der neugierige Seidenhändler würde sie nicht bis in alle Ewigkeit ausfragen.

»Ich verstehe!«, entgegnete dieser unbestimmt, ehe er dem verblüfften Speer des Lichts plötzlich verschwörerisch zuzwinkerte und mit einem strahlenden Lächeln verkündete: »Sei mir willkommen, Ochsenauge! Und wenn du länger bleiben möchtest, ist das überhaupt kein Problem!«

Der Seidenhändler hatte den dünnen roten Seidenfaden bemerkt, den Hort der Seelenruhe Speer des Lichts ums linke Handgelenk gebunden hatte.

»Vielen Dank, mein Herr, das ist wirklich sehr freundlich von Euch!«, stotterte dieser, während die junge Frau ihn die Treppe hinauf in ihr kleines Zimmer führte.

In dem winzigen Raum angekommen, der nicht mehr als ein schmales Bett enthielt, sperrte Jademond sorgfältig die Tür hinter ihnen ab.

»Endlich allein! Wie schön!«, rief Speer des Lichts, den das Herannahen jenes Moments, in dem er wieder zum willigen Opfer seiner Geliebten werden würde, immer hektischer werden ließ.

»Entschuldige das Ochsenauge! Aber das war der erste Name, der mir eingefallen ist!«, prustete Jademond und fiel ihm um den Hals, während er sie zärtlich mit seinen Armen umschlang.

»Und wie war noch einmal der Name von diesem misstrauischen Dicken, der herumläuft wie ein Papagei?«

»Sein *xiaoming* lautet Leuchtendes Rot. Und seinen Laden kennt man in ganz Chang'an. Er verkauft den schönsten Seidenmoiré der Farbe ›Gibbonblut‹. Wegen seiner schrillen Stimme behaupten manche, er sei ein Eunuch!«

»Zumindest vermittelt er den Eindruck!«

»Ich kann dir versichern, dass er keiner ist. Als er einmal abends betrunken war, habe ich mich mit Gewalt gegen seine Zudringlichkeiten zur Wehr setzen müssen.«

»Ja, ich habe das lüsterne Funkeln in seinen Augen gesehen, als er vor dir stand!«

»Im Seidenhändlerviertel ist der Kaufmann Leuchtendes Rot für sein Interesse an jungen Mädchen bekannt wie ein bunter Hund!«

»Anfangs wirkte er sehr feindselig! Aber ist dir aufgefallen, wie freundlich er dann mit einem Mal war? Seltsam! Zuerst mustert er mich argwöhnisch von Kopf bis Fuß, als wäre ich ein seltenes Tier, das auf dem Markt zur Schau gestellt wird, und dann empfängt er mich plötzlich mit offenen Armen! Ich habe mich sogar schon gefragt, ob seine begehrlichen Blicke nicht vielleicht mir galten!«, bemerkte Speer des Lichts mit leisem Ekel.

»Aber jetzt ist es an mir, dich mit offenen Armen zu empfangen!«, rief Jademond, und ihre wiegenden Hüften leiteten den lasziven Tanz ein, mit dem sie Speer des Lichts beglücken wollte, während sie sich nach und nach ihrer Kleider entledigte.

Wie schön sie doch war, als sie so halb nackt vor ihm stand!

Und wie gut sie sich verstellen konnte, die undurchsichtige, widersprüchliche Jademond, Engel und Dämonin zugleich, deren leuchtend grüne Augen, klar wie das Wasser eines Sees, so unschuldig und arglos wirkten, während die herrlich roten, vollen Lippen Gier und Sinnlichkeit verrieten!

Ihr fein geschnittenes, göttinnengleiches Gesicht passte perfekt zu ihrem makellos geformten, vollkommen haarlosen Körper. Doch wenn sie anfing sich zu bewegen, veränderte sich alles an ihr. Die Göttin wurde zur Teufelin, und die Unschuld wich zweideutiger Verheißung.

»Du bist noch schöner, als ich dich in Erinnerung hatte! Lass mich deine Schenkel streicheln. Sie sind so unglaublich zart, fast wie Seide!«

»Auf dem Grund meines Rosentals ist es noch viel weicher und wärmer. Ja, mein Liebster! Genau da, wo du deine Hand hingelegt hast! O ja, das ist gut!«

»Ich habe Angst, dass Leuchtendes Rot uns belauschen könnte!«, murmelte er stöhnend.

»Du hast recht! Dann werden wir uns eben ausnahmsweise einmal lieben, ohne dabei vor Lust zu schreien!«

Jademond bedeutete Speer des Lichts, sich auf ihrem Bett auszustrecken, und setzte sich, die Lippen fest zusammengepresst, um nicht zu laut aufzuseufzen, rittlings auf seinen Bauch. Nachdem sie die Beinkleider ihres Geliebten gelöst hatte, begann sie mit ihrer spitzen, flinken Zunge, die über seine Haut huschte wie der Pinsel des Kalligraphen über die Papierrolle, neckisch seine Brust und seinen Bauch zu erkunden.

Das Wiedersehen ihrer Körper dauerte bis weit in die Nacht hinein.

Jademonds akrobatische Gelenkigkeit ermöglichte es ihr, die unschicklichsten Stellungen einzunehmen, die nicht nur ihr selbst Erfüllung schenkten, sondern vor allem ihrem Gefährten, der sich lediglich von den kunstvollen Arabesken ihrer lianengleichen Arme und Beine leiten zu lassen brauchte.

Sie hatte ihre Beine auf die Höhe seiner Schultern angehoben, sodass er ihre bebende Rosenknospe lecken konnte, die sich nackt wie eine kleine Seidenraupe am Saum ihres zarten innernen Spalts rötete, während sie selbst mit ihrer Zunge fiebrig an seinem Jadestab saugte.

Der arme Speer des Lichts, der immer tiefer in den Rausch des Verlangens eintauchte und sich beherrschen musste, um nicht laut zu schreien und die Aufmerksamkeit des fetten Leuchtendes Rot zu wecken, wusste bald nicht mehr, wo ihm der Kopf stand.

Wenn er sie an der einen Stelle erwartete, überraschte sie ihn mit dem Mund oder auch nur mit einem Finger an einer anderen!

Nachdem sie ihm erneut bedeutet hatte, sich auf den Rücken zu legen, begann sie zärtlich den Ansatz seines aufgerichteten Glieds zu drücken, es loszulassen und gleich darauf wieder zu umfangen, immer so weiter, bis sie schließlich spürte, dass er bald den Gipfel der Lust erklimmen würde.

Er konnte nicht mehr. Dieses letzte Kunststück der jungen Frau hatte seine Erregung zum Siedepunkt gebracht. Sie musste ihm die Hand vor den Mund halten, damit er nicht aufschrie, als sein Jadestab mit einem Mal von Zuckungen erfasst wurde, die der endgültigen Eruption vorausgingen.

Mit einem geschickten Fingerdruck gelang es ihr jedoch, diese im letzten Moment zu bezwingen.

»Du bringst mich noch um, so sehr begehre ich dich! Lass mich in dich eindringen! Ganz gleich wohin«, stieß er hervor, die Nase in ihr makellos glattes Rosental gepresst.

Sie legte sich auf den Bauch, richtete sich auf alle viere auf und ließ ihm die Wahl zwischen ihren beiden Pforten.

Er weigerte sich, sich für eine dieser beiden gleichermaßen köstlichen Möglichkeiten zu entscheiden, und drang mit seinem Jadestab bis zur Erschöpfung abwechselnd in die eine und dann wieder in die andere ein, ehe er befriedigt auf ihr zusammensackte.

»Das Begehren kommt vorher, die Lust währenddessen und die Reue danach!«, murmelte sie, während ihr Bauch sich wellte wie ein Segel in der leichten Brise.

»Warum sprichst du von Reue?«

»Was glaubst du wohl?«

»Erklär es mir, meine Geliebte!«

»Weil ich es hasse, wenn du fortgehst! In den vergangenen zwei Jahren war ich sehr unglücklich, weißt du!«, flüsterte sie und rollte sich in seinen Armen zusammen wie ein junges Tier.

»Vergiss nicht, dass ich zu einem Saboteur der übelsten Sorte geworden bin, meine kleine Jademond, und das nur aus Liebe zu dir!«

»Wenn du dich zwischen deiner Kirche und mir entscheiden musst, wen wirst du wählen?«

»Genügt dir meine Anwesenheit hier nicht als Antwort?«

Er hatte sich ihr gegenüber aufgesetzt und nach ihren Händen gegriffen. Genau wie früher war sie nach dem Liebesakt noch schöner als sonst.

»Als du mir eben geschworen hast, dass du mich nie wieder verlassen würdest, hast du Mani erwähnt! Erzähle mir von diesem Gott, an den du glaubst!«, bat sie mit dumpfer, ernster Stimme.

»Mani ist kein Gott. Er ist der Große Prophet meiner Religion. Der Kirche des Lichts. Er lebte vor langer Zeit in einer Stadt, die man damals Babylon nannte!«

»Und wo würdest du diesen Mani im Verhältnis zu Buddha einordnen? Darüber, darunter oder an seiner Seite? Buddha ist der einzige Name, der mir in den Sinn kommt, wenn ich an ein Wesen denke, das weder ganz Gott noch ganz Mensch ist!«

»Du sprichst sehr weise, Jademond. Den aus China stammenden Gläubigen gegenüber bezeichnen wir unseren Propheten Mani als den ›Buddha des Lichts‹. Mein Meister, der Vollkommene Hort der Seelenruhe, hat mich gelehrt, dass der Buddha Shakyamuni, der der Erhabene genannt wird und dessen Reliquien in so vielen Tempeln in Zentralchina verehrt werden, ebenso wie der Ehrwürdige Laozi, der den

Großen Weg des Dao beschrieb, ein Vorläufer unseres Propheten Mani war, der sich damit begnügte, ihre Nachfolge anzutreten.«

»Und Konfuzius?«

»Du kennst Konfuzius?«, fragte Speer des Lichts seine junge Geliebte verwundert.

»Ist es einer jungen Arbeiterin aus dem Tempel des Unendlichen Fadens etwa verboten, die Lehre des Konfuzius zu kennen?«, erwiderte sie gekränkt. »Der Leiter der Manufaktur ruft die Arbeiter einmal in der Woche zusammen, um sie in der konfuzianischen Moral zu unterweisen!«

»Vergib mir meine ungeschickte Bemerkung, Jademond. Ich bin so müde, dass ich kaum noch klar denken kann«, stammelte er schuldbewusst.

»Wo steht dein Mani im Verhältnis zu Konfuzius, dessen Kult nicht weit von hier in einem riesigen Tempel zelebriert wird, in dem vor allem Gelehrte und Beamte verkehren?«, wiederholte sie beinahe spöttisch.

»Wie alle anderen Propheten, Arhats, Bodhisattvas und Wohltäter der Menschheit betrachten wir auch Meister Konfuzius als einen Vorläufer des Großen Mani! Die Religion des Lichts umfängt alle anderen wie eine Mutter ihre Kinder!«

Jademond schwieg.

Sie war plötzlich ernst geworden, setzte sich auf und betrachtete zärtlich ihren jungen Geliebten, den sie einst verloren zu haben glaubte und der von so weit her wieder zu ihr zurückgekehrt war. Nun saß er da und erzählte ihr von einem Propheten, der alle anderen verdrängt haben sollte, wie außergewöhnlich ihre Verdienste auch gewesen sein mochten.

So verfolgte jede Kirche mit Hilfe ihrer Lehren ihre eigenen Interessen, und wenn es darum ging, sie irgendwo anzusiedeln, zögerten ihre Vertreter nicht, sich die Gottheiten der anderen anzueignen. Als ginge es bei der religiösen Eroberung stets mehr um Überredung und Verführung als um eine offene Auseinandersetzung.

»Und was ist mit mir? Werde ich eines Tages lernen können, diesen Großen Mani und seine Religion des Lichts zu verehren?«, fragte sie, eher belustigt über diesen Versuch ihres Geliebten, ihr zu beweisen, dass der Manichäismus am Ursprung aller anderen Religionen stand, indem er die Lektion wiederholte, die er von Hort der Seelenruhe gelernt hatte.

»Die Arme Manis sind weit, und sie nehmen jeden auf, der ihn kennen lernen möchte! Für Mani gibt es nur das Gute und das Böse.«

»Konfuzius sagt, man solle sich vor den Extremen hüten. Alles ist eine Sache des Gleichgewichts und der ›rechten Mitte‹, so zumindest habe ich das verstanden, was uns unser Direktor erzählt hat. Er liest uns abwechselnd aus den Schriften des Konfuzius und aus dem *Frühling und Herbst* des Lü Buwei*, einer Anthologie der wichtigsten chinesischen Denker, vor«, erklärte sie.

»Hier legt man ja erstaunlich großen Wert auf die Bildung der Arbeiter!«

»Unsere Behörden wollen tugendhafte Seidenarbeiter in ihren Manufakturen haben. Wahrscheinlich aus Angst vor Diebstählen. Außerdem war unser Direktor früher einmal ein Gelehrter.«

»Unseren manichäischen Schriften zufolge gibt es das ›Dazwischen‹, deine ›rechte Mitte‹, wie du sie nennst, nicht. Wir glauben an das Gute und das Böse, an das Feuer und das Eis, an die Hölle und das Paradies.«

»Es ist schwer, diese Vorstellung zu akzeptieren! Die Pa-

* Erster Minister im Königreich Qin (vor der Gründung des chinesischen Kaiserreichs im Jahr 221 v. Chr.), vor allem bekannt für diese Sammlung.

lette der Farben beschränkt sich doch auch nicht nur auf Schwarz und Weiß!«

»Und was ist mit dem Yin und Yang?«

»Yin und Yang verkörpern nicht das Gute und das Böse!«

»Wie würdest du sie denn stattdessen definieren?«

»Du bist das Yang, und ich bin das Yin! Wir ergänzen einander, und unsere Vereinigung ist Quell der Vollkommenheit! Reicht dir das?«

Zutiefst beeindruckt vom Urteilsvermögen seiner jungen Geliebten, das nicht nur von Reife, sondern auch von Bildung zeugte, konnte Speer des Lichts nicht anders, als erneut näher an sie heranzurücken und ihre immer noch aufgerichteten Brustwarzen zu streicheln.

Noch viel mehr als früher wurde ihm bewusst, dass Jademond nicht nur schön, sondern darüber hinaus auch klug war. Sie war eine einzigartige Blume, und er hatte das Glück gehabt, sich eines Tages über sie zu beugen, ehe er wie ein gedankenloser Junge weiter seines Weges gegangen war.

Kaum zu glauben, dass er sie zwei Jahre zuvor ohne ein Wort des Abschieds verlassen hatte!

Wenn man eine solche Kostbarkeit fand, musste man töricht sein, diese einmalige Gelegenheit nicht zu nutzen.

»Ich liebe dich, Jademond! Ich werde dich nie wieder allein lassen!«, stammelte der junge Mann.

Doch als er ihr das in dem kleinen Zimmer über dem Laden des Seidenhändlers versprach, ahnte er nicht, wohin ihn dieser Schwur noch führen sollte.

13

Dunhuang, Oase an der Seidenstraße

Sorgsam hinter einer Säule verborgen, beobachtete Umara starr vor Angst die beiden Männer.

Es war das erste Mal, dass sie Zeugin einer so bizarren Szene wurde.

Buddhabadra saß auf einem Steinblock, der mit einem Relief verziert war, das den Erhabenen unter dem Baum der Erleuchtung darstellte. Er betrachtete die blauen Himmelsfetzen, die wie in Stein gefasstes Email durch die Öffnungen im halb eingestürzten Dach des Gebäudes zu sehen waren, in das ihn Verrückte Wolke gegen seinen Willen gezerrt hatte.

Seit über einer Woche schmerzte sein Knöchel nun schon nicht mehr, und er hoffte, jetzt endlich diesem Menschen entkommen zu können, der ihm nicht mehr von der Seite wich, seit sie sich ein paar Wochen zuvor in der Höhle begegnet waren, und sich allmählich immer mehr wie sein Kerkermeister gebärdete.

So hatte er ihn beispielsweise ohne viel Federlesen in diese halb verfallene Pagode gedrängt, welche auf einem Hügel am Rand der Seidenstraße in der Nähe der Oase Dunhuang errichtet worden war. Hinter den windgepeitschten Dünen konnte man bereits die grünen Flecken der Gemüsegärten erkennen, die sich vor der Stadt erstreckten.

Dunhuang!

Seit dem Moment, als die Schmerzen in Buddhabadras

Knöchel so weit erträglich geworden waren, dass sie die Höhle, in der er Zuflucht gefunden hatte, wieder verlassen konnten, hatten sie nur achtundzwanzig Tage gebraucht, um die Oase zu erreichen.

Nach erbittertem Feilschen hatte Verrückte Wolke mit einem Karawanenführer, der im Auftrag eines Großhändlers aus Chang'an Hanfseile transportierte, einen günstigen Preis ausgehandelt. So hatte der Abt aus Peshawar die Reise in einem sanften Dämmerzustand im Innern eines zwar bequemen, aber wild hin- und herschaukelnden, von kräftigen Zugpferden gezogenen Karrens verbracht, während der scheinbar nie müde werdende Verrückte Wolke, gestärkt durch die kleinen schwarzen Pillen, die er den ganzen Tag über schluckte, daneben hermarschierte.

Als sie in Turfan Halt gemacht hatten, wo Buddhabadra lediglich den jungen Speer des Lichts aufzusuchen brauchte, um bei ihm alles zu besorgen, was er zur Herstellung von Seide benötigte, schmerzte sein Knöchel noch immer so stark, dass er nicht einen Schritt gehen konnte. Vergeblich hatte er auf seinen Gefährten eingeredet, der sich strikt weigerte, die Karawane zu verlassen und eine Weile in dieser Oase zu bleiben.

»In Turfan gibt es nichts von Interesse. Wir müssen nach Dunhuang, und sonst nirgendwohin. Es heißt, die Mönche hätten dort zehntausend Höhlen in die Steilhänge gegraben! Wir sind jetzt Verbündete, und deshalb werden wir von nun an den Weg bis zum Ende gemeinsam gehen!«, hatte Verrückte Wolke geheimnisvoll erwidert, als Buddhabadra ihm einen Aufenthalt vorgeschlagen hatte.

»Warum hast du es denn so eilig, nach Dunhuang zu kommen?«, hatte der Abt aus Peshawar zögerlich gefragt.

»Ich habe meine Gründe!«, hatte Verrückte Wolke lediglich entgegnet, und seinem Ton war anzuhören, dass er keinen Widerspruch dulden würde.

Buddhabadra konnte Verrückte Wolke unmöglich erklären, warum er unbedingt in Turfan bleiben wollte, denn seit er so eng mit ihm zusammenlebte, hatte er die unvorhersehbaren aufbrausenden Reaktionen seines Reisegefährten fürchten gelernt.

Innerhalb weniger Sekunden konnte sich dieser von einem friedlich meditierenden Asketen in ein wildes, blutrünstiges Raubtier verwandeln.

Und die schwarzen Pillen, die er beim kleinsten Ärgernis einnahm, verstärkten seine Launenhaftigkeit noch zusätzlich. Buddhabadra war sich bewusst, dass diese Medizin nicht nur unerwünschte Auswirkungen auf seine Sinnesorgane hatte, sondern auch eine Abhängigkeit bewirkte, die dem klaren Denken und freien Willen kaum zuträglich war. Deshalb hatte er sich geweigert, selbst noch einmal eine davon zu nehmen.

Er bereute es inzwischen bitterlich, dass er sich zu diesen vertraulichen Bemerkungen hatte hinreißen lassen, die seinen unberechenbaren Gefährten offensichtlich zu der Überzeugung hatten kommen lassen, dass sie miteinander im Bunde seien.

In welche Extreme würde ihn dieser beunruhigende, seltsame Mensch noch mitreißen?

Genau die Frage hatte er sich gerade gestellt, als Verrückte Wolke überraschend zu ihm gekommen war und ihm verkündet hatte, dass nun die Zeit gekommen sei, sich von der Karawane zu trennen.

»Wir sind kurz vor Dunhuang. Ich habe dem Karawanenführer gezahlt, was ihm zusteht. Jetzt, wo du wieder laufen kannst, werden wir den restlichen Weg zu Fuß zurücklegen. Mach schnell, du musst von diesem Karren runter.«

Verrückte Wolke hielt seinen ledernen Reisesack in der Hand, und seine Stimme klang drohend.

Also hatte Buddhabadra gehorcht.

Er hatte im Grunde auch gar keine andere Wahl: Sein Knöchel war gerade erst wieder geheilt. Wenn er versuchen sollte zu fliehen, würde er sicher nicht weit kommen.

Was sollte er gegen einen Menschen ausrichten, der ihn unablässig mit seinem kalten Blick verfolgte, als misstraute er ihm?

Kaum hatte er nach seinem kostbaren Beutel gegriffen, als Verrückte Wolke ihn auch schon den Hügel hinaufgezerrt hatte, auf dem sich die verfallene Pagode erhob, und ihn in das Gebäude hineinstieß. Buddhabadras Knöchel hatte wieder zu schmerzen begonnen, sodass er sich eilends auf den Stein fallen ließ, auf dem der Buddha unter dem Baum der Erleuchtung in Bodh-Gaya abgebildet war.

»Wir beide müssen uns unterhalten!«, schrie Verrückte Wolke, nachdem er erneut eine seiner Pillen geschluckt hatte. »Und sag mir die Wahrheit. Was genau ist nach dieser gescheiterten Zusammenkunft passiert? Was du mir bisher darüber erzählt hast, klingt alles nicht sehr schlüssig.«

»Aber das habe ich dir doch schon mehrmals erklärt! Ich habe Samye zur gleichen Zeit verlassen wie Vollendete Leere. Dann habe ich den Kornak bis zur Straße gebracht, die auf die Pamir-Hochebene führt, und ihn von dort aus allein weiterziehen lassen.«

»Und der Elefant?«

»Den Elefanten habe ich zurückgelassen. Die Wunden an seinen Füßen waren so tief, dass man eine ganze Hand hineinstecken konnte. Danach habe ich kehrtgemacht und bin wieder zurückgegangen! Das ist alles! Was ist denn daran nicht schlüssig?«, erwiderte Buddhabadra beunruhigt. Er fragte sich, ob Verrückte Wolke nicht doch etwas von der unverhofften Irrwanderung erfahren hatte, bei der er das Gewächshaus mit den Maulbeerbäumen in Turfan entdeckt hatte.

Zum ersten Mal wirkte Verrückte Wolke bestürzt über Buddhabadras Worte. Es hatte fast den Anschein, als habe ihn sein Geisteszustand bis zu diesem Moment daran gehindert, zu begreifen, was der Abt aus Peshawar ihm bereits mehrmals erzählt hatte.

»Ich hätte niemals einen heiligen Elefanten opfern können! Nicht einmal um einer so gerechten Sache willen!«, brüllte er zu Buddhabadras größter Verblüffung los.

»Ach, wenn du wüsstest, Verrückte Wolke! Jeden Tag flehe ich zum Erhabenen Buddha, er möge mir verzeihen! Als ich den Elefanten im Schneesturm zurückließ, habe ich um ihn geweint. Ich glaube, er muss sehr schnell vor Kälte starr geworden und erfroren sein. Zumindest hat er bestimmt nicht gelitten!«

»Hast du denn gar nicht an die Seele gedacht, die in diesem Tier wiedergeboren wurde?«

Verrückte Wolke, der noch wenige Sekunden zuvor einem Wutanfall nahe schien, wirkte nun aufrichtig bekümmert.

»Mehr als einmal! Doch dieses Tier wurde einem edlen Anliegen geopfert! Nach seiner Wiedergeburt wird es näher an das Stadium eines Bodhisattva herangerückt sein!«, entgegnete Buddhabadra.

»Mögest du recht haben. Trotzdem hättest du den weißen Elefanten dem Kornak mitgeben können, statt ihn einfach im Schnee zurückzulassen!«, fügte Verrückte Wolke hinzu.

»Ich sage es dir noch einmal! Mit den entsetzlichen Schrunden unter seinen Füßen hätte er nicht einen Tag länger auf den vereisten Wegen gehen können.«

»Was werden sie sich in Peshawar wohl alles ausmalen, wenn sie sehen, dass der Kornak allein zurückkommt?«

Was kümmerte es Verrückte Wolke, was die Mönche im Kloster des Einen Dharma denken mochten? Bestimmt versuchte er bloß herauszufinden, ob er die Wahrheit gesagt hatte.

Und so hielt es Buddhabadra für das Beste, ihm zu antworten, dass sie sicherlich glauben würden, er sei tot, und deshalb nicht länger auf ihn warteten. Dann fügte er noch hinzu, dies sei gewiss auch besser so, ohne zu merken, dass diese Worte ein skrupelloses, zynisches Bild von ihm zeichneten, das ganz und gar nicht der Wirklichkeit entsprach.

»Ja, das Warten ist immer am unerträglichsten!«, bemerkte Verrückte Wolke in wissendem Ton.

»Also können wir uns so viel Zeit lassen wie nötig. Und wenn ich dann nach Peshawar zurückkehre, werden sie umso glücklicher sein, mich wiederzusehen.«

»Wie wahr. Es ist tatsächlich besser, wenn sie glauben, du seist tot!«, murmelte Verrückte Wolke in einem Ton, der Buddhabadra erschauern ließ. »Aber bist du dir auch ganz sicher, dass dein weißer Elefant umgekommen ist?«, setzte er unvermittelt wieder an. »In Indien habe ich gehört, dass diese Tiere über ein außerordentliches Gedächtnis verfügen und sich an den Menschen rächen können, die sie einmal verletzt haben! Ich glaube kaum, dass Ganesha, der Gott des Anfangs, der zur Hälfte ihre Gestalt angenommen hat, indem er ihren Kopf zu seinem machte, sehr glücklich ist über das, was du getan hast.«

»Was hat denn Ganesha damit zu tun?«, wollte der Mönch des Hinayana wissen, für den der elefantenköpfige Gott zu jenem belanglosen Pantheon gehörte, das die Hinduisten verehrten.

»Dem Herrn des Anfangs ist alles zuzutrauen! Es würde mich nicht wundern, wenn er ihn vor dem Tod bewahrt hätte!«

»Ich habe dem Kornak wohlweislich nicht gesagt, dass die erste Herberge vor dem Eisentorpass* noch mindestens zehn Tagesmärsche entfernt war! Außerdem habe ich in Peshawar oft genug erwähnt, wie schwierig es sein würde, gewisse

* Am Ausgang der Pamir-Hochebene.

Pässe mit einem Elefanten zu überqueren, der die Kälte nicht gewohnt sei und jeden Augenblick auf einer Schneescholle ausrutschen oder in eine Schlucht stürzen könne. Also werden die Mönche meines Klosters sicher davon ausgehen, dass uns solch ein Unglück zugestoßen ist! Glaub mir, wenn der Kornak seine Geschichte erzählt, werden alle glauben, ich sei umgekommen. Sie werden aus mir einen heiligen Märtyrer machen. Und wenn ich wieder zu ihnen zurückkehre, werden sie an eine Erscheinung glauben!«

Buddhabadra verstummte, betroffen über diese Worte, die so wenig zu seinem Charakter passten.

Wie weit konnte die Angst einen Menschen bloß treiben, fragte er sich, als er bemerkte, wie er sich immer tiefer in sein Lügengespinst verstrickte.

»Du bist ja noch skrupelloser, als ich dachte! Hast du keine Angst, dass dich diese ganzen Lügen geradewegs in die Flammen der Hölle führen?«

»Darf ich von einem Verbündeten nicht etwas anderes erwarten als Vorwürfe? Ich habe doch schon gesagt, dass meine Hand vor Scham zitterte, als ich den unglücklichen weißen Elefanten am Stamm einer Tanne festband, als wollte ich ihn dem Erhabenen opfern«, stammelte er mit tonloser Stimme.

»Das ist mir schon lieber!«, erwiderte Verrückte Wolke, der spürte, dass er ins Schwarze getroffen hatte, ehe er hinzufügte: »Du weißt doch, dass der Erhabene den Mönchen verboten hat, Tiere zu töten. Ganz zu schweigen von heiligen Elefanten, die bei Prozessionen die Heiligen Reliquien auf ihrem Rücken tragen!«

Der Abt aus Peshawar war schweißgebadet, und durch die Vorhaltungen von Verrückte Wolke, der ganz offensichtlich versuchte, ihn in die Enge zu treiben, wirkte er zunehmend angeschlagen.

Buddhabadra spürte, dass er diesem regelrechten Prozess,

der jeden Moment auszuarten drohte, unbedingt ein Ende machen musste.

»Es tut mir leid, Verrückte Wolke, aber nun muss ich dir ebenfalls eine Frage stellen. Warum bist du nicht zu unserer Zusammenkunft in Samye erschienen?«

»Ich hatte meine Gründe!«

»Nicht genug damit, dass du es uns durch deine Abwesenheit unmöglich gemacht hast, die Versammlung abzuhalten, da Ramahe sGampo nicht über sein rituelles Pfand verfügte. Jetzt, nachdem wir uns verbündet haben, wirfst du mir auch noch vor, dass ich einen Elefanten habe sterben lassen, obwohl ich doch gar keine andere Wahl hatte! Wo liegt denn da die Logik?«

Der zornige Blick von Verrückte Wolke verriet deutlich, wie verärgert er über die durchaus treffenden Worte des Abtes war.

»Ich verehre weiße Elefanten! Für mich sind sie himmlische Tiere. Wenn dieser Dickhäuter überlebt, wird er sich womöglich eines Tages an dir rächen!«, verkündete er mit donnernder Stimme.

»Nun gut, dann werde ich ihm zu gegebener Zeit erklären, dass es im Interesse des Hinayana und des indischen Tantrismus unerlässlich war, ihn zu opfern!«, murmelte Buddhabadra.

Wenn er an den im Schnee festgebundenen Elefanten zurückdachte, fühlte er sich gleichzeitig leer und von Reue geplagt.

»Dann will ich dir verraten, was ich voraussehe, Buddhabadra: Der weiße Elefant wird überleben! Ich sehe, wie sich sein riesiger weißer Körper von dem Baumstamm losreißt und in einer Höhle Zuflucht findet«, erwiderte sein Gefährte mit geschlossenen Augen, als blicke er in die Zukunft.

»Ich glaube sogar, dass es dir eines Tages vergönnt sein wird, ihm zu begegnen!«, entgegnete Buddhabadra, der zwar kein Wort von alldem glaubte, aber den Zorn beschwichtigen wollte, den er im Innern von Verrückte Wolke brodeln spürte.

»Das würde mich zum glücklichsten Menschen auf Erden machen! An diesem Tag werde ich einem Gott ebenbürtig werden!«

Verrückte Wolke öffnete die Augen und schluckte eine weitere Pille, ehe er sich plötzlich aufrichtete wie eine Sprungfeder.

»Was reckst du dich denn in die Höhe wie eine Naga vor ihrer Beute?«, rief der Abt, während er einen raschen Blick um sich warf, als befürchtete er, ein Unbefugter könne in die halb verfallene Pagode eingedrungen sein.

»Für mich ist der Tantrismus allen anderen Lehren überlegen! Es kann keine andere buddhistische Religion geben als eine von tantrischem Wesen! Sag mir, Buddhabadra, wie denkst du über den Tantrismus?«, stieß Verrückte Wolke mit Schaum vor dem Mund hervor, während sein Gefährte ihn bestürzt ansah.

Solche Ausbrüche gingen üblicherweise einem Monolog voraus, der mehrere Stunden andauern konnte.

»Du antwortest nicht!«

»Was sollte es mir bringen, genau das Gleiche zu sagen wie du, nur über das Hinayana, meine eigene Religion? Jeder von uns beiden ist doch durch seine Überzeugungen gezwungen, seine eigene Lehre zu preisen!«, erwiderte der Abt aus Peshawar matt.

»Überall erzählt man mir vom angeblichen Vordringen des Großen Fahrzeugs, dem sich ganz Zentralchina ergeben hätte. Was weißt du darüber?«

»Die Prediger des Großen Fahrzeugs stoßen immer weiter nach Osten vor. Es heißt, Silla* und die Inseln Nippons stün-

* Das heutige Korea.

den kurz davor, ebenfalls in die Arme von Guanyin, der Kinderspenderin,* zu sinken.

»Wenn deine Gemeinschaft dabei weiter untätig zusieht, endet sie womöglich bald als eine unbedeutende Sekte!«, grummelte Verrückte Wolke, ehe er sich neben seinen Begleiter auf den Stein setzte.

Er hatte wieder die Augen geschlossen, während der verwirrte Buddhabadra über diese unberechenbaren Stimmungsschwankungen mehr und mehr in Sorge geriet.

»Morgen werde ich auf einer weißen Wolke die ›Himmelsterrassen‹ überwinden und in das gewaltige chinesische Reich gelangen, um es selbst zu erobern!«, fantasierte Verrückte Wolke. »Es heißt, die Kaiserin von China sei eine glühende Buddhistin. Wer weiß, vielleicht wird sie eines Tages zu meiner Verbündeten.«

Mit den »Himmelsterrassen« spielte der ganz in seinen Traum von der spirituellen Eroberung des chinesischen Reichs versunkene Tantriker auf das Tiantai-Gebirge im südlichen Teil des Landes an. Dort hatte die hundert Jahre zuvor von dem Mönch Zhi Yi gegründete gleichnamige buddhistische Sekte angefangen, die transzendentale Lehre der persönlichen Befreiung zu verbreiten. Sie stand allen Menschen, nicht nur Mönchen, offen, und nach ihr war »in jedem Staubkorn das gesamte Universum enthalten«. Im berühmten Sutra mit dem Titel *Lotos der wahren Lehre,* der bedeutendsten Schrift des Mahayana, der Vollendete Leere durch sein *Sutra über die Logik der Vollkommenen Leerheit* Konkurrenz machen wollte, waren die Hauptgedanken dieser Lehre festgehalten.

Verwundert riss Buddhabadra die Augen auf.

Er hatte den Eindruck, der Körper von Verrückte Wolke

* Chinesischer Name des Bodhisattva Avalokiteshvara, Symbol für den chinesischen Buddhismus.

habe sich, während dieser redete, unmerklich über den Boden erhoben.

Er kniff sich in den Arm: Nein! Sein Gefährte schwebte nicht in der Luft.

Es war nur eine Sinnestäuschung, aber gleichzeitig auch der Beweis dafür, dass dieser Mann über außergewöhnliche Überzeugungskraft verfügte.

»Du scheinst die Lehre des Mahayana gut zu kennen!«, bemerkte er, während er nur langsam wieder zu sich kam.

Aber Verrückte Wolke reagierte nicht auf das Kompliment.

»Unser Bündnis hat mit einem ganz gewöhnlichen Betrug begonnen«, versetzte er drohend.

»Wie kommst du denn darauf?«, murmelte Buddhabadra, der vor lauter Angst inzwischen mit den Zähnen klapperte.

»Ich bin vollkommen durcheinander, seit dieser verfluchte *ma-ni-pa* nicht mehr zurückgekommen ist. Dabei hattest du mir doch versichert, dass seine Aufgabe ganz leicht sein würde.«

Jetzt brachte der Verfolgungswahn Verrückte Wolke schon dazu, den Abt aus Peshawar zu verdächtigen, mit dem struppigen *ma-ni-pa* unter einer Decke zu stecken, während er dieses Geschäft doch überhaupt erst vorgeschlagen hatte!

»Ich war darüber genauso enttäuscht wie du. Dieser *ma-ni-pa* war ein falscher Hund. Wir beide waren sicher zu naiv! Zum Glück hat er uns damit nicht ruiniert«, erklärte Buddhabadra und bemühte sich, unbeschwert zu klingen, obwohl er vor Angst bereits kreidebleich war.

»Ach, das ist jetzt ohnehin nicht mehr von Bedeutung! Wenn alles so läuft, wie vorgesehen, können wir morgen das Original dieser Handschrift holen.«

Nun erst wurde dem verblüfften Buddhabadra klar, warum Verrückte Wolke ihn nach Dunhuang geschleift hatte.

Mehrmals hatte Vollendete Leere während ihrer berühmten Zusammenkünfte die in den Steilhang gegrabene Bücherkammer vom Kloster des Heils und des Mitgefühls erwähnt, in die er das Originalexemplar des *Sutra über die Logik der Vollkommenen Leerheit* hatte legen lassen.

Aber warum sein seltsamer Begleiter das Original dieses Werkes an sich bringen wollte, war ihm ein Rätsel.

»Dann willst du also den Abt dieses Klosters aufsuchen und ihn bitten, es dir auszuhändigen?«, fragte er erschrocken.

»Nicht ich, du wirst hingehen! Zwei Verbündete müssen sich gegenseitig unterstützen!«

Unsicher, ob das ein Scherz sein sollte oder nicht, starrte Buddhabadra niedergeschlagen auf seine Fußspitzen.

Verrückte Wolke trug seinen Namen tatsächlich zu Recht, dachte er bei sich.

Dessen Zorn war unterdessen noch weiter angewachsen.

Nervös lief er mit abgehackten Bewegungen vor dem Abt aus Peshawar auf und ab.

Dieser unternahm einen letzten Versuch, ihn zu beruhigen und ihn davon abzubringen, ihn auf einen Bittgang zu schicken, der nur in einem Misserfolg enden konnte.

»Ich bewundere den Optimismus deines unerschütterlichen Glaubens, und ich kann dir nur für dein Vertrauen danken, aber ich bezweifle stark, dass dieser Abt einwilligen wird, das Vermächtnis von Vollendete Leere herauszugeben!«

»Dann müssen wir es eben ohne seine Hilfe holen!«

»Es würde mich nicht wundern, wenn dieses Bücherversteck genauso scharf bewacht wäre wie ein Gefängnis.«

»Ich habe gewusst, dass du dich nicht trauen würdest, mich zu begleiten!«

Verrückte Wolke wirkte wie ein lauerndes Raubtier, und seine geballten Fäuste verrieten, welche Gewalt in seinem Inneren loderte.

»Ach je!«, stöhnte der unglückliche Buddhabadra verzweifelt. »Ich beherrsche nun mal leider nicht die Kunst, durch Mauern zu gehen!«

»Es ist ein Fehler, meine Pillen abzulehnen. Sie würden dich etwas optimistischer stimmen!«

Je mehr der Abt vom Kloster des Einen Dharma versuchte, seinen Gefährten zur Vernunft zu bringen, desto wütender schien dieser zu werden.

Buddhabadra musste unbedingt jede weitere Eskalation verhindern und sich so schnell wie möglich von Verrückte Wolke trennen.

Doch das war leichter gesagt als getan. Wie sollte er an einem so abgelegenen Ort und ohne jede Hilfe vor einem Mann fliehen, der zwar nicht mehr alle fünf Sinne beisammenhatte, aber immer noch geschmeidig war wie eine Katze?

Buddhabadra hatte das Gefühl, in einer entsetzlichen Falle zu sitzen. Er war zum Spielball eines Menschen geworden, der vollkommen den Verstand verloren hatte.

Sollte er um Hilfe rufen? Aber wer würde ihn in einer verlassenen Pagode mitten in der Wüste schon hören?

Denn genauso wenig wie Verrückte Wolke hatte Buddhabadra bemerkt, dass sich außer ihnen noch jemand in dem halb eingestürzten Gebäude befand.

Umara, die junge Christin, einzige und über alles geliebte Tochter des Bischofs Addai Aggai, hatte, immer noch sorgsam hinter ihrer Säule verborgen, jedes Wort der absurden Unterhaltung zwischen diesen beiden Männern gehört, bei denen es sich zweifellos um Inder handelte, denn sie sprachen Sanskrit.

Das arme Mädchen bereute bitterlich, sich an diesen Ort gewagt zu haben!

Wieso zum Teufel war sie bloß zu der verlassenen Pagode zurückgekehrt, die Staubnebel ihr am Vortag gezeigt hatte, um noch einmal die verblassenden Abbildungen der Apsaras zu betrachten, mit denen ein Maler, gewiss ein hervorragender Kolorist, einst die Wände geschmückt hatte?

Was war nur in sie gefahren, ganz allein an diesen einsamen Ort zu kommen, wo sie von den beiden Männern überrascht worden war?

Zum Glück hatten sie sie nicht bemerkt!

Gleich nachdem sie den ehemaligen Tempel betreten hatten, war sie in ihr Versteck gehuscht.

Der eine, der auf den Namen Verrückte Wolke hörte, lehnte inzwischen mit dem Rücken an einer Säule. Er wirkte immer aufgebrachter und bedrohlicher, so als sei er kurz davor, sich auf den anderen zu stürzen. Schließlich löste er den Haarknoten auf seinem Kopf, um ihn mit Hilfe eines bronzenen Kamms neu zu schlingen, dessen zwei spitz zulaufende Enden wie Pfeilspitzen blitzten.

Fasziniert vom Anblick dieser beiden wie aus dem Nichts aufgetauchten Männer, blieb Umara nicht verborgen, wie sehr sie sich voneinander unterschieden.

Der Charakter von Verrückte Wolke, dem größeren und dünneren der beiden, der mittlerweile sein Hemd ausgezogen hatte, passte zu seinem merkwürdigen Namen.

Unter dem Gewicht schwerer bronzener Ringe zogen sich seine Ohrläppchen unmäßig in die Länge. Auch seine Brust war von einer bronzenen Spange durchstochen, die mit einem winzigen Löwenkopf verziert war.

Die Haut seines asketischen Körpers spannte sich über den Knochen und war von tiefen Narben gezeichnet, die von rituellen Kasteiungen herrührten.

Als Umara die schwarzen Male auf seiner bräunlichen Haut bemerkte, erkannte sie zunächst nicht, dass es sich um Worte handelte. Erst nachdem sie die eigenartigen Zeichen eine ganze Weile angestarrt hatte, trat zu ihrer Verblüffung das Sanskrit-Wort »Tantra« auf seinem Bauch hervor.

Ungläubig rieb sie sich die Augen und richtete den Blick erneut auf die Buchstaben, die sich nun, im helleren Licht, noch deutlicher zu diesem Wort fügten, dessen Bedeutung sie nicht kannte.

Im Gegensatz zu seinem Begleiter hatte der Mann seinen Schädel nicht vollständig kahl geschoren. Oben am Hinterkopf ließ er eine dichte, lange Haarsträhne wachsen, die er zu einem straffen Knoten geschlungen hatte. Dadurch wurde seine Gesichtshaut nach oben gezogen, was seine fein geschnittenen Züge betonte, die durch die schweren Ohrringe gleichzeitig nach unten gedehnt wurden. Daraus ergab sich eine eigentümliche Verlängerung seines Gesichts, die durch das unablässige Flattern seiner Nasenflügel noch unterstrichen wurde. Genauso bebten auch die Nasenflügel indischer Yogis, wenn sie sich ihren Atemübungen widmeten, bevor sie ihre Zunge durchstachen oder mit einem Säbel tiefe Kerben in ihren Bauch schnitten, als sei gar nichts dabei.

Verrückte Wolke strahlte eine negative Energie aus, die zum Großteil für das Entsetzen der jungen Christin verantwortlich war.

Verglichen mit ihm machte Buddhabadra ihr keine Angst.

Er war kleiner als Verrückte Wolke, seine Haut war viel heller, und auf seinem Oberkörper, den das Mönchsgewand teilweise frei ließ, waren keine Spuren von Verbrennungen oder rituellen Kasteiungen zu erkennen.

Er musste einer sehr viel kultivierteren, weniger eigenwilligen Kirche angehören als sein Begleiter.

Während Buddhabadra ihr ruhig und besonnen erschien, wirkte Verrückte Wolke gewalttätig und unberechenbar. Möglicherweise litt er unter schrecklichen krankhaften, vielleicht sogar mörderischen Trieben.

»Verrückte Wolke, ich bitte dich, lass uns dieses Gespräch beenden und Frieden schließen. Unser gemeinsames Ziel verdient ein sorgsam durchdachtes Vorgehen. Morgen können wir uns immer noch Gedanken darüber machen. Sollen wir nicht in eine Herberge gehen und uns ein wenig ausruhen?«, fragte Buddhabadra, fest entschlossen, Verrückte Wolke noch an diesem Abend zu entwischen.

Dieser antwortete nicht. Er wirkte wieder seltsam ruhig.

»Sag, Buddhabadra, was hast du mit dem ›Allerkostbarsten‹ vor? Ich nehme doch an, du hast es bei dir«, fragte er wie beiläufig.

»Warum sollte ich es hier haben?«, entgegnete Buddhabadra voller Angst.

»Weil du ein guter und folgsamer Mensch bist!«, murmelte sein Gegenüber mit einem raubtierhaften, wollüstigen Lächeln.

Umara sah, wie sich Buddhabadras Züge bei diesen Worten verzerrten.

Für den Abt aus Peshawar war dieser Satz ein weiterer Hinweis darauf, was Verrückte Wolke im Sinn hatte.

Der Tantriker hatte es offensichtlich auf den Inhalt der kleinen herzförmigen Schatulle abgesehen, die Buddhabadra ganz unten in seinen Reisesack geschoben hatte, der nun vor seinen Füßen stand!

Der leichenblasse Abt erkannte, dass Verrückte Wolke über ein ausgezeichnetes Gedächtnis und sehr viel Intuition verfügte.

Wie sonst hätte er ahnen können, dass Buddhabadra das »Allerkostbarste«, wie es in Peshawar manchmal genannt wurde, bei sich hatte?

Wollte Verrückte Wolke es etwa an sich bringen, genau wie das *Sutra über die Logik der Vollkommenen Leerheit*? Das musste er um jeden Preis verhindern.

Es war einfach ausgeschlossen, Verrückte Wolke diese Schatulle anzuvertrauen. Das war der beste Weg, sie niemals wiederzusehen!

»Ähhm, was soll ich sagen?«, stammelte der Abt und sprudelte eine Flut unzusammenhängender Sätze hervor. »Nun ja, ich weiß nicht so recht, was ich mit dem ›Allerkostbarsten‹ machen soll. Wir müssen uns darüber unterhalten! Ich kann das nicht allein entscheiden. Aber darüber können wir ja auch morgen reden! Ich bin ein wenig hungrig! Glaubst du nicht, es wäre allmählich an der Zeit, irgendwo zu Abend zu essen?«

Er wollte unbedingt Zeit gewinnen und das Gespräch auf ein anderes Thema lenken.

Da löste Verrückte Wolke mit einem Mal einen kleinen Beutel von seinem Gürtel und begann ihn wie ein Weihrauchfass zu schwenken, während sein Gefährte ihn mit betretener Miene ansah.

»Hier ist das, worauf der Ehrwürdige Ramahe sGampo seit Monaten wartet und was er so bald nicht zurückbekommen wird!«, rief er stolz.

»Ach ja?«, flüsterte Buddhabadra bedrückt.

»Und jetzt gib mir das ›Allerkostbarste‹«, befahl Verrückte Wolke kurz angebunden.

»Was willst du denn damit? Ich bewahre es lediglich auf. Ich darf nicht einfach so darüber verfügen! Außerdem sollte es ja nicht einmal hier sein.«

»Gib es mir, und zwar sofort. Mein größter Traum ist es, ein Ritual zu vollziehen, welches die Sinnbilder der drei buddhistischen Lehrpfade vereint! Ich werde es das Ritual der Verschmelzung und der Versöhnung nennen!«, verkündete er theatralisch.

Ohne Buddhabadra, dessen Gesicht inzwischen vor Kummer völlig entstellt war, eine Wahl zu lassen, griff Verrückte Wolke in den Reisesack, den der Abt nun an seine Brust drückte, und zog triumphierend ein kleines Herz aus Sandelholz hervor, das nicht größer war als zwei aneinandergelegte Handflächen. Das kupferne Schloss, das in der Mitte seines mit einem Wabenmuster überzogenen Deckels funkelte, verriet, dass es sich in Wirklichkeit um einen regelrechten kleinen Tresor handeln musste.

Dann sah Umara, wie er den ledernen Beutel öffnete, den er von seinem Gürtel gelöst hatte, ein viereckiges Stück Seide daraus hervorzog und dieses auf dem Boden ausbreitete.

»Die Schatulle ist neu«, bemerkte Verrückte Wolke. »Hast du den Schlüssel für das Herz?«

»Ich muss ihn verloren haben!«

»Lügner!«, brüllte Verrückte Wolke und zog einen Dolch aus seinem Gürtel, mit dem er seinen schweißgebadeten Gefährten bedrohte.

Mit zitternden Fingern reichte ihm Buddhabadra, wonach er verlangt hatte.

»Sei vorsichtig! Das Herz enthält auch die Heilige Wimper des Erhabenen! Sie ist so klein, dass sie auf den Boden fallen und für immer verloren sein könnte, wenn man die Schatulle zu hastig öffnet«, stotterte der Abt aus Peshawar.

»Du vergisst, dass ich bereits Gelegenheit hatte, diese heilige Wimper in den Händen zu halten!«, erwiderte Verrückte Wolke kühl.

Umara, die immer noch hinter ihrer Säule festsaß, war zu weit entfernt, um erkennen zu können, worauf sich das bewundernde Pfeifen des Mannes bezog, der sich nun über die kleine Schachtel beugte.

»Sie sind genauso schön, wie immer behauptet wird! Aber von der Heiligen Wimper ist keine Spur zu sehen!«, erklärte er.

»Du hast sie bestimmt davonfliegen lassen! Dazu genügt schon ein winziger Lufthauch! Welch ein Unglück!«, stöhnte sein Begleiter entsetzt.

Unterdessen hatte Verrückte Wolke, den der Verlust der Wimper des Erhabenen nicht sonderlich zu bekümmern schien, das »Allerkostbarste« in das kleine Seidentuch eingewickelt, ehe er beides zusammen zurück in das Sandelholzherz legte.

»Das hier besiegelt unseren unauflöslichen Bund!«, fuhr er fort. »Wir werden es abwechselnd tragen, einen Tag du und einen Tag ich!«

»Damit bin ich nicht einverstanden! Du hast schon die Wimper verloren, eine heilige Reliquie, die seit Jahrhunderten meinem Kloster gehört und die anzubeten Millionen von Pilgern aus ganz Indien die Ehre hatten! Ich vertraue dir nicht mehr!«, schrie Buddhabadra aufgebracht.

»Wenn diese Heilige Wimper für deine Kleine Wallfahrt so unersetzlich ist, was machst du dann in den Zeiten, in denen sie nicht in deinem Besitz ist?«, versetzte Verrückte Wolke spöttisch.

Buddhabadra hütete sich, ihm darauf zu antworten.

Um nichts in der Welt hätte er zugegeben, dass er sich zur Kleinen Wallfahrt von Peshawar eine seiner eigenen Wimpern ausriss, wenn die echte Heilige Wimper nicht verfügbar war.

Und da tat Verrückte Wolke vor den Augen seines erstarrten Gefährten, der aus gutem Grund nicht zu protestieren wagte, genau das Gleiche: Er riss sich eine Wimper aus und legte sie mit theatralischer Geste in die kleine Schatulle.

Danach verstaute er das Herz hastig in einer ledernen Tasche, die ein Stück weiter auf dem Boden stand.

Umara konnte weder dieses merkwürdige Verhalten nachvollziehen, noch hatte sie die leiseste Ahnung, von welchen eigenartigen Dingen die beiden Männer redeten.

Aber was nun passierte, war noch viel unvorstellbarer.

Nachdem Verrückte Wolke Buddhabadra gezwungen hatte, hintereinander zwei kleine braune Pillen zu schlucken, packte er ihn brutal an seiner Robe, bedrohte ihn erneut mit dem Dolch und beschimpfte ihn mit unzusammenhängenden Worten, mit denen er ihn aufforderte, mit ihm gemeinsam eines seiner tantrischen Rituale zu vollziehen.

»Du willst mich zum Tantrismus bekehren! Wie sollte ich ein solches Angebot von meinem Verbündeten ablehnen?«, brachte Buddhabadra stockend hervor, nachdem Verrückte Wolke ihn gerüttelt hatte wie einen Baum, von dem er die Früchte herunterschütteln wollte.

Trotz dieser vermeintlichen Einwilligung erkannte Umara deutlich, dass Buddhabadra einem verängstigten Zicklein glich, das sich mit einem Mal dem reißenden Tiger gegenübersah, gefangen in einer grausigen Falle, aus der er sich nicht mehr befreien konnte.

Daraufhin holte der Mann mit dem straffen Haarknoten und den lang gezogenen Ohren vor den Augen der verblüfften jungen Christin unter seinem Umhang ein kleines Bronzefläschchen hervor, das er langsam vor der Nase von Buddhabadra hin und her schwenkte, ehe er ihm grob die Öffnung auf die Lippen presste.

»Aber ich habe gar keinen Durst! Wir können später in der Herberge miteinander anstoßen«, protestierte dieser vergeblich.

»Trink das, sage ich! Und zwar schnell!«, brüllte der Mann mit dem »Tantra« auf dem Bauch.

Er nahm den Abt aus Peshawar in den Schwitzkasten und drängte ihm mühelos einen kräftigen Zug davon auf.

Umara wusste nicht, dass Verrückte Wolke Buddhabadra, der nur noch mit Mühe schlucken konnte, *bhang* eingeflößt hatte, eine Mischung aus Milch, Mohnsaft und Hanf. Dieses Gebräu hatte er in Tibet kennen gelernt, wo es den Anhängern der Kampfkünste verabreicht wurde, um ihnen zu ermöglichen, ihre Kämpfe in einer Höhe durchzuführen, wo der Sauerstoffmangel häufig zu Atemnot führte.

»Das schmeckt bitter! Mein Magen brennt! Warum hast du das getan!«, schrie der Abt aus Peshawar.

»Du wirst sehen, bald bist du in der Lage, davonzufliegen. Du wirst deinen Körper gar nicht mehr spüren! Und dann kann das unaussprechliche Ritual beginnen.«

Buddhabadra war auf die Knie gesunken, und an seiner Haltung erkannte die junge Nestorianerin, dass er bereits die ersten Auswirkungen des geheimnisvollen Trunks spürte.

Inzwischen völlig apathisch, ließ er zu, dass der immer lauter lachende Verrückte Wolke ihm mehr und mehr von diesem Gebräu in den Mund schüttete, das aus seinen Mundwinkeln herausfloss wie Bergbäche während der Schneeschmelze.

»Ich verliere jede Orientierung! Was gibst du mir da bloß zu trinken?«, stöhnte er.

Die unendliche Verzweiflung in seinem leichenblassen Gesicht war mitleiderregend.

»Nur einen Absud aus den üblichen Pflanzen, die das Buch der Großen Sonne empfiehlt. Das ist der einzige Weg, vollständig vom göttlichen Geist beherrscht zu sein und eine unvergessliche und wirkungsvolle *Avesa** zu erreichen.«

»Heißt das, du willst aus mir ein Medium machen?«, stieß der arme Buddhabadra, der nur noch ein Schatten seiner selbst war, hervor, nachdem er sich mühsam aufgerappelt hatte.

Entsetzt betrachtete Umara die Augen des Mönchs: Kaum weiter geöffnet als schmale waagrechte Schlitze, sahen sie aus, als wäre der Ärmste kurz davor, ohnmächtig zu werden.

»Dank dieses Trunks wirst du bald das Gefühl haben, deine Füße würden sich vom Boden lösen. Du wirst dich im Zustand des *laghiman* befinden und schweben. Können das nicht nur die besten Medien?«

»Ich weiß nicht, ob ich das kann, aber mir ist schon ganz

* *Avesa*: Eine Art Trance, bei der ein Medium von einer höheren Macht besessen wird.

schwindlig! Der Verlust der Heiligen Wimper zehrt an mir!«, stöhnte der Mönch des Kleinen Fahrzeugs, der, um nicht hinzufallen, den Hals seines Gegenübers umklammerte.

Umara konnte nicht ahnen, dass Verrückte Wolke dem armen Buddhabadra eine so hohe Dosis halluzinogener Substanzen eingeflößt hatte, dass dieser nur noch halb bei Bewusstsein war. Aber sie sah, dass er mittlerweile nicht einmal mehr Abwehrreflexe zeigte. Er war zum passiven, beinahe willigen Mitspieler eines barbarischen Rituals geworden, das sie wie gelähmt unfreiwillig und hilflos mit ansehen musste.

Noch lange würde sie sich an die schreckliche Zeremonie erinnern, die ein so blutiges Ende genommen hatte!

Zunächst hatte der Tantriker sein nach Luft ringendes Opfer brutal gepackt und zu Boden geworfen. Unter dem Vorwand, dass dies ihm helfen würde, »sich vom Boden zu lösen«, drückte er ihm den Hals zu, sodass Buddhabadra kaum noch Luft bekam!

Umara hatte sofort erkannt, dass dieser Kampf nichts mit den unter Kratzern, Haltegriffen und gelegentlichem Würgen ausgetragenen Wettstreiten gemein hatte, die ohne Blutvergießen endeten, wenn der Verlierer zu Boden geworfen wurde. Sie hatte das gelegentlich an Festtagen in Dunhuang beobachtet, wenn die Dörfer der umliegenden Oasen in Gestalt ihrer kämpferischsten jungen Männer gegeneinander antraten.

Buddhabadras Gesicht verfärbte sich dunkelviolett und schwoll immer mehr an. Es sah aus, als sei er kurz vor einem Schlaganfall, doch dieser mitleiderregende Anblick schien seinen Peiniger nicht im Geringsten zu berühren.

Bis ins Mark mit Drogen vollgepumpt, die blutunterlaufenen Augen wie Rubine funkelnd, traktierte dieser den Kopf seines Opfers mit immer wilderen Tritten.

Umara sah, wie sich rotes Blut erst auf dem Gesicht und

dann auf dem Hals des Gemarterten ausbreitete, sodass sie schon bald seine von den immer wuchtigeren Tritten entstellten Züge nicht mehr erkennen konnte, während Verrückte Wolke wie ein entfesseltes Raubtier immer rasender über ihn herfiel.

Die junge Christin, deren Magen sich vor Abscheu zusammenkrampfte, bereute bitterlich, dass sie sich über das Verbot ihres Vaters hinweggesetzt hatte und an diesem Nachmittag vom Gelände des Bischofssitzes entwischt war, um die weite Welt zu erkunden. In diesem Augenblick erschien ihr der Preis für die paar Gramm gestohlener Freiheit viel zu hoch.

Seit über zwei Stunden saß sie nun schon hinter der Säulenreihe der Tempelruine fest, und plötzlich biss sie sich auf die Zunge, um nicht laut aufzuschreien.

Mit einem brutalen Fausthieb hatte Verrückte Wolke, der rittlings auf Buddhabadras Bauch hockte, einen Großteil der oberen Zahnreihe des Ärmsten ausgeschlagen, und die Zähne waren wie Pfeilspitzen aus dem offenen Mund herausgeschossen.

Dann hatte er sein bewusstloses Opfer am Gürtel gepackt und Buddhabadra wie einen Reissack über seinen Kopf hochgestemmt, ehe er sich in einer eigentümlichen Tanzbewegung langsam um seine eigene Achse zu drehen begann. Mit einem Mal steigerte er sein Tempo, bis die beiden Männer vor Umaras Augen nur noch eine einförmige Masse bildeten. Wie eine Blütenkrone hatte sich der aus der Robe des indischen Mönchs gebildete Vorhang um Verrückte Wolke geöffnet, während sich dieser immer schneller drehte.

»Ich habe das Gefühl, dich fliegen zu sehen! Bald ist das Ritual vollendet! Bereite dich vor, Buddhabadra, die Erlösung ist nahe!«, brüllte der Tantriker.

Dann ließ er den leblosen Körper des Abtes aus Peshawar los, und dieser krachte wie eine kaputte Marionette auf den Boden.

Umara traute ihren Augen nicht, als Verrückte Wolke daraufhin in eine Art Trance fiel.

Sie sah, wie sein zuckender Körper plötzlich steif wurde und er mit solcher Wucht auf seinem Opfer herumtrampelte, dass die junge Christin nur noch einen Gedanken kannte: so schnell wie möglich von diesem Ort zu verschwinden, denn sie war davon überzeugt, dass dieser blutrünstige Irre sie ebenfalls töten würde, wenn er sie entdeckte.

Fliehen, und zwar so weit wie möglich! Das war alles, was sie tun musste!

So schnell wie möglich diesen verfluchten Ort verlassen, in den Bischofssitz zurückkehren und sich in die schützenden Arme ihres Vaters werfen, um zu versuchen, für immer zu vergessen, was sie gesehen hatte!

Um abzuschätzen, welche Entfernung sie vom Eingang des Tempels trennte, drehte Umara sich vorsichtig um und stellte fest, dass sie mit einigen großen Schritten das Portal der Pagode erreichen und hinauslaufen konnte.

Dann wäre sie außer Reichweite des Mörders.

Doch das Glück war ihr nicht hold!

Genau in dem Moment, als sie losrennen wollte, stieß der wahnsinnige Mörder, dessen Kräfte sich durch die Trance verzehnfacht zu haben schienen, ein löwengleiches Gebrüll aus, während gleichzeitig ein Hagel von Steinen auf sie herunterprasselte und sie zwang, zur Seite zu springen und in einer Ecke des Raums Schutz zu suchen, um nicht darunter begraben zu werden.

Ihr Herz hämmerte zum Zerspringen. Zunächst glaubte sie, der Blitz habe in die Pagode eingeschlagen, doch dann begriff sie, was geschehen war.

Nachdem Verrückte Wolke sein Opfer ein letztes Mal hochgehoben hatte, hatte er Buddhabadra gegen eine der verbliebenen hölzernen Säulen geschleudert, die den gewaltigen Zederbalken der Pagodendecke noch stützten.

Unter der Wucht des Aufpralls war nicht nur diese Säule gebrochen, sondern als Folge davon auch einer der Stützbalken. Daraufhin war die Decke eingestürzt.

Eine dichte Staubwolke erfüllte die Pagode und versperrte Umara die Sicht.

Als sich der Staub endlich gelegt hatte, bemerkte sie entsetzt, dass ein riesiger Steinhaufen den Eingang des Tempels versperrte.

Den Ausgang, durch den sie hatte fliehen wollen, gab es nicht mehr.

Der einzige Weg aus dieser grausigen Falle führte nun über die freie Fläche in der Mitte, wo Verrückte Wolke immer noch auf Buddhabadra einprügelte. Dahinter erhob sich eine Wand mit einem Fenster, durch das sie vielleicht entkommen könnte.

Dieses schmale, hoch gelegene Fenster zu erreichen war jedoch ein höchst gefährliches Unterfangen, da die Qualen des Mönchs aus Peshawar immer noch kein Ende gefunden hatten. Wie entfesselt schlug sein Henker auf ihn ein. Verrückte Wolke scherte sich ganz offensichtlich nicht im Geringsten um den Einsturz der Decke, sondern konzentrierte sich voll und ganz darauf, Buddhabadra mit krankhafter Präzision nacheinander alle Knochen im Leib zu brechen.

»Jetzt brauchst du nur noch das *homa*-Opfer zu vollziehen, und dann ist alles vorbei! Danach wirst du geradewegs in den Himmel eingehen!«, rief Verrückte Wolke mit Schaum vorm Mund, während er sich über das beugte, was sie für einen Leichnam hielt.

Doch dann musste sich die junge Nestorianerin gegen die Wand lehnen, um nicht ohnmächtig zu werden.

Sie hatte ein entsetzliches Murmeln gehört, die unfassbare Klage aus dem Mund eines Mannes, den sie für tot gehalten hatte.

»Du wirst doch nicht meine Kleider anzünden!«

Es war Buddhabadra, dessen kaum hörbares Stöhnen vom letzten Lebenshauch zeugte, der noch in ihm verblieben war.

Trotz seiner furchtbaren Verletzungen, die dank des Gebräus von Verrückte Wolke weniger unerträglich schmerzten, hatte der unglückliche Abt noch die Kraft, seine panische Angst vor dem tantrischen Ritual der Feuerreinigung kundzutun, dessen Namen Verrückte Wolke gerade erwähnt hatte.

»Hab keine Angst, du wirst nichts davon spüren! Du wirst das Gefühl haben, zu fliegen wie eine Apsara!«, brüllte Verrückte Wolke, nachdem er mit einem tiefen Zug seine Kürbisflasche ausgetrunken hatte.

Erneut schwenkte er seinen Dolch über der Brust seines Opfers, und dann fuhr die Klinge vor den entsetzten Augen der armen Umara mit einem Mal durch die Luft herab.

Einmal. Zweimal.

Unwillkürlich zählte die Tochter des Bischofs die Stiche.

»Satkarmani! Satkarmani!«, schrie Verrückte Wolke ekstatisch, während sein Arm sechsmal auf Buddhabadras Oberkörper niederfuhr.

Da murmelte der sterbende Mönch mit letzter Kraft und trotz des Blutes, das zwischen seinen Lippen hervorschoss, während die Klinge seines grauenvollen Gefährten in seinem Herzen steckte: »Ich sterbe! Sei verflucht, Verrückte Wolke! Du hast unseren Pakt gebrochen und die Heilige Wimper des Erhabenen verloren! Mögen diese Taten für alle Zeiten deine Hoffnung auf Erlösung zunichtemachen! Mögest du in der allerkältesten Hölle wiedergeboren werden!«

Umara konnte nicht wissen, dass Satkarmani die Bezeichnung für die Sechs Magischen Handlungen – Betören, Beruhigen, Lähmen, Töten, Ausbluten und Reinigen – war, die die Grundlage für das tantrische *krura*-Ritual bildeten, das Verrückte Wolke vollzogen und in seinem Wahnsinn so tragisch hatte enden lassen.

»Endlich wird die *kundalini* die zweiundsiebzigtausend Zentren meines Körpers durchdringen können!«, brüllte der tantrische Mörder, dessen epileptischer Anfall seinen Höhepunkt erreichte.

Und plötzlich schien sich seine finstere Trance in Ekstase zu wandeln.

»Endlich werde ich Buddhabadras Kundalini mit beiden Händen greifen können! Dann wird er ja sehen, dass der Tantrismus dem Hinayana überlegen ist!«, fügte er mit rauer Stimme, immer noch in sein Selbstgespräch versunken, hinzu.

Nachdem er mit dem gleichen Dolch, mit dem er Buddhabadra getötet hatte, den Brustkorb seines Opfers geöffnet, seine Rippen wie einen Deckel angehoben und schließlich mit der Hand in der Wunde herumgewühlt hatte, holte er eine pulsierende, von Blut triefende Kugel daraus hervor. Es musste sich um Buddhabadras Herz handeln, das er sich triumphierend an die Lippen hielt.

Angesichts dieser entsetzlichen Geste verspürte Umara, die stumme Zeugin dieses makabren Balletts, den beinahe übermächtigen Drang, sich zu übergeben.

Doch sie musste sich zusammenreißen, wenn sie nicht wollte, dass der blutrünstige Tantriker auf sie aufmerksam wurde.

Von ganzem Herzen wünschte sie sich, sie könnte einfach im Erdboden versinken und hätte das alles niemals mit ansehen müssen!

Fort, so schnell wie möglich! Von diesem verfluchten Ort verschwinden – das war das Einzige, woran sie noch denken konnte.

Doch der einzige Weg aus dieser Hölle führte durch das schmale Fenster in der Wand gegenüber.

Und dort, unter dieser Öffnung, durch die sie bereits das orangefarbene Leuchten der Abenddämmerung erkennen konnte, lag der gemarterte Leichnam. Verrückte Wolke hatte endlich von ihm abgelassen. An der zur Hälfte eingestürzten Wand direkt unter dem schmalen Fenster sackte er zusammen, genau dort, wo man über das Geröll der heruntergebrochenen Decke ohne Leiter aufsteigen konnte.

Um zu entkommen, musste sie also ganz dicht an den Mörder heranschleichen, dessen ekstatische, aus den Höhlen getretene Augen starr in ihre Richtung blickten.

Schaute er sie etwa an?

Das Wort »Tantra« auf seinem Bauch schien sich in flammenden Lettern auf seiner Haut abzuzeichnen.

Schweißgebadet malte sich die junge Nestorianerin aus, wie Verrückte Wolke sie heranwinkte und dann, nachdem sie sich weigerte, seinem Befehl Folge zu leisten, aufsprang und sich an ihre Verfolgung machte. Bei ihrer verzweifelten Flucht würde sie sicherlich über einen Stein stolpern, und diese Gelegenheit würde er nutzen, um sie zu Boden zu reißen und mit ihr genauso zu verfahren wie mit dem armen Buddhabadra, dessen Brustkorb von bläulich violetten Eingeweiden überquoll und bereits einen üblen Geruch verströmte.

Zwei, drei fette, brummende Fliegen schwirrten wild streitend über dem Leichnam, um sich schließlich zu versöhnen und in einem eigentümlichen Tanz weiterzukreisen, ehe sie sich behutsam auf den durchtrennten Adern niederließen, aus denen das gerinnende Blut kaum noch floss.

Ein Geräusch riss sie aus ihrer Benommenheit.

Verrückte Wolke hatte zu schnarchen begonnen.

Zögernd wagte sie einen ersten Schritt und lauerte angespannt auf seine Reaktion.

Doch nichts geschah, nicht einmal eines seiner Augenlider zuckte, und das ließ sie hoffen, dass Buddhabadras Mörder tatsächlich eingeschlafen war.

Mit drei Sätzen würde sie bei ihm sein, und von dort aus

brauchte sie nur noch das Geröll als Trittleiter zu nutzen und zum Fenster hochzuklettern.

Dann wäre sie endlich draußen.

Schwer atmend schlich sie auf Zehenspitzen durch die Trümmer auf dem Boden und versuchte dabei so wenig Lärm wie möglich zu machen.

Aus der Nähe betrachtet, sah der Leichnam von Buddhabadra noch grauenvoller aus.

Sein halb entblößter, von blauen Flecken übersäter Körper hatte nicht mehr viel Menschliches an sich und glich eher jenen von gandharischen Bildhauern auf gestifteten Flachreliefs dargestellten Buddhas, die wegen ihres asketischen Lebenswandels bloß noch Haut und Knochen waren.

Die milchigen Augen des Getöteten, deren staubverkrustete Wimpern auf seltsame Weise ihren sanften Blick betonten, schienen aufmerksam die eingestürzte Decke der Pagode zu betrachten.

Sie erschauerte: Direkt unter dem Bein des Leichnams hatte sie einen dicken schwarzen Skorpion verschwinden sehen, während die surrende Wolke aus blauen Fliegen von der Außenseite seines Brustkorbs abließ und begonnen hatte, dessen Inneres zu erkunden.

Sie schlich drei Schritte weiter.

Das Schnarchen, das immer noch aus dem weit geöffneten Mund von Verrückte Wolke hervordrang, beruhigte sie nur halb.

Er war sicherlich zu jeder Täuschung fähig. Vielleicht hatte er sie ja auch gesehen und stellte sich nur schlafend, um sich gleich auf sie zu stürzen!

Die Angst lag wie ein Stein in ihrem Magen, als sie vorsichtig den ersten Fuß auf den Geröllhaufen vor der Mauer setzte.

Oben angekommen bemerkte sie entsetzt, dass ihr noch

mehrere Zentimeter fehlten, um sich auf die Fensterkante hinaufziehen zu können.

Bestürzt und mit wild klopfendem Herzen sah sie dicht vor ihren Füßen den Haarknoten von Verrückte Wolke, der sich ihm Rhythmus seines Schnarchens hob und senkte.

Plötzlich fiel ihr Blick auf die lederne Tasche in der Mitte der freien Fläche, auf der der Ritualmord geschehen war. Wenn sie sich daraufstellte, könnte sie die Fensterkante bestimmt erreichen.

Behutsam wie eine Katze kletterte sie wieder hinunter, um sie zu holen, doch als sie gerade den Griff packte, hörte sie ein furchtbares Getöse.

Weil sie glaubte, ein weiterer Teil des Dachs würde einstürzen, schloss sie die Augen.

Als sie sie wieder öffnete, wagte sie vor lauter Angst kaum, sich umzuschauen.

Dann begriff sie, dass der Lärm von der Tasche hergekommen war, deren Deckel sich mit einem Ruck geöffnet hatte, als sie sie gepackt hatte.

Die kleine herzförmige Schatulle war mit lautem Gepolter herausgefallen.

Außer sich vor Angst sah Umara zu Verrückte Wolke hinüber.

Das Schnarchen hatte aufgehört. Wie versteinert wartete sie darauf, dass er erst eines und dann auch das zweite Auge öffnete, ehe er sich wie ein Raubtier auf sie stürzen würde, um sie zu töten.

Die Sekunden erschienen ihr endlos.

Ohne nachzudenken, schob sie die kleine herzförmige Schatulle, die sie vom Boden aufgehoben hatte, um alle Spuren ihrer Anwesenheit zu beseitigen, in ihren bestickten Gürtel, nahm die Tasche und versteckte sich damit hinter einer Säule.

Es musste ein Wunder geschehen sein, denn das Schnarchen hatte erneut eingesetzt, und der Mann schien wieder tief und fest zu schlafen.

Jetzt oder nie!

Mit klopfendem Herzen, die Tasche fest im Arm, holte die junge Nestorianerin einmal tief Luft und rannte auf den Schutthaufen unter dem Fenster zu.

Oben legte sie die Tasche auf das Geröll, und nachdem sie daraufgeklettert war, gelang es ihr, sich mit der Kraft der Verzweiflung auf die Fensterkante zu ziehen, während die lederne Tasche, an die sie mit den Füßen gestoßen war, unter lautem Getöse den Geröllhaufen hinunterrutschte, was den Mann mit dem Haarknoten hochschrecken ließ.

Sie hatte keine Sekunde mehr zu verlieren. Verwirrt und orientierungslos hatte sich Verrückte Wolke mühsam aufgerappelt und beugte sich über die offene Tasche.

Umara schloss die Augen und sprang in die Tiefe.

Zu ihrer Überraschung fiel sie auf etwas Zartes, Warmes.

Der feine, weiche Wüstensand, den die Stürme an den Fuß der Außenwand der Pagode geweht hatten, hatte ihren Sturz aufgefangen. Sie war frei, und über und über mit einem feinen Puder bedeckt, der im Licht der untergehenden Sonne golden leuchtete.

Da rannte sie wie ein von Jägern gehetztes Tier los, so schnell sie konnte.

Der warme, weiche Sand bremste sie.

Am zerklüfteten, flimmernden Horizont schimmerten die Wellenkämme der Dünen der Wüste Gobi in den Strahlen des tief stehenden Tagesgestirns.

Bald lag die halb eingestürzte Pagode weit hinter ihr, und sie erkannte die ersten kleinen Stampflehmhäuschen von Dunhuang, bei denen sich nun, am späten Nachmittag, Ziegen und Schafe drängten, um gemolken zu werden.

Drei Straßen weiter würde sie nur noch nach rechts abbiegen müssen, um jenen Häuserblock zu erreichen, in dessen

Mitte sich die Gebäude des nestorianischen Bischofssitzes erhoben.

Als sie wusste, dass der Mann ihr nichts mehr anhaben konnte, blieb sie keuchend unter der Arkade eines Toreingangs stehen, um ein wenig Atem zu schöpfen.

Sie war über und über mit weißem Staub bedeckt, und ihr linkes Knie schmerzte. Sie merkte, dass sie es sich an der Fensterkante aufgeschürft hatte und dass ihre Kleider bei der gewaltigen Anstrengung völlig durcheinandergeraten waren.

Nichts Schlimmes, verglichen mit der Gefahr, in der sie geschwebt hatte, aber in diesem Zustand konnte sie schlecht nach Hause zurückkehren.

Nachdem sie sich den Staub von den Kleidern geklopft hatte, rückte sie ihren Gürtel zurecht, und dabei entdeckte sie unversehens die kleine Schatulle aus Edelholz. Sie konnte sich nicht mehr daran erinnern, wie sie sie dort hineingeschoben hatte, als sie mit der offenen Tasche in der Hand hinter die Säule gehuscht war.

Vorsichtig nahm sie sie in die Hand und legte sie flach auf ihren Schoß.

Der intensive Geruch von Sandelholz stieg ihr in die Nase.

Die bronzenen Beschläge und Ziernägel glänzten, als hätten aufmerksame Hände dieses geheimnisvolle Kästchen unablässig blank gerieben.

Sie hielt es ans Ohr und schüttelte es leicht. Leise, gedämpfte Stöße verrieten ihr, dass sich mehrere Gegenstände darin befanden.

Sie wollte gerade aufstehen, um nach Hause zu eilen, wo ihr Vater und ihre Kinderfrau sich bestimmt schon Sorgen um sie machten, als sie plötzlich den unerklärlichen Drang verspürte, die Schatulle zu öffnen.

Sie erinnerte sich noch genau daran, dass Verrückte Wolke sie in die Tasche gesteckt hatte, ohne sie vorher abzuschließen. Ein simpler Bronzestift, der durch zwei Ösen gesteckt war, diente als Riegel. Sie musste ihn nur sanft zurückschieben, um den Deckel anheben zu können.

Sie erkannte das seidene Tuch wieder, in das jener Gegenstand eingewickelt sein musste, den die beiden Männer das »Allerkostbarste« genannt hatten.

Vorsichtig schlug sie es auf.

Was sie dann erblickte, war so fremd und gleichzeitig so unglaublich, dass sie hastig alles zurück in die Schatulle legte und den Deckel zuschlug.

Das, was sie in Händen hielt, war so wertvoll, dass es bereits ein Menschenleben gekostet hatte.

Ihr wurde bewusst, dass sie aus reiner Gedankenlosigkeit zur Hüterin eines großen Geheimnisses geworden war. Gedankenversunken erreichte sie endlich den Bischofssitz, wo ihre verzweifelte Kinderfrau sie bereits vor der Haustür erwartete.

»Umara! Wo bist du gewesen? Wir suchen dich seit heute Morgen! Ich bin beinahe verrückt geworden vor Sorge!«, schrie die dicke Golea und stürzte auf sie zu, kaum dass sie das junge Mädchen am Ende der Straße erblickt hatte.

»Es ist nichts passiert. Ich bin spazieren gegangen und habe mich in der Wüste verlaufen. Da habe ich beschlossen, einen kleinen Mittagsschlaf unter einer Dattelpalme zu halten. Und jetzt bin ich wieder da!«

»Zum Glück habe ich deinem Vater nichts davon gesagt. Er ist für zwei Tage auf die Jagd geritten. Wenn du noch länger fortgeblieben wärst, hätte ich keine andere Wahl gehabt, als ihm nach seiner Rückkehr davon zu berichten, und dann hätte er sich wieder fürchterliche Sorgen gemacht!«

»Ich bin heil und gesund, meine liebste Golea! Das ist doch das Wichtigste, oder?«, erwiderte Umara lediglich, doch die angespannten Züge des jungen Mädchens straften seine Worte Lügen.

»Du siehst müde aus! Die Wüstensonne bekommt dir nicht!«, grummelte ihre Kinderfrau.

Umara hütete sich, näher auf irgendwelche Einzelheiten einzugehen, auch wenn es sie große Überwindung kostete, ihrer geliebten Golea etwas zu verheimlichen.

Sie hatte beschlossen, diesen Ausflug, der um ein Haar so böse geendet hätte, für sich zu behalten. Vor allem wollte sie auch den außerordentlichen Inhalt der kleinen Schatulle nicht erwähnen, nach deren Herkunft ihr Vater sie sicher gefragt hätte, wenn sie sie ihm gezeigt hätte.

Und das, was sich vor ihren Augen abgespielt hatte, war so ungeheuerlich, dass sie sich nicht vorstellen konnte, ihrem Vater davon zu erzählen, aus Angst, ihn noch mehr zu beunruhigen.

Als Tochter eines hohen nestorianischen Würdenträgers kannte Umara besser als jeder andere die Bedeutung von Geheimnissen, da die an Verfolgung gewöhnten Anhänger ihrer Religion höchste Verschwiegenheit praktizierten.

Es war ihnen sogar verboten, vor Ungläubigen die einfachen rituellen Formeln in syrischer Sprache wiederzugeben, die stockend und mit leiser Stimme während der endlosen, von dichten Weihrauchschwaden umhüllten Zeremonien rezitiert wurden. Sie durften auch niemandem verraten, dass sie sich gegenseitig als »Assyrer« bezeichneten. Ganz zu schweigen davon, jemandem von den Grundlagen ihres Glaubens zu erzählen, die dazu geführt hatten, dass sie als Häretiker verbannt worden waren.

Und so handelte die junge Christin als würdige Tochter ihres Vaters, als sie beschloss, niemandem, nicht einmal ihm, etwas davon zu verraten.

Abends allein in ihrem Zimmer öffnete sie die Schatulle im Licht einer Kerze erneut, und wieder war sie bezaubert von dem, was sie sah.

Zweifellos war sie noch zu jung und auch nicht gelehrt genug, um die wahre Bedeutung dieser Steine zu erfassen, die sie aus dem mit komplizierten Mustern verzierten viereckigen Seidentuch gewickelt hatte und deren Funkeln sie trotz des Halbdunkels im Raum blendete.

Doch sie war sich sicher, etwas unschätzbar Wertvolles in Händen zu halten.

Der einzige Mensch, dem sie etwas davon erzählen wollte, war Staubnebel, mit dem sie wegen ihrer heimlichen Ausflüge ohnehin bereits viele kleine Geheimnisse teilte.

Er war der Einzige, dem sie vertrauen konnte.

Würde sie eines Tages mehr über diesen geheimnisvollen Schatz herausfinden?

Und wo sollte sie die Schatulle bis dahin verstecken?

Wo würde sie niemals jemand wiederfinden?

14

In den Bergen des Schneelands

Die Seile, mit denen sie aneinandergefesselt waren, schnitten in ihre Handgelenke.

Es war ihre erste Nacht als Gefangene.

Deswegen konnte das riesige Feuer, das direkt vor ihren Augen knisterte, auch nicht ihre Herzen erwärmen.

Es war nur ein schwacher Trost, dass die Säuglinge in ihrem Weidenkorb friedlich schliefen, während Lapika schwer atmend und mit hängenden Ohren und glanzlosem Fell davorlag.

Weder Fünffache Gewissheit noch der *ma-ni-pa* hatten gewusst, wie ihnen geschah. Keiner von ihnen hatte die Männer kommen sehen, die sie brutal überfallen hatten.

Das Ganze hatte nur ein paar Sekunden gedauert.

Hinter einer Biegung des steilen Weges, auf dem sie nur langsam vorankamen, waren sie kurz vor einem dichten Tannenwäldchen in einen Hinterhalt geraten. Kaum hatten sie den kleinen berittenen Trupp bemerkt, als dieser auch schon unter lautem Gebrüll auf sie losgegangen war.

Fünffache Gewissheit, der vor allem versucht hatte, die Kinder zu beschützen, die bei dem Überfall nicht einmal aufgewacht waren, war eingekreist und zusammen mit dem *ma-ni-pa* zu Boden gerissen worden, noch bevor er den ersten Pfeil aus seinem Köcher hatte ziehen können. Mit dem Weidenkorb im Arm hatte er es nicht gewagt, auf seine Kampfkünste zurückzugreifen, dank derer er es normalerweise ganz allein mit drei Gegnern aufnehmen konnte.

Lapika hatte sich auf das Pferd des ersten Angreifers gestürzt, und es war ihr gelungen, es zu Boden zu reißen und den Hals des Tieres mit ihren Fangzähnen zu zerfleischen. Drei Mitglieder der Bande hatten gemeinsam auf die riesige Hündin einschlagen müssen, ehe sie von dem Pferd abließ. Erst nach über fünf Minuten hatten sie es geschafft, sie von der Leiche des Tieres zu trennen.

Sie waren in die Gewalt von Straßenräubern geraten!

Ihr Anführer sprach weder Chinesisch noch Tibetisch. Sein lockiges Haar und seine dunkle Haut deuteten auf eine westliche Herkunft hin. Er schien aus einer jener fernen Regionen zu stammen, in die das letzte Teilstück der Seidenstraße mündete und die von den zahlreichen Reisenden, die von dort zurückkehrten, die »Ebene der tausend Quellen« oder, in Anspielung auf die tönernen Ziervögel, die dort die Dachfirste krönten, das »Land der Tauben« genannt wurden.

Aus diesen mythischen, weit im Westen liegenden Ländern, über die alle möglichen Legenden in Umlauf waren, brachten die Kaufleute nicht nur zuckersüße Pfirsiche und Weintrauben mit, nach denen sich Kinder und Kurtisanen die Finger leckten, sondern auch Wollfilz, der so fest war, dass er sogar Pfeilspitzen standhielt und von manchen Abteilungen der Armee als Schild benutzt wurde.

Der Mann mit dem lockigen Haar und der dunklen Haut hatte ihnen befohlen, neben einem großen Felsen stehen zu bleiben, auf den einer seiner Diener geklettert war, um Wache zu halten.

Dieser Diener sprach Chinesisch, und nach einer Weile hatte er Fünffache Gewissheit und dem *ma-ni-pa* erklärt, dass sein Anführer ihn aufgefordert habe, ihnen als Übersetzer zu dienen.

So hatten sie erfahren, dass ein persischer Hauptmann namens Majib sie gefangen genommen hatte.

Fünffache Gewissheit wusste nichts über die Perser. Deren

herrliche Teppiche gelangten zwar nach Zentralchina, wo sie von spezialisierten Händlern an reiche Abnehmer verkauft wurden, in den buddhistischen Klöstern waren diese Prunkstücke jedoch nie zu finden.

Und welch rätselhafte Fügung einen kleinen Trupp Perser so weit von ihrer Heimat entfernt in das Himalaya-Massiv verschlagen hatte, konnte er sich auch nicht erklären.

Der Freude nach zu urteilen, mit der diese bärtigen Männer sie gefesselt und danach ihre Habseligkeiten durchwühlt hatten, bedeutete ihre Ergreifung für sie einen glücklichen Fang.

Das hatte ihm auch der ansonsten recht verschlossene Übersetzer bestätigt, als er ihn danach gefragt hatte: »Hauptmann Majib ist sehr froh über eure Gefangennahme. Seit einem Monat irren wir durch die Kälte und erlegen Vögel, um sie zu braten! In diesen Bergen sehen alle Wege gleich aus.«

»Sag Hauptmann Majib, dass wir uns geehrt fühlen, seine Bekanntschaft zu machen!«, hatte Fünffache Gewissheit ungerührt erwidert, während der Betreffende, nachdem er prüfend ihr Gepäck in Augenschein genommen hatte, überrascht vor dem Weidenkorb innehielt. Darin strampelten die beiden Säuglinge, die bei dem ganzen Lärm schließlich doch noch aufgewacht waren.

»Hauptmann Majib fragt, ob der kleine Junge und das kleine Mädchen Geschwister sind?«

»Ja, das sind sie. Sogar Zwillinge«, hatte der junge Mönch entgegnet. Er verstand weder, worauf der persische Hauptmann mit seiner Frage hinauswollte, noch konnte er sich einen Reim auf das zufriedene Lächeln machen, das sich auf Majibs Gesicht ausbreitete, nachdem der Übersetzer ihm seine Antwort übermittelt hatte.

Kurze Zeit später hatte der Hauptmann ihm durch den Übersetzer folgenden Vorschlag ausrichten lassen: »Hauptmann Majib sagt, dass er euch das Leben schenken wird, wenn ihr uns zurück auf die Seidenstraße führt!«

»Antworte ihm, wir wissen, wie man dorthin kommt!«, hatte der eingeschüchterte junge Mönch hastig erwidert.

So waren sie, wie Sklaven mit einem Seil um die Beine aneinandergefesselt, bis zum Abend marschiert, und trotz ihrer Erschöpfung hatten ihre Bewacher ihnen befohlen, das Feuer zu entzünden, an dem sie sich nun die Hände wärmten.

Der Übersetzer, der auf sie aufpasste, war eingeschlafen, sodass sie sich flüsternd unterhalten konnten.

»Glaubst du, sie waren bereit, uns zu töten?«, wisperte der *ma-ni-pa* seinem Gefährten zu.

»Sie brauchen uns, um aus Bod herauszufinden. Das ist unser bester Schutz. Aber die Augen dieses Majib lassen mich Schlimmes befürchten. Er scheint ein grausamer, skrupelloser Mensch zu sein.«

»Ist dir aufgefallen, wie seltsam er gelächelt hat, als er das Tuch angehoben und die Kinder im Korb entdeckt hat? Fast wie ein Menschenfresser, der auf eine leckere Mahlzeit gestoßen ist!«

»Zum Glück waren sie so klug, Lapika nicht zu töten, als sie sich auf sie gestürzt hat! Bei dem Interesse, das dieser Majib an den Kindern zu haben scheint, hat er gut daran getan, seine Männer anzuweisen, sie in Ruhe zu lassen!«, murmelte Fünffache Gewissheit dem Wandermönch zu, während er mit der Fußspitze einen dicken Ast in die Flammen stieß, um das Feuer neu anzufachen.

»Dabei wusste er doch gar nicht, dass die Hündin ihre Amme ist. Sieh dir nur die kleinen Herzchen an, sind sie nicht süß? So fest aneinandergekuschelt, und schlafen wie zwei Murmeltiere. Umso besser für sie!«

»Ach, *ma-ni-pa*, du hattest recht, als du mich bei unserer ersten Begegnung aufgefordert hast, mich vor Wegelagerern in Acht zu nehmen!«, gab Fünffache Gewissheit zu und sah den Wandermönch bedrückt an.

»Ich bin mir sicher, dass wir hier auch wieder herauskommen. Seit heute Morgen bete ich zum Erhabenen, er möge uns unter seinen göttlichen Schutz und den Blick der ›Kostbarkeit‹ stellen!«, versicherte dieser beinahe fröhlich. Sein Lächeln gab den Blick auf seine schwarzen Zähne frei, als wollte er durch seine Haltung auch Fünffache Gewissheit wieder Mut machen, an dessen Seite er seit mehreren Wochen über die Straßen von Bod zog.

Seit der Wandermönch den jungen Gehilfen von Vollendete Leere wieder eingeholt hatte, hatte er große Zuneigung zu dem freundlichen, großherzigen jungen Mann gefasst.

Gleich nach seinem Aufbruch aus Samye hatte er sich beeilt, die Anweisung des Ehrwürdigen Abtes in die Tat umzusetzen, um so ein gutes Karma zu vollbringen, das seine Aussichten auf eine glückliche Wiedergeburt im nächsten Leben verbessern könnte.

Auf diese Weise würde er statt nach mehreren Tausend Existenzen vielleicht schon innerhalb eines Dutzends aufeinanderfolgender Wiedergeburten vor den Toren des Nirwana anlangen, wo der Mensch in das Nichts einging und so dem Leiden der Welt entkam!

Wenn er es recht bedachte, war dies mehr als nur eine einmalige Gelegenheit, eher schon einer jener unglaublichen, gewiss vom Erhabenen Buddha persönlich gesandten Glücksfälle, die man mit beiden Händen ergreifen musste!

Und die Vorstellung, unverrichteter Dinge zu den beiden Fremden zurückzukehren, die ihn losgeschickt hatten, um das *Sutra über die Logik der Vollkommenen Leerheit* zu holen, war so unerfreulich, dass er das Geld, das sie ihm gegeben hatten, dem erstbesten Bettler geschenkt hatte, dem er unterwegs begegnet war.

Danach hatte er sich ganz ohne schlechtes Gewissen bemühen können, Fünffache Gewissheit einzuholen.

Er war so schnell marschiert, wie er nur konnte, und hatte dabei den Buddha angefleht, ihm die Gnade zu gewähren, zu den beiden kleinen Halbgöttern aufzuschließen. Gleichzeitig hoffte er inständig, dass der junge Mönch nicht einen der unzähligen Seitenwege eingeschlagen hatte, auf die manche Reisende gerieten, die sich in den Bergen nicht auskannten, und die geradewegs an den Rand eines Abgrunds führten.

Doch glücklicherweise hatte er nach zwei Tagen, in denen er beinahe im Laufschritt vorwärtsgeeilt war, auf einem von einer bläulichen Gletscherkante gesäumten Firnfeld endlich einen schemenhaften Fleck ausgemacht.

Um diese Jahreszeit und an diesem Ort, in beißender Kälte und umgeben von endlosen gefrorenen Weiten, in denen nicht die geringste Spur menschlichen Lebens zu erkennen war, hatte ihn der Anblick eines Mannes mit seinem Pferd beruhigt: Das musste der Mönch mit den Himmlischen Zwillingen sein.

In der vorhergehenden Nacht hatte er noch geträumt, wie er Verrückte Wolke und Buddhabadra kläglich von seinem erfolglosen Besuch in Samye berichtete und ihnen gestand, dass es ihm nicht möglich gewesen war, das *Sutra über die Logik der Vollkommenen Leerheit* aus der Klosterbibliothek zu holen.

Es fiel ihm schwer, den blutunterlaufenen, hasserfüllten und wie verschleiert wirkenden Blick des angeblichen Tantrikers zu vergessen. Sein Geist suchte ihn nachts heim und flüsterte ihm ins Ohr, dass er ein unfähiger Trottel sei, gerade gut genug, um als Insekt wiedergeboren zu werden.

In Wahrheit befürchtete der *ma-ni-pa* vor allem, dass sich hinter Verrückte Wolke ein Schamane verbergen könnte.

Die Wandermönche fürchteten Schamanen, weil sie ihnen Konkurrenz machten, bedeuteten sie doch für die »Religion der Menschen« das, was die *ma-ni-pas* für die Religion des Erhabenen waren.

Viele betrachteten sie als Hexer von göttlichem Wesen, und nur wenige sahen in ihnen gewöhnliche Scharlatane. Es hieß, sie seien in der Lage, sich in wilde Tiere oder Affen zu verwandeln, ein Seil in den Himmel zu werfen und daran hinaufzuklettern, als hinge es an einem Baum, oder über glühende Kohlen zu laufen, ohne sich um ihre Fußsohlen sorgen zu müssen.

Oft riefen die Dörfler sie zu Hilfe, um ein krankes Kind oder einen Greis zu heilen, einem Yak beim Kalben zu helfen oder es nach einer besonders langen Trockenperiode, die die Weiden in steinige Abhänge verwandelte, auf denen nicht einmal mehr die Ziegen genug Gras fanden, wieder regnen zu lassen.

Normalerweise genügte es, einem Schamanen des Bön eine kleine Münze anzubieten, um seinen Beistand zu gewinnen. Ein *ma-ni-pa* dagegen sollte seine Hilfe allein im Austausch gegen die Rezitierung von Avalokiteshvaras göttlichem Mantra »*Om! Mani padme hum!*« gewähren.

Die Konkurrenz zwischen Schamanen und *ma-ni-pas* war nur die sichtbare Seite jenes erbitterten Kampfes, den sich der aus Indien eingeführte Buddhismus und die ursprüngliche Bön-Religion lieferten. Die Bewohner von Bod praktizierten sie zum großen Verdruss der Lamas auch dann noch, nachdem sie sich zur Edlen Wahrheit des Buddha Gautama bekehrt hatten.

In seiner Kindheit hatte ihm der Lama, der ihm das Lesen und Schreiben beigebracht hatte, immer wieder fürchterliche Geschichten von den Schamanen erzählt. Es hieß, sie lockten die Anhänger des Buddhismus vom Weg der Edlen Wahrheit fort, indem sie sie mit ihrem vermeintlich harmlosen Äußeren täuschten.

Erleichtert hatte der von seinem Albtraum immer noch aufgewühlte *ma-ni-pa* festgestellt, dass der schädliche Einfluss von Verrückte Wolke nicht ausgereicht hatte, um ihn daran zu hindern, sein Ziel zu erreichen.

Seltsamerweise hatte er dafür sogar Fünffache Gewissheit gegenüber leise Dankbarkeit verspürt.

»Erkennst du mich nicht mehr? Ich bin gekommen, um dir zu helfen!«, hatte er gerufen, nachdem er den jungen Mönch entdeckt hatte. Dieser ging vor seinem Hengst her, auf dessen Rücken der Weidenkorb mit den Himmlischen Zwillingen festgezurrt war.

Doch Fünffache Gewissheit schien ihn nicht gehört zu haben und war einfach weitergegangen. Er konzentrierte sich ganz darauf, wohin er seine Füße setzte, denn wegen der Kälte war das Eis sehr viel härter und glatter als beim Herweg.

Nachdem der kleine Trupp das Firnfeld hinter sich gelassen hatte, schickte er sich nun an, einem schmalen Weg zu folgen. Er führte an einer Gletscherspalte entlang, deren bläulich schimmernde Ränder von ihrer unergründlichen Tiefe zeugten.

»Fünffache Gewissheit, warte auf mich! Pass auf das Eis auf! Das ist eine sehr gefährliche Stelle!«, hatte der keuchende Wandermönch erneut gerufen.

Überrascht, seinen Namen zu hören, hatte sich der junge Mönch endlich umgedreht.

Doch in seiner Hast, zu ihm aufzuschließen, hatte der *ma-ni-pa* einen Schritt zu viel getan und war auf einer steinharten Eisplatte ins Rutschen geraten. Sein Körper kippte vornüber, und nur dank der katzenhaften Geschmeidigkeit, dem Geschick und der Kraft des erfahrenen Kämpfers war es Fünffache Gewissheit gelungen, ihn am Kragen seines Yakfell-Umhangs zurückzuhalten und zu verhindern, dass er in den klaffenden Spalt vor seinen Füßen stürzte.

Als der Wandermönch den Halt verlor, hatte er einen so lauten Entsetzensschrei ausgestoßen, dass die Raubvögel, die über dem Firnfeld ihre Kreise zogen, aufstiegen wie die Blätter eines Baums, die durch einen heftigen Windstoß in den Himmel hinaufgetragen wurden.

»Was machst du denn hier, *ma-ni-pa*? Ich dachte, du wärst

weit weg!«, hatte Fünffache Gewissheit verdutzt gefragt, als er sah, wen er da vor dem sicheren Tod bewahrt hatte.

»Du hast mir das Leben gerettet! Ohne dich wäre mein Körper jetzt in diesem eisigen Grab gefangen.«

»Heißt es nicht, im Eis bliebe alles länger frisch«, scherzte der Gehilfe von Vollendete Leere.

»Ich ziehe es vor, frisch und lebendig zu bleiben!«

»Du hast meine Frage nicht beantwortet! Was machst du hier?«

»Ich dachte, du wärst nicht so alleine, wenn ich ein Stück des Weges mit dir gehe. Die Straßen sind gefährlich und uneben. Ich weiß genau, welche von ihnen ins Tal hinabführen. Außerdem könnten die beiden heiligen Kinder Begehrlichkeiten wecken. Von jetzt an möchte ich dir mit all meinen Kräften helfen!«

Sein aufrichtiger Tonfall verfehlte seine Wirkung nicht.

»Dann musst du mir aber auch helfen, den Korb mit den beiden Kindern zu tragen. Der arme Sturmwind bricht unter der Last fast zusammen, und auf diesen steilen, vereisten Abhängen kann er jeden Moment stürzen!«, hatte der junge Mann erwidert, obwohl er nach dem, was der Wandermönch bei ihrer letzten Begegnung gesagt hatte, allen Grund gehabt hätte, sich vor ihm in Acht zu nehmen.

»Du würdest mir damit eine riesige Freude machen! Ich kenne *ma-ni-pas*, die in der Lage sind, das Mantra ›*Om! Mani padme hum!*‹ zehntausendmal hintereinander zu rezitieren. Dazu kauen sie die Wurzeln von Bäumen, die den Schlaf vertreiben, bis sie beinahe den Verstand verlieren. Trotzdem würde ich es für dich tun, wenn du es verlangst«, erklärte der Wandermönch.

Er wollte um jeden Preis einen guten Eindruck auf Fünffache Gewissheit machen, um seine Gunst zu gewinnen und nicht von ihm abgewiesen zu werden. Schließlich musste er dem Wunsch von Ramahe sGampo Folge leisten.

So hatte er auch keinen Hehl aus seiner Freude gemacht, als Fünffache Gewissheit freundlich entgegnet hatte: »Warum nicht! Wenigstens können wir uns dann zu zweit um die Himmlischen Zwillinge kümmern.«

Denn üblicherweise erntete der arme *ma-ni-pa* mehr spöttische Bemerkungen von desertierten Soldaten oder betrunkenen Räubern, die der Bön-Religion anhingen. In deren Augen stellte der Buddhismus mit all seinen Buddhas und Bodhisattvas, die so zahlreich waren, dass man sich nicht einmal ihre Namen merken konnte, nur ein Sammelsurium abergläubischer Lehren dar. Der Dank aufrichtiger Buddhisten, die tatsächlich an die segensreichen Auswirkungen seiner rituellen Formeln glaubten, war dagegen eher selten.

»Ich komme geradewegs aus Samye, wo man mir wärmstens ans Herz gelegt hat, dir nachzulaufen, um dich bei deiner Mission zu unterstützen!«, hatte er dem jungen Mönch erzählt, nachdem sie sich wieder auf den Weg gemacht hatten.

»Sprichst du von diesem Lama sTod Gling?«

»Von seinem Abt, dem ehrwürdigen Ramahe sGampo. Er wollte, dass ich dir dabei helfe, die kleinen Himmlischen Zwillinge wohlbehalten ans Ziel zu bringen!«

»Du scheinst dieses Kloster ja gut zu kennen. Besuchst du es oft?«

»Aber sicher, ich bin schon häufiger dort gewesen. Beim ersten Mal, um das Rauchopfer *bsang* zu vollziehen.«

»Dieses Ritual kenne ich gar nicht!«

»Es besteht darin, vor der Statue des mitfühlenden Bodhisattva Avalokiteshvara getrocknete Wacholderzweige zu verbrennen, die unbedingt mit der linken Hand, der Hand des Herzens, geschnitten werden müssen. Und einmal im Jahr, zu Beginn des Frühlings, sind alle *ma-ni-pas* eingeladen, in Samye an der Zeremonie des ›Seilflugs‹ teilzunehmen. Dazu wird ein mehrere Dutzend *tchang** langes Tau aus geflochtenem Leder, das den Namen *mu* oder ›Seil, an dem man in den Himmel hinaufsteigt‹ trägt, zwischen der Spitze des höchsten Klosterturms und einem in den Boden gerammten Pflock gespannt. Dann gleiten die *ma-ni-pas*, den Kopf voraus und die Brust durch ein schmales Holzbrett geschützt, in schwindelerregendem Tempo daran hinab, ›gleich dem Flug der Schwalben über die Oberfläche eines Sees‹, wie es die Sänger beschreiben.«

»Da geschehen ja außerordentliche Dinge in Samye!«, hatte Fünffache Gewissheit, belustigt über die Geschichten dieses Wandermönchs, der so sehr darauf bedacht war, ihm zu gefallen, gescherzt.

»Und das ist noch nicht alles. Jedes Jahr am fünfzehnten Tag des ersten Mondes errichten die Mönche des Klosters mehrstöckige Gerüste, die sie mit Tausenden von kleinen Laternen behängen. Dann stellen sie kleine Figuren aus Mehl und Yakbutter darauf, die berühmte Persönlichkeiten, Drachen, Vögel oder die verschiedensten Vierbeiner darstellen. Wenn ich dort bin, bittet man mich manchmal, sie bunt anzumalen!«, hatte der *ma-ni-pa*, voller Freude, seine Verdienste herausstreichen zu können, hinzugefügt.

»Du bist wirklich mit vielen Talenten gesegnet!«

»Na ja, ich gehöre noch nicht zu denjenigen, die den Schneelöwen gesehen haben, aber das kommt vielleicht noch! Hier sagt man, dass der Weiße Löwe, das heilige Tier, das auf unseren Bannern abgebildet ist, alle zehn Jahre in Samye erscheint! Ich hoffe sehr, dass es mir eines Tages vergönnt sein wird, dieses sagenumwobene Tier und seine Gefährtin zu sehen, die weiße Löwin mit der türkisfarbenen Mähne, deren Milch ›das türkisfarbene Wasser der Gletscher unserer Gebirge‹ ist. Die Menschen hier beteuern, dass diese beiden

* Dreißig Meter.

Tiere, die über das Reich Bod wachen, all jenen Glück bringen, die sie anzurufen wissen!«

»Glaubst du denn, dass wir Glück brauchen werden?«

»Warum sollten wir nicht jeden wirksamen Schutz zu Hilfe nehmen, um die Himmlischen Zwillinge heil an ihren Bestimmungsort zu bringen?«

Diese Treuherzigkeit und dieses arglose Vertrauen hatten das Eis schließlich gebrochen. Und im Grunde war Fünffache Gewissheit auch erleichtert darüber, jetzt einen Verbündeten an seiner Seite zu haben, denn der Rückweg würde sich mit den Säuglingen deutlich schwieriger gestalten als die Hinreise.

Darauf bedacht, dem jungen Mönch zu beweisen, dass er gut daran getan hatte, sein Hilfsangebot anzunehmen, hatte der *ma-ni-pa* sich bald unentbehrlich gemacht.

Morgens als Erster auf den Beinen, legte er sich abends als Letzter hin, nachdem das Feuer, das er angezündet hatte, damit der junge Mönch die Kinder waschen und frisch wickeln konnte, hell genug vor dem Eingang ihres Zelts brannte, um es zu wärmen. Es war für ihn eine Frage der Ehre, sich als ein idealer Weggefährte zu erweisen, jederzeit verfügbar, tüchtig und hilfsbereit.

Als ausgezeichneter Kenner der Gebirgsflora verbrachte er viele Stunden damit, essbare Wurzeln auszugraben und Pflanzen aufzuspüren, die vor Schrunden und Frostbeulen schützen sollten. Bei diesen Gelegenheiten suchte er auch nach Fasaneneiern, die er zur größten Freude des Gaumens von Fünffache Gewissheit in Yakbutter und getrockneten, zu einer Art Marmelade zerdrückten Heidelbeeren briet.

Ihm war bewusst, dass der Gehilfe von Vollendete Leere einen Quell des Wissens über den Buddhismus darstellte, und so hatte er seine Gesellschaft dazu genutzt, ihn wie ein Schüler, der seine Kenntnisse erweitern wollte, nach den Lehren des Großen und des Kleinen Fahrzeugs zu befragen.

»Ich habe gehört, dass die Unterweisung in den Lehren des Hinayana allein hoch gebildeten Mönchen vorbehalten sei. Stimmt das, Fünffache Gewissheit?«

Und bereitwillig erläuterte ihm der junge Mönch auf den steilen Wegen des Reichs Bod, im Angesicht der Gipfel, deren schwindelerregende Höhen zur Meditation einluden, besonders strittige Punkte. Zum Beispiel den Begriff der Leerheit, eine Frage, über die die Auseinandersetzung zwischen Hinayana und Mahayana in vollem Gange war.

Nach einigen Tagen war ihr mühevoller Weg über die vereisten Pfade so zu einem kurzweiligen Vergnügen geworden.

Und seit der *ma-ni-pa* mit diesem gelehrten jungen Mönch reiste, verwandelte er sich zusehends.

Er war nicht länger die struppige Gestalt, die mit Gauklertricks und Zirkuskunststücken ihr Publikum verblüffte. Inzwischen rasierte er sich jeden Tag, was keine Kleinigkeit war, wenn man in über viertausend Metern Höhe marschierte, unter freiem Himmel oder in Felsnischen übernachtete und nur das eisige Wasser der Bergbäche hatte, um sich zu waschen.

Seine körperliche Verwandlung, die ihm ein sehr viel zivilisierteres Äußeres verlieh, war nur der sichtbare Ausdruck der geistigen Entwicklung, die diese neue Bekanntschaft in ihm bewirkte. Zu seiner großen Freude half ihm diese Wanderung, die nach und nach die Züge einer wahren Initiationsreise angenommen hatte, jenen berühmten Schlüssel zu schmieden, der Zugang zur Weisheit des Erhabenen gewährte. Viele hatten ihm bereits davon erzählt, aber bis auf Fünffache Gewissheit hatte ihn noch nie jemand einen Blick darauf erhaschen lassen.

Bald würde er nicht mehr unermüdlich über die Bergpfade zu wandern und dabei für eine Schale Reis seine rituelle Formel zu rezitieren brauchen, wie er es seit seiner frühesten Jugend tat; er wäre nicht mehr den spöttischen Bemerkungen mancher Hirten ausgesetzt, die nicht zögerten, ihre riesigen Hunde mit ihren mächtigen Fangzähnen auf ihn zu hetzen; er wäre nicht länger der Wandermönch, der vor lauter Kälte und Hunger manchmal sogar an der Existenz seines Bodhisattva zweifelte, von dessen Mitgefühl er so wenig spürte, dass es der Vergangenheit oder der Zukunft vorbehalten zu sein schien, aber niemals der Gegenwart.

Jeden Tag segnete er den Buddha dafür, dass er ihn auf dem Weg zum Kloster mit Fünffache Gewissheit und den beiden Kindern zusammengeführt hatte.

»Ich werde dir nie genug dafür danken können, dass du mich an den Schätzen deines Wissens teilhaben lässt!«, hatte er eines Morgens zu Fünffache Gewissheit gesagt.

»Wenn du in diesem Tempo weiterlernst, wirst du noch viel gelehrter sein als ich, ehe wir in Luoyang ankommen!«

»Die Seidenstraße ist nicht lang genug, als dass ich auch nur an deinen Knöchel heranreichen könnte«, hatte der *mani-pa* widersprochen, denn er brachte dem Gehilfen von Vollendete Leere inzwischen eine grenzenlose Bewunderung entgegen.

Als dieser eines Tages bemerkte, wie sehr ihm der Wandermönch mittlerweile ergeben war, wollte er ihm seine Befangenheit nehmen, denn er war darauf bedacht, die Macht, die ihm seine Aura verlieh, nicht auszunutzen.

»Wenn du es irgendwann für sinnvoller erachtest, dich von mir zu trennen, weil du in Tibet Besseres zu tun hast, indem du den Armen hilfst, den Pfad der Erlösung zu finden, dann zögere nicht, es mir zu sagen. Ich werde dir deswegen nicht böse sein.«

»Mein einziges Ziel ist es, dir zu helfen, diese göttlichen Kinder nach Luoyang zu bringen, Fünffache Gewissheit! Es sei denn, du willst mich nicht mehr an deiner Seite haben!«, hatte dieser mit Tränen in den Augen protestiert.

Fünffache Gewissheit hatte nicht gewagt, noch länger darauf zu beharren.

An einem anderen Tag hatte sich ihre Unterhaltung auf die Seidenstraße verlagert.

»Über die Seidenstraße werden Waren, Bücher, Gedanken und Religionen verbreitet. Überall findet man Märkte und Tempel«, hatte Fünffache Gewissheit erklärt.

»Buddhistische Tempel?«

»Nicht nur! In manchen Tempeln verehrt man einen Einzigen Gott namens Christus! In anderen feiert man den Kult eines Propheten mit Namen Mani, in dessen Körper dieser Christus wiedergeboren worden sei, wie seine Anhänger behaupten!«

»Ist dieser Christus etwa ein Lama, der einen bestimmten Bodhisattva verehrt?«

»Meinem Meister Vollendete Leere zufolge ist dieser Christus, der auch Jesus genannt wird, eine besondere Form des mitfühlenden Bodhisattva Avalokiteshvara, der für die verdienstvollen Seelen eintritt und dessen göttliches Mantra du als Gebet rezitierst!«

»*Om!* Das ist ja unglaublich!«

»Auf dem Herweg habe ich auf einem Lebensmittelmarkt in Hetian einen seltsamen Mönch mit einem Kreuz auf der Brust gehört, der aus dem Leben dieses Christus erzählte und sogar behauptete, er sei an einem hölzernen Kreuz gestorben, an das man seine Arme und Füße genagelt habe!«

Fassungslos hatte der *ma-ni-pa* Fünffache Gewissheit angeschaut.

Soweit er wusste, gab es nicht einmal in der kalten Avici-Hölle, der schlimmsten von allen, eine so entsetzliche Strafe, die selbst die Anhänger des indischen Yoga, welche die furchtbarsten Kasteiungen gewohnt waren, nicht überleben würden.

»Aber«, hatte Fünffache Gewissheit hinzugefügt, »den Worten dieses Mönchs zufolge hat er diese Kreuzigung nicht freiwillig auf sich genommen, sondern war dazu verurteilt worden!«

»Vor zwei Sommern habe ich in der Nähe von Lhasa die Vorführung eines indischen Asketen erlebt. Nach dem Genuss eines seltsamen Gebräus war er in der Lage, seinen Körper mit einem Säbel zu durchstoßen.«

»Verrückte gibt es überall! Zum Glück hat Gautama seine Schüler gelehrt, wie unsinnig körperliche Kasteiungen sind.«

»Du hast vollkommen recht! Dieser Mann trug den Namen Entzückte Wolke. Seine Haare waren so lang, dass sie ihm übers Gesicht hingen. Nachdem er sein Gebräu umgerührt hatte, hat er es in einem Zug ausgetrunken. Und dann haben sich plötzlich alle Muskeln in seinem Körper versteift, sie wurden hart wie ein Brett und vollkommen unempfindlich! Ganz ehrlich! Danach griff er nach seinem Dolch und ritzte sich, in der Lotoshaltung sitzend, mit manischer Präzision den Bauch auf! Ich sah, wie das Blut auf seiner kupferfarbenen Haut perlte und dann wie auf einer Buchseite seltsame Zeichnungen erschienen!«

»Wie grauenhaft!«, hatte Fünffache Gewissheit aufgeschrien, woraufhin Lapika besorgt auf ihn zugesprungen war und an ihm schnupperte.

Ungerührt fuhr der *ma-ni-pa* mit seiner Geschichte fort. Er hatte keine Ahnung, dass er von Verrückte Wolke sprach, dessen Namen die Schaulustigen immer wieder falsch wiedergaben und dessen Gesicht er an jenem Tag nicht sehen konnte, da der Tantriker seinen Haarknoten gelöst hatte. Deshalb hatte er ihn auch nicht wiedererkannt, als Verrückte Wolke ihn auf dem Weg nach Samye vom Eingang der Höhle aus zu sich gerufen hatte.

»Einige der Zuschauer behaupteten sogar, dieser Entzückte Wolke habe sich mit jenen braunen Zeichen, die plötzlich auftauchten, als sei das Blut auf wundersame Weise geronnen, das Wort ›Tantra‹ in die Haut geschnitten!«

Fünffache Gewissheit hatte beschlossen, eine Pause einzulegen, damit Lapika die beiden Kinder säugen konnte, die vor Hunger zu weinen begonnen hatten.

»Es heißt, die indischen Yogis beherrschten Methoden, um den Schmerz zu unterdrücken, und wüssten, wie man das Blut trotz tiefer Wunden im Körper hält. Die Kräfte des Geistes sind unermesslich! Ich werde nie vergessen, wie der Körper dieses Asketen plötzlich zu schweben schien. Es sah aus, als berührten seine Fußsohlen den Boden nicht mehr, aber wenn du dich hinabgebeugt hättest, um einen Finger darunterzuhalten, hättest du feststellen können, dass seine Füße immer noch fest auf der Erde standen!«, hatte der Wandermönch hinzugefügt. Er war so erregt, dass er gar nicht bemerkt hatte, dass sein Gefährte stehen geblieben war. Er ging einfach weiter und erzählte von seinen Erinnerungen.

Nach einer Woche gemeinsamen Weges hatten die beiden Männer das Gefühl, sich schon seit ewigen Zeiten zu kennen. Mit jedem Tag beglückwünschte sich der *ma-ni-pa* ein wenig mehr dazu, Ramahe sGampos Anweisung gefolgt zu sein, während Fünffache Gewissheit dem Buddha dafür dankte, dass er ihm einen so wertvollen Gefährten an die Seite gestellt hatte.

Der Hinterhalt, in den sie geraten waren, bedeutete also die erste Wolke an einem bis dahin strahlend blauen Himmel.

Im ersten Moment hatten sie große Angst gehabt, vor allem während des Durcheinanders, das auf den Angriff der Hündin gefolgt war, die versucht hatte, den Weidenkorb mit den beiden Säuglingen zu beschützen.

Doch nachdem Lapika zurückgedrängt worden war, entspannte sich die Lage allmählich. Beim ersten Halt hatte Fünffache Gewissheit die Gelegenheit genutzt, die riesige Hündin zu beruhigen, die dem Trupp nunmehr in einigem Abstand folgte. Gleich nachdem er nach ihr gepfiffen hatte, war sie auf ihn zugestürzt, als sei nichts geschehen, um seine Hände zu lecken und sich von ihm kraulen zu lassen.

Abends hatte der Räuberhauptmann ihr Lager ein wenig abseits des Weges am Fuß einer Felswand aufschlagen lassen, die in schwindelerregende Höhen über ihnen aufragte.

Und nun saßen sie vor dem herunterbrennenden Lagerfeuer und tauschten flüsternd ihre Eindrücke des Tages aus.

»Fünffache Gewissheit, ich habe dir nicht alles gesagt«, gestand der *ma-ni-pa* unvermittelt.

Sein Gegenüber antwortete nicht.

»Als wir uns zum ersten Mal begegnet sind, war ich auf dem Weg nach Samye, wohin mich zwei Männer geschickt hatten, um dort für sie ein kostbares Manuskript zu holen.«

»Was waren das für Männer?«

»Zwei indische Mönche. Der eine hieß Buddhabadra und behauptete, er sei ein Mönch des Kleinen Fahrzeugs. Und der andere hörte auf den Namen Verrückte Wolke. Er hatte ganz rote Augen!«

»Sein Name klingt fast wie der des Yogi, von dem du mir erzählt hast«, bemerkte Fünffache Gewissheit, den die Worte des *ma-ni-pa* nicht sonderlich zu berühren schienen.

»Daran hatte ich noch gar nicht gedacht! Aber jetzt, wo du es sagst, fällt mir auf, dass dieser Mann eine ganz ähnliche Art hatte!«, murmelte der Wandermönch.

»Erzähl mir lieber, was du in Samye gemacht hast.«

»Als ich dort ankam, erfuhr ich, dass sich das Manuskript gar nicht mehr dort befand.«

»Wie lautete denn sein Titel?«

»Es war ein komplizierter Satz, irgendetwas mit Vollkommene Leere oder so ähnlich!«

»Und dann?«

»Nachdem der Ehrwürdige Abt Ramahe sGampo erfahren hatte, dass ich dir unterwegs begegnet war, gab er mir zu verstehen, dass es für mein Karma von höchstem Interesse wäre, dir nachzueilen, um dir zur Seite zu stehen!«

»Du bist mir also nachgelaufen, um eine gute Tat zu vollbringen? Wie nett!«, rief der junge Chinese belustigt.

»So ist es!«

»Ich fühle mich sehr geschmeichelt.«

»Es ist mir eine Ehre.«

»Jetzt aber Schluss mit diesen unsinnigen Höflichkeiten, mein lieber *ma-ni-pa*«, entgegnete der Gehilfe von Vollendete Leere und legte ihm einen Arm um die Schulter.

»Du wirst es nicht glauben«, fuhr er schließlich fort, »aber ich habe das Manuskript, von dem du gesprochen hast! Vollendete Leere hat mich nach Samye geschickt, um genau diese Schriftrolle zurückzuholen.« Er deutete auf das längliche Etui, das immer noch quer über den Sattel von Sturmwind gebunden war.

Es war inzwischen stockfinster geworden, und auch das Feuer war erloschen.

»Ich werde zum Erhabenen beten, dass er uns aus den Klauen dieser Banditen befreit! Ich wünsche dir eine gute Nacht! *Om!*«

»*Ma-ni-pa*, du bist für mich ein wahres Geschenk des Erhabenen. Ich wüsste nicht, wie ich ohne deine Hilfe mit den beiden Kindern den Heimweg bewältigen sollte, der mir, vor allem seit heute Morgen, so viel gefährlicher erscheint als die Reise nach Samye! Ich bin mir sicher, dass wir zu zweit eine Lösung finden werden, das wollte ich dir noch sagen!«, entgegnete Fünffache Gewissheit, und der ernste Klang seiner Stimme verriet seine Besorgnis.

»Trotz all der Räuber, der von Dieben bevölkerten Märkte und der Tempel, in denen diese seltsamen Kulte gefeiert werden, von denen du mir erzählt hast, macht die Seidenstraße mir keine Angst. Nicht einmal mit einer so wertvollen Fracht wie der unseren, solange wir uns gegenseitig zur Seite stehen! *Om!*«

Von seiner Müdigkeit überwältigt schlief Fünffache Gewissheit schließlich ein. Zum Schutz vor der Kälte drängte er sich dicht an den *ma-ni-pa,* und eine Hand lag auf dem Weidenkorb, damit er sicher sein konnte, dass niemand den Himmlischen Zwillinge zu nahe kam. Obwohl er von einer Schar persischer Räuber gefangen gehalten wurde, fühlte er sich wieder ein wenig sicherer: Zumindest hatte er in seinem Unglück einen neuen Freund gefunden.

Und das war ein großes Glück.

15

Kloster vom Einen Dharma, Peshawar, Indien

Auf seinem schmalen Lager bereitete sich Dolch der ewigen Wahrheit auf eine weitere schlaflose Nacht vor.

Er war es leid, die Mönche und Novizen des Klosters zu beruhigen, die den lieben langen Tag die Abwesenheit ihres Unschätzbaren Abtes beklagten.

»Er wird nicht mehr vom Dach der Welt zurückkehren! Ganz gewiss war unser Ehrwürdiger Abt dort oben dem Nirwana so nahe, dass der Buddha ihn in seinem unermesslichen Mitgefühl zu sich genommen hat, um ihn an seiner Seite zu behalten!«, versicherten sie einander und weinten dabei bitterlich.

So hatte die Angst immer weiter um sich gegriffen. Ein ganz besonders überzeugend auftretender Mönch verbrachte einen Großteil seiner Zeit damit, Besorgnis in die Herzen seiner Brüder zu säen. Indem er unablässig die finstersten Vermutungen über das Schicksal von Buddhabadra äußerte, hatte er schließlich alle Zuversicht untergraben.

Diese Kassandra trug den schönen Namen Juwel der reinen Lehre, und seit Buddhabadra ihm Dolch der ewigen Wahrheit als obersten Schüler vorgezogen hatte, hasste er seinen Rivalen, der, wie er glaubte, unberechtigterweise den Platz einnahm, der eigentlich ihm zustand.

Aus diesem Grund bereitete es Juwel der reinen Lehre ein tückisches Vergnügen, falsche Gerüchte zu streuen und beunruhigende Mutmaßungen anzustellen, um die Befürchtungen seiner Brüder immer weiter anzufachen.

Zwar versicherte Dolch der ewigen Wahrheit ihnen unbeirrbar, dass ihr Abt sich lediglich wegen des widrigen Winterwetters ein wenig verspätet habe, doch es fiel ihm immer schwerer, den Mönchen und vor allem den jüngeren Novizen, für die Buddhabadra wie ein Vater war, ihre Ängste zu nehmen.

Je mehr Zeit ins Land ging, desto unerträglicher wurde das Warten und desto schwieriger wurde es auch, Buddhabadras Fortbleiben vor den Mönchen zu rechtfertigen.

Es war nun schon über drei Wochen her, seit der Kornak allein ins Kloster zurückgekehrt war.

Am meisten beunruhigte den obersten Gehilfen des Abtes, dass dieser Mann zwar unverletzt, aber ohne sein heiliges Tier zurückgekommen war, das im Stich zu lassen ihm eigentlich streng verboten war. Er verlor sich in Spekulationen, ohne mit irgendjemandem darüber reden zu können, aus Sorge, seine Gemeinschaft noch mehr zu ängstigen.

Was war wirklich auf dieser Rückreise geschehen? Warum hatte der Kornak seinen Elefanten zurückgelassen? Und vor allem, was war aus dem armen Buddhabadra geworden? War er verletzt oder sogar tot? Lag er leblos auf dem Grund einer tiefen Schlucht oder irgendwo auf einem Krankenlager? Wurde er womöglich von einer Räuberbande gefangen gehalten, die Lösegeld erpressen wollte?

Nichts an dieser offensichtlich gescheiterten Reise war mit Buddhabadras Charakter oder seinem Hang zur Perfektion vereinbar, mit dem er alle Aufgaben anging.

Außerdem war der Abt ein erfahrener Wanderer, der aus einer gebirgigen Gegend stammte und die gefährlichen Fallen, die auf dem Weg ins Schneeland lauerten, ganz genau kannte. Denn er hatte ihn bereits mehrmals zurückgelegt.

Stundenlang hatte Dolch der ewigen Wahrheit den Kornak

befragt, doch dieser hatte lediglich mit dem immergleichen, kaum verständlichen Gestammel geantwortet und erklärt, dass sein Herr ihn angewiesen habe, vorauszugehen und in der nächsten Herberge auf ihn zu warten. Er selbst habe das Gasthaus nach einem mehrtägigen kräftezehrenden Marsch erreicht, Buddhabadra jedoch sei nie dort eingetroffen!

»Berg verschlingen heiligen Elefanten! Berg verschlingen strahlend weißen Elefanten! Schneesturm verschlingen Abt Buddhabadra. Ich verdienen schwere Strafe!«, wiederholte der Kornak unablässig.

Zutiefst verzweifelt über den Verlust des mythischen Tieres, das seiner Obhut unterstellt gewesen war, sprach er nur noch von Verschlingen, als sei der Berg ein Monster, welches die beiden Vermissten gefressen hatte.

»Warum hast du Buddhabadra denn mit dem weißen Elefanten im Schnee allein gelassen?«

Auf diese hundertmal gestellte Frage antwortete der Kornak schluchzend und mit unterwürfigen Verbeugungen jedes Mal das Gleiche: »Er hat mich vorausgeschickt! Ich gehorchen, großer Fehler! Hätte heiliges Tier niemals allein lassen dürfen! Alles meine Schuld! Ich verdienen schwere Strafe! Alles meine große Schuld! Böser Berg! Berg alles verschlingen!«

Nachdem Dolch der ewigen Wahrheit es schließlich aufgegeben hatte, mehr über die Umstände herauszufinden, unter denen sich ihre Wege getrennt hatten, hatte er versucht, zumindest etwas über das genaue Ziel von Buddhabadra zu erfahren. Denn auch darüber wusste er nichts, abgesehen davon, dass es irgendwo in Tibet lag.

»Ich nicht wissen! Ich nicht verstehen Namen der Städte! Ich mich nur um weißen Elefanten kümmern! Alles meine Schuld!«

Es half alles nichts: Jede Befragung dieses ebenso beschränkten wie ungebildeten Kornaks endete mit verzweifelten Tränenausbrüchen, ohne dass er auch nur die geringste Information über diese geheimnisvolle Reise aus ihm herausholen konnte.

Kein Wunder also, dass die Lage für Dolch der ewigen Wahrheit, in dessen Herz sich allmählich ebenfalls Angst einschlich, immer schwieriger wurde.

Für das Kloster des Einen Dharma von Peshawar bedeutete der Verlust des heiligen Tieres mit den roten Augen, die die Bewunderung all jener erregten, die zum ersten Mal einen Albinoelefanten zu Gesicht bekamen, eine mindestens ebenso große Katastrophe wie das Verschwinden seines Hochehrwürdigen Abtes.

Denn die aufsehenerregenden echten weißen Elefanten waren ausgesprochen selten.

Nur wenige von ihnen erreichten das Erwachsenenalter, ab dem sie würdig waren, die heiligen Reliquien auf ihrem Rücken zu tragen. Daher konnte auch niemand sagen, ob die beiden jungen weißen Elefanten des Klosters, von denen der ältere nicht einmal zehn Jahre zählte, tatsächlich zu göttlichen Tieren heranwachsen würden.

Und selbst dann würde es noch lange dauern.

Den Blick starr an die Decke seiner Zelle gerichtet, kreisten die Gedanken von Dolch der ewigen Wahrheit unablässig um all die Unglücksfälle, die über sein Kloster hereinbrachen. Inzwischen bereute er es bitterlich, dass er Buddhabadra mit dem heiligen Tier hatte ziehen lassen.

Da es immer wahrscheinlicher wurde, dass beide umgekommen waren, stand ihm und seinen Mitmönchen eine düstere Zukunft bevor.

Denn in weniger als einem Jahr sollte die Prozession anlässlich der Großen Wallfahrt stattfinden, mit der die alle fünf Jahre stattfindenden Feierlichkeiten des Heiligen Jahres eröffnet wurden. Sie würden das Kloster des Einen Dharma ein ganzes Jahr lang zu einem der leuchtendsten Zentren des indischen Buddhismus machen.

Und nichts fürchtete Dolch der ewigen Wahrheit mehr als ein Scheitern dieser Wallfahrt.

Was würde geschehen, wenn der kleine pyramidenförmige Schrein aus reinem Gold nicht an der gewaltigen Schar der Pilger vorbeigetragen werden konnte, die aus dem gesamten Norden Indiens zusammengeströmt war, um ihn zu sehen? Die berühmte heilige Reliquie, die Augen des Buddha, wurde darin aufbewahrt und alle fünf Jahre von den Maurern mit größter Behutsamkeit aus ihrer Nische an der Spitze des riesigen Reliquienturms befreit.

Wie würden die Hunderttausende von Gläubigen reagieren, wenn sie feststellten, dass sie den weiten Fußmarsch umsonst auf sich genommen hatten? Wenn die berühmte Prozession, die eine ganze Woche lang vom Morgen bis zum Abend dauerte, damit die Menge die »Kostbarkeit« oder das »Allerkostbarste«, wie die Reliquie von manchen Pilgern auch genannt wurde, verehren konnte, nicht stattfand?

Wie sollte er, der doch nur Buddhabadras Gehilfe war, die richtigen Worte finden, um ihren Zorn zu besänftigen?

Denn es war vollkommen ausgeschlossen, die Heilige Reliquie von einem anderen Tier als dem heiligen weißen Elefanten tragen zu lassen! Das war eine strenge rituelle Vorgabe, über die er sich nicht einfach hinwegsetzen konnte.

Ohne einen weißen Elefanten würde es keine Prozession geben! Und ohne Prozession keine Große Wallfahrt! Und damit war das gesamte Heilige Jahr in Frage gestellt.

Ein Heiliges Jahr, das genauso gut »Reiches Jahr« heißen könnte, denn die Opfergaben der Millionen von Gläubigen füllten die Kassen des Klosters vom Einen Dharma.

Diese meist sehr armen, von leidenschaftlichem Glauben erfüllten Menschen brachten ihre gesamten Ersparnisse auf, um bei der alle fünf Jahre abgehaltenen Wallfahrt zum Reliquienschrein des Kanishka ein gutes Karma zu vollbringen.

Welche Geschichte würde Dolch der ewigen Wahrheit erfinden müssen, um ihnen zu erklären, dass die Heilige Reliquie in ihrer goldenen Pyramide dieses Mal vor aller Augen verborgen in dem riesigen Turm eingemauert bleiben würde?

Ihre Enttäuschung wäre ebenso groß wie ihr Glaubenseifer. Niemand konnte voraussagen, wie viel Bitterkeit und Gewalt das unter den Tausenden von Männern, Frauen und Kindern hervorrufen würde, wenn sie schließlich erkennen müssten, dass das heilige Ritual nicht stattfand!

Für fromme Buddhisten waren solche Wallfahrten eine besondere Gelegenheit, die Edle Wahrheit des Erhabenen zu erfahren. Deren Bedeutung zu verstehen, fiel ihnen oft schwer, weil die Begriffe der Gewaltlosigkeit, des allumfassenden Leidens und der Vergänglichkeit der Dinge und der Wesen nur schwer mit der traditionellen Mentalität in Einklang zu bringen waren.

So besuchten einige die Höhle von Nagarahara, an deren Wand der Buddha das Abbild seines Schattens zurückgelassen hatte, nachdem er den Drachenkönig Gopala gezähmt hatte. Andere suchten die heiligsten Stätten des Buddhismus auf: Kapilavastu, wo Gautama geboren war, Bodh-Gaya, wo er unter dem heiligen Feigenbaum zur Erleuchtung gelangt war, und Kushinagar, wo er gestorben und ins Parinirwana eingegangen war.

Dolch der ewigen Wahrheit, der immer noch nicht einschlafen konnte, malte sich bereits die allgemeine Entrüstung aus, wenn sich wie ein Lauffeuer in ganz Nordindien das Gerücht verbreiten würde, das Kloster des Einen Dharma sei nicht in der Lage, die Zeremonie der Großen Wallfahrt zum Reliquienschrein des Kanishka abzuhalten.

Das wäre zweifellos ein schwerer Schlag für den Ruf seiner Gemeinschaft, der sich bestimmt auch rasch auf die Menge der Opfergaben auswirken würde. Und er wusste nicht, wie sich die Mönche ohne diese lebenswichtigen Spenden weiterhin den Zeremonien widmen sollten!

Schweißgebadet lag Dolch der ewigen Wahrheit da und sah bereits den unwiderruflichen Niedergang dieses Klosters voraus, das zu den bedeutendsten in ganz Indien zählte.

Er war wütend auf Buddhabadra, weil dieser ihn in eine so verzwickte Lage gebracht hatte. Es war ihm unbegreiflich, dass sein Abt nicht bedacht hatte, welche Folgen die Abwesenheit des heiligen Tieres haben würde, wenn die ersten Vorbereitungen für die Große Wallfahrt näher rückten.

Er erinnerte sich noch genau daran, wie Buddhabadra ihm vor seinem Aufbruch ins Schneeland versichert hatte, dass seine Reise nicht länger als fünf Mondmonate dauern würde.

Doch nun neigte sich bereits der sechste dem Ende zu.

Über diesen ganzen Grübeleien war Dolch der ewigen Wahrheit doch noch eingeschlafen.

Er glaubte gerade eine zuckersüße Stimme zu vernehmen. Sie konnte nur Buddhabadra gehören, und er wollte ihm schon heftige Vorwürfe machen. Leise raunte sie ihm ins Ohr: »Die Große Wallfahrt beginnt in etwas mehr als einem Jahr. Die Große Wallfahrt beginnt in etwas mehr als einem Jahr, in etwas mehr als einem Jahr, in etwas mehr als …«, als er sich plötzlich ruckartig in seinem Bett aufsetzte.

Die Kleine Wallfahrt!

Sein ganzes Denken war so sehr von der Großen Wallfahrt und dem Beginn des Heiligen Jahres beherrscht gewesen, dass er die Kleine Wallfahrt darüber ganz vergessen hatte!

Er zündete eine Kerze an und stürzte zu seinem liturgischen Kalender hinüber. Tatsächlich: Die Kleine Wallfahrt begann in weniger als dreißig Tagen!

Arme Kleine Wallfahrt, wenn Buddhabadra bis dahin nicht zurück war, um sie zu leiten!

Im Gegensatz zur Großen Wallfahrt, die alle fünf Jahre

außerhalb des Klostergeländes stattfand, wurde die Kleine Wallfahrt alljährlich zu Beginn des Frühlings im Inneren der Klostermauern abgehalten.

An drei Tagen trug der heilige weiße Elefant – wieder er! – in einer feierlichen Prozession die kleine herzförmige Sandelholzschatulle mit der Heiligen Wimper rund um den Haupttempel des Klosters. Dienstbare Mönche gingen voraus, um ihm mit großen, blütenweißen Federwedeln Luft zuzufächeln und unter seinen gewaltigen Füßen Teppiche aus kostbarer Wolle auszubreiten.

Nur einen Monat vor Beginn der Zeremonien war es viel zu spät, um sie noch unter irgendeinem Vorwand abzusagen.

In nicht einmal zwei Wochen würde die fröhliche, bunte Schar der Gläubigen, die drei Tage und Nächte lang die Kleine Wallfahrt feiern wollten, zum Kloster von Peshawar strömen und vor seinen Toren ihre Zelte aufschlagen. Bald wären die umliegenden Hügel nur noch ein riesiges Zeltlager, in dem die Pilger wohnten und schlemmten.

Wenn Dolch der ewigen Wahrheit eine Katastrophe verhindern wollte, musste er unverzüglich handeln. Das war seine Pflicht als oberster Gehilfe des Abtes und in dieser Eigenschaft Hüter der Interessen des Klosters vom Einen Dharma, wenn das Oberhaupt ihrer Gemeinschaft fort war.

Er setzte sich in den Lotossitz und versuchte, die quälenden Ängste zu bezähmen, die sein brodelnder Geist in seine Seele spülte wie die Wasser eines reißenden Sturzbachs.

Nachdem er sich eine Weile konzentriert hatte, spürte er, wie sich allmählich ein Weg in seinem Kopf abzeichnete, der zu einer für alle akzeptablen Lösung führen könnte.

Die Organisation der Kleinen Wallfahrt war weit weniger aufwendig als die der Großen.

Als Erstes musste er einen Ersatz für das heilige Tier finden und sich einen Vorwand für seine Abwesenheit einfallen lassen.

Und wenn er die kleine Dose aus Sandelholz einfach selbst tragen würde? Schließlich schrieben die Ritualbücher, in denen der Ablauf der Kleinen Wallfahrt festgelegt war, nicht zwingend einen männlichen weißen Elefanten vor!

Sicher würde er ein prächtiges Bild abgeben in seinen schönsten Festgewändern, seiner Pluderhose und seinem scharlachroten Wams, schwere Goldreife an den Knöcheln und Handgelenken, die Augen schwarz umrandet, wodurch ihr Glanz verstärkt würde, und mit einer smaragdbesetzten Tiara auf dem Kopf.

Den Gläubigen könnte er eine etwas abgewandelte Version der Wahrheit erzählen: Der weiße Elefant befände sich auf einer Reise ins Schneeland, um, beispielsweise, seine Haut noch ein wenig mehr zu bleichen. In Abwesenheit von Buddhabadra, der darauf bestanden habe, das heilige Tier in diese hohen Berge zu begleiten, die so nah an das Nirwana heranreichten, dass es jedem schwerfiel, sie wieder zu verlassen, sei seinem obersten Gehilfen die Aufgabe zugefallen, die Zeremonie zu leiten.

Ja, das klang hübsch und hatte Hand und Fuß!

Dolch der ewigen Wahrheit würde sich bemühen, den Protest von Juwel der reinen Lehre abzutun, den dieser unweigerlich vorbringen würde, wenn er seine Entscheidung den Mönchen verkündete. Damit wäre die Sache dann erledigt!

Erleichtert und durchaus zufrieden mit seiner Lösung, brauchte Dolch der ewigen Wahrheit bloß noch am nächsten Morgen in die Zelle des Unschätzbaren Abtes hinüberzugehen und sich zu vergewissern, dass das Sandelholzherz immer noch im Tresorschrank lag.

Er legte sich wieder hin.

Doch ein heimtückischer Zweifel verfolgte ihn wie eine aufdringliche Melodie und ließ seinen Geist nicht zur Ruhe kommen. Wenn er nicht gleich aufstand, würde er bestimmt die ganze Nacht hindurch kein Auge zutun.

Unter diesen Umständen war es besser, sich gleich Gewissheit zu verschaffen.

Deshalb stand er wieder auf und ging, nachdem er nachgeschaut hatte, ob sich auch niemand im Flur aufhielt, gemessenen Schrittes zu Buddhabadras Zelle hinüber.

Diese lag nicht weit von seiner eigenen entfernt.

Da die Tür zur Zelle des Unschätzbaren Abtes, die ihm gleichzeitig als Arbeitsraum diente, niemals verschlossen war, gelangte er ungehindert hinein. Sofort erkannte er den besonderen Geruch wieder, der in dem Raum vorherrschte. Jene Mischung aus Weihrauch und Myrrhe, die Buddhabadra auf die Kohlen in seinem kleinen bronzenen Räucherbecken legte, während er betete und meditierte.

Dolch der ewigen Wahrheit, der es kaum erwarten konnte, endlich in Ruhe zu schlafen, ging geradewegs auf den Tresorschrank zu, der, massig und dunkel wie ein junger Elefant, ein ganzes Mauerstück einnahm.

Vergeblich steckte er seinen kleinen bronzenen Hauptschlüssel in das schöne, wie zwei einander zugewandte Nagas geformte Schloss, das sich über die beiden Türflügel spannte. Wie oft er ihn auch drehte, er schien nicht zu dem Schloss zu passen, das sich seinen Bemühungen hartnäckig widersetzte.

Buddhabadra war tatsächlich fortgegangen und hatte den Tresorschrank verschlossen!

Dabei musste er diesen verfluchten Schrank doch so schnell wie möglich öffnen!

Dolch der ewigen Wahrheit, der seinen Abt allmählich ernstlich zu verwünschen begann, hielt es nicht länger aus. Er rannte hinüber ins Werkzeuglager und holte einen der schweren Hämmer, mit denen die Mönche Steine zerschlugen, um die Straße zum Kloster des Einen Dharma auszubessern, wenn diese durch die Füße unzähliger Pilger und Besucher wieder einmal Schlaglöcher aufwies.

Er holte aus und schlug den Hammer mit aller Kraft auf das Schloss, sodass sich eine Hälfte löste und die beiden Türflügel mit einem Ruck aufschwangen.

Endlich stand Buddhabadras Schrank offen.

Doch vor Entsetzen wäre er beinahe hintenübergefallen.

Das einzige Regalbrett war leer.

Keine Spur von dem Herz aus Sandelholz!

Dolch der ewigen Wahrheit, dessen Gesicht vor Bestürzung aschfahl geworden war, hatte das Gefühl, der Zellenboden habe sich plötzlich unter seinen Füßen aufgetan. Buddhabadra hatte die Heilige Wimper des Buddha mit ins Schneeland genommen und ihn damit in schlimmste Bedrängnis gebracht.

Nach einer kurzen Nacht, in der er alle Möglichkeiten hin und her gewälzt hatte, stand sein Entschluss fest: Er musste sich, zusammen mit dem Kornak, unverzüglich auf die Suche nach Buddhabadra und dem weißen Elefanten machen.

Die einzige Möglichkeit, jetzt noch einen Aufstand bei der Kleinen Wallfahrt zu verhindern, bestand darin, von einem Kunsttischler aus Peshawar eiligst eine Kopie der herzförmigen Schatulle anfertigen zu lassen.

Und wenn darin unbedingt eine Wimper liegen sollte, dann würde Dolch der ewigen Wahrheit sich eben selbst eine ausreißen.

Das war sicherlich keine Ruhmestat, aber was blieb ihm anderes übrig?

Der oberste Gehilfe des Abtes hätte nicht im Traum vermutet, dass Buddhabadra ganz genauso handelte, wenn er aus zwingenden Gründen nicht über diese Reliquie verfügen konnte.

Aber Dolch der ewigen Wahrheit, der sich, ohne es zu wissen, als guter Schüler seines Lehrers erwies, musste schnell und in größter Heimlichkeit handeln. Denn sonst würde Juwel der reinen Lehre, der seine Zeit damit verbrachte, ihm hinterherzuspionieren, diese Gelegenheit nutzen, um ihn in Verruf zu bringen, indem er ihn als einen gemeinen Fälscher darstellte.

Noch am gleichen Nachmittag eilte Dolch der ewigen Wahrheit nach Peshawar ins Viertel der Möbeltischler.

In den schmalen Gassen, deren Pflastersteine mit einer Schicht aus Sägespänen bedeckt waren, kam man kaum voran. Überall versperrten Bretter und Holzblöcke, an denen sich Männer jeden Alters mit Stechbeiteln und Hohlmeißeln zu schaffen machten, den Weg.

»Wie lange brauchst du, um aus diesem Sandelholz ein kleines Herz zu schnitzen, das etwa so groß ist wie meine beiden Handflächen?«, fragte er einen alten Handwerker, der gerade eine Schminkschatulle aus dem gleichen Material fertig stellte.

»Das hängt ganz davon ab, wie viel du dafür zahlen würdest!«

»Der Preis ist mir egal.«

»Dann schaffe ich es bis morgen Abend!«

»Das Holz muss patiniert werden. Ich will nicht, dass es neu aussieht«, präzisierte Dolch der ewigen Wahrheit noch, ehe er sich verabschiedete.

Am nächsten Tag legte er die nahezu perfekte Kopie des Sandelholzherzens, die der Handwerker tatsächlich in der vereinbarten Frist gefertigt hatte, auf das Regalbrett in Buddhabadras Tresorschrank. Dann riss er sich mit Hilfe einer winzigen Pinzette eine Wimper aus und legte sie in die Schatulle, ehe er zu Juwel der reinen Lehre ging, um ihn darüber zu informieren, dass er sich auf die Suche nach Buddhabadra und dem heiligen Elefanten machen würde.

»Und die Kleine Wallfahrt? Wer soll sie organisieren?«, entgegnete sein Rivale.

»Ich rechne fest damit, dass wir bis dahin zurück sein werden! Sollte dies jedoch durch unglückliche Umstände nicht der Fall sein, wird einer der Mönche die Aufgabe übernehmen müssen, der Pilgerschar die Reliquie der Heiligen Wimper zu präsentieren. Du weißt doch, dass die Anwesenheit des heiligen Elefanten dazu nicht zwingend vorgeschrieben ist!«, erwiderte Dolch der ewigen Wahrheit und ließ ihn ohne ein weiteres Wort stehen.

Der Kornak schlief noch, als der erste Gehilfe des Abtes ihn im Morgengrauen aufsuchte und ihn wachrüttelte.

»Steh auf, Kornak! Wir gehen ins Schneeland und suchen den weißen Elefanten, um den du dich kümmern solltest! Wir werden genau den gleichen Weg gehen, den du zurückgekommen bist, nur in umgekehrter Richtung!«

»Aber sehr kalter Winter kommt bald! Sehr gefährlich! Berg sehr grausam!«

»Wie kannst du mit dem Gedanken leben, dein Tier einfach erfrieren zu lassen?«

»Wir vielleicht auch sterben!«, protestierte der Kornak vergeblich, ehe er widerwillig begann, sein Reisebündel zu schnüren.

»Ein Kornak sollte sich glücklich schätzen, einen Elefanten zurückzuholen, der sich im Schnee verirrt hat!«

Bei der Erinnerung an dieses Unglück begann der Kornak zunächst zu wimmern und dann immer lauter zu heulen, bis Dolch der ewigen Wahrheit schließlich gezwungen war, ihn zu schelten, damit er endlich still war.

»Hör auf mit dem Geschrei! Vergiss nicht, dass um uns herum fast zehntausend Mönche und Novizen schlafen!«, schimpfte der erste Gehilfe des Abtes, den all diese unvorhersehbaren Schwierigkeiten reizbar werden ließen, obwohl er normalerweise für sein herzliches Wesen bekannt war.

Dann schob er den kläglich dreinblickenden Kornak ohne viel Federlesen auf die Halle zu, in der die Elefanten untergebracht waren.

Das Gebäude, das an seinen hohen Toren zu erkennen war,

durch die die Dickhäuter selbst mit einer Sänfte auf dem Rücken ungehindert ein- und ausgehen konnten, lag ein Stück abseits des riesigen Hofes. Einige besonders tüchtige Novizen hatten bereits mit ihren morgendlichen Lockerungs- und Atemübungen begonnen.

Als sie eintraten, waren ein paar Diener gerade damit beschäftigt, die Tiere mit Stroh abzureiben und sie zu füttern, um sie auf ihr Tagwerk, den Transport von schweren Lasten, vorzubereiten.

Dolch der ewigen Wahrheit deutete auf das jüngste Tier, einen großen jungen Elefanten, dessen beinahe fröhlich wirkender Blick von seiner Frische zeugte.

»Verehrter Dolch der ewigen Wahrheit, Sing-sing ist ein launisches Tier! Er kann sehr aufbrausend sein!«, flüsterte der Stallbursche, der sich um diesen Elefanten kümmerte und ihm gerade sein Futter gegeben hatte, während er sich tief verneigte.

»Dieser Elefant kommt in den Bergen am besten zurecht. Ich brauche ihn, um auf der anderen Seite des Passes Weihrauch für die Kleine Wallfahrt zu holen. In zwei Tagen bin ich wieder zurück!«, erklärte Dolch der ewigen Wahrheit, der nicht gewillt war, ihm Näheres über seine Absichten zu verraten.

»Sing-sing muss zum Tierarzt! Seit Wochen kratzt er sich nachts ununterbrochen mit dem Rüssel am Rücken. Das letzte Mal, als das bei einem unserer Tiere vorkam, hat es regelrecht den Verstand verloren und sich in eine Schlucht gestürzt!«, mischte sich da eine schrille Stimme ein.

Dolch der ewigen Wahrheit drehte sich um.

Es war Erlesener Gabenkorb, der Mönch, der für die Elefanten des Klosters von Peshawar verantwortlich war, ein eher unsympathischer Mensch, den er noch nie sonderlich gemocht hatte.

»Sing-sing ist tatsächlich sehr aufbrausend. Wenn er sich

aufregt, nimmt es immer ein böses Ende«, stimmte ihm der Stallbursche zu und zog sein Hemd hoch.

Eine riesige Narbe verlief quer über seine Brust, und es war offensichtlich, dass die Rippen an dieser Stelle verletzt worden waren.

»Sing-sing kann wild werden wie ein Tiger! Davon kann dieser Mann ein Lied singen!«, beharrte Erlesener Gabenkorb mit einem boshaften Lächeln.

»Die Kleine Pilgerfahrt beginnt in weniger als einem Monat, und wir haben nicht einmal die Hälfte des Weihrauchs und der Kerzen, die wir brauchen, um den Strom der Pilger zu versorgen! Weißt du, welche Verluste es für das Eine Dharma bedeuten würde, wenn wir den Menschen nicht geben könnten, was sie brauchen, um ihre Rituale zu vollziehen?«, brachte Buddhabadras oberster Gehilfe den Mönch zum Schweigen, woraufhin dieser sich auf dem Absatz umdrehte und verschwand.

Sing-sing ließ sich widerstandslos durch den Kornak aufzäumen, und die ersten Sonnenstrahlen hüllten die verschneiten Gipfel der Berge in ein sanftes, rosafarbenes Licht, als sie Peshawar verließen.

Der Kornak ritt auf dem Nacken des Elefanten und Dolch der ewigen Wahrheit in der Sänfte.

»Wir müssen dieselben Pässe überqueren und genau denselben Wegen folgen wie Buddhabadra und der heilige Elefant!«, befahl der erste Gehilfe des Abtes.

»Ich erinnern an jeden Felsen! Kein Problem! Will Fehler wiedergutmachen!«, stotterte der Kornak gehorsam.

»Ich will vor allem so schnell wie möglich zu dieser Herberge kommen, in der du auf Abt Buddhabadra warten solltest, nachdem du ihn mit dem weißen Elefanten zurückgelassen hast!«

»Ich nicht freiwillig Buddhabadra und Elefanten allein lassen! Er mir befehlen, vorauszugehen!«

»Ich hoffe nur, dass du den Ort wiedererkennst. Je eher wir dort sind, desto besser!«

Bei seinen Worten ahnte Dolch der ewigen Wahrheit noch nicht, welche Schwierigkeiten er und der Kornak überwinden müssten, um dorthin zu kommen, wo dieser den Abt und den alten Elefanten verloren hatte. General Winter schien der Natur befohlen zu haben, alle Hindernisse vor ihnen aufzutürmen, deren sie fähig war.

Das Herz von Dolch der ewigen Wahrheit zog sich zusammen, als sie hinter dem Shibar-Pass an der Felswand von Bamiyan vorbeikamen, wo die beiden riesigen Statuen des Erhabenen Buddha in den Stein gemeißelt worden waren.

Die höhere von beiden war in kräftigen Farben bemalt und sah den Reisenden aus so großer Entfernung entgegen, dass man sich ihr gar nicht zu nähern brauchte, um zu erkennen, dass sie einen wohlwollend anschaute, als wollte sie den Besucher mit einem sanften Lächeln empfangen. Die andere war, den noch nicht abgebauten Gerüsten der Bildhauer und Maler nach zu urteilen, offenbar gerade erst fertig geworden.

Da Dolch der ewigen Wahrheit weder Zeit verlieren noch den geringsten Verdacht erregen wollte, unterließ er es zutiefst betrübt, die kleine Klostergemeinschaft zu besuchen, die unter der schützenden Aufsicht des Klosters vom Einen Dharma stand. Seit drei Jahrhunderten widmete sie sich schon der Aufgabe, diesen außergewöhnlichen Steilhang zu verschönern, bis er im Laufe der Zeit zu einem der meistbesuchten Heiligtümer der Region geworden war.

Je weiter sie sich von Peshawar entfernten, desto seltener wurden die Orangengärten und Palmenhaine, statt dessen kamen sie an Feldern vorbei, auf denen erst Reis und Zuckerrohr und dann Weizen und Gerste angebaut wurde. Nachdem sie auch diese hinter sich gelassen hatten, zogen sie über kahles Heideland, auf dem nur noch Ziegen genügend Futter fanden.

Und dann schien die Natur mit einem Schlag zu versiegen.

Eisige Winde peitschten über die ersten Ausläufer des Himalaya, verwandelten die Felsen in Edelsteine und die Bäume in vereiste, schlaksige Statuen. Dadurch verliehen sie der Landschaft eine seltene Pracht, die schließlich sogar die feindseligen klimatischen Bedingungen vergessen machte, denen der Reisende ausgesetzt war.

Auf den gewundenen, wie Eisbahnen anmutenden Wegen, die sich in fast fünftausend Metern Höhe über die Hochebenen des Pamir schlängelten, kam der arme Sing-sing, der steile Anstiege normalerweise tapfer bewältigte, nur noch mühsam voran.

Um ihm die Aufgabe zu erleichtern, hatte der Kornak die schwere Bronzekette von seinen Vorderbeinen gelöst.

Trotzdem hatte sich das Tier schon bei jenem ersten Pass unvorstellbar geplagt. Dahinter verlor man die weite Ebene um Peshawar aus dem Blick und kam unmittelbar in das feindliche Gebirge mit seinen Hochebenen, den immer höher aufragenden Pässen und schmalen Wegen, die von so tiefen Schluchten gesäumt waren, dass es einen unentwegt schwindelte.

Ringsum wuchs nichts mehr außer immer kümmerlicheren Dornbüschen und kleinen Fleckchen aus stacheligem, scharfkantigem Gras, in denen hier und da die bunten Knospen des Gletscherhahnenfußes aufleuchteten.

In dieser Höhe wurde das Fortkommen für Menschen, die wie Dolch der ewigen Wahrheit den Sauerstoffmangel nicht gewohnt waren, zur Qual.

Ein Aufenthalt in Kashgar schenkte ihnen nach einem so beschwerlichen Auftakt eine wohltuende Pause.

Die Stadt war nicht nur eines der bedeutendsten Handelszentren der Seidenstraße, sondern auch das Epizentrum, wo Einflüsse aus Ost und West aufeinanderprallten. Ihre Einwohner waren Uiguren, ein Turkvolk, das ein Jahrhundert zuvor aus dem Altaigebirge herabgezogen war. Die Legende besagte, dass die Angehörigen dieses Volkes aus der Vereinigung einer Wölfin und eines jungen Burschen hervorgegangen seien.

Erbaut inmitten von Obstgärten und Weinbergen, die eine fast ununterbrochene Sonneneinstrahlung vor dem Frost bewahrte, war diese wohlhabende Stadt von einem breiten Wall aus getrockneter Erde umgeben, der sie wie eine Festung erscheinen ließ.

Einige Jahre zuvor hatte Kashgar, das von den Chinesen Kashi genannt wurde, um den Schutz der Tang ersucht, welchen das Kaiserreich der Stadt wegen des reiterlichen Geschicks der Uiguren gerne gewährt hatte. Diese waren Meister in der Kunst, kleine, besonders lebhafte Steppenpferde zu dressieren, die sogenannten »Drachenpferde«, die der Sage nach einer Kreuzung zwischen den Drachen, die auf dem Grund der Bergseen lebten, und wilden Stuten entstammten und in der chinesischen Kavallerie höchst begehrt waren.

In einer Reiterherberge, die über einen Stall verfügte, dessen Tore hoch genug waren, um den Elefanten hineinführen zu können, kamen Dolch der ewigen Wahrheit und der Kornak wieder ein wenig zu Kräften. Endlich wieder im Warmen, schliefen sie drei Tage lang durch und ließen sich Nudeln mit gewürztem Lamm schmecken, dem Lieblingsgericht der Uiguren, das sie mit heißem Pfefferminztee genossen.

Als sie nach einigen herrlichen, am Kaminfeuer verbrachten Tagen weiterziehen und erneut in höhere Lagen aufsteigen mussten, dauerte es nicht lange, bis sich ihnen der Winter wieder in Erinnerung brachte. Nur schwer ertrugen sie die beißende Kälte, die ihnen ins Gesicht schnitt.

Von dem Kornak geführt, der trotz der Unmengen von Schnee den Weg wiederfand, kannte Dolch der ewigen Wahrheit nur einen Gedanken: so schnell wie möglich an die Stelle zu kommen, wo Buddhabadra den Kornak ohne den heiligen weißen Elefanten vorausgeschickt hatte.

Obwohl er wusste, dass ein Wanderer beim geringsten Fehltritt ausrutschen und in den Abgrund stürzen konnte, war er immer noch voller Hoffnung und fast davon überzeugt, dass er sie lebend wiederfinden würde. Vielleicht hatten sie ja in einer Höhle im Berghang Zuflucht gesucht.

Seine extreme Müdigkeit ließ nicht nur jegliches Zeitgefühl verschwimmen, sondern erfüllte ihn schließlich auch mit einer seltsamen, den Umständen kaum angemessenen Euphorie. Der einzige Vorteil des Winters lag darin, die Straßenräuber von den schmalen Wegen auf die stärker frequentierten Straßen in der Ebene zu treiben.

Die anderen Gefahren, die nachts lauerten, wenn Wölfe und Schneeleoparden um das Feuer herumstrichen, auf das sie immer wieder neues Holz legen mussten, kümmerten Dolch der ewigen Wahrheit nicht: Aufgebrochen, um seinen Abt und den heiligen Elefanten zu suchen, war er davon überzeugt, gutes Karma zu sammeln, was für einen frommen Mönch des Hinayana das Allerwichtigste war.

Sing-sing hingegen, dem die Höhe alle Kraft geraubt hatte, wurde immer schreckhafter.

Der Dickhäuter, der normalerweise für seine Launen, seine gefährlichen Stoßzähne und seine furchtbaren Tritte bekannt war, schleppte sich mühsam vorwärts, während der Kornak ihn unablässig mit seinem Haken antreiben musste. Das Futter reichte ganz offensichtlich nicht aus, obwohl der Hafervorrat, den Dolch der ewigen Wahrheit ihm vor ihrer Abreise auf den Rücken hatte laden lassen, von Tag zu Tag weniger wurde. Inzwischen mussten sie seine Ration mit Gras und Wurzeln ergänzen, doch dafür waren sie gezwungen, erst unter großem Zeitaufwand den Schnee zur Seite zu räumen, der den Boden bedeckte.

Nach drei Wochen kräftezehrenden Marschs, in denen immer kürzere, vom Nebel verdunkelte Tage auf Nächte folgten, in denen stets einer von ihnen Wache hielt, sodass sie sich vor Erschöpfung kaum noch auf den Beinen halten konnten, kamen sie schließlich in Sichtweite des Passes, an dem die bewusste Herberge lag.

»Da ist es! Gleich hinter dem Pass! Herberge, wo ich auf Abt warten und er nicht kommen!«

»Hoffentlich sind wir bald da und können Sing-sing in einem Stall unterbringen!«, erwiderte Dolch der ewigen Wahrheit und deutete auf den Elefanten, der um gut die Hälfte seines Umfangs zusammengeschmolzen zu sein schien.

Seine schlaffe, faltige Haut wirkte, genau wie das Gesicht mancher alten tibetischen Bergfrauen, als trüge er ein Gewand, das viel zu groß für ihn war.

Von der Herberge sah Dolch der ewigen Wahrheit zunächst nur das Schild in Form eines großen Suppenkessels, das an schmalen Kettchen an einem Mast aufgehängt war. Wie ein seltsames Tier ragte es aus dem Schneehügel auf.

Als er näher herankam, erkannte er die schießschartenförmigen Fenster und die einzige, niedrige Tür, durch die die wenigen Gäste, die sich in diese Höhen vorwagten, die Herberge betreten und wieder verlassen mussten.

Er trat näher und klopfte an.

Nachdem sich die Tür geöffnet hatte, verriet der Blick des Herbergswirts seine Überraschung, als er den Dickhäuter bemerkte.

»Mit dem Elefanten müsst Ihr hinten herum!«, sagte er in gebrochenem Sanskrit.

»Kann der Kornak bei dem Tier übernachten?«, wollte Dolch der ewigen Wahrheit wissen.

»Kein Problem! Es gibt auch Heu. Ich verkaufe es zu einem Silberstück pro Maß. Ein so großer Elefant wie der deine braucht sicher mindestens vier Maß pro Fütterung!«, antwortete der Mann. Er hatte seine Überraschung schnell überwunden, und sein Verhalten bewies, dass einem selbst am Rand des Himalaya, auf fast fünftausend Metern Höhe, nichts geschenkt wurde und ein Kaufmann eben immer ein Kaufmann blieb.

»Das ist in Ordnung. Er muss nur in einer abgetrennten Ecke des Stalls untergebracht werden. Dieser Elefant kann gefährlich werden, wenn er sich aufregt.«

»Es stehen noch drei Pferde im Stall, denen darf er auf keinen Fall etwas zuleide tun! Was würden die anderen Gäste dann sagen?«

»Der Kornak wird bei ihm schlafen«, schloss Dolch der ewigen Wahrheit und ließ zwei Silberstücke in die Hand des Herbergswirts gleiten.

Es dauerte nicht mehr lange, bis er sich, nachdem er eine Schale heißer Suppe gegessen hatte, erschöpft und von Höhenkrankheit geplagt, auf das große Bettgestell im Schlafsaal fallen ließ. Tief und traumlos schlief er die ganze Nacht durch.

Als er am nächsten Morgen erfrischt aufwachte, beeilte er sich, zum Kornak hinunterzugehen, der ihn bereits mit verzweifelter Miene vor der Stalltür erwartete.

»Ist Sing-sing heute Nacht brav gewesen?«

Noch während er fragte, sah er dem Kornak an, dass irgendetwas nicht in Ordnung war.

»Elefant nicht schlafen, ganze Nacht weinen. Sing-sing krank: Vorderbeine verletzt!«, seufzte der Kornak.

Besorgt stürzte Dolch der ewigen Wahrheit in den hinteren Teil des Stalls.

Der Elefant lag in seinem Stand im Stroh.

Dolch der ewigen Wahrheit sah, dass sich durch die Kälte tiefe Schrunden unter seinen Füßen geöffnet hatten. Diese hatten sich entzündet und bildeten nun zwei blutige, eiternde Rinnsale, die ausgesprochen schlimm aussahen.

Als das arme Tier die beiden Männer bemerkte, versuchte es aufzustehen, doch mit einem schmerzvollen Trompeten sackte es zurück auf den Boden und wiegte den Kopf hin und her.

»Wir brauchen Salbe! Sonst Elefant nicht weitergehen!«, murmelte der Kornak mit zitternder Stimme.

»Und wo soll ich hier bitte schön mitten im Schneesturm Wundsalbe auftreiben?«, schimpfte Dolch der ewigen Wahrheit vor sich hin.

Er ging wieder hinein und erkundigte sich bei den übrigen Gästen, doch niemand hatte eine Salbe dabei, um Sing-sings Wunden zu versorgen.

»Es besteht die Gefahr, dass er eingeht. Wo könnte ich denn ein solches Heilmittel kaufen?«, fragte Dolch der ewigen Wahrheit den Herbergswirt.

Dessen Antwort war kaum dazu angetan, ihm seine Sorgen zu nehmen.

Um die rettende Salbe zu besorgen, würde er den großen Heilkräutermarkt von Hetian aufsuchen müssen, eine der bedeutendsten Oasen entlang der Seidenstraße, deren Jademinen Tausende von Arbeitern und Händlern anzogen. Doch dafür müsste er in nördlicher Richtung aus den Himalaya-Vorgebirgen hinabsteigen und auf die zentralasiatischen Wüsten zuwandern, an denen die südliche Route der Seidenstraße entlangführte.

Und der nächste hiesige Schamane, der Yaks und Dzos heilte, aber wahrscheinlich in seinem ganzen Leben noch keinen Elefanten gesehen hatte, lebte, dem Herbergswirt zufolge, in einem Dorf, das über zehn Tagesmärsche entfernt lag.

So brauchte Dolch der ewigen Wahrheit nicht lange zu überlegen, bis er sich entschied, in der Herberge zu warten, bis die entsetzlichen Wunden des Tieres verheilt waren.

Er ging davon aus, dass es sich bloß um ein paar Tage handeln würde, und ahnte nicht, dass ihr erzwungener Aufenthalt länger dauern sollte. Es schien, als bereite es dem Elefanten ein tückisches Vergnügen, ihn daran zu hindern, seine Reise zu einem erfolgreichen Ende zu bringen.

Denn die Wunden des Tieres schlossen sich nicht.

All den Wanderern, Kaufleuten, Abenteurern und sonstigen Halunken, von denen der eisige Nordwind jeden Tag ein knappes Dutzend an die Tür der Herberge trieb, stellte Dolch der ewigen Wahrheit die gleiche, mit der Zeit immer drängendere Frage: »Seid ihr irgendwo in der Nähe des Passes einem weißen Elefanten begegnet? Tot oder lebendig? Und habt ihr bei diesem Tier einen Mann gesehen? Er hat dunkle Haut und trägt einen silbernen Ring im linken Ohr.«

Und jedes Mal lautete die Antwort: »So jemanden haben wir nicht gesehen!«

Im gesamten Umkreis dieser verfluchten Herberge gab es nicht den Hauch einer Spur von Buddhabadra oder dem heiligen Elefanten.

Selbst wenn unter diesen Umständen das Schlimmste zu befürchten stand, verlor Dolch der ewigen Wahrheit nicht die Hoffnung. Im Gegenteil, immer ungeduldiger wartete er darauf, dass Sing-sing endlich wieder aufstehen konnte.

Und eines Morgens, nach einer Wartezeit, die allmählich sogar an der eisernen Zuversicht von Dolch der ewigen Wahrheit zu nagen begann, war es endlich so weit.

Nach einer schrecklichen Vollmondnacht, in der es so kalt gewesen war, dass einem die Ohren abfroren, wenn man sich ohne Mütze hinauswagte, ging Dolch der ewigen Wahrheit wie jeden Morgen in den Stall, um nachzusehen, ob die Vernarbung von Sing-sings Wunden irgendwelche Fortschritte zeigte.

Am Lächeln des Kornaks erkannte er sofort, dass es dem Elefanten besser ging.

Behutsam führten sie das Tier aus dem Stall, was seit ihrer

Ankunft nicht ein einziges Mal möglich gewesen war. Sing-sing konnte wieder vorwärtshinken, ohne zu bocken, und es hatte auch nicht den Anschein, als bereite ihm das Gehen allzu große Schmerzen.

»Sobald Sing-sing nicht mehr humpelt, können wir endlich wieder aufbrechen. Ich denke, in ein paar Tagen ist es so weit«, stellte Dolch der ewigen Wahrheit zufrieden fest.

»Sing-sing noch nicht gesund!«, seufzte der Kornak.

Genervt von seiner Sturheit, hätte Buddhabadras oberster Gehilfe um ein Haar die Hand gegen ihn erhoben.

Seit zwanzig Tagen saßen sie nun schon hier fest und sahen dem Schnee beim Fallen zu.

Kleinlaut winkte ihn der Kornak heran, um die Wunden in Augenschein zu nehmen. Sicher, sie waren nicht mehr so eitrig wie zuvor, doch sie zogen sich immer noch als tiefe Risse über die Sohlen der gewaltigen Füße.

Wenn das so weiterging, hätte Dolch der ewigen Wahrheit bald nicht einmal mehr genug Geld, um das Futter für den Elefanten zu bezahlen, das ihnen der Herbergswirt, der dieses Geschenk des Himmels dankend annahm, immer noch zu einem horrenden Preis verkaufte!

Dolch der ewigen Wahrheit, der mittlerweile erkannt hatte, dass sich die Verletzung seines Elefanten zu einer wahren Katastrophe entwickeln könnte, ahnte noch nicht, dass zwei Tage später ein seltsamer Trupp eintreffen würde. Dieser sollte nicht nur sein Problem lösen, sondern auch seiner Reise eine ganz andere Wendung geben als geplant. Voller Risiken und Gefahren, aber dafür umso außergewöhnlicher.

16

Seidenhändlerviertel, Chang'an, China.
2. April 656

In der Straße der Nachtvögel, in der sich an diesem frühen Morgen bereits die Kunden, Karren und Rikschas drängten, war die Ankunft von Stummer Krieger nicht unbemerkt geblieben.

Wie ein Schiff, dessen Vordersteven den Ozean durchschnitt, ragte der riesenhafte Grillenträger von Kaiserin Wu Zhao eine gute Elle über der Menge auf. Die Passanten wichen ihm hastig aus und machten sich so klein wie möglich, während sich der Turko-Mongole einen Weg durch den Pöbel bahnte, dessen Lachen und Flüche verstummten, sobald ihn die Menschen erblickten.

Denn in Chang'an brauchte Stummer Krieger wahrlich niemandem vorgestellt zu werden. Die schlimmsten Gerüchte waren über den Leibdiener der Kaiserin in Umlauf.

Die Umstände, unter denen sich Wu Zhao die Dienste dieses Kriegsgefangenen gesichert hatte, der bereits zuvor für seine Stärke, seine Grausamkeit und seinen leidenschaftlichen Kampfesmut berühmt gewesen war, hatten ihn zu einer lebenden Legende werden lassen.

Für die Feinde der Kaiserin war er bloß ihr abscheulicher Komplize, der für sie die Drecksarbeit erledigte und insbesondere Kaiserin Wang, die frühere Gemahlin von Kaiser Gaozong, umgebracht hatte. Für die anderen, und das galt an diesem Morgen vor allem für die meisten Seidenhändler in der Straße der Nachtvögel, verhieß seine Anwesenheit eine ganze Menge unangenehmer, unvorhersehbarer Ärgernisse.

So versäumte auch Leuchtendes Rot es nicht, den Riesen mit einem Lächeln zu empfangen, als er vor der Tür seines Ladens auftauchte. Das geziemte sich nun einmal für jeden guten Kaufmann, wenn er einen Kunden begrüßte, auch wenn es diesmal in Anbetracht der Umstände etwas gezwungen wirkte.

Glücklicherweise war er vorgewarnt! Eine halbe Stunde zuvor war ein kleiner Junge in den engen Raum gestürzt, in dem Leuchtendes Rot feierlich seine Kundschaft empfing.

Wie jeden Morgen hatte er gerade mit einem kleinen seidenen Banner, welches das Schriftzeichen »Fu«, »Wohlstand«, trug, seinen Laden vom Boden bis zur Decke gesegnet, indem er damit wie mit einem Staubtuch überall herumwischte. Dabei murmelte er sowohl buddhistische als auch daoistische und konfuzianische Segensformeln vor sich hin – man konnte ja schließlich nie wissen! Anschließend hatte er ein wenig Weihrauch verbrannt, um so den ersten Kunden des Tages zu ehren.

An den Wänden seines Ladens stapelten sich die am Vorabend säuberlich von Jademond aufgeräumten Seidenstoffe auf Edelholzregalen. Nach Farben und Stärke sortiert leuchteten sie in allen Schattierungen des Regenbogens und verwandelten den Verkaufsraum von Leuchtendes Rot in ein wahres Schmuckkästchen für die prächtigen seidenen Gewebe, um die sich seine Kundschaft riss.

»Mein Vater lässt dir ausrichten, dass der Leibwächter von Kaiserin Wu alle Läden in der Straße der Nachtvögel kontrolliert!«, hatte der kleine Junge keuchend gerufen. Um ein Haar hätte er bei seinem stürmischen Eintritt das Tablett heruntergerissen, auf dem der Seidenhändler bereits die für seinen ersten Käufer bestimmte Teekanne und die Trinkschalen aufgestellt hatte, eine Aufmerksamkeit, die ihm für den ganzen Tag Glück bescheren sollte.

»War er schon bei deinem Vater?«

»Er ist so lange geblieben, bis er unsere gesamte Ware geprüft hatte! Er schaut nach, ob sie auch die offiziellen Siegel trägt. Papa lässt dir sagen, dass er sich wie ein Kontrolleur der Seidenbehörde aufführt!«

»Sag deinem Vater vielen Dank!«, hatte Leuchtendes Rot dem Jungen zugeflüstert, bevor dieser wieder davonrannte.

Danach war ihm gerade noch genug Zeit geblieben, um mit einem Satz auf eine kleine Trittleiter zu springen und von einem Regal einen Stapel prächtiger zinnoberroter Seidenstoffe herunterzuholen.

Diese hatte er mit wild klopfendem Herzen hastig unter dem Tisch versteckt, auf dem das Tablett stand, welches der kleine Junge beinahe heruntergeworfen hatte.

Gerade als Leuchtendes Rot erleichtert dachte, dass er nichts mehr zu befürchten hatte, nachdem er seine illegale Ware hatte verschwinden lassen, war plötzlich eine schrankhohe Gestalt vor seiner Tür aufgetaucht. Im Gegenlicht füllte sie beinahe den gesamten Rahmen aus und hüllte den prunkvollen Laden in ein beunruhigendes, finsteres Halbdunkel.

Leuchtendes Rot bemühte sich, die Fassung zu bewahren, während er dem Riesen, dessen Gesicht er kaum erkennen konnte, zunächst stotternd eine Schale Tee anbot.

Der Mann ohne Zunge lehnte mit einer Handbewegung ab und begann gleich mit einer sorgfältigen Prüfung der bunten Seidenstoffe in den Regalen.

Er ging methodisch zu Werke und faltete jede Seide auf, um zu kontrollieren, ob sie auch tatsächlich in einer Ecke an einem eigens dafür herausgezogenen Faden das winzige Bleisiegel der Seidenbehörde trug. Dieser kleine, ordnungsgemäß nummerierte Zylinder bestätigte, dass die Ware vom

Kontrollbüro geprüft worden war. Er garantierte nicht nur ihre Qualität, sondern vor allem ihre Herkunft, da der Name der Manufaktur, in der sie gefertigt worden war, ebenfalls verzeichnet sein musste.

Wenn ein Ballen überprüft war, legte ihn Stummer Krieger mit seinen gewaltigen Pranken, die eher dazu geeignet schienen, jemanden zu erwürgen, auf ein Regal an der gegenüberliegenden Wand. Dort hatten sich bald die gut hundert Seidenstoffe angesammelt, die im Laden von Leuchtendes Rot vorrätig waren.

Die Kontrolle war schon fast beendet, und der Seidenhändler wollte bereits aufatmen, als lautes Gepolter die Regale erzittern ließ.

Laut lachend stürmte Jademond, gefolgt von Speer des Lichts, die Treppe herunter, die zu ihrem kleinen Zimmer führte.

Voller Schwung prallte die junge Frau gegen den Tisch und warf ihn um, sodass auf dem Fußboden der zinnoberrote Haufen illegaler Seide zum Vorschein kam. Leuchtendes Rot entfuhr ein entsetzter Aufschrei, während die beiden jungen Leute sich immer wieder entschuldigten.

»Es tut mir leid, Leuchtendes Rot! Das war wirklich keine Absicht. Aber ich bin schon so spät dran! Wenn es etwas aufzuräumen gibt, mache ich das heute Abend!«, versprach Jademond zerknirscht.

»Das war meine Schuld! Ich habe mit ihr gespielt! Ich hoffe, du bist mir deswegen nicht böse, Leuchtendes Rot!«, fügte Speer des Lichts hinzu, ehe er die Hand seiner Geliebten ergriff und sie nach draußen auf die Straße zog, wo sie von der Menge verschluckt wurden.

Der arme Leuchtendes Rot hatte nicht einmal mehr die Geistesgegenwart besessen, ihm zu antworten, solche Angst bereitete ihm der misstrauische Blick des stummen Riesen. Nacheinander hob dieser die Seidenstoffe auf, ehe er sie gewissenhaft auf dem Tisch ausbreitete, den er zuvor mit einer Hand wieder auf die Beine gestellt hatte.

Natürlich trug nicht einer der Stoffe das zylinderförmige Siegel.

»Nicht gut! Nicht gut!«, glaubte Leuchtendes Rot aus seinem unverständlichen Gebrabbel herauszuhören.

Die Lippen des Riesen schürzten sich grausam und zufrieden zugleich, und seine Miene ließ keinen Zweifel daran, was er nun vorhatte.

Er hatte erkannt, dass es sich um Schmugglerseide handelte.

Kurz darauf räumte ein Trupp Soldaten die Straße, und der Leibdiener der Kaiserin stieß Leuchtendes Rot grob vor die Tür des Seidenfalters, ehe er ihn in einen Palankin steigen ließ, dessen Tür er mit einer knappen Bewegung verschloss.

In diesem Kasten eingesperrt, hin- und hergeworfen vom raschen Schritt der Träger, auf deren Schultern er die Peitsche von Stummer Krieger niedersausen hörte, fragte sich Leuchtendes Rot verängstigt, welch grauenvolle Strafe ihn am Ende dieser Reise erwarten mochte.

Inzwischen bereute er es bitterlich, das Angebot jenes Mannes angenommen zu haben, der ihm für die Hälfte des offiziellen Verkaufspreises diese illegale Seide von außergewöhnlicher Qualität überlassen hatte, die Leuchtendes Rot zum gleichen Preis verkaufte wie die mit dem Echtheitszeichen versehenen Stoffe!

Von diesem Tag an waren die Gewinne des Seidenfalters in astronomische Höhen geschossen, sodass der Seidenhändler sich schließlich eingeredet hatte, das Risiko sei doch eigentlich gar nicht so groß, und er zu dem Schluss kam, dass dieser Erlös es allemal wert war.

Auch die strikte Geheimhaltung, mit der sich die Männer umgaben, die ihm die Ware lieferten, hatte ihn beruhigt. So hatte sich zum Beispiel sein Lieferant, der nicht wie ein Han aussah, aber fließend Chinesisch sprach, stets geweigert, ihm seinen Namen zu nennen. Dieser Schwarzhändler wurde seinerseits von einem Mann überwacht, der einen dünnen roten Seidenfaden um das Handgelenk trug, genau wie der junge Fremde, der mit Jademond das Zimmer teilte.

So war es auch die Hoffnung gewesen, mehr über diese seltsame Geheimorganisation und die Herkunft der sagenhaften Seide herauszufinden, die Leuchtendes Rot dazu bewogen hatte, diesen jungen Ochsenauge, dessen Kommen er nicht für einen Zufall hielt, ohne größere Einwände in seinem Haus aufzunehmen, obwohl er sonst eher misstrauisch war.

Während der Palankin durch die belebten Straßen von Chang'an auf ein Ziel zugetragen wurde, das nur ein Schafott sein konnte, erinnerte er sich so genau an die Umstände, unter denen er mit diesem Unbekannten ins Geschäft gekommen war, als sei das alles erst gestern geschehen.

Es war inzwischen mehr als zwei Jahre her, seit ihn eines Abends, als er seinen Laden gerade zusperren wollte, ein Fremder angesprochen hatte, der einen Leinensack in der Hand hielt, aus dem er ein Muster herrlicher zinnoberroter Seide gezogen hatte.

»Wie viel hast du davon?«, war Leuchtendes Rot angesichts eines Stoffes von so guter Qualität entfahren.

»Ich kann dir so viel davon besorgen, wie du willst. Es gibt sie auch in Gelb.«

»Sie trägt ja gar kein Prüfsiegel!«, hatte der überraschte Seidenhändler festgestellt, nachdem er das Muster auf seinem Ladentisch ausgebreitet hatte.

»Ein Goldtael für die beiden Ballen! Die Entscheidung liegt bei dir!«, hatte der Mann trocken erwidert.

»Ist das geschmuggelte Seide?«

»Was glaubst du wohl?«, hatte der Unbekannte ironisch entgegnet.

»Aber wenn die Seidenbehörde herausfindet, dass ich illegale Ware verkaufe, riskiere ich meine Füße, ganz zu schweigen davon, dass mein Geschäft geschlossen wird!«

»Wenn die Entwicklung so weitergeht wie bisher, wird Seide bald ohnehin nur noch in den großen staatlichen Läden verkauft werden. Du weißt doch genauso gut wie ich, dass im nächsten Jahr kein einziger Kunde mehr in deinen Laden kommen wird, weil du keinen Zoll Seide mehr auf Lager haben wirst!«

»Wenn du wüsstest, wie klar mir das ist!«, hatte Leuchtendes Rot geseufzt, der wieder einmal den ganzen Tag damit verbracht hatte, seine Kunden zu überreden, sich mit Farben und Stoffen zu begnügen, die ganz offensichtlich nicht ihren Wünschen entsprachen.

Ein wenig benommen von der Überzeugungskraft dieses seltsamen Schwarzhändlers, hatte Leuchtendes Rot den Stoff näher in Augenschein genommen.

Zum ersten Mal hielt er ein Exemplar jener illegalen Seide in Händen, die immer wieder laut werdenden Gerüchten zufolge auf dem Schwarzmarkt in Umlauf sein sollte. Sie zeugte vom tadellosen Können ihrer Weber, das dem der Arbeiter in den größten kaiserlichen Manufakturen in nichts nachstand.

Der erfahrene Leuchtendes Rot konnte nicht umhin, die hohe Qualität des Fadens und die zarte Textur dieses zinnoberroten Moirés zu bewundern, wie man ihn im Viertel der Seidenhändler von Chang'an nicht mehr zu Gesicht bekam.

Denn die Seidenknappheit brachte kleine Händler wie ihn, deren Vorräte mehr und mehr dahinschmolzen, allmählich ernsthaft in Bedrängnis. Einige der gefragtesten Farben waren nicht mehr lieferbar, vor allem Rot und Gelb, die Farben des Südens und der Mitte, des Feuers und der Erde, des Herzens und der Milz, des bitteren und des süßen Geschmacks, auf die seine eleganten Kunden ganz versessen waren.

Gelb war gleichzeitig auch die Farbe des Kaiserreichs, und

natürlich ging niemand so weit, sich von Kopf bis Fuß in diese Farbe zu kleiden, was ein Zeichen der Respektlosigkeit gewesen wäre. Doch all jene, die Gaozong schmeicheln wollten, legten Wert darauf, bei offiziellen Empfängen als Zeichen der Ergebenheit einen goldfarbenen Schal und Gürtel zu tragen.

Und gerade an Moiré, dessen schillernde Reflexe an die Oberfläche eines im Sonnenlicht daliegenden Sees erinnerten, mangelte es Leuchtendes Rot am meisten. Alle verlangten nach Moiré, aber keiner der einfachen Seidenhändler war mehr in der Lage, auch nur das kleinste Stück davon zu liefern.

Es war zum Verzweifeln.

Wenn die Knappheit noch länger andauern sollte, würde ihm nichts anderes übrig bleiben, als den Seidenfalter zu schließen.

Der Fremde ließ ihn seine Ware in aller Ruhe begutachten. »Nun, was hältst du davon?«, fragte er ihn schließlich. Und Leuchtendes Rot antwortete: »Deine Seide ist tatsächlich von allerbester Qualität!« »Und sie bedeutet die Rettung für die kleinen Läden, wenn sie nicht endgültig von den großen öffentlichen Verkaufsstellen verdrängt werden wollen! Ich lasse sie dir hier. Ich vertraue dir. Morgen komme ich wieder. So kannst du in Ruhe darüber nachdenken! Ich werde dir auch nicht böse sein, wenn wir nicht ins Geschäft kommen. Dann werde ich eben einen anderen glücklich machen!«, hatte der Fremde lächelnd hinzugefügt, ehe er verschwunden war.

Man hatte ihm offensichtlich beigebracht, welche Argumente solch kleine Kaufleute wie Leuchtendes Rot am ehesten beeindruckten.

Vollkommen durcheinander hatte dieser die ganze Nacht wach gelegen und das Für und Wider abgewogen.

Sehr schnell hatte sich das höchst einfache Dilemma in seinem Kopf abgezeichnet: Er hatte die Wahl, entweder dieses Risiko einzugehen oder tatenlos das unausweichliche Ende seines Ladens abzuwarten. Der Preis für die geschmuggelte Ware und der erhoffte Gewinn überzeugten ihn endgültig, alles auf eine Karte zu setzen. Und so hatte er sich widerstrebend dazu durchgerungen, auf das Angebot des Fremden einzugehen.

Doch nachdem ihm klar geworden war, dass er mit dem illegalen Moiré in nicht einmal drei Monaten so viel Geld verdienen könnte wie sonst in einem ganzen Jahr, beglückwünschte er sich schließlich zu dieser Entscheidung. Er würde lediglich gewissen kleinlichen Kunden gegenüber vorsichtig sein müssen, während die meisten anderen das Ganze nicht so eng sahen und die Ware kaufen würden, ohne sich darum zu kümmern, ob sie das zylinderförmige Siegel trug oder nicht.

Gleichzeitig nahm er sich vor, seinen Laden endgültig zu schließen, wenn er reich geworden war, um kein unnötiges Risiko einzugehen.

Und der Erfolg hatte sowohl in geschäftlicher als auch in finanzieller Hinsicht all seine Erwartungen übertroffen.

Alle zwei Wochen kam der Fremde, um seine Bestellung aufzunehmen und die gewünschte Ware zu liefern, die Leuchtendes Rot dann, ohne großes Aufsehen zu erregen, zum offiziellen Marktpreis an Kunden verkaufte, die durch die Mundpropaganda in seinen Laden gelockt wurden.

Von Zeit zu Zeit besuchte ihn ein anderer Mann, der einen roten Seidenfaden am Handgelenk trug, um sich, wie er sagte »zu vergewissern, dass der vereinbarte Preis auch korrekt ist«.

Er wirkte wie eine Art Kontrolleur, dessen Aufgabe darin bestand, zu prüfen, ob das Verkaufsnetz, über das die geschmuggelte Seide vertrieben wurde, auch funktionierte. Und das beruhigte Leuchtendes Rot, dessen lederne Gürteltasche jeden Abend bis zum Rand mit Bronze-, Silber- und Goldtael gefüllt war.

Die Moiré-Vorräte des Seidenfalters wurden nicht nur von Kunden geplündert, die auf ihr elegantes Äußeres bedacht waren, sondern auch von buddhistischen Gläubigen, die die Stoffe in den großen Klöstern gegen Gebete eintauschten.

Deshalb hatte Leuchtendes Rot, als Stummer Krieger gekommen war, um seinen Laden zu inspizieren, auch nur noch vier Stück zinnoberroter Seide übrig. Alle anderen, die gelben und die jadegrünen, waren längst verkauft, und er wartete ungeduldig auf die Lieferung, die für den kommenden Tag angekündigt war.

So war es kein Wunder, dass er sich als Opfer eines höchst unglücklichen Zufalls betrachtete, nachdem Jademond so ungeschickt hereingestürmt war, gefolgt von ihrem Cousin, von dem er inzwischen aus gutem Grund nicht mehr glaubte, dass er dem Schmugglerring angehörte.

Leuchtendes Rot verfluchte gerade seine Gewinnsucht, die ihn zum Gesetzesbrecher gemacht hatte und ihn nun womöglich seine Füße oder gar den Kopf kosten würde, als ein plötzlicher Ruck und ein dumpfer Aufprall ihm verrieten, dass die Träger stehen geblieben waren und ihn abgestellt hatten.

Gleich darauf flog die Tür des Kastens krachend auf, und die gewaltige Hand von Stummer Krieger zog den völlig verängstigten Leuchtendes Rot heraus.

Obwohl er vom grellen Sonnenlicht geblendet war, dauerte es nicht lange, bis ihm klar wurde, dass er sich mitten im Hof der Irdischen Ruhe des kaiserlichen Palasts befand. Umringt von bewaffnete Wachen, deren Hellebarden kurz davor schienen, ihn zu durchbohren.

Während er das Schafott erwartete, hatte man ihn in den Palast getragen!

Er wagte nicht, Stummer Krieger zu fragen, wohin er ihn

brachte, zumal dieser ihn ohne viel Federlesen durch ein Gewirr von Galerien vor sich herschob, bis sie eine eindrucksvolle Tür erreichten, die sich gleich wieder hinter ihnen schloss.

Dann stieß ihn der zungenlose Riese brutal zu Boden.

Der halb ohnmächtige Leuchtendes Rot war davon überzeugt, sein letztes Stündlein habe geschlagen und gleich werde die Klinge des Henkers auf ihn herabsausen. Er atmete tief durch und kniff die Augen zu.

Als er nach einer Weile bemerkte, dass kein Schwert ihm den Hals durchtrennt hatte, schöpfte er wieder Hoffnung.

Schließlich öffnete er die Augen und erkannte, dass seine Nase in der weichen Wolle eines prächtigen Perserteppichs vergraben war, auf dem etwas stand, das wie die Spitzen von zwei kostbaren, mit Goldfäden bestickten Seidenpantoffeln anmutete.

Stummer Krieger hatte ihn vor die Füße einer Frau geworfen!

Da hob er langsam und mit größter Vorsicht den Kopf und ließ den Blick an dem bunt verzierten Kleid emporwandern, das über den bestickten Pantoffeln begann. Es war ein elegantes Kleid aus orangefarbener Seidenfaille mit aufgestickten Weintrauben, deren einzelne Beeren aus Perlen bestanden. Ein Stück höher sah er eine Gürtelschnalle, auf der ein Smaragd von der Größe eines Taubeneis funkelte, ehe er schließlich bei einem Oberteil anlangte, in dessen Ausschnitt zwei feste, pralle Brüste sichtbar wurden, von denen er seinen Blick kaum lösen konnte.

Doch als er schließlich das Gesicht der Frau erreichte, der dieser perfekte, üppige Busen gehörte, sprang er mit einem Satz auf. Er war wie betäubt und zitterte vor Schreck am ganzen Leib, weil er so vermessen gewesen war, die Kaiserin von China schamlos lüstern anzustarren.

Doch seltsamerweise schien ihm Kaiserin Wu deswegen nicht böse zu sein, im Gegenteil, sie lächelte ihn an.

Aus der Nähe betrachtet war sie noch schöner, als in den Legenden behauptet wurde, die sich um sie rankten.

Obwohl Leuchtendes Rot sich bemühte, fiel es ihm schwer, nicht länger auf ihre runden, begehrenswerten Brüste zu starren, die sich deutlich sichtbar unter ihrem weit ausgeschnittenen, durchscheinenden Oberteil abzeichneten. Zwischen diesen Brüsten funkelte ein Anhänger aus purem Gold in Form eines Phönixes, der mit winzigen Smaragden besetzt war. Eine herrliche Darstellung des kaiserlichen Symboltieres, mit dem ihre weißen Hände, deren schlanke Finger wie Federn wirkten, herumspielten.

Unwillkürlich senkte Leuchtendes Rot zum Zeichen des Respekts erneut den Kopf. Dieser betörende Anblick verwirrte ihn so sehr, dass er für einen Moment sogar vergaß, warum er vor die Kaiserin gebracht worden war.

Als er sich auf ihre Aufforderung hin wieder aufrichtete, bemerkte er, dass Stummer Krieger verschwunden war.

Ganz allein standen sie sich gegenüber.

Der Seidenhändler konnte das unvergleichliche Parfüm der Herrscherin riechen, eine fein harmonierende Mischung aus Pfeffer und Jasmin, die sie aus Persien kommen ließ und die zum großen Leidwesen der Damen am Hof niemand anders tragen durfte. Dieser Duft war nur ihr allein vorbehalten.

Wenn man diesen Wohlgeruch zum ersten Mal einatmete, stieg er einem gleich zu Kopf und hinterließ dort eine unauslöschliche Spur, wie ein einzigartiges Gedicht, das allein zum Ruhm dieser Frau verfasst worden war. Und so wusste jeder, ob Höfling, Eunuch oder Minister, dass Wu Zhao nicht weit war, wenn ein Hauch von Pfeffer und Jasmin durch die Gärten des Palasts wehte, und dass es nichts Besseres zu tun gab, als sich zu ihrer Verfügung zu halten.

Die Herrscherin hatte sich inzwischen auf einem Diwan niedergelassen.

Als sie die Beine übereinanderschlug und ihm dabei mit ihren schönen smaragdgrünen Augen tief in die seinen schaute, erhaschte Leuchtendes Rot ganz am Ende des langen Schlitzes ihres orangefarbenen Kleids für den Bruchteil eines Wimpernschlags einen Blick auf ihre perfekt enthaarte Pfingstrosenknospe.

Er traute seinen Augen nicht, und gleichzeitig ließ ihn dieser flüchtige Anblick erschauern.

Denn wenn sie ihm gegenüber so wenig Hemmungen zeigte, war dies doch sicher ein untrügliches Zeichen dafür, dass er bald sterben sollte, sodass er niemals jemandem von der Verruchtheit dieser Frau erzählen könnte.

In dieser Hinsicht war Wu Zhaos Ruf wahrlich nicht übertrieben!

Der unglückliche Seidenhändler war so fest davon überzeugt, dass er den kaiserlichen Palast nicht mehr lebend verlassen würde, dass er beinahe hintenübergefallen wäre, als die schöne Wu Zhao ihn ohne Umschweife fragte: »Wärst du bereit, mir dreißig Ballen von dieser Schmugglerseide zu besorgen? Gelbe und rote. Von der gleichen Qualität wie diese hier!«

Auf dem niedrigen schwarzen Lacktisch vor dem Diwan der Kaiserin lagen noch drei, vier weitere Ballen. Der Seidenminister Tugend des Äußeren hatte sie dort liegen lassen, und es waren genau die gleichen wie jene, die Leuchtendes Rot bis zu diesem Morgen heimlich verkauft hatte.

Natürlich vermutete er dahinter eine Falle.

Die raffinierte Wu Zhao versuchte ganz offensichtlich, ihn zu überführen!

»A… aber M… Majestät! Das ist ein schweres Verbrechen! So etwas wird mit dem Tod bestraft! Ich bin doch nur ein armer Gesetzesbrecher, der einen Fehler gemacht hat und seine Tat zutiefst bereut. Demütig bekenne ich vor Eurer Allerhöchsten Majestät meine Schuld. Wenn Ihr geruht, mir zu vergeben, schwöre ich Euch, dass ich so etwas nie wieder tun werde!«, stammelte er, nachdem er sich ihr zu Füßen geworfen hatte.

Selbst Wu Zhaos Kleidersaum verströmte ihren Pfeffer- und Jasminduft. Als er die Nase hob, dachte er unwillkürlich an ihre Pfingstrosenknospe, die unmittelbar unter dem Faillestoff pulsieren musste, doch sofort vertrieb er dieses Bild wieder aus seinen Gedanken.

Das war wirklich nicht der passende Moment, um sich gehen zu lassen, denn noch bestand vielleicht die Hoffnung, seine Haut zu retten. Irgendetwas sagte ihm, dass diese Frau ihn nicht ins Herz des kaiserlichen Palasts hatte bringen lassen, um ihn zum Schafott zu verurteilen.

Aber was wollte sie dann von ihm?

Vielleicht erhoffte sich die verführerische Kaiserin auch nur weitere Informationen über den Seidenschmugglerring, nach dem Motto »ein gestandenes Verbrechen ist schon halb verziehen!«

In der Strafverfolgung der Tang war diese Methode weit verbreitet, und einmal im Monat fanden vor dem Westlichen Tor des kaiserlichen Palasts gemeinschaftliche Beichten statt, die Delinquenten vorbehalten waren, welche ein Verbrechen gegen den Staat begangen hatten. Die Menge strömte bei diesen Gelegenheiten umso begieriger zusammen, als es sich dabei immer um Adlige und mächtige Persönlichkeiten handelte, die solche öffentlichen Demütigungen nicht gewohnt waren. Sie wurden aufs Schafott geschickt oder an den Pranger gestellt, nachdem sie schändliche Vergehen gestanden hatten, die sie im Allgemeinen nie begangen hatten, denn nur der Glaube, dadurch dem Tod zu entgehen, veranlasste sie zu solchen Bekenntnissen.

Wenn das der Fall war, saß der arme Leuchtendes Rot, der unablässig zwischen Hoffen und Bangen schwankte, wirklich in der Klemme.

Wu Zhaos Antwort machte seiner Unsicherheit ein Ende.

»Du armseliger Dummkopf! Hast du nicht begriffen, dass dieses Angebot mein voller Ernst ist? Warum, glaubst du, habe ich dich wohl zu mir bringen lassen? Warum sollte ich dich verraten, wenn ich deine Seide brauche?«, erklärte sie mit einem Lachen.

Leuchtendes Rot kniff sich, um sich zu vergewissern, dass er nicht träumte: Dass die gefürchtete Kaiserin von China bereit war, einem einfachen Händler wie ihm illegal gewebte Seide abzukaufen wie eine ganz gewöhnliche Kundin, die sich auf keinem anderen Weg roten oder gelben Moiré beschaffen konnte, war einfach unglaublich!

Die mandelförmigen Augen der Herrscherin musterten ihn lächelnd. Ihr Wohlwollen schien nicht gespielt zu sein.

In dem klaren Oval ihres perfekt geschnittenen Gesichts, das von zwei goldenen Ohrringen eingerahmt wurde, in die der Goldschmied, passend zu dem Anhänger zwischen ihren Brüsten, zwei auffliegende Vögel gesetzt hatte, konnte Leuchtendes Rot keine Spur von Falschheit erkennen. Ganz im Gegenteil, die Kaiserin strahlte eine gewisse Befriedigung aus.

Die schöne Wu Zhao war wirklich und wahrhaftig seine Verbündete, und wenn dies eine Falle sein sollte, dann war sie, wie es in dem berühmten Gedicht hieß, unsichtbarer als die Spuren einer Libelle auf einem Rosenblatt!

»Ich stehe Euch zu Diensten, Majestät! Ab der nächsten Woche bin ich in der Lage, Euch mit rotem und gelbem Moiré zu beliefern! Natürlich nur unter der Bedingung, dass ich den Palast als freier Mann verlasse und man mich in aller Ruhe meinen Geschäften nachgehen lässt! Ansonsten wüsste ich nicht, wie ich Eure Wünsche erfüllen sollte!«, ächzte er.

»Was für ein Esel! Natürlich wirst du den Palast als freier Mann verlassen. Und ich werde dich sogar im Voraus bezahlen! Bald wirst du außer mir gar keine andere Kundin mehr brauchen!«, fügte sie hinzu und warf ihm einen ledernen Beutel zu, den er im Flug auffing.

Er war schwer und musste bis zum Rand mit Gold- und Silbertael gefüllt sein.

»Und wie soll ich Eurer Allerhöchsten Majestät die kostbare Ware zukommen lassen?«, fragte Leuchtendes Rot, der allmählich seinen Kaufmannston wiederfand, ehrerbietig.

»Stummer Krieger! Meine Grille! Ich will das Zirpen meiner Grille hören!«, rief Wu Zhao, ehe sie den Riesen, der unverzüglich den Raum betrat, anwies, den kleinen, kugelförmigen Bambuskäfig auf den Tisch zu stellen.

Es war immer das Gleiche: Wenn ihre Kopfschmerzen sie zu plagen begannen, brauchte sie das Zirpen des Insekts.

Und als guter Höfling stimmte dieses sofort sein charakteristisches Lied an.

Dann bedeutete sie Stummer Krieger mit einer matten Geste, ihr ein Glas Wasser zu bringen. Von einem silbernen Tablett, das ihr der zungenlose Turko-Mongole anschließend reichte, nahm sie etwas Pulver und gab es in das Glas.

»Das Insekt und dieses Pulver sind die einzigen Mittel, die meine Kopfschmerzen lindern können!«, erklärte sie dem Seidenhändler.

»Was für eine hübsche Grille! Und ihr Lied klingt so melodisch! Aber ich fragte Euch gerade, Majestät, wie ich mit Euch Kontakt aufnehmen könne«, wagte Leuchtendes Rot zu bemerken, nachdem ihm Wu Zhaos Worte weitere Zuversicht eingeflößt hatten.

»Stummer Krieger wird die Ware bei dir abholen!«, erwiderte sie kurz angebunden, um vor dem Riesen nicht den Anschein zu erwecken, sie verbinde eine allzu große Vertrautheit mit diesem Kaufmann. »Du sagst ja gar nichts! Hast du nicht gehört? Mein Grillenträger wird als Mittelsmann fungieren! Ich hoffe, du hast mich verstanden«, fügte sie hinzu.

»Es ist nur so, Majestät, nun ja, dieser Mann ist etwas auffällig.«, stammelte er schließlich.

»Dieser Mann, Stummer Krieger, hat nur eine einzige Herrin! Kaiserin Wu Zhao! Und er genießt mein ganzes Vertrauen. Er wird jedes Mal eine andersfarbige Kapuze aufziehen, dann wird niemand etwas bemerken!«, versetzte sie in einem Ton, der keinen Widerspruch duldete.

Während der belustigte Stummer Krieger sich geschmeichelt fühlte, wusste Leuchtendes Rot nicht mehr ein noch aus. Er befürchtete, die Kaiserin beleidigt zu haben, und suchte nach einem Weg, seinen Fehler wiedergutzumachen.

»Sehr gut, Majestät. Euer Wunsch sei mir Befehl!«

Dann musterte er Stummer Krieger, der ungerührt mit seinem Zeigefinger, an dem ein schwerer silberner Ring steckte, durch die Käfigstäbe hindurch sanft den Rücken der Grille streichelte.

Flüchtig kam ihm der Gedanke, dass er selbst zu dieser Grille geworden sei, einem Spielzeug der Kaiserin, das Stummer Krieger mit einem Finger zerquetschen konnte.

»Warum, glaubst du, heißt er wohl Stummer Krieger? Von nun an sind wir drei durch einen Pakt des Schweigens aneinander gebunden! Und glaub mir, Leuchtendes Rot, dieser Pakt ist sehr leicht einzuhalten! Um dich davon zu überzeugen, brauchst du nur daran zu denken, welche Konsequenzen es hätte, wenn er gebrochen würde«, schloss sie, nun wieder gut gelaunt, mit einem Lachen.

Und plötzlich erschienen ihre blitzenden Zähne, die wie die zarten Perlen einer Halskette anmuteten, Leuchtendes Rot so verlockend und blutrünstig zugleich, dass es ihn große Mühe kostete, ein Schaudern zu unterdrücken.

17

In den Bergen des Schneelands

»Ich habe den Namen des Landes, aus dem dein Herr stammt, nicht richtig verstanden!«, flüsterte Fünffache Gewissheit dem jungen, einen Brokatturban tragenden Perser zu, der ihnen als Übersetzer diente.

Sie saßen nebeneinander, der Mönch in der Lotoshaltung, an dem von seinem Bewacher geschürten Lagerfeuer. Die riesige, struppige Hündin Lapika lag neben dem Weidenkorb der beiden Säuglinge, den er vor sich hingestellt hatte, während alle anderen, auch der *ma-ni-pa*, bereits fest schliefen.

Hauptmann Majib hatte befohlen, den Wandermönch und Fünffache Gewissheit zu trennen und diesen an den jungen zweisprachigen Räuber zu fesseln. Und so reisten sie nun schon seit ungefähr zehn Tagen mit einem Seil aneinandergebunden, das sie zu unzertrennlichen Gefährten machte.

Obwohl er ein Gefangener war, hatte Fünffache Gewissheit das Vertrauen dieses Jungen mit den freundlichen Zügen gewonnen, der ungefähr gleich alt sein musste wie er und auf den Namen Ulik hörte.

Von den übrigen Persern sprach niemand Chinesisch, und so war Ulik der Einzige, mit dem er sich unterhalten konnte.

»Wir kommen aus Persien, von wo die Muselmanen uns Sassaniden vor kurzem vertrieben haben. Hauptmann Majib sieht vielleicht nicht so aus, aber er ist von königlicher Abstammung. Vor einigen Jahren musste sein Onkel Yazdegerd, der frühere Herrscher unseres Landes, an der Spitze seiner verbliebenen treuen Soldaten die Hauptstadt verlassen und in die Wüste fliehen. Majib war einer seiner Offiziere.«

Das Grunzen eines Persers, der ganz in ihrer Nähe mit offenem Mund schlief, verriet ihnen, dass der Mann kurz davor war, aufzuwachen.

Mit einer Handbewegung bedeutete Fünffache Gewissheit seinem Gefährten, leiser zu sprechen.

»Was hatten diese ›Muselmanen‹ deinem König denn vorzuwerfen, dass sie ihn einfach so vertrieben haben?«, wisperte er, während er nebenbei das lange Fell der riesigen gelben Hündin streichelte.

»Sie folgen den Anweisungen ihres Propheten, eines gewissen Mohammed, der ihnen aufgetragen hat, alle Völker zur Religion des Einen Gottes zu bekehren! Die Perser, deren Herrscher immer mehrere Religionen geduldet haben, sind jetzt in ihrer eigenen Heimat nicht mehr wohlgelitten!«

»Von welchen Religionen sprichst du, Ulik?«, wollte Fünffache Gewissheit wissen, und seine freundlichen, lebhaften Augen blitzten vor Neugier.

»In Shiraz fand man alle Religionen friedlich vereint: die Nestorianer und Jakobiten mit ihrem Einen Gott, aber auch die Anhänger des Heiligen Maro, die eines gewissen Jesus von Nazareth und die des Propheten Mani. Darüber hinaus gab es noch die Zervaniten, eine Sekte von Feueranbetern, die ihre Tage damit verbrachten, Fleisch zu braten. Am zahlreichsten vertreten waren die sogenannten Mazdaisten, zu denen auch der Hauptmann und ich gehören. Wir sind Anhänger des Zarathustra, des Verbündeten der Menschen, dem es gelang, den erbarmungslosen Kampf zwischen Ohrmazd, dem Gott des Hohen Lichts, und Ahriman, dem der finsteren Tiefen, zu beenden. Hauptmann Majib ist übrigens ein Magier. Auf Persisch nennen wir einen solchen Menschen einen ›mogmart‹.«

Fünffache Gewissheit hatte noch nie von den Mogmarts

oder Mogpats gehört, die die Priesterkaste der sassanidischen Religion führten.

»Über welche Macht verfügen diese mazdaistischen Magier?«

»Ein Mogmart besitzt viele Fähigkeiten. Er kann auf einem Altar, dessen Beine wie die Pfoten eines Löwen gestaltet sind, das Varhan-Feueropfer durchführen, das höchste seiner Art*. Er kann auf diesem Altar mit seinem gekrümmten Opfermesser Stiere und Ziegenböcke, Esel und Schweine töten. Die gelehrtesten Mogmarts beherrschen sogar die Kunst, über das Wasser der Erde zu gebieten: Sie sind in der Lage, eine Quelle nach Belieben versiegen oder kräftiger sprudeln zu lassen!«

»Gehört Majib etwa auch zu dieser Sorte?«

»Ja. Er hat den höchsten Rang in der Hierarchie erreicht, den eines ›maug-pat‹ oder Herrn der Magier. Und daher hat er Macht über das Wasser des Bodens!«

»Wir einfachen buddhistischen Mönche verfügen nicht über solche Kräfte!«, seufzte Fünffache Gewissheit.

»Deshalb ist es auch nicht gelogen, wenn Hauptmann Majib behauptet, dass er einige Tricks auf Lager hat!«, schloss der junge Perser mit einem Lächeln.

»Ich höre heute zum ersten Mal von dieser Religion! Der Lehrer, der mich im Vergleich der Religionen unterwies, hat wohl selbst nichts von ihrer Existenz gewusst!«, rief Fünffache Gewissheit, den die Worte des Persers neugierig gemacht hatten.

Im Noviziat von Luoyang lehrte man die Kinder, sich vor magischen Bräuchen, Langlebigkeitselixieren, Handlesern, Astrologen, Geomanten und dem Daoismus zu hüten. Die Buddhisten sahen darin einen sehr viel ernsteren und ge-

* Die Mazdaisten unterschieden zwischen dem Aduran, dem kleinen Feuer, und dem Varhan, dem großen Feuer.

fährlicheren Rivalen als im Konfuzianismus, obwohl dessen Sozialmoral ihrer eigenen viel näher stand.

»Unsere Gottheiten entsprechen den Monaten des Jahres. Masye und Masyane, das erste Paar in menschlicher Gestalt, das von Ohrmazd dem Guten geschaffen wurde, zeugte ebenfalls Zwillinge. Doch Ahriman der Böse trieb die Eltern dazu, ihre Kinder zu verschlingen, indem er ihr Fleisch wohlschmeckend werden ließ. So aß Masye den Jungen und Masyane das Mädchen, bis der Gott des Hohen Lichts dem Fleisch ihrer Kinder schließlich seinen köstlichen Geschmack nahm, um zu verhindern, dass die gierigen Eltern erneut hineinbissen!«

»Das ist ja grauenvoll!«, flüsterte der Gehilfe von Vollendete Leere.

»Das ist nur der Kampf zwischen Gut und Böse, der unsere Welt beherrscht!«

»Hörst du die Kinder strampeln? Deine gruseligen Geschichten machen ihnen bestimmt Angst!«, scherzte der junge Anhänger des Mahayana.

Aus dem Weidenkorb drang das übliche niedliche Plappern zu ihnen herüber.

Fünffache Gewissheit gab Ulik ein Zeichen, ihm zu folgen, denn wegen des Seils konnte er sich ohne den jungen Perser nicht von der Stelle bewegen.

Neben der stets wachsamen Lapika, die auf das leiseste Wimmern ihrer Schützlinge lauerte, beugten sie sich über den Korb. Der Mönch schaukelte ihn sacht und sang einen Abzählvers, der die Kleinen rasch wieder einschlafen ließ.

»Wenn ich deine Religion richtig verstehe, kennt sie einen Gott des Guten und einen Gott des Bösen«, sagte Fünffache Gewissheit, nachdem sie sich wieder zurück ans Lagerfeuer gesetzt hatten.

»Das Schlimmste ist, dass Ahriman der Böse immer wieder alle Wohltaten von Ohrmazd dem Guten zunichtemacht!

Er ist schuld daran, dass die Menschen sterblich sind!«, flüsterte Ulik.

»Im Menschen sind das Beste und das Schlimmste vereint. Aber es ist vor allem Unwissenheit, die ihn die verhängnisvollsten Taten begehen lässt.«

Fünffache Gewissheit sah die Welt so, wie Buddhas Worte es ihn gelehrt hatten. Daher fiel es ihm schwer, nachzuvollziehen, wie sich Ulik im Guten wie im Bösen dem unerbittlichen Kampf zweier Götter ergeben konnte, die sich verhielten, als seien die Menschen nichts als ein Spielzeug ohne freien Willen.

»Ach, ich wünschte so sehr, du hättest recht«, seufzte Ulik.

»Aber was macht ihr denn hier so weit von Persien entfernt auf dem Dach der Welt, statt dem Onkel deines Hauptmanns dabei zu helfen, die Macht in Shiraz zurückzuerobern?«

»Majib hat uns schwören lassen, niemandem auch nur ein Sterbenswort darüber zu verraten!«

»Verfolgt ihr denn so schreckliche Ziele, dass ihr sie niemandem eingestehen könnt?«, fragte Fünffache Gewissheit verwundert.

»Das stimmt auch wieder. Ich sehe eigentlich keinen Grund, warum ich es dir nicht erzählen sollte! Wir stehen in Diensten des Sohnes des früheren Königs. Der alte König Yazdegerd ist vor drei Jahren im Exil gestorben. Nachdem die Araber die Hauptstadt erobert hatten, fand der sassanidische Hof Zuflucht in einer winzigen Oase am Ufer des Flusses Amu, am Rand einer Wüste, in der die Sonne einen unvorsichtigen Wanderer innerhalb weniger Stunden töten kann!«

»Und was tut der restliche Königshof dort?«

»Er wartet auf bessere Zeiten. Diese Gegend ist so arm und ausgedörrt, dass uns von dort niemals jemand vertreiben wird. Aber Kronprinz Firuz, unserem obersten Anführer, mangelt es an allem, sodass seine Armee gerade einmal eine

Handvoll Männer umfasst. Ich brauche dir nicht zu erklären, dass er in seiner momentanen finanziellen Lage nichts Vernünftiges unternehmen kann.«

»Soll das heißen, ihr versucht, Truppen für Prinz Firuz zu werben, damit dieser die Macht zurückerobern kann?«, wollte Fünffache Gewissheit wissen, der noch immer nicht verstand, warum Majib sie unter diesen Umständen überhaupt gefangen genommen hatte.

»Du hast es erfasst. Um die Araber aus Persien zu vertreiben, braucht unser Kronprinz viel Geld. Und aus diesem Grund versuchen wir, Seidengarn zu beschaffen. Die drei Teppichwebstühle, die König Yazdegerd bei seiner Flucht gerettet hat, funktionieren noch, aber solange wir kein Material haben, das wir verweben können, stehen sie ungenutzt in einer Lagerhalle herum. Vor der Einnahme von Shiraz wurden für unsere Seidenteppiche gewaltige Summen bezahlt, die der Stadt ihren Reichtum bescherten. Der beste Weber von ganz Persien lebt im Augenblick am Hof von Kronprinz Firuz und wartet ungeduldig auf unsere Rückkehr!«

»Ich kenne nur seidene Stoffe. Dass man daraus auch Teppiche webt, wusste ich gar nicht! Dazu muss man wohl sehr geschickt sein.«

»Der Handwerker, den ich gerade erwähnt habe, wird bei uns auch ›der Mann mit den goldenen Fingern‹ genannt. Hauptmann Majib behauptet, dass jeder seiner Teppiche den Gegenwert eines großen, bis zum Rand mit Gold gefüllten Kruges einbringen wird. Das ist genug, um die Kriegskasse zu füllen, die es Yazdegerds Sohn ermöglichen wird, endlich seinen verstorbenen Vater zu rächen!«

»Aber ich habe noch nie gehört, dass es im Reich Bod Seide gäbe! Es sei denn, ihr hättet beschlossen, den Mann mit den goldenen Fingern zu bitten, Teppiche aus Yakwolle zu weben!«, entgegnete der Gehilfe von Vollendete Leere und brach in schallendes Gelächter aus.

»Ich habe einen oder zwei davon in Bergbauernhöfen gesehen. Und ich bezweifle, dass sie viel wert sind!«, antwortete der Perser, als sei es ihm peinlich.

Der Scherz von Fünffache Gewissheit war offensichtlich nicht gut angekommen. Das Schweigen zog sich in die Länge, nur noch Lapikas leises Schnarchen war zu hören.

»In Wahrheit sollten wir gar nicht hier sein. Dass wir überhaupt an den Rand des Daches der Welt gekommen sind, liegt einzig und allein daran, dass wir uns verirrt haben!«, gab Ulik schließlich widerstrebend zu.

»Das ist doch wohl ein Scherz? Hältst du mich etwa für einen solchen Schwachkopf«, rief Fünffache Gewissheit gekränkt.

»Ganz und gar nicht!«

»Kennt Hauptmann Majib denn nicht den Weg?«

»Hinter Kashgar, genauer gesagt an der Kreuzung von Hetian, der fruchtbaren Oase, wo den Dichtern von Shiraz zufolge Jade wie eine Pflanze im Bett der Bergbäche wächst, sind wir nach rechts abgebogen, statt geradeaus nach Osten weiterzuziehen!«

»Das ist ja kaum zu glauben!«

»Um keine unnötige Aufmerksamkeit zu erregen, weigert sich Majib, nach dem Weg zu fragen, und so hat er uns, ohne es zu wissen, in die ersten Ausläufer des Kunlun-Gebirges hinaufgeführt, und als die Nacht hereinbrach, hatten wir uns endgültig verlaufen. Seitdem irren wir durch dieses Gebirge, doch es gibt uns nicht mehr frei.«

»Was sagt denn Hauptmann Majib dazu?«

»Unser Herr ist kein sehr umgänglicher Mensch. Er kann ausgesprochen stur sein und bekommt beim geringsten Anlass einen Wutanfall. Noch hat es keiner von uns gewagt, auch nur den leisesten Zweifel an der Richtung zu äußern, in die er uns geführt hat.«

»Und dann seid ihr unversehens auf uns gestoßen!«

Nun lächelte auch der Übersetzer.

»Um Seidengarn zu finden, müsst ihr auf jeden Fall nach Zentralchina«, sprach Fünffache Gewissheit weiter. »In Luoyang, der Stadt, in der mein Kloster liegt, gibt es nicht weniger als acht kaiserliche Seidenmanufakturen. Dort wickelt man den Faden von den Kokons auf Spulen, die sich in riesigen, von bewaffneten Soldaten bewachten Lagern türmen. Aber niemand kann dieses Garn kaufen, wenn er nicht über eine Erlaubnis der Seidenbehörde verfügt. Wie will Majib das denn anstellen?«

»Ich habe keine Ahnung. Aber eines weiß ich: Wir brauchen nicht nach Zentralchina zu gehen! Das hat Majib uns versichert. Aber das ist auch das Einzige, was er uns überhaupt jemals dazu gesagt hat. Über unser Ziel spricht er nur in Andeutungen, als wollte er den Namen um keinen Preis verraten! Und schon vor unserem Aufbruch aus der Oase haben sich die Anwerber strikt geweigert, uns zu sagen, wohin wir gehen würden. Man könnte fast glauben, es handelte sich um ein Staatsgeheimnis!«, murrte der junge Perser.

»Aber warum hält uns dein Hauptmann Majib dann überhaupt gefangen? Er hat doch nicht den geringsten Nutzen von uns.«

»Ihr wart eine leichte Beute und in gewisser Weise auch ein Geschenk des Himmels, die erste Gruppe, der wir begegnet sind, seit wir auf diesen Wegen herumirren. Nachdem das Maultier mit unseren Vorräten in einen Abgrund gestürzt ist, waren wir völlig ausgehungert!«

»Aber wir hatten doch fast keine Lebensmittel bei uns, ganz zu schweigen von Geld!«

»Da war Majib wohl anderer Ansicht!«

»Was will er denn mit einem *ma-ni-pa* und einem Mönch des Großen Fahrzeugs? Warum lässt er uns nicht frei? Er braucht mir doch nur die wenigen Wertsachen abzunehmen, die ich besitze, meinen Dolch zum Beispiel und den Sattel meines Hengstes, und auf die große Straße zurückzukehren, von der er niemals hätte abbiegen sollen! Dann könnte ich endlich mit den beiden Säuglingen und dem *ma-ni-pa* weiterziehen. Diese Fessel schlägt mir allmählich aufs Gemüt.«

Fünffache Gewissheit deutete auf das Seil, das sie miteinander verband, während der junge Perser sich erneut in betretenes Schweigen hüllte.

Konzentriert begann Ulik, das Feuer zu schüren. Das Knistern weckte schließlich den *ma-ni-pa*, der mit einem etwas längeren Seil an einem Baumstamm festgebunden war, sodass er sich zu ihnen gesellen konnte.

»Schlaft ihr nicht?«, fragte er gähnend.

»Wir haben uns unterhalten!«, entgegnete der junge Perser.

»Du willst damit doch hoffentlich nicht sagen, dass er ein Auge auf Sturmwind geworfen hat?«, wollte Fünffache Gewissheit ängstlich von dem Übersetzer wissen.

»Das ist es nicht!«

»Dann drück dich doch endlich deutlicher aus, Ulik! Ich wüsste beim besten Willen nicht, was Majib mir sonst abnehmen könnte!«

»Auf die beiden hat der Hauptmann es abgesehen!«, versetzte Ulik schaudernd.

Er deutete auf den Berg aus Decken, mit dem Fünffache Gewissheit den Weidenkorb zugedeckt hatte, in dem die beiden Säuglinge wieder schliefen wie zwei kleine Engel.

»Die Kinder? Was will Hauptmann Majib denn mit meinen Kindern?«, fragte Fünffache Gewissheit verblüfft.

Der junge Perser zögerte weiterzusprechen. Verlegen schaute er in die knisternden Flammen.

»Ich will es wissen! Jetzt hast du mir schon zu viel verraten! Was will er mit meinen beiden Kleinen?«, wiederholte der Mönch.

Unsicher bedeutete Ulik ihm, näher zu rücken.

Fünffache Gewissheit spürte den warmen, abgehackten Atem des Übersetzers an seinem Ohr.

»Im Stamm von Hauptmann Majib glauben einige Priester, dass nach dem Vorbild der Kinder von Masye und Masyane, die am Ursprung aller Rassen stehen, aus der Vereinigung von Bruder und Schwester Halbgötter geboren werden. In unserer Heimat Persien gibt es viele Geschwister, vor allem Zwillinge, die auf Geheiß ihrer Eltern heiraten!«

Auf den sonst so gelassenen Zügen von Fünffache Gewissheit spiegelte sich Bestürzung.

»Du willst also damit sagen, dass Majib vorhat, die beiden Kleinen miteinander zu verheiraten?«

»Das ist der einzige Grund, der ihn bis jetzt davon abgehalten hat, euch den Kopf abzuschlagen!«

»Was für ein ruchloser Schurke!«

»Für ihn sind der kleine Junge und das kleine Mädchen mit dem behaarten Gesicht von unschätzbarem Wert! Hauptmann Majib ist davon überzeugt, dass die Nachkommen dieses Paares Götter sein werden! Und deshalb sind sie jetzt schon ein wahres Vermögen wert«, schloss der Perser hastig, erleichtert, sich endlich von diesem bedrückenden Geheimnis befreit zu haben.

Als der *ma-ni-pa* die verzweifelte Miene von Fünffache Gewissheit bemerkte, fragte er ihn, was los sei.

»In Tibet gelten diese Kinder als Halbgötter. Wenn Majib es wagen sollte, ihnen auch nur ein Haar zu krümmen, wird die Rache ihrer Mutter, der allmächtigen Dämonin der Felsen, fürchterlich sein!«, rief er wutentbrannt, nachdem Fünffache Gewissheit ihn aufgeklärt hatte.

Wäre der Wandermönch nicht mit einem Seil an den Baum gefesselt gewesen, hätte er nicht gezögert, auf den jungen Perser einzuschlagen.

»Immer mit der Ruhe, *ma-ni-pa*! Ich bin doch auch nur ein einfacher Übersetzer. Wenn du jemandem Vorhaltungen machen willst, dann wende dich an Hauptmann Majib, wenn er aufwacht! Der Hauptmann ist nicht so freundlich, wie es vielleicht den Anschein hat. Er kann auch hart sein, wenn es nötig ist. Und wenn er sich etwas in den Kopf gesetzt hat, ist er selten wieder davon abzubringen. Aber man kann ja nie wissen!«, versetzte Ulik, dem der Ausbruch des Tibeters ganz und gar nicht gefallen hatte.

Als Fünffache Gewissheit bemerkte, wie verärgert der Übersetzer war, bedeutete er dem *ma-ni-pa* mit einer Handbewegung, zu schweigen und sich wieder hinzusetzen. Jetzt verstand er, warum sich der persische Hauptmann gleich nach ihrer Gefangennahme so nachdrücklich vergewissert hatte, dass die beiden Kinder auch tatsächlich Geschwister waren.

Sie waren ganz offensichtlich das Einzige, wofür er sich interessierte.

Anders konnte sich Fünffache Gewissheit auch nicht erklären, warum Hauptmann Majib dem länglichen Etui, in dem er das *Sutra über die Logik der Vollkommenen Leerheit* verstaut hatte, nicht die geringste Beachtung schenkte. Ulik war der Einzige, der sich nach seinem Inhalt erkundigt hatte, doch er hatte sich hartnäckig geweigert, es ihm zu verraten.

Die extreme Aufmerksamkeit, die Majib den Kindern bezeugte, war ein weiterer Beweis dafür.

Was er arglos für schlichte Neugier angesichts der ungewöhnlichen Behaarung des kleinen Mädchens, vielleicht sogar für ein gewisses Wohlwollen diesen beiden wehrlosen Kleinen gegenüber gehalten hatte, fügte sich nahtlos in das grausige Bild, das Ulik gezeichnet hatte.

Majib wollte die Zwillinge an sich bringen. Er wollte sie in seine Oase mitnehmen und sie dort für teures Geld an einen anderen Mazdaisten verkaufen, der sie in ein paar Jahren zur Heirat zwingen würde!

Es war unfassbar!

Der Gedanke, dass diese beiden unschuldigen Wesen im

Namen eines barbarischen Glaubens zu einem monströsen Paar vereint werden könnten, das gemeinsam Kinder zeugen sollte, widerte ihn an.

Die mögliche göttliche Abstammung der Kinder hatte damit nichts zu tun. Im Gegensatz zum *ma-ni-pa* betrachtete er die Säuglinge vor allem als kleine, vollwertige Menschen, ganz gleich welchen Ursprungs, die es verdienten, als solche behandelt zu werden.

Außerdem waren, zumindest in China, inzestuöse Heiraten zwischen Geschwistern verboten. Keine einzige buddhistische Schrift, die Fünffache Gewissheit bekannt war, billigte eine solche Verbindung.

Zutiefst erschüttert blickte der junge Mönch in die rötlichen Flammen des Lagerfeuers, dessen Knistern allmählich nachließ, ein Zeichen, dass es bald verlöschen würde.

Die Flammen erinnerten ihn an das Feuer der Avici-Hölle, der schlimmsten von allen, denn sie war die achte und letzte, diejenige, aus der keine Seele jemals zurückkehrte; jene Hölle, die Hauptmann Majib ganz sicherlich verdienen würde, sollte es ihm gelingen, sein entsetzliches Vorhaben in die Tat umzusetzen. Glücklicherweise hatte ihm Ulik davon noch rechtzeitig erzählt, sodass er etwas dagegen unternehmen konnte.

Denn kaum hatte sich seine Empörung gelegt, hatte er darüber nachzudenken begonnen, wie er den Kindern dieses verhängnisvolle Schicksal ersparen könnte.

Und er war zu dem Schluss gekommen, dass er so schnell wie möglich mit ihnen fliehen musste.

Doch dazu brauchte er einen Plan, denn er und auch der *ma-ni-pa* waren Tag und Nacht an den Beinen gefesselt, und die Männer des persischen Hauptmanns ließen sie keinen Moment aus den Augen.

»Ich danke dir für deine Offenheit, Ulik!«, sagte er also lediglich und wünschte dem Übersetzer eine gute Nacht.

Daraufhin rückte der *ma-ni-pa* näher an ihn heran und lehnte den Kopf an den seinen, sodass sie sich auf Tibetisch unterhalten konnten, ohne jemanden zu stören oder von dem Übersetzer verstanden zu werden, der ohnehin bereits eingeschlafen war.

»Ich glaube kein Wort von dieser Geschichte. Eine Heirat zwischen Bruder und Schwester. Dieser Ulik hält uns wohl für komplette Schwachköpfe!«, flüsterte der Wandermönch.

»Ich wüsste nicht, warum er uns Lügen auftischen sollte. Auf jeden Fall habe ich den Eindruck, dass wir uns ernsthaft Gedanken über eine Flucht machen sollten!«

»Da bin ich ganz deiner Meinung! Was schlägst du vor?«

»Ein *ma-ni-pa* wie du weiß doch sicher einen Ausweg!«

»Wenn es hier irgendwo ein Mandala des Bodhisattva Manjushri gäbe, der die Dunkelheit vertreibt, würde ich mich vor seinem göttlichen Abbild versenken. Das würde mir dabei helfen, dir zu einer Lösung zu raten.«

»Gute Nacht!«, entgegnete Fünffache Gewissheit hastig und gab ihm ein Zeichen zu schweigen, denn er hatte ein Geräusch gehört.

Kurz darauf spürte er in seinem Nacken den abscheulich stinkenden Atem von Hauptmann Majib. Er war zu ihnen herübergekommen, um sich zu vergewissern, dass seine Gefangenen immer noch gefesselt waren, ehe er weiterging und einen prüfenden Blick auf den Weidenkorb mit den Säuglingen warf.

Einem so misstrauischen Mann zu entkommen würde sicher nicht leicht werden.

Als Majib am nächsten Morgen einen Moment lang abgelenkt war, weil er ein paar Männer aus seinem Trupp ausschalt, nutzte Fünffache Gewissheit die Gelegenheit und nahm den *ma-ni-pa* zur Seite.

»Gestern Abend konnten wir uns nicht mehr in Ruhe unterhalten. Wenn ich dich recht verstanden habe, bist du bereit, mir zu folgen, wenn ich den Korb an mich bringe und fliehe?«

»Natürlich! Aber dazu müssten sie aufhören, uns Tag und Nacht zu bewachen! Sieh dir doch nur das Seil an, mit dem wir gefesselt sind! Wir haben nicht einmal etwas, um es durchzuschneiden!«

»Dieser Majib wird uns nicht einfach so davonlaufen lassen, schon gar nicht mit den Kleinen! Trotzdem müssen wir fort.«

»Und dabei dürfen wir nichts dem Zufall überlassen.«

»Ich freue mich, dass wir uns einig sind!«

»Wenn wir nichts unternehmen, verurteilen wir diese unschuldigen Kinder zu einem entsetzlichen Dasein! Das wäre ein sehr schlechtes Karma.«

»Jetzt schau dir das an! Seit gestern lässt der Hauptmann den Korb mit den heiligen Kindern nicht mehr aus den Augen. Er hat ihn sogar auf den Rücken seines Maultiers gebunden! Niemand darf sich mehr um sie kümmern außer ihm selbst!«, schimpfte der Mönch leise.

Auf Befehl von Majib, der solche unbelauschten Gespräche zwischen ihnen nicht gerne sah, näherten sich ihnen zwei Perser, um sie zum Schweigen zu bringen.

Getrennt nahmen sie ihren Weg wieder auf, und während Hauptmann Majib sie mit kalten, argwöhnischen Blicken musterte, vermieden sie in den darauffolgenden Tagen sorgfältig jedes Wort, um keinen Verdacht zu erregen.

Und auch das Wetter war nicht dazu angetan, heimliche Unterhaltungen zu fördern.

Denn der Schnee fiel in einem dichten Treiben luftiger Flocken, die wie Schmetterlinge durch die Luft wirbelten, auf das Land Bod herab.

Seit fast einer Woche plagten sich Mensch und Tier mit gesenktem Kopf vorwärts. Man sah gerade einmal drei Ellen weit. Ein jeder setzte, kurzatmig und mit einem schmerzvollen Druck auf den Schläfen, mühsam einen Fuß vor den anderen und versuchte dabei so wenig wie möglich von der letzten Energie zu vergeuden, die ihm noch geblieben war. Selbst Lapika, die Schnee und Eis gewohnt war, tat sich genauso schwer wie die Männer.

Am achten Tag kam mit einem Mal ein stürmischer, eisiger Wind auf und vertrieb endlich die wattigen Wolken vom Himmel.

Hingerissen betrachtete der junge Mönch die zerklüfteten Eisgipfel der Bergkette, die in mehreren Stufen zum Dach der Welt hin anstieg.

Und auch den Rest des Trupps, der es nach so vielen Tagen, in denen die Männer mit letzter Kraft gegen Wind und Schnee hatten ankämpfen müssen, kaum erwarten konnte, irgendwo Unterschlupf zu finden, erwartete hinter einer Wegbiegung eine freudige Überraschung.

Eine Herberge kam in Sicht, zu erkennen an ihrem Wirtshausschild in Form eines großen Kessels, das sich über dem Schneehügel abzeichnete, der das Dach des Gebäudes bedeckte. Welch angenehmer Anblick für diese Reisenden, die sich danach sehnten, endlich wieder in einem richtigen Bett zu schlafen.

»Hauptmann Majib lässt euch sagen, dass wir heute dort übernachten werden. Ihm gefällt diese Herberge«, informierte sie Ulik.

»Was für ein Glück, jetzt kann ich mir den Kopf endlich mit warmem Wasser rasieren!«, rief der *ma-ni-pa* lachend.

»Ja. Genau das werde ich auch tun! Seit Wochen rasiere ich mich mit kaltem Wasser und schürfe mir dabei ständig die Haut auf!«, entgegnete Fünffache Gewissheit.

Majib, der zum *ma-ni-pa* und Fünffache Gewissheit herübergekommen war, erteilte seinen Männern den Befehl, ihre Fesseln zu lösen.

»Er will keinen Verdacht erregen! Deshalb nimmt er uns

die Seile ab!«, wisperte der *ma-ni-pa* Fünffache Gewissheit zu. Ulik bestätigte seine Vermutung, als der junge Mönch ihn nach dem Grund für diese Behandlung fragte.

»Ich danke dir für deine Offenheit, Ulik!«, flüsterte Fünffache Gewissheit ihm zu.

»Nun ja, ich habe nachgedacht: Ich bin gegen die Vorstellung, dass Brüder und Schwestern heiraten sollen!«, murmelte der junge Perser verschwörerisch.

»Wärst du denn auch bereit, uns zur Flucht zu verhelfen?«, wollte der Gehilfe von Vollendete Leere hoffnungsvoll wissen.

»Ja. Ich helfe euch.«

Fünffache Gewissheit war froh, sich endlich wieder frei bewegen zu können. Er nutzte die Gelegenheit, zu Sturmwind hinüberzugehen und den Hals des Hengstes zu streicheln, den Hauptmann Majib ein Stück voraus an einen Baumstamm gebunden hatte.

Erfreut, endlich seinen Herrn wiederzusehen, stieß das Pferd ein lang gezogenes Wiehern aus, ehe es den Kopf auf und ab zu bewegen begann, »als Zeichen des Respekts und der Dankbarkeit«, wie man in China zu sagen pflegte.

»Ulik ist auf unserer Seite. Wir müssen die Gunst der Stunde nutzen und mit den Kleinen fliehen, während die Perser schlafen!«, flüsterte der Gehilfe von Vollendete Leere dem *ma-ni-pa* zu, der ihm gefolgt war.

Dann gab er dem Wandermönch verstohlen ein Zeichen, nichts zu erwidern.

Denn der Übersetzer kam aschfahl und mit vollkommen aufgelöster Miene auf sie zu.

»Ich fürchte, Hauptmann Majib ahnt etwas. Er lässt euch ausrichten, dass er euch mit seinem Dolch töten wird, falls ihr versuchen solltet, aus der Herberge zu fliehen. Und ich kann euch versichern, dass das kein Scherz war«, stöhnte er und rang die Hände.

»Dann geh zu ihm und erkläre ihm, dass ich nicht komplett verrückt bin! Sag ihm, das sei meine Antwort! Los, mach schon, Ulik! Es ist wichtig!«, drängte Fünffache Gewissheit, als er sah, dass Ulik zögerte.

»Na gut!«, willigte dieser schließlich mit leiser Stimme ein.

Vor der Tür erkundigte sich der Herbergswirt gerade als Erstes in scharfem Ton, ob dieser völlig durchgefrorene Trupp armseliger Gestalten, die einer kalten Hölle entsprungen zu sein schienen, überhaupt zahlen konnte.

»Das ist kein buddhistisches Kloster, in dem Essen an die Pilger ausgeteilt wird, sondern eine Herberge, und hier wird bezahlt! Das sage ich den Reisenden, die hier anklopfen, lieber gleich! Habt ihr Geld?«

Ulik übersetzte seine Worte für Majib, der einige barsche Sätze darauf erwiderte.

»Hauptmann Majib fordert dich auf, mit diesem geizigen Wirt einen guten Preis auszuhandeln!«, sagte Ulik verlegen zu Fünffache Gewissheit.

Da trat der junge Mönch auf den unfreundlich dreinblickenden Mann zu, der offensichtlich kurz davor war, ihm und allen anderen die Tür vor der Nase zuzuschlagen.

»Weißt du, dass dich für solche Reden die Hölle erwarten kann, du schwachgläubiger Mensch? Was sprichst du so schlecht über buddhistische Klöster? Mögest du niemals darauf angewiesen sein, um ihre Gastfreundschaft zu betteln!«, versetzte Fünffache Gewissheit in strengem Ton.

»Ich verstehe gar nicht, warum du dich so aufregst!«, grummelte der Herbergswirt, doch er wirkte beunruhigt.

»Ein Buddhist ist Fremden gegenüber stets zu Gastfreundschaft verpflichtet. Und er spricht nicht so herablassend über das Mitgefühl der Mönche, wie du es getan hast. Oder bist du etwa ein Ungläubiger?«

»Ich gehe zweimal im Jahr ins Kloster der Erleuchtung in Hetian und zünde dort Kerzen an«, stotterte der Mann eilig.

»Wenn das so ist, musst du die Reisenden, die bei dir Zuflucht suchen, nachdem sie tagelang durch die Kälte gewandert sind, anders behandeln.«

»Wer bist du überhaupt, um mir solche Lehren zu erteilen?«, fragte der Wirt mit schwacher Stimme.

»Ich bin der Tripitaka Fünffache Gewissheit, Gehilfe des Abtes vom größten Kloster des Mahayana in China.«

Dabei sah er dem Herbergswirt streng in die Augen.

»Vergiss, was ich gesagt habe. Das war nicht so gemeint! Wie viel wollt ihr denn bezahlen? Wir werden uns schon einigen!«

Fünffache Gewissheit leerte seine Taschen und gab ihm seine letzten beiden Tael.

»Das ist alles, was ich habe. Für den Rest wird dein Mitgefühl aufkommen müssen!«

»Einverstanden!«, ächzte der Wirt.

»Du kannst Hauptmann Majib sagen, dass dieser Mann bereit ist, uns zu einem sehr guten Preis aufzunehmen!«, rief Fünffache Gewissheit zufrieden.

»Ich hoffe, dieser riesige Hund erschreckt mir keine Elefanten!«

Der Herbergswirt deutete auf Lapika, die sich ein paar Schritte hinter ihrem Herrn hielt, bereit zum Sprung, als wollte sie ihn vor seiner Bosheit schützen.

»Keine Sorge. Lapika gehorcht mir aufs Wort. Sie wird zu meinen Füßen schlafen!«, versprach er und dachte bei sich, dass dieser Wirt einen recht eigenartigen Humor hatte.

Hier im Reich Bod, an einem so hoch gelegenen, von eisigen Winden gepeitschten Ort, mitten im Winter von Elefanten zu reden, darauf musste man erst einmal kommen!

»Wie viele Tage wird er uns aufnehmen?«, ließ Hauptmann Majib durch Ulik nachfragen.

Fünffache Gewissheit gab die Frage weiter.

Statt einer Antwort verzog der Wirt nur das Gesicht.

Daraufhin ging der junge Mönch zu Ulik zurück und antwortete mit einer glatten Lüge.

»Er kann uns drei Nächte und zwei Tage beherbergen.«

Das hielt er für eine angemessene Zeitspanne, um ihre Flucht unter den bestmöglichen Bedingungen vorzubereiten.

»Hauptmann Majib sagt, du bist sehr geschickt! Er ist zufrieden mit dir!«, murmelte der Übersetzer, der die Worte seines Hauptmanns weitergab.

»Wir haben zwei Tage und drei Nächte!«, flüsterte Fünffache Gewissheit dem *ma-ni-pa* zu. Er hielt den Korb mit den Säuglingen im Arm, den Majib ihm zurückgegeben hatte, und stieg die Bretterstufen zum Schlafraum der Gäste im ersten Stock hinauf.

»Das ist nicht viel!«, wisperte der *ma-ni-pa*.

»Es ist immerhin etwas!«, erwiderte Fünffache Gewissheit gereizt.

In einer Ecke des großen Schlafraums legten sie die beiden Säuglinge an Lapikas Zitzen an. Nachdem die Kleinen satt waren, wechselten sie ihre Windeln, legten sie zurück in den Korb und zogen sich selbst aus.

Seit Wochen schliefen die beiden Männer nun schon auf dem nackten steinigen, gefrorenen Boden.

»Ich bin so müde, dass ich nicht einmal mehr Hunger habe!«, sagte der *ma-ni-pa* und warf sich auf das Stroh auf dem großen Bettgestell, das sich an der Wand entlang von einem Ende des Raums bis ans andere erstreckte.

»Mir geht es genauso! Ich habe einiges an Schlaf nachzuholen«, fügte der junge Mönch gähnend hinzu, ehe er, eine Hand auf dem Korb, einschlief.

Fünffache Gewissheit hatte kaum begonnen, vom schönen Antlitz des Erhabenen Buddha, seinem Erwachen unter dem heiligen Feigenbaum und seinem anschließenden Aufstieg ins Nirwana zu träumen, als ein leiser Druck an seinem Hals ihn wieder aufweckte.

Er glaubte zunächst, ein Tier sei in den Schlafraum eingedrungen, und setzte sich ruckartig auf.

Doch es war nur Ulik, der ihm auf die Schulter klopfte, um ihn aus seinem Traum zu reißen.

»Hauptmann Majib lässt dir ausrichten, dass der Hengst Sturmwind nicht in den Stall will! Er fordert dich auf, zu kommen!«

Trotz seiner Benommenheit zog sich der junge Mönch eilig wieder an und ging mit Ulik hinunter, um nachzusehen, was los war.

Mit weit gespreizten Beinen, die Hufe fest in den Schnee gestemmt, stand der schwarze Hengst des Klosters der Dankbarkeit für Erwiesene Kaiserliche Wohltaten vor dem Stall und spielte ganz offensichtlich verrückt.

Die eingetretene Stalltür zeugte von der Raserei und der Kraft des Tieres. Rings um den schäumenden Hengst bemühten sich mehrere aufgeschreckte Perser vergeblich, ihn zu bändigen.

Fünffache Gewissheit bemerkte noch zwei andere Männer mit sehr viel dunklerer Haut, die ein wenig abseits standen und sich leise unterhielten. Es mussten Inder sein, denn sie sprachen Sanskrit. Der eine von ihnen trug die lange, in Falten herabfallende orangefarbene Robe der buddhistischen Mönche des Kleinen Fahrzeugs. Darüber hatte er einen dicken Umhang aus grobem, braunem Wollstoff geworfen, um sich vor der Kälte zu schützen.

»Pferd hat Angst vor dem Elefanten! Wenn es an die Tür kommen, es sich aufbäumen und ausschlagen! Wird niemals in den Stall hineingehen! Und Elefant ärgert sich und wird nervös! Vielleicht mein Sing-sing sich sogar wieder verletzen!«, schrie der zweite dunkelhäutige Mann, der nicht in Orange gekleidet war, Majib an.

Am Gürtel seines ledernen Gewands bemerkte Fünffache Gewissheit den Elefantenhaken eines Kornaks.

Der Mönch des Kleinen Fahrzeugs schien einige persische Brocken zu beherrschen, denn er wandte sich ohne die Vermittlung des Übersetzers an seine Entführer.

»Der Mönch sagt Hauptmann Majib, dass sein Elefant sehr gefährlich werden kann, wenn er gereizt ist!«, erklärte Ulik Fünffache Gewissheit.

»Wie kommt es, dass du ihre Sprache sprichst?«, fragte Fünffache Gewissheit den Mönch auf Sanskrit.

Dieser musterte ihn neugierig und antwortete: »Ich habe sie als Kind gelernt. Ich stamme aus einer indischen Provinz, die eine Zeit lang von den Persern besetzt war! In meiner Familie war es üblich, fremde Sprachen zu lernen. Ich kann auch ungefähr tausend chinesische Schriftzeichen schreiben und sprechen.«

Trotz der Umstände wirkte der Mann, der an der äußeren Erscheinung, den geschlitzten Augen und der hellen Haut von Fünffache Gewissheit sofort gemerkt hatte, dass dieser aus China stammte, sehr beherrscht.

Aus seinem Blick sprach nicht die geringste Aggressivität, im Gegenteil, es lag sogar ein Lächeln darin.

Das alles verlockte den jungen Mönch, mehr über ihn zu erfahren.

»Wie heißt du?«

»Dolch der ewigen Wahrheit! Und du?«

»Ich bin Fünffache Gewissheit. Ich gehöre dem Großen Fahrzeug an, aber ich habe größten Respekt vor dem Kleinen!«

Damit endete die Unterhaltung der beiden Männer, denn im Halbdunkel vor dem Stall hatte die Aufregung ihren Höhepunkt erreicht.

Vorsichtig steckte Fünffache Gewissheit den Kopf durch die Tür.

Im hinteren Teil eines Stands erblickte er den abwehrend und feindselig eingerollten Rüssel des Dickhäuters, aus dem ein unheilvolles Zischen entwich.

»Sing-sing wird immer nervöser! Wenn er sich noch mehr aufregt, wird er womöglich mit dem Kopf durch die Stallmauer brechen! Du musst dein Pferd unbedingt beruhigen!«, rief Dolch der ewigen Wahrheit, erst auf Chinesisch, dann wieder auf Persisch.

Fünffache Gewissheit ging auf das Pferd zu, dessen zuckende Ohren, hervorquellende Augen und schaumbedeckte Nüstern seine panische Angst verrieten.

Dann legte er eine Hand auf die Stirn des Tieres.

»Lasst mich das machen!«, sagte er und forderte die beiden persischen Räuber, die den Hengst fest an der Kandare gepackt hielten, auf, zurückzutreten.

Er streichelte den Hals des Tieres, beugte sich vor und flüsterte ihm mehrmals sanft ins Ohr: »Sturmwind, mein Hübscher, beruhige dich! Es ist alles gut! Ich bin ja da!«

Da schnaubte der Hengst, mit einem Mal wieder sanft wie ein Lamm, glücklich, seinen Herrn wiedergefunden zu haben, während der Elefant im Innern des Gebäudes immer noch lautstark seinen Unmut kundtat.

»Neben all seinen anderen Fähigkeiten kann dieser Mönch auch mit Pferden reden!«, rief der *ma-ni-pa* Ulik zu, damit dieser seine Worte übersetzte.

Dadurch wollte der Wandermönch, der ebenfalls auf den Stallvorplatz herausgekommen war, nicht nur die Anwesenden beeindrucken, sondern gleichzeitig dem Stolz und der Bewunderung Ausdruck verleihen, die er für diesen jungen Mönch empfand, dessen Kenntnisse und Talente seinen menschlichen Qualitäten in nichts nachstanden.

Zustimmendes Gemurmel erhob sich aus der Schar der Perser, die verblüfft beobachteten, mit welcher Leichtigkeit Fünffache Gewissheit den wütenden Hengst beruhigte.

Unter den verdutzten Blicken von Hauptmann Majib griff der Mönch nach den Zügeln von Sturmwind, der ihm gehorsam folgte. Langsam führte er ihn in den Stall vor den Stand des Elefanten, der sich immer noch drohend hin und her wiegte.

Den Dickhäuter machte die Nähe des Hengstes rasend, und er richtete seine Stoßzähne auf ihn, die so spitz zuliefen wie zwei Dolche.

Sturmwind stand ihm genau gegenüber und schien nicht willens, sich von ihm einschüchtern zu lassen. Seine bebenden Nüstern und sein zitterndes Maul zeugten von seiner Kampfbereitschaft.

Der Kornak sah eine tödliche Auseinandersetzung heraufziehen und stürzte mit seinem Elefantenhaken herbei.

Da begann Fünffache Gewissheit zu sprechen. Langsam rezitierte er in klassischem Chinesisch die ersten Sätze des *Sutra über die Ruhe,* einen Text, den Vollendete Leere ihn hatte auswendig lernen lassen.

Man las ihn Schwerkranken vor, wenn sie im Fieberwahn fantasierten. *Lass Ruhe einziehen in dein Herz und deine Seele, und in dir wird alles gut sein.*

Dann näherte er behutsam, die Augen halb geschlossen und immer schneller die ersten drei Verse der heiligen Schrift wiederholend, sanft Sing-sings Rüssel der Mähne von Sturmwind, bis er diese streifte.

Kaum hatten die beiden Tiere einander berührt, erschauerten sie, ehe sie sich beide mit einem Schlag beruhigten, als habe dieser unmittelbare Kontakt alle Furcht und Aggressivität in ihnen ausgelöscht.

Kurze Zeit später ließ sich der reizbare Sing-sing von Fünffache Gewissheit streicheln und bewegte dabei sogar die Ohren wie einen Fächer als Ausdruck der Zufriedenheit.

Im Stall herrschte tiefe Stille.

»Der Mönch, der mit den Pferden spricht, kann auch Elefanten zähmen!«, hörte man hier und da flüstern.

»Du hast offensichtlich mehr als nur ein Eisen im Feuer. Vielleicht kannst du diesen Elefanten ja sogar heilen. Er ist krank und wird einfach nicht mehr gesund!«, sagte Dolch der ewigen Wahrheit und zeigte Fünffache Gewissheit die Füße des armen Tieres.

»Ich werde sehen, was ich tun kann, aber ich muss dich warnen, ich bin kein Tierarzt!«, antwortete der Gehilfe von Vollendete Leere, ehe er sich daranmachte, die Sohle von Sing-sings Vorderfüßen zu untersuchen.

Die tiefen, blauroten Wunden hatten sich noch lange nicht geschlossen.

»Elefant viel leiden! Schnee und Eis nicht gut!«, warf der Kornak schüchtern ein.

»Was glaubst du? Kann das Tier in diesem Zustand weitergehen?«, wollte Buddhabadras Schüler von Fünffache Gewissheit wissen.

»Meiner Ansicht nach werden sich die Wunden nur noch weiter öffnen, wenn er wieder durch die Kälte marschieren muss! Es besteht sogar die Gefahr, dass sie sich entzünden und er am Fieber eingeht.«

»Kannst du ihn heilen, Fünffache Gewissheit? Du scheinst dich doch mit Tieren auszukennen! Wir sitzen jetzt schon seit fast drei Wochen in dieser verfluchten Herberge fest und müssen unbedingt weiter!«

»Ich habe tatsächlich ein Mittel gegen Schrunden bei mir, eine ausgesprochen wirksame Heilsalbe, von der mir mein Abt eine kleine Dose mitgegeben hat. Wir könnten versuchen, die Wunden damit zu bestreichen und sie dann zu verbinden. Was hältst du davon?«

»Das scheint mir eine ausgezeichnete Idee zu sein. Die Haut eines Menschen ist doch noch viel empfindlicher als die eines Elefanten. Und beide sind die körperliche Hülle wiedergeborener Seelen.«

Fünffache Gewissheit eilte in den großen Schlafraum und kam mit einem kleinen Tonkrug in der Hand zurück. Dieser war mit einem Stück Holz verschlossen, und als er es aufspringen ließ, erfüllte mit einem Mal der intensive Geruch von Kampfer und Zimt die Luft.

»Nachdem wir sie aufgetragen haben, müssen wir zwei Nächte abwarten, dann sehen wir, ob sich die Risse geschlossen haben. Wenn das der Fall ist, kann dein Tier weiterziehen!«, erklärte der junge Mönch des Großen Fahrzeugs.

»Ich weiß gar nicht, wie ich dir danken soll!«, wisperte Dolch der ewigen Wahrheit Fünffache Gewissheit zu, als sie kurz danach nebeneinander auf der gemeinsamen Bettstatt des langen, niedrigen Speichers lagen, auf der die Gäste der Herberge dicht an dicht übernachteten, während die Perser im Speiseraum schlemmten.

Lapika bewachte immer noch den Weidenkorb mit den beiden Säuglingen.

»Du bist ein buddhistischer Mönch, genau wie ich. Auch wenn wir nicht dem gleichen Lehrpfad angehören. Man erkennt uns an unseren kahl geschorenen Häuptern und unseren groben Gewändern! Mit dieser gemeinsamen Herkunft sind wir einander so etwas doch schuldig!«

»Es stimmt schon, dass wir, abgesehen von unseren Differenzen, den gleichen Buddha verehren und an seinen Heiligen Pfad glauben! Trotzdem hast du mir gerade einen unschätzbaren Dienst erwiesen.«

»Unsere Fahrzeuge sind Schwestern. Unser großer Meister des Dhyana, der Kuchaner Kumarajiva, der das Mahayana begründete, ehe er vom Kaiser persönlich an den Hof gerufen wurde, übersetzte indische Sutras des Hinayana, dessen Anhänger er ursprünglich war!«

»Mein Kloster in Indien beherbergt oft Mönche des Großen Fahrzeugs, die eine heilige Pilgerreise auf den Spuren des Buddha unternehmen!«

»Vielleicht wirst du ja eines Tages auch mich dort begrüßen. Wie heißt dein Kloster?«

»Das Kloster des Einen Dharma. Meine Gemeinschaft ist

die Hüterin des Großen Heiligenschreins des Kanishka, in dem die Hochheiligen Augen des Buddha liegen.«

»Ich komme aus dem Kloster der Dankbarkeit für Erwiesene Kaiserliche Wohltaten in Luoyang in Zentralchina.«

»Es heißt, dieses Kloster sei das größte in ganz China. Vertritt man dort die Lehre der spontanen oder der allmählichen Erleuchtung?«

»Unser Oberhaupt, der Hochehrwürdige Abt Vollendete Leere, ist ein glühender Verfechter der unerklärlichen Plötzlichen Erleuchtung. Nach ihr zu streben ist sinnlos, denn sie überkommt einen von ganz allein, nur durch Entsagung und Meditation, wenn der Kopf frei ist von allen Gedanken und Überlegungen!«

Die beiden Mönche schwiegen, bis Fünffache Gewissheit schließlich weitersprach: »Dürfte ich dich um einen großen Gefallen bitten, Dolch der ewigen Wahrheit? Aber sei unbesorgt, es soll auf keinen Fall eine Gegenleistung für das sein, was ich für Sing-sing getan habe. Wenn du ablehnen solltest, wäre ich dir bestimmt nicht böse!«

»Angesichts der Notlage, aus der du mich, oder besser gesagt meinen Elefanten, befreit hast, werde ich mich natürlich bemühen, dir im Rahmen meiner bescheidenen Möglichkeiten zu helfen!«

»Du musst uns helfen zu fliehen. Der persische Hauptmann Majib hat mich und den *ma-ni-pa* in den Bergen überfallen und hält uns seitdem gefangen«, vertraute er ihm flüsternd an.

»Bei diesem Mann hatte ich vom ersten Moment an ein ungutes Gefühl. Straßenräuber also! Normalerweise begnügen sie sich damit, die Reisenden auszurauben. Warum haben sie euch denn mitgenommen?«

»Er ist ein Soldat, der versucht, Geld für seinen Cousin aufzutreiben, den Sohn eines früheren persischen Herrschers, der eine Armee aufstellen möchte, um seine verlorene Macht zurückzuerobern!«

»Ich verstehe beim besten Willen nicht, was das mit eurer Gefangennahme zu tun hat!«

»Ich muss dir von der Beute erzählen, die er sich erhofft.«

Fünffache Gewissheit zeigte Dolch der ewigen Wahrheit den Weidenkorb, in dem die beiden Kinder schliefen.

»Man hat mich gebeten, diese beiden Säuglinge nach Luoyang zu bringen«, fuhr er fort, während er die Decke anhob, unter der die Kleinen verborgen waren.

Unwillkürlich schauderte Dolch der ewigen Wahrheit, als er das kleine behaarte Gesicht sah.

»Was auch immer du denken magst, trotz seiner Behaarung ist dieses kleine Mädchen kein Affenweibchen.«

»So etwas habe ich noch nie gesehen! Seltsam, wie schön sie trotz allem ist!«, murmelte der Gehilfe des Unschätzbaren Abtes Buddhabadra.

»Der kleine Junge daneben ist ihr Bruder. Sie sind Zwillinge.«

»Bei uns gäbe es genügend Leute, die behaupten würden, dieses Kind stamme von Hanuman dem Affen ab, dem ergebenen Diener Ramas*! Ein solches Kind würde in einem Tempel enden und verehrt werden wie eine Gottheit.«

»Ob sie vom indischen Hanuman oder der tibetischen Felsdämonin abstammen oder ganz einfach der Vereinigung zwischen einem Mann und einer Frau entsprungen sind, ist mir vollkommen gleichgültig! Aber eines ist sicher: Ich muss diese Kinder vor dem Schicksal bewahren, das der Hauptmann ihnen zugedacht hat. Er will sie auf einem persischen Markt an jemanden verkaufen, der sie später miteinander verheiraten wird!«

»Das klingt ja abscheulich! Ich habe schon davon gehört,

* Rama, einer der Avataras des Gottes Vishnu, ist der Held des großen Sanskrit-Epos Ramayana, das knapp vierundzwanzigtausend Doppelverse umfasst.

dass bei den Persern im Andenken an das erste Paar, von dem alle Menschen abstammen, früher häufig Ehen zwischen Brüdern und Schwestern geschlossen wurden. Aber ich hätte nie vermutet, dass diese Sitte auch heute noch fortlebt.«

»Zweifellos hofft Hauptmann Majib, einen hohen Preis für die beiden zu erzielen. Und er ist sicher davon überzeugt, dass die Behaarung des kleinen Mädchens seinen Wert verzehnfacht.«

»Jetzt verstehe ich, warum du es so eilig hast, dich aus seiner Gewalt zu befreien!«

»Dieser Mann ist ungemein misstrauisch. Er lässt uns mit gefesselten Beinen marschieren. Erst kurz vor der Herberge hat er uns losgebunden, um keinen Verdacht zu erregen. Und seitdem beobachtet er mich ständig.«

»Aber was haben Perser, die ein Vermögen auftreiben wollen, an diesem verlorenen Ort auf der tibetischen Hochebene zu suchen?«

»Sie haben sich auf den Gebirgspfaden verirrt. Wie mir ihr Übersetzer erzählte, sind sie auf der Suche nach Seidengarn, das sie brauchen, um wieder mit der Herstellung ihrer kostbaren Teppiche beginnen zu können.«

»Die in Shiraz und Isfahan gewebten Seidenteppiche bringen tatsächlich gewaltige Mengen Gold ein! Wenn ich dir erzählte, welch horrende Summen das Kloster vom Einen Dharma für die Teppiche bezahlt hat, die wir über den Rücken der heiligen Elefanten breiten, ehe die Sänften der heiligen Reliquien darauf festgeschnallt werden, würdest du es kaum glauben!«, murmelte der Mönch des Kleinen Fahrzeugs.

»Ulik hat mich also nicht angelogen. Aber ihr Übersetzer scheint mir ohnehin ein vertrauenswürdiger Mensch zu sein«, flüsterte Fünffache Gewissheit und bedeutete dem *mani-pa* und Dolch der ewigen Wahrheit mit einer Handbewegung, dass sie nun besser still sein sollten.

Von der Treppe, die zum Dachboden heraufführte, drangen Geräusche herein.

Es waren die Perser, die, um die Wette pfeifend und rülpsend, nacheinander heraufkamen, um sich schlafen zu legen.

Hinter ihnen tauchte die massige Gestalt von Hauptmann Majib auf.

Ehe er sich hinlegte, kontrollierte er alle seine lang hingestreckten Männer und sah nach, ob die beiden Säuglinge immer noch in ihrem Weidenkorb schliefen, wobei er Fünffache Gewissheit einen Blick zuwarf, der Bände über sein Misstrauen sprach.

»Seht nur: Der Perser scheint die Kleinen zu bewachen wie den kostbarsten Schatz!«, schimpfte der *ma-ni-pa* leise.

Nach einer Weile hörten sie das laute Schnarchen des Hauptmanns, das vom anderen Ende des Bettgestells zu ihnen herüberdrang, und nahmen ihre geflüsterte Unterhaltung wieder auf.

»Mit zwei kleinen Kindern von hier zu fliehen dürfte äußerst schwierig werden und verlangt eine genaue Planung!«, wisperte Dolch der ewigen Wahrheit nachdenklich.

»Ich habe keine andere Wahl. Ich kann doch nicht zulassen, dass der Perser sie wie Sklaven verkauft, damit sie später gezwungen werden, gemeinsam Kinder zu zeugen! Diese unschuldigen Kleinen verdienen ein besseres Schicksal!«, erwiderte Fünffache Gewissheit aufgebracht.

»Ich teile deine Empörung. Mit dieser Tat wirst du ein außergewöhnliches Karma vollbringen, das dich ein wenig näher an das Stadium eines Bodhisattva heranführt!«

»Das ist gar nicht mein Ziel! Ich versuche nur, gerecht zu sein und mein Wort zu halten. Ich habe dem tibetischen Lama, der diese beiden Kinder in meine Obhut gegeben hat, versprochen, sie nach Luoyang zu bringen!«

»Hauptmann Majib befiehlt denjenigen, die am anderen

Ende reden, still zu sein! Sie stören seinen Schlaf!«, erklang Uliks etwas verlegen klingende Stimme.

Hauptmann Majib, der stets nur mit einem Auge schlief, hatte ihn angewiesen, aufzustehen, um nachzusehen, was am anderen Ende des Schlafraums vor sich ging, und der Unterhaltung ein Ende zu machen.

»Unsere Aufgabe wird schwierig werden, daran gibt es gar keinen Zweifel! Die Wachsamkeit dieses Mannes lässt niemals nach!«, murmelte der *ma-ni-pa*, ehe er dem persischen Hauptmann einen zornerfüllten Blick zuwarf und schließlich Dolch der ewigen Wahrheit und Fünffache Gewissheit eine gute Nacht wünschte.

Vor dem Einschlafen konzentrierte sich Fünffache Gewissheit auf seine Atmung, und als er spürte, dass er vollkommen ruhig geworden war, fixierte er die Decke über seinem Kopf.

Ohne die Balken wahrzunehmen, die den Boden des über dem Schlafsaal gelegenen Lagerraums stützten, in dem der Herbergswirt seine Wintervorräte unterbrachte, versuchte er, sich in die ungegenständliche Meditation zu versenken.

Normalerweise fiel es ihm immer schwer, Leere in seinem Kopf zu schaffen, und er zog es vor, Kampfübungen zu betreiben, um sich in jenen Bewusstseinszustand zu versetzen, der es dem Geist ermöglichte, sich zu konzentrieren.

Doch nun war ein kleines Wunder geschehen!

Er spürte, wie er ohne die geringste Mühe in die Meditation hinüberglitt.

Er sah nur noch eine vollkommen glatte schwarze Fläche, eine Art unergründliches Nichts, in das er seinen Geist voller Genuss eindringen lassen konnte.

Zum ersten Mal verspürte Fünffache Gewissheit die unglaubliche Ruhe und die Verlockung der Leere, von der sein Lehrer während ihrer Meditationssitzungen immer wieder sprach. Bis zu jenem Tag hatte er sie noch nie in ihrer ganzen Fülle empfinden können.

Jetzt schwebte sein Geist frei im Raum, sich zwar seiner Existenz, nicht jedoch seines Äußeren bewusst.

Der junge Mönch dachte an nichts mehr, seine Augen sahen nichts mehr.

Und sein Geist, endlich ungebunden und zur Ruhe gekommen, frei von allen prosaischen Dingen, glaubte an gar nichts mehr, nicht einmal mehr an den Buddha!

Nun verstand Fünffache Gewissheit, was sein Lehrer Vollendete Leere meinte, wenn er seinem Schüler die Chan-Meditation zu erklären versuchte, die so radikal war, dass sie manche mystischer und kühner veranlagte Gläubige dazu bringen konnte, im Namen dieser reinigenden Leere sogar die Existenz des Buddha zu leugnen.

Glücklich begnügte sich Fünffache Gewissheit damit, die vollkommene Leere zu genießen, dieses subtile, berauschende Dahinschwinden, das sein Lehrer so treffend beschrieben hatte.

Nun endlich näherte er sich dem Begriff des »anatman«, des »Nicht-Selbst«, den der Erhabene Buddha seine ersten Schüler gelehrt hatte. Bis dahin hatte er ihn nie nachvollziehen können, da es ihm schwergefallen war, hinzunehmen, dass nichts im Universum von Dauer sei oder über ein »Selbst« verfüge.

Und so schlief Fünffache Gewissheit, eingehüllt in die Leere wie ein Säugling in sein Wickeltuch, an diesem Abend glücklich ein.

Als er am nächsten Morgen hinunterging, traf er auf Dolch der ewigen Wahrheit und den *ma-ni-pa*, die gerade eine Schale heißer Kohlsuppe leerten, während die Perser, die bereits gefrühstückt haben mussten, sich im Hof der Herberge im Pfeilwerfen übten.

»Guten Morgen, Fünffache Gewissheit! Hattest du eine geruhsame Nacht?«, fragte Buddhabadras oberster Schüler.

»Es ist über zwei Monate her, seit ich zum letzten Mal so lange geschlafen habe!«

»Ich habe noch einmal über das nachgedacht, was du mir gestern Abend erzählt hast. Die einzige Möglichkeit, wie ich dir helfen kann, aus dieser Lage herauszukommen, besteht darin, mit euch zusammen weiterzuziehen. Dann können wir gemeinsam eine günstige Gelegenheit abwarten. Hier im Gebirge zu fliehen wäre der reinste Irrsinn! Dieser Hauptmann Majib überwacht dich wie der Adler das Murmeltier, sobald es seinen Bau verlässt und sich auf die Wiese hinauswagt.«

»Aber wäre das nicht zu viel verlangt? Würdest du tatsächlich einen solchen Umweg auf dich nehmen und kostbare Zeit verlieren?«

»Ohne deine Hilfe wäre Sing-sing wahrscheinlich an einer Infektion gestorben. Und was den Umweg angeht, meine Reise hat eigentlich kein festes Ziel! Also können wir genauso gut ein Stück des Weges zusammen gehen!«

»Du willst mir doch wohl nicht erzählen, dass du dich auch verirrt hast! Wie kann man denn ohne ein festes Ziel hierherkommen?«, fragte Fünffache Gewissheit verdutzt.

»Ich bin auf der Suche nach meinem Unschätzbaren Abt Buddhabadra und seinem heiligen weißen Elefanten. Sie sollten den Kornak vor über zwei Monaten in dieser Herberge treffen. Ich habe in Peshawar auf sie gewartet, aber der Kornak ist allein heimgekehrt. Deshalb bin ich selbst hergekommen. Aber ich fürchte sehr, dass ich unverrichteter Dinge wieder nach Hause reisen muss!«

»Wie schrecklich! Glaubst du denn, dass die beiden im Schnee umgekommen sind?«

»Ich weiß es nicht. Allein der Erhabene wird eine Ahnung davon haben, was wirklich geschehen ist!«, flüsterte der Mönch mit Tränen in den Augen.

»Das tut mir so leid für dich! Dein Schicksal ist wahrlich

nicht beneidenswerter als das meine«, murmelte Fünffache Gewissheit tief bewegt.

»Vielleicht ist Buddhabadra ja nach Osten gewandert. Nach dem, was ich während des Frühstücks mit Hilfe meiner verbliebenen persischen Brocken von der Unterhaltung deiner Entführer verstanden habe, wollen sie auch in diese Richtung weiterziehen.«

»Als ich Ulik danach gefragt habe, hat er mir versichert, dass sie nicht nach China wollen, obwohl er nicht in der Lage war, mir das genaue Ziel ihrer Reise zu nennen.«

»Das überrascht mich nicht. Mir ist aufgefallen, dass ihr Hauptmann den Namen dieser Stadt nicht ein einziges Mal genannt hat. Um nur ja keinen Hinweis darauf zu geben, spricht er immer nur von der ›Wüstenoase‹. Welche Oasen liegen denn auf dem östlichen Teilstück der Seidenstraße?«, erkundigte sich der indische Mönch.

»Da gibt es viele. Von Chang'an ausgehend kommt man hinter dem Jadetor zunächst nach Dunhuang, dann folgen auf der nördlichen Route Hami, Turfan und Kucha, während man auf der südlichen Strecke durch Ruoqiang, Yutian und Hetian kommt. Erst in Kashgar, das wir Chinesen Kashi nennen, treffen die beiden Routen wieder aufeinander.«

»Woher sollen wir denn wissen, welches dieser vielen möglichen Ziele der Perser im Sinn hat?«, stöhnte der *ma-ni-pa*, nachdem Fünffache Gewissheit ihm die Frage von Dolch der ewigen Wahrheit und seine eigene Antwort übersetzt hatte.

»Das ist vollkommen egal! Wir werden es schon noch früh genug erfahren! Wir brauchen doch nur abzuwarten! Es bleibt ihm ja gar nichts anderes übrig, als uns dorthin mitzunehmen! Und bis dahin werden wir die erstbeste Gelegenheit genutzt haben, um ihm zu entwischen!«, versicherte ihm der Gehilfe von Vollendete Leere hoffnungsvoll.

Obwohl seiner mühseligen Reise bisher keinerlei Erfolg beschieden gewesen war, wirkte Dolch der ewigen Wahrheit glücklich, denn er war davon überzeugt, dass eine fruchtbare, einschneidende Erfahrung vor ihm lag.

Zwei Mönche, mochten sie auch unterschiedlichen buddhistischen Strömungen angehören, waren im Angesicht unvorhergesehener Ereignisse und widriger Umstände immer stärker als einer allein, dachte er bei sich.

Dieses endlose Warten, dieses schreckliche Gefühl der Nutzlosigkeit und der Entmutigung, das allmählich von ihm Besitz ergriff, diese immer stärker werdenden unablässigen Gewissensbisse, weil er die Mönche im Kloster von Peshawar kurz vor der Kleinen Wallfahrt einfach ihrem Schicksal überlassen hatte: All das war durch das Erscheinen von Fünffache Gewissheit mit einem Mal ausgelöscht.

Die Erleichterung und Beruhigung, die er bei der ersten Begegnung mit diesem Mönch verspürt hatte, der mit einer einzigen Geste seinen Elefanten wieder gesund gemacht hatte, überzeugten ihn vollends davon, dass sie beide einander perfekt ergänzten.

Die Freundlichkeit und das Mitgefühl, die Fünffache Gewissheit ausstrahlte, wirkten aufrichtig.

Dolch der ewigen Wahrheit brauchte diesen Kontakt und diese aufkeimende Freundschaft, denn die Suche nach Buddhabadra drohte langwierig und mühsam zu werden.

Dieses Gefühl der Bedrohung, des Unvorhersehbaren, des Mysteriösen, das er seit seinem Aufbruch verspürte, war zweifellos ein Zeichen dafür, dass sein Unschätzbarer Abt ihm vieles verheimlicht hatte, was ihm nun seine Aufgabe erheblich erschwerte.

Und Dolch der ewigen Wahrheit, der nicht an den Zufall glaubte, war davon überzeugt, dass die Begegnung mit Fünffache Gewissheit nur ein Fingerzeig aus dem Himmel sein konnte. Vielleicht von einem Bodhisattva, der ihm Gutes wollte, von der Apsara, die über ihn wachte, oder sogar – warum auch nicht? – vom Buddha höchstselbst.

»Ich danke dir für alles, was du für mich tust, Dolch der ewigen Wahrheit! Das werde ich dir nie vergessen!«, entgegnete Fünffache Gewissheit.

Daraufhin standen die beiden Mönche gleichzeitig auf und verneigten sich zum Zeichen des Respekts leicht voreinander, bis sich ihre Stirnen berührten.

Dann begannen sie unabhängig voneinander, die rituellen Formeln zu rezitieren, mit denen man den beginnenden Tag in die Hände des Erhabenen legte. Dabei flehte man ihn an, alle Versuchungen fernzuhalten, die auf den Menschen einstürmten und ihn in das qualvolle Leid unerfüllter Begierden stürzten.

Getröstet von der Güte und der Kameradschaft, die sie in diesem Moment in den Augen des anderen lesen konnten, dachte jeder von ihnen bei sich, dass man sich zumindest unter buddhistischen Mönchen verstand.

Und in Anbetracht dessen, was sie erwartete, war eine solche Kameradschaft ein besonderes Glück!

18

Palast von General Zhang, Chang'an, China. 5. April 656

Die beiden Männer, die sich in eleganten Ebenholzsesseln gegenübersaßen, trugen die Insignien ihres hohen Ranges: der eine ein langes, gekrümmtes Schwert mit Jadegriff zum Zeichen, dass es sich bei ihm um einen General des Kaiserreichs handelte, dem höchsten Rang in der Armee, und der andere einen kürzeren Säbel, dessen bronzene Parierstange mit einem Smaragd besetzt war, als Symbol seiner Präfektenwürde.

»Stellt Euch bloß vor, General, diese Wu Zhao lag fast vollständig nackt auf ihrem Bett, als mich Stummer Krieger, der wie immer diese nervtötende Grille bei sich hatte, in ihr Gemach führte!«, dröhnte Präfekt Li, dessen rechte Hand nervös mit dem Griff seines Säbels herumspielte.

»Dieses liederliche Weibsbild kennt aber auch wirklich keine Scham! Sie hat es gewagt, einen hohen Regierungsbeamten wie Euch in einfachstem Aufzug zu empfangen?«, rief der alte General Zhang, der an einer gerösteten Mandel herumknabberte, empört.

Ein Hauch von Lüsternheit blitzte in den Augen des Großzensors auf.

»Na ja, so gut wie! Diese Teufelin weiß ihre Reize verdammt gut einzusetzen! Wenn ich zwanzig Jahre jünger gewesen wäre …«, begann er.

»… dann wärt Ihr ihren Waffen erlegen! Sagt es ruhig! Gesteht, dass ihr Busen Euch gefallen hat!«, versetzte der General halb im Scherz, halb im Ernst.

General Zhang, einst ruhmreicher Kommandant siegreicher Feldzüge, war vom großen Kaiser Taizong zum Ersten Minister ernannt worden. Dieses Amt hatte er lange Jahre ausgeübt, bis Gaozong ihn entlassen hatte.

Wütend über die Verstoßung von Kaiserin Wang, hatte sich der alte Offizier an die Spitze einer Gruppe von erbitterten Gegnern der neuen Kaiserin gestellt, geschützt durch das enorme Ansehen, das er wegen seiner früheren Heldentaten im Kaiserreich genoss.

»Nun ja, die Brustwarzen der Kaiserin schimmerten in der Tat rosig wie Perlmutt! Diese Frau ist sicher ebenso grausam wie schön! Ihr Seidengewand war bis obenhin geschlitzt, und als sie sich mir gegenübersetzte und ganz bewusst die Beine übereinanderschlug, sorgte sie dafür, dass ich einen flüchtigen Blick auf den tiefsten Grund ihres Rosentals erhaschen konnte. Es sah aus wie die von allem Gras befreite Kiesallee im inneren Garten eines buddhistischen Tempels!«, präzisierte Präfekt Li aufgekratzt, bei dem dieser Anblick trotz des Hasses, den er Wu Zhao entgegenbrachte, einen unauslöschlichen Eindruck hinterlassen hatte.

»Was mich betrifft, so ist mir dieses Glück nie vergönnt gewesen. Aber die Kaiserin verabscheut mich ja auch ebenso sehr, wie ich sie verachte. Sie misstraut mir! In der Stadt heißt es, Kaiser Gaozong fände ihre Brüste süß wie Himbeeren! Und in ihr Rosental vergräbt er seine Zunge sicherlich mindestens genauso gerne! Hinter vorgehaltener Hand wird auch behauptet, dass diese verheerende Frau eine wahre Meisterin darin sei, an seinem Jadestab zu saugen und ihn in ihren zweiten Hof eindringen zu lassen! Was für eine entwürdigende Art! Und die Eunuchen spotten sogar, dass Gaozong davon gar nicht genug bekommen könne! Aber es besteht kein Zweifel daran, dass dieser arme Kaiser ihr auf Gedeih und

Verderb ausgeliefert ist. Mit einer so stürmischen Gemahlin wird der arme Junge sicher nicht weit kommen! Was für ein Dummkopf! Bald wird diese Frau noch anstelle des Kaisers das Reich regieren! Falls der Große Taizong das sieht, dort, wo er jetzt ist, dann platzt er gewiss vor Zorn! Sein herrliches Erbe wird bald verschleudert sein!«, knurrte der frühere Erste Minister des größten Kaisers der Tang-Dynastie. Dieser hatte seiner Herrschaft einen solchen Glanz verliehen, der dem des ersten Kaisers Qin Shihuangdi gleichkam, der acht Jahrhunderte zuvor regiert hatte.

»Man muss zugeben, dass die Kaiserin über einen herrlichen Körper verfügt! Die Waffe, mit der sie ihren Gemahl in Schach hält, ist ausgesprochen gefährlich«, flüsterte Präfekt Li, den die drastische Beschreibung der Freuden, die Wu Zhao ihrem Gemahl zuteilwerden ließ, allmählich zu erregen begann.

»Wir sind hier, um darüber zu reden, was sie Euch gesagt hat, nicht über die Reize zwischen ihren Schenkeln!«, fiel ihm der alte General ins Wort.

»Einverstanden, General Zhang. Ich muss sagen, dass unsere Unterhaltung sehr schnell eine merkwürdige Wendung nahm. Die ganze Zeit über hat sie mich nur nach diesem Seidenschmuggel ausgefragt, als sei das das Einzige, was sie überhaupt interessierte. Sie hat versucht, mir alles aus der Nase zu ziehen. Sie wollte wissen, was ich darüber in Erfahrung gebracht hatte, aber nicht ein einziges Mal hat sie den Namen des Seidenministers erwähnt.«

»Sie hat Euch doch auch sicher gefragt, ob das Amt für Gerüchte des Zensorats von irgendwelchen ungewöhnlichen Vorgängen in dieser Sache Wind bekommen hat?«

»In der Tat. Auf diese Frage reagierte ich so verblüfft wie möglich! Auch auf die Gefahr hin, wie ein Trottel dazustehen. Aber ich konnte ihr doch nicht erzählen, was wir schon seit Monaten wissen. Erst recht nicht, was ich vor kurzem gemeinsam mit meinen vertrauenswürdigsten Männern unternommen habe, um die Urheber dieses Schmuggels zu entlarven, von dem in der ganzen Stadt die Rede ist! Ihr hättet sehen sollen, wie entzückt Wu Zhao war, als sie feststellte, dass sie mich mit dieser Frage überrumpelt zu haben schien. Es war sehr aufschlussreich!«

»Ich sage es Euch noch einmal, diese Frau befürchtet, dass das Zensorat seine Nase zu tief in diese Angelegenheit stecken und womöglich herausfinden könnte, wer dafür verantwortlich ist! Das sagt doch alles! Ich will meine Hand abschlagen lassen, wenn Kaiserin Wu Zhao nicht mit diesen Seidenschmugglern unter einer Decke steckt!«, versetzte der alte General triumphierend.

Endlich glaubte er etwas in der Hand zu haben, um die Thronräuberin zur Strecke zu bringen.

»So weit würde ich im Gegensatz zu Euch heute noch nicht gehen, General. Aber ich bin davon überzeugt, dass ihr dieser Schmuggel ganz und gar nicht missfällt. Warum das so ist, weiß ich noch nicht. Aber dank der Ermittlungsmöglichkeiten, über die das Zensorat verfügt, werde ich mir darüber bald Gewissheit verschaffen können«, entgegnete Präfekt Li zurückhaltend.

Als noch aktiver Beamter verfügte er weder über die Aura des ehemaligen Ersten Ministers, noch konnte er es sich erlauben, seine Ansichten öffentlich so frei zu äußern wie dieser. Aber da er auf die Fortführung seiner glänzenden administrativen Laufbahn bedacht war, wollte er vor allem nicht bei seinem Gegenüber den Eindruck erwecken, er könne in der Ausübung seines Amtes als Großzensor voreingenommen sein.

»Verfolgt das Zensorat eine bestimmte Spur?«

Eine leise Verlegenheit zeigte sich auf dem Gesicht des Präfekten.

»Wegen einer Denunziation, mit der sich jemand von seiner eigenen Strafe freigekauft hat, lasse ich seit ein paar Wochen heimlich einige Männer beobachten, die einen dünnen roten Seidenfaden am Handgelenk tragen. Überall, wo sie auftauchen, scheint illegale Seide geliefert zu werden.«

»Dann sind es also diese Männer, die den gesetzwidrigen Handel betreiben?«

»Das können wir noch nicht mit Gewissheit sagen. Einige meiner Männer halten sie für das eigentliche Vertriebsnetz, andere glauben, dass sie es nur überwachen.«

»Das hört sich ja alles recht kompliziert an«, grummelte der alte General zweifelnd.

»In der Tat. Die Untersuchung ist ziemlich knifflig, da die Mitglieder dieses Schmugglerrings, wenn es denn einer sein sollte, ausgesprochen misstrauisch sind.«

»Weiß der Seidenminister von diesen illegalen Geschäften?«

»Ja. Er ist persönlich gleich nach seiner Unterredung mit Gaozong, bei der natürlich auch wieder diese unvermeidliche Wu Zhao zugegen war, zu mir gekommen, um mir davon zu erzählen. Er war verängstigt wie ein kleines Kind, aber er hatte keine andere Wahl, als dem Herrscher von der Existenz dieses Schwarzmarkthandels zu berichten. Er hätte seinen Kopf riskiert, wenn er ihm diese Angelegenheit verschwieg. Vor allem hat sie inzwischen ein solches Ausmaß angenommen, dass der Herrscher ohnehin früher oder später davon erfahren hätte.«

»Ja, in der Hauptstadt ist schon seit Jahren davon die Rede!«

»Es ist auch immer schon mit illegal hergestellter Seide gehandelt worden. Jedoch nie in diesem Umfang!«

»Gaozong erfährt aber auch immer als Letzter von den Verbrechen, die direkt vor seiner Nase verübt werden! Und dieser Schwachkopf Tugend des Äußeren, dem nichts Klügeres eingefallen ist, als gleich an höchster Stelle über seine

Missgeschicke zu berichten, wäre gut beraten, seinen Zuständigkeitsbereich besser im Griff zu behalten! Dieser Mann ist wirklich der unfähigste Seidenminister, den wir seit Beginn der Tang-Dynastie hatten!«, schäumte der alte Offizier.

»Und unvorsichtig obendrein, General! Mit Sicherheit hat Wu Zhao Tugend des Äußeren verfolgen lassen, als er auf direktem Weg zu mir stürmte! Wie sonst ließe sich erklären, dass ich gleich am nächsten Tag zur Kaiserin beordert wurde, obwohl ich noch nie etwas mit ihr zu tun hatte!«

»Diese Frau spioniert auf eigene Rechnung, das ist gewiss! Bei ihr überrascht mich gar nichts mehr.«

»Wahrscheinlich habt Ihr recht, General. Leider.«

»Sollte das Zensorat in diesem Fall nicht lieber rasch zuschlagen und Euren ›Ring des roten Fadens‹ ausheben? Der große Taizong pflegte zu sagen, dass der Erfolg eines Angriffs immer auf dem Überraschungsmoment beruht.«

»Gleich nachdem ich das Gemach der Kaiserin verlassen hatte, habe ich meine beiden besten Einheiten angewiesen, Nachforschungen im Seidenhändlerviertel anzustellen und jeden einzelnen Laden gründlich zu durchsuchen«, flüsterte Präfekt Li. Mit einem energischen Wedeln verscheuchte er eine fette Fliege, die um sein Gesicht herumschwirrte, ehe er in den großen kupfernen Napf ausspuckte, den ein Diener zwischen die beiden Männer gestellt hatte.

In der Zwischenzeit hatte ein weiterer Diener auf einem Tablett aus lackiertem Holz eine kleine Celadonschale mit in Ingwer kandierten Apfelsinenschalen hereingebracht.

Der alte General, selbst naschhaft wie eine Katze, bot seinem Gast davon an, der bereitwillig von den köstlichen Süßigkeiten probierte.

»Bedient Euch, mein lieber Großzensor, das macht die Kehle geschmeidig!«

»Meinen ergebensten Dank, General Zhang! Damit trefft Ihr meinen schwachen Punkt!«, murmelte Präfekt Li respektvoll.

»Und was habt Ihr Interessantes im Seidenhändlerviertel entdeckt?«

»Eine Leiche!«, erklärte Präfekt Li, der eine riesige kandierte Apfelsinenschale heruntergeschluckt hatte, mit von Zucker triefendem Mund.

»Ach, jetzt schon?«, entgegnete der General in seinem üblichen trockenen Humor ironisch.

»Es handelt sich um einen gewissen Leuchtendes Rot, den Besitzer eines kleinen Ladens mit dem Namen ›Zum Seidenfalter‹. Meine Männer haben seinen Leichnam mit aufgeschlitztem Bauch hinter der Tür seines Ladens gefunden!«

»Worin besteht die Verbindung zwischen der Leiche dieses Mannes und dem Handel mit illegaler Seide?«

»Fast die Hälfte der Ware in seinem Laden trug kein offizielles Siegel. Dieser kleine Händler hat im großen Stil betrogen! Stellt Euch vor, General, in seinem Laden gab es sogar zinnoberroten und gelben Moiré.«

»Zinnoberroten und gelben Moiré! Das ist ja kaum zu glauben. Seit drei Monaten fordern meine Töchter solche Stoffe von mir für ihre Kleider, aber es war mir nicht möglich, auch nur das kleinste Stück davon auf dem offiziellen Markt aufzutreiben!«

»Ihr sagt es, General! Wie schon das Sprichwort sagt: Die kleinen, unscheinbaren Orangen sind oft sehr viel saftiger als die dicken!«

»Ein Mord, bei dem jemandem der Bauch aufgeschlitzt wurde, das hört man selten!«, bemerkte der alte General eher gleichgültig, nachdem er einem Diener ein Zeichen gegeben hatte, ihnen noch eine Portion kandierter Orangenschalen zu bringen.

»Der nackte Leichnam von Leuchtendes Rot lag in einem Meer von Blut. Der Täter ist unvorstellbar grausam zu Werke gegangen, wahrscheinlich mit einem Säbel. Meine Männer haben mir versichert, dass sich seine Gedärme über den Boden des Ladens ausgebreitet haben wie die Füße jener Räuchergefäße, denen die Bronzegießer die Form von ineinander verschlungenen Drachenleibern geben«, präzisierte der Präfekt, ehe er erneut in den Napf ausspuckte.

»Was für eine schreckliche Tat!«, entgegnete der alte General Zhang, der mit einem Mal nachdenklich geworden war.

»Meine Männer können es immer noch nicht fassen.«

»Und was hat die Befragung der Nachbarn ergeben? Ich gehe doch davon aus, dass Eure Männer sie verhört haben!«

»Wir haben nur eine Information, aber diese ist, da werdet Ihr mir zustimmen, General, nicht uninteressant: Nach übereinstimmenden Zeugenaussagen erhielt dieser Leuchtendes Rot kurz vor dem Mord Besuch von dem Riesen Stummer Krieger, der ihn, nachdem er seinen Laden von oben bis unten durchsucht hatte, in einen Palankin steigen und mit unbekanntem Ziel fortbringen ließ.«

»Und Ihr glaubt, dass er von diesem dahergelaufenen Weibsbild persönlich empfangen wurde?«

Der ehemalige Erste Minister, der bei den Worten des Präfekten wie eine Armbrustfeder aus seinem Sessel geschnellt war, freute sich wie ein Kind, dem man endlich das lang ersehnte Spielzeug schenkte.

»Das kann ich nicht mit Gewissheit sagen. Ihr wisst ja, dass die Befugnisse des Zensorats an den Toren des kaiserlichen Palasts enden, auch wenn unsere Arbeitsräume im ersten Stock des westlichen Zugangs untergebracht sind!«, murrte Präfekt Li.

»Ja, leider! Es ist eine wahre Schande!«, wetterte der alte Mann.

»Trotzdem gebe ich die Hoffnung nicht auf, es doch noch herauszufinden. Ich warte nur darauf, dass wir in der Stadt oder wo auch immer einen Palastdiener erwischen, der in eine Schlägerei verwickelt ist oder die Ausgangssperre bricht. Dessen Zunge wird sich schon lösen, wenn ich ihm erkläre, dass ich bereit bin, noch einmal ein Auge zuzudrücken, wenn er in dieser Angelegenheit aussagt. Es ist kaum zu fassen, welch ergiebige Informationsquelle diese Denunziationen darstellen, mit denen sich solche kleinen Gauner von ihrer Strafe freikaufen wollen! Natürlich nur unter der Bedingung, dass man nicht zu oft davon Gebrauch macht«, murmelte Präfekt Li, der ebenfalls aufgestanden und näher an den alten General herangetreten war, verschwörerisch.

»Diese Angelegenheit könnte freilich noch heikel werden. Wenn sich herausstellen sollte, dass Wu Zhao nicht nur in den Seidenschmuggel verwickelt ist, sondern auch noch dieses abscheuliche Verbrechen in Auftrag gegeben hat, wäre das eine sehr ernste Sache. Wer solche Geheimnisse aufdeckt, müsste wohl um sein Leben fürchten!«, flüsterte dieser dem Großzensor zu, ehe er nervös in seinem Arbeitszimmer auf und ab zu marschieren begann.

»Glaubt Ihr wirklich?«, fragte Präfekt Li, dessen Gesicht plötzlich aschfahl geworden war.

»Ein solches Geschenk des Himmels erhält man nicht ungestraft, mein Lieber! Denn in den Augen aller, die es kaum erwarten können, dass dieses beklagenswerte Schauspiel ein Ende hat, wäre das ein unheilvolles Zeichen für Gaozongs himmlisches Mandat. Dann wäre der Kaiser so lange in Gefahr, wie er sich nicht diese Frau vom Hals schafft! Aber Wu Zhao ist mit allen Wassern gewaschen. Die Thronräuberin wird sicher alles in ihrer Macht Stehende tun, um eine solche Entwicklung abzuwenden!«, bemerkte er schließlich, ehe er sich wieder hinsetzte.

»Was soll ich unter diesen Umständen tun, General?«

»Führt Eure Nachforschungen weiter und seid auf der Hut. Ihr müsst doppelte Vorsicht walten lassen, aber dennoch bis ans Ziel gehen!«, erklärte der ehemalige Erste Minister und fügte hinzu: »Vor dem Großzensor, der das Kaiserreich endgültig von diesem dahergelaufenen Weibsbild befreit, lägen nur noch wenige Stufen hin zu einem hohen Ministeramt, vielleicht sogar dem allerhöchsten.«

»Ihr versteht also, warum ich diese Untersuchung nicht einstellen werde, General«, entgegnete Präfekt Li, den die letzten Worte wieder aufgeheitert hatten.

»Haltet mich täglich über ihren Fortgang Eurer Untersuchung auf dem Laufenden, wenn es Euch nichts ausmacht, und vergesst nicht, dass Euch die Zukunft gehört!«, schärfte der alte General dem Großzensor ein, als dieser Anstalten machte, sich zu verabschieden.

Davon überzeugt, dass die Stunde der Rache nahte, sah der alte Mann glückstrunken bereits Gaozongs entgeisterte Miene vor sich, wenn er ihm mitteilen würde, dass seine Gemahlin womöglich wegen der Beteiligung an einem Verbrechen gegen das Kaiserreich angeklagt werden würde.

Das wäre das Ende dieser unerträglichen Thronräuberin, die die Mitglieder der »edlen Familien«, als deren unermüdlicher Wortführer General Zhang trotz seines hohen Alters immer noch fungierte, niemals akzeptiert hatten.

Diese Angelegenheit war so ernst, dass sie sogar das Mandat erschüttern konnte, welches der Himmel seinem Sohn erteilt hatte, denn »Sohn des Himmels« lautete seit Tausenden von Jahren der Titel des Kaisers von China.

Als wahrer Konfuzianer pflegte General Zhang zu erklären, dass der Himmel, der einem Herrscher sein Mandat verlieh, genauso gut eines Tages beschließen konnte, es diesem wieder zu entziehen, wenn sich der Kaiser seines Amtes nicht würdig erwies.

»Habt Ihr daran gedacht, diesen Laden, den Seidenfalter, überwachen zu lassen, falls die Mörder von Leuchtendes Rot an den Ort ihres Verbrechens zurückkehren sollten?«, rief er dem Großzensor nach, als dieser gerade durch die Tür des Arbeitszimmers hinausging.

»Ich habe zwei als fliegende Händler verkleidete Männer

direkt vor dem Eingang postieren lassen!«, antwortete Präfekt Li, ehe er sich endgültig verabschiedete.

Um vom Haus des ehemaligen Ersten Ministers Zhang zu den Büros des Zensorats im kaiserlichen Palast zu gelangen, musste man einen vornehmen, in Chang'an bereits als das Viertel der Himmlischen Reinheit bekannten Stadtteil durchqueren. Dort lagen die Häuser der reichen Adligen umgeben von Gärten, in denen seltene Bäume wuchsen.

Von seinem geschlossenen Palankin aus würdigte Präfekt Li die opulenten Paläste nicht eines Blicks. Hinter diesen Gartenmauern, über denen hier und da üppiges Laubwerk aufblitzte, hatten sich die Aristokraten und hohen Beamten der Hauptstadt der Tang niedergelassen.

Er war in Gedanken immer noch bei seiner Unterhaltung mit dem alten, verbitterten Offizier.

Kaum hatte er das Arbeitszimmer von General Zhang verlassen, schwankte er bereits zwischen Zufriedenheit und Sorge.

Ein einflussreicher Minister des Kaiserreichs zu werden war natürlich der Traum eines jeden hohen Beamten. Und der ehemalige Erste Minister hatte eine seiner empfindsamen Saiten zum Klingen gebracht, indem er ihm zu verstehen gab, dass dieser Traum nicht unerreichbar war.

Aber war der Einsatz nicht zu hoch, wenn er ihn gleichzeitig aufforderte, Wu Zhao persönlich anzugreifen?

War es überhaupt vernünftig, sich dem Kampf des alten Erbadels anzuschließen, dessen Privilegien unter dem Druck der hohen Beamten seit langem Stück für Stück zurückgedrängt wurden? Letztere wurden durch Zulassungsprüfungen ausgewählt und bildeten inzwischen eine sehr viel mächtigere Kaste im Kaiserreich.

War General Zhang nicht durch seinen Hass geblendet, wenn er in Wu Zhao nur eine gewöhnliche, skrupellose Thronräuberin sah? In den Augen der kleinen Leute, vor allem der immer zahlreicheren Anhänger des Buddhismus, galt das junge Mädchen aus bescheidenen Verhältnissen, die ehemalige Nonne, die durch die Gnade des Kaisers aus dem Kloster Ganye befreit worden war, als Vorbild. Sie war eine Art Lichtgestalt, der Respekt gebührte.

In seinem Büro hatte der Großzensor nicht die Muße, noch länger das Für und Wider abzuwägen, denn vor seiner Tür erwartete ihn mit verzweifelter Miene der Hauptmann der Sondereinheit, neben ihm drei betreten dreinblickende Männer.

»Was ist los?«, rief Präfekt Li ihnen entgegen. »Ihr seht ja aus, als wäre euch der Himmel auf den Kopf gefallen!«

»Verehrter Präfekt, wir haben die Spur des Mädchens und des jungen Mannes verloren, die der ermordete Seidenhändler im ersten Stock über seinem Laden wohnen ließ!«, stöhnte der Hauptmann.

»Aber ich hatte doch ausdrücklich den Befehl erteilt, vor dem Seidenfalter ununterbrochen eine Wache zu postieren!«, brüllte der Kaiserliche Großzensor wutentbrannt los.

»Das war ja auch der Fall, Präfekt Li! Aber die beiden Turteltäubchen sind ausgeflogen, ohne dass wir etwas dagegen tun konnten. Seit gestern Abend sind sie nicht mehr im Laden des ermordeten Kaufmanns aufgetaucht! Der Drache soll mich verschlingen, wenn das mein Fehler war!«

»Ihr seid unfähige Schwachköpfe! Verglichen mit eurem Spürsinn ist ein Senfkorn das endlose Reich der göttlichen Herrin der Azurblauen Wolken*! Der Drache soll euch alle verschlingen! Ich setze acht Männer meiner beiden besten Sondereinheiten auf diesen Mordfall an, und sie sind nicht einmal in der Lage, zwei wichtige Verdächtige zu überwachen! Wenn dieses Paar nicht wieder aufgetaucht ist, dann doch offensichtlich deshalb, weil die beiden in den Seiden-

* Eine daoistische Gottheit

schmuggel verwickelt sind. Und vor allem ist es ein Zeichen dafür, dass sie gewarnt wurden!«, donnerte der Leiter des Zensorats. Aufgebracht lief er mit großen Schritten in seinem riesigen Büro auf und ab. Die Männer hielten vor Scham den Blick gesenkt.

»Das ist sicher, verehrter Herr Präfekt! Sie müssen von jemandem gewarnt worden sein, der sie schützen wollte!«, brachte der Hauptmann, der den Kopf noch ein wenig tiefer hängen ließ als die drei anderen, zögernd vor.

»Und um genau das zu verhindern, bist du, zumindest bis heute, jeden Monat bezahlt worden! Kannst du mir verraten, wozu du überhaupt zu gebrauchen bist?«, beschimpfte der Präfekt den gedankenlosen Hauptmann, dem nicht klar war, dass er seine Lage mit diesen Worten nur noch verschlimmerte.

Der athletisch gebaute Mann zitterte wie Espenlaub, wenn er an die Strafe dachte, die ihn erwartete.

Präfekt Li war bekannt für seine Härte und Grausamkeit, zwei Eigenschaften, die im Übrigen zu seiner Ernennung zum Großzensor geführt hatten.

Hinter vorgehaltener Hand wurde in wohlinformierten Kreisen von Chang'an häufiger behauptet, »dieser Li«, wie man ihn nannte, sei »die Augen und Ohren« von Kaiser Gaozong.

Denn in der Tat funktionierte das Zensorat wie eine regelrechte Geheimpolizei in Diensten des Kaisers.

Seine Durchschlagskraft beruhte auf der Loyalität seiner Agenten, die dank ihrer Nachforschungen zahlreiche Regierungsgeheimnisse kannten und Ereignissen beiwohnten, von denen sie niemals ein Sterbenswörtchen verraten durften.

Und der gefürchtete Präfekt Li hatte sich darauf verlegt, diese Schattenarmee mit Hilfe von Angst und Schrecken zu leiten.

Daher fürchteten seine Untergebenen nichts mehr als die

Strafen, mit denen er diejenigen belegte, die bei einem Pflichtversäumnis erwischt wurden. Das Abschlagen eines Fußes war dabei noch das Harmloseste. Natürlich wurde man sofort aus dieser Elitebehörde entlassen. Dann blieb dem Betreffenden nichts anderes übrig, als zu hoffen, dass im kaiserlichen Palast ein Posten als Pförtner oder Torwächter frei wurde. Denn um sicherzustellen, dass die kaiserlichen Pförtner und Torwächter niemals ihren Platz verließen, rekrutierte man diese ausschließlich aus den Reihen der Soldaten, die ohne Beine oder einbeinig aus dem Krieg zurückkehrten. Auch Verurteilte, denen einer oder beide Füße abgeschlagen worden waren, kamen für diese Posten in Frage.

»Was wissen wir überhaupt über diese verschwundenen jungen Leute?«, donnerte der Leiter des Zensorats, der vor lauter Wut seinen gekrümmten Säbel mitten auf seinen Schreibtisch geschleudert hatte, wo er auf der makellosen Oberfläche eine hässliche Kerbe hinterlassen hatte.

»Über den Jungen wissen wir nichts Genaues. Er wohnte noch nicht lange dort. Bis zu jenem Zeitpunkt waren wir nicht einmal über seine Anwesenheit informiert worden. Der für diesen Häuserblock zuständige Aufseher war noch nicht dazu gekommen, ihn zu kontrollieren und seine Identität zu überprüfen.«

»Und das Mädchen? Wer ist das Mädchen?«, brüllte der Präfekt.

»Sie heißt Jademond und arbeitet in der Manufaktur vom Tempel des Unendlichen Fadens. Das behauptet zumindest der Aufseher. Ich schwöre, dass ich im Moment nicht mehr darüber weiß«, stammelte der Hauptmann der Sondereinheit.

»Worauf wartet ihr denn noch, um ein paar Leute in die Seidenmanufaktur zu schicken? Bis eure Fingernägel länger sind als die Krallen eines Tigers?«, polterte der Leiter des Zensorats.

»Ich habe gleich heute Morgen drei Männer in die kaiserliche Manufaktur entsandt, um die Betreffende zu verhören, Herr Präfekt!«

»Und wann bekomme ich die Ergebnisse?«

»Sobald sie zurück sind, werde ich unverzüglich herkommen und Euch Bericht erstatten, Herr Präfekt! Es sei denn, Ihr wünscht einen schriftlichen Bericht, dann würde es etwa einen halben Tag länger dauern!«

Tatsächlich mussten alle Berichte über als heikel eingestufte Angelegenheiten, die die Leiter der verschiedenen Einheiten Präfekt Li übermittelten, in schriftlicher Form erfolgen. Auf diese Weise trug jeder die volle Verantwortung für alles, was er vorbrachte. Wehe denjenigen, die sich irrten und die Ermittlungen der gefürchteten Behörde in eine fruchtlose Richtung lenkten, was diese der Lächerlichkeit preisgegeben hätte: Sie traf die erbarmungslose Strafe des Großzensors!

»Deine schriftlichen Berichte kümmern mich einen Dreck! Ich will sofort informiert werden, wenn du diese Jademond zu fassen bekommen hast!«

Die Atempause, auf die der Hauptmann der Sondereinheit gehofft hatte, als er nach dieser ausgesprochen unerfreulichen Unterredung das Büro des Präfekten verließ, war nur von kurzer Dauer.

Kaum war er draußen drei Schritte weit gekommen, als er seinen Vorgesetzten hinter sich herrufen hörte.

»Ich habe beschlossen, dich zu begleiten. Wir gehen jetzt zu deinen Männern in den Tempel des Unendlichen Fadens. Auf diese Weise sind wir gleich selbst zur Stelle, um diese junge Arbeiterin zu verhören!«, rief der Präfekt.

Der Hauptmann hatte das Gefühl, ihm würde der Boden unter den Füßen weggezogen, und um ein Haar wäre ihm schwarz vor Augen geworden.

Niemals führte der Kaiserliche Großzensor, einer der höchsten Beamten des ganzen Kaiserreichs, vor Ort persönlich Ermittlungen durch, schon gar nicht in einer Seidenmanufaktur!

Was verbarg sich hinter dieser Entscheidung, wenn nicht ein grenzenloses Misstrauen ihm selbst und seinen Männern gegenüber?

Er ahnte, dass diese Seidenschmuggelaffäre allmählich die Dimensionen eines Skandals annahm, der das ganze Reich zu erschüttern und zahlreiche Opfer auch in den unteren Diensträngen zu fordern drohte. Und so sah er sich bereits aus den Sondereinheiten verbannt und seine Laufbahn bestenfalls auf einem untergeordneten Posten des Zensorats beschließen. Schlimmstenfalls außerhalb davon, nachdem er wegen Unfähigkeit entlassen worden war. Was für eine Schande!

Die Männer der Sondereinheiten, die im Speisesaal vor einem Kessel dampfender Suppe saßen und friedlich Dame spielten, trauten ihren Augen nicht, als ihr Hauptmann in Begleitung von Präfekt Li hereinstürmte.

Beim Anblick des Präfekten verstummten die Männer mit einem Schlag, räumten ihre Spielsteine fort und senkten ihre Nase über ihre Suppenschale.

»Ihr drei da, legt eure Armbinde an! Wir gehen mit Präfekt Li zu euren Kameraden in den Tempel des Unendlichen Fadens!«, befahl ihr Hauptmann, der kaum das Zittern in seiner Stimme verbergen konnte.

Die drei Angesprochenen holten das weiße Stoffband aus den Umkleideräumen, auf das die Schriftzeichen »Groß« und »Amt« kalligraphiert waren, die ihre Behörde bezeichneten.

Diese Armbinde versetzte alle, die sie sahen, in Angst und Schrecken.

Sie diente als Passierschein, mit dem die Agenten dieser Geheimpolizei nicht nur alle Kontrollposten und Schranken umgehen konnten, sondern der es ihnen vor allem ersparte, sich wie alle einfachen Bürger in Schlangen anzustellen. Üblicherweise ließ eine kleinliche und unablässig nach Steuern dürstende Verwaltung sie stundenlang warten, um ihnen unter zahlreichen Vorwänden eine Gebühr aus der Tasche zu ziehen.

Ansonsten genügte es, dieses Unheil verkündende weiße Band zu tragen, damit die Massen, die Tag und Nacht die Straßen von Chang'an bevölkerten, voller Angst zur Seite wichen.

An diesem Tag bildete der Palankin des Präfekten Li, erkennbar an den gleichen Schriftzeichen, »Groß« und »Amt«, die vergoldet auf den schwarz lackierten Türen prangten, in der dichten Menge einen noch wirkungsvolleren Wellenbrecher als die Armbinden der Agenten, die ihn in schnellem Schritt eskortierten.

Bei seinem Anblick leerte sich die Straße mit einem Schlag, da alle so schnell und still wie möglich in die schmalen Seitensträßchen auswichen, um nur ja nicht aufzufallen.

Sie brauchten kaum eine Stunde, wo eine normale Sänfte dreimal länger unterwegs gewesen wäre. Durch verlassene Straßen erreichten sie in kürzester Zeit die riesige kaiserliche Seidenmanufaktur, obwohl sie in den nördlichen Vierteln der Stadt lag, was bedeutete, dass man vom kaiserlichen Palast aus ganz Chang'an durchqueren musste.

Präfekt Li sprang aus seinem Palankin und fegte rücksichtslos den diensthabenden Inspektor und die Kontrolleure zur Seite, die die Identität der Arbeiter und die Plaketten auf den Waren prüften.

»Präfekt Li vom Zensorat!«, knurrte er, nachdem er sich vor dem Inspektor aufgepflanzt hatte.

»Und ich bin Meister Konfuzius!«, erwiderte der Mann, der ihm offensichtlich kein Wort glaubte.

Der Inspektor verschlimmerte seine Lage sogar noch mit seinem vergeblichen Versuch, dem Eindringling mit der in seinen Augen vollkommen unglaubwürdigen Identität mit

Gewalt den Weg zu versperren. Als hätte der gefürchtete Präfekt Li nichts Besseres zu tun, als seine Zeit mit Besuchen in Seidenmanufakturen zu verschwenden!

»Du unverschämter Wicht! Das wird dich teuer zu stehen kommen!«, rief Präfekt Li und bedeutete seinen Männern mit einem Blick, den armen Inspektor zum Schweigen zu bringen.

Kurz darauf lag der Unglückliche, unter Schlägen zusammengebrochen, auf den Stufen der Treppe, die zum großen Eingangstor hinaufführte. Der Direktor der Manufaktur rang bestürzt die Hände und entschuldigte sich unaufhörlich, während die vor Angst zitternden Kontrolleure respektvoll zurückwichen, um die Männer mit ihrer unheilvollen Armbinde hineinzulassen.

Vor ihren Augen erstreckten sich nun die Straßen der weitläufigsten aller kaiserlichen Seidenmanufakturen, die in allen chinesischen Provinzen für die Qualität und die Menge ihrer Produktion berühmt war.

Als wahres Heiligtum der Fertigung von Moirés, Faillen, Brokaten und Seidensatins, die sich so zart anfühlten, dass sie denjenigen, die sich in diese Stoffe hüllten, Gänsehaut bescherten, trug der Tempel des Unendlichen Fadens seinen Namen zu Recht.

In den schmalen Gassen, die die einzelnen Werkstätten voneinander trennten, hatten die bronzenen Räder der von Färbern, Webern und Zwirnern geschobenen Karren tiefe, vollkommen parallele Rinnen gegraben. Sie verstärkten das Gefühl endloser Weiten noch, das den Besucher angesichts dieser bizarren Riesenstadt überkam, die ganz und gar der Herstellung jener Ware geweiht war, um die man sich von Europa bis Japan riss.

Die Straßen des Tempels waren in diesem Bereich von gewaltigen Becken gesäumt. Hier wurden die Kokons abgewickelt und überall stiegen Dampfschwaden aus dem kochenden

Wasser auf, in das die Arbeiterinnen die Kokons tauchten. So wurde verhindert, dass sich die Insekten daraus befreiten, was den Faden unrettbar beschädigt hätte.

Ein Stück weiter wurde die Seide gefärbt. Durch tiefliegende Fenster konnte man die rötlichen Flammen der Öfen erkennen, vor denen der Stoff, kaum dass er aus seinem Becken geholt worden war, entsprechend der gewünschten Farbintensität getrocknet wurde.

Der ohrenbetäubende Lärm in den Werkstätten, die emsigen Arbeiter, das ständige Be- und Entladen der Karren, diese ganze Fiebrigkeit und das Getöse ließen Besucher, die wie Präfekt Li den Tempel des Unendlichen Fadens zum ersten Mal betraten, schwindeln.

»Weißt du, in welcher Werkstatt diese Jademond arbeitet?«, fragte Präfekt Li, der es kaum erwarten konnte, der jungen Frau habhaft zu werden, den Hauptmann seiner Sondereinheit.

»Leider nein. Ich werde mich beim Vorarbeiter erkundigen«, antwortete der Mann.

Er hatte einen Kerl entdeckt, der sich wie ein niedriger Dienstgrad in der Armee bemühte, einen kleinen Trupp Arbeiter und Arbeiterinnen im Gleichschritt marschieren zu lassen.

»Hast du Männer hier vorbeikommen sehen, die die gleiche Armbinde trugen wie ich?«

»Sie sind in Richtung des zweiten Blocks gegangen, wo die Seide gefärbt wird.«

»Arbeitet dort nicht eine gewisse Jademond?«, rief daraufhin Präfekt Li, just als die drei Männer, die der Hauptmann an diesem Morgen losgeschickt hatte, näher kamen. Sie waren in eine lebhafte Unterhaltung mit einer hübschen Arbeiterin vertieft.

»Sag deinen Leuten, sie sollen mit ihrem albernen Geschäker aufhören«, befahl der wütende Großzensor ihrem Hauptmann, der auf sie zustürzte, um sie zu fragen, ob sie die junge Chinesin gefunden hatten.

»Geehrter Großzensor, meine Männer haben mir bestätigt, dass sich Jademond an ihrem Arbeitsplatz befindet!«, flüsterte der Hauptmann erleichtert.

»Sie sollen uns hinführen, und zwar schnell!«

Als Präfekt Li an der Spitze seiner Männer entschlossen in die Färberhalle platzte, wich er unwillkürlich vor den dichten, beißenden, den Atem raubenden Dampfschwaden zurück. In den Becken brodelte eine seltsame Suppe aus Pflanzen, Weichtieren und Mineralien, deren Geheimnis allein die Färbermeister kannten, seit der Gelbe Kaiser mythischer Zeiten dieses in seiner unermesslichen Güte vor Jahrtausenden den Menschen geschenkt hatte.

Am anderen Ende der Werkstatt säuberte der Aufseher hingebungsvoll seine Nägel. Er saß an einem kleinen Tisch, auf dem nicht ein einziges Schriftstück lag, wohl aber seine Pfeife, das unerlässliche Instrument, um seiner Langeweile Herr zu werden.

Sobald der Leiter der Werkstatt ihm den Rücken zuwandte, zog er so oft daran, wie er nur konnte, ehe er mit benebeltem Geist seine Tätigkeit wieder aufnahm, die allenfalls dem Namen nach eine Aufsicht darstellte.

»Ich suche Jademond. Wo ist sie? Antworte, los, sonst wird es dir schlecht bekommen!«, fuhr der Präfekt ihn an.

Der Aufseher, der noch unter dem Einfluss des letzten Zuges damit begonnen hatte, seine Pfeife zu scheuern, musterte trübsinnig diesen Mann, der sicher auch für die reizvolle junge Frau schwärmte. So viele Männer waren in sie verliebt! Und stets kamen sie zu ihm und fragten ihn – als ob er dies wüsste! –, wie sie es am besten anstellen sollten, um sie zu verführen.

»Mir scheint, Jademond hat ihr Herz bereits verloren!«, seufzte der Aufseher.

»Du armseliger Schwachkopf! Habe ich mich nicht klar genug ausgedrückt? Ich habe dich gefragt, wo sich diese Jademond befindet! Zeig sie mir! Wehe deinen Füßen, wenn du dem Kaiserlichen Großzensor nicht sofort antwortest!«, knurrte dieser und unterstrich seinen Befehl durch eine entsprechende Geste. »Woher soll ich wissen, dass tatsächlich eine so bedeutende Persönlichkeit vor mir steht?«, wandte der Aufseher ein, dem plötzlich gar nicht mehr wohl in seiner Haut war.

»Jetzt rede endlich, du Unglückseliger, sonst wirst du noch Ärger bekommen! Wenn ich bloß daran denke, wie ich mich abplage, euch die Worte des Konfuzius vorzulesen, damit ihr euch ein Beispiel daran nehmt!«, stöhnte plötzlich eine Stimme hinter ihm.

Der Aufseher drehte sich um.

Es war der Direktor der Manufaktur, der wieder zu den Agenten der Sondereinheit von Präfekt Li gestoßen war.

»Ich bin der Leiter des Zensorats!«, versetzte daraufhin der Präfekt, nachdem er seine Männer angewiesen hatte, den anwesenden Arbeitern ihre Armbinde zu zeigen.

»Eure Exzellenz, ich bitte zehntausendmal um Entschuldigung! Ich glaubte nicht, jemals die Gelegenheit zu haben, in dieser Werkstatt einer Persönlichkeit von Eurem Rang zu begegnen!«, stotterte der Aufseher, der merkte, dass sein Schnitzer ihn geradewegs auf den Posten eines Torwächters in einem öffentlichen Gebäude führen konnte.

Zitternd wie Espenlaub sprang er auf, kam um seinen kleinen Tisch herum und nahm unbeholfen Habachtstellung ein. »Wo ist diese Jademond? Man hat mir gesagt, dass sie unter deiner Aufsicht hier in der Färberwerkstatt arbeitet«, wiederholte der Präfekt außer sich vor Wut.

»Na ja, es ist so, seltsamerweise war sie heute Morgen beim Appell nicht anwesend!«, ächzte der Aufseher, auf dessen Stirn inzwischen dicke Schweißtropfen perlten.

»Jademond ist verschwunden! Das ist doch nicht möglich! War sie denn gestern hier?«, brüllte der Präfekt.

»Ja! Dieses junge Mädchen ist eine der tüchtigsten Arbeiterinnen in dieser Werkstatt. Sie fehlt nie beim Appell. Seit sie hier arbeitet, habe ich noch nicht erlebt, dass sie einmal krank gewesen wäre!«, antwortete eine der Färberinnen, die etwas älter war als ihre Gefährtinnen, anstelle des Aufsehers.

Die Matrone, deren dicke nackte, von zinnoberroter Farbe getönten Arme aussahen, als steckten sie in einem Strumpf aus Moiré, wirkte nicht unzufrieden darüber, den abscheulichen Aufseher mit ihren Worten in Verlegenheit zu bringen.

»Diese Angelegenheit wird immer komplizierter! Wir haben es offensichtlich mit einem gut organisierten Netz zu tun. Es macht sich einen Spaß daraus, uns zu verhöhnen! Wir müssen diese beiden jungen Leute um jeden Preis erwischen. Sie haben von jetzt an allerhöchste Priorität. Ich übernehme persönlich die Leitung der Ermittlungen!«, knurrte der Leiter des Zensorats wutentbrannt, ehe er sich auf dem Absatz umdrehte.

Der Hauptmann der Sondereinheit, auf dessen Zügen sich die unerträgliche Demütigung spiegelte, die er ihm dadurch in Gegenwart seiner Männer zufügte, wurde aschfahl, so fahl wie das Gesicht seines Leichnams, den man am nächsten Tag am Ast eines Baumes hängend finden würde.

19

Dunhuang, Oase an der Seidenstraße

Die junge Nestorianerin verfolgte gebannt die Bewegungen einer kleinen Eidechse an der Zimmerdecke.

Sie war glücklich.

Der Plan, den sie sich ausgedacht hatte, würde nicht nur die Probleme ihres Vaters lösen, sondern rechtfertigte im Nachhinein auch die Tatsache, dass sie diesem nichts von dem Mord an dem indischen Mönch und von der Sandelholzschatulle gesagt hatte, die durch Zufall in ihre Hände gelangt war.

Umara lag auf dem schmalen Bett in ihrem weiß gekalkten Zimmer und dachte an den denkwürdigen Tag zurück, der hinter ihr lag.

Zweifellos ein Tag, der in zweierlei Hinsicht für sie von Bedeutung sein sollte.

Sie verspürte eine Mischung aus Glück, Ärger, aber auch Unruhe.

Zum einen hatte sie erkannt, dass nicht nur sie, sondern auch ihr Vater Geheimnisse hatte.

Und zum anderen hatte sie, auch wenn sie dies noch nicht wusste, eine Bekanntschaft gemacht, die für den weiteren Fortgang ihres Lebens entscheidend sein sollte.

Die erste Erkenntnis trug dazu bei, die Gewissensbisse des jungen Mädchens zu lindern, das bis dahin seinem Vater noch nie etwas verheimlicht hatte.

Sie hatte ihm schon nichts von dem in den Steilhang gegrabenen Bücherversteck vom Kloster des Heils und des Mitgefühls verraten, das sie zufällig zusammen mit dem jungen Staubnebel entdeckt hatte. Wie hätte sie ihm da von dem entsetzlichen Mord erzählen können, den sie unabsichtlich beobachtet hatte und dem sie nur um Haaresbreite nicht selbst zum Opfer gefallen war: Diese Enthüllung hätte ihm einen viel zu großen Schock versetzt.

So hatte sie beschlossen, das schreckliche Geheimnis für sich zu behalten. Zumindest so lange, wie sie brauchte, um die richtigen Worte für ihr Geständnis zu finden.

Aber sie fand sie nicht. Wie bei jedem Geheimnis, das man nicht sofort offenbart, stellte Umara fest, dass es mit jedem Tag ein wenig schwerer wurde, sich zu einem Geständnis durchzuringen.

So hatte sie mit ihrem Vater auch nie über die kleine herzförmige Schatulle gesprochen.

Als sie nach ihrer Rückkehr in Dunhuang den Deckel angehoben hatte, war ihr das, was sie darin gesehen hatte, so einzigartig und unvorstellbar erschienen, dass sie nicht einmal gewagt hatte, es zu berühren.

Wie erstarrt hatte sie hineingeschaut und dann den Deckel hastig wieder geschlossen.

Da sie dieses Rätsel unbedingt lösen wollte, hatte sie Stunden damit verbracht, so unauffällig wie möglich in der Bibliothek des Bischofssitzes Bücher zu wälzen.

Doch vergeblich: In keinem davon war der Gegenstand erwähnt, den sie in dem kleinen hölzernen Herzen gefunden hatte.

Staubnebel war der Einzige, dem sie nach einigen Tagen von ihrer Entdeckung erzählt hatte.

Der junge Chinese hatte sie so lange bedrängt, bis Umara schließlich nachgab und die Schatulle öffnete.

»Das ist doch sicher ein Vermögen wert!«, hatte er begeistert gerufen.

»Schwöre mir, dass du niemandem etwas davon verraten wirst!«

»Wir sollten es in die Bücherkammer bringen, dort ist es sicher«, hatte er hinzugefügt, die Augen vor Überraschung immer noch weit aufgerissen.

Bis dahin hatte sie sich damit begnügt, es unter ihrem Bett zu verstecken.

»Du hast recht. Morgen reiten wir noch einmal zum Steilhang und bringen es in die zugemauerte Höhle. Da drin wird niemand danach suchen.«

Mit klopfendem Herzen und voller Angst, jemand könnte sie verfolgen, waren sie am darauffolgenden Tag zum Steilhang geeilt.

»Leg es dort hinten hin, unter den letzten Stapel. Damit nicht einer der Bibliothekarsmönche aus dem Kloster des Heils und des Mitgefühls zufällig darüber stolpert, falls es ihm in den Sinn kommen sollte, hier eine Bestandsaufnahme zu machen!«, hatte sie ihn angewiesen.

»Vor allem weil die Mönche bei dem ganzen Geld, das sie angehäuft haben, für den Inhalt dieses Herzens sicher eine Menge zahlen könnten!«, hatte ihr junger Gefährte gescherzt.

»Wie kommst du denn darauf?«

»Kein buddhistischer Kaufmann versäumt es, Ruhende Mitte, dem Abt des Klosters, einen Obolus zu bringen, wenn er auf dem Markt von Dunhuang gute Geschäfte gemacht hat. Wenn ich das Glück habe, ihnen auf dem Weg dorthin zu begegnen, bekomme ich häufig auch noch eine hübsche kleine Münze ab!«, hatte Staubnebel Umara in verschwörerischem Ton erklärt, während er das Sandelholzherz hinter eine beinahe unerreichbare Reihe von Sutras schob, weit hinter der Öffnung, durch die man in das Versteck gelangte.

Man hätte das Lager also schon vollständig ausräumen müssen, um auf das Herz zu stoßen.

Seit sie das Sandelholzherz in der Bücherhöhle versteckt

hatten, wurde es mit jedem Tag unwahrscheinlicher, dass Umara ihrem Vater von ihren Erlebnissen erzählte, und das junge Mädchen litt sehr unter dieser Situation.

Doch nachdem sie herausgefunden hatte, dass Addai Aggai heimlich Seide weben ließ, hatten sich ihre Schuldgefühle mit einem Schlag gelegt: Jetzt waren sie quitt!

Um eine Tochter nicht zu gefährden, hatte der Bischof ihr nie gesagt, dass die Nestorianer von Dunhuang die Ausweitung ihrer religiösen Aktivitäten mit Hilfe des Seidenfadens der Manichäer finanzierten.

Nur die dicke Golea, die ihm schwören musste, niemals auch nur ein Wort davon zu verraten, und Diakonos, der Diakon, der die illegale Webstube leitete, wussten davon.

Denn Addai Aggai hatte eine regelrechte Manufaktur aufgebaut, um die Garnspulen, die in Strohballen verborgen auf dem Rücken von Kamelen aus Turfan eintrafen, in schillernde Stoffe zu verwandeln.

Der Bischof und sein Diakon hatten alle Vorsichtsmaßnahmen getroffen, um die Webstube, in der das kostbare Gewebe hergestellt wurde, unauffindbar zu verstecken. Später wurde die Seide in grobe Hanfleinwand eingewickelt und nach Zentralchina geschmuggelt.

Als Schutz vor neugierigen Blicken hatte Addai Aggai sie einen guten Tagesmarsch von der Oase Dunhuang entfernt mitten in der Wüste eingerichtet.

Um dorthin zu kommen, verließ man Dunhuang in westlicher Richtung über die Seidenstraße, ehe man an einem Dornbusch, den Addai Aggai mit einem kleinen Steinhaufen markiert hatte, nach Norden abbiegen musste.

Von dort aus hielt man auf eine eindrucksvolle Kette felsiger Hügel zu, die sich am Wüstenhorizont abzeichneten.

Der Weg zu diesen sanft geformten Erhebungen führte über eine ausgedörrte, pflanzenlose Ebene, wo lediglich einige Büschel von grauem, stacheligem Gras sprossen. Hinter den Hügeln lag die geheime Webstube der Nestorianer, versteckt auf dem Grund einer Senke, wo zwischen zwei Steinen das klare Wasser einer nie versiegenden Quelle entsprang.

Aus der Ferne war das kleine Gebäude kaum zu erkennen.

Seine niedrigen, schiefen Mauern verschmolzen so sehr mit der felsigen Wand dahinter, dass man schon von ihrer Existenz wissen musste, um sie überhaupt ausmachen zu können.

In der gleichen Senke, etwas unterhalb der Manufaktur, erstreckte sich auf einer vom Bach bewässerten Landzunge ein weitläufiges Stück fruchtbaren Bodens.

Ein Teil davon diente den Mönchen, die in der Webstube arbeiteten, als Gemüsegarten, und auf dem anderen hielten sie Hühner.

Diese Selbstversorgung ermöglichte es der Belegschaft, die Addai Aggai absolutes Stillschweigen hatte schwören lassen, mitten in der Wüste zu überleben, ohne auf die Versorgung mit Nahrung aus Dunhuang angewiesen zu sein.

Um ganz sicher zu gehen und das Schweigen der Mönche endgültig zu besiegeln, hatte der Bischof sie das Einsiedlergelübde ablegen lassen. Damit verpflichteten sie sich, die kleine Wüstensenke niemals wieder zu verlassen. Es war ihm sogar gelungen, diese Männer, die ihre Finger bei der Arbeit an den Webstühlen verschlissen, davon zu überzeugen, dass jeder Verstoß gegen ihr Einsiedlerdasein einer Todsünde gleichkam, die sie geradewegs in die Hölle führen würde. Die Erfüllung ihrer Pflichten dagegen sicherte ihnen angesichts der edlen Sache das Paradies ohne vorhergehendes Fegefeuer.

Wenn ein nestorianischer Mönch einwilligte, in Addai Aggais Weberei zu arbeiten, verließ er diese erst wieder als Toter. Davon zeugten auch die vereinzelten kleinen Steinhaufen in den Hügeln rings um die Manufaktur, unter denen die verstorbenen nestorianischen Arbeiter begraben waren.

Der Bischof achtete peinlich genau darauf, bei seinen Besuchen in der geheimen Webstube niemals auch nur den geringsten Verdacht zu erregen.

Stets vergewisserte er sich, dass er weder verfolgt noch von irgendjemandem zufällig gesehen wurde. Er blieb meist zwei Tage fort, wobei er als Vorwand eine Falkenjagd anführte, das einzige Vergnügen, das er sich zugestand. Deshalb nahm Umaras Vater auch stets den Vogel mit, wenn er ungefähr einmal im Monat davonritt, um nachzuschauen, ob beim Färben und Weben des kostbaren Stoffs alles seinen gewohnten Gang ging. Dabei hockte der Falke mit einem dünnen Kettchen gefesselt auf der von einem ledernen Handschuh geschützten Hand des Bischofs.

Von den etwa zwanzig Mönchen, die sich unter der Aufsicht von Diakonos von morgens bis abends in dem perfekt getarnten Gebäude zu schaffen machten, stammten drei aus dem Weberviertel von Shiraz. Sie hatten von ihren Vätern die Kunst erlernt, eine Seide herzustellen, deren Qualität es mit der der größten Manufakturen Zentralchinas aufnehmen konnte.

Das Schwierigste daran war unbestritten die Herstellung eines gleichmäßigen Färbersuds.

Denn von der Qualität dieser Farben hing der Glanz der Seide ab. Und dieser durfte dem der chinesischen Seide in nichts nachstehen, damit sie unbemerkt in den dortigen Markt einfließen konnte.

Für diese Perfektion hatte Addai Aggai selbst als Färbermeister einspringen müssen.

Als Erstes hatte er sich bei den Seidenhändlern nach der Herstellung dieses Stoffes erkundigt. Und diese hatten mit vertraulichen Informationen nicht gegeizt, denn solche Details stellten schließlich ihre wichtigsten Verkaufsargumente dar.

Dann hatte er gelernt, auf dem Markt von Dunhuang die

pflanzlichen oder mineralischen Zutaten zur Herstellung der beliebtesten Farben zu besorgen: Zinnoberrot, auf das die Kurtisanen ganz versessen waren, Gelb, die Farbe des Kaiserreichs, Schwarz, auf dem Gold- und Silberstickereien wundervoll zur Geltung kamen, und Jadegrün, das Unsterblichkeit symbolisierte.

Nach unzähligen Versuchen und mit Hilfe von Diakonos hatte sich der Bischof endlich mit den färbenden Eigenschaften dieser Materialien vertraut gemacht, die man die man zermahlen, vermischen, kochen oder im Wasser ziehen lassen musste, um den eigentlichen Färbersud zu erhalten.

Für alle Arbeitsschritte, vom Zwirnen über das Färben bis hin zum Weben, wurden gewaltige Mengen Wasser benötigt.

Ohne die Quelle wäre es undenkbar gewesen, die kleine Manufaktur dort anzusiedeln. Und so dankte Addai Aggai seinem Einen Unteilbaren Gott unablässig dafür, dass er diesen reichlich sprudelnden Quell in einer kleinen, sonnenverbrannten Senke mitten in der Wüste hatte entspringen lassen.

Doch als der Bischof an diesem Morgen zu seiner angeblichen Beizjagd aufbrach, war er beunruhigt.

Umara war es überhaupt nur möglich gewesen, das Geheimnis ihres Vaters zu lüften, weil er, entgegen seiner Gewohnheit, zur Webstube geritten war, obwohl sein letzter Besuch dort erst eine Woche zurücklag. Eine unerklärliche Verringerung des Ausstoßes der Quelle bereitete ihm Sorgen.

Die Angelegenheit schien sich zu einem ernsten Problem auszuweiten.

Wenige Tage zuvor hatte Diakonos, der jeden Morgen an die Quelle kam, entsetzt festgestellt, dass zum ersten Mal seit dem Bau der Manufaktur statt des mächtigen sprudelnden Schwalls, der normalerweise selbst mitten im Sommer zwischen den Steinen hervorschoss, lediglich ein schmales Rinnsal zu sehen war.

Am nächsten Morgen hatte der Diakon bemerkt, dass der Ausstoß noch geringer war. Und so war es Tag für Tag weitergegangen, bis das Wasser nicht einmal mehr durch die schmale, eigens zu diesem Zweck gegrabene Rinne die Manufaktur erreichte.

Wegen der Epidemie, die die Seidenspinner der Manichäer in Turfan dezimiert hatte, war der Seidenfadenvorrat der Mönche nahezu aufgebraucht, sodass sie ihr Arbeitssoll gesenkt hatten. Deshalb zeigte der Wassermangel noch keine allzu gravierenden Folgen, doch die Trockenheit würde zweifellos katastrophale Auswirkungen auf die Qualität des Stoffes und vor allem seine Färbung haben, sobald die Manufaktur wieder ihren normalen Arbeitsrhythmus aufnahm.

Erschrocken war Diakonos unverzüglich zu Addai Aggai geeilt, um ihm Bericht zu erstatten, woraufhin dieser überstürzt in die Wüste geritten war.

Seit er die schlechte Nachricht erhalten hatte, kreisten seine Gedanken nur noch um diese Wasserstelle, ohne die es unmöglich war, auch nur einen Zoll Seide herzustellen.

Und so hoffte der nestorianische Bischof von ganzem Herzen, dass es sich nur um ein vorübergehendes Problem handelte und der Wasserausstoß der Quelle sich bald wieder normalisieren würde.

Nach seiner Rückkehr hatte er die ganze Nacht hindurch düstere Gedanken gewälzt und über die möglichen Folgen gebrütet, die eine Stilllegung der Manufaktur in der Wüste nach sich ziehen würde.

Am darauffolgenden Morgen hatte er nicht weniger als dreißig große Wachskerzen anzünden lassen und seine Diakone, ohne ihnen den genauen Grund dafür zu nennen, angewiesen, den Einen Unteilbaren Gott ganz besonders inständig um seinen Beistand zu bitten.

Er selbst las morgens und abends eine Messe, damit die Quelle ihre frühere Kraft wiederfinden möge.

Eine Woche war inzwischen vergangen, seit er die Manufaktur aufgesucht hatte, um die Schäden in Augenschein zu nehmen. Nun wollte Umaras Vater wissen, ob seine Gebete irgendeine Wirkung gezeigt hatten, und so hatte er beschlossen, eiligst zur Manufaktur zurückzukehren.

Dieser überstürzte Aufbruch zur Jagd hatte die Neugier des jungen Mädchens geweckt.

Nachdem ihr Vater vor lauter Nervosität einen Wutanfall bekommen und die Stallburschen der Faulheit beschuldigt hatte, nutzte Umara die herrschende Verwirrung, um ihr kleines, feuriges Pferd zu satteln und ihm unbemerkt zu folgen.

An der Art, wie Addai Aggai sein Reittier unablässig mit der Peitsche antrieb, hatte sie schnell erkannt, dass irgendetwas nicht in Ordnung war.

Der Bischof war so sehr von dem Gedanken besessen, seine Quelle könne versiegen, dass er darüber ganz seinen Falken vergessen hatte. Dieser hockte wie immer auf der Faust seines Herrn und zerrte, verwundert darüber, dass Addai Aggai ihn nach fast zwei Stunden immer noch nicht wie gewohnt freigelassen hatte, an seiner dünnen Kette und stieß dabei leise, schrille Schreie aus.

Umara bemerkte, dass ihr Vater seinen Raubvogel rasch beruhigen konnte, indem er ihm erlaubte, davonzufliegen und dann wie ein Stein auf einen kleinen Schwarm Drosseln herabzustürzen. Dieses blutige Schauspiel, das sie an diesem Tag zum ersten Mal beobachtete, erfüllte sie mit leisem Abscheu. Mit Schnabel- und Klauenhieben hatte der Falke in einem wilden Federgestöber ein gutes Dutzend Drosseln erlegt, ehe er grausam ihre Augen und Lebern herauspickte und dabei vor Freude schrie.

Mit klopfendem Herzen erwartete sie jeden Moment, dass der Bischof sich umdrehte und sie bemerkte. Falls das geschehen sollte, würde sie ihm sagen, dass sie ihm nur gefolgt war, weil sie sich Sorgen um ihn machte.

Aber sie brauchte ihrem Vater nichts zu erklären.

Nachdem der Raubvogel auf seine Faust zurückgekehrt war, war Addai Aggais Jagd beendet gewesen.

In seiner Hast, die Manufaktur zu erreichen, hatte er sich nicht ein einziges Mal umgedreht und war über die Seidenstraße geprescht, bis er nach rechts abbog und querfeldein durch die steinige Wüste ritt.

Dort hatte Umara schließlich dicht an einen großen Felsen gepresst, hinter dem sie ihr Pferd versteckt hatte, das Geheimnis ihres Vaters aufgedeckt.

Es dauerte nicht lange, bis sie das Gebäude entdeckt hatte und zu ihrer Verblüffung sah, wie Diakonos herausgerannt kam und Addai Aggai begrüßte.

Daraufhin war sie auf den Felsen geklettert, um besser beobachten zu können, was vor sich ging.

Mit trübsinniger Miene hatte Diakonos den Bischof an der Schwelle der Manufaktur in Empfang genommen.

»Es wird immer schlimmer, Eure Exzellenz! Die Manichäer haben keine Kokons mehr, und hier gibt es nicht einen Tropfen Wasser! Die Quelle fließt nur noch morgens und abends, und das auch noch zu unterschiedlichen Zeiten! Tagsüber versiegt sie vollständig! Es ist eine Katastrophe! Die Farbe in den Becken ist bereits zu einer unbrauchbaren Kruste vertrocknet!«

»Wie viel Seidenfaden hast du noch auf Lager?«, hatte sich der Bischof erkundigt.

»Noch genug für zwei Wochen! Aber im Moment ist es vollkommen egal, wie viel Faden wir noch haben: Ohne fließendes Wasser steht die Manufaktur still, Eure Exzellenz!«

Zum ersten Mal sah Umara, wie sich Addai Aggais Gesicht verzerrte.

Ohne die Quelle brach die ganze Seidenfertigung zusammen, deren Aufbau ihn so viel Mühe gekostet hatte.

»Seit die Quelle nur noch vor sich hin spuckt, sind die

Mönche in heller Aufregung! Sie glauben, es sei eine Strafe Gottes. Die Jüngeren hören gar nicht mehr auf zu weinen. Ich weiß nicht mehr, was ich ihnen noch sagen soll! Zum Glück seid Ihr heute hergekommen!«, hatte Diakonos gestöhnt.

»Was glaubst du denn, wie ich sie beruhigen soll? Ich habe auch nicht die Macht, das Wasser der Quelle wieder fließen zu lassen!«, hatte Addai Aggai mit blasser, aufgelöster Miene vor sich hin geschimpft.

»Bald wird das Gemüse im Garten strohtrocken sein, und die Hälfte der Hühner ist auch schon eingegangen. Wenn das so weitergeht, muss ich die Mönche zurück in den Bischofssitz bringen!«, hatte Diakonos, den Tränen nahe, hinzugefügt.

»Lass uns erst noch einmal nachsehen!«, hatte Addai Aggai mit entsetzlich müde klingender Stimme erwidert.

Umara war mit wild klopfendem Herzen hinter ihrem Vater hergeschlüpft, als er in Begleitung von Diakonos den gewundenen Weg zu den beiden riesigen Steinen entlangging, zwischen denen normalerweise das Wasser hervorsprudelte.

»Das ist tatsächlich eine Katastrophe! Unsere Quelle spuckt ja nicht einmal mehr vor sich hin, wie du eben sagtest! Sie ist schlicht und ergreifend verschwunden!«, hatte ihr Vater verzweifelt gerufen, als sie die Stelle erreichten, an der sonst wie durch ein Wunder aus dem Nichts in dieser steinernen Wüste das Wasser hervorschoss. Nun klaffte dort nur noch ein Loch.

Dann hatte Umara gesehen, wie ihr Vater niederkniete und sein Gesicht an das Loch presste, als ob er dadurch das Wasser wieder zum Fließen bringen könnte. Enttäuscht hatte er sich wieder aufgerichtet und niedergeschlagen festgestellt: »In diesem Loch gibt es nicht einen einzigen Tropfen Wasser mehr, Diakonos! Aber glaub mir, das liegt nicht daran, dass wir nicht genug gebetet hätten. Seit Tagen erklingen in unserer Kirche Bittgesänge, um Gott anzuflehen, er möge uns das Wasser wiedergeben!«

»Ich schwöre, Eure Exzellenz, gestern ist noch ein winziges Rinnsal aus dem Loch geflossen.«

»Ich fürchte, wir haben keine andere Wahl. Ich werde unverzüglich nach Dunhuang zurückkehren und dort versuchen, einen Schamanen aufzutreiben, der Macht über das Wasser des Bodens hat!«, hatte der Bischof mit verwirrter Miene erklärt, während er vor seinem Diakon, der auf Umara um zehn Jahre gealtert wirkte, auf und ab marschierte.

»Ich dachte immer, solche Wasserschamanen könnten nur über den Regen und die Wolken gebieten, Eure Exzellenz«, flüsterte dieser.

»Hast du eine bessere Idee, wenn du glaubst, ein Schamane könne hier nichts ausrichten? Ich jedenfalls sehe keine andere Möglichkeit, als auf schamanische Magie zurückzugreifen, um aus dieser Notlage wieder herauszukommen!«

»Wird solche Magie von der nestorianischen Kirche nicht als satanische Häresie verdammt?«

Der arme Diakonos wirkte zunehmend beunruhigt.

Die Haltung seines Bischofs gefiel dem strenggläubigen Nestorianer ganz und gar nicht.

»Mein lieber Diakonos, es gibt Momente, in denen man alle Mittel einsetzen muss. Wenn unsere Seidenfertigung zum Erliegen kommt, habe ich keine große Hoffnung mehr, dass unsere Kirche den langen Marsch nach Zentralchina tatsächlich bewältigen kann, verstehst du! Die Buddhisten werden kurzen Prozess mit uns machen, und wir laufen Gefahr, irgendwann wieder verfolgt zu werden.«

Diese unmissverständliche Antwort knallte wie ein Peitschenhieb ins Gesicht des Diakons.

Bischof Addai Aggai war normalerweise ein strenger Kirchenführer. Bei der geringsten theologischen Abweichung wies er seine Schäfchen zurecht, indem er sie stundenlang zu den Feinheiten der nestorianischen Lehre befragte. Wenn er sich nun gezwungen sah, einen Wasserschamanen zu Hilfe zu rufen, sprach das Bände.

Umara war über die Worte ihres Vaters, der inzwischen nicht mehr nur auf und ab marschierte, sondern dazu noch nervös die Hände rang, genauso verblüfft gewesen wie Diakonos.

Mit Schrecken hatte sie seine verzweifelte Miene gesehen, als er schnellen Schrittes und mit hängendem Kopf wieder zur Manufaktur hinübergegangen war, wo ihn sein Pferd erwartete, auf dessen dunklem Fell immer noch weißliche Schweißspuren von dem rasenden Galoppritt zeugten.

Den Falken auf der Faust, war Addai Aggai wortlos aufgesessen.

»Wollt Ihr denn nicht die Mönche begrüßen, ehe Ihr wieder aufbrecht, Eure Exzellenz? Das würde die Ärmsten beruhigen und ihnen ein wenig Mut machen«, hatte Diakonos vergeblich angeregt.

»Dafür habe ich beim besten Willen keine Zeit! Sag ihnen, dass ich nach Dunhuang zurückgekehrt bin, um einen Weg zu finden, diese verfluchte Quelle wieder zum Sprudeln zu bringen!«, erwiderte der Bischof kurz angebunden, ehe er in gestrecktem Galopp davonritt.

Da das junge Mädchen den Rückweg nach Dunhuang kannte, hatte es seinem Vater einen größeren Vorsprung gelassen.

Er fertigte also Seide, und das mitten in der Wüste!

Anfangs war ihr diese Vorstellung vollkommen unwirklich erschienen.

Zwar wusste Umara, wie kostbar dieser Stoff war, doch sie verstand weder, was ihren Vater dazu bewogen haben mochte, noch die Geheimniskrämerei, mit der er die kleine Manufaktur in der Wüste umgab.

Unterdessen bemühte sich ihr Vater, dessen Niedergeschlagenheit immer größer wurde, je länger sein Pferd dahingaloppierte, eine Lösung für dieses bedrohliche Problem zu finden.

Denn Addai Aggai zweifelte.

Einen Wasserschamanen aufzutreiben, wie er es Diakonos gegenüber angekündigt hatte, war sehr viel leichter gesagt als getan.

Zum einen kannte er keinen dieser »fangshi«, wie sie in Zentralchina genannt wurden. Man behauptete, sie seien in der Lage, mit den Winden zu reden und die positiven Qi-Energien herbeizurufen. So konnten sie Büffelweibchen beim Kalben helfen oder das Fieber von Neugeborenen senken.

Und zum anderen konnte er sich kaum vorstellen, über den Markt von Dunhuang zu spazieren und lauthals herumzufragen, ob es dort vielleicht irgendwo einen Mann gäbe, der über die Quellen der Erde gebot.

Ein solches Vorgehen verboten ihm sowohl sein Amt als auch sein guter Ruf.

Außerdem hielt Addai Aggai den Schamanismus im Grunde für die verderbteste Form des Heidentums, gegen das er einen regelrechten Feldzug führte, seit er seine Kirche in Dunhuang angesiedelt hatte.

Ein nestorianischer Bischof durfte auf keinen Fall in Verdacht geraten, die Dienste eines Schamanen in Anspruch zu nehmen, wenn er nicht selbst Gefahr laufen wollte, als ein Scharlatan zu gelten!

Und gesetzt den Fall, Addai Aggai würde sich in Ermangelung eines Besseren tatsächlich dazu durchringen, dieses Risiko einzugehen, müsste der betreffende Schamane verschwiegen genug sein, um das Geheimnis der illegalen Manufaktur nicht lauthals herumzuposaunen, nachdem das Wasser zurückgekehrt wäre!

Was für eine utopische Hoffnung!

In seiner Verwirrung hatte der Bischof seinem Pferd die

Zügel schießen lassen, und dieses raste nun wild dahin, während sich der Falke, der jedes Mal, wenn das Pferd zur Seite auswich, fast heruntergefallen wäre, krampfhaft an Addai Aggais Faust festkrallte.

Umara hatte ihren Vater in diesem qualvollen Zustand nicht allein lassen wollen.

Auf der Seidenstraße zogen die Karawanen dicht an dicht dahin und zwangen Addai Aggai, langsamer zu reiten. Umara überholte ihn hinter einem Hügel seitlich der Straße. Hinter der nächsten Kurve war sie plötzlich vor ihrem Vater aufgetaucht, als käme sie gerade aus Dunhuang.

In seine düsteren Gedanken versunken, hatte Addai Aggai gar nicht bemerkt, dass seine Tochter aus vollem Galopp heraus vor ihm zum Stehen gekommen war.

»Papa! Ich dachte, du wärst auf der Falkenjagd!«

»Umara, was um Himmels willen machst du denn hier? Ganz allein mit deinem Pferd auf der Seidenstraße! Ich glaube, ich träume!«, hatte ihr Vater gerufen, und er war so verblüfft, dass er nicht einmal daran gedacht hatte, sie zu schelten, weil sie sich seinen Anweisungen widersetzt hatte.

»Ach, Vater, ich mache nur einen kleinen Ausflug! Ich musste auf andere Gedanken kommen und wollte ein wenig galoppieren!«

»Aber das war sehr unvorsichtig von dir, Umara!«

»Papa! Ist etwas passiert, dass du so schnell von deinem Jagdausflug zurückkommst?«, war sie ihm so unschuldig wie möglich ins Wort gefallen.

Dadurch hoffte sie, das Gespräch in eine andere Richtung zu lenken und ihn dazu zu bringen, ihr von seinen Sorgen zu erzählen.

Noch ehe der Bischof antworten konnte, löste sich aus einem Trupp, der vor ihnen auf der so kurz vor der Stadt bereits geschotterten Straße stand, ein Reiter und sprach sie an: »Guten Tag! Ist es noch weit bis zur Oase Dunhuang?«

Das Gesicht des Mannes, der einen nach persischer Art geschlungenen Brokatturban trug, wirkte freundlich.

»Ihr werdet vor Sonnenuntergang dort sein. Dazu braucht Ihr lediglich der Straße zu folgen, es geht immer geradeaus!«, hatte Addai Aggai mechanisch geantwortet.

Hinter dem Reiter standen zwei Männer, die mit einem langen Seil an den Beinen zusammengebunden waren, dessen Ende ein berittener Wächter in der Hand hielt. Neben ihnen sah Umara einen riesigen gelben Hund aus jener Rasse, die eine Herde gegen den Angriff eines Bären oder eines Wolfs verteidigen konnte. Ein Stück weiter entfernt warteten mehrere Reiter, die alle die gleiche Kopfbedeckung trugen. Einer von ihnen musste, seinem eindrucksvollen Aussehen und der Größe seines Krummschwerts nach zu urteilen, ihr Anführer sein. Und in der Mitte des bewaffneten Trupps stand ein Mönch mit rasiertem Schädel. Er trug die safranfarbene Robe der Buddhisten.

Doch vor allem fesselte ein Elefant die Aufmerksamkeit von Umara, die wie erstarrt dastand. Selbst Addai Aggai zeigte sich trotz seiner Erregung beeindruckt von der massigen, Ehrfurcht gebietenden Gestalt, die wie eine riesige Statue an der Spitze dieses seltsamen Zuges schritt.

Ein emsiger Kornak war gerade dabei, die Füße des Tieres zu säubern.

Zum ersten Mal in ihrem Leben sah die junge Umara einen Dickhäuter. Mit weit offenem Mund war sie unwillkürlich ein paar Schritte näher herangeritten, um dieses seltsame Tier aus der Nähe zu betrachten.

Wie sanft und gleichzeitig bizarr erschien ihr dieses eigenartige Ungetüm mit der grauen, wie eine Decke anmutenden faltigen Haut! Seine geschwungenen Wimpern erinnerten an die mit Khol umrandeten Augen der Frauen der Kaufleute aus dem Westen. Zwei glatte, vergilbte Stoßzähne ragten wie zwei Säbel zu beiden Seiten dieses unglaublich langen, biegsamen Rüssels hervor, den das Tier wie einen Arm benutzte.

»Wie heißt er?«, hatte sie den Kornak entzückt erst auf Chinesisch, dann auf Syrisch und schließlich auf Sanskrit gefragt.

»Elefant Sing-sing!«, hatte er geantwortet.

Als Umara kehrtmachte, um zu ihrem Vater zurückzureiten, hatte sie flüchtig den Blick des schlankeren der beiden gefesselten Männer gekreuzt.

Der junge Mann lächelte ihr zu, und vom ersten Augenblick an hatte sie sich zu ihm hingezogen gefühlt.

Deshalb hatte sie, während sie darauf achtete, dass Addai Aggai nichts davon bemerkte, seinen Gruß auch mit ihrem bezauberndsten Lächeln erwidert.

Dieses kleine Hin und Her hatte viel länger gedauert, als es sich zwischen einem jungen Mann und einem jungen Mädchen, die einander noch nicht einmal vorgestellt worden waren, geziemte.

Sie konnte ihren Blick nicht mehr von dem schönen Unbekannten abwenden, bis der berittene Wächter beschloss, ihrem stummen Zwiegespräch ein Ende zu machen, und an dem Seil zog, mit dem der Fremde an seinen Gefährten gefesselt war.

»Kennt Ihr einen Ort, an dem wir übernachten könnten und wo man vor allem bereit wäre, unseren Elefanten unterzubringen!«, hatte sich der junge Reiter, der eine Frage des Anführers mit dem Krummschwert übersetzte, bei Addai Aggai erkundigt.

»In der Altstadt gibt es eine kleine, wenig besuchte Herberge. Sie ist die einzige, deren Besitzer auch Kamele aufnimmt. Ich wüsste keinen Grund, warum er Eurem Elefanten seine Gastfreundschaft verweigern sollte!«

»Könntet Ihr uns den Namen und die Adresse dieser Herberge geben?«

»Sie heißt ganz einfach Haus der Reisenden. Und sie liegt mitten im Zentrum der Stadt, im alten Viertel des großen überdachten Marktes. Ihr könnt dem Wirt sagen, dass der nestorianische Bischof Euch geschickt hat! Wenn ihr schneller hinfinden wollt, kann ich Euch gerne begleiten! Wir wohnen gleich nebenan!«, hatte Umaras Vater ihnen freundlich angeboten.

Während sie zusammen mit Umara vor dem Rest der Gruppe herritten, hatte der nestorianische Bischof bald ein Gespräch mit dem Hauptmann der Perser begonnen. Sein Dialekt wies genügend Gemeinsamkeiten mit seiner eigenen Muttersprache auf, um eine wenn auch knappe Unterhaltung zu ermöglichen.

Dass sie sich einander ohne Übersetzer und ohne Sprachhindernisse vorgestellt hatten, hatte Majibs übliches Misstrauen gemildert.

Und sehr schnell hatte der überglückliche Bischof erkannt, welch großen Nutzen er aus dieser unerwarteten Begegnung ziehen konnte.

Denn dieser Hauptmann Majib war ein »Mogmart«!

Was hatte man Addai Aggai in seiner Kindheit nicht alles über die übernatürlichen Kräfte der Mogmarts, jener sagenhaften zoroastrischen Hexer, erzählt!

Behauptete man nicht, sie seien neben allerlei anderen Heldentaten fähig, allein mit Hilfe ihres Blicks ein Feuer zu entzünden und Kinder zu entführen, indem sie sie durch die Lüfte trugen wie die Adler Lämmer und Zicklein?

»Hast du als mazdaistischer Magier nicht auch die Macht, über das Wasser der Erde zu gebieten?«, hatte er beiläufig gefragt, nachdem er sich nach seiner Herkunft erkundigt hatte.

»In meiner Jugend habe ich einige der entsprechenden Gesten gelernt. Aber das ist schon so lange her, dass ich ihre Wirksamkeit nicht mehr garantieren kann!«, hatte der persische Hauptmann erwidert. Das ungestüme Vorpreschen des Bischofs hatte seinen Argwohn erneut geweckt.

Umara hatte es nicht fassen können: Ihr Vater hatte diesen persischen Hauptmann gerade erst kennen gelernt, da bat er ihn auch schon um Hilfe und verriet ihm dabei im Vorübergehen auch noch das Geheimnis, das sie gerade aufgedeckt hatte.

»Wärst du bereit, mir aus der Klemme zu helfen? Ich besitze eine Manufaktur, deren Wasserquelle versiegt zu sein scheint, wodurch die Arbeit zum Stillstand gekommen ist. Diese Situation hat katastrophale Folgen für mich. Wenn es dir gelingen würde, dieses Wasser wieder aus dem Boden sprudeln zu lassen, könnte ich dich dafür äußerst großzügig entlohnen«, hatte der Bischof hinzugefügt und dem persischen Hauptmann dabei tief in die Augen geschaut.

Addai Aggai war zweifellos zu der Überzeugung gelangt, dass er sich, indem er einen Fremden zu Hilfe rief, der keine der örtlichen Sprachen beherrschte, den Ärger ersparte, einen Fangshi zu beauftragen, dessen Verschwiegenheit er sich niemals hätte sicher sein können.

»Wozu dient deine Manufaktur?«, hatte Majib wissen wollen.

»Schwöre mir, dass du niemandem etwas davon erzählen wirst!«

»Ich schwöre.«

»Wir stellen Seide her! Und ohne Wasser ist keiner der Arbeitsschritte möglich, weder das Zwirnen noch das Färben oder das Weben!«, hatte der Bischof arglos geantwortet, ohne sich der Tragweite seiner Worte bewusst zu sein.

Und genauso wenig hatte er das Funkeln in den Augen des persischen Hauptmannes bemerkt.

Umara jedoch war es nicht entgangen. Und dieses seltsame Aufleuchten ließ sie immer noch Schlimmes befürchten, nachdem sie nun, am Ende dieses Tages, ihrem Vater eine gute Nacht gewünscht und sich in ihr Zimmer zurückgezogen hatte.

Woher hätte die ahnungsvolle junge Christin auch wissen sollen, dass Majib durch einen kaum vorstellbaren Zufall herausgefunden hatte, was seine Auftraggeber in Persien seit langem schon in Erfahrung bringen wollten: den Namen jener Oase an der Seidenstraße, in der einige Männer verrückt oder kühn genug waren, sich dem mächtigen chinesischen Kaiserreich zu widersetzen und Seidenstoffe zu weben, deren Qualität den Stoffen aus den berühmtesten Manufakturen des Reichs der Mitte in nichts nachstand?

Die wenigen Muster, die aus dieser illegalen Webstube nach Persien gelangt waren, zeugten vom außergewöhnlichen Können ihrer Handwerker, um die sich bald schon die ersten Legenden rankten und die trotz aller Bemühungen des ins Exil vertriebenen persischen Königshauses noch niemand hatte aufstöbern können.

Diese Heldentat war der Grund für das unbändige innere Frohlocken, das Umara in Majibs Augen gesehen hatte.

Wie verabredet, hatte Bischof Addai Aggai die Perser zum Haus der Reisenden begleitet.

Die Anwesenheit des Elefanten hatte dafür gesorgt, dass ihr Einzug in Dunhuang nicht unbemerkt geblieben war. Schon bald hatte sich ein Schwarm Kinder um sie versammelt, der sie durch die engen Gassen der Altstadt begleitete.

Als sie sich gerade von den Persern verabschiedet hatten, damit diese sich in der Herberge einrichten konnten, war der schöne junge Mann, dem der leicht euphorische Hauptmann die Fesseln hatte abnehmen lassen, auf Umara zugerannt, um sie zu begrüßen.

Sie hätte sich liebend gerne mit ihm unterhalten, aber sie hatte es nicht gewagt. Und er selbst hatte keine Zeit dazu gehabt, da der junge Übersetzer sofort zu ihm herübergekommen war und ihm am Ärmel gezogen hatte, um ihn aufzufordern, beim Abladen des Gepäcks zu helfen. Daraufhin war er auf einen Weidenkorb zugerannt, der auf dem Rücken eines feurigen schwarzen Pferdes festgezurrt war, hatte ihn losgebunden und war so behutsam wie möglich damit ins Innere der Herberge gegangen.

»Gute Nacht, Vater! Irgendwann einmal müsst Ihr mir verraten, warum Ihr mitten in der Wüste Seide fertigen lasst!«, hatte sie leise gesagt, als er mit den Lippen ihre Stirn berührte und ihr eine gute Nacht wünschte.

»Es dient einem guten Zweck, mein Liebes. Ich werde dir später alles erklären, aber jetzt muss ich gehen und den letzten Gottesdienst abhalten. Ich bin sicher, dass meine Mönche in der Kirche bereits auf mich warten!«, hatte er gemurmelt, erschöpft von diesem emotionsreichen Tag, der sich allmählich seinem Ende zuneigte.

Umara fixierte immer noch die kleine Eidechse an der Decke ihres Zimmers.

Wie hatte ihr Vater sich nur dazu hinreißen lassen können, diesem Perser, von dem sie nicht das Geringste wussten, sein Geheimnis anzuvertrauen.

Wie weit hatte ihn seine Ratlosigkeit bloß getrieben?

Zum Glück hatte sie einen Plan geschmiedet, um diesem Mann zu helfen, den sie zutiefst respektierte und von ganzem Herzen liebte, auch wenn sie die Beweggründe des Kirchenoberhaupts, die häufig eher wie die eines militärischen Führers als die eines Seelenhirten anmuteten, nicht immer nachvollziehen konnte.

Sie schloss die Augen.

Plötzlich sah sie das schöne Gesicht des jungen Gefangenen vor sich.

Wer war er?

Er sah aus wie ein Chinese.

Aber was machte er dann bei diesen Persern?

War er ihr Sklave?

Obwohl sich die Fragen in ihrem Kopf überstürzten, verspürte sie eine eigentümliche Ruhe.

Sehr viel mehr noch als der Anblick des Elefanten Singsing war diese Begegnung ein erfreuliches Erlebnis an diesem ereignisreichen Tag.

Würde sie den schönen Chinesen, dessen Augen ihr bereits so viel gesagt hatten, irgendwann einmal wiedersehen?

Sie wünschte es sich so sehnlich, dass sie ihren Gott darum anflehte, bevor sie einschlief.

Addai Aggai hingegen kniete inmitten seiner Mönche und hielt diesen Mogmart, der toten Quellen wieder neues Leben einhauchen konnte, für ein Geschenk des Himmels. Er ahnte nicht, was er heraufbeschworen hatte, indem er dem persischen Hauptmann verraten hatte, welche Rolle er bei der illegalen Seidenherstellung spielte.

20

Turfan, Oase an der Seidenstraße

Seit einer Woche hatte das Verhalten von Hort der Seelenruhe nicht mehr das Geringste mit seinem Namen gemein.

Dem manichäischen Vollkommenen fiel es immer schwerer, seine Nervosität vor seiner Umgebung zu verbergen. Seine angespannten Züge verrieten die schlaflosen Nächte, nach denen er am frühen Morgen noch erschöpfter war als zuvor.

Denn nach jeder Nacht musste er wieder aufstehen, um das erste Ritual des Tages zu vollziehen. Es war die Hymne an die Sonne, die er zusammen mit den übrigen in blütenweiße Gewänder gekleideten Erwählten vor dem Gemälde in der Apsis der Kirche anstimmte, das den Großen Propheten Mani vor einem Kollegium von Vollkommenen zeigte. Dann verspeisten sie alle gemeinsam ein paar gesegnete Datteln, ehe sie einen Schluck reinigendes Wasser tranken, das ein Kirchendiener mit einer silbernen Kelle aus dem riesigen bronzenen Taufbecken schöpfte, wo es ein ganzes Jahr lang aufbewahrt wurde.

Seit nunmehr fast sieben Tagen und sieben Nächten wartete das Oberhaupt der Kirche des Lichts von Turfan auf den halbjährlichen Besuch seines diskreten Gastes, doch dieser kam nicht.

Es war das erste Mal, dass er sich verspätete. Normalerweise war der Mann, den Hort der Seelenruhe heimlich empfing, pünktlich.

Am vereinbarten Tag traf er in der Kirche des Lichts ein, gewöhnlich zu später Stunde. Er saß auf seinem Kamel und war als herumziehender chinesischer Kaufmann verkleidet, der mit Heilmitteln handelte und auf den Namen Grüne Nadel hörte. Sein Gesicht verbarg er hinter einem Schal, der ihn vor dem Sand schützte.

Unter dem Vorwand einer halbjährlichen heilmedizinischen Beratung schloss sich der falsche Kräuterhändler, gleich nachdem er von seinem Reittier gestiegen war, mit Hort der Seelenruhe im Arbeitszimmer des Vollkommenen ein.

Dort, vor Lauschern und neugierigen Blicken geschützt, tauschten die beiden Männer ohne Zeugen ihre Geheimnisse aus.

Um seinen Auftritt noch echter wirken zu lassen, hatte der wandernde Apotheker stets ein Maultier dabei, das mit Ballen voller getrockneter Heilkräuter, Pülverchen, Wurzeln und den Körperteilen der verschiedensten Tiere beladen war. Darunter Eidechsenschwänze, zu Pulver vermahlene Lebern von Meeresschildkröten, in Essig mazerierte Tigerhoden, über einem Holzfeuer geräucherte Bärentatzen, abgestreifte Häute von Uräusschlangen, kurz gesagt mit allem, was die chinesische Medizin an wirkungsvollen Heil-, Stärkungs- und Verjüngungsmitteln aus ihrer heimischen Tier- und Pflanzenwelt zu bieten hatte und das dann über die Seidenstraße in die fernsten Länder verbreitet wurde.

Doch das war lediglich eine Tarnung, die es dem Reisenden ermöglichen sollte, unauffällig die fünf Wegzollposten zu passieren, die die Verwaltung der Tang geschickt zwischen der Hauptstadt Chang'an und Turfan, der letzten großen Oase unter chinesischem Protektorat, errichtet hatte.

Denn Grüne Nadel, dessen Name in Wirklichkeit auch nicht so lautete, war ebenso wenig ein Kräuterhändler wie Hort der Seelenruhe ein buddhistischer Mönch.

Der Mann, der nun schon so lange auf sich warten ließ und

dessen Ausbleiben Hort der Seelenruhe in helle Aufregung versetzte, war ein junger Uigure namens Torlak, den seine elenden Lebensumstände einige Jahre zuvor dazu bewogen hatten, sich zum Manichäismus zu bekehren.

Er brachte Hort der Seelenruhe eine grenzenlose Dankbarkeit entgegen, weil dieser ihn aufgenommen hatte, als er halb verdurstet an die Tür der Kirche des Lichts geklopft hatte. Damals stand an Stelle der Kirche noch eine hölzerne Kapelle, in der eine Handvoll Gläubiger Manis Kult zelebrierte. Und wegen dieser Treue und Ergebenheit hatte der Vollkommene Lehrer Torlak zum geheimen Abgesandten der Kirche des Lichts in Chang'an bestimmt.

Der Uigure hatte darüber hinaus noch den Vorteil, dass er, genau wie alle anderen Angehörigen dieses Steppenvolkes, das die Chinesen zu ihren Vasallen gemacht hatten, fließend die Sprache ihrer Herren sprach.

So hatte Hort der Seelenruhe ihn unter dem Namen Grüne Nadel in die Hauptstadt von Zentralchina geschickt, nachdem Speer des Lichts zum ersten Mal von dort zurückgekehrt war.

Seine Gewandtheit, ja Gerissenheit, hatten Grüne Nadel, dessen geschlitzte Augen es ihm überdies ermöglichten, sich in einem chinesischen Umfeld vollkommen unauffällig zu bewegen, zu einem wesentlichen Element der Strategie von Hort der Seelenruhe werden lassen. Sie zielte darauf ab, den Manichäismus in Zentralchina einzuführen.

Doch die heimliche Anwesenheit des jungen Uiguren in Chang'an diente beileibe nicht nur geistigen und religiösen Zwecken.

Zwar hatte Hort der Seelenruhe zu Beginn den Schwerpunkt seiner Aufgabe tatsächlich auf die Missionierung gelegt, doch schon bald hatte er Grüne Nadel zusätzlich damit beauftragt, zu kontrollieren, wie die Nestorianer die kostbare Ware aus Dunhuang vertrieben.

In der Rollenaufteilung, die Hort der Seelenruhe und Addai Aggai vereinbart hatten, lagen der Handel mit der illegal gefertigten Seide und ihr Vertrieb auf dem chinesischen Markt ausschließlich in der Hand der Nestorianer.

Hort der Seelenruhe war sich darüber im Klaren, dass dieser direkte Kontakt mit der Kundschaft seinem Partner ein sehr viel stärkeres Gewicht und fast schon die Herrschaft über Leben und Tod seiner eigenen Aktivitäten verlieh. Deshalb legte er großen Wert darauf, sich dauerhaft und regelmäßig zu vergewissern, dass Addai Aggai auch tatsächlich ein loyaler Verbündeter war. Und das betraf nicht nur den Gewinn, den er beim Verkauf der Ware erzielte, sondern auch die absolute Geheimhaltung ihrer Herkunft.

Die Aufgabe des manichäischen Spions bestand also unter anderem auch darin, zu überprüfen, ob die chinesischen Behörden immer noch nichts über die näheren Umstände dieses Seidenschmuggels herausgefunden hatten. Seine Urheber, an welchem Ende der Kette sie auch stehen mochten, riskierten schließlich unablässig ihr Leben.

Dieser ganz besonders weltliche Teil der Mission von Grüne Nadel trug den Decknamen »Roter Faden«.

Und seit einigen Monaten beanspruchte er fast seine gesamte Zeit.

Auf Betreiben des Vollkommenen hatte der Uigure in mühsamer Kleinarbeit Helfer angeworben und sie in eine anonyme, pyramidenförmig aufgebaute Organisation eingebunden. Zwischen den einzelnen Schichten dieser Pyramide bestand keinerlei Kontakt, sodass Grüne Nadel als Einziger die Identität aller Mitglieder kannte und gleichzeitig der letzte und einzige Empfänger aller gesammelten Informationen war.

Die Spitzel seines Netzwerks wurden nach Auftrag bezahlt, und zwar mit Geld, das Hort der Seelenruhe ihm lieferte.

Diese genau definierten Aufträge wurden ihnen von einem

für sie zuständigen »Offizier« erteilt, einer Art Vorgesetzten, dessen wahre Identität sie niemals erfuhren.

Das einzige Merkmal, an dem sich die Mitglieder dieser Bruderschaft gegenseitig erkannten, war jener dünne rote Seidenfaden, den sie wie ein Armband am Handgelenk trugen. Er war so unauffällig, dass jemand, der seine Bedeutung nicht kannte, ihn gar nicht bemerkte.

Da der Ring des Roten Fadens auf einer raschen und guten Bezahlung seiner angeheuerten »Agenten« beruhte, brachte er für Hort der Seelenruhe enorme Ausgaben mit sich. Doch der Vollkommene wusste, dass er diesen Preis zahlen musste, wenn er auch weiterhin illegale Seide herstellen wollte, ohne verheerende Strafen für seine Kirche des Lichts heraufzubeschwören.

Jedes Mal, wenn der Uigure nach Turfan zurückkehrte, um Hort der Seelenruhe von seiner Überwachung der Nestorianer zu berichten und ihm zu versichern, dass ihr Geheimnis immer noch gewahrt war, ließ er sich von dem Vollkommenen die Summe aushändigen, die er im nächsten Halbjahr brauchen würde, um seine Spitzel zu bezahlen.

Fassungslos bemerkte Hort der Seelenruhe, dass sich diese Summe bei jedem Besuch erhöhte. Mittlerweile machte sie bereits einen nicht unerheblichen Teil der Erlöse aus dem Verkauf des Seidenfadens aus.

Doch die Sicherheit der Kirche des Lichts und vor allem ihre Unabhängigkeit von ihrer nestorianischen Rivalin waren es ihm wert.

Das alles, in Verbindung mit der tragischen Erkrankung der Seidenraupen, erklärte, warum die Verspätung des jungen Uiguren den Vollkommenen Lehrer in höchste Sorge versetzte.

Wenn nun auch noch der Ring des Roten Fadens in Schwierigkeiten geraten oder gar zusammengebrochen sein sollte, wäre die Katastrophe perfekt.

Deshalb konnte sich Hort der Seelenruhe auch nicht zurückhalten, als ein junger Mönch herbeigelaufen kam, um dem Großen Vollkommenen die Ankunft des lang ersehnten Besuchers zu melden. Voller Freude zog er den Überraschten Jungen an seine Brust.

Als das Oberhaupt der manichäischen Kirche in den Ehrenhof hinausrannte, um den vermeintlichen chinesischen Wanderarzt in Empfang zu nehmen, hatten einige Hörer bereits damit begonnen, sein Kamel und das Maultier von ihrer Last zu befreien.

Grüne Nadel, der unter den weiten Ärmeln seines wollenen Mantels einen dünnen roten Seidenfaden um das rechte Handgelenk trug, wirkte müde.

Seine bartlosen Züge mit den geschlitzten Augen waren angespannt.

Der Vollkommene Lehrer sah ihm sofort an, dass etwas nicht in Ordnung war.

»Warum diese Verspätung, Grüne Nadel? Ist dir nicht klar, dass ich vor Sorge beinahe umgekommen wäre? Ich wusste nicht mehr, woran ich war! Ich warte schon seit fast einer Woche auf dich!«, bestürmte er seinen uigurischen Spion, nachdem er ihn in sein Arbeitszimmer geführt hatte.

»Die Lage in der Hauptstadt ist kompliziert. Der Handel mit der geschmuggelten Seide wurde den Behörden angezeigt. Kaiser Gaozong persönlich ist bereits darüber informiert und hat eine Untersuchung angeordnet. Ich bin so schnell gekommen, wie ich konnte, aber in dieser Situation musste ich doppelte Vorsicht walten lassen, um keinen Verdacht zu erregen«, antwortete der Uigure.

Erschöpft von der langen Reise, hatte er sich gegenüber von Hort der Seelenruhe in einen Sessel fallen lassen.

»Und was ist mit dem Ring des Roten Fadens? Er ist doch hoffentlich nicht zerstört worden, oder?«, fragte der Vollkommene Lehrer ängstlich.

»Im Moment funktioniert er noch. Der undurchlässige Aufbau ist zwar äußerst kostspielig, aber dafür auch sehr wirkungsvoll. Keines der Mitglieder kennt die anderen, und selbst wenn eines davon ausfallen sollte, würde das Netz weiter arbeiten können, als sei nichts geschehen.«

»Ja, alles ruht ganz allein auf deinen Schultern, mein lieber Torlak! Ich war mir sicher, dass ich die richtige Wahl getroffen hatte, als ich dich nach Chang'an schickte. Trotzdem musst du von jetzt an noch viel vorsichtiger sein«, seufzte Hort der Seelenruhe erleichtert.

»Ich tue mein Bestes.«

»Ich weiß, ich weiß. Und ich vertraue dir voll und ganz.«

Der junge Uigure schwieg. Seine Miene wirkte verschlossen.

»Sollten wir die Nestorianer über diese neue Situation informieren?«

»Wenn sie jetzt noch nichts davon wissen, werden sie es sicher bald erfahren!«

»Wenn ich es mir recht überlege, ist die Epidemie der Seidenraupen ja gerade im richtigen Moment ausgebrochen. Wenn der Nachschub an illegaler Ware für einige Monate versiegt, werden die Behörden vielleicht glauben, dass es ihnen gelungen ist, dem Handel Einhalt zu gebieten. Das wird uns zu gegebener Zeit ermöglichen, ihn unbehelligt wieder aufzunehmen«, fügte Hort der Seelenruhe hinzu, der sich angesichts dieser Flut von schlechten Nachrichten zu beruhigen suchte.

Der Uigure wirkte inzwischen ein wenig verärgert und trank einen Schluck von dem mit Orangenblüten aromatisierten Wasser, das Hort der Seelenruhe ihm durch einen Diener hatte servieren lassen.

»Du sagst ja gar nichts! Ist irgendetwas nicht in Ordnung?«, fragte der Vollkommene beunruhigt.

»Speer des Lichts ist in Chang'an eingetroffen. Das hättet

Ihr mir ruhig vorher ankündigen können! Ich habe es erst durch mein Netz erfahren. Glücklicherweise funktioniert es tadellos«, bemerkte der Uigure mit finsterer Miene.

»Aber ich habe erst nach deinem letzten Besuch hier beschlossen, ihn nach Chang'an zu schicken! Wie hätte ich dich denn darüber informieren sollen? Er soll einfach nur neue Seidenraupen und Maulbeerbaumsetzlinge holen!«, widersprach der Vollkommene verlegen.

»Er hat sich in eine junge Arbeiterin aus der kaiserlichen Seidenmanufaktur vernarrt! Eine gewisse Jademond. Und jetzt genießen sie gemeinsam unbeschwert ihre Liebe!«, erklärte Grüne Nadel verbittert.

Bei diesen Worten zuckte Hort der Seelenruhe zusammen. Auf seinen Zügen breitete sich eine Mischung aus Empörung und Überraschung aus.

»Dieser Junge ist ja verrückt! Er hat den Verstand verloren! Damit bringt er uns alle in Gefahr!«, tobte er, ehe er bleich vor Zorn hinzufügte: »Außerdem ist es einem Hörer der Kirche des Lichts strengstens untersagt, mit wem auch immer körperlich zu verkehren! Speer des Lichts riskiert das Feuer der Hölle!«

»Er bedeutet vor allem ein Risiko für unsere Aktivitäten. In der kaiserlichen Manufaktur spricht sich früher oder später alles herum.«

»Du glaubst also, dass dieser Dummkopf so weit gehen würde, dieser Jademond alles zu verraten? Ich habe ihm natürlich weder deinen Namen genannt, noch ihm Näheres über deine Arbeit dort erzählt.«

»Aber er trägt einen roten Faden am Handgelenk. Der zuständige Offizier hat es mir bestätigt. Der Mann hat sogar geglaubt, er sei einer von uns.«

»Das weiß ich. Ich dachte, ich täte gut daran, ihm den Faden vor seiner Abreise umzubinden, weil ich glaubte, das würde ihm Unannehmlichkeiten ersparen. Ich brauche ihn heil und gesund wieder zurück. Wenn ich gewusst hätte, was passieren würde, hätte ich das natürlich gelassen! Es war ein großer Fehler von mir, diesem Jungen zu vertrauen!«

»Und nun besteht die Gefahr, dass er in Chang'an beträchtlichen Schaden anrichtet«, murmelte Grüne Nadel tückisch.

»Hast du ihn gesehen? Hast du mit ihm gesprochen? Wie hast du dich ihm vorgestellt? Er darf auf gar keinen Fall erraten, was du dort treibst! Hier glaubt jeder, dass du auf der Seidenstraße umherreist, um an den verschiedensten Orten Heilmittel für unsere Leute einzukaufen!«, rief Hort der Seelenruhe, der zunehmend unruhiger wurde.

»Ich habe mich gehütet, mit ihm Kontakt aufzunehmen. Euren Anweisungen entsprechend trete ich stets nur durch Mittelsmänner in Erscheinung. Seine Anwesenheit in Chang'an wurde mir durch einen Bekannten eines meiner Spitzel zugetragen, der einen Laden mit dem Namen ›Zum Seidenfalter‹ besaß. Nachdem ich diese Information erhalten hatte, ließ ich Euren Hörer durch den Ring des Roten Fadens beschatten! Ich hoffe, das war richtig so!«, erklärte Grüne Nadel und wirkte dabei gleichzeitig zufrieden und etwas gezwungen.

»An deiner Stelle hätte ich genau das Gleiche getan! Ich habe Speer des Lichts nach Chang'an geschickt, damit er uns von dort Kokons mit lebenden Seidenraupen zurückbringt. Die Epidemie hat zuletzt unsere gesamte Zucht vernichtet. Wir gewinnen nicht einen Zoll Faden mehr! Aber das Verhalten dieses Hörers enttäuscht mich maßlos. Dieser Junge bringt seine Kirche in große Gefahr!«, wiederholte der Vollkommene, der sich größte Vorwürfe machte, sein Vertrauen so leichtfertig verschenkt zu haben.

»Die kleine Jademond hatte ihn in ihrem Zimmer über dem Laden des Bekannten meines Informanten untergebracht! Einem Laden, an den die Nestorianer zu allem Überfluss auch noch unsere Seide verkauften! Aber der Gipfel ist, dass es sich dabei um reinen Zufall handelte!«

»Ein höchst erschreckender Zufall, wenn du mich fragst! Aber sag, Torlak, du redest die ganze Zeit in der Vergangenheitsform! Ist irgendein Unglück geschehen?«, ächzte Hort der Seelenruhe.

»Ohne jeden Zweifel handelt es sich bei diesem Seidenhändler namens Leuchtendes Rot um den Verräter, der den Schmugglerring bei den chinesischen Behörden angezeigt hat. Vor einiger Zeit tauchte ein turko-mongolischer Riese, der als der Leibdiener von Kaiserin Wu Zhao bekannt ist, bei ihm auf und schleppte ihn in den kaiserlichen Palast, nachdem er zuvor seinen Laden von oben bis unten durchsucht hatte. Dieser gerissene Kerl ist mit dem Leben davongekommen und noch am gleichen Abend in seinen Laden zurückgekehrt, als sei nichts gewesen.«

»Und du glaubst, dass sie ihn dazu gebracht haben, die Seiten zu wechseln?«, fragte Hort der Seelenruhe mit zitternder Stimme.

»Niemand verlässt den kaiserlichen Palast lebend, wenn er von den Obrigkeiten dorthin zitiert wurde, weil man ihn auf frischer Tat bei einem Verbrechen ertappt hat! Dieser Seidenhändler muss sein Leben mit Informationen erkauft haben.«

»Und deshalb warst du gezwungen, ihn auszuschalten.«

»Ich hatte keine andere Wahl! Ihr habt mir immer gesagt, dass wir uns von einzelnen Gliedern in der Kette trennen müssen, ehe sie zu reißen drohen.«

»Und wie bist du vorgegangen?«

»In Chang'an gibt es mehrere Wirtshäuser, wo man einem Gauner bloß ein Silbertael zuzustecken braucht, dazu den Namen und die Adresse des Betreffenden, und schon wird der Auftrag am nächsten Tag ausgeführt. In diesem Fall habe ich sogar ein Goldtael bezahlt, um sicher zu sein, dass die Aufgabe auch zu unserer vollsten Zufriedenheit erfüllt wurde.«

»Ich verstehe. Und was hast du getan, um in diesem ganzen Durcheinander Speer des Lichts und diese Jademond zu schützen? Sie befanden sich doch mitten in der Höhle des Löwen, wenn ich dich richtig verstanden habe?«

»Nachdem Leuchtendes Rot ausgeschaltet war, haben die Einheiten des kaiserlichen Zensorats seinen Laden unter Bewachung gestellt. Um ihnen zuvorzukommen, habe ich den beiden ausrichten lassen, in welcher Gefahr sie schweben, und dafür gesorgt, dass sie im Haus eines Mitglieds unseres Netzwerks in Sicherheit gebracht wurden. Dieser Mann hat die ausdrückliche Anweisung, sie nicht mehr gehen zu lassen, bis ich es ihnen erlaube. Deshalb hat sich auch meine Abreise aus Chang'an verzögert.«

»Das hast du sehr gut gemacht! Unter den gegebenen Umständen ist höchste Vorsicht geboten. Dieser hirnlose Speer des Lichts könnte unsere gesamte Organisation in Gefahr bringen, wenn es ihm in den Sinn käme, sich in der Stadt zu zeigen, während sicher schon die Ordnungshüter alles nach ihm absuchen! Aber ist der Mann, bei dem du die jungen Leute untergebracht hast, auch zuverlässig?«

»Er ist ein chinesischer Maler und Kalligraph. Aber da er kein Mitglied der kaiserlichen Akademie für Malerei und Kalligraphie ist, kann er trotz seines Talents von seiner Arbeit kaum leben. Und genau deshalb ist er auch vertrauenswürdig: Er braucht das Geld, das wir ihm zahlen, um seine vielköpfige Familie zu ernähren.«

»Wie heißt er?«

»In Chang'an kennt man ihn vor allem unter seinem Künstlernamen Flinker Pinsel. Niemand versteht es so gut wie er, mit einer einzigen fließenden Bewegung ein weißes Blatt Papier mit einem alten Gedicht zu füllen! Mit der gleichen Virtuosität zeichnet er auch Blumen und Pferde«, erklärte Grüne Nadel, den die Kunstfertigkeit von Flinker Pinsel ganz offensichtlich beeindruckt hatte.

»Ich hoffe, dass sich dein Flinker Pinsel als verlässlicher erweist als Speer des Lichts«, bemerkte Hort der Seelenruhe, dessen Blick immer noch düster war.

»Flinker Pinsel ist ein großer Künstler. Er verbringt Stunden vor seinen weißen Blättern, schreibt alte poetische Verse ab und verziert sie mit kleinen Szenen und Landschaften. Ich kann mir nicht vorstellen, aus welchem Grund er ein Geheimnis verraten sollte, das es ihm ermöglicht, sich in aller Ruhe seiner Passion zu widmen!«

»Ach, ich wünschte so sehr, du hättest recht«, seufzte der Vollkommene, ehe er hinzufügte: »Aber was findet Speer des Lichts überhaupt an dieser Jademond, dass er so leichtfertig die Gelübde bricht, die er bereits abgelegt hat?«

»Ich habe nicht die leiseste Ahnung. Was ich, wenn auch nur durch Hörensagen, erfahren habe, ist, dass er sehr verliebt in sie zu sein scheint. Die beiden Turteltäubchen haben sich während seines ersten Aufenthalts in Chang'an kennengelernt. Flinker Pinsel zufolge versichert er ihr unablässig, dass er nur deshalb zurückgekehrt sei, weil er sie liebe!«

»Dieser elende Schuft hat mir wohlweislich verschwiegen, dass er sich in eine Chinesin verliebt hatte, als ich ihn aufgefordert habe, noch einmal nach Chang'an zu reisen! Ich hätte nie vermutet, dass diese Mission für ihn ein solches Geschenk des Himmels war!«

»Es heißt, sie sei ebenso schön wie leidenschaftlich!«

»Das kann ich mir vorstellen! Sie muss eine jener Teufelinnen sein, die ihren Lebensunterhalt als Tänzerinnen, Sängerinnen, Akrobatinnen oder gar Kurtisanen bestreiten könnten!«

»Im Tempel des Unendlichen Fadens erzählt man sich, dass sie einen recht lockeren Lebenswandel pflegt«, präzisierte Grüne Nadel, und ein Hauch Bitterkeit schwang in seiner Stimme mit.

»In Anbetracht dessen wäre es wohl das Beste, wenn du so schnell wie möglich wieder nach Chang'an zurückkehren würdest. Wie viel Geld brauchst du diesmal?«, fragte Hort der Seelenruhe unvermittelt.

»Um alle Ausgaben bestreiten zu können, die im nächsten Halbjahr auf uns zukommen, brauche ich mindestens zwei Maß Silbermünzen. Allein die Unterbringung der beiden jungen Leute bei Flinker Pinsel kostet bereits ein Tael pro Tag! Das ist keine Kleinigkeit!«, schimpfte Grüne Nadel vor sich hin.

Nachdem sich der Vollkommene Lehrer vergewissert hatte, dass die Tür seines Arbeitszimmers fest verschlossen war, ging er zu dem schweren, mit Bronze beschlagenen Schrank hinüber, der gleich hinter seinem Schreibtisch an der Wand stand, und öffnete die beiden Türflügel.

Bekümmert stellte er fest, dass die finanziellen Reserven der Kirche des Lichts seit dem dramatischen Ausbleiben von Seidenfaden erheblich geschrumpft waren.

»Wenn ich dir das gegeben habe, bleibt mir so gut wie gar nichts mehr übrig. Wenn wir doch nur bald wieder mit der Seidenproduktion anfangen könnten!«, murmelte er, während er eine mit Gold- und Silbermünzen gefüllte Kassette von einem der Regalbretter nahm.

»Ich weiß, dass ich viel Geld von Euch verlange, und ich möchte mich schon im Voraus dafür entschuldigen!«

»Du brauchst dich nicht zu entschuldigen. Das ist nicht der rechte Zeitpunkt, um zu knausern. Der Ring des Roten Fadens darf nicht beeinträchtigt werden, ansonsten drohen uns schlimmste Gefahren!«

»Ihr habt recht. Das ist nicht der Moment, um dieses Netz zu zerreißen, das wir mit so viel Mühe geknüpft haben.«

»Ach übrigens, können wir uns der Loyalität der Nestorianer sicher sein? Werden sie nicht in Versuchung kommen, uns notfalls zu verraten, um ihre eigene Haut zu retten?«, fragte der Erwählte, während er seine fast leere Kassette zurück in den Schrank stellte.

»Sicher sein kann man sich nie. Jeder neigt dazu, nur noch an sich zu denken, wenn sich die Lage verschlechtert.«

Hort der Seelenruhe musterte Grüne Nadel eindringlich.

Nach dem Verrat von Speer des Lichts ruhte nun alles auf den Schultern dieses Uiguren. Er beglückwünschte sich dazu, in weiser Voraussicht diesen Spion nach Chang'an geschickt zu haben. Ohne ihn hätten die chinesischen Behörden höchstwahrscheinlich bereits die Spur der illegalen Seide bis zu ihren Urhebern zurückverfolgt!

»Möchtest du mit mir zu Abend essen? Der Koch hat Weizenfladen und eine köstliche Gemüsebrühe vorbereitet«, fuhr Hort der Seelenruhe fort.

»Ich danke Euch sehr für Euer Angebot, aber ich will lieber gleich wieder aufbrechen. Angesichts der Situation erscheint mir das sicherer!«

»Sonst nehmen wir bei deinen Besuchen nach dem letzten Gottesdienst immer zusammen das Abendessen ein. Wenn du vor dem Altar des Lichts neben mir stündest, könnte ich Mani anflehen, seinen Schüler zu beschützen!«, rief das geistige Oberhaupt der Manichäer von Turfan.

»Ich verspreche Euch, dass wir beim nächsten Mal, in sechs Monaten, gemeinsam das Brot brechen werden und ich am Abendgottesdienst teilnehme!«

»Lass mich zumindest einen Tropfen geweihtes Öl auf deine Stirn auftragen, um deine Rückreise zu segnen! Die Kirche des Lichts braucht deine Dienste jetzt nötiger denn je!«, flüsterte Hort der Seelenruhe.

Der Uigure kniete vor ihm nieder, und nachdem der Vollkommene Lehrer ein kleines gläsernes Fläschchen mit heiligem Chrisamöl geholt hatte, ließ er einen Tropfen davon auf seinen Daumen fallen und zeichnete damit ein Kreuz auf die Stirn des Uiguren, der die Augen geschlossen hatte.

»Im Namen Manis, des Gekreuzigten, empfange den Segen von Hort der Seelenruhe.«

»Wie soll ich mit Speer des Lichts und Jademond verfahren?«, fragte Torlak unvermittelt, während sein Lehrer das kleine Fläschchen mit dem heiligen Öl sorgsam wieder verkorkte.

»Sie dürfen sich nicht mehr sehen. Nimm Kontakt zu Speer des Lichts auf und richte ihm von mir aus, dass sein Verhalten ungeheuerlich ist und er so schnell wie möglich mit den Eiern und Kokons nach Turfan zurückkehren soll!«

»Wollt Ihr ihm sein Fehlverhalten etwa verzeihen?«, wollte der Uigure wissen.

»Ohne Kokons und Raupen schwebt die Kirche des Lichts in tödlicher Gefahr. Sag ihm, dass ich in Erwägung ziehe, ihm zu vergeben, wenn er mir bringt, was er versprochen hat!«

»Und was ist mit seiner jungen Geliebten?«, fragte Torlak, den die unerwartete Milde von Hort der Seelenruhe etwas zu enttäuschen schien.

»Erkläre ihr, dass jeder Hörer von seinem Keuschheitsgelübde entbunden werden kann. Sag ihr, dass ich bereit bin, sie nach dem Ritus des Lichts zu vermählen. Speer des Lichts muss mit diesen Kokons zurückkommen!«, entgegnete der Große Erwählte hektisch. Er war zu allen Zugeständnissen bereit, wenn er nur wieder in den Besitz der winzigen Raupen kam.

»Und was ist, wenn er sich weigert und beschließt, um der schönen Augen seiner Geliebten willen in Chang'an zu bleiben? Soll ich sie dann beide als schwache Glieder in unserer Kette betrachten?«, fragte Grüne Nadel mit leiser Stimme.

Bei diesen Worten verschlossen sich die Züge von Hort der Seelenruhe.

»Unsere Regel duldet auch in diesem Fall keine Ausnahme! Aber ich hoffe, dass du nicht so weit zu gehen brauchst!«, antwortete er bekümmert.

Der Tonfall des Vollkommenen ließ keinen Zweifel zu. Und Grüne Nadel hatte nur auf diesen Satz gewartet, mit dem das Oberhaupt der manichäischen Kirche von Turfan ihm ausdrücklich erlaubte, die beiden Liebenden, die die gesamte Existenz seines Spitzelnetzes gefährdeten, notfalls aus dem Weg zu räumen.

Nachdem er sich von Hort der Seelenruhe verabschiedet hatte, ging der falsche Arzt wieder hinaus in den Ehrenhof, um auf seinem Kamel davonzureiten.

Während Hort der Seelenruhe dem Uiguren nachsah und sich dabei sogar eine kleine Träne aus dem Augenwinkel wischte, flehte er zum Himmel, die Gnade des Propheten möge Torlak auf seiner Rückreise begleiten. Dann ging er zurück in den Tempel des Lichts, wo er sich hingebungsvoll in das Gebet und in die Anrufung des Barmherzigen Mani versenkte.

Wenn der allzu gutgläubige Vollkommene gewusst hätte, dass der Grund für Torlaks Eile genau wie der für sein verspätetes Eintreffen in Turfan Jademond hieß, dann hätte er sich sicherlich nicht zu so vielen Litaneien und Gebeten hinreißen lassen, um einen solchen Schurken zu schützen!

Denn der junge Uigure verschwieg ihm aus gutem Grund, dass er Gelegenheit gehabt hatte, die junge Geliebte von Speer des Lichts splitternackt zu bewundern und zwar hinter dem geheimen Fenster eines diskreten Boudoirs, in dem Flinker Pinsel, ein unverbesserlicher Voyeur, sonst junge Frauen unterbrachte, die er als Modelle engagierte. Dann ließ er sie allein, nicht ohne ihnen zuvor ein Gebräu zu trinken zu geben, das sie beim Liebesspiel, zu dem sie ein junger Mann im Auftrag des Malers verführte, alle Hemmungen verlieren ließ.

Manchmal gelang es ihm sogar, zwei oder drei junge Mädchen zusammenzubringen und, verborgen hinter der Wand, ihre Spiele zu beobachten.

So ergötzte sich Flinker Pinsel an dem gewagten Anblick

der Liebesakte, aus denen er, wie er behauptete, seine Inspiration schöpfte.

In diesem geheimen Raum lud von den lasziven Formen der mit Samt bezogenen Sitzbänke bis hin zu den Deckengemälden alles zur Liebe ein. Auf den Bildern waren rings um den mythischen Biyiniao-Vogel, der nur als Paar fliegen konnte, da sowohl das Männchen als auch das Weibchen nur über einen Flügel verfügten, alle möglichen Vereinigungen von gefiederten, behaarten oder geschuppten Tieren dargestellt. Dort hatte Grüne Nadel die beiden jungen Liebenden unterbringen lassen.

Und natürlich ahnten sie nicht, dass sie bei ihrem Liebesspiel heimlich beobachtet wurden.

Als Grüne Nadel Flinker Pinsel eines Abends aufgesucht hatte, um sich zu vergewissern, dass alles in Ordnung war, hatte ihn der Maler und Kalligraph mit lüstern funkelnden Augen hinter das geschickt verborgene Fenster geführt, von dem aus er genüsslich das Treiben seiner Versuchskaninchen verfolgte.

»Ich kann sie ja sehen, als befänden sie sich direkt vor mir!«, hatte der Uigure verblüfft bemerkt. »Wie ist das möglich?«

»Wenn du näher an die Wand herangehst, wirst du feststellen, dass sie aus einer dunklen geölten Leinwand besteht, in die Tausende winziger Löcher gestochen wurden. Auf der anderen Seite habe ich die Leinwand mit einer Landschaft aus Bergen und Flüssen bemalt, sodass man von innen nichts erkennt!«, hatte Flinker Pinsel triumphierend erklärt.

Und was Grüne Nadel an diesem Abend wie betäubt mit angesehen hatte, würde er sicher nicht so bald vergessen, denn vor seinen Augen liebten sich Jademond und Speer des Lichts.

Verblüfft und mit wachsendem Ärger hatte der Uigure beobachtet, wie Speer des Lichts sich ohne jede Zurückhaltung am herrlichen Körper seiner jungen Geliebten erfreute, deren

Gelenkigkeit ohne Zweifel einen ihrer unbestreitbaren Vorzüge darstellte.

Die faszinierenden, betörenden Bilder verfolgten ihn bis in den Schlaf.

Der Anblick des Ungestüms und der Leidenschaft dieser jungen Frau, deren Verrenkungen es ihr erlaubten, die Spitze des Jadestabs ihres Gefährten zu fassen, während dieser gleichzeitig das Gras auf dem Grund ihres Rosentals knabberte, hatte alle Sinne von Grüne Nadel erschüttert!

Flinker Pinsel hingegen hatte ihr Liebesspiel so sehr erregt, dass er sich ohne die geringste Scheu vor Grüne Nadel der einsamen Lust hingegeben hatte.

Der geheime Abgesandte von Hort der Seelenruhe, der sich bemühte, keusch zu leben, seit der Vollkommene ihn, genau wie Speer des Lichts, die ersten Gelübde eines Hörers hatte ablegen lassen, redete sich zunächst ein, dass er Zeuge einer äußerst ungebührlichen Szene wurde.

Er hatte sogar versucht, Abscheu für diese erstaunliche Liebesgymnastik zu empfinden, die von lautem Keuchen und gegenseitigen Schmeicheleien der beiden Liebenden begleitet wurde. Ganz in ihre Leidenschaft versunken, hegten sie nicht den leisesten Verdacht.

Aber sehr schnell musste Torlak sich eingestehen, dass ihn das alles mindestens ebenso sehr erregte wie Flinker Pinsel. Und während er den Blick starr auf die ineinander verschlungenen Körper gerichtet hielt, hatte sich sein Glied schmerzhaft versteift.

Ohne Vorwarnung war eine so überwältigende Woge der Lust über den Uiguren hereingebrochen, dass er sich nicht dagegen hatte wehren können.

Noch lange würde er sich an den unauslöschlichen Eindruck dieses unbeherrschbaren, unendlich köstlichen Verlangens erinnern, das in seinem Innern aufgestiegen war. Von seinem Unterleib hatte es sich in die Spitze seines Jadestabs hinein fortgesetzt, dessen heftiges Zucken den machtvollen, warmen Strom seines innersten Nektars ausgelöst hatte, der sich in seine Hand ergoss.

Schließlich hatten die jungen Leute ihr Liebesspiel beendet und waren Arm in Arm auf einem der bizarr geformten Diwane im Boudoir von Flinker Pinsel eingeschlafen.

Je länger Torlak die junge Arbeiterin betrachtete, desto herrlicher erschien ihm ihr Körper. Er bewunderte sie von den Spitzen ihrer winzigen Füße über den entzückenden Nabel, der von einem seltsamen kleinen goldenen Ring durchstochen war, bis hin zu den Enden ihres seidigen Haars. Nicht zu vergessen ihr intimer Spalt, der sich glatt und haarlos wie die Wange eines Neugeborenen zwischen ihren langen, schlanken Schenkeln öffnete!

Jademond war zweifellos eine seltene Kostbarkeit, und der Uigure sah nicht ein, warum Speer des Lichts ein Anrecht auf sie haben sollte und er nicht.

Und so war er von da an jeden Tag wie von Sinnen zum Haus des Malers gerannt, stets mit der gleichen Absicht und stets vom gleichen krankhaften Verlangen erfüllt.

Eine ganze Woche lang hatte er die ausgefallenen Liebesspiele der beiden Verliebten mit anschauen können, die sich von der Welt abgeschottet wähnten.

Der unersättliche Flinker Pinsel hingegen hatte diese einzigartigen Gelegenheiten genutzt, um unzählige Hefte mit erotischen Skizzen zu füllen, begleitet von kurzen, höchst anzüglichen kalligraphierten Gedichten.

»Ich habe noch nie eine so einfallsreiche junge Frau gesehen! Bei deinem Kollegen kommt keine Langeweile auf! Also ich wäre schon gerne an seiner Stelle!«, hatte Flinker Pinsel eines Abends bemerkt. Jademond saß rittlings auf dem Oberkörper von Speer des Lichts. Die Stellung war noch komplizierter als die vorhergehenden. Sie ermöglichte es ihrem Geliebten, nicht nur seine Zunge in ihr Rosental, sondern gleichzeitig auch seinen Zeigefinger in ihre hintere Pforte gleiten zu lassen, während Jademonds unersättliche rosige Zunge dabei seinen Jadestab leckte.

»Ich auch!«, hatte der Uigure schließlich gestanden.

Kein Wunder, dass Grüne Nadel aus diesen täglichen indiskreten Beobachtungen nicht unbeschadet hervorgegangen war.

Er war so besessen von Jademonds geschmeidigem, sinnlichem Körper, dieser zarten Ansammlung von Muskeln, die zu den kühnsten Posen fähig waren, schlank und glatt wie eine reife Mango, die Speer des Lichts mit Raffinement und Genuss verspeiste, dass in ihm eine erbitterte Eifersucht auf den jungen Kuchaner herangewachsen war.

Seine Nächte waren von der jungen Frau erfüllt, doch wenn er mitten in der Nacht aufwachte und glaubte, sie in seinen Armen zu halten, musste er enttäuscht feststellen, dass er statt ihrer Taille sein Kopfkissen umschlungen hielt!

Er wollte Jademond für sich alleine!

Sie endlich besitzen und diese verbotene Frucht kosten, diese süße Mango mit dem leicht alkoholischen Nachgeschmack, deren Aroma unvergleichlich sein musste!

Das war das Einzige, woran Grüne Nadel noch denken konnte, und deswegen hatte er sogar seine Abreise nach Turfan hinausgezögert, obwohl Hort der Seelenruhe dort auf ihn wartete.

Denn der Uigure hatte eine List ersonnen, mit deren Hilfe er dem Objekt seiner Begierden endlich näherkommen wollte.

Er kannte nur noch eine Sehnsucht: diesen geschmeidigen Körper zu berühren, seine wilde Sinnlichkeit zu genießen.

Er konnte es kaum noch erwarten, an die Stelle von Speer des Lichts zu treten und die schöne Jademond zu lieben.

Daher hatte er beschlossen, den Kalligraphen Flinker Pinsel zu bestechen, der stets neues Geld brauchte, um die jungen Modelle zu bezahlen, die er in großer Zahl verschliss.

Grüne Nadel wollte ihm den doppelten Betrag bieten, den er jetzt schon für die Unterbringung der beiden jungen Leute zahlte. Er war überzeugt, dass Flinker Pinsel im Gegenzug einwilligen würde, die beiden zu trennen und Jademond, sei es auch nur für eine Nacht, in dem Boudoir mit dem geheimen Fenster alleine zu lassen.

Dann brauchte er bloß noch in den Raum zu schleichen, um ebenfalls die Reize zu genießen, mit denen die junge Frau ihren Geliebten verwöhnte.

Er würde sich nicht mehr damit begnügen zuzuschauen, wie sie Speer des Lichts beglückte, sondern würde sie selbst besitzen.

Er würde ihre Haut berühren, und sie würde endlich ihm gehören.

Das wäre seine Rache.

Und später würde er Flinker Pinsel bitten, ihm die Zeichnungen und Skizzen von ihrem stürmischen Liebesspiel zu zeigen, die der voyeuristische Maler in seiner gewohnten Lüsternheit zweifellos anfertigen würde.

Das war der Grund, warum Grüne Nadel eine so hohe Summe von Hort der Seelenruhe gefordert hatte.

Bald würde er sich an Speer des Lichts rächen, der seine Tage in den Armen seiner Geliebten verbrachte, während er selbst Tag um Tag auf dieser endlosen Seidenstraße dahinzog. Das war umso weniger erstrebenswert, seit ein Wind aufgekommen war, der dem Reisenden unablässig Sand in heftigen Böen ins Gesicht peitschte, sodass er kaum die Augen offen halten konnte.

Wie naiv er doch gewesen war!

Während die Sandkörner sein Gesicht mit winzigen feurigen Nadeln peinigten, begann der Uigure, diesen Rivalen zu hassen, den Hort der Seelenruhe nach Chang'an geschickt hatte. Statt Kokons zu besorgen, vergaß er all seine religiösen Verpflichtungen und erfreute sich an den Reizen dieser jungen Frau, während er selbst sich pflichtbewusst abmühte, unter Lebensgefahr in feindlicher Umgebung ihr Netz von Spitzeln zu pflegen.

Je länger er darüber nachdachte, desto bitterere Vorwürfe machte er Hort der Seelenruhe, der im Hinblick auf diesen jungen Kuchaner so wenig Menschenkenntnis bewiesen hatte.

Doch zum Glück würde diese Ungerechtigkeit bald ein Ende haben.

Die Rollen würden besser verteilt sein, denn schon in wenigen Tagen würde Jademond für alle Zeiten ihm gehören.

Und Speer des Lichts würde leider zu einem der schwachen Glieder der Kette werden, die er notfalls aus dem Weg räumen durfte.

21

Dunhuang, Oase an der Seidenstraße

Vor sich die endlose Sandwüste, waren sie ganz allein auf der Welt, und der Geschmack des anderen, der nach diesem langen ersten Kuss bereits an ihren Lippen haftete, verriet es ganz deutlich: Sie gehörten zusammen!

»Ich liebe dich!«, flüsterte Umara, ohne zu zögern.

»Und ich liebe dich«, antwortete Fünffache Gewissheit.

Zwischen ihnen war bereits alles gesagt, denn alles war sehr schnell gegangen.

Sie waren sich des unermesslichen Glücks bewusst, dass sich ihre Wege gekreuzt hatten. Denn nichts schien diese beiden jungen Leute für eine solche Liebe bestimmt zu haben.

Sie war eine syrische Christin, er ein buddhistischer Mönch aus China. Bis dahin hatten sie, Tausende Li voneinander entfernt, so unterschiedliche Leben geführt, dass ihre Begegnungen einige Tage zuvor auf der Seidenstraße und nun hier auf diesem Steilhang keinesfalls bloß Zufall sein konnten.

War es der Wille der Vorsehung, das Schicksal oder der Weg des Buddha?

Sicher eine Mischung aus alldem, und auf jeden Fall entsprach es der Vorstellung, die sie beide sich vom Glück machten.

Kaum hatten sie einander auf der felsigen Plattform gegenübergestanden, von der aus man wie von einem natürlichen

Balkon die endlosen Dünen der Sandwüste bewundern konnte, da hatten sie sich auch schon rettungslos ineinander verliebt.

In diesem Moment gab es auf der Welt nur Fünffache Gewissheit und Umara.

Dem jungen Mönch hatte der Atem gestockt, als er auf den ersten Blick das junge Mädchen wiedererkannt hatte, das ihm auf der Seidenstraße in die Augen geschaut hatte, kurz bevor die Perser in Dunhuang angekommen waren.

Als er ihr jetzt so dicht gegenüberstand, sah er zum ersten Mal in seinem Leben zwei verschiedenfarbige Augen in einem Gesicht, denn während das eine eher ins Grünliche spielte, war das andere tiefbraun.

Bei ihrer ersten Begegnung waren sie noch zu weit voneinander entfernt gewesen. So konnte er diese seltene Ausprägung nicht bemerken, die die Natur Umaras Blick verliehen hatte. Er hatte nicht einmal gewusst, dass sie überhaupt möglich war.

Bezaubert erkannte er, dass die Farben ihrer Augen sie zu Gegensätzen machten, die sich jedoch ergänzten, so wie das Yin und das Yang. Und die Verschmelzung von Yin und Yang bewirkte die Große Harmonie, das lehrte der Daoismus, jene ursprüngliche chinesische Religion, zu der der Buddhismus mit Bedacht niemals in direkte Konkurrenz getreten war.

In Umaras zweifarbigen Augen spiegelte sich zwar Überraschung, aber keine Spur von Angst, nachdem sie den Blick von Fünffache Gewissheit aufgefangen hatte.

Jetzt, wo er so dicht vor ihr stand, erschien er dem jungen Mädchen noch schöner als drei Tage zuvor, als sie ihn, wie einen Sklaven gefesselt, auf der Seidenstraße gesehen hatte und er sie trotzdem so freundlich angelächelt hatte.

Gleichzeitig hatten sie jenes unbeschreibliche Gefühl zweier füreinander geschaffener Menschen verspürt, die sich mit einem Mal dieser offensichtlichen Tatsache bewusst werden und sich so unbändig zueinander hingezogen fühlen, dass sie sich rückhaltlos ineinander verlieben.

Diese überwältigende Liebe auf den ersten Blick hatte Umara und Fünffache Gewissheit ohne Vorwarnung getroffen, und sie würde ihr ganzes Leben verändern.

Als sein Blick hoch oben auf dem felsigen Balkon dem des jungen Mädchens begegnete, hatte Fünffache Gewissheit ein leises Kribbeln verspürt. Es ging von seinem Herzen aus, setzte sich durch seinen gesamten Oberkörper fort und mündete schließlich in einer Art jubilierender Erregung in seinen Extremitäten.

Das junge Mädchen, dem er so unverhofft vor den Toren Dunhuangs begegnet war, erschien ihm heute noch schöner, ihr Haar noch voller und lockiger, ihre Haut noch weißer und zarter.

Verglichen mit ihr wirkten die weißen Marmorstatuen von Guanyin, der weiblichen Gestalt des Bodhisattva Avalokiteshvara, die für die Gläubigen in den Gebetshallen des Klosters der Dankbarkeit für Erwiesene Kaiserliche Wohltaten aufgestellt waren, seltsam schal.

Er stand so dicht vor ihrer Brust, dass er ihr Parfüm riechen konnte, in dem sich Jasmin mit Geißblatt mischte.

Überrascht bemerkte der junge Mönch, der zum ersten Mal entdeckte, was es bedeutete, sich zu einer Frau hingezogen zu fühlen, dass sein Geschlecht plötzlich steif wurde. Das passierte ihm manchmal bei Sonnenaufgang, wenn der Novizenmeister im Kloster von Luoyang vor der ersten Meditation an sein Lager trat und ihn aufweckte, indem er ihm eine Schale mit kaltem Wasser über den Kopf schüttete.

Vor allem verstand er nun die ihm bis dahin so dunkel erscheinenden Worte seines Meisters Vollendete Leere, wenn dieser seinen Schülern erklärte, worin die Erleuchtung bestand, zu der die Übung der Chan-Meditation sie führen sollte.

»Seid leicht, seid leer. Versetzt euch in die Lage eines kleinen, vom Baum gefallenen Zweigs: Wenn der Wind aufkommt, lasst euch von ihm davontragen. Euer Geist darf keinen Gedanken mehr enthalten, nicht mehr den Hauch eines Wunschs, hierhin zu gelangen, dort fortzukommen, dies zu erreichen, jenes zu verwirklichen. Nicht ihr seid es, die zur Erleuchtung gelangt, sondern sie kommt zu euch, sie überrascht und erfasst euch! Sie entscheidet, nicht ihr!«, pflegte der alte Asket mit leiser Stimme zu sagen.

Und Fünffache Gewissheit konnte nicht umhin, sich einzugestehen, dass er von diesen paradoxen Sätzen nicht das Geringste verstand.

Wie konnte man bloß Konzentrationsübungen und ungegenständlicher Meditation jegliche Wirkung absprechen und die Novizen gleichzeitig zwingen, Stunden damit zu verbringen, ihnen sogar mit dem Lineal auf die Schulter schlagen, sobald ihre Aufmerksamkeit nur ein wenig nachließ!

Die Worte von Vollendete Leere waren ihm immer rätselhaft erschienen. Hin und wieder hatte er sogar den Mut verloren, wenn seine Schultern nach den Schlägen so stark schmerzten, dass er abends auf dem schmalen Lager, das er im überfüllten Schlafsaal des Klosters von Luoyang mit einem anderen Novizen teilte, kaum einschlafen konnte.

Doch bei dieser jungen Frau ergaben die Worte des alten Meisters mit einem Mal einen Sinn.

Er hatte erkannt, was es bedeutete, »sich überraschen zu lassen«.

Das, was nun geschah, hatte er niemals angestrebt.

Er hatte sich ganz einfach von der unbeschreiblichen Schönheit dieses Geschöpfs überraschen lassen. Wie aus dem Nichts war es aufgetaucht und schien schon seit ewigen Zeiten auf diesem natürlichen Balkon am oberen Ende der Strickleiter auf ihn zu warten, die er hinaufgeklettert war, weil er vermutete, von dort oben einen herrlichen Ausblick über die Sanddünen der Wüste Gobi zu genießen.

Als er einige Stunden zuvor Dolch der ewigen Wahrheit überredet hatte, mit ihm zum Kloster des Heils und des Mitgefühls zu gehen, ahnte Fünffache Gewissheit noch nicht, dass bald eine Begegnung sein ganzes Leben auf den Kopf stellen würde.

Umara hingegen war an diesem Morgen auf ihrem kleinen Pferd in die Wüste hinausgaloppiert, um auf andere Gedanken zu kommen. Hinter ihr saß Staubnebel und hielt ihre Taille fest umklammert. Ihr Ziel war der Steilhang mit dem Bücherversteck.

Dieser Ort war für sie inzwischen zu einer Obsession geworden, zu einem Geheimnis, das sie niemals mit ihrem Vater Addai Aggai teilen würde. Und Staubnebel, den sie so gerne mochte, war viel zu jung, um ihr etwas anderes einzuflößen als freundschaftliche Gefühle.

In dem Moment, als der schöne Unbekannte ihr seinen Namen genannt hatte, hatte sie eine Erschütterung verspürt, als habe ihr jemand einen leichten Schlag in den Magen versetzt.

Doch diese Empfindung war weder unangenehm noch schmerzhaft.

Im Gegenteil, etwas Angenehmes, Starkes und ausgesprochen Wohltuendes hatte ihre Brust, ihre Lippen und ihren Unterleib durchströmt, ein eigentümliches Gefühl, in dem sie später jenes Begehren – und jene Erfüllung – wiedererkennen sollte, das sie in seinen Armen ergreifen würde. Zum ersten Mal war sie sich ihres jungen, bereits voll erblühten Körpers bewusst geworden.

Es war vor allem ein sehr beruhigendes Gefühl nach all den dramatischen Erlebnissen, die hinter ihr lagen und die so unausweichlich aufeinandergefolgt waren wie die Perlen einer unheilvollen Gebetskette.

Unerklärlicherweise hatte Umara der Eindruck, diesen jungen Mann mit dem sorgfältig rasierten Kopf, der ihn so jugendlich wirken ließ, schon seit Ewigkeiten zu kennen. Ganz so, als sei sie nur für ihn geschaffen worden.

Ohne die Zurückhaltung, die ihr Vater sie gelehrt hatte und an die sie sich nun verzweifelt klammerte, hätte sie sich ihm in die Arme geworfen, so sehr sehnte sie sich danach, ihn zu berühren und seine Haut zu spüren.

Sie fühlte sich unwiderstehlich von dem schlanken Körper dieses Mönchs angezogen, obwohl sie ihn unter der weiten Robe, aus der lediglich eine wohlgeformte Schulter und ein muskulöser Arm hervorschauten, gar nicht genau erkennen konnte. Sie wusste nichts von der Liebe, und doch ahnte sie, was Fünffache Gewissheit ihr alles schenken könnte, wenn sie sich erst einmal von seinen schlanken Händen streicheln und von seinen verführerischen Lippen küssen lassen würde.

Verwirrt hatte sie ihm lediglich die Hand gereicht, um ihm über eine letzte felsige Stufe zu helfen. Dann hatte er das äußerste Ende dieses steinernen Balkons erreicht, von wo aus man den endlos weiten sandigen Horizont ungehindert überblicken konnte.

Nachdem Fünffache Gewissheit sich ihr vorgestellt hatte, fragte er sie nach ihrem Namen.

»Umara!«, hatte sie lächelnd geantwortet.

Und als er diese drei Silben hörte, die so sanft klangen wie Musik und sich auf ewig in sein Herz eingruben, erfasste auch Fünffache Gewissheit eine unbekannte Verwirrung.

»Was machst du denn normalerweise?«, hatte das reizende junge Mädchen gefragt, von dessen Augen er seinen Blick nicht mehr abwenden konnte.

Von dieser Frage überrumpelt, hatte er ihr mit monotoner Stimme seine Funktion genannt, so wie man es ihn gelehrt hatte.

»Ich bin ein buddhistischer Mönch des Großen Fahrzeugs, Gehilfe von Meister Vollendete Leere, dem Abt des Kloster der Dankbarkeit für Erwiesene Kaiserliche Wohltaten in Luoyang.«

»Du wirkst gar nicht wie ein Mönch! Als ich dich auf der Seidenstraße gesehen habe, warst du sogar gefesselt!«

»Ich werde gefangen gehalten!«, hatte er gestammelt, doch aus Angst, sie zu beunruhigen, wollte er nicht näher auf seine misslichen Abenteuer eingehen.

Sie hatte ihn angelächelt und dabei einfach hinreißend ausgesehen.

»Was machst du denn hier?«, hatte er hinzugefügt, um nicht länger über sich reden zu müssen.

»Nichts Besonderes. Ich habe einen Ausflug gemacht. Ich liebe diesen Ort, diesen Blick über die Wüste. Du gefällst mir!«, hatte sie ausgerufen, und Fünffache Gewissheit war verblüfft über die Impulsivität dieses so zurückhaltend wirkenden Mädchens.

Denn die junge Nestorianerin, die nach strengen moralischen Prinzipien erzogen worden war und von ihrem Vater gelernt hatte, dass sie einem Mann niemals ins Gesicht sehen durfte, hatte ganz unbefangen, als sei dies das Selbstverständlichste von der Welt, den ersten Schritt getan.

Und er war vor diesem unwiderstehlichen, unerwarteten Angriff nicht zurückgewichen.

Leidenschaftlich hatte sie sich auf ihn gestürzt, ihren Mund auf seine Lippen gepresst und schließlich ihre Zunge dazwischengeschoben, während er ihr seine Lippen ohne Zögern und mit wachsendem Genuss geöffnet hatte.

Und der junge Mönch, dem es verboten war, auch nur flüchtig die Haut einer Frau zu berühren, hatte erkannt, dass er küssen konnte.

Die leidenschaftliche Liebe war plötzlich da, mit einem Schlag entbrannt.

Für ihn war es die Erleuchtung, wie sie auch der Buddha in dem indischen Dorf Bodh-Gaya unter dem Pipal, dem heiligen Feigenbaum, erlebt hatte, vor dem sich Tausende von Gläubigen tagtäglich verneigten.

Und für sie war es die Offenbarung, wie sie Jesus Christus am Ölberg zuteil geworden war, während seine Jünger schliefen.

Jeder von ihnen hatte seinen eigenen Glauben, aber sie verband die gleiche Liebe!

Eine gegenseitige Liebe.

Eine aufrichtige Liebe.

Kurzum, die wahre Liebe!

Eng umschlungen, alleine auf der Welt und frei, zu tun, was sie wollten, wussten Umara und Fünffache Gewissheit bereits, dass sie gemeinsam ein einzigartiges Ganzes bildeten.

Das Schicksal hatte sie einander ohne Zeugen auf dem Steilhang begegnet lassen, obwohl sie beide in Begleitung dorthin gekommen waren.

Am Fuß der Felswand, von der die Strickleiter herabhing, spielten Dolch der ewigen Wahrheit und der *ma-ni-pa* friedlich ein Würfelspiel. Sie warteten auf Fünffache Gewissheit, der beschlossen hatte, zu dem natürlichen Balkon hinaufzusteigen, weil er ahnte, dass die Landschaft die Mühe lohnte.

Den jungen Staubnebel hingegen, der Umara auf ihren heimlichen Ausflug begleitet hatte, konnte das junge Mädchen nur als Umriss in der Ferne erkennen, wo er auf der Jagd nach Riesenheuschrecken die Kuppe eines Hügels erklomm.

Und so wusste niemand, dass sie sich vor dem Bücherversteck vom Kloster des Heils und des Mitgefühls begegnet waren.

Seit diesem Morgen war für den Gehilfen von Vollendete Leere alles so schnell gegangen.

»Habt ihr gut geschlafen?«, hatte Ulik Dolch der ewigen Wahrheit und Fünffache Gewissheit freundlich gefragt, als die beiden Männer den Speiseraum der kleinen Herberge in der Altstadt betreten hatten, wo Hauptmann Majib auf Empfehlung von Addai Aggai zwei Tage zuvor mit seinen Männer abgestiegen war.

»Nein, er nicht. Er hat sich die ganze Nacht übergeben. Sein Magen ist nicht in Ordnung, er braucht Medizin. Darf ich auf den Markt gehen und etwas für ihn besorgen?«, hatte Fünffache Gewissheit erwidert und dabei auf den Bauch von Dolch der ewigen Wahrheit gedeutet, den dieser mit Hilfe entsprechender Atemübungen aufgebläht hatte wie einen Flaschenkürbis.

Gemeinsam hatten sie einen Plan ausgeheckt: Sie täuschten diese Bauchschmerzen vor, um unter dem Vorwand, Medizin zu besorgen, die Herberge zu verlassen. Dann wollten sie an die Tür des Klosters des Heils und des Mitgefühls klopfen. Unter Verweis auf Vollendete Leere würden sie dort den Abt Ruhende Mitte bitten, Fünffache Gewissheit dabei zu helfen, zusammen mit den himmlischen Kindern den persischen Räubern zu entkommen.

Der Übersetzer hatte Hauptmann Majib, der gerade einen mit gesüßtem Bohnenpüree gefüllten Fladen aus geröstetem Gerstenmehl verzehrte, die Bitte von Fünffache Gewissheit übermittelt.

Zur großen Freude der beiden Mönche war er einverstanden.

»Hauptmann Majib erlaubt dir zu gehen. Aber er sagt, dass du vor Sonnenuntergang wieder in der Herberge sein sollst, wenn du die beiden Kinder gesund wiedersehen willst!«

»Natürlich sind wir zurück, ehe es dunkel wird«, hatte der junge Mönch versichert.

»Darf ich euch begleiten?«, hatte der *ma-ni-pa* gefleht, der um das Leben von Fünffache Gewissheit fürchtete und ihn um nichts in der Welt allein hätte ziehen lassen.

Fünffache Gewissheit hatte Hauptmann Majib einen fragenden Blick zugeworfen, und dieser hatte mit der Unbeschwertheit eines Mannes, der offensichtlich keinerlei Argwohn hegt, zugestimmt.

Zufrieden über den Erfolg seiner List, hatte Fünffache Gewissheit seinen Freund vom Kleinen Fahrzeug zur Tür der Herberge geführt. Zuvor hatte er einer Dienerin gezeigt, wie sie die Säuglinge an Lapikas Zitzen anlegen sollte, wenn sie hungrig wurden.

Dann hatten sie hastig drei Pferde gesattelt, da sie es kaum erwarten konnten, das Weite zu suchen. Sturmwinds Nüstern zitterten vor Freude darüber, endlich wieder von seinem Herrn geritten zu werden.

Draußen hatte die strahlende Sonne, die bereits die blank gelaufenen Pflastersteine der schmalen Gassen aufleuchten ließ, das Herz des jungen Mönchs vollends erwärmt. Die ersten fahrenden Händler bauten ihre kleinen Stände mit getrockneten und kandierten Früchten auf.

Der Beginn dieses Tages ließ ihn hoffen, dass sein Plan aufgehen könnte.

Er zweifelte nicht daran, dass Ruhende Mitte, der einem ausgesprochen reichen Kloster vorstand, über die nötigen Mittel verfügte, um ihnen zu helfen, sich aus Majibs Klauen zu befreien.

»Dieser persische Hauptmann ist ein abscheulicher Mensch! Dir zu drohen, er werde sich an den Kindern vergreifen, das ist ja widerlich!«, hatte der *ma-ni-pa* geschimpft, als sie das Zentrum von Dunhuang hinter sich gelassen hatten und ihre Pferde in einen leichten Trab fallen lassen konnten.

»Dieser Kerl hält mich wohl für einen ausgemachten Trottel! Glaub mir, wenn er sie nach seiner Rückkehr verkaufen will, wird er sich hüten, ihnen auch nur ein Haar zu krümmen!«, hatte der junge Anhänger des Mahayana gerufen.

»Er soll in die kalte Hölle kommen, ohne überhaupt den Bardo abzuwarten!«, hatte der Tibeter bekräftigt.

»Keine Sorge. Sein Karma wird ihn auf direktem Wege dorthin führen«, hatte Fünffache Gewissheit, der sich bereits ausmalte, wie sie ihren Entführern entwischten, beinahe sorglos geantwortet.

»Ich bin ganz deiner Meinung! Dieser Perser wird in der schrecklichsten aller Avici-Höllen wiedergeboren werden!«, hatte Dolch der ewigen Wahrheit hinzugefügt, dessen Bauch mit einem Schlag wieder abgeschwollen war, kaum dass sie hinaus in die von Menschen wimmelnden Sträßchen des alten Viertels der Oasenstadt getreten waren.

»Was hältst du von meinem Plan?«, hatte ihn der Gehilfe von Vollendete Leere gefragt, während sie Seite an Seite vorausritten.

»Wenn du Ruhende Mitte deine Lage erklärst, ist er verpflichtet, dir zu helfen. Bei uns in Indien darf ein Mönch des Kleinen Fahrzeugs einem in Not geratenen Bruder seine Hilfe nicht verweigern. Und ich vermute, dass das in China bei den Mönchen des Großen Fahrzeugs nicht anders ist!«

Von diesen Worten beruhigt, dankte Fünffache Gewissheit unablässig dem vermittelnden Bodhisattva Guanyin dafür, nach dem *ma-ni-pa* auch noch Dolch der ewigen Wahrheit auf seinen Weg geführt zu haben.

Er sah darin das Wirken des Erhabenen und betrachtete es als ein Zeichen dafür, dass die Mission, mit der Vollendete Leere ihn betraut hatte, dem Buddha nicht gleichgültig war.

Zu zweit, und nun zu dritt, würde es geradezu ein Kinderspiel sein, die Himmlischen Zwillinge nach Luoyang zu bringen.

Seine Waden berührten kaum die glänzenden Flanken von Sturmwind, der nur darauf wartete, wie ein Pfeil loszuschießen. Fünffache Gewissheit genoss die sanfte Euphorie der Freiheit, die dieser gestohlene Tag ihm nach so langer Gefangenschaft in Gesellschaft seiner neuen Freunde bescherte.

Er zweifelte nicht einen Augenblick daran, dass Ruhende Mitte für sein Anliegen Verständnis aufbringen würde.

Er würde ihm erklären, dass Vollendete Leere ihn nach Samye geschickt hatte, um das *Sutra über die Logik der Vollkommenen Leerheit* zu holen, und er dort im Kloster einem Lama begegnet war, der ihm zusammen mit dem heiligen Buch auch zwei Säuglinge anvertraut hatte. Er würde ihm erzählen, dass das Gesicht eines der beiden Kinder zur Hälfte mit Haaren bedeckt war, was mindestens ein Zeichen für eine halbgöttliche Abkunft war. Dann würde er ihm von den Umständen berichten, unter denen er und der *ma-ni-pa* von Persern gefangen genommen worden waren, deren Anführer die Kinder an jemanden verkaufen wollte, der sie eines Tages miteinander vermählen würde.

»Gute Frau, könnt Ihr mir sagen, wo das große buddhistische Kloster liegt?«, hatte er höflich eine alte Matrone gefragt, deren runzliges Gesicht an eine getrocknete Pflaume erinnerte.

Die Frau stand in der Ecke eines kleinen Platzes, über den sich der schillernde Teppich eines Gemüsemarkts gebreitet hatte, und verkaufte Krapfen.

»Welches davon? Hier gibt es über dreißig Klöster des Großen und des Kleinen Fahrzeugs!«

»Ich suche ein Kloster des Großen Fahrzeugs, das eine in den Berg gegrabene Bibliothek besitzt! Es muss am Fuß eines Steilhangs liegen! Ich glaube kaum, dass es davon so viele gibt!«, hatte Fünffache Gewissheit liebenswürdig erklärt und der Matrone gleichzeitig mit einer Handbewegung bedeutet, ihm ein paar ausgebackene Krapfen einzupacken.

»Ein Kloster des Großen Fahrzeugs in der Nähe eines Steilhangs? Davon gibt es hier in der Gegend tatsächlich nur eines! Es ist ganz leicht zu finden. Nehmt diese Straße. Wenn ihr die Vororte der Stadt hinter Euch gelassen habt, müsst ihr quer durch die Wüste reiten. Das Höhlenkloster des Heils und des Mitgefühls ist in den hohen Felshang aus Buntsandstein gegraben, der dort den Horizont bildet!«

Der Blick der Matrone hatte sich mit einem Mal aufgehellt, als sie an der Farbe und der charakteristischen Form des grobwollenen Gewands ihres Kunden erkannt hatte, dass ein Mönch vor ihr stand.

Mit einem verschwörerischen Zwinkern hatte sie ihm das Päckchen gegeben, in das sie drei Krapfen eingewickelt hatte, einen für jeden von ihnen.

»Wie viel bin ich Euch schuldig, gute Frau?«

»Nichts. Wie ich sehe, bist du ein Mönch. Du hast das Recht zu betteln. Gib mir deine Almosenschale.«

»Und wenn ich Euch lieber bezahlen will? Ihr scheint nicht allzu viel Kundschaft zu haben!«

»Das kommt überhaupt nicht in Frage! Was sind schon drei Krapfen, verglichen mit dem wenn auch winzigen Schritt, den mich dieses Karma näher an das Paradies heranführt! Aber versprich mir, dass du für mich beten wirst«, hatte die fromme Händlerin leise gemurmelt und ihn um seinen Segen gebeten.

Waren die köstlichen Krapfen, die sie mit einem Bissen verschlungen hatten, nicht ein weiterer Hinweis darauf, dass dieser Tag unter den besten Vorzeichen begann?

Wie die alte Krapfenverkäuferin gesagt hatte, tauchte, kaum dass sie die letzten kleinen Häuser von Dunhuang hinter sich gelassen hatten, am Horizont die hohe Steilwand aus Buntsandstein vor ihnen auf. In den schräg einfallenden Strahlen der frühen Morgensonne mutete sie wie ein großer Drache an, der sich dort friedlich zusammengerollt hatte, um seinen geschuppten Rücken zu wärmen.

»Ich hatte noch nie die Gelegenheit, nach Zentralchina zu

reisen, aber ich kann mir vorstellen, dass die Große Mauer, die das Kaiserreich umschließt, mindestens ebenso hoch ist wie diese hier!«, hatte Dolch der ewigen Wahrheit hingerissen gemurmelt.

»Da irrst du dich. Jeder, der die Große Mauer zum ersten Mal sieht, ist von ihr enttäuscht. Sie ist alles andere als unüberwindlich. Dabei hat der erste Kaiser, Qin Shihuangdi, eine Million Sklaven geopfert, um sie zu bauen. Im Gegensatz zu dem, was dieser grässliche Tyrann glaubte, wird es den Menschen niemals gelingen, sich mit der Natur zu messen«, hatte Fünffache Gewissheit erwidert.

Vor ihren Augen breitete sich nun flach wie ein See eine mit grobem Schotter bedeckte Wüste aus. Hier und da ragten wie Schutzgötter, denen die Ernährung verirrter Reisender oblag, einzelne verkümmerte Dattelpalmen auf. Sie zeugten von den kümmerlichen Resten alter Oasen, die vor Hunderten von Jahren zugunsten der neuen Siedlung Dunhuang aufgegeben worden waren.

Als riefe Umara ihn zu sich, hatte Fünffache Gewissheit seine Gefährten gedrängt, ihre Pferde so schnell wie möglich anzutreiben.

Und so waren sie unter der strahlenden Sonne dahingaloppiert, so schnell, dass der Mönch aus Peshawar, der sich auf einem Pferderücken nicht sonderlich wohlfühlte, Fünffache Gewissheit schließlich angefleht hatte, doch anzuhalten.

Dieser war seiner Bitte gefolgt, zumal das von Schaum und Schweiß bedeckte Fell ihrer Pferde verriet, wie anstrengend der scharfe Ritt für sie gewesen war. Sie hatten unter einer Dattelpalme Halt gemacht, die von einigen wenigen Dornbüschen umgeben war, welche die steinerne Trostlosigkeit der Wüste noch unterstrichen.

Unter diesem Baum des Mitgefühls, dessen Früchte es den Menschen ermöglichten, zu überleben, lagen noch ein paar Datteln. Wie durch ein Wunder hatten die Nagetiere der Wüste, selbst die Beute von Aspisvipern und Skorpionen, sie nicht gefressen. Sie waren von der Sonne so kandiert und prall von Zucker, dass ihre schwarze Haut schon faltig wurde. Die Männer hatten sie mit den Pferden geteilt.

»Du siehst erschöpft aus! Hier, nimm das. Bei uns gibt es ein Sprichwort, welches besagt, dass ›drei Datteln und ein Schluck Wasser dem erfahrenen Reisenden genügen‹. Ich bin sicher, dass das bei dir der Fall sein wird!«, hatte Fünffache Gewissheit bemerkt und Dolch der ewigen Wahrheit eine der Früchte hingehalten.

Er saß mit dem Rücken gegen die Palme gelehnt und lutschte die Frucht wie ein Honigbonbon.

»Meine Güte, galoppierst du schnell! Ich bin nicht so ein guter Athlet wie du. In Peshawar bleibe ich die meiste Zeit über im Kloster und bete! Meine einzige Bewegung ist der Weg von meiner Zelle in den Unterrichtsraum, wo ich den Novizen einige Grundkenntnisse der persischen und chinesischen Sprache beibringe, und von dort aus zurück in die Gebetshalle! Es ist sicher schon über zwei Jahre her, seit ich zum letzten Mal auf einem Pferd gesessen habe. Du hast mir einiges voraus!«

»Sei unbesorgt! Genau wie ich nimmst du kein Fleisch zu dir. Also ist dein Körper frei von Fett und wirkt geschmeidig. Da braucht es nicht mehr viel, um ihm Muskeln zu verleihen. Bald wirst du dich daran gewöhnt haben und genauso schnell reiten wie ich.«

»Wir Asketen müssen unsere körperliche Kraft genauso pflegen wie unsere geistige Stärke.«

»Das stimmt. Der Buddha eroberte seine Gemahlin, indem er ein Wettschießen mit dem Bogen gewann!«

»Ich weiß! Diese Szene ist sogar auf einem der schönsten steinernen Flachreliefs dargestellt, die den Haupthof meines

Klosters in Peshawar zieren. Man erkennt darauf Siddharta in seinen prächtigen Kshatriya-Gewändern,* der sich mit anderen jungen Männern, darunter auch der elende Verräter Devadatta, misst, um die Hand der schönen Yashodhara zu gewinnen.«

»Ich habe mich immer gefragt, wie der Erhabene eine so schöne Frau verlassen konnte, die ihm auch noch einen Sohn geschenkt hatte. Und doch beschloss er, seine Familie aufzugeben und sich auf die Suche nach der Wahrheit zu machen«, hatte Fünffache Gewissheit entgegnet. Es war das erste Mal, dass er diese Überlegung auszusprechen wagte, die er bis dahin stets für sich behalten hatte.

»Ich habe mir lange die gleiche Frage gestellt.«

»Für mich wird es immer ein Rätsel bleiben.«

»Gautama hatte sicherlich gute Gründe dafür, abgesehen von seinem Wunsch, den Menschen die Vier Edlen Wahrheiten zu verkünden, die es ihnen erlauben würden, dem Leiden in der Welt zu entkommen!«

»Ich kann nicht glauben, dass unsere Welt allein von *duhkha*** regiert wird, Dolch der ewigen Wahrheit. Es gibt das Glück. Wenn ich im Reich Bod einen Adler gesehen habe, der hoch über einem funkelnden Gletscher in der Sonne seine Kreise zog, dann war ich glücklich!«

»Je länger ich darüber nachdenke, desto mehr glaube ich, dass Gautama Witwer war, als er entschied, sich von seiner Familie zu trennen«, flüsterte Dolch der ewigen Wahrheit, der diese Überzeugung ebenfalls zum ersten Mal einem anderen Menschen anvertraute.

»Du glaubst also, dass die arme Yashodhara nicht mehr lebte, als Gautama sein Zuhause verließ?«

* Die Kaste der Kshatriya, der die Familie von Gautama angehörte, bildete im alten Indien die Kriegerkaste.

** Sanskrit für »Leiden«

»Der Erhabene muss seine Gemahlin so sehr geliebt haben, dass er sie niemals zurückgelassen hätte, wenn sie noch an seiner Seite gewesen wäre!«

»Und gibt es dafür Beweise?«

»Nicht einen einzigen. Alle Berichte des Vinayapitaka*, die sich auf sein Leben beziehen, sprechen nur von seinem Großen Aufbruch vor dem Erwachen und verlieren kein einziges Wort darüber, was aus seiner Gemahlin wurde, als er sein Heim in Kapilavastu hinter sich ließ. Du bist vielleicht der Ansicht, dass ich mir zu große Freiheiten herausnehme, aber ich kann mir den Buddha einfach nicht als reinen Geist oder ein ätherisches Wesen vorstellen!«

»Du hast sicherlich recht! Der Erhabene muss ein sehr empfindsamer Mensch gewesen sein. Er hätte Yashodhara bestimmt nicht geheiratet, wenn er sie nicht geliebt hätte. Würdest du denn so weit gehen, den Großen Aufbruch mit dem grenzenlosen Schmerz über den Tod seiner Frau in Verbindung zu bringen?«, wollte Fünffache Gewissheit wissen, den die Persönlichkeit des Buddha seit seiner frühesten Novizenzeit stets fasziniert hatte.

Wer war er, dieser der Kriegerkaste entstammende Inder, der bald zum Verfechter der Gewaltlosigkeit wurde und so kühn gewesen war, Ansichten zu vertreten, die einen solchen Bruch mit den Überzeugungen seiner Zeitgenossen darstellten?

Wer war dieser Mensch, der mehr als tausend Jahre zuvor den Mut gehabt hatte, seine Mitmenschen in den Mittelpunkt der Welt zu stellen, indem er eine umfassende Erklärung für das Dasein lieferte, welche den Schwerpunkt auf die Ursachen für das Unglück und das Leiden der Menschen legte?

* Das Vinayapitaka, der »Korb der Ordenszucht«, ist eine der drei grundlegenden Schriften des Buddhismus, die zusammen das Tripitaka bilden.

Ganz sicher verbarg sich hinter einer solchen Persönlichkeit ein Rätsel.

Damals hatte also ein außergewöhnlicher Mann gelebt, der zahlreiche Anhänger um sich scharte. Sie waren von der Wahrheit seiner heiligen Worte überzeugt und hatten bald den Sangha gebildet, jene Gemeinschaft von Mönchen und Nonnen, die nach dem Tod des Buddha damit beauftragt wurde, sein Wort in die Welt hinauszutragen.

Und diese Botschaft musste genau dem entsprochen haben, was die Menschen suchten. Sie war nach China vorgedrungen und hatte dort die riesige Gemeinde des Großen Fahrzeugs begründet, der Millionen von Laien und Mönchen angehörten und die kurz davor stand, die offizielle Religion des Kaiserreichs zu werden.

Wodurch verwandelte sich ein simples menschliches Abenteuer im Laufe der Jahrhunderte in eine Institution mit einem mächtigen geistlichen Stand und riesigem Landbesitz, wodurch sie gleich hinter der kaiserlichen Verwaltung zu einer unumgänglichen wirtschaftlichen und weltlichen Macht wurde?

Dolch der ewigen Wahrheit riss ihn aus seinen Gedanken.

»Fünffache Gewissheit, sieh nur!«

Vor ihnen auf dem steinigen Boden war plötzlich eine Manguste mit ihren drei Jungen aus ihrem Bau hervorgekommen. Dieser natürliche Feind der Kobras und Aspisvipern hatte sich aufgemacht, die Hornviper zu jagen, die vielleicht noch völlig benommen zusammengerollt unter den flachen, von der Sonne angewärmten Steinen lag.

»Lasst uns der Seelen gedenken, die in diesen Tierchen wiedergeboren wurden! Das sagte mein Abt Buddhabadra immer, wenn er eine Ratte oder eine Maus sah.«

»Du denkst oft an ihn!«

»Ich wünsche mir so sehr, irgendwann seine Spur wiederzufinden!«, seufzte der Mönch aus Peshawar traurig.

»Alles liegt in der Hand des Erhabenen.«

»Es ist seltsam, bei dir habe ich sofort Vertrauen und Vertrautheit empfunden, obwohl unsere Lehrpfade eigentlich Gegner sind. Ich sollte das nicht so sagen, aber trotzdem bin ich davon überzeugt, dass du mir Glück bringen wirst!«, murmelte Dolch der ewigen Wahrheit.

Daraufhin waren die beiden Mönche sich gerührt in die Arme gefallen. Die Pferde versuchten unterdessen, der Wüste die wenigen Überreste der scharfkantigen Gräser zu entreißen, die der letzte Regen auf dem Boden hatte sprießen lassen, ehe ihre Reiter auf dem schmalen, durch die unzähligen kleinen Steine kaum noch zu erkennenden Weg weiter auf den Fuß des Steilhangs zuhalten würden.

»Ich habe noch nie einen weißen Elefanten gesehen! Der, den du verloren hast, muss ein außergewöhnliches Tier gewesen sein!«, hatte der *ma-ni-pa* gerufen, für den Fünffache Gewissheit kurz zusammengefasst hatte, was Dolch der ewigen Wahrheit gesagt hatte.

»Eigentlich war es mein Abt, der Unschätzbare Buddhabadra, der ihn auf eine Reise nach Tibet mitgenommen hat, von der er immer noch nicht zurückgekehrt ist! Der heilige weiße Elefant war der einzige, der bei unseren Großen Wallfahrten die heiligen Reliquien auf seinem Rücken tragen durfte, die in der Obhut des Klosters vom Einen Dharma lagen.«

»Ich kann verstehen, dass du dir Sorgen machst«, sagte der Gehilfe von Vollendete Leere.

»Das Verschwinden des heiligen Tieres bedeutet für mein Kloster eine wahre Katastrophe. Deshalb habe ich beschlossen, mich auf die Suche nach ihnen zu machen. Und das ist der Grund, warum ich hier vor dir stehe! So, jetzt weißt du alles!«, hatte Dolch der ewigen Wahrheit lächelnd geschlossen.

»Du hast eben in der Vergangenheitsform gesprochen. Sind mit dem sagenhaften Tier etwa auch die heiligen Reliquien verschwunden?«, hatte der junge Mönch gefragt.

»Der Tripitaka Fünffache Gewissheit verfügt wahrhaftig über einen scharfen Verstand. Er braucht nur wenig, um die richtigen Schlüsse zu ziehen!«, hatte Dolch der ewigen Wahrheit bewundernd gemurmelt, ohne jedoch näher darauf einzugehen.

»Hab keine Angst. Ich verspreche dir, dass ich niemandem etwas davon erzählen werde! Ich habe gewiss nicht die Absicht, dem Ruf deines Klosters zu schaden.«

Sie waren wieder aufgesessen und trabten langsam nebeneinander her.

»Ich frage mich, wie die Kleine Wallfahrt für meine Brüder verlaufen ist!«, hatte Dolch der ewigen Wahrheit geseufzt.

»Wie sollen sie denn eine Wallfahrt veranstaltet haben, wenn sie weder die Reliquien noch den Elefanten zur Verfügung hatten?«

»Glücklicherweise ist bei der Kleinen Wallfahrt die Anwesenheit eines weißen Elefanten nicht zwingend vorgeschrieben. Und was die Reliquie selbst betrifft, die bei der Kleinen Wallfahrt verehrt wird, so wurde sie in einem kleinen Herzen aus Sandelholz aufbewahrt, von dem ich eine Kopie habe anfertigen lassen! Das war keine sehr ruhmreiche Tat, aber mir blieb keine andere Wahl.«

»Willst du damit sagen, dass deine Klosterbrüder den Gläubigen einen falschen Reliquienschrein präsentiert haben, der darüber hinaus auch noch vollkommen leer war?«

»Die Notwendigkeit, mein lieber Tripitaka Fünffache Gewissheit, hat es in diesem Fall so geboten! Ich bin sicher, dass du an meiner Stelle das Gleiche getan hättest.«

»Aber das ist doch Betrug!«

»Wie hätten wir den Tausenden von Gläubigen denn erklären sollen, dass sie sich vollkommen umsonst bemüht hätten, weil die heilige Reliquie der Kleinen Wallfahrt verschwunden sei? Ihr Zorn hätte verheerende Auswirkungen gehabt. Viele von ihnen kommen von sehr weit her, und dann drängt sich diese unbeherrschare Menge, erregt durch das Warten und erschöpft vom langen Stehen, in den Höfen vom Kloster des Einen Dharma.«

»Ich verstehe. Wahrscheinlich würde ich voller Kummer und Scham genauso handeln.«

»Schwöre mir hier und jetzt, dass du niemals irgendjemandem ein Wort davon erzählen wirst!«, flehte Dolch der ewigen Wahrheit.

»Wenn es dich beruhigt, werde ich dir als Pfand des Vertrauens ebenfalls ein Geheimnis verraten: Sooft ich auch das *Sutra über die Logik der Vollkommenen Leerheit*, das ich im Auftrag meines Abtes aus Samye geholt habe, lese und wieder lese, ich verstehe nicht ein Wort davon!«

»Buddhabadra hat uns erklärt, dass die philosophisch-religiösen Kompendien der großen Meister des Dhyana stets so komplex sind, dass es einer großen geistigen Übung bedarf, ihren Sinn zu erfassen.«

»Ich muss dir gestehen, dass es sich dabei um einen Text von solcher Tiefe und Komplexität handelt, dass ich nicht die leiseste Ahnung habe, wovon darin überhaupt die Rede ist. Mehr als einmal habe ich Vollendete Leere anlügen müssen, wenn er mich dazu befragte, die Rute in der Hand und stets bereit, damit auf die Schulter seines bemitleidenswerten Schülers zu schlagen.«

»Du bist nicht der erste und wirst auch nicht der letzte buddhistische Mönch sein, dem es so geht. Wenn es dich tröstet, werde ich dir beichten, dass gewisse Verse aus dem Sutta-Nipata, dieser Anthologie von Lehrreden, für mich vollkommen rätselhaft sind. Doch nachdem ich mich immer wieder und wieder damit beschäftigt habe, kenne ich sie inzwischen auswendig.«

»Meister Vollendete Leere behauptet, dass es mindestens zwanzig Jahre dauert, ehe man all die spirituellen Feinheiten der wichtigsten Sutren erfasst. Er selbst hat nicht weniger als acht Jahre gebraucht, um diese Lehrschrift zu verfassen, die er als sein spirituelles Vermächtnis betrachtet.«

Sie waren inzwischen nahe genug an den Steilhang herangekommen, um erkennen zu können, dass er aus zwei Teilen bestand.

Der eine davon lag ein wenig nach links versetzt und wirkte vollkommen glatt bis auf eine Art Vorsprung, der sich über seine ganze Länge zog und einen natürlichen Balkon bildete.

Der andere, sehr viel eindrucksvollere Teil, lag ein kleines Stück dahinter und war von dem ersten durch ein felsiges Plateau getrennt. Er bildete eine gewaltige steinerne Treppe, die man emporsteigen musste, um die auskragende Spitze zu erreichen, wo Lorbeersträucher von Quellen und Bächen zeugten.

Die hoch aufragende Wand des zweiten Steilhangs, an die das felsige Plateau anstieß, wies zahllose Öffnungen auf wie ein altes Hemd.

»Sieh nur all diese Fenster und Türen, die in den Leib des Berges gegraben wurden, Dolch der ewigen Wahrheit! Das Kloster des Heils und des Mitgefühls sieht aus wie die Höhle eines Drachen! Die glücklichen Mönche! Bestimmt frieren sie weder im Winter, noch ist ihnen im Sommer zu heiß!«, hatte Fünffache Gewissheit gerufen, überwältigt vom Anblick dieses berühmten Bauwerks, das nicht weniger als dreitausend Mönche beherbergte.

»Von diesem natürlichen Balkon aus hat man sicher einen herrlichen Ausblick auf die Wüste Gobi!«, hatte Dolch der ewigen Wahrheit gemurmelt. Er hatte sich umgedreht und betrachtete das Meer aus Sand, dessen Dünen wie Wellen wogten, so weit das Auge reichte.

»Wir könnten hinaufklettern, ehe wir an die Tür von Ruhende Mitte klopfen«, schlug Fünffache Gewissheit vor. »Wir haben alle Zeit der Welt. Es ist höchsten zehn Uhr, die Sonne steht noch tief.«

Fünffache Gewissheit ahnte nicht, dass dieser schlichte Satz sein Schicksal besiegeln sollte.

»Geh nur allein! Mir wird immer so schwindlig! In Peshawar bin ich sogar von der Verpflichtung befreit, zur Nische des Reliquienturms von König Kanishka hinaufzuklettern!«, hatte Buddhabadras Stellvertreter lächelnd entgegnet.

Freundlich hatte sich der *ma-ni-pa* daraufhin erboten, mit ihm unten am Fuß des Steilhangs zu warten und ein wenig zu würfeln, während Fünffache Gewissheit bald schon unverhofft der jungen Nestorianerin gegenüberstehen würde.

Und auch die schöne Umara war an diesem Tag durch eine unerbittliche Verkettung von Umständen zum Felshang mit dem Bücherversteck geführt worden.

»Du wirkst traurig, Umara! Man sagt, junge Mädchen, die sonst immer fröhlich sind und mit einem Mal traurig werden, seien verliebt«, hatte Staubnebel gerufen, als sie sich wie gewohnt kurz nach Sonnenaufgang im Obstgarten des Bischofssitzes getroffen hatten.

»Ich habe heute keinen Unterricht! Meine Lehrer für Chinesisch und Sanskrit sind beim Gottesdienst. Was hältst du davon, wenn wir wieder einmal in die Dünen hinausgaloppieren?«

»Was wird dein Vater denn dazu sagen?«

»Seit ein paar Tagen erlaubt mir Papa, ohne Aufsicht hinauszugehen. Er ist in Gedanken ganz woanders. Und außerdem hat er ja gesehen, dass ich mit meinem Pferd ganz gut zurechtkomme, als ich ihm kürzlich eingeredet habe, ich käme direkt aus Dunhuang!«

»Und was ist mit Golea? Wird sie sich keine Sorgen um dich machen?«

»Ich bin alt genug. Papa hat eingesehen, dass ich in meinem Alter niemandem mehr Rechenschaft schuldig bin außer ihm. Wenn wir nicht hier in Dunhuang wären, wäre ich schon längst verheiratet und hätte eigene Kinder!«

»Aber wir sind in Dunhuang! Und hier bin ich nun mal der Einzige, der dich lieben kann, Umara!«, hatte der junge Bursche gescherzt.

»Glaubst du, der Inhalt dieses kleinen Sandelholzherzens ist viel wert?«, hatte sie ihn unvermittelt gefragt.

»Ganz sicher! Er ist bestimmt so viel wert, dass in Dunhuang nur ein großes buddhistisches Kloster wie das des Heils und des Mitgefühls in der Lage wäre, eine solche Summe aufzubringen!«, hatte der junge Chinese in entschiedenem Ton geantwortet, um sich vor dem jungen Mädchen hervorzutun, dessen Schönheit und Charme ihn immer weniger gleichgültig ließen.

»Sprich mir nicht von diesem Kloster!«

»Was meinst du damit?«

»Nichts, nichts«, hatte sie hastig und mit finsterer Miene erwidert, ehe sie sich ein Lächeln abrang: »Ich habe Golea gesagt, dass ich bis zum Mittagessen fort sein werde. Warte an der nächsten Kreuzung auf mich, dann nehme ich dich hinter mich aufs Pferd. Das bist du ja gewohnt, und zumindest vorläufig bist du auch noch nicht zu schwer dafür!«

Und so waren sie mit wehendem Haar und vor Freude laut jubelnd auf die Sanddünen zugaloppiert.

Wie jedes Mal hatte sie ihr Ritt an den Fuß des Steilhangs geführt, der, seit sie das Bücherversteck entdeckt hatten, zu ihrem liebsten geheimen Rückzugsort geworden war.

Als sie gerade die Strickleiter hinaufklettern wollten, hatte sich Staubnebel anders besonnen: »Umara, bist du mir böse, wenn ich auf den Hügeln da hinten ein paar Riesenheuschrecken jage? Ich kann sie von hier aus springen sehen!«

»Was willst du denn mit Heuschrecken?«

»Ich stecke sie auf Spieße und grille sie! Ihr knuspriges Fleisch schmeckt wahnsinnig gut!«

»Ich hasse gegrillte Heuschrecken. Genau wie Skorpione

oder die ganzen anderen Insekten, die sich die chinesischen Kaufleute an ihren Garküchen schmecken lassen.«

»Darf ich mir dein Pferd ausleihen?«

»Natürlich. Irgendwann wirst du selbst ein ausgezeichneter Reiter sein.«

So war sie allein zu ihrem Schicksal hinaufgestiegen und kurz vor Fünffache Gewissheit hoch oben auf dem Balkon angekommen.

Und die beiden bis dahin parallelen Flüsse vereinten sich mit einem Mal zu einem prächtigen langen Strom!

Je inniger sie sich küssten, desto größer wurde ihr Glück.

Fast hätte Fünffache Gewissheit die gedämpfte Stimme des *ma-ni-pa* gar nicht gehört, die nach ihm rief, als er gerade eine Hand zärtlich in den Ausschnitt von Umaras Kleid legte.

»Ich muss jetzt gehen. Meine Gefährten warten unten auf mich, und allmählich werden sie sicher ungeduldig«, flüsterte er.

»Ich will nicht, dass du gehst! Es ist doch so schön hier oben!«

»Bis du allein hergekommen?«

»Der junge Heuschreckenfänger da hinten hat mich begleitet. Er ist mein einziger Freund!«

Sie deutete auf einen steinigen Hügel, auf dem er die winzige Gestalt von Staubnebel erkannte, der auf allen vieren herumkroch und die Insekten mit seinen Händen einfing.

»Wo wohnst du, Umara?«, fragte Fünffache Gewissheit nach einem letzten Kuss.

»Der Bischofssitz liegt nur drei Straßen von der Herberge entfernt, die mein Vater euch gezeigt hat.«

»Ich würde dich gerne wiedersehen!«, flehte er.

»Ich dich auch!«

»Schwöre mir, dass wir uns wieder treffen werden, Umara!«

»Das schwöre ich, Fünffache Gewissheit! Glaub mir, ich

wünsche es mir genauso sehr wie du! Ich werde heute Abend vor der Mauer unseres Obstgartens auf dich warten, sobald der Mond aufgegangen ist.«

»Schwöre mir, dass uns eines Tages nichts mehr voneinander trennen wird!«

Nach diesen Worten schwieg sie einen Moment, ehe sie flüsterte: »Genau wie du lebe ich von heute an nur noch für diesen Tag!«

Als sie sich trennten und Fünffache Gewissheit allein wieder zu seinen Gefährten hinunterkletterte, als sei nichts geschehen, wussten beide, dass sich dieser Schwur erfüllen würde.

»Wo bleibst du denn so lange, Fünffache Gewissheit, ich habe mir schon Sorgen gemacht!«, fragte Dolch der ewigen Wahrheit seinen Freund, als der wieder festen Boden unter den Füßen hatte.

»Von dort oben hat man einen so schönen Ausblick, dass ich mich gar nicht davon losreißen konnte!«

»Es wird schon spät! Glaubst du, dass wir noch genug Zeit haben, um bei diesem Kloster anzuklopfen?«, fragte Buddhabadras oberster Gehilfe zweifelnd.

»Du scheinst ja nicht gerade sehr erpicht darauf zu sein.«

»Ich habe bisher nicht gewagt, dir das zu sagen, Fünffache Gewissheit, aber wenn ich an deiner Stelle wäre, würde ich nicht hingehen! Vergiss nicht, dass du diesen Ruhende Mitte gar nicht kennst. Ich bin mir nicht sicher, ob er verstehen wird, was dir zugestoßen ist. Deine Geschichte klingt so unglaublich, dass sie ihm womöglich verdächtig vorkommen könnte: die Himmlischen Zwillinge, der Überfall der Perser und dazu noch das Sutra von Vollendete Leere, das ist ganz schön viel«, murmelte Dolch der ewigen Wahrheit verlegen, während sich seine Befürchtungen in seinen Zügen spiegelten.

»Du hast recht. Er könnte mich für einen gemeinen Hochstapler halten!«, flüsterte Fünffache Gewissheit, der sich nicht vorstellen konnte, Ruhende Mitte etwas anderes zu erzählen als die Wahrheit. Dazu war jeder Mönch des Mahayana dem Abt eines Klosters gegenüber verpflichtet, auch wenn es sich nicht um sein eigenes handelte.

Und deshalb hätte er ihm die Begegnung mit Umara unmöglich verschweigen können.

Aber davon wollte er, zumindest vorerst, niemandem auch nur ein Wort erzählen, aus Angst, der jungen Christin zu schaden.

»Wir sollten vielleicht doch lieber noch etwas warten, ehe wir ihn aufsuchen.«

Alles war so schnell gegangen. Er brauchte Zeit, um zu überlegen, was er nun tun sollte. Die fromme Lüge fiel ihm daher nicht schwer.

»Das scheint mir das Klügste zu sein! Jetzt, wo wir den Weg kennen, können wir immer noch ein anderes Mal zurückkommen, wenn du deine Meinung änderst!«, rief Dolch der ewigen Wahrheit erleichtert.

Der Mönch aus Peshawar wirkte hocherfreut über seine Entscheidung.

»Zumindest werden wir lange vor der festgesetzten Zeit in der Herberge ankommen und nicht riskieren, Majibs Verdacht zu wecken«, fügte Fünffache Gewissheit lachend hinzu, nicht nur, um von seinem inneren Aufruhr abzulenken, sondern auch, weil ihn die Begegnung mit Umara aus tiefstem Herzen glücklich stimmte.

Wie hätte er dem Abt denn auch in aller Schicklichkeit erklären sollen, dass er ihm zu einer Flucht verhelfen sollte, auf die er nicht nur die Himmlischen Zwillinge, sondern auch die Tochter des nestorianischen Bischofs der Stadt mitnehmen wollte?

Denn eines stand für ihn fest: Er würde nur fliehen, wenn Umara mit ihm käme.

Obwohl er ein buddhistischer Mönch war, der jede einzelne seiner Taten dem Erhabenen Buddha widmen sollte, konnte er sich ein Leben ohne sie nicht mehr vorstellen.

Schon nach diesen ersten Küssen hatte er das Gefühl, mit ihr eins zu sein!

Während er Sturmwind zu noch schnellerem Galopp antrieb, voller Hast, sie vor dem Obstgarten des Bischofssitzes wiederzusehen, hatte er nicht das Gefühl, durch diese Gedanken irgendjemanden zu verraten.

War es nicht die Erleuchtung der Liebe, die er erlebt hatte, als Umara plötzlich vor ihm stand?

Zum ersten Mal ließ er sein Herz sprechen, genau wie Gautama Buddha, als er sich in die hübsche Yashodhara verliebt hatte. Dadurch war es ihm möglich geworden, mit Leichtigkeit das Wettschießen zu gewinnen und alle anderen Verehrer des jungen Mädchens auszustechen, obwohl er, zum großen Leidwesen seines Vaters, bis dahin ein eher mäßiger Bogenschütze gewesen war!

Die Liebe verlieh sogar jenen Flügel, die das Fliegen niemals gelernt hatten!

Er wurde sich bewusst, dass vor seiner Begegnung mit Umara aus all seinen Taten Mitgefühl gesprochen hatte, gewissermaßen der Verstand seines Herzens.

Von nun an aber würde das Gefühl seines Herzens sein Verhalten leiten.

Der Heilige Pfad der Erlösung konnte ganz offensichtlich sehr viel überraschendere Richtungen einschlagen, als es den Anschein hatte!

Denn die Liebe, die er für Umara empfand, würde ihn nicht davon abhalten, seine Aufgabe zu erfüllen. Im Gegenteil, sie verlieh ihm Mut und innere Stärke, die er in diesem Maß noch nie zuvor gespürt hatte.

Mehr denn je war er entschlossen, das Versprechen einzulösen, das er Vollendete Leere gegeben hatte, und sein kostbares Sutra nach Luoyang zurückzubringen.

Mehr denn je war er bereit, seine Pflicht gegenüber Lama sTod Gling zu erfüllen und die kleinen Himmlischen Zwillinge vor dem düsteren Schicksal zu bewahren, das Hauptmann Majib ihnen zugedacht hatte.

Doch bis dahin kannte er nur einen Gedanken: Umara wiederzusehen, sobald der Mond aufgegangen war. Jenes junge Mädchen in die Arme zu schließen, das innerhalb eines Augenblicks zur Frau seines Lebens geworden war.

Und er war ebenso glücklich wie sie.

Hauptfiguren

Addai Aggai, *Bischof und Oberhaupt der nestorianischen Kirche von Dunhuang.*

Buddhabadra, *Abt des Klosters vom Einen Dharma in Peshawar (Indien), Oberhaupt des buddhistischen Lehrpfads des Kleinen Fahrzeugs, brach zu einer geheimnisvollen Reise nach Samye (Tibet) auf und ist seitdem verschwunden.*

Der *ma-ni-pa*, *ein Wandermönch und Freund von Fünffache Gewissheit.*

Diakonos, *Vertrauter von Addai Aggai, beauftragt mit der Leitung der illegalen Seidenmanufaktur.*

Die Himmlischen Zwillinge, *ein Mädchen und ein Junge, die Manakunda zur Welt gebracht hat; eine Gesichtshälfte des kleinen Mädchens ist von dichtem Haarwuchs bedeckt.*

Dolch der ewigen Wahrheit, *der oberste Gehilfe und Stellvertreter von Buddhabadra, macht sich auf die Suche nach seinem Abt.*

Erlesener Gabenkorb, *der Mönch, der im Kloster von Peshawar für die Elefanten verantwortlich ist.*

Erste der vier Sonnen, die die Welt erleuchten, *ein Mönch aus Luoyang.*

Flinker Pinsel, *ein chinesischer Maler und Kalligraph, Mitglied im Ring des Roten Fadens.*

Fünffache Gewissheit, *ein Mönch aus dem Kloster der Dankbarkeit für Erwiesene Kaiserliche Wohltaten in Luoyang (China), wurde von seinem Abt nach Samye (Tibet) entsandt, dort gelangten die Himmlischen Zwillinge in seine Obhut.*

Gaozong, *unter dem Namen Li Zhi Kronprinz des Reichs der Mitte, Sohn von Taizong, Kaiser von China.*

Golea, *auch genannt »der Berg«, Umaras Kinderfrau.*

Hort der Seelenruhe, *trägt den Titel Vollkommener Lehrer, Oberhaupt der manichäischen Kirche von Turfan.*

Jademond, *eine chinesische Arbeiterin im Tempel des Unendlichen Fadens, die Geliebte von Speer des Lichts.*

Juwel der reinen Lehre, *ein Mönch aus dem Kloster von Peshawar, der Rivale von Dolch der ewigen Wahrheit.*

Kaiserin Wang, *die erste offizielle Gemahlin von Kaiser Gaozong, wurde zugunsten von Wu Zhao verstoßen.*

Lama sTod Gling, *der Sekretär des Ehrwürdigen Ramahe sGampo.*

Leuchtendes Rot, *der Besitzer des Ladens Zum Seidenfalter, verkauft dort geschmuggelte Seide.*

Li Hong, *der Sohn von Wu Zhao und Gaozong, wurde an Li Zhongs Stelle zum Kronprinzen bestimmt.*

Li Jingye, *Präfekt und Kaiserlicher Großzensor.*

Li Zhong, *der Sohn von Zauberhafte Blüte und Gaozong.*

Majib, *der Anführer einer Bande persischer Räuber.*

Manakunda, *eine junge Nonne aus dem Kloster von Samye, sie starb bei der Geburt der Himmlischen Zwillinge.*

Ormul, *ein Hörer der manichäischen Kirche von Turfan.*

Ramahe sGampo, *der blinde Abt des buddhistischen Klosters von Samye (Tibet).*

Ruhende Mitte, *der Abt vom Kloster des Heils und des Mitgefühls (Dunhuang).*

Speer des Lichts, *ein Hörer der manichäischen Kirche von Turfan, verantwortlich für die heimliche Seidenraupenzucht, der Geliebte von Jademond.*

Staubnebel, *ein chinesischer Waisenjunge, der einzige Freund von Umara.*

Stummer Krieger, *ein turko-mongolischer Sklave in Diensten von Wu Zhao, für die er die unangenehmen Aufgaben erledigt.*

Taizong, *genannt der Große, der Vater von Gaozong und frühere Kaiser von China.*

Torlak, *auch bekannt unter dem Namen Grüne Nadel, ein junger Uigure, der sich zum Manichäismus bekehrt hat; verantwortlich für den Spitzelring mit dem Decknamen Roter Faden.*

Tugend des Äußeren, *der chinesische Seidenminister.*

Ulik, *ein persischer Übersetzer, vermittelt zwischen Fünffache Gewissheit und der persischen Räuberbande.*

Umara, *die Tochter des nestorianischen Bischofs Addai Aggai.*

Verrückte Wolke, *ein indischer Anhänger des Tantrismus und drogensüchtiger Mörder.*

Vollendete Leere, *der Abt vom Kloster der Dankbarkeit für Erwiesene Kaiserliche Wohltaten in Luoyang (China), Oberhaupt des buddhistischen Lehrpfads des Großen Fahrzeugs.*

Wu Zhao, *Kaiserliche Konkubine fünften Ranges, danach offizielle Gemahlin von Kaiser Gaozong.*

Zauberhafte Blüte, *Erste Kaiserliche Konkubine, wurde von Wu Zhao aus dem Weg geräumt.*

Zhangsun Wuji, *ein Onkel von Gaozong, General, oberster Befehlshaber der kaiserlichen Truppen, ehemaliger Erster Minister.*